XIANGSHU
WAN

橡樹湾

时代出版传媒股份有限公司
安徽文艺出版社

阿 惠◎著

阿惠，本名董慧珍，安徽池州人，在《安徽文学》《清明》等杂志发表有中篇小说《天堂之约》《我的父亲》《等到开放的那一天》《简单生活》等。其中，中篇小说《简单生活》在2014年安徽省南北小说对抗赛中获奖；出版有长篇小说《千寻》，获池州市2018年优秀文艺作品一等奖。

安徽省中长篇小说精品工程丛书

橡树湾

阿惠 ◎ 著

时代出版传媒股份有限公司
安徽文艺出版社

图书在版编目（ＣＩＰ）数据

橡树湾/阿惠著.--合肥：安徽文艺出版社,2022.3
ISBN 978-7-5396-7219-9

Ⅰ.①橡… Ⅱ.①阿… Ⅲ.①长篇小说－中国－当代 Ⅳ.①I247.5

中国版本图书馆 CIP 数据核字(2021)第 114399 号

出 版 人：姚 巍
责任编辑：汪爱武　　张星航　　　装帧设计：张诚鑫
....
出版发行：时代出版传媒股份有限公司　www.press-mart.com
　　　　　安徽文艺出版社　　www.awpub.com
地　　址：合肥市翡翠路 1118 号　　邮政编码：230071
营 销 部：(0551)63533889
印　　制：安徽新航向印刷有限公司　　(0551)65661327
....
开本：710×1010　1/16　印张：29.25　字数：500 千字
版次：2022 年 3 月第 1 版
印次：2022 年 3 月第 1 次印刷
定价：68.00 元
....
(如发现印装质量问题，影响阅读，请与出版社联系调换)

版权所有，侵权必究

目　录

说说阿惠　段儒东 / 001

第一部
母亲的微笑 / 003
我的父亲母亲 / 030
橡树湾 / 094

第二部
长生之死 / 139
祸兮？福兮？/ 177
喜耶？忧耶？/ 200
楚老爷的叹息 / 235

第三部
仇人相见 / 257
兄弟同心 / 301
众志成城 / 353
繁华落尽 / 444

说 说 阿 惠

段儒东

安徽文艺出版社继2018年出版阿惠的作品《千寻》之后,今年又推出她的新作《橡树湾》。短短两三年时间,连续两部长篇小说问世,这对于专业作家或许不算什么,但对于一位名不见经传、自称"乡野女子"的业余作家来说,就不能不让人刮目相看了。

借此机会,我想说说阿惠。

记得是2000年,池州市文联召开第一次代表大会,作为《清明》杂志时任主编,我应邀赴会。一天晚上,我的一位家住池州的省文联同事前来宾馆造访,同行的还有一位年轻女士。同事向我介绍,这位女士名叫董慧珍,笔名阿惠,是当地某乡镇的一名公务员,喜欢文学,并带来几篇习作,想请段公看看。这是我第一次见到阿惠。她言语不多,显得有些腼腆。

他们离开之后,我便坐下来读阿惠的作品,有短篇小说也有散文。我当时的阅读感觉是,散文题材较为一般,小说构思略嫌稚嫩。不过她的语言给我留下了深刻印象,叙事流畅,用词准确且活泼,字里行间洋溢着一股灵气。不难看出,阿惠有着丰富的阅读积累和较为扎实的文学功底。几十年的编辑经验告诉我,阿惠极有潜力,只要继续努力,定然会有所成就。

次日召开文学研讨会。会上,我在发言中对当地作者的创作情况一一作了评介,最后说道:"你们池州还有一位颇具潜力的作者,只是养在深闺人未识,她有可能成为你们队伍中的一匹黑马!"与会者都很惊讶,因为之前他们谁也没听说过董慧珍,而董慧珍也不认识他们当中的任何一位。

这之后,当地创作机构开始对董慧珍给予更多关注,有活动也不忘邀请她参加。自此,她才算是迈出深闺,慢慢融入当地文学队伍,成为其中活跃的一员。此后不久,她便有中篇小说在《清明》《安徽文学》杂志上发表,如《天堂之约》《我的父亲》等。2014年,安徽省南北小说对抗赛,阿惠的《简单生活》还荣获奖项。渐渐地,她开始对自己的文学创作有了信心。

阿惠为人低调谦虚,金钱、地位、荣誉在她心中是一片空白。她唯一钟情的是文学。

阿惠出生在农村,自幼酷爱读书。可在20世纪六七十年代,农村物质文明与精神文明都异常匮乏,能上学读书的人都很少,更没有什么闲书可读。阿惠说,她们村子里只有一户人家家里据说是有些藏书的,可那户人家与她们家不睦,阿惠父亲严令子女不许与那家人有任何往来。可是为了能够读到那些藏书,阿惠还是偷偷与那家的小女儿私下交好,以便能够借阅藏书。有一年国庆节,还在读小学的她央求母亲带她进城,母亲意外答应了。母女二人起了个大早,步行数十里进了城。别的小孩进城或许只是因为好奇,为了玩耍,阿惠则不然,而是直奔新华书店,宝贝似的买了本小说。阿惠迈出校门步入社会之际,曾经一度很迷茫,情绪消沉甚至绝望。那段时间,她整天埋头读书,是文学拯救了她,帮她度过了那段人生的至暗时刻。从此,文学成了她最好的伴侣和知音。

阿惠对文学怀有虔诚之心,这并非所有人都能做到。我想,这或许就是她孜孜不倦的创作动力。

从事文学创作,仅凭激情显然是不够的,特别是小说创作,需要有相当的生活经历和积累,还需要有开阔的视野,若闭门造车则难成大器。阿惠阅历简单,这是她的不足之处。有一次,我曾明确对她说,你也许更适合写散文;写小说,生活积累恐怕不够。这话她可能听进去了。有好几年,每逢节假日,她独自背着行囊走南闯北。青藏高原、西部边陲、东南海疆,都留有她的足迹。读万卷书,行千里路,她在默默的充实自己。

《橡树湾》讲述的是楚姓一家几代人的悲欢离合及坎坷命运。原本安宁祥和的橡树湾,由于日本侵略者的铁蹄践踏,变得面目全非。面对凶恶的敌人,楚家兄弟及众乡亲以各自不同的方式与敌人顽强拼搏,结果大都惨死在鬼子的屠刀之下,但他们并未就此屈服。此作意义在于,它向人们传递了没有国,哪有家的道理。中华民族之所以能屹立于世界民族之林,就是因为它有着植根于千千万万老百姓血脉中的家国情怀和民族大义。这是任何敌人都斩不断摧不垮的!面对当今世界复杂多变的局势,《橡树湾》的出版,无疑具有其现实意义。

结构上,《橡树湾》采用顺叙、倒叙、插叙手法,时空交错,环境变换,如同一场宏大的交响乐,繁而不乱,张弛有度,脉络清晰,浑然一体;故事情节抑扬顿挫,扑朔迷离,悬念频生,引人入胜。活跃在作品中的数十个人物,性格各异,有血有肉,其善其恶,其喜其悲,其福其祸,不读完全书,难分难解。作品的语言,洋溢着古典文学的韵味,给人以阅读的快感及审美的享受。

我觉得《橡树湾》不仅是阿惠小说创作的一次嬗变,更是一次升华,她越来越成熟了!

祝贺阿惠!

2021 年 12 月 10 日

母亲的微笑
我的父亲母亲
橡树湾

第 一 部

母亲的微笑

民国二十八年（1939），己卯年农历五月初十。母亲二十三岁生日。

虽然阳光还没有普照大地，但晨曦微露之时，从树林间雀鸟的欢叫声就能知道这是一个特别晴好的日子。空气里流淌着黄熟的麦子与金银花、香樟树以及各种野花的混合香味，清新、清澈，仿佛透明一般。

天刚蒙蒙亮，小鸟们刚在浓密翠绿的树枝头叽叽喳喳时，母亲就已经开始对着镜子梳妆了。那天母亲的心情特别好，脸上挂着少有的笑容。她并没有叫描红伺候，只自己一个人静静地梳洗停当：上身白色窄腰身窄袖口旗袍领缎子对襟薄褂，下身同样白色缎子百褶裙，缀着墨绿色丝线绣着的兰花；脚上一双黑色缎面绣花鞋，同样绣着墨绿色兰花。朵朵兰花皆是母亲手绣，叶片舒展，花朵含羞。乌黑的头发绾成一个巨大的发髻，堆在脑后，翠绿的步摇妖娆而又矜持地斜簪在发髻上，脸上敷了薄粉还点了胭脂。那天的母亲可真是美啊！等她出现在大家面前的时候，每一个人都惊呆了，都以为是天上的仙女下了凡尘。描红脸红红地想说什么，被母亲微笑着制止了，只吩咐她给我和弟弟子墨梳洗。

那天我和弟弟子墨都穿上了崭新的衣裳：我是一条纯白带蕾丝花边腰系蝴蝶结的洋纱裙（那裙子已经做好许久了，一直挂在衣橱里，就是不给我穿。我每天都要趁描红不在，偷偷打开衣橱，无比向往地打量它，想象它穿在我身上时会是怎样一副模样），脚上一双白色、同样饰有蝴蝶结的扣带小皮鞋，配白色洋纱短袜，头发梳成两只髽鬏，两条大红缎带也扎成两只蝴蝶，叮在髽鬏上，随时都要振翅欲飞一般，真正一个漂亮的小公主；弟弟上身一件白色短袖衫，配一条黑色吊带短裤,黑色小皮鞋配白色短袜,头发整整齐齐地梳成了三七开,别提有多可爱了。

太太真是好福气呀!少爷跟小姐,好一对金童玉女呢!望着自己一手带大的两个孩子,张妈由衷地赞叹。可即使得了这样的赞赏,母亲也只是浅浅一笑。太太,您就让我也跟你们去吧,少爷一会儿要是想吃奶了怎么办?张妈一副恋恋不舍的样子,抚着我和子墨,用近乎乞求的目光看着母亲,语气里也有了明显哀求的味道。

然而母亲脸上的笑容却倏忽消失了,声音不大却透着威严,说,老是这样由着他,什么时候才能断掉?

张妈顿时低眉顺眼下来,再不敢吱声,看着描红进进出出忙里忙外,却插不上手,委屈得都要哭了的样子。张妈也真是!我们不过出趟远门而已,又不是什么生离死别,至于弄得如此悲悲切切吗?可是我知道,张妈是舍不得我跟弟弟。

张妈,我回来给您买绣花的丝线,可好?买好多好多的丝线,红的绿的黄的紫的青的蓝的,我都买,好不好啊,张妈?我懂事地走到张妈身边,拉着她的手,仰头看着张妈那无比慈祥的脸,心疼地说。

张妈的眼圈红了,抚着我的头说,还是我们兰孝顺!可是太太为什么就不要我跟你们一起去呢?司令不是叫我也一起去的嘛……

张妈!张妈的话音未落,母亲就又叫了一声,这次声音只不过稍微提高了一丁点,却把我们大家都吓了一跳。母亲什么时候这样大声说过话啊?张妈立时噤了口。描红过来牵过我的手,朝张妈努一努嘴,示意张妈离开,张妈低着头出去了。这回张妈真的哭了,就在她转身的一瞬间,我看见一滴眼泪,叭,掉到了地上。五岁的我心里掠过一丝心痛,为张妈。我爱张妈。她是我真正意义上的母亲。我哪里知道那真就是永别了呢?倘若知道,我一定闹着要张妈一起走,否则我就坚决不下山!母亲一定会答应的。可惜我不知道。我以为真的只是下山去一个叫荷叶洲的地方。去那里的城隍庙烧香祈福,顺便逛一逛,看一看山下的世界是怎样的一番热闹景象。母亲上山八年了,这还是第一回!父亲答应母亲过生日的时候,准许她下山,带着我和弟弟子墨。所有人都很兴奋,都想随母亲一同下山,就连门房老张头都表现出极大的兴趣。可是母亲只要描红一个人跟着,然后张清、张白抬轿,其余一个不带。张妈心里难过,绣绿更是老大的不高兴,嘴巴噘起,都快顶脱鼻子了。也难怪,虽然这个院子的门一年四季都开着,虽然里面的人都过着衣食无忧的生活,可这扇敞开的院门,有谁能轻易跨出去呢? 这里跟监狱又有多少差别?

门房老张头、张妈、绣绿,就连厨子张胖子都出来了,齐刷刷地站在门口,齐齐地看着张清、张白抬着那顶绣着龙凤呈祥的大红轿子,里面坐着母亲和我们姐弟,颤颤悠悠地沿着青石板的山路往山下而去。张清、张白本就生得膀大腰圆,加上心情愉悦,所以抬着我们母子三人,脚步竟然格外轻快。而他们内心的喜悦也通过他们的肩膀传染到了轿子,于是连轿子都颤颤出一曲愉快的旋律。母亲用一条白色缎子围巾把自己连头带脸严严实实地捂起来,只露出一双眸子漆黑的大眼睛。那里面第一次没有深不可测的忧伤,只有平静。虽然看不见母亲的脸,可是我知道母亲定是愉悦的,这就够了。母亲的欢乐真是太少太少了! 描红跟在轿子后面,一身红:上身一件浅红色缎子盘扣斜襟窄袖薄衫,下身一条同色缎子宽脚裤,脚上一双同色缎子绣花鞋,两条长辫子齐腰,辫梢则系着与衣服同样颜色的蝴蝶结,清秀轻盈而又耀眼悦目地走在轿子旁边。印象中,似乎描红还从来没有这么漂亮过呢! 这个院子里的人,包括父亲都知道,漂亮,从来都是绣绿的专利。然而,今天的描红是真的漂亮。原来描红也可以这样漂亮。可是,漂亮的描红为什么要这样一副心事重重的样子呢? 紧锁着眉头,从早上到现在,尽管手一刻不停地忙碌,却一句话也没听她说。为什么? 难道她不愿意下山看热闹? 可那只是我心中一闪而过的一个念头而已,然后迅速地就将描红的烦恼抛在了脑后,只一门心思兴奋着,想象着长江下游八十里外那个叫荷叶洲的地方,到底有些什么热闹呢?

曾老先生说,天心小姐,你到了荷叶洲之后,从清字巷的码头上岸,然后沿着头道大街,往南走约莫五百米,有一个康复诊所。坐诊的医生是我徒弟,姓吴,小姐称呼他吴大夫就行了。人相当忠厚且靠得住。我这有一个方子,你带给他,他就知道该怎么办了。我母亲瞄了一眼,只见上面写着许多味药,有生地、独活、当归、断金草什么的。她也不懂,为何这些药混在一起,他的徒弟就能知道该怎么做了。可她还是小心翼翼地将方子收好,放进贴身衣兜里。曾老先生仿佛能读懂母亲心思似的,接着说,你只管将方子交给他,他一看见我的笔迹就知道是我叫你们过去的。然后,你将配好的药拿上,出门继续沿着头道大街往北走,一直走到江边的码头,我徒弟定会在那里等你。多晚都会等你……

多少年之后,当我在一个初夏的傍晚坐着突突作响的驳船渡轮从清字巷码头登上荷叶洲的时候,看着满眼的残垣断壁满目凄凉,我依然能穿越时光看见荷叶洲那往日的繁华:典型的徽派建筑风格,马头墙,吊脚楼,青石板铺就的巷道,木头穿枋结构的三街十三巷,商铺林立,各种茶楼酒肆、烟花柳巷,人来人往,络绎不绝,黄包车往来飞奔……

那天,从康复诊所出来,母亲牵着弟弟走在前面,描红牵着我跟在后面,张清、张白抬着轿子走在最后。轿子空着,只有刚抓的一堆中药。母亲没有听描红的劝坐轿子,而是坚持自己走。描红无奈,只得随她。张清、张白自是高兴,乐得轻松。母亲只一味闲闲地走着,仿佛对满眼的灯红酒绿早已习以为常似的,不似我和弟弟看见什么都大惊小怪,叽叽喳喳,一刻不停,随时随地都想挣脱两只大手的羁绊,小鸟一般飞出去。虽说描红依旧一直轻锁着眉头,可仍然可以感觉出她内心那压抑不住的兴奋,这一点,从她手心里不断沁出的热汗就能知道。家里所有人都知道描红只要一激动手心就冒汗,一委屈伤心脸就憋得通红。按道理描红没理由这么激动的嘛。荷叶洲流浪那么多年,现在也算得是故地重游了,怎么就跟从来没来过似的? 哈哈。顶顶没出息的就数张清、张白了,张着大嘴,眼睛瞪得跟躺在地上的死鱼差不多,直愣愣地看着身边走过的红男绿女以及各种稀奇古怪。描红呵斥,你们两个白痴,离我们远点! 真是丢死人了。可他们压根就不把描红的呵斥当一回事,依旧睁着死鱼眼,张着流口水的大嘴,死死地跟着我们。描红手心里的汗都快淌成一条小溪了。我偷偷地笑,笑描红自己才真是没出息呢!

我们先沿着清字巷一路往西,在舒复兴大布店门口站下,母亲为张妈、门房老张头还有厨子张胖子各裁了一段布,也为绣绿裁了一段绿色印花缎子。张清、张白咕哝说,呵,他们几个不来,倒占便宜了。描红呵斥,闭上你们的臭嘴!描红向来对他俩不客气,可从没见他俩生气过。俗话说:一物降一物,莫非描红天生就是来降他俩的吗?就像母亲天生就是来降父亲的一样。拐入二道街之后,我们则由南往北,一路琳琅满目,哪里看得过来啊!我感觉两只眼睛根本就不够用。母亲表现出少有的精神,一直那么平心静气,牵着弟弟慢慢悠悠地走着。笑意从两只大眼睛里水一般漫漶出来,你甚至能看得见粼粼的波光。我一颗小小的心被幸福与快乐鼓胀着,仿佛随时随地都要炸裂一样。为这些从未见识过的街景,更为母亲的微笑。我甚至幸福得都想哭。因为母亲露出了少见的笑容,我真的想哭!

母亲那天就那样眸子里漾着笑意,带我们从一道街走过二道街,其间,母亲的脚步只停下过两次。第一次是在二道街上,母亲突然在一所女子学校前驻足了。听着校园里各种女生的欢声笑语,母亲眸子里的笑意瞬间消失,现出令我们心惊且心痛的浓浓忧伤。要不是描红催促说,小姐,我们走吧,还有许多事呢!母亲不知道要停留多久。母亲似乎被描红催促得想起来什么似的,继续往前走,边走边扭头朝学校张望,目光里有多少留恋与伤感啊!再一次则是在荷叶洲照相馆门前。那是一幢两层的旧木楼,岁月与风雨将楼板浸染成了黑色,且斑斑驳驳。母亲在楼前停下,抬头看了看门楣上的那块木制招牌:荷叶洲照相馆。母亲似乎有些不认识那几个字的样子,看了许久,脚步逡巡了一小会儿之后,终于下定了决心,坚定地从描红手里牵过我,吩咐描红他们三个在外面候着,然后一手牵我一手牵着弟弟,昂然走了进去。接待我们的是一个五十多岁年纪、有着花白胡子的男人,他让我想起门房老张头,只是少了一管短烟袋。听从他的一番安排,母亲端坐在一张椅子上,我倚在母亲身边,一条腿立着,一条腿别着,歪着秀气的小脑袋,睁着一双圆溜溜的大眼睛,直盯着前方,两只手抱着母亲的右胳膊;弟弟则被母亲抱在怀里,坐在她的左腿上,背景就是那条奔腾不息的大江——长江。我根本不知道等会儿照完相之后,母亲就要带我们奔赴那里,奔向未知。母亲摘下头巾,露出一张白里透红且清秀端庄的脸。我感觉照相老头的反应明显迟滞了一下,站在照相机后面,不知所措了几十秒,然后钻进照相机的黑布里面好半天,才终于露出头脸来,说,看这里!接着强光一闪,吓得我和弟弟两只眼睛都睁得溜圆,然后又都紧紧地闭上。男人一脸冷漠,甚是不以为然地说,好了,一个星期之后来拿照片。我和弟弟子墨谁都不知道照片究竟是个什么东西,却最终将满脸的惊惧永远定格在那张黑白纸上。不承想那竟成了我们一生的写照。莫非真是冥冥之中一切早有定数?

从中山路继续折而向西,我们走过怡园,走过悦来剧院,走过怡悦茶楼,走过醉雅轩,走过六品轩,走过龙江馆,走过乐淘园,之后我们走进了三道街。完成我们此行除康复诊所之外另一主要目的:去城隍庙烧香。

三道街的热闹跟前面两道街不一样,这里居住的都是些做手工的小贩,什么刺啦刺啦做鞋的啦,叮叮当当敲铁皮的啦,不声不响缝衣服的啦,又刨又锯又锉做家具的啦,等等。我们一行人在城隍庙前停了下来,母亲亲自去买了香烛、纸马什么的,带着我跟弟弟非常虔诚地焚香跪拜,默默祷祝;之后是描红拜;接着张清、张白也拜了一通。然后又见着土地庙,少不得又是一番跪拜。我和弟弟自然对这些毫无兴趣,我还着急着给张妈买丝线呢!各种颜色的丝线,我都要买。张妈最喜欢绣花了,可逛到现在一根还没有买到,我有些着急。没想到描红也不感兴趣,说,小姐,拜一次就够了吧!不是还有许多事要做的吗?说来奇怪,虽说母亲素来与描红甚睦,描红对母亲那真是,用忠心耿耿都不足以表述她对母亲的忠诚。可毕竟二人是主仆关系,向来都是描红对母亲言听计从,什么时候轮着母亲对描红言听计从了呢?可那天,母亲对描红还真就言听计从了!描红只要稍微一提醒,母亲就立马照办了。

那之后我们的脚步便再无停歇,从三道街由北往南,回到了清字巷之后,我们又折而往东,继续回到头道大街。一路经过寿字巷、浩字巷、滢字巷、泳字巷、拐角弯巷……三街十三巷,母亲似乎都要不知疲倦地走一遍。除了闲逛之外,还买。母亲在头道大街的何氏金店给我和弟弟各买了一个小金佛,又在李氏银楼给描红买了一对银镯子。描红不要,母亲硬要她戴,描红只好戴上。那一瞬间,我看见描红的脸红了。描红真是没出息的丫头!不过一副银镯子,至于感动成那样吗?就跟母亲从来没有送过她首饰似的。不过这一次不一样,这回是母亲专门为她买的,由不得描红不感激涕零。母亲又在夏氏膏药店为门房老张头买了几贴膏药。老张头的腰不好,常见他蹲在地上伺候兰花,起身的时候,总要费老鼻子劲,先得佝偻着腰一点一点立起来,好半天之后才敢把腰杆伸直,那一副艰难痛苦状不能不令人唏嘘不已。在寿字巷的天隆酱园,母亲吩咐描红给张清、张白买了酱猪蹄,两个人又乐又馋,哈喇子直流;在滢字巷的瑞吉雪花膏厂给张妈和绣绿买了雪花膏;在泳字巷马回子板鸭店给厨子张胖子买了两只板鸭;在拐角弯巷的万春杂货铺买了著名的万春瓜子;我念念不忘答应过张妈的各色绣花丝线也终于在那里买到;在生源茶干厂买了更为著名的生源茶干(民间《十不舍》中有唱:三舍不得生源茶干一个铜钱一块,四舍不得万春瓜子一嗑两开);还在泰记香烟批发店给门房老张头买了上好的黄烟丝;等等。最后终于到了泂字巷,荷叶洲最著名的烟花柳巷便是了。只见沿街两边除了少有的几处旅馆茶楼:什么万花楼、潇湘馆、玉华楼之外,最触目的便是那福和堂、禄和堂、寿和堂、喜和堂和财和堂等五大妓院。各种花枝招展的姑娘在各自门口排成一排,这些花红柳绿的各色美女,对着大街上来来往往的男人们,又是招手又是媚眼又是嗲声嗲气地招呼,有的甚至动手拉你。怪不得后来荷叶洲民谣《十不舍》中唱道,舍不得泂字巷的姑娘拉拉拽拽。描红说,小姐,你说这些女的还是人吗?还没等母亲回答,就看见张清、张白两个人一副面红耳赤、气喘吁吁的样子,眼睛瞪得跟铜铃一般大。肩上的轿子竟然不知不觉滑到了地上,只听见咚的一声响,轿子重重地砸到了青石板道上,里面的药包啊、瓜子啊、豆腐干啊什么的,全都一股脑儿蹦了出来。瓜子包扎得不紧,一嗑两开的万春瓜子洒了一地,把描红心疼得不行。于是大街上再一次响起描红怒斥他俩的声音,看看你们俩那没出息的样,要是小姐的药给弄洒了,回去看司令不剥你们的皮,抽了你们的筋。我感觉描红今天的脾气格外大,虽说她素来看不惯他俩,可也没像今天这样发这么大火。母亲却异常好脾气地招呼描红,来,过来。描红狠狠地瞪了那两个白痴一眼,然后牵着我走到母亲身边。不晓得母亲对着描红的耳朵嘀咕了几句什么,只见描红先是一脸鄙夷与嫌弃的眼神看了张清、张白一眼,然后又一副心领神会的样子点了点头,转而从自己的裤腰带上解下装银圆的钱袋子,走到张清、张白面前,发给他们一人五块银圆,也对着他们的耳朵说了句什么。两个人先是狐疑地相互看了看,然后又看了看母亲。母亲并没有看他们,而是看向头道大街的深处。那神往的眼神,我不懂,可我能看出母亲眼神里的兴奋,还有紧张。这头道大街的尽头就是江边的码头了,我不知道,可是她知道。张清、张白终于明白母亲确是默许了的,于是放下轿子,飞一般消失在了福和堂。

事情就在张清、张白消失在福和堂之后发生了戏剧性的变化——

先是我们四个人分别要了两辆黄包车,母亲和弟弟乘一辆,我跟描红乘一辆,沿着头道大街飞一般地驶回康复诊所,只把那顶绣着龙凤呈祥的大红轿子丢弃在了人流熙来攘往的大街上。先前的那个吴大夫不在,接待我们的是个青布衣裙的女子,不知可是吴大夫的家眷。母亲只是提了一句曾老先生,那女子似乎立即心领神会的样子,掀起蜡染的蓝底白花粗布帘子,吩咐小厮看好我和弟弟,旋即带母亲和描红去了后面。不大一会儿,她们掀起帘子出来了,然而却不一样了:白衣白裙白围巾裹着脸的,我以为是母亲,却是描红;红衣红裤的本应是描红,却变成了母亲。描红变成了母亲,母亲则变成了描红。只是母亲依旧穿她的黑色绣花鞋,而描红也依旧着自己的红色绣花鞋。这是怎么一回事?为什么要这样?可不等我和弟弟回过神,她俩就又拉着我和弟弟与那个青布衣裙的女子匆匆道别并匆匆道谢之后匆匆离去。我们出门之后,又叫了两辆黄包车。这一回,一辆车上坐了母亲、我和弟弟,描红则单独坐了另外一辆。黄包车又飞驰,不一会儿就到了涧字巷,幸好那顶孤零零的绣着龙凤呈祥的大红轿子还委屈地立在原地。载描红的黄包车驶到轿子旁边就停下了,载我们的那一辆却继续沿着头道大街飞驰。我回头看描红,母亲也回头看描红。只是我没有哭,母亲却哭了,我清楚地看见两行泪水顺着母亲清秀的面颊急速地滚下来。而描红呢?白衣白裙白围巾裹脸的描红,只看见一双眼睛的描红,定定地站在大红色绣着龙凤呈祥的轿子旁边,是那么的美丽而又凄凉。我可以断定描红一定也哭了,因为我看见她拿起围巾的一角擦拭自己的眼睛。这个从来不曾见她流过眼泪的女孩,那天却哭了,我小小的心突地痛了一下。我们就这样相互对望着,直到我们远到彼此都被熙熙攘攘的人流淹没。之后,载我们的黄包车一直跑,描红则猫腰钻进了那辆绣有龙凤呈祥的大红轿子。

到底等了多久呢?或许我们都已经到了江边的码头,吴大夫一身青布长衫背着手站在码头上,朝着来路张望,显然等得有些着急。他看见母亲先是一愣,继而一副心知肚明的样子,什么话都没有说,领着我们径直走向江边,一条窝棚小船正静静地泊在那里。一个戴着顶破旧草帽、含着烟袋的老者用手将船固定在岸边,等着母亲带我和弟弟上去。那一瞬间我还以为他是门房老张头。待我们都在舱里坐稳当了之后,他才猫腰拔起固定船只的半截铁棍,之后敏捷地一跃上船,随即用手中的长篙一点,小船便迅速滑进江里,循着太阳行进的方向荡开了。母亲站在船头朝着岸上挥手,那个吴大夫也朝我们挥手,直到再一次彼此身影模糊。

张清、张白两个人长这么大还是第一次进这种地方,揣着几乎算得是从天而降的五块大洋,尽情潇洒了一回。直到将剩下的禄寿喜财四个堂口各逛了一遍,手里的五块大洋也悉数花光,他们才心满意足地回到泂字巷口。脚步都有些踉跄的两个人,直到看见那顶在骄阳下足足等了他们好几个时辰的大红轿子,才像打了一剂强心针似的来了精神,也似乎才终于猛醒自己究竟为何而来,于是快步朝轿子走去。或许在轿子附近没有看见我们一行四人,两个人顿时如释重负,一屁股坐到街边树荫下,美滋滋地乐起来,你一言我一语地说起了快活。也不知过了多久,两个人又困又乏肚子又饿,猛不丁想起,轿子里有刚才母亲买给他俩的酱猪蹄子。原本想着回去跟张胖子还有老张头一起喝着小酒分享的,可这会儿肚子实在是太饿了,也就对不住他们二人了,赶紧拿出来充一充饥吧。太太跟描红带着少爷、小姐不知道在哪逛呢,现在还不见人影,眼看着日头都快偏西了。二人几步跨到轿子跟前,张清急不可待地伸手掀起轿帘,却看见母亲其实已是描红端坐在里面,顿时吓得魂不附体,张清本能地叫了一声太太,然后迅速放下轿帘,身体往后一闪。不想身后的张白跟得太紧,来不及收腿,被撞了一个仰八叉,也不敢叫疼,利利索索爬起来,跟张清一道垂首立在轿子旁边。

张清麻起胆子说,不晓得太太在轿子里,不然哪敢造次,太太可千万不能计较。倘使给司令知道,一定会扒了我俩的皮不可。又说,太太,时辰不早了,我们是不是该回了?七八十里水路,比不得来的时候那么快了。早晨那是顺水,回去可是逆水呢!还有那么多的山路,太晚回去司令可是要怪罪的。见轿子里并无半点动静,想太太定是生气了,就都噤了声,不敢再言语。过了约莫半个时辰的样子,又一波饥饿袭来,搅得两个人肚子里像开水锅一样翻滚不已。于是张清再也顾不得许多,再次壮起胆子说,太太,描红领着少爷小姐去哪里了嘛,怎么到现在还没有回啊?我们去寻寻吧,太阳眼看着就要落山了。

可是轿子里依旧没有声音。两个人心里甚是没底。太太的脾气他们是知道的,就算跺一下脚藕山都要抖三抖的司令,见了太太都要含糊,何况他俩这等不上等级的小轿夫,甚至连门房老张头都不如,还能咋的?太太垂恩,叫自己快活一回,竟不知天高地厚快活到忘记时辰,太太不高兴是肯定的。幸亏描红不在,不然,不被她暴骂一通才怪呢!于是两个人甚觉气短,也不等轿子里有回应,赶紧乖乖离开,寻找描红还有少爷小姐去了。结果三道街都寻遍了,也没见人。张白说,该不是已经回去了吧!于是二人就又急急忙忙跑回来,可轿子边上仍旧没有他们的影子。

张清说,太太,这个死描红,究竟带着少爷跟小姐疯到哪里去了嘛,到现在还不回……

不要等他们了,他们不会回来了,我们走。轿子里终于有了回应。

咦?这声音虽小,可怎么听着不像是太太,而是描红呀!太太,太太是您吗?您说什么,不等描红他们了,难道少爷小姐您都不要了吗,太太?

哪里那么多废话!叫你回,你就回!这回轿子里传出的声音大了一些,那一份凌厉,是描红无疑。

轿子里坐着的是描红,那太太呢?还有少爷跟小姐呢?两个人顿时吓得面面相觑,不知该如何是好。司令要是知道了……天哪!司令!一想到杀人如麻的我父亲,两个人顿时魂飞魄散,抬起轿子飞一般朝清字巷跑去。管他那么多哦,就让描红去向司令交代吧!

多少年之后我一直都在想,那个时候,母亲和描红若是知道张清、张白那两头蠢猪需要那么久才回来,她们俩又何必那么大费周折互换身份呢?直接一起逃走好了,白白断送描红一条性命,说不定母亲也不会……

当描红一个人哀伤地坐在那顶大红轿子里,等着张清、张白的时候,一叶扁舟正载着母亲、我和弟弟子墨,朝着太阳下山的方向轻捷地驶去。艄公是个熟练的老手,小船滑进江心之后,便收起长篙,拿起桨来划。两只桨柄交叉在他的胸前,用骨节粗大的手抓住它们,一下一下,沉稳有力。艄公个头不高,瘦精精的一个小老头,一顶缺了边的破草帽,酱草一般的颜色,扣在头上,遮住了脸,使人看不太清轮廓,只能看见嘴里叼着的那支烟袋。和门房老张头差不多的烟袋。是不是这个年纪的老人都有那样一根烟袋呢?我不知道。我只知道那只烟袋不可遏制地让我想起门房老张头。在那个阳光灿烂的日子里,在那样一个江水平静流淌的日子里,在载我们的小船仿佛一只蜻蜓一般在水波里出没的时候,我是如此地思念那个如同祖父一般的老人。在那些沉闷苍白的岁月里,老张头简直就是我们那个家的定海神针。只要他那声苍老的咳嗽声在院子里响起,就把一种温暖与安心种进了我们的心里。每当夕阳西下的时候,常见他蹲在那些花盆前,嘴里叼着烟袋,也不抽,只是那样叼着,用一种特别慈爱的眼神打量着他侍弄出的这些花。脸上的每一丝皱纹都舒展开来,宛如一朵盛开的菊花,白得一尘不染的满头银发在夕阳余晖的照耀下,发出一种非常温暖的光泽。脸上的表情是那么安静慈爱,透着满足与舒心。那恐怕要算得我生命中最难忘却的一幅剪影了,动人,动容。

我忽然有一种再也见不到他的恐慌感觉,虽然船也向着我们来时的路进发,可是我们坐的不是自家的大船,而是这样的小船,而且还没有了描红。母亲把描红一个人丢在了荷叶洲的大街上,让她一个人孤零零地等张清、张白,为什么要这么做?我们一起来,为什么不一起回?我再也见不到老张头了,还有张妈,像母亲一样的张妈,我也见不到了,是不是?不要以为一个五岁的孩子什么都不懂,其实能有什么大不了的高深呢,只是我们不愿意说罢了,或者故意让大人们以为我们什么都不懂罢了。我内心的恐慌越聚越多,挤在我小小的胸腔里,感觉一根手指轻轻一捅,纸一般薄薄的胸腔立即就会炸裂开来。这种感觉令我愈加恐慌与焦躁,一张小脸涨得通红,眼睛里蓄满了泪水。可是我不敢哭,我怕母亲不高兴。弟弟子墨一定比我更想张妈,一般这么久时间他应该已经吃好几遍奶了。可是跟母亲在一起,他也不敢放肆哭或者闹。不知道什么时候,他竟然倚着母亲睡着了。母亲把他抱起来,放在自己的腿上,搂着他让他舒适地睡在她的怀里。或许所有的母亲都这样让自己的孩子睡在自己身上的,可是我们从没有过。我们只这样睡在张妈的身上。母亲一直距离我们很遥远,虽然她就在我们身边。我忽然又想哭,为弟弟。为他可以这样幸福地睡在母亲怀里。可我依旧不敢哭,只有侧头看着船尾,拿眼睛死死地盯着那艄公。一件月白色的粗布盘扣对襟衫,颜色已经旧到发暗发黑,敞着,只在腰际系了一条汗巾,那巾子也已经没有了颜色。瘦骨嶙峋的胸膛露在外面,古铜色的皮肤和他的胳膊腿一样,热汗一道道小溪一般从他的脸上流下来,流到脖子上再流到胸上。五月的骄阳虽然还不是火一般地热,可也已经非常有威力了。有汗流进他的眼睛里了,他也只是侧头在自己的肩膀上蹭一下而已,两只手根本不离开双桨。我想去给他擦擦汗,却一动也没有动,只是静静地坐着,静静地打量他,在心里心疼他。一条黑色粗布短裤,一双赤脚,那脚一样的瘦,却异常坚定有力,仿佛两只吸盘一样牢牢地吸在船底。烟袋不知什么时候已经不在嘴上叼着,而是别在汗巾上,烟荷包随着他身体的一起一伏而轻轻荡动。不知为什么,那只轻轻来回荡动的烟荷包竟然也令我感动。门房老张头也有一个这样的烟荷包。描红给他做了一个新的,上面还绣了喜鹊登梅的图案,可是老张头舍不得用,一直搁在自己的枕头下面压着,惯常用的也是这样一只看不出颜色的旧荷包。我已经看见藕山了,可我们的船却离开了大江,岔进了一道狭窄的河道。描红,你在哪?

啊!描红,那是菱湖吗?仿佛突然间被一只巨掌推开一般,小河隐了身后,青山闪在了一边,眼前呼地一下突然呈现出那样一方宽阔的水面来。西斜的阳光打在上面,细碎的波纹一道一道都被密密地镀上了一层金色,金光闪耀,灼得眼睛生疼。我霍地一下站起来,被这突然出现的宽阔水面惊呆了,感觉有一种兴奋从脚底腾地一下升上来,直冲我的脑际。描红,这真的是菱湖吗?可是,描红,母亲为什么要这样伤心?这样满脸的泪,究竟是为了什么?

许是我们的小船太小了,艄公不敢大大咧咧地穿湖而过,而是沿着岸边行驶。于是我看到了数不尽的村庄,房屋,树木,脚步匆匆的男人、女人,互相嬉戏追撵的小孩,无所事事的野狗,一门心思啄食的鸡群;还有慵懒的大白鹅。这些可都是我长这么大第一次见啊。我是如此兴奋与激动,我不明白母亲为什么要一直这样忧伤。也不知行进了多久,突然,我感觉就像被人呼地劈脸打了一巴掌似的,一座高大气派得令人窒息的大屋猛然撞进了我的视野。粉墙黛瓦马头墙,跟我们在荷叶洲看见的房子一样,却要比荷叶洲的哪一座房子都要气派得多,赶得上中山路大关口的那个什么盐务招商局了。描红,你知道吗?那屋有多大啊!一、二、三、四,四道大门呢,描红!我忍不住惊呼,妈妈,看,好大的房子啊!可是,为什么?描红,为什么母亲竟用双手捂住了自己的眼睛?为什么?我看不见她的脸,只看得见眼泪从她的指缝间流出,一滴一滴,洇湿了她衣服的窄袖口……

艄公终于开口说话了,问,小姐,在哪里靠岸?

母亲依旧捂着脸,许久才鼻音重重地说,再往前去一点。

于是我们的小船掠过大屋,到了一片芦苇丛生的岸边,岸上一片茂密的柳树林。微风拂过,苇叶愉快地朝着我们点头示好,好似欢迎我们一般。柳树呢?柔软修长的枝条也一副柔情似水的样子轻快舞动,也那般友好。

母亲说,大伯,就在这里停,可以吗?

艄公四处打量了一番说,可以是可以,就是不太好上岸呢。

老人说着将船桨收起,抽出长篙,将芦苇拨开,一点一点地撑。小船灵巧地深入进去,听得见芦苇擦着船底、船帮沙沙地响。终于到岸边了,老艄公猫腰从船舱穿过,来到船头,用长篙顶端的弯钩钩住岸边的一棵柳树,将船尽量贴近湖岸,自己先跳上去,将船固定好,再伸手牵过母亲,回头又上得船来,将我和弟弟抱到岸上。母亲拿出两块大洋向他道谢,可老人却摇了摇头,径自将船撑离岸边。母亲一手一个牵着我和弟弟,目送小船一点一点地退去。就在小船快要钻出芦苇丛的时候,老人突然回首朝岸边高声说了一句,小姐,回家了就好!我不明所以,仰脸望了望母亲,母亲顿时涕泗滂沱。

直到小船宛如一粒小黑点一般在湖面起伏之后,母亲才牵着我们姐弟俩,穿过柳林,往大路走。脚下的路,不过一脚宽窄,细弱得如老张头腰间系的布带子一般。母亲一言不发,只低头走着,弟弟子墨说,妈妈,我们这是要去哪里啊?

母亲低头冲子墨笑了笑,没有回答,直到走上大路之后,母亲才似乎自言自语又像是对我们释疑,语气坚定地说,我们回家!

家？家在哪儿啊？我们这是回家吗？我更不解。

是的,我们回家。母亲更坚定地说,随即用手朝前一指,喏,那就是我们的家。

顺着母亲手指的方向,刚才那令我目瞪口呆、瞠目结舌的大屋,赫然矗立在眼前。此时太阳已经疲顿地下山了,只把那万般留恋遗在这个世界上。那是灿烂过一切的晚霞,在西边天际熊熊燃烧。温暖的余晖照射在大屋的白墙之上,现出一种无比柔和的玫瑰色,一直温暖到人心里。

那是我们的家吗？妈妈。我依旧疑惑不解,那样的一座宫殿如何竟成了我们的家了呢？

是的,那就是我们的家！母亲嘴角漾着笑,依旧无比坚定地说。

那我们走啊,回家啊。我愉快地拉着妈妈的手催促道。

可是母亲却矮下了身子,蹲在我和弟弟面前,一手一个搂着我们说,兰,你带弟弟先回去,好不好？妈妈累了,妈妈想在这里歇一会儿,好不好？

可是妈妈,我又不认识那大屋里的人啊……

不要紧的,兰,他们都认识妈妈啊,那个大屋里的人都是妈妈的亲人,他们认识我,就一定认识你和弟弟……说着,母亲解开衣襟,从脖子上取下她佩戴多年的翡翠挂坠,温柔地替我挂在胸前。她拿手按了按,对我说,乖女儿,大屋里的任何一人看见它,都会知道你是谁。去吧,宝贝,带着弟弟去吧,我们兰最乖最懂事了,是吧,兰？母亲说话的时候,分明笑着,泪却流了出来。我不想母亲哭。

我乖巧地点点头,弟弟只有三岁,还在吃奶,他什么都不知道。我五岁了,是姐姐,一股责任感油然升起。我坚定地牵起弟弟的手,冲母亲挥一挥手,然后背转身朝着那栋粉墙黛瓦马头墙的大屋走去。母亲立起身,也冲我们挥手,我又看见了那道伤疤,母亲手腕上的那道丑陋的疤痕。可是今天的母亲是如此亲切,非常慈爱地看着我们,脸上荡漾着的笑容一直甜到我心里,也甜蜜了我整个生命。

一段并不太长的距离,不知道我和弟弟走了有多久,也不知道其间我回了多少次头。每一次回首,我都看见母亲的脸上带着鼓励的微笑,那般亲切、那般慈爱地看着她的一双小儿女。于是我便更加坚定地牵紧弟弟胖乎乎的小手,朝着那栋大房子走去。终于要拐过屋角了,我最后看了母亲一眼,温暖的余晖下,一身红色衣裤的母亲是那般美丽妖娆,我小小的心里鼓胀着骄傲与自豪,冲着母亲也挥了一挥手,向她宣示:她的女儿真的乖也真的能干哦。

好高的门楼啊!我怯怯地走近,抬头望着紧闭的高大门楼不知所措。恰在这时,从大门旁边的一扇小门里走出来一个青布衣裤的妇人,脑后梳着一个大大的发髻,恍惚间,我以为是张妈。"张妈"看见我和弟弟一对陌生的小人儿在门前张望,情不自禁地矮下身子,蹲到了我们面前。可是就在她蹲在我面前正要问话的时候,忽然看见了我脖子上挂着的翡翠挂坠。她狐疑地拿起来看了看,脸色陡地变了,语气急急地问,小妹妹,你这个东西是从哪里来的?

我伸手将挂件扯下来,骄傲地说,是我妈妈给我的。

你妈妈给你的?那你妈妈叫什么名字?"张妈"如此急切地追问,令我感到奇怪。

我妈妈叫楚天心啊,怎么了?

啊,这是真的?你妈妈是楚天心?那他是谁?是你弟弟是不是?一定是你弟弟。看他长那模样我就能知道。啊啊啊,孩子,我苦命的孩子,你们终于回来了……"张妈"忽然一把搂住我和弟弟眼泪滚滚而下。我和弟弟被这个"张妈"弄得有些不知所措,"张妈"却突然刹住悲声,似乎想起来什么似的说,啊,孩子,你们俩这么小,怎么来的?

妈妈带我们坐船来的呀。我更加自豪地说。

那妈妈呢?

妈妈累了,在那边歇着呢!我拿手朝那片柳树林一指。

啊,她怎么不跟你们一道回呢?"张妈"抱起弟弟,牵过我的手说,走,快去喊妈妈。"张妈"急忙地转过屋角,朝来路看过去,可刚才妈妈站的地方空空如也。啊,妈妈呢?妈妈不见了。可她刚才分明还在的呀。

妈妈!我急得哭起来,冲着空空荡荡的远方高声喊,可是没有回音,只有风吹动芦苇的沙沙声。妈妈在哪里呢?妈妈分明说好随后就来的呀。

孩子,别哭,走,跟我回去禀告太太。说着,"张妈"牵着我又急急忙忙地返回了大屋。这一回,她牵着我们进去了,从那扇小门走进了这座气派非凡的大屋。闪过高大的照壁,屋顶上突然出现的一个大大的四方窟窿着实吓了我一跳。我奇怪,看上去那么气派的大屋,屋顶怎么竟破了这样一个大洞呢?与屋顶的大窟窿相对应,地上也挖了一个大大的池子,砌着清一色长条青石。这是什么样的房子啊?外面看着气派,原来里面竟破成这样啊!可是我的心思不在这上面,我一门心思只想着我的母亲她究竟去了哪里。大窟窿后面的厅堂上,似乎坐着一个人。此时,太阳已然收尽它最后一抹余晖,全然黑尽了。天都黑了,可是妈妈不见了。妈妈不见了,妈妈,你在哪里?

"张妈"把弟弟放下来,冲那个暗影里的人喊,夫人,小姐、小姐她回来了……

哪个小姐?对面的声音有点不解,甚至有点不悦。

哎呀,夫人,还有哪个小姐呢?自然是天心小姐嘛!"张妈"有些气急。

什么?暗影里的那个人霍地一下站起来,说,真的?她在哪?

她,她,她,我也不知道她在哪……"张妈"有些语无伦次,她的一双儿女在这……

什么?那个人急遽地走了下来,就着天窟窿里洒下来的光亮,我看见一个稍微有点富态、个子高高的女人站在天井对面。焕彩,掌灯。随着一个女声在后面远远地答应,顿时整个房子亮起来了。那个人顿时如一座雕像一般,出现在灯影里:一身藏青色绣花缎子衣裙,灯光下闪闪地发着柔和的光亮;一头花白头发,也同母亲一样在脑后盘了一个髻,一支银簪斜插在发髻上;肤白体匀,端庄稳重,富贵典雅,令人望而生敬也望而生畏。我有些害怕,本能地朝"张妈"身边贴了贴。

你说什么,方嫂?这是天心的孩子?

是的,太太,他们真的是小姐的孩子啊!您看这翡翠。这不是小姐出世那天,老太爷从自己脖子上解下送给小姐的吗?家里人哪个不认得啊……"张妈",不,方嫂哭了,嘤嘤的哭声却使得整个天地都沉浸在一片悲伤之中。

方嫂,那位高贵的太太显然不太喜欢这样的悲伤气氛,声音不高却透着威严地叫了一声,方嫂立时止住了悲声,说说到底怎么一回事?

于是"张妈",哦,不,方嫂,就将刚才发生的一切说了一遍。此时,那个高贵的夫人已经绕过地上的长方形大池子,来到了我们面前。她一样矮下身子看了看我脖子上的挂坠,随后又把目光定格在弟弟那张酷似母亲的脸上。我看见有两行泪悄悄地滑过她的面颊,可是她没让它们落下来,而是快速地将之擦去。焕彩,大少爷不是回来了吗,去把他叫过来。

刚才那个女声答应着去了,不一会儿,从厅堂后面走过来一个男人。我的个天,在我心目中,一直以为我父亲是这个世界上最帅气的男人了,可原来还有比我父亲更帅更有风度的人呢。灯影中的那个人看上去是怎样风度翩翩、玉树临风啊!我看得有些呆。"张妈"再次叙述了刚才发生的那一幕之后,那个男人也走到我面前低头看了看我脖子上的那块翡翠挂坠,并用手抚了抚弟弟子墨的头,弄乱了被描红梳得整整齐齐、油光水滑的三七开小分头。

娘,应该是天心的孩子无疑了,接下来怎么办?那个帅气得让人脑子缺氧的男人,此时已经把我和子墨领到了厅堂里面,而那个高贵的夫人也已经端坐到刚才的椅子上了。

太太,得赶紧去找小姐啊!天都这样黑了,芦苇荡那边阴气那么重,小姐一个人会害怕的……"张妈",哦,不,方嫂说着又嘤嘤地哭开了。

方嫂,太太又是一声责备地喊,你以为我不想吗?那位高贵的太太突然声音发硬,说不下去了,停顿了好一会儿,才接着说,你们知道吗?今天是天心的生日。都多少年了?我都有多少年没有给她过过生日了?那可是我身上掉下来的肉啊。太太说着,拿手帕捂住了眼睛。

娘,我知道您心里的顾虑,因为爹临死的时候一再嘱咐,天心这辈子都不准踏进楚家半步。

太太!方嫂止住了悲声,也不理会大少爷,径自说,太太,现在可不是讨论这些的时候啊!老爷临死前是说过这样的狠话,可那也是他气极之下说的呀!这橡树湾谁人不知哪个不晓,小姐天心才是老爷的心肝宝贝!倘使小姐回来了,出现在他面前,他还会那么说吗?

娘,方嫂说得在理。

那你说该怎么办?那位太太将手帕从脸上移开,望着儿子说。方嫂看着太太,感觉自老爷去后,似乎还是第一回,在这个家里,这位向来杀伐决断的夫人乱了方寸,那么无助地望着自己的儿子,而且还是自己最不待见的儿子。是啊!眼下这个家里面,除了大少爷还有谁可以商量呢?再怎么样,他还是小姐的哥哥,方嫂的心里有说不出的悲痛,她懂得一个母亲的心。

娘,方嫂说得对,得赶紧把天心找回家是正理,天心一定是自己不敢回家,才叫一对小人儿先回来的,自己在柳树林里躲着,等我们去找她。娘,您跟天心都快十年没见了,妹妹好不容易回来,一定费尽了心机,我们何必非要计较那么多?

太太,大少爷说得是啊,方嫂用一种近乎感激涕零的目光看着眼前的这个大少爷,为他关键时候的通情达理。

焕彩,叫高翔过来。夫人终于下定了决心似的,高声朝照壁后叫了一句。

哦,那个声音又答应着,不一会儿,从厅堂后面跑过来一个高高大大、俊朗神武的男子。天哪!这个家里,到底有多少人啊?那堵墙后面怎么可以层出不穷地有人出来呢?而且一个个还都这样好看。

二婶,什么事?那个高翔和大少爷点了一下头,算是打了招呼,然后又无比好奇地打量了我跟弟弟一眼。

高翔,你赶紧出去多喊几个人,准备好火把,然后跟大少爷去柳树林那里找人。

找人?找谁?

天心回来了。大少爷答。

啊?那个高翔很是一愣。

不要啊了。太太一脸严肃地说,高翔,赶紧去准备吧!高翔答应着去了。太太转而又对"张妈",哦,不,方嫂说,方嫂,你带天心的孩子先去后面吃饭,然后安顿他们早点睡觉。就睡天心的房。小东西一天跑到晚,一定累坏了。说着疼爱地抚了抚我和弟弟的头。不知为什么,就那样一个简单的小动作,竟然惹得我想哭。在我的印象里,以为天底之下的亲人只有父亲和母亲,却没想到原来还有别的人。

十几支火把把大屋门前的天空照得一片红。那天本来是个晴天,初十的月亮虽然还没怎么圆,可也已经清辉万里,还有满天的星星,就算没有火把外面也亮得可以。十几个橡树湾的精壮后生,跟在高翔和大少爷后面,往柳树林去了。天心!大少爷率先喊了一声,顿时呼喊声此起彼伏起来,有喊"小姐"的,有喊"天心小姐"的。可是远远地,除了菱湖单调的一浪一浪的涛声之外,就只有风吹动芦苇发出的沙沙声,柳树枝条互相打情骂俏发出的稀里哗啦的一片片絮语声。天心,你在哪里?快走近柳树林了,忽然月亮和星星都跟约好了似的,倏忽之间全都隐没到了云层深处,只在遥远的天边有一两颗孤星怯怯地眨着眼睛,似乎面对即将到来的大难心存恐惧。天心!大少爷的声音里明显有了焦灼,天心,我是大哥天舒啊,你在哪里?娘叫我来找你,回家啊。大少爷正说着,忽然从柳树林里吹过来一阵风,瞬间把所有人手中的火把都吹灭了。啊,人群中不知是谁惊惧地叫了一声,随即拔腿就往回跑,紧跟着所有人都跑了。高翔也感觉头皮一阵发麻,可还是硬撑着发麻的头皮站在大少爷身边。他不觉抬眼看了看大少爷,黑暗中大少爷的脸上也布满着恐惧。

大哥,怎么办?高翔问。

还能怎么办?回去吧,高翔,你这点的什么火把啊,怎么这样不经事?这么一阵小风就给吹灭了,回去叫我怎么跟娘说。大少爷一路走一路不高兴地责怪着。

我看这月亮星星透亮的,也就胡乱点了几个火把,谁知竟变天起风了呢?别着急,大哥,我再把大家找回来,点上松明火把。那个经事,刮风下雨,都灭不了。

快一点,天这样黑,天心打小胆小……

好的,大哥。你就在门口等着,省得回去,惊动了二婶,不好跟她交代。

十几个人重新聚集到了门前。这一回,清一色松明火把,燃烧的松油吱吱地散发出好闻的松香味,高翔也递了一把给大少爷。十几个人都有些不好意思地说,大少爷,刚才实在是有些怪异,不然我们也不会跑的,找天心小姐哪个敢不尽心尽力啊。这回请大少爷放心好了,有这松明火把照着,我们就什么都不怕了,一定把天心小姐找回来。于是,一行人又喊喊喳喳地朝柳树林走去。然而这一回,才刚走进柳树林,每个人都感觉自己头上的毛发一根根似乎都要立起来似的,内心充满了恐惧。恰在此时,忽然又一阵阴风扑来,所有人手里的火把再次瞬间被齐刷刷地吹灭了。啊呀,有鬼呀! 不知是谁惊惧地叫了一声,于是所有人再一次落荒而逃了。这一回,就连大少爷自己都感觉心里一阵阵发毛。怎么办? 望着深不可测的暗夜,大少爷天舒深感无助。回吧,看来只有等天亮再说了。

那一夜,大屋里几乎所有人都彻夜未眠,只有我和弟弟睡得格外香甜。弟弟子墨那天或许是太累了,竟然忘记了吃奶,饭还含在嘴里,就已经眼皮打架。方嫂心疼地把他抱在怀里心肝肉地喊个不停,草草地给他洗了一把,就把他放到床上睡了。其实,我也很困,可是我心里还是惦记着母亲的,就问方嫂什么时候能把妈妈找回来。方嫂说,乖宝贝,你只管去睡,明天一睁开眼睛,就能看见妈妈了。

描红,你知道吗,方嫂她骗我了。第二天我睁开眼睛,根本没有看见妈妈。从那以后哪一天我睁开眼睛都看不见妈妈。妈妈不见了,你知道吗? 描红。

第二天,天阴了,一把烟子雨像雾又像纱,密密地织着,把人一颗心网得死死的,透不过气来。大屋里一大早就躁动起来,有点人嘈马哄的感觉。我也一清早就醒了,一个人偷偷地爬起来,溜到了楼下,我发现这后面的房顶也破了大窟窿,地上也同样挖了坑,铺着青石。我也顾不上许多,只想着能找回母亲。还没有走到坑边,就被方嫂发现了,她追过来问我要去哪里,我问,妈妈呢?

方嫂被我问了一个猝不及防,半天才支吾着说,妈妈,妈妈马上就要回来了。走,乖宝贝,我们去洗脸吃饭,好不好?

我不要洗脸吃饭,我要妈妈。

我说着穿过地上的大坑朝前面跑去,又是一重破了的天,直到跑到第三重破了天的时候,我才看见昨晚进来的大门,那个厅堂里,挤挤挨挨都是人:高贵的太太、帅气得令人窒息的大少爷、高大而又精神的高翔,还有好多不认识的,每个人都一脸严肃地聚在那里。我看见那位太太的两只眼睛又红又肿,像两只熟透了的桃子。不知为什么一看见她,我心里忽地一酸,无尽的委屈涌上心头,眼泪刷地滚落下来。我哭着大声喊，妈妈，我要妈妈，我要妈妈嘛！

一屋子的嘈杂霎时静了下来，只有我一个人的哭声在屋子里回旋着，从屋顶的窟窿里直冲上天空。细雨把我的声音团团围住，将那尖厉包裹起，变得混沌浑圆，然后又从窟窿里荡回来。雾蒙蒙的，握不住，拿不起，更是放不下，却一头撞进人心里。我叽里哇啦一个劲地哭，把那位高贵太太的眼泪也哭出来了，好些人的眼泪都哭出来了。好一会儿之后太太才止住悲声，说，天舒，带她一起去找天心吧。那位大少爷稍稍迟疑了一小会儿，走过来，牵起我的小手。他的手好大啊，我的小手搁在里面是那么舒适那么温暖，父亲从来没有这样温情地牵过我的手。我越发大声地哭起来，哭得那位大少爷眼圈都红了。那个高贵的太太呢，再一次泣不成声，拿手绢的手朝大家挥了挥，说，去吧。那个动作，那个挥手的动作，甚至握手绢的姿势，都是和我母亲一模一样的啊，莫非天下母亲都那样挥手那样握手绢的？

我要妈妈。

根本数不清究竟有多少人，在我们的身前身后拥向了柳树林。今天的菱湖与昨日波光粼粼的菱湖大相径庭，仿佛蓄积着万钧雷霆之怒似的，波涛以非常夸张的方式奋力撞击着堤岸，发出的轰鸣之声好似一万个人在怒吼；而芦苇与柳树，也不似昨日那般万千友好温文尔雅，而是变成了两个泼妇，互相怒骂，长叶翻飞，枝条乱舞，你言我语，你来我往，全没有了往日的斯文与风度；倒是雨还很温和，依旧一层薄纱似的弥漫在天地之间，不怒也不喜。天心，妈妈，一个稚嫩，一个浑厚，两个声音在湖面上相扶相携，饱含深情地合力寻找他们共同的亲人。可是回答他们的仍旧只有愤怒的涛声，以及芦苇与柳树沙啦沙啦的撕扯声，他们的亲人究竟去了哪里呀。

不知喊了多久，也不知找寻了多久，忽然在那柳树丛中，芦苇荡边的一处草丛里，我发现了一小块被压窝了的草皮，那里似乎有一个黑黑的东西在若隐若现。我挣脱那只温情的大手，朝着那一小方草窝子跑过去。近了，终于看清了，那是一双黑色的绣花鞋。我捧起来，那是我闭着眼睛也能猜得出来的母亲的绣花鞋啊！黑色缎面，绣着兰花，叶片舒展，花朵含羞！那一瞬间我分明看见了我的母亲，一天的奔波，她确乎是累了，她多么想走进那座她思念已久、渴慕已久的大屋,用久违的亲情来驱赶疲劳,可是她终究不敢也没脸面。因此她只有叫自己的一双小儿女代自己走进那座大屋,走进她曾经的生活。她看见她的一双小儿女走到了高大的门楼之下,她也看见了方嫂走出来与小儿女说话。在她看见方嫂抱一个牵一个地朝这边来的时候,她害怕了,慌慌地将自己藏在了一棵大柳树后面。夜幕降临了,她看见了月亮和星星,月亮和星星也看见了大湖边伤心的女人楚天心,看见她如何一个人在湖边徘徊;看见柳枝和芦苇叶都那么友善地抚弄她,可她完全没有心思理会;还看见她如何将脚上的绣花鞋脱下来,垫在屁股下面,坐在草丛里,对着月亮星辰,对着湖水树木哭泣。或许是月亮星星也不忍心见她如此悲伤,才躲进了云层深处。紧接着她就看见了照亮了半边天的火把,听见了那个他熟悉得不能再熟悉的声音,大哥的声音。她知道,她当然知道。可是她不敢回答,她没有脸面面对,更没有脸面踏进那个家门,她只有死。滋养她二十多年的菱湖不会嫌弃她,更不会不要她、抛弃她。在火把第二次照亮天空的时候,她悲伤却又异常坚定地走进了湖水之中。温暖的湖水咆哮着、舞动着,接纳了她,温柔地包容了她……

那双黑色绣花鞋就像两粒黑色的子弹将我击倒,霎时我的内心充满了恐惧与不安,我对赶过来的那个大少爷说,妈妈的鞋。

什么?这是你妈妈的鞋?大少爷顿时脸色剧变,你确定这是你妈妈的鞋?

就是我妈妈的鞋嘛!化成灰我也认得的。妈妈就在这里,是不是?她的鞋在这里,她肯定在这里,是不是?妈妈,妈妈!我更加大声地喊,挣命地喊。可是没有妈妈的回答,只有湖水更为愤怒的咆哮声,而芦苇与柳林也似乎要将我的声音淹没似的,拼命喧哗。所有的人都安静了下来,谁都知道这双遗留在岸边的绣花鞋意味着什么,只有我不知道,还在疯了似的寻找呼喊,嗓子都快喊破了。大少爷一把抱住了我,将我紧贴在他的胸口上。我一时间实在不能接受这突如其来的温情,拼命地挣扎着,想要挣脱他的怀抱,可是他不放手,将我的哭喊与挣扎都死死地捺在他的怀里,直至我筋疲力尽不再动弹,他才把我抱起来,对我说,走,孩子,我们回家。

不!为什么要回家?我不要回家,我要妈妈!我再一次拼命踢腾挣扎。

太太来了。不长的一截路,竟坐了顶四人抬青布小轿。方嫂将她从轿子里面搋出来,一副已然要虚脱的样子。我听见高翔轻声对大少爷说,二婶听说湖边只有天心的一双绣花鞋,当场就晕了过去,方嫂掐了好一会儿人中才醒转来……

大少爷神色凝重,走到太太面前,说,娘,人显然不在了,怎么办?

那就赶紧找人捞啊。

水面这么大,怎么捞?大少爷面露难色。

那可是你妹妹啊,天舒,你问我怎么捞?活着,我见不到她的人;莫非她死了,我连她的尸身也要见不到吗?太太动怒了,愤怒而又悲伤。你妹妹既然回来了,怎么可能还会跑远,左右不就在这一块。

好好好,我马上叫人来捞。高翔,去,把橡树湾最会水的人都给我找来。

高翔答应着去了。不大一会儿,陆陆续续来了一群人,有二十多个的样子。到了湖边也不用人发话,一个个就像下饺子似的自动跳进了湖里,愣是把那一片芦苇荡都摸遍了,有的甚至游到了更远的地方,可就是摸不到。高翔说,会不会出了芦苇荡,要不用拖网试试?于是又有人取来了拖网,两个人一条小船,十几条小船同时在湖面上,就像用篦子篦头发一样,在芦苇荡附近五六里的位置,来来回回篦了十几遍,连湖底的小鱼小虾碎石蚌壳都没放过,可就是没有篦到人。为什么?莫非她不在湖里?

方嫂流着眼泪说,太太,您喊啊!小姐怕是不敢见您,只有您同意了,她才敢回家啊……

太太擦了擦脸上的泪,素衣素裙,肃立湖边,对着湖面,对着天空大地,高声喊,天心,我的儿!你去了哪里?跟娘回家吧!娘来接你回家了,快跟娘回家……声音之悲怆,场景之凄楚,无人不动容。只见湖水更汹涌地咆哮起来,恨不能冲决了堤岸;芦苇更疯狂地舞动着,恨不能扭断了小腰肢;柳树也竭力张狂,恨不能将枝条抛上天。那悲怆的声音刚一结束,霎时间就见眼面前的芦苇,忽然像得了什么命令似的,纷纷四散倒伏避让,而在那芦苇丛中,一个红色的人影直直地从湖水中间一跃而出,宛如一条正欲登跃龙门的红鲤鱼,以非常优雅而又漂亮的姿势飞跃心中圣地。长长的黑发甩向脑后,像极了平常母亲洗完头发后,仰头将湿漉漉的头发甩向脑后的模样。那分明是我的母亲,脸色白净,笑容满面,一脸的慈祥与温柔,万千愁伤都放下的自在与从容。哦,我的母亲我的娘!妈妈,我疯了,声嘶力竭地高喊了一声,一缕鲜血随着喊声从我的嘴角流出。描红,纵使我喊破了喉咙,我的母亲也永远听不见了。她听不到了,你知道吗?啊啊,老天,这样对待一个五岁的孩子是不是太残酷。

天心啊,我的儿!太太又喊了一声,旋即人像一根面条似的滑到了地上,晕了过去。

描红,你在哪?

当我们乘坐老艄公的一叶扁舟在长江之上疾驰的时候,描红正满面愁伤地坐在那顶绣着"龙凤呈祥"的大红轿子里等张清、张白;当老艄公将我们从芦苇荡那儿护送上岸的时候,描红正被张清、张白抬着飞一般跑向荷叶洲的清字巷码头,早上来的大船一直候在那儿;当大少爷率领一帮人举着火把呼喊着我母亲的名字寻她回家的时候,描红正跪在山上我们家的客厅里,我愤怒至极的父亲听完张清、张白战战兢兢的叙说,高举起手中的马刀奋力下劈,那架势是欲将描红一劈两半方可解恨。可马刀最终在落向描红头顶的那一瞬间,及时刹住。之后刀尖无力地指着地上跪着的三个人,颓然地说,你们,都给我去死!当我母亲最终决定投身菱湖的时候,描红用母亲的那条白色缎子围巾把自己挂在了轿屋的房梁上。只是她并非独赴黄泉,而是有她讨厌至极的张清和张白陪着她……

不知道一同上路的那几个人,可还跟他们活着的时候一个样?描红伺候母亲,张清、张白抬轿……

就在我的母亲飞身跃出水面的那一刹那,我想到了我的父亲。

尽管我的父亲并不怎么爱我,可我还是不可遏制地想到他。

父亲对于我的慈爱仅限于微笑着俯视我的时候,用他那握枪的宽大手掌抚摸我的头发,仅此而已。可对于弟弟子墨就不一样了,他总是哈哈大笑着朝弟弟张开双臂。那笑声仿佛一轮红日突然从山谷间喷薄而出,光芒万丈。他大笑着无比夸张地把胖嘟嘟的弟弟抱到自己手里,再高高举过头顶,如此反复。弟弟常常会吓得吱哇乱哭,两只小腿不停踢腾,可这并不能阻止父亲的动作,而是更夸张地将弟弟高高抛起,然后接住;再抛起,再接住,如此反复。弟弟常常在父亲将他高高抛起的一瞬间,忽然破涕为笑,咯咯的清脆笑声在山谷间回荡。那一刻,我内心充满了对弟弟的羡慕,那该是怎样一种腾云驾雾的感觉啊!父亲可从来没有这样对待过我啊,父亲之于我最灿烂的一次记忆,莫过于春天的时候,带我骑他的"闪电",一起风驰电掣了。

"闪电"是父亲的一匹马,枣红颜色,快如闪电,故而得名。我最喜欢"闪电"了,它是那么修长俊雅,性情温驯温柔。这个春三月花正开的季节,父亲突然有一天骑着"闪电"过来了。在春天的阳光照耀下,父亲以及父亲的枣红马是那么耀眼,简直就是阿波罗太阳神!虽然父亲已经年近不惑,可父亲下马的动作依然那么轻捷自如,干净利落,真比年轻人还要年轻。尤其是他抛缰绳的那一瞬间,那份自信与洒脱,真是无法用语言来表达的。可是那天父亲没有像往常那样优雅地飞身下马,再自信地将缰绳抛给老张头,而是伏在马鞍上,朗声笑着高喊我的名字,墨兰,来,过来,爸爸带你去骑马。

天哪,这是真的吗?爸爸这是在叫我的名字吗?我一时间简直不敢相信自己的耳朵似的,有些手足无措。父亲见我站着没动,再一次提高了声音喊,墨兰,过来呀,爸爸带你去骑马,你不想去吗?

想!我想都没想就脱口叫出声来,然后,拔腿就朝父亲跑去。老张头矮下身子,将我抱起来高高举起递到马背上,父亲接过我,把我搂在怀里稳稳地坐在了马鞍上。那一刻,我小小的心里顿时涌出一股暖流,并迅即流遍全身,暖烘烘的,令我想哭。父亲双手牵起缰绳,说,墨兰,坐好了,我们走。

那天母亲正坐在院子里,仰脸沐浴着水一般温柔荡漾的春阳,所有的人都怀着惊喜看着我和父亲,只有母亲端坐不动。我扭过头朝母亲看去,母亲坐在圈椅里,那样娇小,那样美丽。我的心里忽然涌起一股情感,那时候我根本不懂得那种情感叫怜惜。我只知道看见母亲的那一瞬,我再一次心底酸酸地想哭。就在我扭头看母亲的那一刹那,母亲也正扭过头看着马背上的我。她的目光里是否也把父亲框了进去,我不得而知,但她确确实实在看着我,眼睛里有担忧也有欣喜。我冲母亲喊,妈妈,我们走了。母亲抬起左手冲我扬了扬,握着的白色丝手绢微微晃动着,代替母亲和我们说着再见。宽大的袖口滑落下来,母亲白皙的皮肤在春阳下熠熠生辉,灼人的眼。可同时更加尖利地灼痛了我目光的,是那条丑陋的疤痕。自打我一睁开眼睛,它就那么丑陋地、醒目地横卧于母亲手腕上,宛如一条褐红色蚯蚓。

还没等我的情绪调整好,父亲就已经一抖缰绳,驾一声,"闪电"便立即急不可待地腾开了四蹄。哇,那是怎样的一种感觉啊,风、白云、树林,还有小鸟,都在我的耳畔匆匆掠过,我根本来不及细看与辨别它们的神情、形态,就都匆匆地被我甩到了身后。啊啊,真正的腾云驾雾啊!弟弟被父亲抛上抛下原来不过太小儿科了,这才是真正飞一般的感觉。山,还是山,总是山。树木,还是树木,没完没了的树木。父亲的枣红马驮着我和爸爸,宛如一支利箭一般在树林间嗖嗖穿行。风以及穿行树木时发出的声响,把我的耳膜震得嗡嗡的,几乎要失聪了一样。风把脸抽打得都要木了,似乎长在自己头上的,这已经不是我的脸,而是蒙着的一张麻布。风,平常无影无形的风,此时却仿佛无数根尖利的小刺,前赴后继地直扎进我的眼睛。我除了把它们紧紧关闭,再也没有更好地保护它们的方法了。也不知道究竟跑了多久,父亲猛地一收缰绳,"闪电"一个立定站住了,呼呼地打着响鼻,喷着粗气,汗水顺着粗大的脖子小溪一般往下流。

世界突然间静默了下来,我的耳朵虽然依旧嗡嗡地响着,可是我知道我的灵魂回到了我的体内。这时,我的耳朵里终于传进来除了风声之外的声音:那是各种喊杀声、金属碰撞发出的当当声,以及有力的脚步撞击大地的咚咚声,震耳欲聋。哪里来的这些热闹啊?我小心翼翼地把眼睛睁开,这一睁开不要紧,可着实吓了我一跳。打从我一出生睁开眼睛看到的世界,除了绵绵延延的大山,密密实实的山林之外,就是高悬在头顶的那一块蓝天。可是此时此刻,我眼前的山却消失了,忽然陷了下去,世界顿时好一片空白。好像一个人走着走着突然身边出现了一个巨型大坑,差一点让自己掉了进去。而在那个巨大的坑里,我看见了一排排整齐的木头房子,敦敦实实地趴着;房子前面是一片开阔的平地,有多大呢?我不知道该用什么样的一个词来形容它的大。我太小了,不知道世界究竟有多大,我只是觉得比我惯常看到的那片天要大得多。还有好多人,我从来没有见过那么多的人。在我的世界里,从来看到的只有父亲、母亲、弟弟、张妈;门房老张头、厨子张胖子;轿夫张清、张白以及描红、绣绿,还有胸前飘着白胡须的曾老先生。然而,此时此刻,我却一下子看到这么多人。好多好多的人站在那块平地上,他们都穿着和父亲身上同一个颜色的浅灰色军服,远远看去就像一片浅灰色的云飘落在那个大坑里。那些人正在做着各种操练,有的拿着根棍练刺杀;有的像犯了毛病一般地立在那儿,不停地伸缩着双脚,那倒腾的样子可笑极了,我止不住咯咯地笑出声来;还有的趴在地上对着远方打枪,真的有枪声一下一下地传过来,有的零星:嗒、嗒,有的连片:嗒嗒嗒;有的你抓着我打,我抓着你打,打成一团,跌倒爬起,再跌倒再爬起,反反复复没完没了。原来再一次无比强悍地冲击着我耳膜(我可怜的耳朵)的声音正是由他们发出的。原来人也可以发出比雷声还要响亮的声音啊。

我说,爸爸,他们这是做什么?

爸爸说,他们在练本领啊。

练本领做什么?

练本领保护自己啊。

哦,墨兰以后也要练这些本领。

哦?墨兰练这些本领做什么呢?

墨兰要练这些保护妈妈和弟弟,也保护自己啊!

哦,哈哈哈……父亲忽然一串长笑,之后抚了抚我的头发说,嗯,好女儿,有志气。可墨兰记住了,墨兰不用自己练本领,因为你们都有爸爸保护着,不会受到任何伤害的。保护你们,那是老天赋予爸爸的职责。爸爸才需要练本领。

我的父亲,我的跃马提枪的父亲,高大威猛的父亲,立誓练本领保护他挚爱的妻与一双小儿女的父亲。可是此时此刻,我的父亲纵然有一身的好本领,也已经于事无补,他再也保护不了我的母亲,他的妻。他的妻子终于决绝地离他而去,而他的一双小儿女也将远离他的护佑……

哦,父亲!哦,母亲!

我的父亲母亲

劫　持

冬天的太阳似乎特别会偷懒,每天只浮皮潦草地在天空转悠那么一下,就赶快回家了。其实不过刚刚酉时,若是在夏季,这样的时刻,太阳还老高地挂在天上。可此时已是冬月。民国二十年(1931)冬月初三,酉时初,一条中等货船在长江上顺水而下,船上装的不是什么货物,而是两个人,一个老者和一个年轻的女子。那老者五十上下年纪,一身黑布长袍,一顶黑色瓜皮绒帽,再加上黑黑的面容,顿时给人一种不怒自威之感;年轻的女孩子实在太年轻,不过十五六岁年纪,一身黑白相间的格子棉旗袍,剪着那个时期最为流行的齐耳短发,面容姣好,五官清秀,皮肤白皙,端庄秀雅,一看就是个在学校里接受新式教育的女学生。两个人看上去都很严肃的样子,似乎有什么心事。

老伯,能不能再快一点啊,女孩不停地催促着船家。

船家面对着女孩的催促,一点不着急,而是依旧不急不慌地一边划动双桨,一边慢条斯理地说,小姐啊,您就是给我安上两只翅膀,我也只能飞这么快了呀。要不是看在长生大哥的面子上,哪个这样晚还给你赶这样远的水路哦。再说哪个都知道这藕山上可是土匪窝子。

老者重重地咳了一声,冲船家说,老肖头,专心划你的船是正经,哪里有那么多话嘛。回头又看了女孩一眼说,天心,不要着急啊,你爹在家呢,你娘应该没什么大碍的。

可是送信的人说,娘病得很重呢,我能不急吗?女孩一副要哭的样子。要不是来人说得那么急,我也不会这么晚还往回赶。

按理,你爹叫人送信应该送到我那里才是,怎么这回直接送给你了呢?你见到那送信人了吗?

我哪里能看到嘛,长生伯,您又不是不知道,我们女校不允许外人随便进出的啊。

这我能不知道吗?我只是奇怪送信人怎么会直接去找你呢?

哎呀,长生伯,这句话您都唠叨不止一百零八回了。您到底奇怪什么呢?或许正是因为娘病得太重的缘故呢?女孩显然不快活了,嘟起了好看的嘴巴,气鼓鼓地望向了船外面。冬天的夜黑得可真纯粹啊,像一团墨一样。只偶或两岸这里那里有一星半点的渔火,弱弱地一闪一闪,告诉夜行的船只江岸在哪。寒冷将一切虫鸣犬吠都冻结了,天地如此安静,只有船底那哗哗的流水声告诉你世界还活着。

不是我喜欢疑神疑鬼,天心,实在是世道真是不太平,土匪……

土匪土匪土匪,一天到晚土匪挂在嘴上。我哪一回出门娘都要叮嘱一百零八回,可我长到今天,怎么也没看见土匪长什么样啊?

哎呀,我的小姐呀,莫非土匪还在自己脸上刻上"我是土匪"四个大字啊!船家忍不住在船尾插话了。

你……女孩显然寡不敌众,更是气鼓鼓地噘起了嘴。

小姐,你这个蜜罐里长大的千金小姐,哪里晓得这人世间的艰难啊。那些个土匪平常都窝在山上,不轻易下山,可只要一下山,我的个天爷爷地奶奶,那可就孽作了哦。船家也不管那女孩生不生气,自顾自说着。

这么说,你见过土匪了?

岂止见过啊,小姐,是见识过。这藕山上的土匪啊,他们可厉害着呢,山上有枪,据说还有大炮,水里有船。天知道湖面、江面漂着的这些船,到底有多少只是土匪的。那些土匪的厉害,你这样的千金大小姐哪里会晓得呢?你爹跟你长生伯,他们可都晓得的。在外面跑生意,不也是提着脑袋赶路啊,不信,你问你长生伯。那一回,我和你长生伯去杭州进了一批丝绸还有干海鲜什么的,在荷叶洲那里停下,准备上岸吃点东西,歇息一下。谁知我们的船刚准备起锚离开,十几个土匪就呼啦一下子跳上来,动手开始抢。不过我和你长生伯也不是什么软角色,一人一支长篙,一个船头一个船尾,就与他们打斗起来。你长生伯可真是厉害呢!一篙子横扫过去,七八个掉进了水里。那些家伙一定也没有想到他们那么多人,我们只有两个,竟然敢与他们对抗,于是一个个发了狠,从水里爬起来,挥舞着三尺来长的木棒与我们对打。可是他们再凶横,毕竟近不了我们的身,你长生伯一边与土匪对打,一边吩咐我赶紧开船,就这样我们两个人边打边跑,终于逃脱了。好险呢!事后想想心里都还一阵阵地发毛。

是这样吗?长生伯,我怎么从来没听你说过啊?女孩显然已经不生气了,而是歪着头无比崇敬地看着舱里的老者。黑暗中,只见那张坚毅的面孔上闪过一丝微笑,仿佛黑暗中的一线光芒,不过只一闪就熄灭了。

这些有什么好说的?天心,你不要听他讲得那么玄乎。

你不要听他讲得那么玄乎。船家学着老者的语气说着,小姐,他那是不愿意说,还有比这更可怕更厉害的呢,那一回我们在镇江,船准备进运河的时候,七八个土匪每个人手里都提着白晃晃的大刀片,冲上来抢刀就砍。

啊!女孩吓得尖叫起来。

哎呀,老肖头,你今天话真多哎。老者语气突然严厉起来。

船家不好意思地嘿嘿干笑了两声,说,我又不是讲故事,讲的都是真事情哦。

这些该死的土匪真可恶,难道官府就不管他们,不收拾他们吗?年轻女孩愤愤地说着。

收拾他们?你知道那些个土匪为什么那么胆大包天为所欲为?因为他们跟官府是通的啊,我的小姐,土匪的那些船在这江湖之上跑生意,天知道有多少是进了官府的口袋啊。小姐,你想想,这天底下,还有自己跟自己过不去的主儿吗?还有放着白捡的银子不要的吗?像你们橡树湾楚家,那可是方圆百里数得着的大户,在橡树湾,有大房子住着,还办了小学堂,在城里开着好几家铺子,你以为那些土匪不看着眼睛冒血吗?为什么他们不敢碰你?还不是你们家二少爷在南京做着官,还是蒋委员长身边的官,哪个敢惹?

真是不明白,这些人为什么好好的要做什么土匪啊?女孩继续愤愤不已。

唉,有的也是给日子逼的,不然有吃有喝有穿的,做什么不好,要做土匪?除非天生孽障。就拿这藕山上的土匪头子张久胜来说吧,他原也是好人家的儿子,是家里的独子,小门小户的,被当地的一个大户人家欺负。他一怒之下,在一个月黑风高的晚上,一把火把那个大户一家化为灰烬。自己呢,也吓得不敢回家,就跑到江北的东南大队当兵。那都是十几年前的事了,那时候他不过才十五六岁年纪。这个张久胜,据说他老子原来给他取名张思圣,虽说家境贫寒,却也咬牙送他进了私塾念书,就是希望他走圣人之路。可是因为家贫,就算书读得再好,也还是处处不得志,给人欺负,所以他觉得圣人一毫用处也没有。人活着,只有胜利、胜利、永远胜利才有出路,也是怕给人寻着报他的仇,于是就自己改名叫久胜。你别看他其实识不得几个大字,却最喜欢与读书人打交道,又天生得一副白面书生的样子,江湖上人都称他叫"白面杀手"。前两年我在城里的一处茶楼见过他一回,人告诉我那就是著名的"白面杀手"。我一看,乖乖,五尺长的大个子,眉清目秀,一身长衫,真是相貌堂堂。无论怎样看,也不能将他和土匪、杀手联系在一块啊,唉,这人啦,有时候还真不能光看外表。

老肖头叹息了一声,继续说,那张久胜,心狠,人聪明,会来事,八面玲珑,又天生一副白面书生的样,哪个不以为他温顺敦厚啊?在东南大队,不过两年工夫,这家伙就干到中队长了。之后呢,大队长赏识他,还把他送到南京什么将校团去受训。这下不得了了,他回来之后耀武扬威的,不把原来的大队长放在眼里。按道理,人家大队长那么对他,他应该对人感激涕零才是,哪晓得,他竟然伙了几个心腹下属,把原来的大队长给弄死了,对外说大队长暴病身亡,自己当起了大队长。谁知大队长的旧部去南京告发了他,南京那边就准备过来收拾他。不想他提前得到消息,带着一起起事的几十个人和几十条枪,就上了藕山。南京方面人来之后没抓到他,一怒之下就把那个什么东南大队给解散了。张久胜费了半天劲,原也想弄出点动静,好光宗耀祖一把,哪晓得倒弄了个鸡飞蛋打,不仅没当上什么大队长,连后路都给堵死了。无奈,他只得一门心思干这占山为王的营生了。这山上原也是有一帮人的,他上来之后,人家见他是从正规军过来的,又带了那么多人和枪,多少有些敬畏,封了他一个二当家。可这家伙或许天生就是个反骨,哪晓得他根本看不上这个什么二当家,上山半年时间不到,他们一伙人又把原来那个大当家的给干掉了,自己真正占山为王做起了大当家。算起来,他上山也不过十来年时间,就发达成这样。如今,官府想要对付他,恐怕得很伤一会儿脑筋呢。

说话间,四十几里的江路已经结束了,小船灵巧地拐进了窄小的莲子河,不一会儿,菱湖沉闷的涛声就在耳边不疾不徐一下一下地响起来。紧接着,呼地一下,眼前一亮,湖边的万家灯火突然间跳了出来。家,不远了。船舱里的老者显然松了一口气,长长地伸了一下懒腰。女孩更是惊喜地钻出船舱,对着大湖喊,喂、爹、娘,我回来了。话音未落,忽然就听见远处有船桨急速地搅动湖水的声音,又急又猛。

不好,船舱里的老者异常警觉地叫了一声,回首吩咐,老肖头,赶紧靠岸边走,快!又朝船头喊,天心,赶紧进到舱里来。

怎么了,长生伯?女孩进得舱来,不解地问。

别吱声,乖乖坐着,不要乱动。老者少有的严厉,令女孩心里一阵害怕,她乖乖地坐在舱里,一动不动。老者已经到了舱外,将一支长篙横握在手中,机警地在黑暗中朝桨声发出的方向看去。而这时船主老肖头也将一只船划得如箭一般飞驰,可是已经来不及了。就在他们的船快要接近岸边的时候,两条大船一左一右,将他们的船死死地夹在了中间。真是怕什么来什么啊,老者长生心头掠过一阵惊慌,两只手死死地握住长篙,今晚必是一场死战,拼死也要保护好天心,只要天心好好的,要什么都给他们。土匪嘛,求的不过是财。再说,振轩的女儿哪个敢碰?不相信有谁不怕死,敢摸老虎的屁股。

两条大船在靠近小船的时候,突然间灯火齐亮,晃得人眼睛发疼。就在长生伯扭身躲避亮光的一刹那,手里的长篙被人一棒子打脱了。长生伯心里着实一凉,他知道这回是遇上高人了。无奈,他只得抱拳朝大船拱手,朗声喊道,各位好汉爷,我们今天船装的不是货,只是借船回家。各位有什么需求,请跟我明说,明天派人去城里铺子里取,定会分文不少。请各位好汉放心,我楚长生定然说到做到。

少他妈废话,叫船舱里的人出来。大船上的人厉声喝道。

长生心中一惊,他们怎会知道船舱里有人?看来确实来者不善。他于是朗声答道,各位好汉,船上坐的可是橡树湾楚振轩楚老爷的千金,惊了楚小姐,怕是不好交代吧?长生虽然嘴里说得硬气,可心里已然凉到了极致,他平生第一次心中充满了恐惧与焦虑。跟着伯轩出生入死几十年,他什么时候这样害怕过?即使去年一个人穿越封锁线去江西,他也没有这样怕过,可今天他真真切切地感觉到了恐惧。不为别的,只为天心。长生知道,倘若天心有个什么三长两短,定是要了伯轩的命。怎么办?冬月的冷风嗖嗖地吹着,仿佛刀锋一般划过面颊,割得生疼,可更疼的是他的心。

哈哈,去他妈的楚振轩楚老爷!老子今天要的就是楚振轩楚老爷的女儿,有什么需要交代的,叫他明天上山跟我们大当家的说话。识相点的,赶紧把人交出来,免得我们刀上见血。

长生伯和老肖头一人一头护住舱门,长生伯还在做最后的挣扎,抱拳拱手说着好话,各位好汉爷,我想大家定是误会了。你们究竟需要什么,黄金还是白银?说个数,我们一定照办,今晚好歹放我们小姐回去。

少他妈啰唆。我看这老不死的是敬酒不吃想吃罚酒啊,来,给我抢。

话音未落,只见从两边船上嗖嗖嗖飞过来七八个人,抡起手中的木棒,一推一扫,就将长生伯和老肖头扫落水中,然后像拎一只小毛鸡似的,就将楚振轩老爷的千金楚天心拎到了大船上。长生伯救我……楚天心的一句话还没有出口,就被风堵在了嗓子眼里。随即众桨齐划,大船朝着黑黢黢的藕山飞一般驶去了。

被打落入水的长生和老肖头深谙水性,倒也没什么大碍,不一会儿两个人就从湖里爬上了船。眼看着两只大船灯火通明地箭一般驶向了藕山,长生伯甚至听见了天心的那一声喊:长生伯救我!长生伯真是万箭穿心。他一屁股坐在船头,一筹莫展,任冬月的冷风嗖嗖地抽打着自己。怎么办?怎么办啊!怎么跟伯轩和静雅交代啊!

老肖头说,长生哥,这样坐着不是个事啊,得回去禀告楚老爷想法子啊!您家里的二少爷不是在南京的队伍上呢吗?难道还怕他个鸟土匪?

一句话点醒了梦中人,回头看看在冷风中冻得瑟瑟发抖的船老大,长生内心满是愧疚,对船老大说,对不起了,老肖头,连累你吃苦了。

老肖头说,长生哥,快别这么说了,我们都是大老爷们儿,吃点苦算什么。倒是小姐,花容月貌的,千金之体,可别叫土匪给糟蹋了,还是赶紧回去禀告是正理。老肖头说着就用力划动起双桨。夜晚湖面的风不仅大还非常强劲,长生呢,竟也不知道进到船舱里头,只那样顶着冷风坐在船头,对着黑黢黢的藕山心急如焚。直到船老大跟他说到家了,他才醒转过来。他想站起来下船,可两条腿已经不听他使唤了,一个趔趄,差一点又一头栽进水里,幸亏老肖头手疾眼快伸手扶了他一把。老肖头看着这个昔日精神抖擞、虎虎生风的人,现在却如此狼狈,跟跟跄跄连路都走不稳的样子,心里实在说不出个滋味。他看了看岸上那个高挂着大红灯笼,高大气派的大屋,心里面掠过一阵悲凉,预感到这个大屋里或许从此将永无宁日了。他无奈地叹了口气,掉转船头回去,心中不禁感叹,真是灾难来了,神仙都挡不住啊。就在刚才,那个好看得闪眼睛的千金大小姐还在他船舱里坐着,一副不晓得天高地厚的混沌样子,又骄傲又娇气,现在不晓得被那些土匪抢到山里,会有哪些苦头吃。这样一想,船老大也不禁潸然泪下。灾难面前哪有什么穷富,还不是人人都一样。

就在长生跟跟跄跄连滚带爬跑回大屋的时候,楚家大小姐楚天心被带到了"白面杀手"张久胜的面前。与一般的山大王不同的是,张久胜始终保持着在部队的习性与穿着,依旧一身灰色军装,长马靴,腰里右边别着短枪,左边挎着长马刀,走起路来昂首阔步,着实威风凛凛。或许在他心目中,他依然向往那种上流社会的高贵生活,而耻于做一个山大王,所以他也不是一副凶神恶煞的样子坐在虎皮交椅上,整天呼呼喝喝,而是跟在队伍里一样,简简单单的办公室,简简单单的桌椅板凳。他虽然识字不多,却仍然竖了一排书架,上面码着各种线装书。不知道的人,还以为他多么博学多才。

楚家大小姐楚天心带到了,虽然像一只突然被暴风骤雨侵袭的小母鸡,然而骨子里的骄傲却使得她依旧高昂着头。你们这些土匪,想要干什么?你们可知道我是谁?识相点的快点送我回去,否则,有你们好果子吃。

哈哈,好一副伶牙俐齿!我喜欢。那个人从灯影里走出来,高大凛然,仪表堂堂,一脸谦和。因为有着船老大的描述,天心已经隐隐猜到眼前的这个人是谁了。只见他微笑着,背着手,走到她面前,低头凝视着眼前这个貌美如花、肤白如脂的妙人儿,止不住心头春波荡漾。看着她尽管内心满是恐惧,却依旧表现出不惧一切的架势,他真是喜欢得不得了。倘使她战战兢兢跪地求饶,他反倒没兴趣了。他不禁围着她转起了圈子,一点一点细细地打量着她。眉眼,头发,身材,握拳的白皙小手,以及舒舒服服包在棉鞋里的小脚,他都满意得不能再满意了。看来自己的眼光真是不错啊。那天在湖上尽管只是那么一眼,他就相中了她。长筒马靴踏在地上发出沉稳而又跋扈的笃笃声,听得人心里发毛更发焦。你是谁家的女儿,我当然知道,可是现在一切都不重要了,重要的是,你现在在我这儿,从今往后,你就是我的女人了,其他的,谁都不重要,你知道吗?他笑吟吟地低头看着她,满眼都是骄傲与自得。

呸,甭想!面前这个斯文秀雅的小女子却异常暴烈,突然啐了他一口,吐了他一脸的口水,做你的大头梦去吧,你就等着我爹、我二哥来杀你个片甲不留。我警告你们:趁他们还没有发怒,赶紧送我回去,不然到时候你连哭的机会都没有。

哈哈,小姐,还真是烈哈!那个人竟然一点也不恼,慢条斯理地从口袋里掏出手帕,擦掉脸上的口水,又慢条斯理地将手帕仔细折叠好,再慢条斯理地放进衣兜。嗯,千金小姐的口水就是不一样,香!怪不得有人说,千金小姐淌的汗都是香汗,哈哈哈。他说着仰起头爆发出一阵异常爽朗的笑声,然后伸出一根手指挑逗地在楚天心的脸上掏了一下。不想,这一挑逗性的动作却大大地激怒了楚家大小姐,她想都没想,扬手就给了那个高大男人结结实实的一个大嘴巴,清脆而又响亮,着实把那个高大男人吓了一跳,更把他的那些下属吓了一大跳。

空气似乎在一秒钟之内迅速凝固,几乎所有人都紧张地看着这两个人:一个高昂着头,活像一只骄傲而又愤怒的小斗鸡,眼睛里都是怒火;而另一个呢,捂着被猝不及防地扇了一巴掌多少有些火辣辣的脸,有那么几秒钟,他感到有些蒙,之后便是恼羞成怒,再是怒不可遏。这个世界上还会有人当着这么多人的面扇他的耳光?这是真的?连他自己都有些不相信。一股怒火腾地从丹田之处升起直冲到脑门,他也没有多想,就给了眼前这张花容月貌的脸一巴掌,顿时一缕鲜血顺着她的嘴角流了出来。她这下更是被激怒了,只见她就像一头发怒的小母狮,冲着眼前这个高大的身影拼尽全力一头撞过去,快得就像一道闪电一般,竟然把那个看上去又高大又威猛的家伙撞了一个趔趄。手下人这回更是吓得瞪大了眼睛,心想,不得了了,这个小女子这回要吃苦头了。果然,就听见那个人多少有些气急败坏地喊道,把她给我绑起来,饿她个三天,看她还野不野。他妈的,还千金大小姐呢!简直就是他妈的山上跑出来的一匹小母狼。一声令下,上来几个人一根绳子将小姑娘和一把椅子一起捆了个结结实实,跟个粽子似的,任凭她如何挣扎如何吼叫,也都无济于事。

哈哈,我劝你还是省省力气吧,小姐。你就是喊破了喉咙,你爹跟你那个什么二哥也听不见。你爹不就是楚振轩楚老爷吗?你二哥楚天远,不就是黄埔军校毕业,在南京蒋委员长面前做个侍从官吗?有什么了不起,叫他们都来啊,告诉你,既然我把你弄了来,就是天王老子,老子也不怕。我是谁,你知道吗?你知道我叫什么名字吗?我叫张久胜。久胜久胜,永久胜利,懂了吧?哈哈哈。太好了,永久胜利,势不可当。哈哈哈。他自顾自纵声大笑,一股志得意满的架势。

不要脸的土匪,你们不就是要钱吗?你们要多少,报个数出来,都给你们。

哈哈哈哈,要钱?是的,土匪是要钱,可是还有一样土匪也要,你不知道吗?那就是色。

哈哈哈哈,那帮手下人也都跟着一齐猥琐而又不怀好意地大笑起来。

都滚蛋!你们跟着瞎起什么哄?一声怒吼,把那些家伙吓得一个个大气不敢出,全都灰溜溜地站着,低眉顺眼,战战兢兢。笑?你们有什么资格笑?你们都给我听好了,从现在起,她可就是我张久胜的压寨夫人了!你们谁敢对她有一丝一毫的不尊重,我都会要了你们的命,你们都听明白了没有?

听明白了。手下人一个个唯唯诺诺地齐声回答。

张久胜,你个不要脸的土匪!也不撒泡尿照照,谁要做你的压寨夫人?做你的春秋大梦,去死吧你!

哈哈哈,看你说的,不给我做压寨夫人,我费这么老大劲请你来做什么?谁不知道动你们家人,那就叫太岁头上动土,是找死?可是怎么办呢?哪个叫我那天就是看上你了,就是喜欢上你了呢?这也怪你!你说你一个千金大小姐,不搁家里大门不出二门不迈,偏偏要跑到城里去念什么洋学堂抛头露面。这也就罢了,你怎么能在湖上唱歌呢?还唱那种歌,什么小妹妹洗菜薹。那种歌是你这样的千金小姐,在那样的大庭广众之下能唱的吗?还非要唱么好听,人又长这么好看,你叫我怎么办?你知道有多少人眼睛盯着你,都想把你弄回家去吗?你说你能怪我吗?可是那些个人尿包,哪个敢动真格的呢?不过就是心里想想而已。我张久胜可不那样,我既然心动了就一定要行动。

　　小妹妹洗菜薹?楚天心惊呆了,顿时花容失色,面红耳赤。平常她真是很注意的,那天她确是情不自禁,而且也才刚刚学会了那首歌,不想竟一唱成了千古恨。

　　那还是半年前,五月的一个周末,楚家大小姐楚天心从城里的女子中学下了学回家。那天天气很好,阳光照在波光粼粼的湖面上,真仿佛是有人随手撒了一把碎金子,闪闪烁烁地灼你的眼;一片片白色的风帆鼓胀着,远望去以为一只只白色的水鸟在碧波之上嬉戏、低飞;而远方的菱山就像一道屏风似的拦腰横在了中间,使得浩浩荡荡的水面被生生地隔了开来,这边是水,那边则是天。尽管世道不太平,传说藕山里藏有土匪,而且谁也保不准这点点白帆之中就没有属于土匪的船只,但这一切并不影响这山水的美丽。阳光、湖水、白帆、远山,粉饰了一切。十五岁的少女天心被眼前的景致迷住了,情不自禁地从船舱里走出来,站在船头尽情欣赏浩渺无边的湖光山色。而歌声也在不知不觉中迤迤逦逦地从她的嘴里飞了出来——

　　　　妹在河边洗菜薹,
　　　　哥在水中放木排,
　　　　哥用竹篙打妹的水,
　　　　打湿了妹的绣花鞋,
　　　　咿呀呀嘚喂,
　　　　……

那歌原是她无意中听奶妈方嫂哼唱的。方嫂一边给她洗衣服一边小声哼唱着,曲调特别清新甜美,她当即就给迷住了,问,方嫂,你刚才哼的什么?真好听。

不想方嫂竟红了脸,说,瞎哼哼的,哪里就好听了?

嗯,方嫂,就是好听嘛!天心撒娇道,方嫂唱给我听,好不好?好不好嘛!天心蹲在方嫂身边抱着她的一只胳膊使劲晃着。

哎哟,我的小姐耶,莫要闹了,方嫂洗衣服呢!回头唱给你听啊,乖,去别处玩去,等我把衣服洗好了,就唱给你听,好不好?

嗯,好!少女天心小鸟一般拿嘴在奶妈方嫂的面颊上啄了一下,然后又像一只小鸟一般咯咯笑着飞走了。方嫂看着那美丽轻盈的背影又甜蜜又骄傲,自己一手奶大带大的宝贝,如今都长成大姑娘了,还和自己这样亲。去年天灾,由于接济太多,家里一时手头紧,没法子,太太只得把下人全都辞了,就连小姐身边的丫鬟描红、绣绿都辞了。可是太太晓得小姐舍不得自己,自己也舍不得小姐,还是把自己留下了。一想起这,方嫂的眼睛就忍不住发红。嫡亲的一个小姐呢!又乖巧又懂事,从来不耍什么大小姐脾气,老爷太太拿她当心尖尖呢!这么好的一个小姐,哪个会不拿她当心尖尖呢?可是刚才哼的小调调可不敢给小姐唱哦!那样的小调调哪里是这种大户人家的小姐能唱的呢?要是给太太晓得,可不得了哦。方嫂兀自偷偷笑了。

哪晓得这小东西竟然不依不饶了呢,一个劲缠着方嫂非要叫唱给她听。试想想,有谁能架得住天心小姐又是撒娇,又是甜言蜜语软磨硬泡啊!方嫂给缠得没法子,只好把门窗关死,偷偷地唱给她听了。谁知道,她竟那么聪明,不过听了一两遍,就自己会唱了,又忍不住唱了,结果唱出祸事来了。

那天在菱湖之上,歌声仿佛一只轻盈的水鸟在湖面上轻捷地飞翔,时而贴着水面疾掠而过,时而又突地蹿向高空,一会儿则又轻巧地站立在水面上优哉游哉做闲状。天心的歌喉甜美婉转流畅,仿佛一条细小的山泉水从山间蜿蜒而来,清澈、清凉、清亮。余音绕梁,三月不绝。谁会知道她这情不自禁地一站一唱,竟完全改变了她的一生,成了她一生中最后悔的一天呢?

纯净清澈得宛如高山雪水一般的十五岁少女楚天心,压根也不会想到,当她站在船头贪婪地欣赏美景并为之陶醉的时候,竟有人也在贪婪地欣赏着她并同样陶醉。这个人就是这藕山之上的王:张久胜。

　　山大王张久胜长到三十几岁,已然而立之年的年纪了,仍旧只知道拼杀、争斗、你死我活,再就是打家劫舍、增加人马、扩大地盘,似乎没有什么时间也没有什么精力对女人动心思。那天他躺在船上,正闲闲地闭着一双眼睛假寐,夏天的风儿微微地吹着,好不舒服,一阵甜美的歌声传了过来,他不觉睁开了眼睛。谁？谁家的女子竟有这么好听的声音？他不觉从船舱里钻了出来,四目一望,就看见了站在船头尽情高歌的十五岁少女楚天心。一件淡蓝色长袖旗袍,留着时下城里最流行的齐耳短发,一双搭扣黑皮鞋,白色洋纱袜,皮肤白得简直要晃瞎他的眼,清纯亮丽,宛如夏天的夜晚吹过的一阵清风一样。张久胜呆了,一时间恍然如梦,顿时如醉如痴:这世间确乎有如此美好的女子吗？可是就在他如醉如痴之时,少女已经从船头消失进到了舱里。他突然间如梦方醒,命令自己的船紧跟在那条船后面,尾随而行。他看着那条船在大屋门前泊下,那个妙人儿在一班人的前呼后拥之下,进了那座望一眼都叫人气短的大屋,消失不见了。可他依旧如在梦里一般如醉如痴。

　　这个十几年来只知道拼杀争斗的男子,自从看见那个清纯美丽的女孩之后,生平第一次有了与一切的拼杀与血腥无关的心事。他的脑子里第一次有了女人的概念,也生平第一次感觉自己的生活里确乎需要一个女人了。尽管这些年他的那些同事、手下没有不出入风月场中的,也没有不邀他同去的,可他就是从不涉猎,更不染指。大家都因此而笑话他,肖金水更是说他生就白面书生样,天生银样镴枪头。面对这些讪笑与嘲弄,他也只是一笑而过,心里说:真是燕雀安知鸿鹄之志！一个男人如果眼里只有女色,能有什么出息？男人是要干大事业成大乾坤的。至于他心目中的大乾坤究竟有多大,他自己也模糊,不过,那是坚决不可能拴在女人的裤腰带上的。然而山大王张久胜自那一日见过楚天心之后,那个清清纯纯的身影,一直在他的眼前晃着,不分昼夜;那个清清亮亮的声音,一直在他耳边响着,同样不舍昼夜。这个向来喝酒打仗睡觉从不打闪失的人,平生第一次有了心思,有些食不甘味,夜不能寐了。对于女人,他生平第一次有了如此强烈的渴望与梦想,而且这个生命中的女人第一次有了非常明确的目标:那就是菱湖边那个大屋里的小女子,今生今世非她莫属。长到而立之岁年纪的张久胜才真正长成了一个饮食男人。

然而他的这一决定把所有人都吓了一跳,肖金水眼睛都瞪圆了,说,天哪!你莫不是疯了吧?想谁不行,你想橡树湾楚振轩楚老爷的女儿?他儿子可是黄埔军校出来的,在南京蒋委员长面前做着官的!天下女人多得是,你何必非得摸他们家的老虎屁股啊?

哼,他们家真的是老虎吗?就算真的是老虎,我张久胜也要摸他一摸,看看到底摸得摸不得!张久胜目光如炬,轰的一声一拳擂在桌子上。看到那刚毅的面容、坚定的神情,所有人都害怕了,就连肖金水也都不再吱声。谁都知道,一般这样的时候,即使九头牛也拉不回他了。他是下定决心要干了,至于老虎屁股,他难道摸得还少吗?

于是开始了为期半年的侦察与跟踪,摸清了楚天心所有的行动轨迹与规律。她的活动规律非常简单:不过在城里的女子中学与橡树湾的家之间,每周往返一次。只是无论往返都有家人陪护接送。在学校的一周时间,几乎从不出校门。女子中学禁止任何男性出入,包括家人,即使隔三岔五家里送点什么吃的用的过去,也都是门房代为转交。每周如是,实在找不到什么马虎与破绽。总不可能真的大白天强抢民女吧?张久胜心急如焚,每天把出去探风的人骂得狗血淋头。直到半年之后……

就在藕山之上,天心小姐与山大王张久胜闹得不可开交的时候,在菱湖边橡树湾的大屋里,也是人心惶惶鸡飞狗跳。

那天晚上,天心娘静雅在厅堂里坐着,向着火盆,一边就着灯光做着针线,一边和楚振轩楚老爷闲闲地说着话。灯光莫名其妙忽地暗了一下,天心娘的心里竟也莫名其妙跟着一沉。她不觉抬眼看看四周,哪里来的风啊?能这样厉害,竟将灯罩里面的灯火差一点吹灭!可似乎也没什么风,风在外面,在湖面上肆虐,时而呜咽,时而咆哮。就在她心中狐疑的时候,门被拍得山响。门房老莫一脸疑虑,这大冷的天,这会儿子还会有谁敲门啊?他嘀咕着,刚把侧门打开,就看见长生连滚带爬地进来了,一路走,一路滴水。

啊？是长生啊！你这是……

绕过高大的照壁，一眼看见好端端坐在厅堂里的天心娘静雅，长生的心里顿时全明白了，果真是个圈套啊！他人一下子就软了，倚着照壁瘫坐在了地上。老莫吓坏了，说，长生，你这是怎么了？然后对着厅堂喊，老爷、太太，长生……

他急得一时不知该怎么说才好了。楚老爷一听是长生，赶紧跑到照壁边来看，就看见长生浑身湿漉漉的，瘫坐在地上，也很是大吃了一惊：向来老辣干练的长生何时出现过这样的惨状啊！你这是怎么了啊，长生哥？

伯轩，不好了，天心出事了……长生带着哭腔说。

你说什么啊？天心不是在学校里念书吗？会出什么事？一听说是女儿出事了，楚老爷顿时紧张起来。

伯轩啊，我对不起你和静雅啊！长生说着竟号啕大哭起来。

到底怎么了嘛，长生哥！楚老爷楚振轩一时间意识到事态一定非常严重了，不然沉稳干练的长生哥不至于如此惊慌失措，多少大风大浪都闯过来了，什么时候见他如此失态过？到底怎么了？

天心叫土匪给劫走了啊……长生哭得上气不接下气。

什么？楚老爷也一惊不小。到底怎么回事？天心不是在学堂里读书读得好好的，怎么会叫土匪劫走了呢？

听见长生哥撕心裂肺地哭，天心娘知道不好了，刚才灯光忽然一暗，自己心中莫名其妙一沉，她就已经隐约感觉今晚要有什么事发生，看来真是要大难临头了！她心里忽然慌得跟什么似的，也想到前面去看看长生到底怎么了，可腿脚软得挪不开步子，只好冲后头喊，戴月嫂子，戴月嫂子……

长生老婆戴月答应着一溜小跑从后面过来了，问，太太，什么事……话未说完，就听见了长生的哭声，她狐疑地看了看楚太太。是长生？她嗫嚅着问。

是，戴月嫂子，快，扶我过去看看！她说着把手递给戴月。两个人相扶着朝前面去，刚走过天井，就听见长生边哭边说，天心叫土匪给劫走了。楚太太连声"啊"都没有叫出喉咙，就晕倒了。戴月感觉自己肩膀上太太的手臂突然一滑，还没有反应过来怎么一回事，太太已经倒了下去。吓得戴月也是一阵惊呼，太太，太太，您这是怎么了啊？

楚老爷听见动静，丢下长生，转头看见夫人瘫倒在天井边。他赶紧跑过去，一把抱起她，用力掐她的人中，好一会儿，夫人才终于舒了一口气，缓了过来。看见抱着自己的丈夫，她顿时泪眼婆娑，说，伯轩，长生哥说的可是真的？

哎呀，我不也还没有弄清楚嘛！你们俩这个这个样子，叫人怎么是好嘛！楚老爷回过头吩咐戴月，戴月嫂子，赶紧把静雅扶回房间休息，然后叫厨房给长生哥浓浓地熬一锅姜汤，记住多加红糖啊！我来送长生哥回房换衣服，再这么着，怕是要坐出病来了。说着楚老爷转脸对长生说，长生哥，现在什么都不要说了，你赶紧回房去把湿衣服换了，把姜汤喝了，我们再坐下来好好说话好不好？天不是还没有塌下来吗？就算天真塌下来了，这么惊慌失措也无济于事了，是不是？

楚老爷楚振轩一个人在厅堂里，对着闪烁的灯火静静地坐着，虽然表面上看上去似乎很平静，可只有自己知道心里好似一锅热油在翻滚。他把父亲留下来的长烟袋拿在手里，摩挲着上面的翡翠烟嘴，内心充满了焦虑与痛楚。天心怎么会叫土匪给劫走了呢？一想到自己娇柔纯洁的女儿落到那些肮脏的魔鬼手里，他真有万箭穿心之感。可是此时此刻，他知道自己千万不能再慌了，长生哥和静雅都已经六神无主了，他再一慌，天心怎么办？

屋外肆虐的北风在屋角、树梢、湖面，四处呜咽低吼，把人的心搅得寒寒的，冰到了骨髓。楚老爷感觉屋顶真要塌下来了。尤其看到长生哥这个样子，他那种感觉更甚。不停地自责，絮絮叨叨没完没了的长生，与平素那个寡言干练的长生哥判若两人。几十年来，自己和长生已然是一个人了一样，有个什么心思、什么打算，彼此都心知肚明，哪怕一个手势，甚至只一个眼神，彼此就已经心领神会。任何事情，只要和长生哥一起，没有解决不了的。爹就曾说过：打仗就得要亲兄弟嘛！可是此时此刻，他的这个亲兄弟显然已经垮了！倘若天心的事情不能圆满解决，恐怕从此以后，长生哥就再也不可能重现往日风采了。

怎么办？除了找天远想办法，还能怎么办？可是，因为焕景的事情，自己对这个儿子已经是一肚子的失望，真是不大想找他，可是不找他眼下还能找谁呢？往日凡事还有长生哥，可这件事谁都有可能指望，唯独长生哥指望不上了，唉！楚老爷忍不住一声长叹。

这时候，他忽然后悔不该过年的时候一椅子把天舒砸跑，不然这个时候总还可以多一个人拿拿主意。天舒再怎么浑，天心也是他妹妹，危急关头，做大哥的总不能袖手旁观吧？

对！天朗！楚老爷忽然如得了救星一般眼睛亮起来，天朗不是回来了吗？可是转瞬楚老爷眼里的光亮又黯淡下去了。天朗是在家，可是天朗……唉！一个文弱书生，只知道捧着本书读，能顶个什么事？楚老爷心急如焚，如坐针毡。这个晚上，楚老爷屋的灯彻夜未灭，一家人上上下下，都沉浸在一种大祸临头的惶恐不安之中。

第二天一大早，楚老爷还是吩咐人把天朗叫过来了。好个书生啊！昨晚老屋这边闹得几乎都沸反盈天了，他竟真的两耳不闻窗外事，只一脸的懵懂。楚老爷心中不禁掠过一丝哭笑不得的凄凉。

天朗啊，你妹妹天心昨晚叫土匪给劫了……

啊？爹，竟有这等事？天朗听楚老爷说完事情经过之后，顿时神色大变，说，爹，看来这回土匪是经过精心准备的。爹，土匪可说了劫天心是为人还是为财啊？

啊？楚老爷楚伯轩叫儿子天朗问得一愣，昨晚到现在只顾着着急忙乱了，还真没想到过这个问题。

爹，如果土匪单单只是为了求财，那倒还好办，找一个可以跟土匪说上话的人与他们交涉，那妹妹想必不会有什么大碍；倘若土匪就是冲着天心来的，那麻烦就大了呀，爹！爹呀，您怎么还坐在这儿跟没事人似的啊？还不赶紧想法子啊？

想法子？当然得想法子！可想什么法子好呢？

赶紧找二哥呀，爹！管他为财还是为人，打土匪自古以来不都是官府的事吗？二哥他们政府责无旁贷啊！

耶？想不到这个书生遇事一点不慌，还真看不出来啊！是啊，我喊你来就是为这件事的。我打算去一趟南京……

爹呀，这样小事，哪里需要您亲自出马啊？我去！我保证把二哥给找回来。您就在家里陪娘还有长生伯。家里不能先乱了阵脚。爹，事不宜迟，我走了！

说着,他抬脚就走。

楚老爷家的二少爷楚天远根本想不到,竟然还有人吃了熊心豹子胆,连他楚天远的妹妹都敢劫!而且就在自家门口,长生伯的眼皮子底下把人劫走!这些土匪简直太嚣张了!

二十一岁的少校营长楚天远不愧是在官府做事,遇事沉着冷静有章法,讲究策略。他很快摸清了情况,知道是大名鼎鼎却又臭名昭著的张久胜劫走了妹妹天心,而且这次抢走天心是蓄谋已久,就是冲着妹妹天心来的,他要天心做他的压寨夫人!多么无耻又多么荒唐可笑啊!他楚天远的妹妹,橡树湾楚老爷楚振轩的掌上明珠,会给一个土匪做压寨夫人?简直是滑天下之大稽嘛!

楚家二少爷楚天远决定先礼后兵:先是以官府的名义给张久胜传话,让他张久胜知道他劫走的究竟是谁,不要太岁头上动土!希望他能认清形势,迷途知返,不要自不量力,否则只能自取灭亡!

可楚家二少爷楚天远低估了,他张久胜什么人?地地道道的土匪。"白面杀手",十五六岁就能一把火灭人全家,之后一路杀杀杀,直杀到今天这个位置。他会怕谁?软硬不吃!所以张久胜的回答更是不卑不亢:我当然知道劫的人是谁!换句话说,我既然劫了就不管她是谁!楚营长,你是官,我是匪,官匪历来水火不容,不是你死就是我亡,这个形势我非常清楚,用不着二哥费心提醒。另外我也要奉劝一句:不要拿我跟共产党比,我比他们简单,我只要美人而已。所以令妹今生今世我是要定了!而且我也把天窗打开,把话说明:既然你妹妹楚天心她成了我的女人,我就一定会对她好,这一点敬请二哥放心!也请二哥转告二位老人,请他们放心,我绝不会亏待我的女人!我张久胜保证说到做到!土匪嘛,讲的就是个"义"字。

张久胜的一席话,无疑是往一堆熊熊燃烧的大火上又浇了一桶油,顿时火苗蹿起老高。不识抬举!楚家二少爷少校营长楚天远感觉又被人狠狠地扇了一耳光,这一次更厉害,简直打得他晕头转向。嚣张!简直太嚣张了!张久胜,不剿灭你,我楚天远誓不为人!

于是一场名为官匪实为一个女人的战争爆发了。战场就是烟波浩渺的菱湖。楚家二少爷少校营长楚天远的意思是山里毕竟地形复杂,难知深浅,难以一下子置他于死地。若能先在水上给他一个沉重的打击,再乘胜追击,直捣黄龙,岂不就大功告成了?于是菱湖上的战争打响了,一时间湖上风帆云集,枪声四起,好不热闹。

张久胜和楚天远,这两个行伍出身的指挥官都亲自投入了战斗,各自站在指挥的最前沿,拉开了架势。双方从人员和装备上真可谓势均力敌,但是楚天远率领的官兵士气高昂一些,一股仇恨之火始终燃烧着,透着不置对方于死地绝不罢休的狠劲,所以勇猛异常;但是张久胜率领的匪兵则技艺更精湛一些,匪帮也根本谈不上什么惧怕。然而张久胜无论怎么说底气都不足,因为他对面的敌人不是别人,而是他心爱女人的哥哥,他再怎么也不敢真将他怎样。目下她都还没有对自己完全臣服,倘若真将她哥哥如何了,那或许就真的别想得到她,那么烈的一个女子,什么事做不出来?算了,还是网开一面,让他一招吧。因此从一开始张久胜就无心恋战,节节败退,一路只管后退;楚家二少爷则不然,穷追不舍,越追越勇,站在船头指挥士兵们奋力划桨追赶匪敌。张久胜见这位二舅爷并无罢休之意,觉着老被他这样追着实在不是个事,就让手下放慢速度,准备适时还击。只见张久胜手持双枪站在船尾,那身灰色军服让他看上去还真煞是威风凛凛。擒贼先擒王,只见他似乎只一甩手枪就响了,射出去的子弹却不偏不倚地打中了楚家二少爷少校营长楚天远的右肩,鲜血立时洇湿了楚家二少爷的衣服。主帅受伤,士气立时大挫。这时,猎猎的寒风又不识时务地送来了张久胜的声音:对不起了,天远二哥!我也是迫不得已才出的手。我还是那句话,今生今世,你妹妹楚天心我是要定了,不管你们同意还是不同意。而且请你们相信,我张久胜一定会对我的女人好的,远处的藕山和这菱湖的水都可以做证!

楚家二少爷少校营长被张久胜那豪言壮语激得忘记了疼痛,他只叫随军医生随意包扎了一下伤口,就再次命令士兵奋力追赶,不报此仇,何以为人?于是官兵们同心协力一鼓作气,将土匪们撵上了藕山。官兵们乘胜追击,打算弃舟登陆追进山去,将那些可恶的、不可一世的、嚣张跋扈的土匪一网打尽。谁知早有准备的土匪在各个进山的路口都准备了密集的火力,将一拨一拨试图攻山的官兵打死,官兵掉落湖中,鲜血染红了湖面。楚家二少爷少校营长楚天远面对土匪密集的枪弹,回首望望被鲜血染红的湖水,不禁一声长叹,颓然垂下了脑袋,宣布撤退。

这场战争就这样草草结束了。楚老爷楚振轩在听到官兵失败的消息时,一口鲜血从口中喷出,昏死过去。

完 婚

就在楚家二少爷与山大王张久胜之间的战争打得如火如荼的时候,楚家大小姐楚天心却对此一无所知。张久胜将她与一把椅子严严实实地捆绑在一起,丝毫不能动弹,能动的就只有她的眼睛和嘴。可这只愤怒的小斗鸡突然间安静下来,再不如来时那么凌厉泼辣,而是每天不吃不喝不睡,不哭不闹不言语,只静静地等着她的父兄,有一天能如天兵一般降临,救她出火海深渊。尽管如此,她内心的焦灼,仍如一张无形的大网一般将她严严实实地裹起,令她呼吸艰难。每当黑夜降临,恐惧又像深不可测的海水一般将她吞没,令她片刻不敢懈怠。昔日大小姐所有的尊贵与娇蛮在上得山来的那一霎,就都遗失在浩渺的湖水之中了。焦灼与恐惧轮番摧折着她,加上水米不沾,几天下来,一个昔日里金枝玉叶的大小姐,被折腾得花容失色,容颜大损,气息奄奄,终于不支,昏厥过去。可怜一朵怒放的鲜花突遇狂风暴雨,摧折了花容,零落了花瓣,好生凄凉。红颜薄命,千古一理。

杀人如麻的"白面杀手"张久胜,压根也没能想到,一个年仅十五岁的小女子,一个肩不能挑手不能提的千金大小姐,竟会如此刚烈。先开始他还颇为欣赏,宁吃鲜桃一口,也不吃烂桃一筐,越是刚烈的女子才越有味道嘛,哈哈!可是几天下来,张久胜有些害怕了,妈的,要是让她死了,岂不是白忙活一场?于是他用了种种法来讨好她:成套成套的金银珠宝钗环玉佩,摆在她面前,哄她开心。她呢,视若无物。再搬来成筐成筐白花花的银圆、元宝、黄灿灿的金条,堆在她面前,可她依旧无动于衷。张久胜看着这个小女子如此坚定坚决地抗拒着自己,真是有些头疼了。怎么对付她才好呢?

描红就是那个时候上山来的。

那天,楚天心从昏迷中醒来,感觉自己仿佛万水千山走遍一般,疲惫不堪。

如果没有记错的话,她被劫上山已经六天了,爹和二哥怎么还不来救自己?为什么还不来把这些可恶的土匪一网打尽,救天心回家啊?就在她迷迷糊糊地在悲愤之中挣扎时,忽然听见身旁好似有人在叫她,小姐,小姐。竟然是一个女声,怯怯的声音细弱得就跟绿豆芽一般,仿佛轻轻一碰便会折断。谁呢?这些天她听到的都是些粗蛮的男声,从未听见过女声,莫非是幻觉?她想睁开眼睛看一看,可是努力了好几次,艰涩的眼皮就是睁不开。莫非自己虚弱到连睁眼的力气都没有了吗?那么是不是离死已经不远了?

小姐,我知道你醒了,哪怕你就喝一口水也好啊!

啊,这回听得真切了,确是一个女声无疑!是谁?为什么会来这里?楚天心仿佛用尽了全身的力气,终于将眼睛启开了一道缝。透过模糊的视线,她看见了一个异常瘦弱的小女孩,一张像颗枣核一般尖削的小脸上,却有点不协调地安了一双大得出奇的黑眼睛;一身西瓜红的棉袄棉裤,虽然有些不合身,可颜色倒很适合。或许正是基于那天的第一印象,所以以后多年,西瓜红色一直是描红(也就是小蝶)衣服的主打颜色。那是后话。

这些天一直都与禽兽打交道,今天终于见到人了!而且这个人还对自己格外好,只见她恭恭敬敬地端了一碗水站在她面前,看见楚天心终于睁开了眼睛,立即现出很高兴的神情,脸上绽开怯怯的笑靥,说,阿弥陀佛,菩萨保佑!小姐,您终于睁眼了。来,喝口水。就喝一口,好不好?她恳切而又坚定地把碗递到天心的嘴边,顿时一股清洌的水的气息钻进了她的鼻腔、肺腑。水!多久都没有喝过了?现在就在自己的嘴边,多么不可抗拒!楚天心忍不住小小地喝了一口,啊!原来水可以这样甘甜的吗?楚天心感觉自己似乎从没有喝过这样甘洌清甜的水,于是小小的一口之后,就一发不可收,一口气将一碗水喝了个底朝天。尽管那个细弱的声音又是兴奋又是担心地说,小姐,你慢一点啊,小心呛着!可她的耳朵已经听不见任何声音了,她全部的意识里,就只有这碗甘甜清洌的水了。

这一切生命之源的水啊!

楚天心曾经听长生伯说过,山里有一种神奇的药草叫九死还魂草。这种草,哪怕已经干枯得几乎一碰它茎叶都会立即碎成粉末一般,可它的根只要沾上哪怕一小滴水,它都会立即奇迹般地重新活过来。他说,这种草在沙漠里,倘若被风吹得连根拔起,离开土壤,然后又被风吹得四处飘零,可就在飘零的过程中,它的根只要碰到一点水,就会立即深扎下去,再奇迹般地成活。长生伯说,人,有时候真的活成一棵九死还魂草,只要有一滴水,也要坚强地成活。只有轻易不死,一切才有希望。

我要活成那棵九死还魂草,等着爹和二哥来救我下山吗?得益于那碗水的滋润,楚天心感觉自己行将枯萎的生命正在一点一点地苏醒,力量重新在自己的体内四处奔突,同时饥饿那么强烈地啃咬着她的胃。这些天来她的味蕾第一次兴奋起来,而且如此强烈,急于要拿一样什么东西来满足它。我饿……她听见一个虚弱的声音,明明从自己的喉咙里跑出去,可听上去怎么竟那样遥远而又陌生?好像不是自己的声音一般。

啊?小姐,你终于肯吃东西了呀!那个怯怯而又细弱的声音顿时兴奋起来,小姐,你早该吃东西了,吃了东西才有力气啊。说着她突然趴在她的耳边小声说,小姐呀,没力气,你怎么跑呢?即使你爹娘来救你了,你也没力气回家,是不是?说完也不管对方有什么反应,她自顾自跑到门边对看守的人说,快去准备吃食,小姐说她饿了,想吃东西!

楚小姐肯吃东西了。这个消息一时间像长了翅膀一般飞遍了大山的各个角落,最激动的自然还得数山大王张久胜。他兴冲冲地跑到关押天心的房间,从窗外偷偷朝里面看,就看见新来的那个小女孩正小心翼翼地一勺一勺地喂她红枣粥。一个喂得用心,一个吃得尽情。他禁不住笑了,这个世界上就没有他张久胜攻不下的堡垒!只要她愿意吃东西,就表示堡垒已经打开了一个小小的缺口。只要缺口一打开,打下城池还是问题吗?嗯,这个新来的小女孩叫什么名啊?得好好赏她,哈哈哈。肖金水,肖金水……他大声叫着一个人的名字,大笑着走了。

肖金水是跟他在东南大队一起起事的一个老部下,无论是除掉原来的大队长,还是除掉后来的藕山大当家,哪一次肖金水都功不可没。两个人也算得是出生入死,患难与共。肖金水见张久胜对这个抢上山来的楚家大小姐连日来一筹莫展,忍不住对张久胜献言,说,司令(张久胜夺取了大当家的位置之后,他才不愿意叫什么大当家、二当家的呢,他把手下的几百号人,全部按他在部队的那一套进行整编,然后自号司令),你老这样把人捆着,来硬的,不是个事。我看这小女子烈得很,她真不怕死,倘若她哪天真的一命呜呼了,不仅你那些心思白花了不说,还彻彻底底地与楚家结下大仇了。虽说目前他们也拿你当仇人看,但是哪一天你们的亲事若是成了,仇家还有可能变亲家不是?那岂不就化干戈为玉帛了吗?到那时候,我们一边占着山头,一边有在蒋委员长面前做官的亲家,哪个小鱼毛虾还敢再在我们面前耀武扬威?还用得着白花花的银子进别人的口袋吗?

谁说不是啊,张久胜一脸无奈,说,你看这么个小女子,啊,看上去娇滴滴的,怎么简直就是头狮子是匹狼啊,妈的,老子现在是猴子捡块姜,吃又吃不得,甩又甩不掉,还真拿她没有法子。

司令您哪是甩不掉,您那是舍不得甩吧!肖金水调侃。他见张久胜沉着脸,不言语,也不敢多啰唆,说,所以你得改变策略,女人要哄的嘛。

喊,我哄得还少啊?金银珠宝绫罗绸缎,都堆成了山,她在意过吗?真想两根手指头,我捏死她!张久胜说得甚是咬牙切齿。

哈,肖金水嘲弄地一笑,说,捏死她,那不是太容易了吗?问题是司令舍得吗?

哎呀,少屁话啰唆!有话就快说,有屁就痛痛快快放,少在那里给我哩格儿隆。

哎呀,你看你就是脾气急!肖金水一点也不恼,继续不阴不阳,俗话说,性急吃不得热豆腐,你不知道吗?当年你若不是太性急,我们何苦要这样啸聚山林呢?好了,打住!这话我们不说了,现在说那个小女子的事。肖金水太知道进退了,主动给了自己一个台阶下。你那样哄,肯定不行嘛,人家是什么人?是楚振轩楚老爷的千金,什么时候在意过金银财宝绫罗绸缎啊?你得教别人哄她。

别人哄?叫哪个哄?

你看你又急了不是?听我慢慢把话说完嘛!你看这藕山上,除了树木就是石头,除了石头就是什么呢?就是一些个肮脏的男人啊!你指望这些个臭男人把一个暴烈的小女子驯服,那是绝对不可能的事!所以,当务之急,是要赶紧给她找一个伴来,一个女伴!在同性面前,她或许会放松警惕,一旦她放松了警惕,不就有机会可乘了吗?

哈哈哈,张久胜一听顿时异常爽朗地大笑起来。任何时候,只要他一高兴,就会这样笑得恣肆。肖金水啊肖金水,都说有付出就会有收获,你老兄这些年在那些风月场中大肆挥霍,倒还真学了点本事嘛!好好好,这个主意听上去还确实比较可信可行。这样,这个任务就交给你了,给你三天时间,替楚家大小姐物色一个同伴回来。告诉你,若是物色的这个伴起不到你讲的那些作用,休怪我对你老兄不客气。

三天之后,肖金水果然从山下带回来个女孩,十三四岁年纪,名叫小蝶,下江人。父母双亡,伯父母收留了她。看她已然长成,也有几分姿色,便把她卖到了荷叶洲的禄和堂。小蝶不从,趁伯父母不注意,在荷叶洲熙熙攘攘的中山路上,偷着跑了,因为身无分文,只得流落在荷叶洲街头乞讨。赶巧那天正碰上肖金水在荷叶洲闲逛,准备一边替张久胜的小女人物色一个同伴,一边去福禄寿喜各堂口逍遥一番,而恰恰小蝶伸手朝他们讨钱。其时小蝶因为流浪多日,早就蓬头垢面,衣衫褴褛,瘦骨嶙峋,浑身酸臭,分不出个男女,不成个样子了,行人看见她无不掩鼻而逃。可肖金水不愧风月老手,他那双会把人衣服一秒内扒光的眼睛,迅速拨开小蝶那肮脏的外表看到了她的实质内里。他站在小蝶面前,看着伸向自己的那双脏兮兮的小手,笑眯眯地看了好半天,突然伸手将小蝶的一张小脏脸窝在手里,顶起她的下巴,仔细端详了一会儿,和颜悦色地对她说,小姑娘,叫什么名字啊?

小蝶一愣,因为这些流浪的日子里,生怕别人看出自己是个女儿身,不仅竭力掩盖自己的一切女性特征,甚而连哭都不敢。因为她总觉得哭向来是女孩子的专利,哪里有成天哭哭唧唧的男孩呢?所以,无论任何时候,遇到任何艰难苦痛,她都坚韧地咬紧牙关,一声不吭,更是一声不哭。多年过去,她由此养成了倔强坚忍的个性。这个人是如何看出自己是个女孩子的呢?小蝶一双黑得深不见底的眸子里,都是警觉与惊恐,竭力想挣脱那只手。

小姑娘,不用害怕的,我不是坏人,哈哈。肖金水打着哈哈,跟我去一个地方,保证你吃穿不愁,可好?

小蝶黑眸子深处的恐惧更甚了,也更加坚定地挣扎着要逃,却被肖金水死死地钳住,根本无法挣脱。手下人说,哎呀,肖大队长,怎么跟一个小叫花子杠上了呀?您不会是要给司令物色一个要饭的吧?

小蝶听他们说什么什么司令大队长的,似乎不是老鸨在拉人,漆黑的眸子闪过一丝疑虑,愣了一下。可就只这一愣神的时间,小蝶就被肖金水手下一边一个挟持上了船。肖金水还真是在行,临走前,还没忘记给小蝶买了一堆新衣服和鞋,棉的单的,一大包。手下人说,哟,这小妮子这下发财了,这么多漂亮衣服,怕是长这么大都没穿过吧?

等张久胜看到站在他面前的小蝶:一头乱糟糟的头发,脸上身上黑乎乎的都是脏,浑身臭烘烘的。身上披一块挂一块,不知道是因为寒冷还是因为害怕,哆哆嗦嗦的,缩成一团。张久胜气坏了,立即对肖金水破口大骂起来,说,好你个肖金水,你也太不拿老子当一回事了吧?我的女人可是楚家大小姐,伺候她的人无论怎么说也得有个清白家世,你给我弄个来路不明要饭的回来,到时候成事不足反倒败事有余了,你不是坏老子的事吗?肖金水你给我听好了,别以为你我共事多年,就可以倚老卖老,你信不信要是惹老子不高兴了,老子照样赏你一粒花生米下酒。

哎呀,你看你,就是性子急,总是性子急!肖金水一点也不恼,得意扬扬地说,你先别骂人,等我大变活人给你看。

小蝶把自己彻彻底底地清洗了一遍,多久都没有洗过澡了,连她自己都已经记不清了。看见摆在自己面前的那一堆花花绿绿的新衣服时,由不得小蝶不内心激动起来。自从五岁死爹,七岁死娘,虽说伯父母收留了她,可有哪一天,他们拿她当人了呢?比一个童养媳还要不如,吃的穿的比那些姐妹兄弟都要差,只有做的永远比他们多得多。肖金水那些手下说的一点不假,长到十三岁的小蝶,别说从来不曾穿过这样的新衣服,就是见也不曾见过。她用手摩挲着新衣服舒适的面料,欣赏着美丽的花纹与颜色,倘若不是天太冷,冻得直打哆嗦,她是断断舍不得把这些好看的新衣服穿上身的。等到她梳妆停当,对着镜子一照,连她自己都要不认得自己了。天哪!那个好看得要死的女孩子真的是自己吗？不管带自己来这里的那些人究竟是干什么的，可在那一瞬，小蝶的心里流淌的是感激，是一种意欲知恩图报的感激涕零。

张久胜看见焕然一新的小蝶时，不得不佩服肖金水的眼力了。他哈哈大笑着说，好个肖金水，你眼睛还真是毒！想不到这小妮子这么一洗一换，还真跟变了一个人似的。好好好，以后的事情就交给你打理了，哈哈哈……

小蝶当晚就去了关押楚天心的房间。看着这个被摧折得花叶零落的楚家大小姐，她顿时有一种同是天涯沦落人的感觉，甚至感觉这个楚家大小姐比自己还要惨！两年前，得知自己将被伯父母卖给荷叶洲的禄和堂，她也曾百般挣扎不情愿，甚至想跑，被伯父母发觉好一顿毒打，最终还是被带到洲上。不知真的是上天怜悯，还是爹娘泉下有知，在中山路的盐务招商局门前，人流车流络绎不绝，他们沿着头道大街往北去，自己则利用一辆黄包车做掩护，沿中山路往西跑了，之后彼此便都被人流淹没。虽说以后流浪乞讨的日子艰苦异常，可只要一想到伯父母最终落得个人财两空，她心中便觉得吃再多的苦都值。可眼下这个楚小姐，她就惨了，落到了土匪的手里！怎么轻易逃得掉啊？跑！一定得跑啊，小姐！不跑，只能是死路一条，或者更是生不如死。我不就跑掉了吗？

说是同病相怜也好，惺惺相惜也罢，十三岁的流浪儿小蝶与十五岁的楚家大小姐楚天心霎时间结下了友情，而且是亲如姐妹的那一种。在小蝶的劝慰与照顾下，楚家大小姐楚天心开始如常人一般吃喝拉撒了。虽然她除了和小蝶在一起，才有说有笑之外，其余的时间都很安静，但好歹正常了。于是张久胜也终于放松了警惕，不再把她成天结结实实地绑起，但是自由也还是有限的，只局限在那间屋子里。窗户自然钉死，门口有手下二十四小时看守，进出除了小蝶之外，就只有张久胜。尽管面对张久胜的时候，楚大小姐愤怒的眼神恨不能一剑就封了他的喉。可张久胜呢？早已练就金刚不坏之身，楚大小姐的愤怒自然于他毫发无损。

转眼冬月过去，腊月就到了。腊月一到，张久胜就叫人让小蝶传下话来，希望能和楚天心尽快完婚。日期就定在腊八，民间惯常婚娶的黄道吉日，再好不过了！并送过来结婚时穿的大红喜服与凤冠霞帔。

宁静霎时被打破。楚天心再一次爆发出一只小母狼的天性，她不仅破口大骂张久胜,还将凤冠霞帔通通扔到地上踩得七零八落,愤怒地用牙咬、用手撕,愣是将那喜服撕成了破布条。小蝶一边看着她如此疯狂地发泄,一边蹲在地上收拾,嘴里嘟嘟囔囔地说,小姐,您不乐意就不乐意呗,何必跟这些物件撒气嘛!多漂亮的凤冠霞帔,多鲜亮的衣服啊。

早有人飞报了张久胜,张久胜紧跟着就到了,等他看到满地残红以及眼前这个永远高昂着不屈的头颅,像只斗鸡似的楚天心,顿时怒不可遏,扬起手就要打。可就在扬手的那一刹那,蹲在地上的小蝶忽然霍地一下站起来,冲到了天心面前,张开双臂护住她,那样子像极了一个老母鸡护自己的小鸡仔一般。张久胜愤怒地朝小蝶吼道,谁叫你过来的?快给我滚开!

小蝶却只是圆睁着一双漆黑的大眼睛,依旧张着双臂,毫无惧色,凛然说,司令,好歹容小姐想明白嘛。

不想这句话真的触动了张久胜,高举的巴掌并没有落下来,而是有些气急败坏的样子,手指点着楚天心骂道,告诉你,楚天心,你不要还对你爹楚振轩和你那个什么二哥楚天远抱有幻想,他们是不可能来救你的了!老实告诉你,他们根本救不了你!你那个什么二哥是黄埔军校出来的,又怎么样?还不是老子手下败将?还是老子念他是你二哥,手下留情,那一枪只是打在了他的肩膀上,否则他楚天远早就做了鬼了,还救你个屁呀!我已经正式跟他们宣告过了:你,楚天心,今生今世,老子是娶定了的,你就是答应也得答应,不答应也得答应!好,老子就再给你一段时间,容你好生想。哼,实话跟你说,你现在在老子手里,就是给你插上两只翅膀,你也飞不掉!等过完年,明年二月二龙抬头,这婚是一定要结的!你最好给我想明白了,识相点,痛痛快快答应,否则,你相不相信老子一把火烧了你家,让楚家大屋变成一片焦土?然后再灭了整个橡树湾,让整个橡树湾都变成一片焦土?你相不相信?到时候,我看你还得意不!张久胜说着转身离开了,听得见积雪在他沉重的马靴底下,痛苦地发出咯吱咯吱的呻吟声。

就在他转身的一刹那,楚天心顿时如一只泄气的皮球一样,瘫软下来,跌坐在地上。同时眼泪如决堤的江水一般无声地从眼眶里冲决而出,汹涌泛滥。原来二哥来救过自己!原来二哥竟然打不过一个土匪!还挨了土匪的子弹!怪不得这么久家里都没有动静。天哪！难道真的没有希望了吗？真要做这山大王的压寨夫人吗？宁为玉碎不为瓦全，我堂堂楚家大小姐，怎么可能给他一个土匪做压寨夫人！想到这里，她猛地从地上一跃而起，朝着桌角狠命一头撞去，额角撞出了一个三角形的大口子，鲜血顿时像喷泉一样喷射而出。小蝶本来蹲在她边上，正喋喋不休地劝慰，说，小姐，快起来啊，地上这么凉，要是坐出病……还没等小蝶话说完，她已经如一支离弦之箭一般射向了桌角，喷涌的鲜血把小蝶吓得撕心裂肺般地号叫起来。等到张久胜得知消息赶过来的时候，楚天心已经因为失血过多而晕厥过去了。

看到倒在血泊中的楚天心，张久胜的心一下子就凉了，快去叫任先生，快快快快快！一连说了五个"快"字之后，不可一世的山大王颓然地坐到桌前的椅子上，望着那个被鲜血染红了的桌角发呆。这个小女子为什么这么难搞定啊！真是撼山易，撼楚大小姐难啊！

任先生来了，拎着那只柳条箱，因为赶得急，热气腾腾地在头顶上冒。看见小蝶坐在地上把楚小姐抱在她瘦弱的怀里，一张小脸憋得通红，正用那大红喜服死死地摁住楚小姐的额角，可鲜血仍旧一滴滴地顺着小蝶的手滴落下来。任先生忽然不知哪里来的火气，冲着张久胜吼道，还不赶紧把人弄到床上？张久胜很吃了一惊，但旋即明白过来，赶紧一把抄起天心，把她抱到了床上。

任先生差不多用了整整一瓶白药才将血止住，之后熟练地包扎好了伤口，还打了针，又开好方子，递给张久胜说，赶紧叫人抓药。他转而吩咐小蝶，药一定要煎够时辰，一分钟都不能少；另外，这些天尽量给她吃稀一点软和一点的东西，防止咀嚼过多，抻了伤口。又说，明天会过来给她换药，叫小蝶放心，应该没有什么大碍，细心照顾就好。说着也不管张久胜，拎起柳条箱就走。外面一片银色世界，山川树木，都一片白雪皑皑，多美啊！仿佛童话一般。阳光柔和地照射在大地之上，安静之中又升腾着一股生气，给人一种无限美好的感觉。可是真的那么美好吗？任先生忽然深深地叹了一口气，大踏步地走了。烟灰色棉布长袍，褐色围巾，黑发梳成大背头，背影坚定而有力。不知为什么，小蝶看着那个远去的背影，忽然间心里充满了委屈与酸涩，仿佛看见了久别的亲人一般。他是亲人吗？值得信赖与依托吗？能救得了小姐吗？

任先生每天都来,把脉,换药,开方子。有治伤的方子,也有膳食方子。轻言细语,细心温和,能叫人一下子熨帖到心底。得益于任先生的医术,也得益于小蝶的悉心照顾,到年底,楚小姐的伤口基本愈合了,除了留下一个三角形的疤痕之外,果然并无大碍。疤痕在额角,也无大碍。用额发遮一遮,完全看不出来,一点不影响美丽。只是任先生来就少了,一般三到五天才过来一趟,给楚小姐拿拿脉,问一两句必要问的话。其实他问也是白问,楚小姐向来不作声。自从撞伤之后到现在,这么多天了,她几乎没说过一句话,跟小蝶也不说话,仿佛突然间哑巴了一样。

　　小蝶问,任先生,小姐这样子,会不会闷坏啊?

　　任先生看了小蝶一眼,说,伤病好医,心病难治啊!

　　任先生,小姐,她真是太可怜了!您能不能帮帮她啊,任先生?小蝶脸上布满忧伤,一双哀怨的大眼睛里都是恳切与热望。

　　唉,任先生又长叹了一声,说,我不过一个书生,能作何用?他哥哥那么能耐,都奈何不了,我、我又能做得了什么?小蝶,你知道吗?你别看这山上除了树木之外好像什么也没有,其实到处都是眼睛,你的一举一动,哪怕说一句话都会立即传到司令耳朵里。楚小姐想逃出去,比登天还难啊!唉,任先生叹息着摇了摇头,落寞地拎起柳条箱走了。可到了门口又站下,他背对着小蝶说,兴许等她的心死了,就好了。

　　还是个孩子的小蝶不太能听明白任先生话里的意思,只是隐隐觉着失望。多好的一个先生啊!与山上见到的其他人都不一样,长相斯文,说话温和,待人和气,这样的先生为什么就不能帮帮小姐呢?望着任先生渐行渐远的背影,小蝶心中充满了惆怅。

　　那些日子,张久胜也几乎每天都过来,可从不进去,只从窗户朝里面看看,站一会儿就走。小蝶从不和他招呼,就算张久胜问她关于楚小姐的伤情,她也最多说一句,有任先生呢,司令就放心吧!

　　年,悄没声就到了。过了年,二月二还远吗?那可是张久胜指定的婚期。小姐啊,你可怎么办啊?翻过年才刚刚十四岁的小蝶似乎一下子长大了许多似的,每天提心吊胆,心急如焚,生怕有个闪失。可是叫小蝶弄不懂的是,楚小姐一撞之后,竟然变得平静如常了。虽然还是不说话,但是给人一种气定神闲的感觉,仿佛任何事都不曾发生过一样。小蝶真是害怕极了,莫不是小姐给撞傻了吧?

无论小蝶如何焦急不安,二月初二还是不疾不徐地到了。按道理,这一天,张久胜该叫人送来结婚用的大红喜服与凤冠霞帔了。小蝶天没亮就起床了,惴惴不安地守在门口。天哪!要是……小蝶真是连想都不敢想,她不知道自己该如何是好。

小蝶!她忽然听到了轻轻的一声叫,声音很小,却将在门口张望的小蝶吓了一大跳,仿佛凭空打了一个大炸雷。

啊?小姐,刚才是你在叫我吗?

是啊!楚小姐依然和颜悦色的样子,轻声说,是我叫你啊。

啊?小姐,你终于愿意说话了呀!小蝶顿时喜形于色笑逐颜开,高兴地说,小姐叫小蝶做什么?

小蝶,你让门口那些人去通报张久胜,叫他过来,我有话要跟他说。

啊?小姐,你找张……有什么事?小蝶立时紧张起来。

没什么,待会儿你就知道了。不要怕,小蝶,你只管叫他们去喊。

小蝶无奈,答应着去了,不大一会儿,张久胜就过来了。隔着老远就听见他那马靴踏在地上发出的沉重有力的脚步声。小蝶再一次紧张起来,漆黑的眸子里都是惊恐,一会儿望望楚小姐,一会儿又望望窗外,不知如何是好。

楚大小姐叫我来什么事?张久胜还在门外就开了腔,一边说着,一边大踏步跨进房间。张久胜进得门来,看见楚小姐端坐在桌边的一把椅子上,就大大咧咧地坐在了另外一把椅子上,长长的两条腿霸道地伸得笔直,俨然一副不把一切放在眼里的样子。莫不是楚小姐想好了呀?他乜了楚小姐一眼,见她依旧端坐着,眼睛直视前方,而不是自己,不知为什么,他心里竟然小小地害怕了一下。他怕她?怎么可能?他旋即否定。

是的,我想好了!——什么什么?她说她想好了?她真是这样说?张久胜的心里忽然闪过一丝惊喜。他原不过是投石问路而已——古人云:识时务者为俊杰,我自然做不得俊杰,可既然俊杰尚且懂得要识时务,何况我一个小女子。

这样想,就对了嘛!哈哈哈,张久胜将两条长腿收起,两只手捏成拳头搁在膝头,满意地侧过脸看着楚小姐。可楚小姐呢?依旧眼睛直视前方,望向窗外,不紧不慢地说话,似乎不是对他而是对屋子里的空气说话。可是张久胜已经不在乎了,只要她能够想明白,就好啊,哈哈哈……

这些天,我总算想明白了,既然落到了你们这些土匪手里,无异于孤羊投群狼,断无生还之可能。用你的话说,就算给我插上了翅膀,也飞不出去。既然我已经到了求生不能、求死也不能的地步,何必再做什么无谓的挣扎呢?弄不好还会搭上我全家甚至整个橡树湾人的性命,我没有那么值钱。所以我想好了,你想怎样,便怎样吧!但是,你得答应我三个条件。三个条件你都答应了,我就和你完婚,否则,你就等着给我收尸吧!你不要以为我真死不了!这回楚小姐把目光从窗外收回,定定地看向了张久胜,那目光里除了凌厉,还有嘲讽与幸灾乐祸。

哎呀呀,干吗说那么多没用的呀?张久胜打着哈哈,直接说是哪三个条件不就得了?只要你答应跟我完婚,别说三个条件就是三百个,我能答应的,都一定会答应。

什么叫你能答应的你才答应?是你必须答应!楚小姐斩钉截铁。

好好好,算我说错了还不行吗?以后,这整个山头不都是你的了,我还有什么好不答应的?

那好,你听着:第一,我要有自己独立的院落,不和那些肮脏人在一个屋檐下进出,眼里也见不得那些肮脏人的影子;第二,除了小蝶外,侍奉我的下人需得我中意方可,要有专门的厨子为我做饭,吃饭时不要有任何人前来打扰,即使你本人也不可以;第三,也是最重要的一点:我现在还小,等我满了十八岁,方和你行婚礼之事。而且结婚以后,你每个月只能初一、十五两天,可以过来和我一同吃住,其余时间断不允许出现在我的门前!如果三件事都能做到,三年后就能有你想要的婚礼,否则婚礼就只能成为葬礼!

对于前两件事张久胜觉得并没有什么大不了,可是最后一件很让他为了难:三年之后才能和她成婚,而且还只能赶集似的初一十五才可以过来!天哪!守着个如花似玉的美人儿却碰不得摸不得,甚至连看一眼都还得挑时候,不是明摆着折磨人吗？可是想想性情如此暴烈的楚小姐,好不容易态度转变了,还有什么好犹豫的？只得咬牙答应。行,三年就三年！你可要一言为定,不许再出什么幺蛾子,否则我真一把火把橡树湾烧成焦土。我张久胜今天把话也撂在这儿。三年后,也不要什么非得满了十八岁不可,仍然是二月二,龙抬头这一天,你和我必须完婚。张久胜说完腾地起身,大踏步走了。楚小姐却仿佛刚才抻着的一口气这会子全都用尽了一样,人一下子就瘫软了下来,趴在桌子上,把头埋在胳膊里,小蝶只看得见她剧烈耸动的肩膀。可怜的小姐,痛痛快快哭一回吧！既然命该如此,又能怎么办呢？

张久胜说到做到,立即选了一个非常幽静的所在,替楚小姐建房。一年以后,房子建成了,那便是我们在山上的家。

那个家,是我和子墨与母亲一处相守的地方,有与母亲一起度过的五年时光,装盛了我全部的童年记忆,所以得容我好生描述一番。

在一处"U"形的半山之上,突兀地坐落着一处长方形、古色古香的院落。孤零零的,方圆数里除了这一栋房子之外,再别无他屋。北面正房与东边带有美人靠的回廊以及一长溜几间厢房,成垂直九十度角,仿佛一把直尺一般,安静地卧在密密匝匝的山林之中。五间正房,最东边的两间都是母亲的,一间卧室,一间书房。母亲的卧室里,红木雕花架子床上,张挂着雪白的帐幔,飘飘拂拂,宛若轻云；一张雕花红木小圆桌,两把雕花红木椅靠墙摆放；屋角处一面宽大的穿衣镜,似乎房间的每一处都能装进它的视野里；紧挨着穿衣镜,是一张红木雕花梳妆台,摆满了各种大小不一的首饰盒。所有家具上的雕刻之精美、精致,花纹之繁密、繁复,皆无与伦比。母亲的书房里两面高与屋齐的大书橱,满满地码着各种线装书,卷卷都可作藏品。我至今都奇怪,父亲何以能为母亲倒腾这么多书籍回来？用心之良苦,实在无可言说。一张宽大的红木书桌,上面摆放着文房四宝,各种形状、不同产地的砚台,占据了案头很大一块地方。桌子旁边的那张红木雕花靠背椅,比屋子里哪一张椅子都要宽大舒适。父亲说母亲读书画画辛苦,椅子宽大一些,自然容易恢复疲倦。母亲喜欢兰花,惯常画兰花,也只画兰花。母亲笔下的兰花,只几根疏朗舒张的叶片,偶尔有一朵两朵羞涩矜持的花朵藏在叶片之下。可仅仅这么几笔,兰花那种疏离幽静的个性顿时跃然纸上。曾老先生常常对母亲的兰花赞不绝口,说楚小姐画的兰花能闻见花香了!母亲向来也只是淡然一笑,随手将画稿撕了扔掉。曾老先生见了,总要连声说可惜可惜!可母亲一点也不觉得可惜。母亲总是这样画了撕,撕了画。所以即使母亲经年累月地画,却没有留下任何一点墨宝。母亲不想给这个世界留下任何与她有关的东西,除了她的两个孩子。或许她的心意早就定了。

当中的那间是客厅,一张吃饭的圆桌与六把雕花靠背椅居中摆放,两边靠墙,各有两把雕花靠背椅和一张高脚茶几,则是供家里来客时用的。可这个家里从来没有来过什么客人,所以那两边的茶几与椅子也只纯粹做了摆设。接下来两间,一间是我的,描红陪我住;剩下的那间,住着弟弟和保姆张妈。

长长的回廊嵌着木质廊柱与美人靠,蜿蜒延伸,直与一溜几间厢房相接。最顶端的那间,住着门房老张头;往里的那间,住着张清、张白,隔壁是厨子张胖子;再隔壁是两间杂屋:一间杂七杂八地堆放着平常生活用品,塞得满满登登;另一间则空荡得很,只放了一乘两人抬的、绣着金色龙凤呈祥图样的红呢小轿。当年就是这顶小轿将母亲抬进了这幢房子,之后便一直沉寂在屋子里;轿房隔壁是厨房;再隔壁便是绣绿的房间,与回廊相连。

无论正房厢房,所有的房门都一律朝向院子。

院子很大,青砖围砌的院墙,高于屋齐。瓦片做成的一溜花格窗,竟在人的头顶之上。院门有两扇,一扇宽大,可以进出轿子,可几乎从未打开过;另一扇非常窄小,仅供一个人进出,家人平日进进出出都由这扇小门。院子里,鹅卵石铺就的小花径曲曲折折地呈四面蛇形。那是母亲最钟爱的地方,瘦成一张剪纸一般的母亲常在小径上慢慢踱步,一年四季,从不间断。院子中间三株高大的白玉兰花树,成"品"字形站立。笔直的树干,疏朗的枝条,撑起好大一片绿荫。每年寒冬刚刚过去,春意还只在空气中徘徊的时候,光秃秃的枝条上,白玉兰就开始绽蕾,而后不几天工夫,一树洁白雅静的玉兰花便竞相开放了。那么优雅那么素淡,优雅素淡到不知该如何形容。在三棵高大的玉兰花树底下,立着一间四面开窗的木头房子,小巧而又别致。那是父亲专门为母亲建的兰花房,不住人,只住兰。近两百盆兰花,挤挤挨挨地摆放在高低不一的架子上。不同品种的兰花因花期不同,总是你方唱罢我登场,各自幽静地开放。以至于所有的季节,这个院子里都飘荡着兰花特有的幽香,令人荡气回肠。湘妃竹栽在院墙的拐角处,长得真是快,开头只有一小丛,不几年工夫就把这个拐角都遮没了。蜡梅是我最喜欢的。母亲说,蜡梅开花不容易。谁说不是?寒冬来临,万物凋零,独有蜡梅花于天寒地冻之际,光秃秃的枝丫之上,出人意料地冒出一粒粒黄亮亮的花骨朵,之后,便一朵朵次第开放了。羞涩地低垂着它们漂亮的脸颊,只把沁人心脾的芳香,默默地散发到人世间,叫人陶醉。至于母亲卧室窗底下那株很有些年头的老桂树,听描红说,开始建屋的时候,父亲准备叫人伐了去,因为民间都传说桂树下藏鬼。母亲只不信,桂树才留了下来。或许是感激母亲的刀下相救,老桂树知恩图报,每年都开得如火如荼,金黄色的小花朵密密匝匝地挤满了枝头。张妈领着描红、绣绿,每年都不知道要打下多少来,与门房老张头采回来的野蜂蜜一起腌制,不晓得有多香甜多美味呢!

不管我的父亲和母亲之间经历了什么,可那里终归是我的家。在那个家里,虽然父亲只一月两次与我们一起吃饭睡觉,虽然母亲总是沉静得如一个冰美人,可是她时时刻刻与我们在一起。我以为我们会在那个家里一直生活下去,直至天荒地老……

楚家大小姐看上去还确乎已经死了心的样子。

她不仅开始吃东西,还开始梳妆打扮了。看见楚小姐每天把自己打扮得光鲜亮丽,张久胜心里就跟喝了蜜差不多,谁说撼山易撼人难啊?那是因为没有找到软肋。任何一个人,一旦触及他(她)的软肋,他(她)除了束手就擒,就只有死。如果连死都死不成呢?哈哈哈,他不禁得意地扬声大笑。不过有一点他想起来还是觉得沮丧,那就是这个骄傲的楚小姐自从那天向他宣示自己的立场和态度之后,仍旧不和自己说一句话,哪怕一个字,真的冷若冰霜。

老部下肖金水又给他献计了。他打量着张久胜宽敞的办公室里那些线装书,用一种调侃与嘲弄的语气说,你说你!扁担大的一字,能认得几根?还弄这么多书摆在那儿,有鸟用啊?你不如把它们通通送给楚小姐,也算是给这些书找到了一个真正的去处,你张久胜积了一回德了。

什么意思？张久胜不解。

你说什么意思？我的司令大人，楚大小姐什么人？人家可是女中的学生，被你弄上了山，成天看到的都是些俗不可耐的粗鄙之人，你叫人家怎么可能快活得起来？如果能有几本她喜欢的书给她做伴，她的心情能不好吗？

是吗？张久胜顿时如梦方醒一般，哈哈哈，肖金水，你肚子里花花肠子还真是多哎。

从此，张久胜开始给楚大小姐送书了，隔三岔五地过去。虽说楚大小姐依旧眼里无他，可有了书的陪伴，她真的安心了很多。然而，自从楚小姐有书陪伴之后，对张久胜更是不理不睬了。有时候他去的时候，她正在看书，自然头都不愿意抬一下；有时候根本没有看书，只是对着手里的书或者对着天空发呆，或者跟小蝶说书中的热闹，一瞥见他来了，立马把自己埋于书本之中，只对他视若无睹。张久胜心想：你到底好个什么嘛！为什么讨好你竟那么难呢？

楚家大小姐喜好兰花。

张久胜得知这一消息的时候真是喜不自禁。这可是他专门派人去楚小姐读书的女中打听得来的，可也算得是煞费苦心了。楚小姐自小喜欢兰花，这不，去女中上学还捧了一盆兰花过去，养在宿舍的阳台上。眼下这盆兰花已经搁在了楚小姐房间里的桌子上了。看见这盆自己亲手栽培、养育多年的兰花，楚天心仿佛看到久别的亲人一般，心中百感交集，热泪纵横，抱着兰花盆久久不放。

张久胜感觉自己这回终于找到她心头所好了。

于是，各样品种、各种花色，什么浙兰、川兰、建兰，管他什么春兰、夏兰、秋兰、寒兰，只要是兰，凡是进入张久胜视野里的，都逃脱不了被掳掠的命运。渐渐地，花越来越多，不仅挤满了楚大小姐住的两间小屋，还扩张到了室外，占领了整个走廊，将两个看守的人挤到了十米之外。因为要侍弄这些花儿，楚小姐伤感的时间少了，终日都围着这些花儿打转。她根本不让任何人伸手，就连小蝶都不让沾边，坚持亲自打理。现在张久胜每次来，看到的楚小姐不是可劲读书，或者捧着书可劲发呆了，而是对着兰花可劲发痴。笑眯眯地打量它们，饱含着深情地与它们说话交谈，似乎没有了烦恼，也没有了期盼，眼里心里就只有那些花。分盆换土，浇水施肥，每天香汗淋漓，忙得不亦乐乎。那些花儿也像有灵性似的,被天心小姐侍弄得每一株都精神抖擞,可着劲地抽叶绽蕾。由于太过投入,终于有一天,她突然眼前一黑,一头栽倒在地上。把个小蝶吓得不轻,又是揉又是搓,忙活好半天,她才醒过来。可刚一醒,她就又去侍弄那些花去了。

小蝶终于忍不住了,一天张久胜过来,小蝶斗胆抱怨了。说,司令,小姐身子一直弱着,您冷不丁一下搞这么些盆花过来,小姐没日没夜地泡在上头,成天累得腰酸背痛,总有一天得把她累趴下不可。您这不是为她好,您这是害她!

怎么会这样?张久胜一时间有点劲用过头的尴尬。

不久之后,老张头就来了。

老张头,五十多岁年纪,山里出生。没有家人,孤零零一个人以打猎为生,偶尔也会挖一株两株山兰下山,搁在集市上卖。不想有一天被四处搜罗兰花的张久胜手下发现,立即禀告张久胜,张久胜把这件事又交给了肖金水。肖金水下山之后,一番考察,结果老张头就给"请"上山来了。

老张头懵懵懂懂地被带上山,并没有多少恐惧。自己都活了快60岁了,死也死得了,有什么好怕?等他猛然看到那么多盆兰花时,老人原本目光平静的眼睛里突然迸发出一种灼人的光亮。天哪,这么多兰花,自己长这么大,都不曾见过啊!可是,兰花怎么能这么个养法啊?就这么摆在这地上,日晒雨淋,啧啧啧,这哪里是养兰,分明是杀兰嘛,老张头心疼得直咂嘴。

哈哈哈,老头,听你话的意思是,还得给这些个花建个房子啊?张久胜哈哈大笑着说。

老人看了一眼张久胜,虽然他并不能确切知道这个人的身份,但是在这山上,还有民间那些传说,他也能八九不离十地猜出他是谁。不过他并不想挑明,只是慢条斯理地抽着短烟袋说,大人,您这话还真是说在理了。要是想把这些个兰花侍弄好,还真得为它们建一间房,还得既能通风又能保暖。

好,老头,就按你说的做,给这些兰花建一间房子。哈哈,老头,沾这些兰花的光,顺便也给你建一间。不过,老头,我可告诉你,这些兰花从现在起,就交到你手里,你可得给我侍弄好了,楚小姐开心就是你的成功,哈哈哈。说罢,很有点为自己刚才的话自鸣得意,瞥了一眼天心小姐,大笑着去了。

从此,老张头和天心小姐这一老一少,因为兰花而紧密联系在一起了。别看老人不识字,可关于兰花的知识还真是知道不少。他对天心小姐说,兰花因为生长在密林深山,所以又被叫作"幽兰""山兰"。人都说兰花难养,娇贵,其实,它有什么可娇贵的呢？山野之中,自生自灭,哪里谈得上什么娇贵嘛。只是因为喜阴怕晒,所以呢,才素有"爱朝日、避夕阳、喜南暖、畏北凉"之说。同时不同品种的兰花对阳光、肥料、土壤,要求也都不一样,所以人就觉得有些难侍弄。不过,你只要摸对了它的脾性喜好,养兰花,简单着呢。

大伯,您懂得还真是多呢！天心小姐真心赞叹道。

嘿嘿,这算个什么嘛。我不过自小生长在山里面,与树木啊、花草啊,打交道时间长了,懂得它们的一些习性喜好而已。这世间万物,人也好,畜生也好,树木花草也好,都有个自己的脾性,顺了他的意了,哎,他就肯定长得好,因为他舒服快活啊,怎么能不好呢？可你要是不懂他,逆着他的意思来,他不就只有死吗？小姐,您说是不是这么个理？

大伯您说得是啊。可有人偏偏就不能知道这样的道理,偏偏要违拗别人的意愿。楚小姐神情愀然,目光幽怨,看着这一株株兰花,忽然就有了一种同病相怜之感。这些兰花儿被弄到这里来,可是它们所愿？若非它们所愿,我要如何待它们？这样想着,天心小姐不觉内心酸痛,也便越发地怜惜起这些花儿来了。

自从与老张头一起养兰花以后,天心小姐明显快乐了许多,吃得也多了,脸上也渐渐现出了少女应有的红晕。张久胜看在眼里喜在心里,淘弄兰花的兴致更高了。终于有一天,当张久胜又喜滋滋地送来一盆兰花,而且喜滋滋地说了一个非常名贵的名字之后,天心小姐终于冷冰冰地对他说了两个字:够了！这是自与他约法三章以来,快一年了,她对他说的唯一的一句话。两个字,虽然只有仅仅的两个字,可还是让张久胜激动了好半天。事后他一边心里美滋滋的,一边又暗笑自己没出息。他不觉想起小时候听来的一个故事:说是有一个大财主非常有钱有地位,人们都以能与他说话为荣。有一天,一个乞丐欣喜若狂奔走相告,说财主和我说话了,财主和我说话了。人们都不相信,大财主怎么可能和一个叫花子说话呢？就问他,财主和你说什么了？他说,财主跟他说:滚！张久胜想想自己还真和那个乞丐差不多,不禁愤愤不平:为什么自己在她面前总是只能低声下气呢？

不想这一激动竟然激发了张久胜那无耻的狼子野心。对于楚大小姐的约法三章,张久胜确实遵守得太艰难,在他心里他无时无刻不在想着能找一个机会修改章程。机会终于来了,久霾的天空终于露出了罅隙,单单"够了"这两个字,让他找到了契机。

几天之后的一个晚上,月光皎洁,山静风轻。夜半时分,张久胜怀着兴奋不已又有些惴惴不安的心情,踩踏着月色朝楚大小姐的住处去了,第一次没有穿他平日里穿惯了的马靴,而是一双千层底布鞋,脚下生风地来到楚大小姐门前。看守见是他,自然就像自家养大的狗见到主人一般,没有狂吠,只有俯首帖耳。待小蝶睡眼蒙眬地刚打开门,张久胜立即像条影子一般闪了进去。小蝶一惊,待要叫出声来,旋即被张久胜一把死死捂住她的嘴,附在她耳边轻声说,闭嘴。声张一句,我捏死你。小蝶战战兢兢地嗫了声,哆哆嗦嗦地缩在门边的角落里,偷偷伤心。张久胜呢?全然不管这些,迅速闪进了里间。那屋里,红绡帐中,美人酣睡。张久胜顿时欲火中烧,急切地撩起帐子,一个饿虎扑食,扑向侧身而睡的楚家大小姐。可是就在他倒伏的一瞬间,张久胜忽然感觉到似乎有一个硬硬的东西,顶住了他的胸膛,尖利利的几乎刺破他的衣服。张久胜不禁一声惊呼,腾地一下跳出帐外。就着透进窗户的月光,张久胜看见了一袭白衣白裙的楚家大小姐,长发披垂,直直地站在床前,手中一把剪刀闪着寒光。一个复仇的九天仙女。

楚天心,你、你想干什么?张久胜恼羞成怒,告诉你,楚天心,你不要敬酒不吃吃罚酒,你可是老子嘴里的菜,老子想什么时候吃,就什么时候吃,难不成你还反了天不成?说着,就要过来夺她手里的剪刀,可还没等他近前,我的母亲,楚家大小姐楚天心,手里的剪刀已经深深地割开了自己的手腕,鲜血再一次喷涌而出。

你给我滚!这是楚家大小姐这么长时间以来,对山大王张久胜说的最长的一句话。

你、你、你……张久胜慌了,他压根没想到楚家大小姐会真的不要命。天地良心,自己可是掏心掏肺地对她呀。张久胜落荒而逃。

任先生又来了,仍然拎着那只柳条箱,仍然是那件烟灰色棉袍,棕色围巾。

因为赶得急,一头一脸的汗,热气在头顶蒸腾。

一切都仿佛拷贝了之后再播放一样,一年之前的那一幕与今天是如此相像:仍旧是惊慌失措的小蝶,一张小脸憋得通红,死命拿被子捂住喷涌的鲜血;另一个呢?依旧面色苍白地闭目而卧。只是这一回不是躺地上而是床上,捂着的也不是头而是手腕。

真是造孽。任先生小声地骂了一句。不知道是骂张久胜还是骂楚大小姐。

又用了整整一瓶白药,可血还是止不住。不行,伤口太深了,得缝针。待任先生娴熟地为母亲缝好伤口包扎完以后,有性急的鸡都开叫了。任先生照例又开了方子,交给小蝶,并吩咐她该如何如何,然后便收拾自己的东西,准备离开。他看了看在床上躺着的这个面色如纸的女孩,一股悲凉不可遏制地涌上心间。可怜的小女子,究竟前世作了什么天大的孽?今生今世要一番番地遭这样的罪?唉。他不禁深深地叹了一口气,无奈地摇了摇头,然后轻声对小蝶说,小蝶,你不要怕,我会勤过来看的。

不知为什么小蝶一听到任先生说话,那话语,那语气,都让她感觉到一种温暖,这是天寒地冻的世界上唯一的一股暖流啊。一时间,小蝶的心中又酸又痛,似有千丝万缕的委屈,却又欲说还休,小脸憋得通红。

任先生看了看眼前这个瘦弱的小女孩,心中无限怜惜,却又无话可说。他伸手抚了抚小蝶瘦弱的肩背,拎起柳条箱走了。外面墨一般的黑暗已经淡去了许多,启明星已经在东方升起。天快亮了,可他身后的这两个人,什么时候才能有属于她们的光明啊。唉,老天爷,头顶三尺就有神明,你高高在那万仞之上,为什么竟那么糊涂,要制造出人世间这么多的悲欢离合呢?

约莫过了两个时辰之后,任先生就过来了。天心药也喝了,粥也吃了,正半靠在床上闭目歇息。因为小姐这回喝药、喝粥都很配合,小蝶显得特别开心,看见任先生顿时喜上眉梢,欢快地跟任先生打招呼,又回头冲里间喊,小姐,任先生来了。

楚小姐已经睁开眼睛,虽然依旧虚弱地靠在床头,却破例冲任先生笑了一下,轻声说,任先生,不好意思,总是麻烦你。说着,苍白的脸上浮起一层淡淡的绯红。

任先生心情也顿时好起来,他笑了笑,露出一嘴又白又整的牙齿,什么话也没说,只是坐到床边,从柳条箱里拿出脉枕,轻声说,来,我来给你请个脉。楚小姐温驯地伸过右手臂,任先生伸出三根白皙修长的手指搭在这条纤瘦、皮肤白得近乎透明的手腕上,心底一声叹息掠过:这样的金枝玉叶,只合在温室里细细地养,精心地养,哪里经得住这样一次又一次的糟践啊。就在他心中暗暗为楚小姐惋惜的时候,却不知楚小姐也在为他惋惜:真是可惜了。这么标致的一个人,为什么竟沦落到给土匪当医生呢?于是彼此心中都有一种惺惺相惜的感觉。诊完脉,任先生又查看了一下伤口,嘱咐了几句该注意的禁忌,之后一边收拾柳条箱,一边说,楚小姐刚才说不好意思总是麻烦我,既然不好意思,为什么还非要麻烦我呢?拜托以后能不能不要再以这样的方式麻烦我?他忽然抬起头,目光非常热切地看着她,那是一种可以燃烧整个世界的热切。楚天心瞬间感觉到了一种温度,或者说是热度,她的脸再一次莫名其妙地飘上了一薄层绯红的轻云,那一种病态的美,实在是无可言表。任先生一时间看得有点呆。

或许是任先生的目光过于灼热,楚天心无法承受,只好垂下了眼睑并低下头。任先生,对不起。楚天心小声嗫嚅道,同时眼中含泪。

任先生似乎也感觉到自己的情绪有些失控,他清了一下嗓子,继续整理已然非常整齐的药箱,说,不用跟我说对不起,你该对自己说对不起。楚小姐,无论怎样生命都是值得尊重的,不是吗?一个人要善待别人,但更要善待自己,多保重,好好休息,我明天再来给你换药。说完,他大步流星地走了。

这可是来到这个与世隔绝的地方这么长时间以来,楚天心听到的最温暖的一句话啊,顿时一股暖流漫过她受伤的心,泪水潺潺地涌出了眼眶。

以后的日子,任先生依旧每天都过来给楚小姐换药,仍旧话不多,依旧除了问几句与身体有关的话之外,甚至没有正眼看过楚小姐一次。似乎那天已将要说的话都已说尽,而那一眼也已经是万水千山的尽头。楚小姐自然更是无话,除了见面一个礼貌性的招呼之外,两个人就只有静默。小蝶倒是有话,而且快活,小姐这小姐那的,没完没了地絮叨。任先生倒也从那絮叨里,对病人的情况了如指掌了。

但是,有一点任先生或许是不知道的,那就是每天他来,楚小姐的心里都要好一阵不平静:先是总要为对方惋惜,为那双白皙修长的手惋惜,为他的温文尔雅惋惜,继而不免为自己惋惜。不知为什么,她总觉着与他之间有一种同病相怜之感,也许正是因为此,隐隐地,楚小姐感觉在心里对眼前的这个人寄予了一种渴望,渴望见到他,每天都能见到。哪怕他们之间什么话都不说,只要他每天都能来,她就感觉特别心安,平静。每天任先生都会很准时地在巳时时分过来,有时会稍微早一点,楚小姐便显出一份意外的惊喜;可倘若稍稍晚了一点,她便会立时现出焦虑的神情,问,小蝶,先生为什么到现在还没有来啊?有时正说着,先生就来了,楚小姐的脸上便立时光彩夺目,一边带着惯常的笑容与先生打招呼,一边盼咐小蝶给先生看茶。虽然声音不大,但谁都能听得出来那声音里透出来的轻快与愉悦。

快乐的时光总是很轻易就消逝的,转眼半个多月过去,楚小姐的伤口也已经愈合得差不多。其实已无须每天换药,隔一天换一次也可以,可任先生仍旧每天都来。查看查看伤口,诊一诊脉,开一个新的膳食方子,如此而已。

一天,先生换好药准备离开的时候,楚小姐忽然问,请问先生怎么称呼啊?这时小蝶也才想起来,到现在为止还真是不知道先生的名讳,每次只知道叫任先生。

哦,我嘛,嘿嘿,父亲给我取了一个非常有意思的名字,叫之初,任之初。他说完像是有点不好意思的样子笑了笑。

嗯,人之初,性本善,果然是一个有趣而又有意义的名字。楚小姐也笑了一笑。任先生不觉和她对视了一下,楚小姐就又看见了他那洁白而又整齐的牙,那么规矩而又可爱地站在它该站的地方,好想能一个一个地去触摸它们啊。

这个念头突然间冒出来,把楚小姐自己吓了一跳,她不觉红了脸。她低下头,把玩着手里的一方手绢,轻声说,任先生一直为我操劳,今天可不可以留下来吃个便饭?

任之初一愣,他确乎没有想到楚小姐会留饭,对于这个美丽得令人目眩的传奇女子,他只有远观的份。哦,不了,什么操劳,实在谈不上,都是我应该做的,我是个医生嘛,再说,能够为楚小姐诊治,是任某的荣幸!告辞。他说罢抬腿要走。

留下来吧。楚小姐抬起头,再一次挽留,目光里的忧伤与留恋令人动容。

是啊是啊,任先生,您就不要客气了,留下来嘛,我们小姐平常总是一个人吃饭,太冷清了,您就陪她一回好吗?小蝶也帮着留客,并淘气而又大胆地把任先生的柳条箱抢过自己的手里。

那好吧,既然如此,我就恭敬不如从命了。任先生迟疑了一会儿,终于下定了决心一般重又在椅子上坐下来。

楚天心看着小蝶将任先生的柳条箱送到里间藏好,生怕任先生又走掉,笑了,说:任先生这箱子看上去很有些年头了。

是啊,那是我们家祖传的医箱,从我曾祖父那一代一直传下来。那年我去教会医院学西医的时候,我父亲将他传给了我。

哦,那可真算得是个传家之宝了。如此说来,任先生是中医世家了?

算是吧。任先生端起盖杯,喝了一口热茶。

任先生,有一句话,不知当说不当说?楚天心瞄了任先生一眼,有些不好意思地低下了头。

楚小姐,说哪里话来?你我之间无须客套,有什么话但说无妨。

看任先生也是一个有修养的人,又有家世,如何甘心在这山上给土匪效力呢?楚小姐终于还是把盘旋心里许久的疑问说了出来。

唉,一言难尽啦。任之初喝了一口茶,将溜进嘴里的一片茶叶细细嚼碎,咽下,之后幽幽地说开了。

他们家原本是上游安徽省府安庆人。家中世代行医,至任先生父亲这一辈已达到鼎盛时期,父亲、大伯、二伯都从医,在安庆非常出名,自然家世也颇殷实。俗话说:木秀于林,风必摧之。果然,任家被那一带的土匪盯上了。一个风雨交加的夜晚,土匪摸进了任家,一个个蒙着脸,举着大刀片子,凶神恶煞。家里人突然被从梦中惊醒,胆都吓破了,迷迷糊糊地感觉应该是遭了匪了。可是事已至此,也只能束手待毙任人宰割。土匪将任家上上下下十几口人,像赶鸡鸭似的,一齐赶到楼下,用一根长绳将他们捆在了一起,撵到天井里。此时外面真是风浓雨浓啊,大雨从天井里哗哗地落下来,风也在屋子里四散冲突,所有人都感觉灭顶之灾正在降临。任先生当时正是十六七岁年纪,血气方刚,挣扎着要和土匪打斗,被其中一个土匪一刀拍在背上,立时口吐鲜血,垂下了脑袋。土匪瓮声瓮气地威胁说,告诉你们,要钱还是要命,你们自己选,识相点的,赶紧告诉钱财藏在哪里,免你们一门不死,否则,你们自己看着办。土匪接着用手里的大刀指着任先生,要不要从他这里先下手啊?任先生的父亲吓坏了,赶紧求饶,各位好汉,钱财你们只管拿去,还请高抬贵手,万万不可伤人啊!于是一五一十告诉了家里藏钱的地点。可就当土匪们正在家里大肆搜寻的时候,突然从天井里飞进来一个黑衣人。只见那个人轻捷地落地,趁所有人都还懵懂之际,又迅捷离开,打开了大门。我的个天啊,只见门口灯笼火把一片红,一队人荷枪实弹地冲了进来。一家人这时真正魂不附体了,以为是另外一帮土匪,结果他们却是冲着土匪来的。不许动,不许动!他们一边喊,一边楼上楼下捉拿土匪。有一个许是要逃,结果一声枪响,只听啊的一声,紧接着一个身体沉重地倒下了。真叫杀一儆百,不一会儿,所有土匪全都束手就擒。任先生父亲领着一家老小跪地三拜九叩,感谢救命之恩。

你道那领队的是哪一个?任先生啜了一口茶,问道。可还没等楚大小姐回答,他就自己先说出了答案:就是张久胜。

啊?楚大小姐不觉轻轻地叫了一声,他?

是。任先生点一点头,继续说,正是他。那时他正在东南大队做中队长。一天白天巡城的时候,他发现了几个形迹可疑之人,便不露声色地跟踪,结果发现他们的目标是我家。于是就有了那一场埋伏。

按道理你应该与土匪势不两立才对啊,自己又如何变成一个土匪了呢?楚小姐更是大惑不解。

楚小姐,请您注意用词,我不是土匪,我只是一个给土匪治病的医生。任之初显然有些激动,咕咚咕咚一口气喝光了杯中茶。

那又有什么两样?楚小姐低下头,却不服气地在心里说了一句。

那次遭匪之后,任先生一家视张久胜为救命恩人,感激不尽。任先生那时虽然不过才十七岁,可自小学医,已经初露锋芒了。任父骄傲地对张久胜说,之初天生就是块行医的料。张久胜却对他说,任老先生,行医乃悬壶济世,你们一家都是行善积德之人啊。只是不知老先生想过没有,现在已是民国,讲究洋为中用了。西医说不定什么时候就盛行华夏，指不定到时候光有传统医术已不能满足世人需要了。所以我觉得之初最好再学一点西医，这样既懂中医又通西医，之初可就是一个全才了。任老先生，您满足于当一个民间医生，可之初生活的时代不一样，他完全可以奔一个大前程嘛。任老先生您说是不是？任父觉得张久胜所言甚是，于是就送儿子去了安庆的教会医院学西医。

三年之后，任先生说，就在我潜心医学的时候，突然有一天，张久胜去了教会医院找到了我，说是他的一个弟兄伤得很重，不能动弹，希望我能前去为他诊治。我二话不说就随他走了，我根本不知道，那个时候张久胜已经上了藕山自己做了土匪了，结果就被带到这山上。伤者确乎伤重，一刀砍在后背，几乎将人剖开，已然奄奄一息。那个人就是肖金水，是在和原来的大当家混战时候给砍的。因为是土匪，所以我心里非常抵触。但一想，治病救人是医生的天职，哪怕是个魔鬼，可只要是需要救治的病人，医生就绝不能袖手旁观。再者，毕竟张久胜于任家有恩，把他的兄弟救好，也算是一种报答。尽快把人治好赶紧离开不就结了？于是我尽心尽力竭尽所能，为其医治，最后他还真痊愈了。一时间我在山上声名大噪，被称为"神医"。我心中也有说不出的得意，心想，中、西医兼通，还真是妙不可言啊。可当我准备离开的时候，张久胜却要我留下帮他，而且态度非常坚决。我以尚未学成为由坚辞不就，态度也一样非常坚决。最后，张久胜只好与我摊牌，说，之初，我一直看好你，你们家世代行医，当知晓为人必当知恩图报。想当初，你们一家是我从土匪大刀底下救出来的。若不是我带人及时出现，你和你们一家或许早就被灭门了，哪里还有什么乾坤什么学业可言？想我张久胜也曾经是良善之辈，被逼至此，何至于连你都耻于与我为伍？任之初，我实话跟你说，你今天答应是答应，不答应也得答应，倘若你不想你家里人出事的话，你就乖乖答应，在山上留下来，帮我。土匪也是人啊，难道他们生病了就不配得到救治？我奇怪，问这与我的家人有什么关系？张久胜说，他已经着人将我们一家保护在一个"非常安全"的地方，照样悬壶济世，照样行善积德，不过是在他的"保护"之下。我顿时明白了，这样的保护意味着什么。我除了留下来，我还能怎么样？至今为止，七年过去了，我从没见过自己的家人，不知道他们去了哪里，也没有人知道他们去了哪里。每当我提出想见一见自己的家人的时候,张久胜总是哈哈大笑着说,哎呀,之初,你就不用担心了,他们很好,好得不能再好了。再说,你一个大男人,怎么能总是这样婆婆妈妈呢?大丈夫四海为家的嘛。你看我没有家人,不是一样生活得很好。

任先生忽地停住了话头,目光沉沉地看着窗外,看得见老张头嘴里叨着烟袋,正把一盆盆兰花搬出来晒太阳呢,脸上是那样安详与平和,似乎这个世界有了兰花,便一切安好,他也没有家人吗?任先生禁不住满心忧戚,深深地叹了一口气。他端起茶杯,喝了一口,茶已经凉了。

楚小姐听呆了。从小养尊处优的她,从来不知道,这世上还有这许多百转千回的诸多恩怨。她内心纯净,眼里揉不得沙子,哪里会知道世上的许多古怪啊,原以为自己已经是这人世间最最可悲之人,谁知这任先生人生之中,更有别样隐情,甚于自己。楚天心突然有一种冲动,想扑进眼前这个人的怀里,好好哭一场,为自己,也为他。

人活在这个世上,总会有无法预料的云谲波诡,可无论有怎样的困顿,生命都是值得尊重与珍惜的,楚小姐,你说是不是?任先生再一次意味深长地注视着她。楚天心许是受不了这样热切的目光,赶紧低下头,同时一颗心忽然小鹿一般咚咚地跳得欢快。刚才自己那么狂热的念头,有没有被聪慧过人的任先生识破呢?

时间一天一天地过去,由于任之初的悉心照料,再加上楚小姐心情大有好转,伤口恢复得非常快。尽管一道疤痕蜈蚣一样蜿蜒在楚小姐纤细的手腕上,但她已毕竟没有了生命之虞。而自那一日二人深谈之后,任先生留下来就餐的次数越来越多,再也不像从前那样一副公事公办的样子,换好药包好伤口起身就走了。他现在总是一边换药,一边和楚小姐说着话,有时说到高兴处,两个人会同时笑起来,把对面屋子里的老张头都惊得抬起了头。这可是这个寂寞的庭院里从没有过的事啊。这久违的难得的笑声,仿佛久雨后的阳光,弥足珍贵。小蝶自是为他们俩高兴,可不知为什么,老张头却深深地叹息,甚而现出深深的忧虑。小蝶不解地说,张伯,小姐难得这样好兴致,您为什么还要叹气啊?老张头却只是摇头。

再后来,楚小姐的伤口已经根本不需要医生了,可任先生的身影依然频频出现在楚小姐的屋子里、饭桌上,有说有笑。兴致好的时候,楚小姐甚至会放了小蝶的假,自己亲自磨墨,与任先生一起写字作画。任先生写得一手好字,而楚小姐则将一株兰花画得出神。常常是楚小姐画好兰花,任之初在上面题款:什么"我爱幽兰异众芳,不将颜色媚春阳";什么"花中真君子,风姿奇高雅";什么"兰艾不同香,自然难为和"等等,总是这样一些寓意双关的诗句。楚小姐冰雪聪明,自然能懂,所以也常会报以意味深长而又温婉羞涩的一笑。那一副琴瑟和谐的样子,真是一幅温馨的画面,任谁看着都觉得舒心。

然而好景不长,任之初突然从楚小姐的世界里消失了,没有任何痕迹也没有任何预兆地消失了,甚至连一句告别的话都没有留下,就那么突然而又决然地消失了。消失得那么干净彻底,以至于在以后楚天心整个的人生里,这个名叫任之初的男人都再没有出现过,仿佛一滴水一样地从人间蒸发了。

到底是为了什么?难道真是箫惹了祸事?

那一天任先生过来的时候,忽然变戏法似的,从那只祖传的柳条箱子里拿出一支白木六孔洞箫,又漂亮又精致。

哇,先生还会吹箫啊!楚小姐眼睛发亮,用手无比小心地摩挲着圆润光滑的箫管,抑制不住的敬畏与崇拜,已然化作了音符在屋子里流淌。先生可真了不起。

任先生笑了笑说,不过会吹几个音而已,哪里就了不起了呀。

不知天心可否能一饱耳福啊?

任先生自谦地笑了一笑说,哪里有什么耳福之说哦!只怕粗鄙之声,脏了小姐的耳朵呢。他说着就把箫轻轻地抵在了唇边。似乎才刚一搭上,箫那特有的圆润轻柔的音调就滑出了箫管。仿佛那声音不是从这个人、这管箫里流出,而是从遥远的幽谷迤逦而来,幽静典雅却又荡气回肠。尽管楚小姐并不能知晓任先生所吹的曲目,可那哀怨圆润的音调却一下子捅开了她的泪腺,热泪顷刻间奔涌而出。任先生也似乎瞬间进入箫的情境之中,直吹得忘情,根本没有看到听的人已是泪人一个。

倘若不是老张头突然气急败坏地冲进屋子,劈手夺下任先生手里的箫,两个人不知道要将这感伤又感人的一幕演绎到何种境地。

张伯,您这是做什么?楚小姐被老张头的举动给搞蒙了。这个平常不声不响的老人,何以如此失态动怒?怎么了?

老张头却不理会楚小姐的诘问,只是对任先生说话,任先生,不要怪老朽冒昧,小姐年纪轻,不晓事,先生莫非也不晓事的吗?莫非不知道凡事需适可而止?他朝屋子外面看了一眼说,这声音……任先生可知道能传到哪里?

啊啊啊,张老伯教训得是!是我考虑不周。唐突了,唐突了。任之初说完,立马慌慌张张地将箫收起来,胡乱放进柳条箱就匆匆忙忙地走了,连声再见都没有说。

那之后,任先生就消失了。

任先生消失得如此遽然,楚大小姐整个人如掉进冰窟窿里一般,一开始还跟疯了一样地每日在门前苦望,枯等。她不相信任先生会是一个如此绝情之人。就算离开,也该说句再见吧?后来日复一日,渐渐地,绝望就像一张网一样,将她一颗期盼等待的心死死缚住,动弹不得。楚小姐再也不等,可欢声笑语也仿佛一朵昙花瞬间乍现,之后就只剩下了寂灭。她真正陷入了一种万念俱灰的境地之中,似乎再没有什么能够重新唤起她对生活的期望与热情,甚至连那些她深情钟爱的兰花也已经唤不醒她的兴趣。终于有一天,她把与任先生一起作的画拿出来,一幅幅地看,看得那样仔细,那样认真,不放过每一个线条,她自己画的线条;每一个字,任先生的字。任先生的字真是好啊。她在心中赞叹着,看一百次,一百次仍是忍不住赞叹。一百次之后她再也不看,而是开始撕。一幅幅地撕,一点点地撕,撕得那么平心静气,撕得那么慢条斯理,却又撕得那么毅然决然。之后再一点一点地扔进火盆,看着火舌欢快地舔着纸屑,化作烟,化作灰。

冬天的夜总是早早地就降临了,而且黑得那么深沉而又纯粹。"守着窗儿,独自怎生得黑!"她苦苦地坐在窗前,连火盆也不愿生一个,就那么冷冷寂寂地坐着。似乎忘记了寒冷,忘记了饥饿,甚至忘记了自己还是这世间上的人。她一遍遍地抚摸着自己手腕上那条蜈蚣似的疤痕,他留给她的疤痕。手腕上。心上。无论怎样的生命,都是值得尊重与珍惜的,这是他送给她的话。可是这样的生命有什么值得珍惜与尊重的必要呢?老天爷,既然你这样恨我,要这样对我,为什么不将这命拿去?何苦留着,遭罪?以为泪已流尽,却又流了出来,无声无息,不绝如缕。

小蝶又担心又害怕,不知该如何是好,只有向老张头诉说。老张头也不说话,只是把烟袋杆叨在嘴上,也不点火抽,只那样叨着。只要是跟兰花在一起,老张头的烟袋杆就总是这样空叨在嘴里,似乎已是一种习惯。唉,许久他才叹了口气,说,姑娘啊,你还太小,这人世间的诸多残酷你还不懂啊。你们都不懂,小姐不懂,就连任先生他都不懂哦,唉……

小蝶真是不懂,她甚至不懂老张头的叹息。

姗姗地,雪来了。今年的雪虽然来得有点迟,都快过年了才来,可终究还是来了。风,就像大将出场之前的那些龙套一般,煞有介事地比比画画一番,也胡乱嘶吼,叫嚣,可最后还是偃旗息鼓,让位给了雪。雪于是非常斯文、非常优雅,也非常耐心地下起来了。这一场雪似乎是青衣专场,除了之前龙套比画过一阵之后,其他角色无论老生、武生、老旦、小丑等等,都没有机会登台,从头到尾只青衣一味咿咿呀呀唱,唱得缠绵悱恻,唱得江河断流,唱得天地肃穆。且好功夫,连着唱了三天,竟不知累,直到第四天,才似乎嘶哑了喉咙,默默退场了。许是这几天的戏听得太足,过足了戏瘾,把山林树木、房屋大地,都一股脑儿听得胀鼓鼓的,跟发酵的面团一般,臃臃肿肿、白白胖胖,让人一看就忍不住想去摸一下,乐一下。原来这早已看惯了的、甚而已到了令人生厌的世界,顷刻变得不一样了,变得如此雄浑、纯净还可爱,处处都显现出鲜活的气息来。

有雪的年似乎更有年的味道。

然而对于楚天心来说,任何日子都已经变得味同嚼蜡。倘若有任先生在,这样的雪天气,该是可以对饮小酌,然后再吟诗作画的,附一派风雅。若是再有箫声哀哀怨怨地在雪地里飘着荡着,则更是美不胜收了。可没有了任先生,便只剩下煎熬。

雪停的第二天,就是腊月二十四,小年夜。去年一则因为楚小姐刚上山,二则也因为楚小姐伤势未愈,所以根本就没什么兴致过什么年。然而小蝶毕竟还是个孩子,对于年依旧充满了期待,而且也想趁此机会,好歹让小姐开心一回。他便将屋里屋外彻彻底底打扫了一遍,门首挂上两只大红灯笼;又和老张头一起用红纸剪了喜鹊登梅和鲤鱼跳龙门,贴在小姐的窗户上;再剪了"寿"和"福"贴在老张头这边。这样一倒腾之后,哎,别说,还真有点过年的感觉了。小蝶端详着,有点喜不自禁。说,唉,只可惜,任先生不在,不然,叫他写几副对联贴上,就更好了。是不是啊,张老伯?

唉,任先生怕是再也不会来了哦。老张头感叹道。

小蝶却很是不以为然,说,怎么会呢?任先生不是那么不讲究的人。我看出来了,这个山上啊,小姐就只待见任先生一个人。嗯,这下好了,只欠一桌年夜饭了。

就跟老天爷听见了似的,小蝶的话才刚落音,一队人竟鱼贯着送年夜饭来了。鸡鸭鱼肉,满满登登一大桌。小蝶看呆了,说,这么多菜,两个人哪里吃得了?

不想多天不说话的楚小姐开腔了,说,小蝶,把饭菜都拿去张伯那边,门口那两个人也叫上,一起去张伯那边吃年夜饭吧。我等会也过去。

小蝶一听,顿时笑逐颜开,乐颠颠地去了,心里想,看来小姐的心真是死了。任先生不是说小姐的心要是死了,就好了吗?果然好了。真是太好了,要是任先生也能来一起吃年夜饭,那就再好不过了。

楚小姐果然去了张伯那边,还由张伯带着,看了那些兰花。百多盆兰花挤挤挨挨地站在光影里,叶片优雅地舒展着,有的正开着,静静地吐着芬芳,沁人心脾。楚小姐不觉一阵心酸,泪差一点涌出,赶紧回身离开了花房。

鞭炮放过了,酒杯举起来了,还真有点过年的味道了。小蝶激动得两只大眼睛波光潋滟,好似点点泪花闪烁,却始终不见半滴泪珠。楚小姐不仅吃了菜,还一一敬了酒,先敬了老张头,感谢他把兰花照顾得这么好;再敬了那俩看门人,感谢他们俩的一片忠心;末了,敬小蝶,二人无语,却一切尽在不言中。敬完之后也没落座,便起身告辞,说,我已经饱了。年夜饭,你们尽管慢慢吃,不碍事的,我回房去了。小蝶要起来送,被楚小姐制止了,说,不过几步路,哪里需要送?过年了,好好陪张伯喝两杯。楚小姐说着朝两个看守笑了笑,示意他们安心喝酒,然后走了。

可待小蝶吃饱喝足之后,准备回去服侍小姐洗漱休息的时候,房间里哪里有小姐的影子,小姐,小蝶一声惊慌失措的喊,把所有人的醉酒都吓跑了。

莫不是跑了吧,啊?天爷爷,地奶奶,如来佛祖,大慈大悲观世音菩萨,楚小姐您可千万不能跑啊,不然今晚的年饭,就是我们的断头饭啊!两个看守顿时吓得面色苍白,浑身哆哆嗦嗦,眼泪都要流出来了。

还是老张头冷静,说这样的大雪天,大山里,就是连只鸟都休想飞得出去,她一个弱不禁风的小女子,能跑去哪里?一定就在附近,分头找找。这样的雪天,小姐又从来没有出去过,东西南北都分不清。要是迷了路,在外面待时间太长,冻坏了身子就麻烦了。

于是四个人分头去找,一路找一路喊。小蝶焦灼的喊声,在这样的大雪之夜听起来格外令人心生寒意。结果还是小蝶在对面的山坡上,找到了倒在地上的楚小姐,她已然被冻得面部青紫,呼吸困难,发不出声了。小蝶一边喊,小姐小姐,你醒醒啊,一边又可劲朝山下喊,张伯,小姐在山顶上,快来啊!尽管风把小蝶的声音吹得面目全非,可三个人还是听明白了,于是朝对面山上跑。

等爬上山顶之后,菱湖突然猝不及防地呼地一下霍然呈现在视野里,沿岸万家灯火,闪闪烁烁,于那白世界里更显出人间万千温暖。老张头一下子明白了,可他什么都没说。山顶上风大得怕人,吹得人几乎站立不稳,雪深没膝。幸亏楚小姐今天穿了一件大红缎子披风,一抹红色在雪地里格外耀眼,不然就算楚小姐给雪埋住,也看不见啊。老张头心中忽然有说不出的悲怆,他吩咐那两个看门人轮流背楚小姐下山,并吩咐小蝶不停地喊小姐,防止她昏睡过去。

回到家里之后,老张头一面赶紧把火盆烧旺;一面支使那两个看门人快去报告司令,情势紧急,小姐需要看医生;又吩咐小蝶先把小姐衣服脱掉,只剩里面的衬衣裤,用被子严严实实捂住,然后赶紧去烧热水,也不要太烫,微微有点烫手就可以,水烧好以后赶紧倒进洗澡盆里,把小姐放进去泡着,热水越多越好。老张头吩咐小蝶不停加热水,一直到小姐浑身皮肤泛红、呼吸正常为止。等张久胜赶过来的时候,屋子里已经一片热气腾腾。

看见张久胜,小蝶想都没想就问,司令,任先生来了没有?

老张头想制止,可小蝶的话已经出口了,紧接着一个响亮的耳光就在小蝶的脸上爆响了,没用的东西。同时张久胜还指着那两个看门人,声如洪钟,统统都是些没用的东西,好几个看一个人都看不住,还叫她跑出去。她要是有个三长两短,你们统统都他妈的去沉湖。

司令,还是赶紧叫医生,小姐身子本来就弱,可禁不住这样左一次右一次折腾……

闭上你的臭嘴,老东西。用得着你来教我?张久胜恼羞成怒,一双眼睛瞪得似要吃人。这大雪封山的天气,又是腊月黄天的,你叫我上哪里叫医生?

平常不都是任先生……小蝶打不怕,又插嘴。

任先生任先生,任之初他是你爹还是你娘啊?一天到晚把任先生挂在嘴边当歌唱……张久胜大发雷霆。

一个月前张久胜也是这样大发雷霆。不,远胜于今天的雷霆万钧。

任之初,你个狗日的!也太狗胆包天了吧?竟然欺负到老子头上来了。

我不知道司令此言何意?我任之初向来做事光明磊落,漫说是您司令大人,即使是最可怜的贫苦人,我也绝不会有什么欺负之意。任先生不卑不亢。

少在这里给老子转文,酸里酸气的。又是作诗又是画画又是吹箫,你狗日的想干吗?啊?老子是叫你去给她看病的,不是叫你去跟她吟诗作画吹箫弹琴的。

我不过是在替您张司令赎罪而已!

赎罪?老子要你为我赎什么罪?你也太给自己脸了吧?别以为老子拿你当宝贝供着,你狗日的就蹬鼻子上脸,反过来往老子脸上屙屎屙尿。

我不过是陪楚小姐聊聊天,说说话而已,让她尽快打开心结,这样司令才能够如愿以偿与她完婚啊。

少在这里跟老子哩格儿隆!老子还不晓得你狗日的小算盘,哪一天你们俩勾搭得差不多了,再给老子来一个生米煮成熟饭,老子就算把你们俩都杀了,还不是赔了夫人又折兵?吃亏的还不是老子啊?

哈哈哈,真是笑话!任先生忽然仰天大笑,既然司令执意做如此推测,任某也无力改变。司令想把任某如何处置,全凭司令,任某决无二话。

哈,张久胜冷笑了一声,说,你都朝我脸上屙屎了,难不成我还当你是香饽饽?不要以为你医术高明,与我张久胜有私交,犯了规矩,老子就不拿规矩办你,信不信老子立即马把你沉湖?

悉听尊便。任先生依旧昂首挺胸,不卑不亢。

或许真正激怒张久胜的是任先生的不卑不亢、无所畏惧。

张久胜看着在热水里浸泡着、这个令自己焦头烂额却又不舍丢弃的女人,再一次颓然坐到椅子上。良久,他一拳擂在桌子上,我这就下山去找医生,说着大踏步坚定地走了出去。

等曾老先生到的时候,已是第二天上午了。

下雪的日子,山里可真是安静啊,除了阳光扑啦啦带着鸽哨般的啸响在大地山林回荡之外,就只有"千山鸟飞绝,万径人踪灭"了。当太阳升起一丈多高的时候,终于天地之间响起了因不堪重负发出的咯吱咯吱的呻吟声。小蝶耳朵尖,一下子就听到了,慌忙跑到窗前去张望,只见在那茫茫的雪世界里,几个人正由远而近。

是司令,张伯,司令回来了!小蝶惊喜地叫起来,然后死命抓着老张头的胳膊,一张脸憋得通红。

老张头也止不住心中的激动,声音颤抖地说,这下好了,这下好了,菩萨保佑,菩萨保佑啊!

果然是张久胜他们,张久胜背上还背着一个人,脚步沉重迟缓。小蝶和老张头见了,不觉都吃了一惊。张久胜进得屋来,小心翼翼地将背上的那个人放下来,之后,自己却如泄了气的皮球一般,一下子瘫坐到地上。那是一个老者,须发皆白,却身形硬朗,颇有几分仙风道骨。不知为什么,小蝶和老张头一看到他,就无端地感觉格外亲切,也格外信任,心中暗暗松了一口气。

只听那位老者声音朗朗地对张久胜说,司令这一路上确实累着了,回去歇息吧!病人就放心地交给我。张久胜只是无力地笑了笑,然后冲老者挥一挥手,示意他自顾自去忙,不用操心自己。

老者也不多说什么,就由小蝶领着去到里间查看病人。虽说老张头救治及时、救治方法得当,可楚小姐还是给冻病了,高烧不止,气息奄奄,命悬一线。老者也许没有想到病人情况这样严重,似乎也吃了一惊的样子,但随即镇定了下来,不慌不忙地伸出三根手指为楚小姐搭脉。先搭右手,然后是左手。显然左手腕上那道丑陋的伤疤又让他吃了一惊,他自然明白这样的伤疤说明了什么,只听他隐隐地叹了一口气。

老先生诊完脉之后,来到外间,张久胜此时已经从地上起来了,正坐在桌边,看见老先生过来,赶紧起身给老先生让座。老先生也不客气,一屁股坐下。张久胜有些讪讪地,却又不好说什么,只得坐到对面另外一张椅子上,探寻地问,曾老先生,怎么样?不要紧的吧?

人烧成这个样子,你说要紧不要紧?幸亏昨晚他们两人处理得当,否则,人即使救过来,也会烧废了的。人体发热一般多分为外感、内伤两类。外感发热,是因为感受六淫之邪及疠疫之气所致;内伤发热,多由饮食劳倦或七情变化,导致阴阳失调,气血虚衰所致。我这样一说,想必司令心中多少有点数了吧?楚小姐为何烧得如此厉害,是既因外感更因内伤。楚小姐情绪失和,久郁于中,加之饮食不当,以致气血两衰,风寒一激,外感与内伤交互攻击,故而……

那要不要紧呢?张久胜焦虑地问。

这个暂时还不好说,得看病人自己的造化。我先开一个方子,倘若申时之后,病人烧退,则无大碍;倘若继续高烧不止,恐怕……老先生一边叹息,一边摇头。

张久胜情绪显然有些激动,可看了看老先生,又不便发作,硬是将那一口气憋回去,讪笑着说,有曾老先生在,还有什么好怕?

求生是人的一种本能,倘若病人自己刻意要摒弃这种本能,而一心求死,纵然神仙也难奈她何,何况我不是什么神仙,只是一个普通的郎中。

果然申时刚过,楚小姐身上的热度就开始慢慢降了。约莫半个时辰之后,楚小姐一身大汗淋漓,终于彻底退烧。所有人包括曾老先生在内,都长长地嘘了一口气。可是烧虽然退了,人却一直昏睡不醒。张久胜又着急了,问,曾老先生,她怎么老是不醒啊?不会真是脑子烧坏了吧?

曾老先生却一点也不着急,捋着胸前飘洒的白须,笑吟吟地说,有老朽在,司令大可放心,该醒的时候她自然会醒。她太累了,就让她好好睡一觉吧,她该是好久都没有睡过好觉了吧。

汪洋之中的一条小船,随波漂荡着,漂啊漂啊,那是哪里呢?灯火闪烁,一幢大屋,白的墙,黑的瓦,一、二、三、四,接连四道大门。多气派的大屋啊!这样熟悉,这是哪里?哦,天哪!原来是家!到家了呀!到家了吗?真的到家了吗?娘,爹,大哥,二哥,三哥,你们都在哪?天心回来了,天心回家了呀!你们怎么都不出来接我?怎么都不出来都不出来都不出来啊……爹、爹,娘、娘!

好一阵挣扎,楚天心终于睁开了眼睛。可哪里有大屋的影子,更是不见爹和娘,依旧是这样的小屋,贴心的只有这个十四岁的姑娘小蝶。楚小姐顿时悲上心头,原来不过一个梦。楚天心忽然放声大哭起来,哭着哭着,头一歪,再一次晕过去。曾老先生赶紧拿出银针扎在她的人中上,不一会儿,随着一声轻轻的叹息,又活了过来。她忽然想到了一个名字:九死还魂草。她终究把自己活成了一棵九死还魂草。一个人就连死都死不成,可不只剩下了活吗,然而那样的活还叫活吗?

楚小姐虽然醒了,可依旧紧闭双眼躺着,不哭,不闹,更不说话,不吃东西,连药也不好好吃,除了一口气还在之外,真跟死了一样。她这回似乎铁了心要与张久胜较量了:只一心求死。正如曾老先生所说若一个人真心求死,莫非还真死不得吗?

看着楚小姐这副样子,小蝶除了默默伤心着急之外,实在无计可施;老张头呢?也只能是一个唉声叹气,同样无计可施;唯一可以能和小姐说上话的就是任先生,可他杳无音信了;至于张久胜……唉,小姐怎会和他说话呢?就在他们俩一筹莫展的时候,曾老先生开口了——

楚小姐,我是知道你的,我还知道你和你爷爷是同一天生日,你或许并不知道我。我曾经给你爷爷楚老太爷看过病,只是很遗憾那一次,我没能救活你爷爷。你父亲深夜坐船慕名去的荷叶洲,请了我去,我却束手无策,为此,我一直耿耿于怀。虽然我从未见过你,可或许是因着那个因缘,我总觉得我们算得上是熟人。

小年夜的晚上,张司令突然出现在荷叶洲我的诊所,说真的,我还真是没有将几个土匪放在眼里。若按着我的个性,即使真如他们所说,杀我全家,我也绝不会屈服,随他们上山,为土匪诊治,坏我一世英名。我如今已然年近古稀,老迈昏庸,或许不久就会离开人世,我还怕什么?可是我知道你,也听说过你的遭遇,为了你我愿意上山,因为在我心里一直觉着欠你们楚家一条人命。我想,无论如何我要救你一命,一则算是还你楚家一个人情;另外,你还如此年轻,遭遇不测已然可悲,可就这样任随你归西,似乎天不能容,于是我答应了。其实,我答应的还有另外一个原因,我刚才说了,我一个古稀老人,会迫于一个土匪的淫威吗?怎么可能。可这个土匪却于凶顽残暴的另一面,有着令人感动的地方,你知道他为了让我上山,做了什么吗?他给我下跪了。真的,他就是跪下求我了。一开始他一副盛气凌人的架势,将一袋子银圆扔在我的桌子上,要我随他上山,我怎么可能答应,然后,他又威胁要杀我全家,我依旧不为所动;可是他突然跪了下来,五尺高的大汉子,令人闻风丧胆的土匪头子,竟然为了一个女人给一个老人下跪,这似乎不是人们一般思维所能想得到的,也不是一般人能够相信的,可是他真就那样扑通一声跪倒在了我面前。他说他是真心喜欢你的,不然借他一百个胆子,也不敢抢楚老爷家的千金啊,可他明知山有虎却偏向虎山行了,为什么?因为他拗不过自己对你的喜欢,才铤而走险,强抢你上山。谁知你小小年纪却刚烈无比,抵死不从,他说这已经是你上山之后,第三次游走在死亡边缘了,可他真心不想你死……

　　他也算得是一个顶天立地的汉子,就那么跪在我面前,涕泗横流,泣不成声。在我答应随他上山之后,他怕我累着,坚持一直把我背上了山。那样的雪天即使一个人空着手上山,尚且累得不行,何况身上还背着一个人?他的那些手下要替他,他却坚决不让,说是怕他们毛手毛脚,摔坏了先生。而在你昏睡的这三天三夜里,他顾不得疲劳,坚持守在这里,寸步不曾离开过,这一点,小蝶可以做证。就在刚才,就在小蝶说你醒了的那一瞬间,那个五尺高的汉子,却突然倒了下去。唉,他纵然有千般不是,万般不好,可这一点,也确不是一般人能做得到的呀!楚小姐,俗话说生死有命,富贵在天,一个人再狠,哪里狠得过老天?留自己一条命,说不定还有见到自己爹娘的那一天,倘若真是一命归西了,你到哪里再见自己的爹娘呢？活着，好歹总是个希望，你说是不是？

可是老先生，他们都不要我了呀！我的爹娘，他们不要我了，任我给一个土匪做老婆，我活着还有什么意思啊？一语未了，楚小姐已然哭得上气不接下气。

唉，我的傻小姐啊！天底下哪里有不要自己儿女的爹娘呢？你爹娘是有不得已的原因哦。

不就是打不过一个土匪吗？哪里还有什么不得已的原因？

有啊，楚小姐，那就是整个楚家，整个橡树湾啊！楚小姐，张久胜派人送了书信去了你家府上，扬言若要再不同意你和他的婚事，再派人骚扰藕山，他就一把火烧掉楚家大屋，再烧掉整个橡树湾。方圆百里，哪个不知哪个不晓，你爹娘这才罢了手。

啊？楚小姐仿佛被人一下子点中了死穴一般，突然止住了哭声，呆呆地望着曾老先生。白发须眉的曾老先生跟自己的外公白老先生一样慈爱儒雅，可他不是外公。他即使是她的外公，也救不了她。爹娘大哥二哥三哥通通都救不了她，一个白发老人能奈谁何？她整个人顿时堕入绝望的深渊。在梦里，她清清楚楚地看见自己，朝着一个墨一般无边的暗黑中堕下去、再堕下去，她不知道那是一个什么样的所在，原来，那就是绝望。她注定要堕入无底的深渊。上天，为什么要这样对我？

几天之后，张久胜吩咐厨房备了一桌丰盛的酒席送到了楚小姐屋里，自己带着肖金水、张清、张白一起过来，给楚小姐、曾老先生、老张头还有小蝶补一个年夜饭。可是他又怕楚小姐嫌吵，不敢太声张，依旧将酒席摆在了老张头这边。恭恭敬敬地请曾老先生坐了首席，恭恭敬敬地敬了曾老先生一杯酒，感谢他救了楚小姐一命。

曾老先生一抱拳，说，哪里！司令言重了。不过分内之事而已。我看楚小姐身体已无大碍，老朽可以下山去了吧？

哈哈哈，谁知张久胜爆发出一通爽朗的仰天大笑，说曾老先生何出此言啊？我张久胜好不容易才将您老请上了山，怎么刚来就要走呢？曾老先生，您以后可就是这藕山之上的镇山之宝了，有您老在，我可是什么都不怕了啊，哈哈哈。

曾老先生神情愀然，他不紧不慢地说，听司令这话的意思，是今后要留我在这山上久住了？让我一个古稀之年的老人，也尝一尝落草为寇的滋味？

哎呀，曾老先生，话不能这么说嘛，什么叫落草为寇啊？俗话说乱世出英雄嘛。您看看当今这个世界可是一个乱世？

这个……曾老先生无语。

曾老先生，既然是乱世，您在哪不一样啊？等过完年，雪化了，我就把您老的家眷都接上山，您就安心在这山上待着，保我山上弟兄们都平安，还怕没有好日子过吗？哈哈哈……来，曾老先生，干杯！说着径自一饮而尽。曾老先生无奈，只好饮了半杯。不想，张久胜弯腰抚着曾老先生的肩膀说，曾老先生喝了这杯酒，我可就当老先生答应了，不许反悔哦。哈哈哈……又好一通大笑。曾老先生却哭笑不得。张久胜爽爽地笑过之后，大声吩咐，把红包拿来。

话音未落，张清用托盘托过来三封红包：曾老先生的那封二十，小蝶、老张头每人十块。小蝶惊呆了，自己长这么大，还是第一次拿红包，而且是这样大的一个红包。不禁急不可待地捧着那封红包回到房内，一张小脸激动得通红，喜滋滋地对楚小姐说，看，小姐，先生给我的红包。

看到小蝶那副模样，楚小姐心中不禁涌起一阵疼爱，同时又止不住有些感伤。自古以来，女人什么时候能有自己的命，风光也好，潦倒也罢，还不都是男人脚底下的一棵草。作为女人，能有人这般待你，也算是前世修来的福分了。盗亦有道，任先生说过，看来真的不无道理。一个土匪还能懂一点人情世故，已是少有；更是对一个女人如此巴心巴肝，实属难得了。既然自己几次都未能死成，看来也是命中注定，天意如此了。这样一想，便吩咐小蝶将没用完的人参拿两根过去给张久胜泡酒喝。天寒地冻，人又劳累过度，喝点人参酒正好可以调节一下。

不想张久胜捧着那两根人参，五尺高的汉子，竟至于激动得落泪。想自己十五六岁自打一把火烧掉仇家之后，闯荡江湖十几年，腥风血雨，脑袋别在裤腰带上，什么时候有人如此暖心地给予自己过关怀？更何况这关怀来自自己渴慕已久的女人，叫他怎能不激动，要知道能得到楚小姐的这一点关心是多么不容易啊！张久胜再一次切身感受到：真是撼山易，撼女人难啊！

如前所约，又过了一年，来年的二月二龙抬头的日子，一顶绣着"龙凤呈祥"的大红轿子,将楚家大小姐楚天心抬进了那幢专门为她修建的长方形院落。张久胜终于如愿以偿地抱得美人入怀。也就在那年的腊月初五,我着急地呱呱坠地了,母亲为我取名墨兰。墨家的墨,兰花的兰。哈哈,我终于闪亮登场了。张妈说,我出生时,哭得那叫一个响,都以为是小子,谁知竟是个姑娘。哈哈哈,他们哪里晓得,我该是憋了多久啊!两年后,弟弟降世,母亲为他取名子墨。墨子,子墨,哈哈哈,多好的名字。

一棵树栽进土里,终于生了根,抽了枝散了叶,开了花结了果,父亲以为从此天下太平,可以安享绿荫了。

逃 离

然而父亲做梦也没有想到,母亲会把他的一双小儿女拐跑!

他更不知道,逃离一直是母亲心中从未改变的主题。

曾老先生说:楚小姐,按道理,我不该帮你的。无论如何,司令于我还是有恩的。民国二十七年日本鬼子轰炸荷叶洲,一颗炸弹正好落在我荷叶洲的家里,如若不是司令提前将我全家接到山上,那我们一家大小十几口也就只有到九泉之下才能相见了。这些小姐你都是知道的。

曾老先生,我曾经也是一个有梦想的人,梦想着有一天能如我娘那样做一个女先生,人人尊敬。可是现在……一个连你的梦想都能抢走的人,你能和他一起生活吗?再说,我不能让我的儿女一辈子活在有一个土匪老子的阴影之下。他们是无辜的,有理由过正常人的生活,难道不是吗,曾老先生?

可是,我的小姐啊,如今放眼整个华夏大地,日本鬼子肆意横行,中国人哪里还谈得上人的尊严?我现在反倒觉得幸亏当初随了司令上山,否则,我这老朽古稀之年四处奔波如何受得了? 小姐,无论怎么说,司令也算得一个汉子啊!

哼,是条汉子,他就该做一点顶天立地的大事给他的儿女们看看,他们的老子可配得上父亲这个称号! 如今,正如曾老先生所说,日本鬼子横行乡里,当真是一个热血男儿,理当跟日本鬼子论一个高低,而不是依旧为害乡民。我怎么可能叫我的儿女在他的羽翼之下生长?我是一定要回家的,带我的儿女回家!

我知道，楚小姐，回家那是你多年不曾了却的愿望，我也是理解的。可是，楚小姐，既然你心中有如此民族之大义，为什么不留下来，影响司令呢？说不定他会听你的话，从此走上一条另外的阳光大道呢？

哼，他那样冥顽不灵的一个人，纵然神仙下凡恐怕也难以改变！更何况，天下兴亡，匹夫有责，任何一个有热血、有良知的中国人，都会知道该怎么做，做些什么，需要别人规劝引导吗？

曾老先生煞是诧异地看着母亲，半晌，他才拈着白须说，原来楚小姐甚是能言善辩啊。可这些年在老朽听来，所有话语加起来也不及今之一半啊。

曾老先生难道不知，"酒逢知己千杯少，话不投机半句多"吗？

啊啊啊，曾老先生依旧拈着白须，微微颔首，沉吟半晌，说，楚小姐心意如此决绝，怎么办才好呢？看来，老朽我就只好做一回司令的恶人了。

母亲白天大多时间都待在书房里看书，有时也画画，或临临字帖，较少出屋子。最多也就在院子里散散步，看看兰花；或者冬阳很好的日子，会让描红（母亲与父亲完婚之后，小蝶就改唤描红了。此后父亲带了另外一个女孩过来伺候母亲，母亲为她取名绣绿。原以为母亲是因为小蝶实在适合西瓜红色，才改叫小蝶作描红的。红花需得绿叶配嘛，所以另一个女孩就叫作了绣绿。其实根本不是，等我回到大屋之后才知道，原来母亲做大小姐的时候，有两个使唤丫头，一个唤作描红，一个唤作绣绿。）将圈椅搬进院子，静静地闭上眼睛晒太阳。那个时候，母亲是宁静的，温和的，是这尘世间普普通通的一个女子。而待在书房里的母亲，则浑身上下都散发出泛黄的故纸的味道，仿佛从那遥远的唐诗宋词里袅袅婷婷地走出来，一路的烟尘，却又如梦似幻，不惹尘埃。我喜欢那个冬日里晒太阳的母亲，她是可亲可近的。每每那个时候，我总是大起胆子，将头搁在母亲腿上，与母亲一起享受太阳的光辉。

这个院门常开的院子，可一年到头除了父亲每月月初一、十五两次过来之外，几乎无人踏足。最常来的恐怕就是白发须髯、仙风道骨的曾老先生了。每一次曾老先生替母亲搭完脉，开好药方离开的时候，描红或是门房老张头问起，曾老先生哪一回不摇头叹息？而描红哪一回不双眉紧锁，一张脸憋得通红？

描红真是一个好女子啊，虽不漂亮，却是那么善良与温驯。忧母亲所忧，喜母亲所喜，已然没有了自己的喜好。因为母亲进食很少，她竟然也不愿多吃。每次张妈或是门房老张头善意地叫她多吃一点，她总是温顺地摇一摇头，似乎她若是大吃大喝便是对母亲不忠似的，所以才会也那般瘦弱。然而描红的弱却不是弱柳扶风的那般娇弱，而是疾风下的劲草，貌似纤弱却柔韧无比。在照顾母亲的那些年月里，描红甚至连病都不敢生，最终因母亲而死。老张头无限感慨，因此不管父亲如何大发雷霆，依然我行我素地将描红的尸体用一口薄木棺材装殓好，远远地埋在一个山坳里。之后每年的清明、冬至，他都会到她的坟前为她烧两刀纸，默默地蹲在墓前抽一袋烟。那情景那心情，完全是一个父亲之于女儿的思念。

自打那个风雪的小年夜，母亲登上对面的山顶，知道山下就是菱湖，而菱湖对岸就是橡树湾之后，每年的农历八月初二与农历十月二十一这两天，母亲必然是要登山的，因为这两个日子是外公外婆的生日。八月初二，外婆生日；十月二十一，外公生日。母亲回不了家，就只能在这两个日子对着家的方向遥祝父母寿辰。

农历十月，正是枫树红盛之时。远远地，那一团熊熊燃烧的火焰，以天火燎原之势，从对岸，从湖水之中，一路燃烧至藕山脚下，再烧上山顶，将那个远望的人儿，一颗心烧得疼痛难耐、苦痛不堪。也许在一般人看来，那不过就是霜叶红于二月花而已，赞叹一番也就罢了。可在母亲心里那就是偾张的血液，是猎猎抖动于寒风中的旗帜，是号角上鼓扬的红绸，是盼望她回家的父母双亲滴血的呼唤。家虽然就在并不遥远的水的那一方，却是永远无法临近的万水千山的尽头，她纵然穷其一生，也注定无法翻越。

回家，回家，回家！

那是母亲心中从不曾废离的旋律。

曾老先生，您必须帮我，也只有您才能帮我！

不知为什么，母亲最近一段时间精神头异常好起来，不仅药正常吃，连饭也吃得多了,脸上时不时还有了笑的模样,甚至亲自上阵侍弄她的兰花了。然而母亲终究体力不支,一天正兴致勃勃地跟老张头一起,蹲在地上给一盆兰花换土,突然一头栽倒,把花盆都打碎了,老张头吓得也差一点栽一跟头。

曾老先生紧跟着来了,张久胜也几乎前后脚地过来了,满脸焦虑地问,曾老先生,您说您这方子隔三岔五地开着,人参燕窝一天不落地炖着,她怎么总是这个德行啊?

唉,司令啊,曾老先生皱着眉头说,我看司令得另请高明给太太瞧了,老朽已然黔驴技穷。

张久胜听曾老先生如此说,知道曾老先生会错了意,赶紧说,哎呀,曾老先生,您这是说哪里话来?您老这么多年一直跟着天心,病情脾性您都了解得透透的,换哪个也不如您啊,再说,还有哪个比您曾老先生医术更高明呢,我这不是替她着急吗?

司令,有一句话说出来,您可能要不高兴。

什么话?曾老先生但讲无妨,我怎么可能会不高兴呢?只要是于天心病情有益的话,我绝对照做!

司令讲替太太着急,我看你那都是瞎着急。

我怎么可能是瞎着急呢?天地良心,我对她可是真心实意啊!

你对她真心真意?呵,我看你是真心实意害她!

啊?曾老先生您怎么能这么说话?我怎么可能会害她?我心疼她还来不及呢。可她不领情,我有什么法子。

司令,我说你会不高兴,你还不承认,怎么样?不高兴了吧?不高兴,我不说了还不行吗?曾老先生说着收拾药箱,起身欲走。

张久胜一把按住他,说,曾老先生,我不是生气,我是着急,您说我怎么就害她了,我要怎么做才是帮她呢?

司令,就连老张头都知道,世间万物,若是想把它养好,都得顺它的脾性习惯。就说这兰花吧,为什么老张头能把它侍弄得这样好?是因为他懂它们,顺着它们啊,它们怎么能长不好呢。楚小姐说是您夫人,可您懂她吗?您顺着她了吗?这么多年,您做的唯一一件事就是逆着她的心愿啊,您叫她怎么可能生活得好呢?

可是,曾老先生,哪个要她一心想要跑呢?

那是以前,司令。现在他都是你两个孩子的母亲了,她还会往哪里跑呢?天下哪有一个做母亲的能丢下自己的孩儿?

那,曾老先生,您说我该怎么做?

该放手的时候就该放一放手啊,司令,你说她一个弱不禁风的孱弱女子,你却有张清、张白两个年轻力壮、又有身手的弟兄看着,她能往哪里逃呢?八年了,司令,八年,一个年轻女子在这人迹罕至的山上,一待就是八年,好人都能给憋出毛病来的嘛,适当的时候,也该放她下山去走一走,就当活动活动筋骨也好啊,您说是不是,司令,如果怕世界太大,把握不住,你就让他们去荷叶洲逛一逛嘛,那里一个小孤洲,四面都是水,又有张清、张白跟着,您还怕个什么呢?顺便正好可以去荷叶洲采一些山上没有的药,楚小姐也该换换药方子了。

一切都是那么天衣无缝。

可一切都不过是一个圈套。

那个晚上,父亲气急败坏地赐死了描红与张清、张白之后,依然无法平息心中的怒火,喊道,肖金水,肖金水,给老子集结人马,随老子下山,就算荡平橡树湾,老子也要把他们母子三人给抢回来!反了天了,竟敢在老子面前耍花枪,如若不是听了曾老先生的劝,我会放你们下山?真是放了一辈子的鹰,竟叫鹰给啄瞎了眼睛了。下山,肖金水,带人马跟老子下山。

父亲咆哮着,吓跑了林子里的野兽和鸟。

第二天,菱湖上阴风怒号,浊浪排空,似乎正排解着雷霆之怒。肖金水说,今天菱湖上风浪太大,恐不好……可我父亲盛怒之下哪里听得进去任何反对之词呢?只一个劲都叫嚣着要雪耻!于是湖上再次风帆云集,十几条大船浩浩荡荡朝着橡树湾的方向开过去。可还未及开到边上,远远就听见哀乐阵阵、动人心脾。不知为什么,就连杀人如麻的我父亲听到这样的哀乐,都忍不住动容。他不禁步出舱外,朝着哀乐声起的方向望过去,不想竟是楚家大屋。

楚家大屋门前灵棚高搭,白幡白旗白灯笼,一片白世界。显然正在办丧事。

张久胜忙叫人从大船后解下小船，自己亲自坐上，着两个快手将小船飞一般划到近前，隔远就看见灵棚之上悬挂着一帧照片，是一个年轻女子，齐耳短发，浅色斜衣襟长袖上衣，黑色及膝半长裙，白色洋纱袜，黑色扣襻皮鞋，说不出地青春靓丽，正笑得一脸灿烂，华光四射。

司令，是太太，船头的那一个惊叫了一声。

再看张久胜已然瘫坐在船舱里，正定睛朝那灵棚前望去，只见他的一双小儿女正一身白色孝服跪在灵前。

这么多年来，我父亲张久胜第一次感受到一种从未有过的挫败与伤痛。他第一次那么正式地以一个主人的身份踏入我母亲的卧室及书房。目光将书桌、书架、宽大的靠背椅以及墙上的字画、桌上的砚台、笔墨、纸张一一抚摸了一遍，之后又走入卧房，将那张宽大的雕花架子床、床前的踏板、床上的帐幔、绣花枕头、缎子被也一一细抚一遍，然后他在那张大床上躺下，一股熟悉的兰香幽幽地钻进他的鼻腔肺腑，惹得他极想大大地打一个喷嚏，结果喷嚏没打出来，倒是憋出了一汪泪。他就那样静静地躺着，任眼泪在脸上奔流。

为什么？为什么自己怎么做都不能暖她的心，令她心悦诚服地与自己相偕到老，真有那么大的深仇大恨，竟然连自己幼小的儿女都可以抛弃，决然离开吗？离开自己也就罢了，自己的儿女为什么也要舍弃？从此那一双小儿女就是一对孤儿了，没有了娘亲，也不能与自己这个父亲朝夕相处，甚而连见面都难了。泪眼模糊中，他似乎又看见了他的一双小儿女白衣白袍跪在灵前，伤心不已。

楚天心，你为什么非要这样狠心啊。

他翻身坐了起来，脚步迟缓地踱到书房，在那张特意为她打制的，格外宽大的靠背椅上坐下，手一搭上两边扶手，红木特有的沁凉顿时透过掌心传遍周身。他从没有见过楚天心他的妻作画的样子，见到的只是她端坐在椅子上，捧着本书静静地读。许多时候，他多么希望自己能是她手里的那本书，可以那么幸福地享受她手指的抚弄。他甚至嫉妒那些书，嫉妒得内心发狂。她何曾给过他哪怕一个温柔的眼神啊。冷漠、鄙夷、嫌恶，这就是她作为妻子给予丈夫的全部情感,两滴泪滑过面颊悄然砸到桌面上。这两滴泪就连张久胜自己都不清楚是为自己还是为他的妻。

桌子上放了一本线装书,显然是她正在读的,随意将书打开,书里竟然夹了一封信,给谁的?难道是……他忽然好生害怕起来。

肖金水,肖金水!父亲手里捧着信,大声喊。

不一会儿,肖金水过来了,我父亲将手里的书信递给肖金水,太太书里夹着的,快看看是写给谁的,里面都写了些什么?

肖金水狐疑地看了一眼父亲,接过书信,薄薄的一页纸,秀美的小楷。没有抬头也没有落款,确切地说,算不上一封真正的书信,充其量,不过一个便条。肖金水迅速浏览了一遍,然后望了望肖金水,欲言又止。

信上写了什么?写给谁的?张久胜急切地问。

是写给你的。

写给我的?说了些什么?快告诉我啊。

肖金水迟疑着,说,你为什么不自己看?

老子就是要你念。快念啊!

没有抬头,直接就是正文,肖金水清了清嗓子,念道:

你如果想成为一个真正的父亲,请做一点值得你的孩子为你骄傲的事情!

天下兴亡,匹夫有责!国难当头,你若真是个堂堂五尺男儿,就该知道你手里的枪应指向哪里,愤怒的子弹应射向何人!

别忘了,橡树湾有你的亲人,你有责任保护它,而不是践踏它!

肖金水停了下来,望着张久胜。张久胜说,念啊,怎么不念了?

没有了,不信你自己看。

难道老子就值她这么没头没脑的几个字?张久胜一把扯过信纸,瞄了一眼,气急败坏地想把它扯个稀巴烂,可是又停了下来,呆呆地望着那张薄薄的信纸以及那纸上数得清的几句话。虽然识字不多,可那几个字他还是认得的。那就是她说给他的话,这么些年来,对他说得最多的一次。虽然他还不太明白她话里的意思。但是有一点他是知道的,这次她出去就已经抱定不再回来的打算了,难道是蓄谋已久?那么谁是她的同谋?曾老先生?不能够啊。张久胜久久地望着那张薄薄的信纸,陷入了沉思之中。

肖金水像是猜到了他的心思一般,说,人已经死了,司令。

是啊,我的母亲,不过二十三岁,正是风华正茂的年纪,却早早地玉殒香消了,谁之过?

橡树湾

楚家大屋

　　那个大雪封山的小年夜,母亲慌乱中爬上对面的坡顶,定睛,纵目,远眺,她看到了菱湖岸边的万家灯火,山谷间,宛如一条巨大的火龙一般蜿蜒醒目。母亲认出那便是橡树湾,自己日夜思念的家乡。

　　一千多户人家,顺着山谷往纵深深入,一条人工开挖的河流,将菱湖水引进村子,也将两边人家自然分开。河上建有十几座小石桥,便于两岸人家往来通行。村头村尾,各有一座风雨桥跨河而立。风雨桥上设有美人靠,供远行人歇息,也供村人们休闲聊天。环着村庄,另有两条河流:一条是山间溪流;另一条也是人工河,依着山脚开挖而成。整个村庄被三条河流温柔地包裹,常年生生不息。河与河之间,密布着人家,一道道的青石板小路在各家各户门前穿行。行走其中宛如迷宫一般,眼花缭乱,却又错落有致,每一处拐弯、每一个抹角都透着匠心。依着地势或高或低,层层叠叠,鳞次栉比,而且建筑结构都是一样的白墙黛瓦马头墙。最为气派的当数村子最顶端那座大屋了,四栋三进三层的屋子连成一片,是那么气势恢宏,昂首而立,雄踞在菱湖旁边,当仁不让地成为这条巨龙的龙头。后墙外三株高大挺拔的枫树,呈"品"字形互相依傍,枝丫恣肆,直向天际伸展。谁也不知道它们究竟活了多久,随着岁月的叠加,它们不仅没有丝毫毁损,反倒越发苍老遒劲,枝繁叶茂。"枫林已愁暮,楚水复堪悲",枫树似乎累积了历代文人墨客的愁苦与悲怨,可在橡树湾人眼中,则另是一番情怀。被秋风染红的三棵古枫树,仿佛三面红色大纛一般,在风中猎猎,让人一见顿时热血澎湃。几百年来古枫树一直都是橡树湾楚姓人心中的灯塔,指路明灯,与之后那只龙头一起,成为橡树湾的象征,更是楚姓人心中的骄傲。

三棵枫树古已有之,而龙头却是后人所修。这都得要感谢橡树湾第十五代族长楚兴邦。

橡树湾人发现族长楚兴邦楚老太爷自打儿子大婚之后,心情就一直好得不得了,所有人都感觉从没见楚老太爷如此精神焕发,神采奕奕过。前些年,唯一的儿子伯轩,不好好跟着先生读书,竟然一个人偷着从学堂跑了,还一跑就是四五年,杳无音信的。那几年,楚老太爷虽说是族长,可走哪里都觉得低人一等的样子,什么时候见他如此昂首阔步,得意扬扬,志得意满过?不想儿子伯轩跑出去四五年,不仅全尾全须地回来了,而且前脚一回来,后脚就成了亲,娶了一个叫楚老太爷满意得不能再满意的儿媳妇!长相好,人品好,知书达礼,聪慧能干,等等等等,这些都是其次,最最叫楚老太爷中意的是这个儿媳妇的肚子太争气了!可不,结婚才刚刚一年时间,就给他生了一个大胖孙子,可把楚老太爷给乐坏了,高调地赐名:天舒。如今这大孙子天舒不过才刚满三岁,儿媳妇又第二次生产了,而且还是一个大胖孙子!伯轩为其取名:天远。好名字!楚老太爷忍不住赞扬。天舒,天远,真真好名字好寓意啊,哈哈。更叫人惊喜的是,脚赶脚,螟蛉之子长生媳妇戴月也生了一个大胖小子,楚老太爷那个幸福与满足,实实无法形容,又愉快地为长生儿子取名:焕景。

大喜过望的楚老太爷当即叫儿子去了白家浦,请亲家白老先生和亲家母一起过来小住;又命长生去县城请有名的目连戏班子过来,在楚家祠堂前面的戏台子上,连唱三天大戏。光《目连救母》就唱了三场。菱湖周边好几个村子,什么方家洼、陈家洼,都有人过来看戏。都晓得橡树湾楚兴邦楚老太爷家一家伙得了两个孙子,正日夜唱大戏呢。也有人说,楚老太爷家娶了一个旺夫的好儿媳妇,不仅这几年楚家少爷的生意做得好,日进斗金,更主要的是楚老太爷家世代单传,这下突然有了两个孙子,楚老太爷能不高兴?这戏呀,是楚老太爷献给儿媳妇的。不管人们如何众说纷纭,反正戏唱起来了,白天唱,夜里还唱。高高挂起的红灯笼把半个湖面都映红了,整个橡树湾热闹得就跟过年一样。

要说楚老太爷世代单传一说，不仅不假，而且的的确确是真。那曾一直是楚老爷心中多年的一个痛，因为事关楚氏家族一族之长的位置传续问题，自然兹事体大。说起这个话题，那可长，不得不从橡树湾的源头说起。

明嘉靖年间沿海一带倭乱猖獗，楚家先祖家破人亡，只剩得兄弟二人，哥哥十七，弟弟十三，两床破棉絮、两只碗就是他俩全部家当。为求生存，兄弟二人只得相依为命，一路乞讨。也不知究竟走了多少天，行了多远路。一日，酷热难当，二人运气好，在一处村庄讨得两块烧饼和两碗稀粥，正找了一处阴凉，准备美美地享受一顿。他们刚坐下，却看见一个衣衫褴褛的老道，头发蓬乱，发簪歪斜，走路一跛一跛，隔老远就能闻见身上散发出的臭气，正歪歪倒倒、跌跌撞撞地朝他们走来，感觉随时都有可能一头栽倒在地的样子。哥哥赶紧放下手里的稀饭烧饼，几步赶过去伸手搀住老道，慢慢地走进那处阴凉，并扶着他小心翼翼地坐下，弟弟则赶紧把自己手里的稀粥递给老道。那老道看见吃食，一点不客气，接过碗，一阵风卷残云，一碗稀粥见了底。兄弟二人吓了一大跳，知道老道一定是饿坏了，尽管他们自己也饥肠辘辘多日，可还是将剩下的稀饭烧饼都递给了老道。老道仍旧不客气地将食物接过来，又一阵狼吞虎咽，不一会工夫，粥与烧饼都立时进了他肚子里，然后心满意足地抹了抹嘴，多少有点不好意思地望着兄弟俩，将手里的空碗递给他们。兄弟二人看着极具戏剧性的一幕，哭笑不得地相互对望了望。弟弟年纪小，不懂事，捧着只空碗，眼泪吧嗒吧嗒地滴进碗里。哥哥知道弟弟心里的委屈，抚了抚弟弟瘦弱细嫩的肩膀，冲老道笑了笑，将两只空碗塞进包袱，准备继续赶路。

老道看着兄弟二人，有点讨好地说，看你们这样子是在逃难吧？

二人一愣，哥哥立马恭敬地一抱拳，答道，是的，倭鬼作乱，一个村子，百十来号人全没了，只有我们兄弟俩逃过了一劫，哥哥不自觉地捏紧了拳头，眼睛里喷射出愤怒的火苗，恨恨地道，那些倭鬼真真连畜生也不如！

那你们这是准备去哪里呢？

哥哥一脸沮丧地说，唉，我们如何知道哪里能是我们的安身之地啊！只是暂时躲过这一劫再说。

老道又看了他们一眼说，我见你二人心地倒也不坏，不如给你们指一条道吧！你二人一直往西北方向走，哪一天看见一个大湖，湖边有三棵枫树，那里就是你们的安身之处了。去吧，说罢，刚才还歪歪倒倒的老道竟转身飘然而去了。

一时间兄弟二人都有点蒙，还是哥哥机灵些，拉着弟弟扑通跪倒，对着老道远去的背影磕头不止，多谢大师指点，多谢大师指点！

从那以后，兄弟二人心中有了目标，坚定地朝着老师父指引的方向跋涉前进。也不知究竟走了多久，行了多远，反正暑热已经过去，秋已经渐行渐深。这一天，二人走得异常劳累，就倚着一处树干坐下歇息。忽然他俩的鼻子里似乎嗅出了水汽的味道，湿漉漉的，在空气里飘。是的，没错，就是水汽！凭着自小在海边长大，对水的一种深入骨髓的熟悉与亲切，二人断定附近定然有大面积水域。于是二人静下心来倾听，这一听不打紧，他们的耳朵里真的传来了浪花拍击岸堤的声音，一下一下，沉闷而遥远。兄弟二人仔细地辨别方向，然后背起破棉絮朝着那声音狂奔。渐渐地，涛声越来越大，水汽也越来越重，弟弟突然用手一指，哥哥，你看！哥哥停下脚步，顺着弟弟手指的方向一看，我的个天，那一片燃烧的彩霞不正是枫叶吗？两个人激动得浑身颤抖，紧紧地抱在一起，号啕大哭起来，然后朝着那片彩霞狂奔。

近了！隔着一条清澈的溪流，老师父所言的大湖与枫树终于就在眼前。许是久违了大海的缘故，看到这一面湖水，兄弟二人内心里忽然涌起了一股温暖与亲切，感觉眼前就是自己的家，阔别已久的家。尽管此时溪水已然冰凉刺骨，二人却全然不顾，扑通跳下去，涉水而过，抱住枫树粗大的树干，又欣喜又伤心。等平静下来之后，二人四下打量了一番，不得不感叹这真是一个好地方啊！一道山谷，正对着浩瀚无边的大湖，两边山岭呈"人"字形打开，宛如两条张开的手臂，将山谷拥在怀中，岭上林木森森，密布着高大挺拔的橡树。兄弟二人你看看我我看看你，心中止不住又诧异又欢腾，莫非那"人"字的一撇一捺，应对的正是他们兄弟俩？难道这地方早就注定是他们的家？

自此之后，兄弟二人就在这大湖边驻扎下来了。兄弟二人上山打柴，下河网鱼，靠山吃山，靠水吃水，凭着自己的勤劳与智慧，起早贪黑地苦干实干，渐渐地累积了一点家业。五年之后，他们终于倚着三棵枫树建起了橡树湾第一幢房子。虽说只有三间，虽然墙上垒的是他们自己打的土坯，顶上苫盖的是山上的巴茅草,可毕竟已经正儿八经是一户人家了。又过了五年,哥哥终于成了亲,娶的是附近山里的女子。两年之后,弟弟也成了亲。自那之后,四百多年过去了,一代一代,繁衍生息,形成了如今已然几千人聚族而居的大村落。且户户姓楚,无一杂姓。

楚姓后人世世代代无不对那个跛足老道感激涕零,奉为神明。没有他的指引,楚家先祖如何能够找到这样一个风水宝地,繁衍生息?更感激他们自己的先人,白手起家,在一块不毛之地建立了家业,绵延至今。同时,楚家功劳簿上还要浓墨重彩地记录一个人,那就是哥哥娶回来的那个山里女子!这个山里女子,贤德能干,又聪明智慧,由于自小生长在山里,熟悉山,了解山,有着丰富的生产和生活经验。她不仅用漫山遍野的橡树子,熟练地做出了橡子豆腐,又摸索着做出了橡子粉丝,更别出心裁地酿出了甜美无比的橡子酒,使得多年来默默无闻的橡树子从此走出了深山,橡子食品声名远播,而且还为家里创造了不菲的收入。菱湖岸边的蛮荒之地从此有了自己的名号:橡树湾。

兄弟二人娶妻生子之后,人丁渐渐兴旺起来,原先的那三间房显然已经不够用,于是就在老屋旁边另建了三间。哥哥仍住枫树下的老屋,弟弟则搬进了新屋。不想自此之后,几百年间几乎约定俗成了一条规矩:枫树下的房子只有家族里的长房长孙才能居住,也只有族里的长房长孙才能担任族长!如今传到楚兴邦楚老太爷这一代已经是第十五代了。可也不知道从哪一代开始,枫树下的房头不兴旺,连续几代一直单传。但由于祖祖辈辈勤俭持家,到楚老太爷楚兴邦这一辈,除了人丁依旧不旺之外,家势已经很旺了。

楚兴邦楚老太爷身形瘦小,却异常精干。他早早地蓄起了一撮山羊须,油光黑亮,硬戳戳的,像是贴到下巴上一样。讲话的时候,胡须随着下巴一撅一撅的,多少有些滑稽。别看他其貌不扬,说话做事犹如板上钉钉,从不信口开河,妄下雌黄,所以在整个家族中威望极高。楚老太爷诸事顺心,唯有子嗣单薄这件事叫他很感憋屈。儿子刚一出生,楚老太爷就为其取名曰:伯轩。楚老太爷的意思是从此之后伯仲叔季一路繁盛下去。可是老天爷就是不愿称他的心如他的意,伯轩之后再无仲轩,更遑论叔轩、季轩之流了。如今好了,他楚兴邦也有两个孙子了!

那些日子橡树湾人常见他们的族长楚老太爷昂着头、背着手、撅着山羊胡子,在村子里四处走动,表情严肃,好似藏了一肚子官司。村人碰见他,跟他打招呼问好,他也跟听不见似的,喉咙里似哼非哼地咕哝一声,算是回答。他最多的时候是爬到高高的戏台之上远观整个村庄,一副若有所思的样子。村里人都嘻笑着窃窃私语,说楚老太爷定是家里突然添了三个大孙子,把脑子给乐坏了!就连楚老太太见丈夫成天价出来进去,若有所思而又若有所失的样子,也都忍不住奇怪,偷偷地与媳妇静雅说,你爹这是犯了哪门子毛病了啊?静雅则嘻嘻一笑说,娘,爹是有大主意的人!他心里的打算哪是我们随随便便就能猜得出的啊?

其时楚老太爷心中确实在酝酿着一个大主意,只是他没有和楚老太太说,也没有和儿子说,那是他自己一个人心里暗暗下定的决心,做下的决定!身为一族之长,总要做一两件敞亮的事情,留给后人,不然何以对得起这族长之位?看,五世祖手上建了祠堂,六世祖呢?造了戏台,这两样,可不就像插在橡树湾门前的两面大旗一样吗?飘扬了几百年,那才叫活得有意思!我楚兴邦虽说比不上五祖、六祖,可也不能就这么籍籍无名到死。何况现如今可不是从前,手长衣袖短的,有那个铺排之心,却无那个力。这几年伯轩跟长生把家底子打得可是厚实!真金白银,成箱成箱的银圆,一摞一摞的金条,就在自己的头顶上躺着,那就是底气!爹当年在房顶设置这样一个小隔层,或许正是为了将来藏金贮宝用的吧?不然何以要做得那么隐秘?进得房内,一眼望过去,以为只是一层楼板而已,只不过比别人家的楼板多了一朵红花绿叶尽情绽放的牡丹而已!断断想不到那楼板其实是一个隔层,而那牡丹花就是出口。多么奇思妙想啊!楚老太爷不得不佩服父辈的创造力。只可惜这些年,自己只不过用来塞一些杂七杂八,何时真有过什么宝贝啊!还是儿子伯轩有出息,终于实现了祖辈的愿望了。如今漫说添三个孙子,就是再添三个,又如何?

说干就干,第二年正月,元宵节刚过,楚老太爷请的各种工匠就陆陆续续到了橡树湾。到腊月年底,紧挨着老屋东墙,一幢同样格局、同样规模,就连摆设都一模一样的大房子竖起来了。两座房子各有大门出入,中间却有一扇窄窄的小门相连。小门关起来自成一屋,小门打开,又浑然一个整体,真妙!楚老太爷虽说也已经半百年纪,可依然精神抖擞,浑身是劲。从破土动工到每一处设计,甚至每一个雕刻,他无不兴致勃勃地参与其中,每一块砖、每一片瓦都凝聚着他的心血。等伯轩和长生回家过年的时候,看到新起的这一幢大房子,两个人都吃了一惊,感觉老爷子真是宝刀不老!

原本楚老太爷与儿子儿媳妇们一起,住着一栋三进三层的房子,新房子造起来之后,一家人欢天喜地地在新房子里过了年。年饭桌上,楚老太爷郑重宣布:过完年,伯轩、静雅带着天舒、天远,奶妈方嫂以及两个丫头紫藤、紫苏一起住新屋;自己和楚老太太带着长生一家以及两个丫头槐花、葵花住旧屋。他又特别强调,说,长生、戴月,等伯轩、静雅搬出去之后,你们就搬到他们的房间来住。你们俩可都是家里的功臣,可不能委屈了。

长生和伯轩都意欲推辞,谁知楚老太爷不等他二人说话,断然一挥手说,你们俩什么也不用说,年后就搬。楚老太爷态度坚决,语气不容置疑。这个家目前还是我说了算!伯轩,你也不要得意,你都是沾了静雅的光才有新屋住的。静雅劳苦功高,这新屋是我对她的奖赏。

楚老太太立马跟着帮腔,说是得奖励,都得奖励,长生,伯轩,你们都听爹安排就是了。

那个时候,就连楚老太太都不知道,楚老太爷心里已经盘算为天远再造一幢了。手心手背都是肉,可不能厚此薄彼!等第三座与前两座一模一样、三进三层的房子又竖起来之后,楚老爷那个得意!他常常一个人一只手背着,一只手端着烟袋杆,虚放在嘴边,站在门前端详着自己的杰作,心中真是有说不出的骄傲与自豪。嗯,这样的气派才配得上族长的位置嘛。有这样的一座大屋撑着,说话做事还能不硬气?

这一回楚老太爷的房子设计中,不仅多出了一个后花园,而且在园子的后墙还造了三间瓦房,且挨个小下去。最东头的那间较大,能坐二三十人的样子;中间的一间小一些,西边的那一间最小。哈,那可不是一般地小!小到仅容一个人站立,且四壁除了一扇极为窄小的门,以及门头上一道窄窄的花格窗外,再无其他透光之处了!家里人谁都搞不清这样奇怪的建筑到底作何用处。谁知却是楚老太爷最具匠心的得意之作。

原来那是楚老太爷为孩子们建的学堂!

儿子伯轩和长生这几年在外面跑生意,着实辛苦,不容易!且儿子心中最大的愿望不就是办学吗?那就办吧!正好,亲家白先生的书馆又歇了,岂不是两全其美?一切都再好不过了,哈哈。楚老太爷于是精心规划,建了这样一座小学堂!那间大的自然是书堂,中间小一点的自然是先生的住处。至于最小的那一间嘛,嘿嘿,楚老太爷为其取名曰:"思过室"。你道为啥?是楚老太爷专门用来惩罚那些不听管教,书读得不好的孩子,让他们闭门思过的。瞧那门头上的花格窗,你道雕的是个啥?梅花与寒冰!意寓着"梅花香自苦寒来"。书山有路勤为径,学海无涯苦作舟,要想出人头地,可不就得下大功夫、苦功夫吗?楚老太爷甚是为自己的匠心独运而暗自称许,止不住得意扬扬。虽说现在家里孩子不算多,天舒、天远、焕彩、焕景,加起来,不过四个,可静雅肚子里已经有一个了,不就是五个?戴月说不定下回就又有了,孩子还不是一年比一年多啊。再说,族里还有那么多孩子,哪一个不是楚氏子孙?只要愿意念书的,都可以来嘛。早年若是橡树湾有自己的学堂,伯轩何苦要跑三十里路去白家浦念书呢?不过,得亏去了白家浦,不然哪里来这么好个儿媳妇啊!哈哈,一切都是天意啊!楚老太爷想象着日后儿孙满堂,书堂里一片书声琅琅的兴旺景象,心里真是有着说不出的幸福与满足。楚老太爷感觉自己从来没有像现在这样活得有滋有味过。

楚老太爷为他的第二个孙子楚天远建的大屋刚刚落成不久,媳妇白静雅第三次生产了,这回仍旧是个大胖孙子。楚老太爷那个乐呀!兴高采烈地为其取名:天朗。天朗气清,惠风和畅嘛,哈哈!

楚老太太问,他爹,这第三个孙子出来了,你给不给他盖房啊?

盖,当然得盖啊!哈哈哈……楚老太爷回答得异常斩钉截铁,把楚老太太吓得一伸舌头。我的个天,这老头子八成是得了做房子的魔怔了!

虽然三孙子楚天朗的屋也一样是三进三层,却也有不同之处:第一,天朗屋并没有挨着天远屋,而是接在了老屋的另一边。按楚老太爷的意愿,是准备在天朗屋旁边,为焕景再造一座。这样就可以以老屋为中心,形成一个八宝攒珠、众星拱月之势,那才真叫一个气派呢。第二,这一回,楚老太爷别出心裁地在第三进另盖了三个厨房,原来老屋的厨房仍旧保留。楚老太爷的意思是,众口难调,日后个人随自己口味随便造,省得鸡头鸭脚地在一块,这个乐意那个不快活的。

如今这四间屋一字排开,大屋才真正叫一个"大"了!那一副逼人的气势,真是排场,霸气。无论路上行人还是水里船只,看见大屋没有不驻足仰视,停桨远观,啧啧称赞的。楚老太爷心里的满意跟得意,实在找不到可以形容的字眼。那些日子,他仍旧每天若有所思地爬上戏台,朝村子里瞭望,发现大屋真是一个打眼!响亮!畅快!又看了看身边的祠堂与脚下的戏台,他暗暗地做了一番比较,感觉真正称得上橡树湾大旗的还得数大屋,那是一杆真正具有标志性的大旗,有祠堂的地方多着了,戏台也不稀奇嘛!可方圆百里,又能有几间房子能与自己的杰作相提并论呢?或许少之又少吧,嗯,有这样一个东西留在世上,自己就算现在走,也了无遗憾了!跟爹说话,跟列祖列宗说话,自己心里也不会发虚。

然而尽管楚老太爷心里一万个满意,心劲儿铆得足足的,可接连为三个孙子造大屋,还是耗去了楚老太爷太多的精力。等第三幢屋竖起来的时候,楚老太爷明显苍老了许多,腰也佝了,背也微微有些驼了,走路做事说话都现出一些力不从心的样子。所以当媳妇静雅第四次怀孕的时候,她竟不由自主地心生了胆怯与害怕,有些发怵了。当然,家里添丁进口,岂有不高兴之理?可是焕景的屋都还只在规划之中,并没有着手,倘若静雅这一胎仍旧是个孙子……啊啊啊!楚老太爷感觉自己实在太累了,造不动了,需要歇一歇了。现在他更愿意做的是和自己的亲家白老先生一处闲坐着,抽几口烟,说几句话,喝杯小酒。此时的白老先生已经是楚家大屋书堂里的先生了。这自然还是楚老太爷的主意。

书堂刚一做好,楚老太爷就开始琢磨请先生的事情。其实,根本不用,亲家白老先生一直是楚老太爷心里的不二人选。这个小小书堂与其说是为孩子们建的,不如说是为白老先生而建。儿子私自从书院跑走那几年,楚先生已经和白老先生结下了无比深厚的情谊,之后又亲上加亲做成了亲家,儿媳妇静雅又一口气给世代单传的楚家连添了三个孙子,这是多么大的功劳啊!饮水思源,楚老太爷心里贮满了对亲家白老先生的感激。于是趁儿子伯轩那年回家过年,他便赶紧与儿子商议请白老先生一事。尽管儿子伯轩心里说,爹呀,您这建的什么学校啊,可嘴上却连声说好,说爹和他想到一块去了,爹英明。边说边朝父亲竖起了大拇哥。

就这样,那年年刚一过完,小书堂就开课了!清晨天刚麻麻亮的时候,就响起了六岁的天舒和五岁的焕彩稚嫩的读书声。楚老太爷没事的时候,一个人站在花园里,一边抽着烟袋,一边无比欣赏地听着两个孩子读:人之初,性本善……声音洪亮些的是天舒,声音细弱些的是焕彩。多好啊,一对小人儿,读得津津有味。真好。明年就可以把天远跟焕景也搁书堂里了。楚老太爷看着端坐在书案前白老先生那满头白发,不禁感慨万端。曾经那些年月自己提着橡子粉丝、橡子豆腐、橡子酒,走三十里地去白家浦找先生喝酒的时候,真是做梦也没有想到会有这一天,老哥俩可以这样朝夕相处,自己可以这样亲耳聆听白先生教导开化孩童念书。而且那孩童不是别人,是他们俩嫡亲的孙子和外孙。老天爷啊,楚老太爷心中由衷地升腾起对上天的感激之情,竟然莫名其妙地湿了眼睛。呵呵,我这是老了吗?楚老太爷偷偷抹去眼角的老泪,暗笑自己如何变得多愁善感起来。

待天远和焕景也进书堂读书的时候,果如楚老太爷所料,小书馆里的学生已经有了二十多个,坐满了橡树湾的孩子。不仅如此,除了孩子外,那些一直向往读书却无机会接受教育的成年人也因为爱听白老先生讲课,而偷偷地在下雨或冬闲的日子挤到书馆门廊下,有的甚至就站在花园里聆听,那可真是一番兴旺景象。

天朗屋落成的第二年,外婆第四次生产了。外婆的这第四次生产可谓是惊天动地。因为那孩子赶在了楚老太爷六十岁生日的那天降生:农历五月初十。

因为是六十整寿,所以来祝寿的人特别多。黑压压的,水一样,从老屋客厅漫出来,漫过天井,再漫到大门外。可仪式刚刚一开始就出了乱。出乱的主要原因就是我母亲,她太爱凑热闹了。早不出生晚不出生,偏偏在楚老太爷的寿诞之日,她哇哇大叫着降生了,好似要用她那响亮的啼哭给祖父祝福一般。

祝寿的人无不赞叹说,老太爷,您老真是有福气,这可是双喜临门啊!

楚老太爷也非常高兴,哈哈大笑着说,天意啊天意,倘若再是个孙儿,就取名天意。他说着从自己的脖子上解下佩戴多年的绿翡翠挂坠,命人送给这个天意孙儿,为其祛灾避祸,保其平安。

然而这回却不是一个孙儿,而是一个孙女,自然不能叫作天意。外公为其取名:天心。

这便是我母亲。

我母亲降生这一年,对楚家来说可谓是喜忧参半。

喜的是外公的生意这一年达到了顶峰,在县城同时开了两家铺子,一家"泰舒山货铺",卖山货,主卖药材;一家"通远绸缎庄",卖苏杭二州的绸缎织锦。忧的是就在那年的十月,小阳春的节气里,楚老太爷突然一天早上卧床不起了,莫名其妙发起了高烧。外公专门叫长生从城里请了大夫过来,开方抓药,煎药服药,一毫不敢有马虎。可七天的药都快吃完了,楚老太爷依然烧得不省人事,迷迷糊糊,水米不进。

白老先生说,伯轩,这样不行,得换大夫。照这样烧法,你爹可撑不了几天。听人说下游的荷叶洲有个姓曾的医生,祖传医术,好生了得。就是不知道这么远的路,能不能请得来?

我亲自去请,一定把他给请过来,外公一秒钟不敢耽误,立即动身去了荷叶洲。

一家人青天等到黑,直等到快戌时的时候,才终于听到老莫惊喜的一声喊,少爷回来了。随即就看见外公从照壁后转过来,手里拎着一只箱子,后面跟着一个人。

白老先生急问,伯轩,可是曾先生?

外公答,是的,爹。

哦,那就好!白老先生情绪顿时松快了起来,冲来人一抱拳,说,啊啊啊,曾先生,水上风大,想必冻坏了。请赶紧进屋喝口热茶,暖暖身子。

那个被叫作曾先生的大夫五十岁上下年纪,中等身材,头戴黑棉帽,身着黑棉袍,面容清癯,举手投足儒雅庄重,扑面一股书卷之气。他冲白老先生一抱拳说,老先生客气!然后有些疑惑地对外公说,楚先生不是说令尊大人……这位是?

哦,曾先生误会了,这是我岳父大人,白书恒白老先生。

哦哦哦,白老先生,久仰久仰。曾先生再次抱拳。

外公说,今天曾先生出诊了,一直到午后才回。听我说家父病情严重,先生二话没说,提起药箱就随我来了。

啊呀呀,曾先生岂止医术了得,医德更是高尚。曾先生请用茶。

不了,白老先生,既然病人病情严重,还是先给病人诊吧。

曾先生,亲家的病势如何?一等曾先生从房间里出来,白老先生急不可待地问。

曾先生神色凝重,说,楚老先生这是过劳所致,并非一般风寒,所以须得对症下药。倘若初始就由曾某诊治,或许情况会好很多,如今病人已高烧多日……说着摇了摇头说,我给你们开个方子,明天一早按方抓药,服下一个时辰之后,病人必然烧退。倘若不再反复,便无大碍,好生将养就行了;倘若明晚高烧再起,则华佗再世不复得救矣。曾先生说罢,茶也不喝一口,开好药方,就要离开。白老先生和外公竭力挽留暂住一宿,可曾先生说什么也不愿留下,坚持要走。外公只得叫船家连夜将曾先生送回家。

白老先生亲自将曾先生送上了船,看着小船一豆灯光在无边的暗夜里飘忽不定渐行渐远,白老先生的一颗心沉到了谷底。他不禁长长地叹了一口气,这回,亲家恐怕要凶多吉少了。不然,何以曾先生要如此着急走呢?

第二天服过曾先生的药之后,一家人惴惴不安地等待着。果然,一个时辰之后,楚老太爷的烧退了!一家人顿时如临大赦一般地松了一口气,可旋即一颗放下的心又提了起来,更为焦急地害怕天黑又盼着天黑。冬天天黑得急,申时刚过,天就黑了,一家人的心都一瞬间提到了嗓子眼。所有人无不战战兢兢,连晚饭都无心吃,全都静静地等着,仿佛有一柄剑悬在头顶。终于酉时过去了,楚老太爷依旧安稳地睡着,家里人全都不约而同地偷偷舒了一口气;戌时又过了,楚老太爷依然很安静。这时,就连白老先生都有些兴奋了,说,伯轩,大家晚饭还是得吃一点的,是吧?吃饱了慢慢等,怎么样?

于是大家都一窝蜂去吃饭了,单留下长生陪着楚老太爷。

就在大家正吃得尽兴的时候,忽然听见长生慌腔走板的一声叫,少爷,跟着就看见气喘吁吁的长生出现在小饭厅的门口。所有人都似乎得了一道禁令似的,齐齐地放下筷子,一起望向长生。两窝泪迅即溢满外公的眼眶。

十月小阳春的太阳,明晃晃地照着,暖得让人都有些想把厚重的棉袄脱去,换上轻便的春服才好。整整半个月了!半个月来,大屋里真是太压抑了,沉闷得宛如六月黄梅天气,里里外外都散发出霉烘烘的气味。外公吩咐长生将躺椅搬到天井里,想把老人抱到外面晒晒这冬日暖阳。半个月的高烧,把老人烧成了一把骨头。外公在抱起楚老太爷的一刹那,再次泪湿眼眶,太轻了!轻得不及老人的小孙女天心。老人舒舒服服地躺在天井的阳光下,感觉到一种从未有过的舒爽,笑意盈盈地说,长生,等我好了,马上就给焕景造房子。莫着急,爹不会偏心的。说完也不等外公作答,便无比享受地安然闭上了眼睛,脸上浮现的笑容正宛如这十月小阳春的太阳,温煦和美。

不承想,老人这回眼睛闭上就再也没有睁开!

六十岁的楚老太爷就那样沐浴着天井里十月小阳春的阳光,静静地离开了人世。

谁知楚老太爷走了,楚老太太竟也跟着去了。

楚老太爷去之后,楚老太太就像被人抽掉筋骨一般地整个人瘫软下来。这个平素里风风火火精明强干的老妇人,一日日委顿了下来,每天茶饭不思,只蔫蔫地坐在天井里,对着外面发呆。直到有一天,突然从坐着的椅子上歪倒在地,再也没有起来。几天之后的一个晚上,老人脸上竟然绽放出少女一般羞怯的红晕,目光迷离水波荡漾,神清气爽却又深情款款地说,伯轩,静雅,你爹叫我了,我去了。说完,安详而又幸福地闭上了眼睛。

楚老太爷在橡树湾竖起了一座宫殿之后,终于心满意足地离开了人世,而楚老太太也心甘情愿追随而去,真可谓伉俪情深,生死相随!

含德小学

城里的铺子开起来之后,长生就搬进了县城,打点铺子,并在族里请了其文、其武、其礼、其义四个人过去帮忙。其文、其武在山货铺,其礼、其义在绸缎庄。长生这几年跟着少爷在外面闯荡,历练得非常干练老辣,为人处世张弛有度,外公非常放心。而此时的外公呢？则一门心思着手谋划办学了。

历时二十一个月时间,外公的新学校:"含德小学"终于落成了。校名乃白老先生所赐,取自老子《道德经》:"含德之厚,比于赤子。"学校依山而建,最上面的两排是教室,一排五间;顺次而下,第三排,仍是五间,则是教师办公的地方兼宿舍;另外打横的两排,一排是厨房和饭堂以及工作人员的宿舍,另一排则是学生和管理人员宿舍。所有房子皆是青砖砌墙、黑色小瓦,远望去,宛如一道道水波从上顺流而下。四座檐角飞翘的木亭,散建在四周,鹅卵石铺就的石级与细小甬道在房子与房子之间、亭子与亭子之间、房子与亭子之间蜿蜒流动,然后直抵坡底的一大片平地——学生们课余活动和做军操时用的操场。一道围墙仿佛一条黑色巨蟒一般将所有房子建筑揽在怀中,直伸进茂密的橡树林。学校面朝大湖,背倚青山,占地阔广,气派非凡！整个学校的建筑风格与格局,全是外公考察新式学校后所参考设计的,但门楼做成了一个六角牌坊样式,透着古朴与庄严。门楣之上白老先生亲笔手书的"含德小学",四个斗大的隶书体字,更增添了厚重与肃穆,抬头望去,敬畏之心油然而生。

学校竣工的那个夏日黄昏,夕阳落尽,只把万般留恋泼血一般倾在天边,倾在地平线之上。外公、外婆与白老先生一起,站在刚刚落成的学校前面,闻着暑热中新鲜泥土、新鲜砖瓦与新鲜木材所散发出的混合气味,感觉无处不透着鲜活与生气、生机与希望,三个人心中都不禁感慨万端。

透过玫瑰色的晚霞,外公楚振轩的目光仿佛一下子穿越层层时光风雨,看到十几年前那个漂泊归来的青年。光绪三十一年(1905年),腊月二十七,外公清楚地记得那一天。年味已然在橡树湾的上空飘荡,尽管大地山川房屋树木都被厚厚的积雪覆盖着,但外公依旧可以感觉到过年的喜悦,仿佛春天萌动的小草一般,在那厚厚的雪被之下四处拱动。刚一踏上橡树湾土地的外公,就闻到了那一股熟悉的、久违了的、家乡的味道。太难得了！这一片静谧与安宁,外公不觉泪湿双眶。他仿佛第一次来橡树湾的生客一般,站在雪地里,饶有兴味地、仔仔细细地打量着眼前的这个村庄,一任寒风在四野鬼哭狼嚎,放肆地抽打他。

父亲楚老太爷将自己送到三十里之外的白家浦,去白先生的"白屋书馆"读书,自然为的是希望他有朝一日能够科举高中,光耀门楣。哪里会想到自己根本无意于科举仕途呢？不仅如此，对于日日枯读的那些圣贤道理，他也早已味同嚼蜡。终于打熬不住，他竟连个招呼也不打，径自从书馆跑了，而且一跑就是四年多，杳无踪迹，音信皆无。

我外公离馆出走的那一年，正是光绪二十七年（1901年）。庚子事变，列强入侵，《辛丑条约》签订。无论是橡树湾还是白家浦，缩在山南水北闭塞之地，只知道日出而作日落而息，哪里知道外面的世界早已经一片沸反盈天？

庚子年山东、直隶的"义和团"，闹得那叫一个大！由原来的"反清复明"改为"扶清灭洋"，不仅长驱直入北京城，把一个天子脚下皇城根儿闹翻了个，更重要的是还把那些侵略者的黄粱美梦搅散了。本来西方列强都已经背地里商量好了，英国人分这里，美国人分那里，一块一块，早将偌大一个大清国分割得七零八落，个个满意，单等蛋糕到嘴。不想叫这些人一闹，蛋糕飞了。于是恼羞成怒，于庚子年六月，英、美、俄、法、德、意、日、奥八国军队在天津集结，以清政府剿灭义和团不力为由，不宣而战突袭天津大沽炮台。清政府被迫宣战，结果惨败，不得不与英、美、俄、法、德、意、日、奥、比、西、荷十一国签订了《辛丑条约》。不仅要对各国赔款本息合计超过九亿八千万两白银，而且还要向各国道歉，拆除大沽口至北京沿线的炮台，划定东交民巷为使馆界等等。将东交民巷的大清居民通通赶走，不允许他们居住。那可是北京城，大清皇都啊！西方列强都敢放肆到如此程度，大清国还是一个主权独立的国家吗？而一而再，再而三地战败、割地、赔款，致使国力日渐衰败，人民的生计更是艰难。外公所到之处无不是哀鸿处处，饿殍遍野，民不聊生。

这还不算完，三年之后又爆发了更为荒唐的、为争夺大清国地盘以及朝鲜控制权的日俄战争。清政府竟以日俄两国"均系友邦"为由，宣布局外中立，昏庸无能地坐视战火在本国领土上燃烧。整个双方交战期间，东三省就是其双方陆上交锋的主要阵地，东北民众死伤不计其数。就连日本人办的《盛京时报》也不得不承认，我东北人民"陷于枪烟弹雨之中，死于炮林雷阵之上者数万生灵，血飞肉溅，产破家倾。父子兄弟哭于途，夫妇亲朋呼于路，痛心疾首，惨不忍闻"。

可悲的大清国呢？一味关起门来，声称自己天朝大国，不可一世，其实不过夜郎自大；四万万国民，无不缩在井底，守着一圈天地，昏昏然只做着自己生老病死的梦，浑浑噩噩地过自己的日月，天掉下来了，自有高个子顶。殊不知，普天之下，究竟谁是高个子？又有几个高个子？倘若天真掉下来了，那几个高个子真的能撑得住吗？

那些漂泊的日子里，外公痛切地感觉到，大清国，从庙堂之高，到江湖之远，无处不书写着两个大大的词：愚昧、落后。

国家兴亡，匹夫有责。面对这个灾难深重、水深火热的国家，外公强烈地感觉到自己应该做点什么。可是究竟该做些什么好呢？外公以为，当务之急便是要唤醒民众，唤醒他们内心沉睡的责任意识与救国热情，而唤醒的最好方式，唯有教育，但绝不是八股科举。不能只把目光往后看，而要往前看，往远了看。只有看到别人之长，才能认清自己之短，才能"师夷长技以制夷"。那时候的楚振轩楚老爷满腔激愤，恨不能旦夕拨云见日，还世人一个清明世界，甚至信誓旦旦宣称，匈奴不灭，何以家为！

想到此，他不觉用充满感激的目光看了看身边的妻子，真要感谢这个女人！十几年来，任劳任怨，无私奉献。正如岳父白先生曾经对他言说的那样："若得一贤良女子，不仅不会妨碍你，反倒可以助你一臂之力，为你建立一个牢不可破的坚固后方，你才可以在前方大有作为！"夫人静雅实在可以称得上"贤良"二字！若不是她在身后，在家中，默默支撑，自己如何可以大展拳脚，勇往直前，有今天之结果？尚在新婚宴尔之时，自己和长生哥便走出家门，一去不是三年，便是五载，又是哪一个女子能够坚守得了的。

其实夫人静雅也一样胸中万顷波涛汹涌。为了实现自己心中之愿，相公与长生哥十几年，赤手空拳，于乱世之中，腥风血雨，触险求存。虽说屡屡化险为夷，逢凶化吉，真金白银车载船装地运回家，可付出的艰辛与困苦，定是所得之百倍千倍不止吧。

那时相公因为一心想着要创办一所新式学校，所以便处处留心，看是否有适合自己办学的模式。终于在绍兴，他发现了大通学堂，那就是一所非常典型的新式学校，是一个从日本留洋回来，名叫徐伯荪的人创办的。学校只设体操专修科，所授课程主要是兵式体操和器械体操，此外也酌情兼授国语、英语、日语、教育学、伦理、算术、地理、生物、图画等课程。在他的大通学堂里还有一个女先生,名叫秋瑾,也是从日本留洋回来的。这位女先生,不仅文采好,还一身的好本领,善骑射,自号"鉴湖女侠"。她不单单只当一个教员,还创办了名为《中国女报》的报刊,亲自为该报写了《发刊词》,号召女界为"醒狮之前驱","文明之先导"。

夫人静雅清楚地记得相公跟她说起大通学堂时的兴奋劲,满怀激情地为她朗诵学校大厅悬挂的对联,上联云:"十年教训,君子成军,溯数千载祖雨宗风,再造英雄于越地";下联云:"九世复仇,春秋之义,愿尔多士修鳞养爪,毋忘寇盗满中原"。相公多么敬慕那位女先生啊,不仅非常想结识她,而且还想请她日后帮忙,在橡树湾也创办一所如大通学校一样的新式学校。然而不巧的是,相公去绍兴的时候,秋瑾先生为了《中国女报》筹款去了别地,未能与她谋面。原以为日后还有机会,谁知那位女先生和徐伯荪竟都是革命党,不久便因为刺杀安徽巡抚恩铭而惨遭杀害。相公好生悲痛啊,现在想想心里还发酸。

唉,那是怎样一个风云变幻的年代啊,自己三个儿子,虽然每一个只相差三岁,却出生于不同的朝代:天舒,出生于光绪三十三年(1907年);天远,出生于宣统二年(1910年);而天朗则出生于民国二年(1913年)。朝代更迭之快,叫人眼花缭乱。可无论外面的世界如何变幻莫测,也无论前清还是民国,相公心中的志向从未改变,这一点她这个妻子非常明白。正因如此,伯轩与长生哥在外面戮力打拼,自己才与戴月嫂子在家中,上侍奉公婆,下抚育子女,不曾有过一日懈怠。尤其戴月嫂子,用一个女人柔弱双肩扛起长生哥卸下的重担,十几年,艰苦备尝,何曾有过一句怨言,然而向来精明的爹却不明白。静雅不禁心中偷偷发笑。爹只知道一幢接一幢地盖房子,盖了又盖,盖得人心急如焚,心惊肉跳。那时的她心里可真是替相公着急,怕爹那样一味盖下去,相公心愿何时才能得了?如今好了,相公的学校终于盖起来了,总算功德圆满。夫人静雅不禁用充满敬佩与深情的目光,看向自己的丈夫,真是"郎艳独绝,世无其二"啊,想当年,自己出嫁那一天,临行之时,爹爹就教训,说伯轩日后必是一个有为青年,静雅理当相夫教子,助伯轩成就大事。爹爹果然好眼光,为自己选定了这样一个如意郎君,白静雅的脸上不知不觉漫上了一道幸福与羞怯的红云。

而此时此刻的白老先生呢？一面打量着这座称得上气派非凡的新学校，一面看看伉俪情深的女儿、女婿，心中升腾起一股骄傲与自豪，真是后生可畏啊。

想当年他不也自认为博古通今、才高八斗？可惜仍旧避免不了几次会试落第的命运，只得回乡开了一个书馆，坐馆教学。"只合一生眠白屋，何因三度拥朱轮？"尽管以"白屋"为书馆命名，不过向世人宣示自己一颗安贫孤傲的心而已，其实暗地里仍旧对科举抱着一线希望。伯轩是他教得最好的一个学生，天资聪颖，读书刻苦，且写得一笔好字，自己对其相教真是倾囊而出。就是希望有一天他能够乡试会试殿试，一路高歌猛进。倘若殿试得中，不仅圆自己此辈无法了的一个心愿，也能为书馆提振一点名气与声望。可惜这个得意弟子一点不能叫他得意，就是不上道，不说这个试那个试了，就连个童子试他都懒得参加。十岁入馆，六年之后便不告而别，了无踪迹了。那些年每每与楚老太爷叙及此事，二人无不唏嘘不已，摇头叹息，却又难奈他何。

谁料想几年之后，风云突变，朝廷竟废科举，兴新学了。一夜间书馆关门，自己也成了一个迂腐无用之人，好不叫人气恼，可伯轩这个得意弟子呢？在外面跑了几年之后回来，刚一见面就大咧咧地口吐狂言，说他虽学富五车，满腹经纶，可是，先生，恕学生直言，您的这些学问不过都是从古人的故纸堆中得来的。

哈哈，好一个狂生！若不是碍于他爹文凯兄的面子，真要撵了他出去。幸亏没撵，不然哪里来这样一个好女婿？嘿嘿。不想听狂生讲了他几年来在外面的所见所闻之后，老朽倒震惊不已，刮目相看了。真应了一句话：破万卷书，不如行万里路！若不是听伯轩叙说，哪里能知道偌大一个清朝政府，已然沦落到任人宰割的地步了呢？什么租界、租借地、势力范围，老朽活到古稀之年，读遍圣贤之书，不仅是见所未见，更是闻所未闻。我大汉民族，怎可以容忍洋人鬼子在自己门前耀武扬威？我大汉民族的气节呢？唉唉唉。如今想起，白先生仍旧痛心疾首，气愤难平。

或许正是那个时候，自己心中就已经暗暗相中这个女婿了吧！不想，文凯兄竟然先一步相中静雅，不仅趁自己醉酒之时套出了静雅的生辰八字，而且还偷偷拿到庙里与伯轩的八字相合。哈哈哈，真真一个老谋深算的老家伙！白先生不禁想起伯轩离馆之后的那几年，文凯兄几乎是顶了儿子的缺一样，一得闲就往书馆跑。知道自己好一口小酒,喜欢微醺之时,摇头晃脑吟哦诗句,一个人乐在其中。所以文凯兄每每来,除了橡树湾特产之橡子粉丝与橡子豆腐一定要带之外,一坛楚老太太亲手酿制的橡子酒定是少不了的。喝着喝着,两个人竟称兄道弟起来了。文凯兄究竟哪一回看见静雅的呢?又是哪一次套出了静雅生辰八字的呢?每每问起,文凯兄都要一副讳莫如深而又得意非凡的样子,看上去真是又狡黠又可爱。

这些年在橡树湾,尽管学堂小,学生少,可只要坐在书堂上,只要有人愿意听自己讲经授课,自己就活得有意义。原以为伯轩建的新式学校,自己这样的老学究派不上用场了。可伯轩说,爹,不管往后的学校如何新,学些什么,老祖宗的东西都是坚决不能忘记的。一个人若是连老祖宗的东西都丢掉了,还能找到自己吗?此言甚是啊,看来往后自己这把老骨头还要为新学再出一把力了。可惜文凯兄急匆匆地离开了,儿子的新学校他都没机会看。若是他看到伯轩的学校建得如此大气堂皇,再想想自己造的小学堂,应该大有相形见绌之感吧?但同时一定也有长江后浪推前浪的骄傲与自豪!那些日子,得了闲,他便与文凯兄说说闲话,喝点小酒,人生如此,夫复何求啊,可惜!……唉,白老先生不觉一声长叹。

秋季开学的时候,连县长都惊动了,还出席了开学典礼。

那天整个橡树湾再一次像过年,不,比过年时还要热闹。四乡八村的人都来了,都来看这个稀奇。从古至今,也没有这样的学校,号召"不分男女,无论贫富,凡六至十二岁的孩童,都可以来入学。家中赤贫者,免除一切费用"。可是真的呀?自古以来,读书都是富人的权利,贫苦人家连活命都艰难,还谈什么受教育读书啊,现在机会来了,穷苦人家的孩子不仅可以有书读,而且还可以免费去读!消息就像长了翅膀的水鸟一般飞遍菱湖岸边,人们争相奔走相告,为这一千百年来的大举措。

原本计划第一期招生六十名,两间教室,然后逐年递增至九十名、一百二十名,直至最后招满三百名学生,结果却一下子来了八十五个。除了橡树湾本地二十个孩子,附近方家洼、陈家洼、陆家嘴,甚至连三十里外的白家浦都有孩子过来。因为知道这新学校是可以住宿的，所以路远的人家也把孩子送来了。这八十五名学生当中，竟然还有五名是女的，女孩子出门读书，在乡间，这也尚属首例。真是变天了。橡树湾人七嘴八舌，唏嘘不已。

开学那天，主席台上坐着一溜人：县长居中，白老先生居左，外公居右，三名教员分坐两旁。他们都是外公亲自去青州中学请来的，清一色二十岁左右的年轻人，一个个看上去是那么朝气蓬勃，英气逼人。

县长首先发表了简短的祝词，他盛赞了外公的义举，说这样的民间学校在县城倒是不稀奇，但在乡间则尚属首例；而且楚先生以实业办学校，办学为民众，则更是独此一人。为此，县府特拿出大洋五百块，作为奖励。他说着就叫随从人员用托盘托出红纸包裹着的一摞摞银圆，当场交与外公手中。台下真是掌声雷动啊，有如暴风骤雨一般。之后县长又说了一通，无外乎是些表扬与勉励之语。

轮到外公讲话了，他站起来，望着下面即将入学的八十五名小学生以及围观的诸多家长百姓，内心激动得难以平复。多年夙愿今日终于实现了！他努力平静自己，清了清嗓子说，人之于世，生而平等，哪里有什么高低贵贱之分，更遑论男尊女卑？如今已然民国，提倡个性解放与思想解放，故而新式学校，不分男女，也无论贫富，凡适龄之孩童皆可前来报名入学。读书大则为国，小则为己。如今虽则民国，可西方列强依然在我国土之上为所欲为，原因何在？皆因我等愚昧落后。如何使我国人强大而无畏列强，唯有读书，读书明理，读书晓世，读书自强！凡我中华儿女，人人自强，则国焉有不强之理？同学们，你们今天站在这里，明天即有可能站在驱逐列强的最前沿。即使不能如此，我们也要做一粒粒的火种，把读书为国的道理传遍天下！外公说到动情之处，真正是慷慨激昂。外公楚振轩，一袭长衫，站在主席台上，何等器宇轩昂。上上下下再一次掌声雷动。就连县长也不禁一边鼓掌，一边点头称许，更是暗暗称奇：虽然民国成立也已经十一年了，可这般读书理论，即便是民国官员怕是也未必能有吧！他楚振轩充其量不过一个乡绅，竟有如此之胸襟，如此之明见，由此观之，此人绝非池中之物啊！

学校开课之后，人们又发现了稀奇：再不似从前私塾或是书馆，先生只教授子曰诗云,而是有了算术、美术,还有英语与音乐,当然白老先生的国学课仍然是重头。除此之外更是有了军操课。人们常见小学生们在山脚的平地上排着整齐的队列,然后整齐划一地操练着各种动作,真正稀奇得不得了。

含德小学开学的时候,十四岁的天舒和十一岁的天远都已经去了县城读中学了,同去的还有长生大儿子十一岁的焕景;八岁的天朗则进了小学堂,和长生七岁的小儿子焕致一起同从四年级开始读;我母亲楚天心,虽然才刚刚五岁不到的年纪,也被外公送进了小学校,成为含德小学的第六名女生!至于长生大女儿焕彩,本来外公也提倡让她一起去城里读书的,可是长生跟戴月坚决不同意,焕彩自己也没有表现出要继续求学的意愿,外公就没有坚持。这些年虽说外婆当家,可家里的大事小情实际上都担在戴月肩上。里里外外,吃穿用度,人情往来,婚丧嫁娶,一般人还真操心不过来。焕彩留下来,又念过书,自然是一个不可多得的帮手。

为了学校的正常运转,外公又在县城开了第三家铺子:朗坤米行。

朗坤米行能够办起来,还得归功于楚老太爷。楚老太爷在世的时候,一直跟儿子说,无论什么铺子啊银钱啊,都是水上漂的,只有地才是实实在在生根的东西。倘若日后铺子或其他生意有了什么闪失,地就是定心丸。外公深以为然,就留了心。前两年长江水大圩破,许多人都外出逃荒谋生去了,田地大都撂在那儿,贱得跟白捡一样,外公于是一气在菱湖周边置了五千亩地。正是因为有这五千亩田地打底,所以才有了朗坤米行。

长生一个人兼顾三个铺子,实在忙得不行。外公只得也去了县城,总管铺子,长生则专门负责货物采收与进出。那些年,民国政权更换跟走马灯似的,往往前一个上台的人的名字才刚刚传到乡下人耳朵里,台上的那个人已经换了。乡下人于是不管不顾了,管他张三李四王二麻子,做皇帝也好,当总统也罢,我还是过我的日子。所以尽管政局动荡,却丝毫没有影响到外公的生意,老百姓哪个不要穿衣吃饭?哪个不会生老病死?有日子过,就有生意做。

由于外公也去了县城,学校里的事情基本上交给了白老先生和外婆。已然白发须髯七十六岁高龄的白老先生,不仅在小学堂里教授孩子们国学,为他们开蒙讲经,操心学校里的一切教学安排与事物,而且还要关心每一个学生的人身安全。一个年逾古稀的老人如何能承受如此多的杂事与劳累呢？没有办法，为了减轻父亲白老先生的负担，外婆只好走出大屋。

含德小学虽说当时规模并不算大，但学生、教员以及工作人员，加起来也近百人。一切的开支用度全部由外婆来调度、把控，竟然安排得井井有条、妥妥帖帖、有条不紊。连白老先生都暗自称许，由衷地跟白老太太说，静雅真算得上是一个女能人，骄傲之情溢于言表。此时的外婆白静雅，虽然已经三十出头，是四个孩子的母亲，但这些年的养尊处优，以及本身具有的内涵教养，使得外婆看上去格外端庄典雅，落落大方，举手投足，一颦一笑，无不在情理之中，无可挑剔。

可是白老先生毕竟年纪太大了，精力实在不济，而且随着含德小学在民间的声誉越来越好，越来越多的穷人孩子也来求学了。很快十间教室，三百名学生就招满了，教师又增加了三个，宿舍管理人员也增加了两个。事情更多，头绪更复杂。就在我母亲读六年级的那年秋天，刚升学不久，白老先生突然有一天倒在了讲台上。

这个可敬的老人，为教育拼尽了最后一点气力！

白老先生突然间这一撒手，可把外公愁坏了，学校里这一大摊子事交给谁呢？此时我大舅天舒虽然高中已经毕业，没有考上大学，却又百事没有兴趣。一不愿接手家里的生意，二不屑去小学当教员，三不愿再读什么书，还整天忙进忙出，天晓得他究竟忙什么。而十七岁的天远和同样十七岁的焕景正在读高中最后一年，天朗与焕致又还小，怎么办？一时间倒真叫外公犯了难。

思谋半天，外公还是决定让夫人静雅把白老先生的这副担子挑起来！

外婆一听就慌了，说开什么玩笑啊，伯轩！我一个女流，理应大门不出二门不迈的，帮着爹打打杂还可以，现在要我挑大梁，我哪里挑得动？还要教课。不不不，我不行！外婆一再推让。

不想外公主意已定，看着夫人一副诚惶诚恐的样子，一点也不着急，而是慢条斯理地抽着楚老太爷的烟袋，笑眯眯地望着夫人，从容地吐出一片淡蓝色的烟雾，说师妹啊，人家秋瑾先生多少年前就出洋留学，办报纸，办学校，如今民国都许多年了，你怎么还想缩在大门之中、二门以内呢？以你的能力，加上这些年的历练，管理一所小学校还不是绰绰有余？况且自学校一建立你就一直参与管理,对学校里的情况,除了爹外,没有人比你更了解了吧?外公见外婆沉思不语,又深吸了一口烟,慢慢吐出一股烟雾,继续说,静雅,在提倡男女平等上,你我一直都意见一致,都倡导和鼓励女孩读书,可为什么收效甚微呢?就是几乎所有人都认为女孩读书无用,倘若你以一个女子的身份出任小学校长,那岂不是给世人一个再好不过的现身说法之教育事例吗?无疑是向所有人宣告:谁说女子读书无用?谁说女子不如男?女子不是照样可以当校长吗?这是不是比任何一种苍白的宣传都要有力度得多啊?

说得外婆兴起,白皙的面颊上流光溢彩,羞涩地望着外公说,我能行?

当然行,非你莫属,只是又要辛苦你了!外公挠了挠头说,不过师妹放心,等我一找到合适人选,就请他回来相帮于你。

就这样,外婆白静雅成方圆百里第一个女校长。每当我母亲看着她母亲端庄娴静、雍容大方的身影在校园里从容进出,就不由得心生骄傲与无边的敬意。她感觉母亲的今天就是自己的明天,有朝一日,她楚天心也要做一个像她母亲那样的女人。

可我母亲怎么也没有想到,那竟成了她生命中一个永远也无法实现的梦。那是后话。

楚家大屋的一应事项在我外公、外婆还有长生的通力合作之下,正有条不紊地朝着欣欣向荣的方向发展。大屋里的每个人都感觉到一种从未有过的风调雨顺与得心应手,或许真是得益于楚老太爷与楚老太太二位老人在天之灵的倾力护佑吧!然而再平静的水面也有水波微澜。那年学校放寒假的时候,天远与焕景两个人竟然不回家,而是偷跑去了广州,只丢了一封信给铺子里——

爹、娘、二叔、二婶:

恕焕景与二哥不孝,以此信与长辈作别!

不是我二人不愿安心读书,堂前尽孝,只因当今之中国,遭西方列强蹂躏多年,已然积贫积弱至深。每每与二哥谈及,无不痛心疾首、肝胆俱裂!

为丈夫者理应报效国家!可当今之国家,乱象丛生,何以为报?思之再三,愚以为单靠文治根本改变不了目前之贫弱现状,唯有武功平定四野之后,再徐徐图治,或可能救。故二哥与我决定弃文从武,南赴广州,报考黄埔军校,尽绵薄之力以报国家!

望诸位长辈明彻小辈之心,等四海平定,必还家报父母之养育恩情!长拜。稽首。

天远　焕景

家里顿时炸了锅,像着了火似的。尤其是长生,感觉天都要塌下来一样,这个狗日的东西,好大的胆子,竟敢把二少爷给拐跑了!要是老爷怪罪下来,可怎么好?他一脸的惶恐说,老爷、太太,我这就去广州,把他们俩给揪回来。

外公沉默不语,只默默地吞云吐雾。外婆却不急不躁地说,哎呀,长生哥,看你!干吗要紧张成这样啊?别看信是以焕景的语气写的,但主意肯定是天远出的。他知道伯轩平常喜欢焕景、焕致更多一点,不会生他们的气,所以就鼓捣焕景来写,自己躲在后面。长生哥,我说了不怕你不高兴,他们俩既然打定主意跑走,就是天王老子也揪不回来。漫说你去,就是伯轩亲自去,也未必能请得动他们,伯轩你说是不是?外婆看了一眼只是吞云吐雾默然不语的外公,接着说,怎么了啊?孩子们有自己的理想抱负,知道感恩,懂得报效,多叫人骄傲啊!伯轩立志办学,不就是为了报效国家吗?同样是报效,不过方式不一样罢了。又不是跑出去做什么伤天害理的事情,值得这样如临大敌一般张皇吗?再说,长生哥,我们家孩子喜欢这样不声不响地跑走,可不是无缘无故,那是有根的,外婆说着朝外公努了努嘴。

长生会意地一笑,可迅即将笑容收敛了,依旧紧张兮兮地看着外公。哪晓得外公突然噗的一声笑起来,一口烟呛在喉咙里,又笑又咳,眼泪都呛了出来。外婆和长生见他这样一副狼狈相,也都笑起来。好半天工夫,外公才缓过来,把烟袋搁到桌子上,说,两个狗东西,我倒要看看他们究竟是两条龙还是两条虫。

结果还真没有叫家里人失望,两个人还真是两条龙。第二年二月,两个人如愿以偿,双双考入了黄埔军校第五期。只是分到了不同的科,焕景在炮兵科,而天远则分在了步兵科。一开始只是不同的科而已,两个人仍然在一个学校。哪里知道本来这一简单的分科,却使得两个人彻底分道扬镳了。因为到他们毕业时,国共已经反目,军校也分为两部分:焕景所在的炮兵科,由中共领导人恽代英主持毕业典礼,而且毕业时在千里之外的武昌;天远所在的步兵科原是留在了广州,毕业却在南京,为他们举行毕业典礼的则是何应钦。

命运总是这样不容分说地跟人开玩笑。两个原本亲密无间的兄弟,为了共同的救国理念,一同报考了军校,指望将来共同在战场杀敌,报效国家。谁知不过学了不同的科目而已,无论是信仰共产主义也好,三民主义也罢,都一样为的是天下苍生,哪里晓得会从此分属两个不同的阵营,书写不同的人生。这仍是后话。

农历辛未年,即1931年,我母亲天心正读高中一年级,天朗舅舅和焕致舅舅在那一年双双高中毕业。天朗出乎楚老爷预料竟然考上了南京国立中央大学,让楚老爷大喜过望。焕致没有考上,楚老爷马上想到了含德小学。若是焕致回来帮着打理,那么白校长不就可以歇一歇,至少少烦一点神了吗?这些年夫人真是辛苦了。谁知焕致却对教书毫无兴趣,非要吵着闹着跟父亲、二叔后面打理生意。长生呢?一副无可无不可的样子。两个儿子,一个已经杳无音信多年,生死不知,如今只剩这一个了,不管焕致想干什么,教书也好,做生意也罢,只要在自己眼皮子底下就好。

楚老爷见焕致态度坚决就哈哈大笑着答应了,说,好!就让焕致跟着我,米行正需要一个得力的人打点。长生哥,家里也该培养第二梯队,接替父辈管理家业了,不是吗?

焕致虽说读书天分不高,却精明缜密。用外公的话来说:焕致天生就是做生意的料。焕致对于跟着父亲进山里收验山货,去苏州、杭州进绸缎,都表现出极大的兴趣与任劳任怨。无论是识认货色,讨论价格,焕致都表现出一种天生的老到与精明,令他父亲长生都感到吃惊。外公带着他跑遍了家里的五千多亩田地,与那些佃户认识。焕致一点没有大户人家公子少爷的派头,而是深入田间地头,跟那些佃农聊天,聊时令聊收成,聊得十分融洽。有时候,焕致还脱了鞋袜下到田里,与他们一起劳作。佃户们都说,长这样大年纪,还从来没有见过如此亲和的东家少爷!倒着实叫外公刮目相看。

之所以特别拎出辛未年来写,并不为天朗高中毕业与楚家商界的后继有人,更不为书读得津津有味的母亲,而是因为那一年当仁不让是个多事之秋。老天爷似乎早已预料到一场大的劫难就要在这个古老的国度降临了似的,因此变得异常焦躁不安。

还没到黄梅天,雨就下起来了,连月不开。端午节才过,水就开始涨,江湖河汊,到处都满满登登的水,一天一个水位。菱湖地汛情非常严重。至7月底,到底还是没有撑住,长江上游溃堤了。江水迅猛而下,几乎一夜之间,长江两岸一片泽国,灾民只得携家带口四处逃亡。外公五千多亩田地上的五百多户佃农,全部受灾,无一幸免。灾民们无处可逃,全都一齐拥到了橡树湾。

此时正好学生放暑假,学校空出来了。两千多人,全都挤进了学校里,把个小学校挤得满满当当,人满为患。无奈,外公只好将天舒、天远、天朗的房子全部腾出来,容难民入住。学校和大屋分别支起了两口大锅,日夜不断火地熬着稀粥。那些日子,常见焕致从城里往回调大米,一船一船卸在家门口。这样直撑了月余时间,水才终于退了,灾民们也都陆陆续续地回家了。临走的时候,无不感激涕零,黑压压一片跪倒在大屋前,感谢楚老爷、楚太太仁义齐天,都表示日后当多多交租,以报答老爷太太的大仁大义。

送走了灾民,紧接着学校就要开学了,白校长脸上第一次露出了难色。一个多月的消耗,岂是一般人家能撑得住的?无奈,外婆只得与外公商量,把家里的下人开解几个回去,这样也多少能减缓一点。

想不到外公哈哈一笑说,师妹,还不至于此吧,有铺子撑着,有什么好怕?

外婆知道外公是在宽她的心,一个夏天,米行都被掏空了,拿什么撑?便不管外公同意与否,还是与戴月一起,将下人辞去了大半,就连大少爷天舒的救命恩人顺子,小姐屋里的描红、绣绿都被打发回家了。本来奶妈方嫂也想叫她走,可外婆考虑到女儿天心自小由方嫂一手带大,二人自是母女情深,肯定舍不得,于是就留下了。

尽管在夫人面前,楚老爷表现出一副举重若轻的样子,但他心下非常清楚眼前的困窘。裁减下人实不过隔靴搔痒之举,根本解决不了实际问题。由于产大米的安徽、湖北、湖南、江苏受灾,早稻无收,米行一时根本无米可进。外公就和长生、焕致商量,为了维持米行的正常运转,只有从更远的两广进米了,那开支不知道要大出多少。无奈,楚老爷只好决定去南京找儿子天远想想法子。

啊,老爷你要去南京?长生忽然莫名紧张起来。

是啊,看看天远能不能想办法拆借一点,为家里周转一下。唉,长生哥,你我一起跑生意,都快三十年了,什么时候这样难过?竟然要伸手找小辈相帮了。外公多少有些尴尬地看着长生。

谁说不是呢。长生嘴里答应着,可声音明显空洞起来,一副局促不安的样子。他欲言又止地看着外公,却又迅即把目光看向别处,好像生怕被外公的目光烫到一般。

外公说,长生哥,不要这样,你的心思我明白。明天我会向天远打听的。

可是那天外公去天远那里不仅没有拆借到什么银圆,反倒借了一肚子气回去。

天远四年前从黄埔军校毕业,不仅学业优秀,且一表人才,深得蒋校长喜爱,就将他留在了南京,做了一名侍从官。虽然才不过二十一岁,毕业也才不过短短四年,可已经是一名少校营长了。由于是在国府做事,所以能量也大得很,两年前还硬是走了教育部的关系,弄了一个留学日本的官费名额,将既没有什么特长又没有大学毕业文凭的天舒,送去了日本留学,省却了爹娘好一番心思。

看到一身戎装的儿子,英姿飒爽、风度翩翩,外公心里不禁荡漾过一阵幸福与喜悦。可是每当心底这波幸福的小涟漪才刚刚漾起,就立马风平浪静了。因为一看到天远,总要想起与他一同偷着跑去报考黄埔军校的焕景。四年了,杳无音信,生死未卜。这些年一直叫天远打听,却始终打听不到任何结果。一想起这个,外公楚伯轩的心就忍不住地痛。那可是长生哥的长子啊,多好的一个孩子,怎么能上个学竟上没了呢?

焕景还是没有消息?外公问。

没有。天远沮丧地摇了摇头,到处都没有楚焕景这个人,好像人间蒸发了一样。

唉,早知今日,当初就该听长生哥的,去广州把你们给揪回来。

对于父亲多年来千篇一律的抱怨,天远好似有些心不在焉,却突然压低嗓音对外公说,爹,告诉您一件大事。

什么大事？外公见儿子如此神秘,不觉也压低了嗓音。

日本人看来又要侵略中国了。

哦,这是真的？外公腾地一下从椅子上站起来,一脸焦灼地看着儿子,仿佛要从这张标致的脸上一下看出答案。说说到底怎么回事。

9月18号深夜,日本关东军命令铁道"守备队"炸毁了奉天柳条湖附近日本人修筑的南满铁路铁轨,却将三具身穿东北军士兵服装的中国人尸体摆放在现场,作为东北军破坏铁路的证据,栽赃嫁祸于中国军队,诬称中国军队不仅破坏铁路还袭击日本"守备队"。日本关东军以此为借口向中国军队发起猛烈进攻,炮轰了奉天北大营和兵工厂。

哦,竟有这等事？无耻的倭鬼！外公气得在屋子里直转圈。那张少帅呢？他可是和倭寇有着杀父之仇啊,一定不会轻饶了那帮倭鬼吧？

唉,天远叹了一口气,说,您就别提那个张少帅了！他对东北军下达不抵抗的命令。

为什么？真是混账王八蛋。外公未等儿子把话说完,气得一拳头擂在桌子上,把茶杯都震得跳了起来。这都什么混账话啊！为什么要挺着死啊？这个世界竟然还真有等死的人。

正是因为张少帅下令不准抵抗,北大营八千名守军被不到三百人的日军击溃。

怎么会这样？简直是匪夷所思嘛。外公气得不知该如何是好,本想喝口水平静一下,手却抖得根本没办法端茶杯。

那东北就打算不要了？任他倭鬼为非作歹了？

不是还有国联吗？国联已经答应出面调停了。

屁话,国联,国联是个什么东西啊？从清朝到民国,我只听说外国人联合起来打我们,掠夺我们。从英法联军到八国联军,再到十一国联盟,哪一次不是烧杀抢掠？什么时候见他们帮我们中国人讲过一句话？况且他日本人既然敢这样明目张胆地搞事,他就不会惧怕什么国际影响,再说,割的是你中国的肉,沦陷的是你中国的土地,又不是他国联这国那国的,指望他们能真心为你说话吗？

怎么可能啊,他们或许倒巴不得日本蹦跶,然后好趁机分一杯羹。向来弱国无外交,这么简简单单的道理,我这个民间普通商人都清楚,他们那些党国要员难道会不清楚吗?他蒋委员长我看打内战是个行家,对付日本人就是个厌包。

爹,天远吓得赶忙捂住了父亲的嘴,然后迅速关上了门窗,说,爹,您这是要为儿子惹来杀身之祸啊!

怎么,难道我说得不对吗?难道他张学良、蒋介石不都是一群混账王八蛋吗?眼睁睁看着自己的领土被日本人占领,同胞被外人奴役,却坐视不管,就晓得一门心思窝里斗,放着日本人不管,却大兵集结对付广州政府,对付共产党,广州政府也好,共产党也罢,难道不是中国人?为什么中国人非要打中国人?为什么不能一起对付日本人?

爹,您知道什么呀?校长说了:攘外必先安内!内部都不团结,如何能抵御外辱?实话告诉您,校长已经在为第四次"围剿"做准备了。校长这回是下大决心了,一定要一举将共产党剿干净。

什么?还要打?日本人都打到家门口了,不去打日本人,还要自己打自己,这到底是个什么狗屁道理啊?什么"攘外必先安内"啊?屁话!通通都是屁话!哪一天日本人把你这"内"一锅端了,我看他蒋介石还拿什么攘外?外公气得简直要暴跳如雷了,高声大骂。

爹,天远再一次高声制止,爹,求求您能不能小一点声啊?您一个平头老百姓,知道什么啊?国家大事,岂能逞匹夫之勇?

外公给儿子说得一时愣住了,他愤愤地看着自己一直引以为傲的儿子,脸上不可遏制地现出鄙视的神情,一字一顿地说,是啊!你爹我就是一介匹夫!可我这个匹夫尚且懂得:天下兴亡,匹夫有责!恐怕那些自以为掌握着国家命运的人连匹夫之勇都没有吧。楚天远,你是知道的,我们楚家和倭鬼可是有世代的冤仇,不共戴天,所以你给我听好了,你若真是我楚振轩的儿子,你就该向你们的蒋委员长进谏,哪怕冒死也要进谏!请求他不要再去打什么内战,集中力量打日本人才是正理。倘若只这样做一个缩头乌龟,你趁早给我改姓换名,我楚振轩没有你这样没有血性的儿子!说罢他愤愤地离开了,请天远拆借银圆的事早忘到了九霄云外。

天远跟在后面喊,爹,爹,您看您这是干吗呀,干吗要走啊?一会儿我差人去叫上天朗,晚上一起吃个饭嘛!可外公仿佛压根没听见一样,头也不回地走了,气哼哼地回到铺子里。

长生看见外公,高兴地说,哎呀,老爷您这么快就回来了呀?二少爷给筹到银圆了?

啊,外公至此才仿佛如梦方醒一般,有些茫然地看着长生,然后摇了摇头。这样愣了一会儿之后,他又像被人猛不丁兜头浇了一瓢凉水,一下子清醒过来似的,说,长生哥,有个事,我思虑过来思虑过去,还是觉得唯有你去办,我才能放心。

什么事?老爷,只要长生做得到的,一定赴汤蹈火在所不辞!

长生哥,你别说,这回让你做的这个事还真是需要赴汤蹈火呢。

不承想长生这一去竟然一个多月杳无音信,外公白头发都急出来了。往年一般都是腊月二十左右,铺子里就开始做着过年的准备了。长生领着大家打扫卫生,盘点货物,腊月二十三,也就是小年夜前一天,铺子关张,各自回家过年。可今年因为长生迟迟未归,大家对于回橡树湾都不如往年那么踊跃。这不,都已经腊月二十二了,铺子依旧开着。

楚老爷虽然明面上看上去跟没事人似的,可心里那个难受,说百爪挠心,一点不为过。这天晚上,他晚饭也没心思吃,早早地窝到了床上,不为睡觉,只为躲焕致,他怕焕致那一副欲言又止的眼神跟表情。也不知什么时辰了,年轻人终于闹闹哄哄地都睡下了,世界霎时如掉进一口深井里一般暗寂无边。楚老爷躺在床上,辗转反侧,感觉自己的心就是那深井的最底里,又闷又沉。迷迷糊糊的,他猛然听见好似有人小心翼翼地敲窗,很轻很轻,一下,又一下。他警觉地翻身坐起,低声喝问,是谁?

敲窗的声音停了,旋即听见一个同样压低的声音说,老爷,是我。

楚老爷一听,心里忽地一拧,怎么这声音听起来这么像长生哥啊?他慌慌地赶紧问,你到底是谁?

哎呀,老爷,是我,长生啊!我回了呀。

什么?真是长生哥?楚老爷慌得一骨碌爬起来,衣服也忘记穿,连鞋子都来不及趿,就那么穿着衬衣光着脚跑去开门了。门刚一打开,一股深冬的冷风裹着一团墨一般的东西滚了进来。长生哥,真的是你?楚老爷心里好一片狐疑,感觉这滚进来的东西怎么没个人形啊?

那墨影嘿嘿一笑,说,不是我是谁?不信,你把灯点亮,看看是不是,嘿嘿。

灯亮了,楚老爷也终于看清,站在眼前这个分不清头脸、跟一团墨一般黑乎乎的东西,的的确确是他的长生哥无疑。可,长生哥,你怎么搞成这样一副模样?跟一个叫花子流浪汉也没什么区别了呀!

嘿嘿,我的老爷呀,我可不就是一个叫花子嘛!长生龇着满嘴的大黑牙,竟然乐不可支。

楚老爷止不住心里一酸,说,长生哥,你这回该是吃了多大的苦了呀!都是我害的。

哎,老爷,你这是说的什么话呀?我感激还来不及呢。

啊?楚老爷闻听一愣,长生哥,你这话什么意思?莫非,莫非你找着焕景了?

嘿嘿嘿,长生一副讳莫如深的样子,喜滋滋地说,要不怎么说老爷聪明呢。

啊,这么说,你是真找到焕景了呀?太好了!真是太好了。楚老爷只顾着高兴,竟然忘记了自己衣服鞋子都没穿,也不知是因为激动还是寒冷,浑身直哆嗦。

啊呀,老爷,你怎么?这大冷的天!快快快,快到被窝里焐一焐。我去弄点东西吃。

原来,外公听天远说蒋介石又要第四次"清剿"江西,就叫长生冒险去江西给共产党送消息,同时看是否能找到焕景。他不相信一个人会莫名其妙消失,以焕景的血性,极有可能加入了共产党。而当时国民党对江西的共产党进行全方位封锁,军事上"清剿",经济上封锁,信息更是与外界不通,意图将他们困死在江西的穷乡僻壤之中。任何人不得随意进出,盘查得十分严格。一般若不到万不得已,没有人愿意去那里,生恐被扣上通共的大帽子,那可就是一个死!所以通向江西的每一条路都被称作死亡之路。

长生初到两省交界之处,好多天都不敢贸然行动,像自己这样一个操着外地口音的人,无论如何也不可能大摇大摆过关卡。怎么办?难道就这样回去不成?说实话,倘若只是为共产党通个风报个信什么的,长生说不定真就回来了,可希望找到儿子的信念使他坚持了下来。

有一天傍晚,他正一个人百无聊赖地在街上走,忽然一个衣衫褴褛的乞丐向他伸出了脏兮兮的手,老爷,行行好,给一点吃的吧。

长生一听口音好像不是本地的,就停下脚步问,你这是从哪里来的呀?

那个人朝江西那边努了努嘴说,那边。

长生一下来了兴趣,说,那边?查得这么严,你怎么能过得来?不怕把你当"赤匪"抓起来啊?

啊呀,老爷啊,看您这话说得,我们这副模样,一个穷要饭的,人家连看也懒得看一眼。生怕多看一眼就弄脏了他们的眼睛一样,捂着鼻子一个劲轰我们:走走走,穷叫花子,又臭又脏,滚一边去,都是这样。

长生一听,顿时灵机一动,不仅拿自己的棉袍换了那乞丐的一身破衣烂衫,而且还倒贴了那乞丐一块大洋。为了使自己看起来像个乞丐,长生用烟灰将自己从头脸到身上,涂抹了一个遍,就连牙齿也没有放过,之后又去河边偷偷抹了些稀泥在头上,泥巴一干,头发便全都一绺一绺地粘到了一起。这个样子,如果还有谁再怀疑他不是真正的乞丐,除非有孙悟空的火眼金睛。

就这样扮成乞丐的长生又装聋作哑,终于成功通过了关卡,进入了江西境内。江西那么大,长生也不知道究竟该去哪里找,但是一直都听说共产党在井冈山闹革命,就直奔井冈山而去。经过一番打听,还真打听到了焕景的消息。焕景果然在队伍里,而且已经是一名团长了。只是因为焕景怕连累家里,更换了名姓,所以这么些年一直找不到他。周书记手下的工作人员告诉长生,说楚焕景打仗非常勇敢,是一名优秀的指挥员,甚至还参加了南昌起义,楚大爷应该为有这样一个儿子而感到骄傲,只是楚焕景目前不在江西,在闽西龙岩那一带,如果楚大爷想见儿子,可以送他去闽西,与楚焕景见面。长生一听,高兴坏了,当然想见啊!自己这么千辛万苦不就是想见儿子一面吗?可又一想,既然已经知道焕景的消息了,什么时候见不是一样呢?还是不要打搅他了,让他安心打仗吧!再说,自己出来已经很有一段时日了,如果再绕到龙岩,又不知道要耽误多长时间,而且说不定自己去到龙岩的时候,部队又开拔走了,不还是见不到儿子?焕景没有见到,还把家里人急掉了魂,有什么意义?于是长生就对他们说,算了,既然已经知道焕景的消息了,早见迟见有什么关系?麻烦你们转告焕景,就说家里都好,叫他不要惦记,安心打仗,早一天把仗打完,早一天回家跟家人团聚。

老爷,你不知道,焕景的情况一落实,我恨不能长上翅膀立马飞回来,把这消息告诉你!长生把最后一口泡饭吃完,对听得津津有味的楚老爷说,他们见百般挽留我仍旧执意要走,就对我说,好吧,那我们送你过关。说周书记特别交代,楚大爷是红军的功臣,儿子为革命流血打仗,自己还冒死为他们送信,一定要照顾好楚大爷,把老人家安全送过关,不要劳烦老人家再扮乞丐了。临行前,又给了我几块银圆做路费,还说这也是周书记交代的,说他们红区自己流通的边币在外面用不了,特意嘱咐要给我大洋。

哎呀,我说长生哥,既然有人送你过关,又给你路费,你怎么还会弄成这样一副样子啊?楚老爷非常不解。

唉,老爷,这话你就别问了。我在所谓的匪窝没有遭到任何骚扰,却在这边遇到了真正的土匪。他们把我身上的钱全都抢去,还气哼哼地打了我一顿。说我看着人模狗样的,以为是个阔佬,谁知竟是一个穷鬼,身上就这么几块钱,白浪费了他们的精力了。老爷,你听听,你听听这说的什么话?这才是真正土匪说的话啊!长生气哼哼地说,我被他们抢得一毛钱不剩,除了要饭回家,还能怎么办呢?去的时候是装要饭的,回来真的成了要饭的!又碰上大雪天,差一点封了山出不来!

不过,长生哥,你这回吃的苦都值得,是不是?知道了焕景的下落,而且还是一个非常不错的下落!长生哥,你这心里多年压着的大石头,总算可以丢掉了吧?

是啊是啊,老爷!长生迅即喜滋滋的。不过,话虽这么说,可焕景一天不回家,我这颗心就一天不能安生。老爷,你说焕景哪天能回来?会有回来的那一天吗?担忧再一次笼罩了长生。这回,楚老爷也不能回答了。他能懂得一颗父亲的心,可他又如何能懂得那个蒋委员长的心?

无论外公楚振轩如何忧心忡忡，心急如焚，担惊受怕，该来的还是要来。辛未年大年三十，东北沦陷。该是一个多么荒唐至极的巧合啊！大年三十，中国人的传统节日，一个合家团圆的重要日子。可整个东北，只有流离失所、家破人亡，哪里还有什么团圆可言？能活着就已经是万幸！中华民族，这个古老而又悲怆的民族啊！你究竟要经历多少磨难才能重见天日，重新找寻回属于自己的尊严与骄傲啊！

那个春节，虽然东北沦亡了，但是因为焕景，楚家大屋这个年仍旧过得不失喜气。尽管一大家人，知道的只有长生、楚老爷、楚夫人三个，但一点不影响欢乐的味道。就像一个表面上看起来异常平静的河面，却不时冒出一两个小气泡，尽管只轻轻啪地一下破了，可仍然在告诉你，那平静的下面有着怎样涌动的暗流。

真是好事成双！这边，楚家大屋才刚刚因为焕景而容光焕发；那边，大少爷天舒又回来了。

大少爷天舒留学日本已经三年了，一次也没有回来过。至于他在日本学些什么，学到些什么，家里人一概不知。虽说是官费留学，可这位楚家大少爷，依旧时不时地来信问家里要钱。所以家里人都知道，但凡这位大少爷有信回来，必然是手头短钱了。外公时常会气愤，长生总是说，哎呀，老爷，都说穷家富路，这出门在外，又不比在家里，哪哪都要用钱不是？指望政府那仨瓜俩枣的，都不够从大少爷手指缝里溜的。再说了，他时不时有信回来，不也说明他在外面很安全，叫家里人放心吗？

留学三年的楚家大少爷楚天舒，突然回来了，回到橡树湾了，而且不是一个人回来的，带了一个跟天仙一样漂亮的年轻女子。

正月里当是一年中最为闲适的一段时光了。因为是过年，学校放假，铺子也没有开张，因此天朗、天心、焕致都在家。初八那天，天气格外好，一派天朗气清，阳光明媚，一家人都坐在老屋的天井里负暄。楚老爷和长生吧嗒着长烟袋对抽；楚太太、戴月与焕彩三个人一起安静地做女红；大小姐天心捧了本书，坐在母亲脚边的一只矮凳上；天朗和焕致一个学期没见，自然在一处有说不完的话,两个人黏在一起,嘁嘁喳喳不知道小声说着什么。楚家大屋一派的宁静祥和。

忽然,老莫叫了一声,天哪!这是大少爷回来了吗?啊呀,老爷、太太,大少爷回来了!或许是因为激动,老莫的声音都变了。大家闻听全都蒙在了那里,不知道老莫说的是哪个大少爷。楚老爷忽然脸色一变,说,莫非是焕景?

爹,是我呀!天舒。外面一个声音响亮得犹如黑暗里的一道闪电一样,唰地一下劈开了阴霾的天空,天空大地顿时一片透亮。随着话音,走进来手牵手的一对漂亮男女。一天井的人都看呆了,谁都不明白这究竟是怎么一回事。黑色长呢大衣,黑色呢质礼帽,修长俊美,潇洒不羁,"陌上人如玉,公子世无双",不是天舒,是谁?可怎么还有个女的?白色裘皮大衣,白色花边呢帽,一缕卷曲的额发像只探头探脑的小鸟一般,将毛茸茸的头从帽檐儿下边调皮地伸出来。肤白如脂,唇若朱丹,眉如远黛,鼻如悬胆,纤纤作细步,精妙世无双。虽然裹在裘皮大衣里看不出身形,可那亭亭玉立地一站,乖乖隆里咚,真好一个绝世佳人!她是谁?谁家的女子?简直就是天仙下凡尘嘛!

然而他们,他们怎么可以就这么大庭广众之中,众目睽睽之下,如此亲密地手牵着手,如入无人之境?这还有没有一点规矩?难道他楚天舒在外面待了三年,就学了这个西洋景回来?

一股怒火在外公心里一点一点地燃烧升腾。

天舒一副喜笑颜开的样子,恭恭敬敬地见过爹娘,又朝天心张开双臂,说,天心,来,过来!让大哥抱抱,看看重了没有!若是从前,天心早就如一只小鸟一般地飞进大哥的怀抱了,可今天,那个与大哥十指相扣的美丽女人让天心扭捏了,红着脸躲到了娘身后。天舒一见顿时哈哈大笑起来,说,天心,几年不见,跟大哥生分了呀。

天舒根本不理会外公一直板着的脸,更不管外婆的局促不安,自顾自一个人嘻嘻哈哈一阵之后,才想起来要把那个女子介绍给大家。只见他回转身叽里咕噜地与她一阵低语,那女子随着天舒的手指方向,不断地颔首,然后一一鞠躬。之后,我大舅再次牵起女子的手对外公和外婆说,爹,娘,这是我日本的相好,也就是女朋友,叫信子,今天特意带回来见过爹娘。如果爹娘不反对,日后她就是您二老的儿媳妇了,哈哈。

　　我大舅大笑着,故意做出一副玩世不恭的样子,似乎根本看不见外公越来越难看的脸色。就连那个日本女子都有点识趣地挣脱了我大舅的手,低下了头,可我大舅还一副不管不顾的样子,嘻嘻哈哈。外公终于忍不住了,一根手指指向大门,朝着儿子大吼了一声,滚!那根直指的手指恰如一柄愤怒的剑一般,恨不能一剑将这二人劈成两半;而那一个"滚"字,也丝毫不示弱,显示出一种声震寰宇的威力。一只在屋顶天井边沿踱步的鸽子,吓得差一点一失脚掉下来,慌忙张开翅膀咕咕叫着,扑棱棱飞走了。

　　这时一屋子的人全都悄悄地围拢到了天井里,虽然人很多,一时间却静得出奇,静到几乎听得见彼此的呼吸。

　　我大舅楚天舒在父亲威力十足的怒喝声中,终于消停了下来,脸色由平静变得涨红,再一点一点变得苍白。他梗着脖子说,爹,您也不必这么震怒。我就知道您一定会是这样的态度,怎么了我?难道非要婚姻大事由你们做主吗?爹,现在都什么年代了,民国了,不是大清!现在提倡婚姻自主,恋爱自由。我跟信子就是自由恋爱的,怎么了?犯了哪家王法了?值得您这样大光其火雷霆万钧?您……

　　滚!我大舅还在振振有词,却不想外公再一次怒吼了一声,而且声量比刚才的还要大,利剑一般的手指依然直指向大门外。你这个孽畜!赶快带着这个妖精离开我的家,免得弄脏了我的屋子!快滚,滚滚滚滚滚!一连五个滚字,犹如连发的五发炮弹,朝着这一对年轻人好一番轰炸。一般人早就被炸成肉酱飞上天,尸骨无存了。可我大舅是谁?留洋归来的啊!好歹也是见过洋世面的,这样的炮弹于他毫发无伤。只见他依旧一副浪荡不羁的样子,两只手将大衣分开,插进裤兜,抬眼望着头顶那块方方正正的天,不作声也不动弹,用沉默无声来对抗父亲的暴怒。那意思是:我就不滚,看你能把我怎么样!

　　我大舅的神情举止显然更激怒了外公,只见他抄起自己屁股下坐着的木椅,朝着儿子狠命地砸过去。椅子带着愤怒的风声呼啸着朝我大舅飞过去,在场所有的人都吓得惊叫起来,幸亏我大舅年轻,灵巧地一闪身,椅子擦着他的头皮飞到了对面的照壁上,撞得粉身碎骨散落一地。你个狗日的孽畜!你是摆明着要气死老子,啊！你明明知道我们楚家与他倭鬼有着世代的冤仇,不共戴天,你却偏偏带了一个日本妖精回来,还竟然敢这样大摇大摆的！他日本人把我们东北都给占了,多少同胞惨死于这些畜生之手,我恨不能将这些杀人不眨眼的倭鬼一个个食其肉寝其皮！你倒好,竟然要了一个日本妖精做我的儿媳妇,要跟我们在同一个屋檐下出入,做你的春秋大梦去吧！老子数三声,你带着这个妖精立即从我面前消失,否则……

爹……

我大舅天舒还想再说什么,外婆骂道,你个不长进的东西！还聒噪什么？还不赶快带着她离开？你是当真要气死你爹吗？

天舒见娘都发话了,无奈,只得带着他的日本相好走出了楚家大屋,甚是气急败坏。刚刚踏上橡树湾土地的楚天舒,不得不灰溜溜地带着他的美天仙离开了,令人望去多少有些黯然。外婆幽幽地说,明天就是他生日了！他都好几年没有在家里过过生日了！母爱似乎永远在是非之外。

城里的铺子一般都要过了正月十五,敬过祖宗,吃过元宵,赏过花灯,冲天响的鞭炮噼里啪啦放过之后,再精神抖擞地开张。可今天才只是初十,外公就一个人闷闷地离开橡树湾进了城。

街上虽说比不上往年年味浓,但到底还是新正月,家家户户新贴着大红春联,门楣上飘着红通通的门庆,有讲究的人家门头上还挂着大红灯笼,倒也处处洋溢着喜气。楚老爷由于心里憋闷,进了城之后,也不知道该往哪里去。他只是不愿在家里待罢了！其实是哪里有脸待呢？天舒带了一个日本女人回家,还手牵了手地在橡树湾招摇过市,消息就像风一样,不,比风还要快地迅速传遍了橡树湾以及菱湖周边的村村寨寨。楚老爷仿佛自己的一张脸被无数个人打了无数个嘴巴,始终火辣辣的,心里更是火烧火燎地难受,他觉得自己再没有脸在橡树湾待下去了。

外公楚振轩郁郁寡欢地一个人独自在街头信步走着,没有目的也没有思想,仿佛不是大脑指挥两条腿,而是两条腿指挥着大脑,随它们去向哪里。忽然楚老爷的耳朵里终于听到了热闹,似乎是喝彩声,一阵一阵的,去看看呗！这回大脑终于当了家,指挥两条腿朝那个热闹走去。

远远地就见当街围了一群人,里三层外三层的样子,不知道是怎样的热闹竟然吸引了这么多人。他慢慢踱到近前,才发现是一个卖武的年轻人正在大显身手。一柄大刀舞得虎虎生风,跳跃腾挪,仰手接飞猱,俯身散马蹄,真好功夫!怪不得一片声地叫好。楚老爷也忍不住拍手。

　　随着一个轻盈漂亮的收势,年轻人轻嘘一口气,立定站好。好一个威武小生!楚老爷止不住在心中喝彩。短短的寸发直立在头上,皮肤黝黑,身高五尺不止,浑身上下干净利落,五官端正,眉宇间英武有生气。"大梁贵公子,气盖苍梧云",这样的后生怎会落到在江湖上卖艺呢?楚老爷心中不免叹息。只见他手握大刀,朝着众位看客抱拳拱手,朗声说道,各位父老兄弟,本人从外乡来,身无分文,无以为生,无奈只得展示几下拳脚,并非以此谋生,只不过暂时挣得些散碎银两聊以糊口。还望各位父老兄弟有钱的捧个钱场,没钱的就捧个人场吧!多谢多谢。然而终究是捧人场的多,捧钱场的少。未及年轻人语毕,看热闹的人已然散去一多半,剩下的也只是三三两两地彼此你望我我望你,之后一并袖着手离开了。年轻人站在当间,看着顿时作鸟兽散的诸多看客以及散落在脚边的几枚铜子,无奈地摇了摇头。他拿衣袖擦了擦满头满脸的油汗,蹲下身捡拾那几枚铜子。一抬身,看见面前立了一个老者,五十上下年纪,花白头发,青色棉袍,面色温和,身形硬朗,儒雅中透着刚毅,正眼含微笑地看着自己。年轻人愣了愣,将捡起的几个铜子揣进衣兜,转身收拾家伙准备离开。

　　壮士留步!

　　那老者突然发话,令年轻人又是一愣。他看了看四周,已然空无一人,显然老者说的是自己。他不觉回转身来,冲老者一拱手说,请问这位老先生可是跟在下说话?

　　正是!老者声音清朗,语气谦和。

　　呵呵,这位老先生,在下与您素昧平生,敢问老先生有何见教?

　　壮士少安!听壮士口音,应不是南方人士,敢问壮士来自何方?

　　在下来自关外……年轻人脸上霎时掠过一股悲戚。

　　哦?关外?老者立即显现出一种喜不自禁的表情。那壮士此番欲往何处而去?

千里飘萍,岂有安身之处……年轻人脸上的悲戚之色更浓了。

壮士若不嫌弃,可愿去老朽舍下一叙?

啊,这位老先生客气! 年轻人再次冲老者拱手,素昧平生,不敢叨扰。再会! 说着转身就要离去。

壮士何必如此生分? 关内关外,同是中国人,何况四海之内皆兄弟。莫非壮士嫌我老朽昏庸,不配与壮士同坐?

啊呀,老先生说哪里话来,是在下不才,不敢望老先生项背。年轻人忙不迭拱手致歉,末了说,既如此,那就恭敬不如从命! 老先生,请! 说罢抬手欠身,示意老者先行。

好,壮士果然爽快! 走。老者也不谦让,抬脚就走。二人一前一后相跟着去了"泰舒山货铺"。途中经过"一品轩"门前,老者拐进去点了几个酒菜,吩咐一会儿送往店中。

一路无话,到得店中。老者赶忙生火泡茶,好一通忙碌。此时早有"一品轩"伙计将酒菜送来,两个热菜:一盘红烧鲫鱼,一个木耳炒鸡蛋;两个冷拼:一碟油炸花生米,一碟酱牛肉。那牛肉每一片都切得薄如蝉翼,跟透明的一般,齐齐地码在小碟子里。外加"一品轩"招牌火锅:"一品锅"。

一时间,炉火加火锅,还有热酒,小屋里顿时热气腾腾起来。几杯酒下肚之后,二人便不再你谦我让。壮士又一杯热酒下肚,搛起一块薄得透明的酱牛肉说,老先生,不是我说话糙,你们南方人可真是不怕麻烦,牛肉切得这般薄。在我们那旮旯,谁不是大碗喝酒大块吃肉,可劲造? 切成这样还叫肉吗? 哈哈哈,说罢,自顾自大笑起来。

老者也笑了,说,壮士若嫌这样的肉不过瘾,就请吃"一品锅"里面的肉吧! 说着,拿过一双干净筷子,一层一层地拨开火锅上面的粉条、豆腐、肉丸子,埋在低下的肉便露了出来。喝,那可真正叫大块肉啊,方方正正,厚厚实实,码在锅子里。

壮士一见,顿时乐起来,说,哈,这锅子里原来还藏着宝藏啊! 说罢,不由分说搛起一大块肉,急不可待地送入口中。满满当当,把一张嘴撑得鼓鼓囊囊,连翻身都困难。

老者见状忍不住哈哈大笑起来,说,壮士何必如此心急啊!接着,话题便由这"一品锅"说起,壮士可知这火锅名头?

年轻人正非常起劲地对付嘴里的肉块,根本无法讲话,只是冲老者摇了摇头,脸上现出一丝不好意思的表情。

老者说,壮士不必拘礼,且边吃边听老朽絮叨。此锅名叫"一品锅"。是由明代时,我们这边山里石台县"四部尚书"毕锵的一品诰命夫人余氏创制。传说,有一天皇上突然驾临尚书府做客,因为事先毫无准备,一时仓促,余氏只得搜罗家中所有为皇上烧了一个火锅。锅底铺上干笋,第二层铺上家制熏肉,第三层铺上豆腐片,第四层又铺上肉圆,第五层盖上粉丝,然后再缀上金针菇和菠菜,敦敦实实的一大锅。锅子是烧出来了,还不知道可合皇上胃口,尚书夫人余氏在后堂惴惴不安。不想,皇上竟吃得津津有味,赞美不绝。后来皇上得知此美味火锅乃尚书夫人亲手所烧,不禁脱口而出道:原来还是一品锅啊!于是这"一品锅"的名头就由此一锤定音了。说罢,老者攥起一块又大又厚的熏肉举在面前,说,壮士请看,这肉块虽然切得又大又厚,但因为用松枝熏制过,所以根本不显油腻,吃到嘴里越嚼越有味道,浓浓的肉味夹杂一种松树的清香,真是美味至极啊!当年孔子出使齐国,闻听了韶乐与武乐之后,回味无穷,致使有三月而不知肉味之说。那是因为他吃的只是一般的肉,而不是这"一品锅"中的熏肉。倘使圣人吃到这种肉,恐怕也会将那韶乐和武乐置之脑后,而对这肉味赞不绝口了呢!

哈哈哈,一番话说得二人俱哈哈大笑起来。气氛顿时轻松而愉悦起来。

南方人就是讲究,即使这样的大块肉也一样于豪放之中透着精细。不像我们关外人,来个小鸡炖蘑菇,或者来个猪肉炖粉条,就已经非常满足了。哪比得上你们这"一品锅"啊一层一层,料子这样足,味道这样好,真是口舌之福啊!年轻人说罢,长叹一声说,可再怎么样,那也是我们家乡的味道啊,壮士说着脸上不觉现出忧戚之色。

壮士,老朽有一事不明,但不知当说不当说?老者神色凝重,沉吟道。

老先生有话但说无妨,何必跟在下拘礼?

老朽见壮士身手不凡,理当为国家建功立业才是,为何要四处飘零卖艺为生啊?

唉,年轻人长叹了一声,喟然说,此话说起来可就长了!大丈夫谁不想为国为家干一番轰轰烈烈的大事业?老先生不会不知,东北地区由于地理位置特殊,历来都是苏联和日本觊觎的对象。甲午海战,日俄战争,我东北数千万同胞,无一日不在战火之中苟且偷生。好不容易志士仁人,前仆后继,抛头颅洒热血,推翻了昏庸无能的清朝廷,成立了中华民国,以为我中华民族四万万同胞从此可以扬眉吐气,获得新生,然而结果如何呢?小小的日本不照样在东北横行?在下五岁习武,十七岁入伍,成了一名东北军,立誓要保家卫国。可是十年过去了,我不仅未能为受尽凌辱的父老乡亲、同胞兄弟尽绵薄之力,反而成了一名可耻的逃兵!说到此,年轻人不禁悲愤难抑。那天晚上,日本人已经打到家门口了,而我们接到的命令是不准反抗,缴枪撤退。我们守备营有二十几个人,拒不缴枪,也拒不撤退,与攻过来的日军拼死抵抗。可是毕竟寡不敌众,我们二十几个人最终死的死,伤的伤,逃的逃。我是靠了老乡的保护,脱下军服,换了便装,才九死一生逃到了关内。老先生,大丈夫就当战死沙场马革裹尸,可我却当了一个逃兵……

见年轻人如此激愤,老者说道,壮士不必如此悲愤自责!俗话说,留得青山在,不怕没柴烧,只要壮士心系家国,何愁没有报效之机?古今成大事者无不历经磨难,哪有一蹴而就之人?退,是为了更好地进嘛!壮士,你我推杯换盏多时,也算得是一见如故,壮士可否容老朽一问名讳,告诉我尊姓大名啊?

啊啊啊,老先生,实不相瞒,在下本想从此隐姓埋名,遍访天下,若有惺惺相惜,并与某一样心怀悲愤者,再合力重整旗鼓,有一天与那倭鬼决一死战。"他时若遂凌云志,敢笑黄巢不丈夫。"感激老先生如此厚爱,还是实情相告吧!在下敝姓高,单名一个"湛"字,字永清,辽宁奉天人氏。但不知老先生尊姓大名,如何称呼啊?

老者自报了名号之后说,壮士有所不知,我楚家与那倭鬼也是有着血海深仇的。四百多年前,我楚氏先祖就因遭倭难,才背井离乡到此。想那时我中华尚有戚继光和他的戚家军威震倭寇,使他们不敢再犯。可如今呢?一个威风八面的张少帅却只会望风而逃,实在叫人失望之至!如今老朽能巧遇高壮士,实乃上天安排。如若高壮士不弃,请随我去橡树湾暂住一时,如何?

哎呀呀,千里之外,得遇楚老爷,已是幸运之至,怎敢再行叨扰。

哎,话还没有说完,就被楚老爷打断了,你我既然能够遇见就是缘分,还说什么叨扰不叨扰?我有三个儿子,两个都在南京,一个读书,一个行伍。高壮士不是说要找志同道合之人,以图日后再展宏图吗?老朽以为高壮士完全可以和我那正在行伍之中的二儿子理论一番。他黄埔五期毕业,在蒋委员长跟前做事。说实在的,对于这个儿子,我颇有些不满,我觉得他缺的就是壮士身上这一股凛然正气。壮士能置少帅的缴枪撤退命令于不顾,而坚决拿枪还击,那该是多么大的胆魄与勇气啊!如今国难当头,委员长不上下一心,共同对付日本人,却偏偏要自己打自己。而我那个儿子呢?只知道唯蒋委员长马首是瞻。为什么就不能如高壮士这般,抗命不遵呢?我希望高壮士能用你的言行与正气来感染他,即使不能影响蒋委员长,但至少应该有自己的立场不是?壮士意下如何?就当报我今天这一饭之恩了,好不好?

楚老爷如此说来,高某还有什么理由推三阻四?好,就依楚老爷之意,随您去橡树湾。我自然要会一会您家二公子,只是不知能否如您之愿……

好,壮士果然爽快!楚老爷高兴地拊掌,说,走,壮士,我们这就启程!

不想楚老爷无意之中,将一粒火种带回了橡树湾。注定有一天烧成熊熊大火,将橡树湾以及整个菱湖岸边烧成一片热土。

第 二 部

长生之死
祸兮？福兮？
喜耶？忧耶？
楚老爷的叹息

长生之死

都说"福无双至,祸不单行"。一个家庭的灾难,往往就像多米诺骨牌一样,只要第一张倒下,之后必然全盘皆倒。

我母亲被我父亲抢上山,就是橡树湾楚振轩楚老爷家这副多米诺骨牌倒下的第一张。

长生自那晚遭遇大小姐天心被抢,又加上受了风寒,虽说回来之后,楚老爷叫熬姜汤多加红糖给长生发汗,可长生最终还是病倒了,而且一病不起。一天到晚,烧了冷,冷了烧,来来回回折腾个没完没了。不过半月时间,人已经皮包骨头。

寒风整日肆虐,不分东南西北,在两山之巅,呼啸而来叫嚣而去。冬日枯死的树木被摧折得枝桠乱颤,到处咔啦咔啦地断胳膊断腿,日夜不停地呻吟哭号。整个橡树湾上空整日被一片低垂的铅灰色愁云笼罩着,就压在你的头顶,仿佛无须爬上山岭,更无须爬上树梢,随意一伸手,就可以将那一片铅灰色的蘑菇状的东西抓扯一块下来。往日热气腾腾的橡树湾,似乎突然间陷入一片死寂之中。无论是湖边,还是祠堂前,都很难看见一个人影,只有被风舔得发白的大地。倒是那一湖暗黑色深不见底的湖水,为虎作伥,日夜配合着无边无影的大风,以这个季节少有的威力冲撞着堤岸。从岸边堆涌的泡沫你就不难想象出它的愤怒。

楚家大屋天井上方的天空,宛如一盘方方正正的石磨一般,重重地压在楚老爷的心上,压得他感觉喘口气都困难。以前戏文里唱伍子胥过昭关的时候,一夜之间急白了胡子头发,他以为那不过是讲故事,是传说,是文学的夸张。可是轮到几乎所有人都对他一夜之间骤生的霜发窃窃私语的时候,他知道一切都是真的。正如俗话说,男儿有泪不轻弹,只是未到伤心时。从前不相信伍子胥的故事,那是因为自己还不知道什么是真正的焦虑。

天远他怎么能连一个土匪都打不过呢?楚老爷对这个儿子的失望已经到了极致。只感觉心中的郁结越长越大,整日硬邦邦地堵在胸口,抓不着也挠不着,快要撑破了,却还无人纾解!往日任何事都可以找长生哥商量,二人心有灵犀,就从没有过不去的坎。可这一次,楚老爷感觉眼前这个坎,他是迈不过去了。没有了长生哥相助,他就等于瘫痪了半边身子。天朗虽然在家里,可他毕竟一个书生,能顶什么用?这些天就看见成天跟高湛两个人在一起嘀嘀咕咕,也不知道究竟嘀咕些什么。高湛倒是一身好功夫。可眼下这个时候怎么能叫高湛去冒险呢?难道真就这么眼睁睁地让自己的心尖尖被土匪欺辱?怎么办才好呢?

俗话说,福无双至,祸不单行,就在楚老爷一筹莫展的时候,意外又接踵而至了!

那个安宁静谧的清晨,整个橡树湾静悄悄的,地面上一个人影也没有。门房老莫打开门习惯性地拿大扫把扫地,忽然一抬头,发现大门上高高地插着一支箭,顿时惊出一身冷汗。他也不知道该怎么办才好,慌慌张张地就朝屋里跑,边跑边喊老爷。

一屋子人都惊动了,楚太太、天朗、高湛、戴月、怀着身孕的焕彩以及紫藤、紫苏、方嫂、张妈、水生,齐刷刷地都聚到了门口,所有人也都看见了那支牢牢钉在大门上的羽毛箭,白色的羽毛在寒风中骄傲地张立。

除了土匪还能有谁?

高湛一个飞身高高跃起,摘下那支箭,将信从箭头上扯下,递给了楚老爷。楚老爷立在寒风里将信展开,只扫了一眼,顿时一口鲜血从嘴中喷将出来,鲜血溅了站在他身边的楚太太一脸,随即人像一团棉花似的软了下去。

伯轩!楚太太一声惊呼,伸手扶住楚老爷,却猛地一阵天旋地转,自己竟跟着也倒了下去。太突然了！几乎是一瞬间，两个人都倒下，把大家都弄蒙了，大家不知所措了好一会儿，似乎才醒悟过来，一齐上阵，七手八脚将二人弄回屋里，好一通忙乱，终于将二人弄醒转来。楚老爷长出了一口气之后，将紧握在手里的信交给高湛。

信显然是写给楚老爷的。

尊敬的岳父大人台鉴：

不要吃惊，楚老爷！当您收到这封信的时候，说不定您的女儿已然与我洞房花烛，春宵一刻胜千金了。

楚老爷，自古美人配英雄，天经地义。我虽是一个枭雄，可也是雄嘛！终归不是狗熊，是不是？我哪有一点配不上您女儿呢？想必我那二舅哥也已经把话给您带到了吧？我张久胜既然娶了您女儿，就绝不会亏待她！这一点还敬请您老人家放一百零八个心。江湖人讲的就是一个义字，我保证说到做到。

所以，请岳父大人不要再对我和您女儿的婚事有什么不情不愿，更不要再兴师动众来惊扰我的山寨。哦，不，也是您女儿的山寨了。上回权且看在天心的面子上，我只是给天远二哥一个教训。倘若他依旧不吸取教训，还要不依不饶，到时候，我可就没有那么客气了。不仅您女儿的命会死在我手里，我还要你们大屋里的每一个人，甚至整个橡树湾为她陪葬！信不信我一夜之间让整个橡树湾化成一片火海？

不好意思，岳父大人，恕小婿失礼了！

小婿敬上
壬申年冬月初六

怪不得楚老爷会口吐鲜血。

高湛说，二叔，您不要着急，更不要被他几句狠话就吓着了。今夜我就摸上山！我就不信了，他几个土匪还真能一手遮得了天？

楚老爷紧闭双眼,一声不吭,半晌才说,高湛,叫大家都散了吧!我没事了。停了一会儿,他又说,戴月嫂子,长生哥的药可煎好了?不能耽搁。说罢,挥挥手,示意大家都离开,声音疲惫至极,也虚弱至极。在大家心目中,楚老爷可一直像一座山一般高大坚挺,什么时候见他如此颓丧过?所有人心里都有一种说不出的酸楚,都不自觉涌起一股大难临头的惶恐与焦虑。

楚老爷颓然坐在客厅的椅子上,将头无力地靠在椅背上,始终紧闭双目。楚太太坐在另外一张椅子上,连日的焦虑与担忧,已经彻底将这个昔日优雅高贵的妇人击垮了,不是蓬头垢面,也不是不施粉黛,而是没有了精气神。昔日走在小学堂里的那个白先生白校长,是何等的自信与沉着,更是端庄优雅、得体大方。可现在呢?目光呆滞,除了流泪与自责之外,全没有了主张。在灾难面前,所有人都被打回了原形。

高湛和天朗两个人在客厅里站也不是,坐也不是,急得跟两只热锅上的蚂蚁,你看看我,我看看你,再看看始终紧闭双目、一言不发的楚老爷与一心只有悲痛的楚太太,心急如焚。这个时候,他们俩多希望二少爷天远回来啊!多一个人就多一分力量,不是吗?

莫非真是有心电感应的吗?

二少爷天远果真回来了。

老莫开门见是二少爷,可怜的老人顿时眼圈湿红,拉着二少爷的手一句话也说不出来。天远的那只伤胳膊还没有好,用了一块白绷带吊在脖子上。可尽管如此,一身戎装的天远,依旧英气逼人。看着老莫那一副伤心的样子,天远也不禁鼻子一阵发酸。他知道,这个家目前一定是一片鸡飞狗跳了。

二哥,听见天朗喜出望外的一声叫,楚老爷的眼睛终于睁开来了。他看见阴霾的天空下犹如一棵橡树一般挺直的二儿子,不禁心中一阵酸痛,终究血浓于水啊。楚太太看见儿子,立时泪如泉涌,天远……慈母一声叫,悲悲切切,闻之不能不叫人心酸难耐。天远疾步奔进客厅,将娘拥进怀里。楚太太摸着儿子那只吊着的伤胳膊,更是悲不可抑。老天,我究竟是作了什么孽?要我的儿女这样受苦?

娘,您不要伤心了,我回来了,娘!爹、娘,我这回回来,就不走了。

啊？楚老爷、楚太太，包括高湛和天朗都被天远这句话给说蒙了。不走了，是什么意思？楚老爷坐正身子，望着这个儿子，目光里满是热切与疑虑。

是啊！不走了。我这次回来是专门对付那些狗土匪的。爹，我现在已经是上校团长了。我特意跟蒋委员长进谏，说"朱毛"可恶，地方土匪一样可恶，为害乡邻，强抢民女，无恶不作，不仅严重危害了党国声誉，而且还给共产党对民众的蛊惑与宣传提供了口实，使民众以为党国连地方上的小蟊贼都对付不了，怪不得奈何不了共产党了。蒋委员长这回是下了狠心要将共产党一举"剿灭"的，不仅亲任鄂豫皖三省"剿匪"总司令，还可能会亲自到南昌兼任赣粤闽边区"剿匪"军总司令，指挥"围剿"。对于我的进谏委员长深以为然，擢升我为上校团长，要求我着力将地方上的这些蟊贼山匪剪除干净，与蒋委员长的"剿共"遥相呼应，显现党国震慑天下的实力与威望！所以，爹，娘，你们还有什么好担心？天心回家回到二老身边，那是铁板钉钉的事。

尽在家里吹牛！天朗本来看见二哥非常高兴，可天远那一番滔滔不绝的长篇大论，他听了非常不舒服，多少有些气恼地一屁股坐到靠墙的椅子上，不满地嘀咕了一句。

天朗，你刚才说什么？天远看了一眼弟弟，是在说我吗，天朗？

说你又怎么样？天朗霍地一下站起来说，你们不是在吹牛又是什么？你们那个蒋委员长穷兵黩武，大动干戈就是为了对付共产党，结果你们还不是被人家打得灰溜溜地丢盔卸甲？焕景哥要不是掩护其他部队撤退，才不会被你们抓住。

你！一提到焕景，天远的脸顿时涨成紫红，你一个文弱书生，手无缚鸡之力，知道个什么？

我文弱书生怎么了？我文弱书生也知道讲道理！事实是你们的蒋委员长哪次都发狠说这回一定要将共产党一举"剿灭"，可哪一回被"剿灭"的都是自己；而二哥你呢？你不也是一个土匪的手下败将吗？还一嘴的堂皇之词。

天朗！高湛拉了他一把，感觉这句话说得太重了，怕天远受不住，赶紧打圆场。

可天远压根不想领高湛这个人情，他轻蔑地瞄了高湛一眼，对天朗说，我是土匪的手下败将怎么了？可我不会当逃兵！

天朗更加不满天远的指桑骂槐，哈，他冷笑了一声说，就怕有些人日本人还没来，自己就先跑了呢！共产党都打不过，还敢跟日本人打吗？你和你们的蒋委员长都只知道在家里横，哼！

你……天远还想再说什么，被楚老爷制止了。

好了！你们兄弟就不要吵了！都火上房了，还在家里吵成一锅粥，这个家迟早要被你们吵散掉！楚老爷厉声说，天远，难道你回来就是和你弟弟和家里人理论争吵的吗？说罢，楚老爷将桌子上的那一封信扔给了天远，看看，人家什么时候把你这个上校团长放在眼睛里了？

天远狐疑地拿过信看了一遍，顿时一股热血涌上心头，脸涨得通红。奇耻大辱！爹，娘，我楚天远凭着祖宗的牌位发誓，不荡平藕山之匪，誓不为人！爹，娘，你们看！他指了指站在身后的两个随从说，他们两个是我特意挑选的侦察兵，今天晚上我就叫他们俩带几个人摸上山，去把他们的情况摸清楚。这一回，我们不从水上跟他硬拼，直接上山，打他一个措手不及。我就不相信，他们一股土匪还能是天兵天将不成？楚老爷、高湛和天远这回都止不住点头赞许。好了，我就不多说了，我还要赶去县城，把事情部署一番。爹、娘，儿子走了，等土匪剿灭了，我回家给二老尽孝。说罢，天远抬手给爹娘毕恭毕敬地敬了一个军礼，那两个随从也跟着敬了礼，之后，大踏步走了。

可是，楚老爷楚太太还来不及将他们的焦虑之心放进肚子里，就出事了。

就在那天晚上，一股冲天之火在橡树湾的上空熊熊燃烧，把那片天照得红通通的一片。着火地点是橡树湾最重要的地方：楚家祠堂。风助火势，火借风威。这冬季天干物燥，祠堂又是全木结构，真的是干柴烈火，哪容得二话，只一个熊熊之势了。等橡树湾人从深冬的睡梦中惊醒过来，手忙脚乱地跑向祠堂意欲救火的时候，祠堂已然被烧得只剩下了几堵实在烧不尽的墙垣，好不凄惨。楚氏多少代列祖列宗一瞬间真正升上了天空。

而楚老爷家大门上又第二次出现了一支白羽箭，箭镞上还是插着一封信。这回信里却全没有了上一次的客气，没有抬头，也没有落款，只两行字——

这是第一把火,如果还是不老实,那就等着第二把火!

让你们楚氏列祖列宗在天上看看你们这些不肖子孙吧!

楚老爷再次一口鲜血喷涌而出,昏死过去。

要说那张久胜还真不是等闲之辈。自从天远带兵与他交手又吃了败仗之后,他料定这位黄埔高才生不会就此善罢甘休,一定会回来反攻倒算的。于是他先下手为强,一封箭书插在楚家大门上,意在防患于未然。但是他并不因此而掉以轻心,土匪扮成的打鱼人在湖上日夜出没,观察楚家动静,所以天远回来的消息早有土匪飞报了张久胜。张久胜一边派肖金水带人尾随天远进城,摸清动向;一边自己在家里紧急部署,各个入山路口要道,均有人把守,而且都是精兵强将。

那天晚上天远的两个侦察兵果然带着五六个人,从一条人迹罕至的小道上,摸上了山。可是刚进山不久,他们就被早已张开的一张大网结结实实网住,一个也没有逃脱。同时,菱湖上一条轻便小船箭一般驶向橡树湾,紧接着,一道火光冲天而起。

楚老爷这一口鲜血喷出之后,昏死好半天,人才醒过来,一张脸纸一般白。橡树湾所有人都明白,楚家大屋真正大难临头了。

楚老爷醒过来的第一件事就是将天朗和高湛叫到身边,一副要交代后事的样子。天朗,你火速进城,告诉你二哥天远,就说他的孝心我和他娘都领了,往后就不劳他再费神了,只管当好他的官就好了,楚家的事以后断不要他再插手。还有,你妹妹的事情……就到此为止!任何人不许再提!我不能拿橡树湾五千楚氏子孙给我女儿一个人陪葬,她没有那个福分,我也没有那个资格……说罢,楚老爷又呕出一口血。稍稍平静一会儿之后,他转而对高湛说,高湛,看来你二叔我跟你爹这回都是凶多吉少了,往后这个家就要靠你支撑了。还有学堂,无论如何,再难,学堂都要办下去。那是你二叔我平生最大的心愿,不能指望你二婶一个人,你一定要帮我完成到底,你答应我,高湛。

高湛紧握着楚老爷的手,内心酸楚难耐。一个东北汉子,钢铁一般的汉子,却也禁不住这悲凉。他说不出话,只一个劲点头。

　　高湛啊,你知道的,我和你爹,这么些年,不是兄弟胜似兄弟!长生哥一辈子为这个家真是鞠躬尽瘁……高湛,天朗,我希望你们两个也能像我和长生哥那样,做一辈子的好兄弟!亲兄弟!心心相印、血脉相通。楚老爷说罢把二人的手拉在一起,从今天起,你们就是生死兄弟了,你们可愿意?看着二人都郑重点头,楚老爷显出很欣慰的样子说,嗯,好!我就知道你俩对脾气。高湛,天朗和楚家以后可就都交给你了,你能像你爹对我那样对待天朗吗?

　　高湛扑通一声跪倒在地,举手立誓,说,苍天在上,我高湛若有一天对天朗兄弟有二心,天诛地灭!

　　哎呀,高湛啊,快起来快起来,何必如此呢?天朗,还不赶快拉你高湛哥起来?天朗,从今往后,你就有了一个与你同心同德的兄弟了,你可要懂得珍惜啊!

　　放心吧,爹!

　　楚老爷见天朗说得恳切,欣慰地点了点头。高湛、天朗,你们都听好了,这两天发生的这些个乱七八糟的事都不要给长生哥知道,惹他烦心,知道了吧?二人赶忙答应。楚老爷说,你们都去吧,我累了,想歇一歇……

　　自从天心被劫之后,长生耳边始终回响着天心那一句要命的喊:长生伯救我!绝望而又凄厉,日日夜夜在他耳边回荡,喊得他坐卧不宁。啊,那绝望的一刻,自己怎么就那么轻而易举被人打进了水里呢?可怜天心像一只小鸡仔似的,被那帮如狼似虎的畜生拎上了大船疾驰而去……那一幕已经被他反反复复来来回回回放过了无数遍,可依旧无法释怀。无论白天黑夜,只要自己一静下来,天心就会喊:长生伯救我!一声比一声凄厉,一声比一声绝望,喊得长生恨不能找一条地缝钻进去,或者找一个土堆把自己埋起来。是啊!干脆埋起来算了。天心啊,不是长生伯不救你,是你长生伯救不了你啊!长生伯宁愿自己去死,你知道吗?天心,长生伯无能,让那帮畜生把你从我手里抢走了,啊啊啊!

　　长生原是一个不知自己姓氏更不知出处的流浪儿,当年楚老太太嫁过来时,长生不过五六岁的样子,已经在橡树湾游荡了快一年了。楚老太太心地善良,对这个长着一双乌溜溜黑眼睛的小流浪儿格外关照,也非常喜欢。可楚老太太再善良,依旧改变不了夫家子嗣单薄的命运。嫁过来之后,三年时间,连生了三个胎,两男一女,都没有留住,把个楚老太太伤心得要死要活。那时候楚家老老太爷还在,楚老太太就对公公说,爹,我们收养了那个可怜孩子吧。家里也不是养不起。媳妇一连三胎都夭折了,楚家老老太爷心里也觉气闷无比。家里原本人丁不旺,既然媳妇提议收养,便收留了吧。说不定还真能带个把孙子过来,于是就答应了。就这样,长生正式走进了楚老太爷的家门,有了自己的姓氏与名字:楚长生。

　　说来也巧,自打长生正式进了楚家门之后,不到两个月的时间,楚老太太又有喜了。十月怀胎之后,果然产下一个男婴,便是楚老爷楚伯轩。一家人高兴得什么似的,更是拿长生当观音菩萨跟前的送子金童了,格外疼爱。小长生呢?自打伯轩一降世,也就非常自觉地担当起一个做哥哥的责任。从伯轩会走路起,小长生就责无旁贷也心甘情愿地做了他的小跟班,就像伯轩的一个长长的影子一般。

　　这些日子外面闹得沸反盈天的,长生怎么可能不知道呢?尤其是祠堂被烧的那天晚上,听着外面人嘈马哄的,他知道一定又出什么事了。问戴月,戴月说,哦,那是顺子家不小心火烛,走了水了,大家都去帮忙救呢……

　　哦?是吗?顺子家怎么这么不小心呢?可救下了没有啊?

　　那么多人帮忙,走再大的水也能救得下来的……

　　那就好,家里都好吧?

　　都好着呢!你就少操点心,把自己养好,不是什么心都操得过来了呀?

　　唉,我也想早一点好起来啊,家里那么多事,还有铺子里。年底了,该盘的账得盘,该进的货也得赶紧进了……长生半靠在被垛上,那一副心有余而力不足,无奈而又忧伤惶恐的样子,叫戴月见了怎能不伤心。

　　天地良心,这些年长生为报答楚家养育之恩,可真是心甘情愿为楚家当牛做马啊。吃了多少苦,受了多少罪,哪个不知哪个不晓?哪里有哪怕一丁点的坏心眼呢?你老天爷在那么高的地方,你只要稍微一低头,这人世间的万事万物哪一样不在你的法眼之中,你未必看不见?只是故意看不见,为什么要将这样的罪孽加在那样一个好人身上？如今，焕彩有了高湛这样一桩好婚姻，眼看着就要做母亲了；焕致在城里铺子里做得也是不错，老爷见天地夸他；虽说焕景一直没消息，可是听太太话里话外透露的那么点意思，是焕景在那边做得非常好，甚至不比二少爷差，哪一样不好呢？莫非你老天爷就是这样容不得人往好里走的吗？眼见得日子一天好过一天，他却无福消受了。

戴月正一个人对着红红的灶火发痴，忽然就听见楚太太喊，戴月嫂子，戴月嫂子。

戴月慌忙擦了擦眼睛，不相信自己的耳朵似的，天哪！太太好久都没有这样利利落落过了，这一声叫，分明是从前的太太回来了啊。她慌慌忙忙地迎出来，果然是楚太太。虽然人比以前瘦削了些，可是妆容依旧，神态也依旧，依旧是那么端庄典雅、温婉大方。自打小姐被劫以来，太太一直以泪洗面，百事不问，今儿个是怎么了？怎么老爷倒下了，太太反倒现出精神了呀！戴月百思不得其解。

戴月嫂子，伯轩叫天朗去荷叶洲请了曾老先生过来，让给长生哥瞧瞧。太太笑容可掬，从容镇定，说着，叫戴月走在头里。

哦，好好好。戴月有些傻了的样子，朝曾老先生弯腰鞠躬，欢喜地说，啊，是曾老先生啊！看来我们家长生这回有救了。说罢，她引着曾老先生朝长生住的地方走去。

进到门里头，楚太太对长生说，长生哥，伯轩今天有事情一早就出去了，临走吩咐天朗去荷叶洲请了曾老先生过来，给您瞧病。曾老先生，长生哥还记得吧？给老太爷看过病的。

哦，曾老先生啊？记得记得的。大名鼎鼎，怎能不知道的呢？呵呵，长生卑贱之躯，何劳曾老先生亲自检视，实不敢当啊！

曾老先生放下药箱坐定，边拿出脉枕准备给长生搭脉边说，此言差矣！大夫眼里只有病人和健康人之分，根本无贵贱之别。

曾老先生给长生诊完脉之后说，先生这是受了风寒再加上思虑过度伤了元气所致。我给你开个方子，按方吃药，放松心情，好生将养，应无大碍。说得戴月心里一阵欢喜，止不住又抹起了眼泪。

楚太太说,戴月嫂子,你看你,曾老先生说的不是好事吗?你怎么又抹起眼泪了呢?叫长生哥看见心里难过,快别伤心了,赶紧给长生哥抓药去吧。楚太太说着和长生哥道别,并引了曾老先生出去。

长生在后面喊,静雅,叫伯轩凡事悠着点,别累着!不着急处理的事情搁那儿,回头等我好了,一并收拾,知道吧?

知道了,长生哥,我会跟伯轩讲的,那你可得快点儿好起来啊!楚太太脆生生答应着。

出得屋来,曾老先生对戴月和楚太太说,病人情况非常不好,我给他开了补气安神的方子。药吃了之后,他能睡得安稳一些。你们一定要尽量给他说高兴的事情,让病人尽量放松心情,加上饮食注意一些,应该有所缓解。等这剂药吃完之后,我再过来瞧瞧,如有好转,我再给他开一个新的方子,再慢慢将养,估计病人就没什么大碍了。记住:千万千万不能再让他受什么新的刺激了!否则……一句话说得戴月刚刚欢喜的一颗心,忽然又咯噔一声朝着一个无底的深渊掉下去。

曾老先生边往外走边嘱咐太太,楚太太,楚老爷这是急火攻心所致,所以一定得劝慰病人放松心情,好生将养。无论什么病,都是三分治,七分养,关键在养。倘若自己不注重保养,纵使华佗再世,也难救治啊,切记,切记!过几天我会自己过来,不用少爷再去接。戴月刚刚堕底的一颗心又猛地被扯到了树梢,天哪!老爷都病得那样厉害了吗?难道这个家要完了?她忍不住眼睛里又泪水汪汪。

送走曾老先生,楚太太回到屋里看见戴月仍旧站在天井里,怔怔地发呆,就说,戴月嫂子,不是叫你给长生哥抓药吗?你这是怎么了?现在家里已然这样乱糟糟的了,你我虽为女流,可是关键时候不能倒下。男人们再坚强,也有弱的时候。他们弱的时候,女人们就得强起来,帮他们度过这段人生低谷。等他们缓过劲来了,只会更加坚强,更加坚不可摧!你说是不是这个理?戴月嫂子,你我都不能再一天到晚哭哭啼啼的了,那样只能让他们更烦心,病岂不是更难好起来?你看我,戴月嫂子,我还是从前那个白先生白校长吧?

戴月拭了拭眼睛,轻轻地笑了一下,点头说,是哦!白校长好风采哦!

戴月嫂子,我知道你心里难过着急,这个家里谁不难过着急？若不然长生哥和伯轩怎么可能到今天这个田地？戴月嫂子,我们就不能再跟着添乱了！再说,焕彩都五个月身孕了,当娘的,没有比亲眼看见自己女儿结婚生子更开心的事情了吧？说着楚太太的眼睛红了,可是她瞬间就恢复了常态,说,戴月嫂子,焕彩这是头胎,可是要当心,切不可大意,现在她主要的任务是保胎、养胎。若是肚子里的孩子有个什么闪失,我们楚家怎么对得起人家高湛？高湛真是一个难得的好后生吧？伯轩对他的喜爱可是超过了自己三个亲生的儿子呢！

谁说不是呢？提起高湛跟焕彩,戴月的脸上不由自主地露出开心的笑容。

说起来,焕彩跟高湛还真是前世的缘分。

正月初十那天,楚老爷带着高湛乘船回到家的时候,已经是掌灯时分了。

长生因为担心伯轩,晚饭后一直在前厅陪着太太静雅,一边说话,一边等。两人正有一搭没一搭地说着,忽然大门被人拍得山响,把楚太太和长生都惊得站起来。

老莫刚把门打开,就跌跌撞撞地撞进来两个人,把老莫吓一跳,说,哎呀,是老爷呀,您这是喝了酒了呀！

哈哈,老莫,我是喝酒了呀！我高兴,喝杯酒不可以啊？

太太跟长生可是着急着呢,快些进去吧。

楚老爷跟那个年轻人勾肩搭背地进得门来,刚转过照壁,楚老爷就高声喊,长生哥,静雅,快出来啊！家里来客人啦！快出来招待客人……话音未落,一抬头,看见灯影里的两个人正是长生哥与夫人静雅,立时乐了,说,耶,你们都在啊！快看,我给你们带来的客人。他说着将扶住自己的年轻人往前一推,自己顺势一个趔趄,崴了一下,差点跌倒,年轻人赶忙又伸手扶住。

长生和静雅看见一向老成稳重的楚老爷,今天竟然如此一副醉酒狂态,都面面相觑,很吃了一惊。然后就看见与伯轩裹在一起的那个年轻人,虽说吃了酒脸色有些发红,可是眉宇之间透着一股英气,高大的身形,结实的身板与端正的五官,无处不显现出他的刚正不阿。长生与静雅都不由自主地在心里赞叹了一声:好一个后生。

或许就是那一眼,长生就不知不觉相中了这个年轻人,心想要是这个后生能跟我们焕彩……可是转而又暗自笑话自己,说是不着急女儿的终身大事,那是没有碰到合适的不是?这不,刚刚见着这个人,立马就想着配给焕彩,连人家是什么来头,家里有没有妻室,一概都不清楚,就猴急忙慌地找女婿了。嘿嘿,长生不禁偷偷乐起来。

已然二十三岁的焕彩,在橡树湾,不,就算在整个菱湖沿岸所有的村村洼洼,或许都没有比她年龄更大还没有出嫁的女娃了。上门说媒的也不知有多少,焕彩就是一个不愿意,而且理由只有一个:自己还小,不着急!然而皇帝不急急太监,她娘戴月可急!这个死丫头!怎么竟跟自己当年一样犟呢?可我有我犟的理由,你个死丫头,你有个什么理由啊?然而家里不是她戴月说了算的,除了丈夫长生之外,还有老爷跟太太也做着他们的主。焕彩那个死丫头,也是仗着老爷、太太的宠不把她的话当话。为此,戴月心里还时不时有些小嫉妒小气恼。可是有什么法子呢?在焕彩这个问题上,家里似乎除了她,几乎所有人都一个鼻孔出气。包括三少爷天朗,还有小姐天心,都帮着焕彩。唉,真是叫人又气又急还无处可诉。

高湛来那天,按道理,理当紫苏或紫藤给客人上茶的,可那天晚上那俩丫头不知道在后面鼓捣什么事,于是就哄焕彩过去上茶。焕彩也不推辞,托盘上端了两杯青花瓷的盖碗茶从后面上到客厅。焕彩刚走到灯影下,就看见和她爹并排坐在客座上的那个年轻人,而那个人也恰巧把目光投向这个猛不丁从暗中出现的年轻女孩。如同一颗流星突然划过漆黑的夜空一般,高湛只觉眼前陡地一亮:豆绿色棉旗袍,衬托着一张瓜子脸细白粉嫩,五官清秀清爽却不施粉黛,满头的乌发梳成一条大辫子,只在辫梢缀了一个豆绿色的蝴蝶结。好一个养眼的姑娘啊,年轻人的眼睛里不知不觉流露出赞赏的目光。而焕彩呢?不知为什么,与那个年轻人四目相对的一刹那,却莫名其妙突地红了脸,细白粉嫩的两颊陡地飞上两朵红云,而且手脚也有些不利索的样子,茶杯放在客人面前时,差一点被她打翻,幸亏那年轻人手疾眼快伸手扶住。焕彩的一张脸更是红到了耳根,慌慌张张地将楚老爷的茶杯放好后,就飞一般跑走了。

长生正为女儿如此上不得台面,而心里暗暗奇怪,就听见楚老爷朗声说道,静雅,你知道吗?今天得遇高壮士,实在是上天给我的一个恩赐呢!转而又抑制不住喜悦,笑眯眯地看着夫人静雅说,白校长,你看,我们请高壮士打点"含德"如何?

哦?是吗?那太好了呀!只怕是委屈高壮士了。

高湛冲楚太太一抱拳,说,太太说哪里话来,如今东北失陷,万千同胞流离失所,我高某九死一生逃到关内,千里飘萍,只为寻一处安身之所。幸而楚老爷不弃,带我回家,奉为上宾;如今又荐我职机,安身立命,我已是感激不尽,哪里还有什么委屈可言?楚老爷一路上说的都是太太您的功劳,太太女中翘楚,令高某敬佩,高某一介武夫,往后还请太太不吝赐教,好让高某得以展露拳脚,以报楚老爷知遇之恩。

壮士谬奖,楚太太款款一笑说,区区一个乡间小学,不过一池浅水,哪里能搁得住壮士这样一条飞天蛟龙,不过暂作壮士休整之地,来日定另有乾坤,再展宏图,忽然,楚太太仿佛读懂了长生心思似的,蓦地调转话题,笑眯眯地问道,但不知壮士家中尚有何人?可曾婚配?

唉,一家大小全毁于日军飞机轰炸之下!如今日本人占我河山,毁我家园,高湛恨不能旦日打回老家将那些倭贼一举夷尽,哪里还有心思顾虑自身啊,唉,高湛一声长叹,倭贼不灭,何以家为!

哈哈哈,不想一语既出,楚老爷突然爆发出一阵更为爽朗的笑声,就连楚太太和长生也都笑起来。高湛不禁心中恼怒,真是商女,不对,不能是商女,管他呢!姑且这样用着,商女不知亡国恨,他们一家锦衣玉食,哪知道一个流亡之人内心的愤慨与郁闷!竟然如此嘲笑高某的志向,而且还笑得那么开心,原以为他乡真能遇到知己,却是我高某看错人了。想到此,高湛不觉怒火中烧,他霍地一下站起身,冲着还在笑成一团的三个人一拱手说,道不同,不相为谋,高某告辞。说罢,他抬脚就要走人。

笑声戛然而止,三个人都被高湛的这一突然举动弄得不明所以。还是楚太太反应快,急速起身冲高湛说,壮士留步!壮士可是恼怒我们发笑?壮士多虑了,我们刚才发笑不是笑壮士,而是笑……说罢,望了一眼楚老爷,又掩嘴欲笑,却又竭力强忍不笑出声来。

啊呀呀,壮士真是误会,误会了呀!因为二十多年前也有一个人曾这样豪言壮语过:匈奴不灭,何以家为!可是一语还未了,等知道将迎娶的是自己心仪之人时,那个人便瞬间将那一句铿锵誓言抛掷于脑后了,那个人就是我,而今天的楚太太便是我心仪之人!楚老爷也急急忙忙解释,边说边笑盈盈地看了太太一眼,眼睛里都是浓情蜜意。刚刚壮士又说了一模一样的一句话,故而大家发笑。他们实际上笑的是我。

原来如此,在下鲁莽了!一席话说得高湛也有些不好意思起来。真是想不到楚老爷与楚夫人竟有如此动人故事,实在令高某眼界大开,诗云:窈窕淑女,寤寐求之。何况,夫人又如何只是简单的一窈窕淑女呢?夫人这等知书达礼高贵典雅的女性,又如何不令天下男人心向往之啊。

哈哈哈,如此说来,高壮士倘若遇到这样一位女性,是否也会如老夫一样,将那铿锵誓言抛诸脑后呢?

呵,楚老爷说笑,想我一流亡之人,四海飘萍,如何有可能得遇什么知书达礼之女性啦!高湛喟叹。

哎,话不能这么说!自古言:婚姻天定,佳偶天成。有缘自会千里来相会的嘛,哈哈哈。

结果还真是不出明眼人所料,高湛和焕彩两个,果然英雄美女,一见钟情,惺惺相惜,一切都是那么水到渠成。家里人除了天远,没有人不认为真是一桩好姻缘,婚事很快就定了下来。再铿锵的誓言在意中人面前都化作了绕指柔。那年的五月端阳日,二位情投意合的新人结成了连理。

话说长生和楚老爷服了荷叶洲曾老先生的药之后,果然都各自大好。楚老爷原不过急火攻心,只要对症治疗,然后自身调整好心态,保持一个平和愉悦的心情,自无大碍。长生呢?服了曾先生的药之后,果然一天能睡几个小时了,胃口也开了一些。等到曾老先生再来的时候,长生已经不仅可以起床,而且可以让焕彩挽着走到屋外,再在天井里慢慢转上一两圈了。一家人自是喜不自禁,直夸曾老先生真格的是神医华佗再世。

曾老先生看见二人服药之后都大好,心情自然也很愉悦,欣然答应了楚老爷的请求,不仅留了饭,还留宿了一夜。

曾老先生比楚老爷大了约莫二十岁,两个人却相谈甚欢,大有相见恨晚之感。距离上一回为楚老太爷诊治已经过去了整整十五年,可曾老先生看上去却一如往日,风采丝毫不减当年。二人谈兴甚浓,白天谈,晚上继续挑灯夜谈,直至雄鸡破啼。到最后两个人再也不一本正经,恭恭敬敬地彼此称曾老先生或是楚老爷了,而是一个只喊先生,一个则干脆直呼其名:伯轩。所谈内容古今中外、国事家事、文治武功、士农工商、教育医学,无所不至,无所不包。但无论谈话内容涉及有多芜杂,有一个话题是绕不开的,那就是天心被劫一事。楚家大屋两位掌门人均被这件事击倒,治病治根,曾老先生就是要给楚老爷除根。

不瞒先生您说,我这些天连大门都不敢出,怕看到祠堂被烧的那个惨状。先生,我感觉每一根烧焦的椽柱都是一根愤怒的手指,都在指着我诘问:你这个族长是怎么当的,是啊,我真是愧对列祖列宗的在天之灵啊,让他们魂魄无所依傍;我更对不起活着的橡树湾五千楚氏子孙,让他们成天提心吊胆,生怕哪一天土匪又来侵扰。唉,他们不知在心中怎样怨责于我,甚而在背后指着我的脊梁骨骂……楚老爷真是痛心疾首。

伯轩真不必这样自责!你更应该走出去,看看你的族人到底是怎么对待你的。你或许还不知道,他们已经在自觉地修复祠堂了。

真的?家里怎么没有人跟我说啊?

当然是真的,男女老少齐上阵啊!没有人禀报你楚老爷,家里人不告诉你,是怕你再受刺激;外人也不告诉你,这说明了什么问题呢?说明大家敬重你,愿意为你分担,不愿意打扰你!并不是如你所说,你已经是千夫所指。然而话又说回来,他们不应该敬重你吗?为了全族人的安全,你放弃了对女儿天心的营救,舍亲生为大家,这是多么了不得的高风亮节,还不值得人敬重爱戴吗?再说,伯轩啊,生在这样一个乱世,谁能保证可以一家人平安团圆?你看,东北多少家庭家破人亡流离失所?他们哪一个不是娘生父母养的?哪一个不都是父母的子女、子女的爹娘?可是又有什么法子呢?灾难降临了,谁能阻挡得了?听闻你们家大小姐可是刚烈无比哦!这足以说明伯轩教女有方,家训严格嘛,还有什么可自责呢?土匪越是暴烈,越是能激发人们对他们的恨和对楚老爷的敬重。伯轩啊，放下你心里的负担跟包袱，做你该做的事。再说了，只有你心里放下了，长生才有可能放得下啊！

人许多时候都是这样，同样的道理，自己明明都知道，可就是在心里百转千回无法释放，但若是经人一说，则会豁然开朗，大有茅塞顿开之感。楚老爷经过曾老先生的一番劝慰之后，似乎已经把放不下的东西尽力放下了。

那天吃过早饭之后，他走出了大门，不知不觉脚步就朝祠堂方向去了。他自己都记不清有多少天没有出门了。隔了老远，就听见一阵阵的人的说话声、脚步声、锯木头声，以及木头砖块砸在地上发出的撞击声，莫非真如曾老先生所说的大家正在修缮祠堂？他不觉加快了脚步。不一会儿，一个热热闹闹的劳动场面展现在他面前：真是男女老幼齐上阵呢，白了头发胡子的老者，黄发垂髫的少年，扎辫子的姑娘，梳发髻的嫂子，身强力壮的后生。橡树湾五千子孙为了列祖列宗的栖身之所，每个人都不遗余力。楚老爷的眼睛瞬间湿润了。他快步走过去，从白发苍苍的德满爷手中接过砖块，把老人扶到一堆木料前坐下，说，德满爷，哪里需要您老动手，您只需要动动嘴就可以了呀。

啊呀，是伯轩啦！你病好了呀？好了就好，好了就好啊！我们橡树湾可少不了你这样品德高尚的领头羊啊。

哎呀，德满爷，您快别这么说了，您老这是在打我的脸呢，伯轩惭愧。是伯轩无福，连累了大家，更是祸害了祖宗，伯轩对不起列祖列宗啊。

哎，伯轩，一家人哪里能说两家子话呢？天心可是我们楚家子孙，她受辱，老夫我恨不能以身代之啊，伯轩啦，大家都知道，你是为了全橡树湾牺牲了天心……

这个时候几乎所有忙碌的人都看见了楚老爷，都争相和他打招呼，有的边干着手里的活，边问好；有的停下来边问好，边鞠躬施礼。楚老爷的眼圈再一次湿润了，他在这萧瑟的寒风中，感到了一股春天般的温暖。那是血浓于水的温暖啊，他一边笑着跟大家招呼，一边急不可待地加入了劳作之中。这祠堂无论如何都要赶在年前修缮好，他不能叫列祖列宗的魂灵在野地里四处飘荡。

经过橡树湾人二十多天紧锣密鼓、不分白天黑夜地苦干之后，楚家祠堂终于修缮完工。虽没有原来祠堂具有的历史厚重之感，但那高大的门楣与凛然的气势,让每一个橡树湾子孙都感觉到了一种力量在天地之间回荡。那便是根的力量,有了根,你才能稳如泰山,也才能枝繁叶茂。

腊月十八,是民间最流行的吉日。橡树湾这一天也响起了结婚喜炮。

喜炮一响,男女老少的脚都被催动了去看热闹。长生基本上已经算是痊愈了,除了人虚弱一点之外,几乎已无大碍。长生也不觉步出屋外,准备看一看热闹。焕彩要搀他,他没让。女儿身子已经重了,这些日子,为了自己已经够劳累她的了。

那天的阳光真好,晒得人暖洋洋的。看见这温暖的冬阳,卧床很久的长生忽然有一种重获新生的感觉,还是活着好啊。他不觉抬眼紧盯着天空中那个红通通的家伙,好像不认识似的,盯了好久,也不怕那太阳的光芒刺伤了双眼。

人们三三两两地从他身边经过,有人边走边跟他打招呼说,长生你病好了呀?他也好似没有听见似的,只依旧那么直愣愣地盯着太阳看。惹得一行人都奇怪,说,耶,长生这是怎么了啊?

是啊,怎么跟个孬子似的,盯着太阳干什么?

怕是生病生时间长了,脑子给熬坏掉了吧?

嘻嘻嘻……

长生也不管,他自顾自慢悠悠地走着。这山和山林,这湖和湖水,这溪流,这屋瓦,这小桥,这村寨,哪里哪里,一草一木。半个多世纪的时间过去了,脚下的每一块青石板,甚至每一块土疙瘩,他都熟悉得不能再熟悉。可是今天他感觉到了一种无法言说的亲切,心中涌动着一种兴奋与激动。这兴奋与激动令他不觉间双眼含泪。这是怎么了?他暗笑自己,一个年近花甲的老头子了,竟变得这般脆弱起来,难道一场病把自己变成老太太了吗?

忽然,一座簇新的建筑霍地一下立在自己面前。太新了,以至于长生感觉就像一轮刚刚升起的红日一般耀眼夺目。一瞬间他觉得眼睛有些受不了,赶紧闭上了。就算刚才盯着太阳他也没觉得晃眼,可这幢簇新的高大建筑着实令他的眼睛大受刺激。这是什么位置?嗯,这里原来不是祠堂吗?怎么变了?那祠堂呢?去了哪里?长生感觉自己着实生病把脑子生糊涂了。莫不是自己记错了,这里不是祠堂的位置?

这时恰巧跑过来一个十三四岁的小男孩,匆匆忙忙的,估计也是赶着去看热闹,经过长生身边时,被他一把揪住。毛蛋,这是谁家在这里起这样一幢大房子啊?

哎呀,长生爷,您糊涂了呀!这不是新做好的祠堂吗?

祠堂?那原来的祠堂呢?

那老祠堂不是叫土匪一把火给烧成灰了吗?长生爷,您真是糊涂了呀……

那土匪为什么要烧祠堂啊?

哎呀,土匪不要叫救天心姑姑嘛!说罢,小男孩使劲一扭身从长生手里挣脱,一溜烟跑了。

太阳突然间失去了颜色变得灰不溜秋的,就跟一个煮熟了的鸡蛋黄似的,蔫不唧地挂在天空上。世界也突然间一片沉寂,跟死了一般。刚才那吵吵嚷嚷的欢笑声、鞭炮声,都一瞬间如潮水般消退了。长生彻底蒙了,他突然间不知道自己置身何处,呆呆地站在那里,一切的一切忽然都在他面前旋转、跳动、摇摆、翻转起来。一时间他的内心充满了恐惧,这恐惧无限制地挤压着他的心脏与血管,他甚至都能听见它们在他体内痛苦地挣扎呻吟。啊,他不觉使劲吼了一声。声音之大,橡树湾的人后来说,几乎盖过了那冲天的喜炮声。

远远地,长生看见毛蛋拉着戴月的手跑过来了,他们的身影明明越来越近,却反倒越来越远,越来越模糊。长生伯救我!哦,天心。整个大地突然陷落……

长生再一次病倒,如山崩地裂一般。没日没夜地高烧,一会儿叫天心,一会儿叫焕景。曾老先生再一次被请了来,却如十几年前看楚老太爷一样,只是搭了一搭脉,就拎起药箱一言不发地走了。

戴月说,我就不该把他一个人丢在家里……失魂落魄,竟然忘记了哭。

焕彩说,我就不该让他一个人出去……悲痛欲绝,只知道一个哭。

大烧三天之后,长生的烧竟退了!他忽然直直地坐了起来,把在床边伺候的戴月和焕彩吓了一大跳。戴月伸手摸了一把长生的额头说,呀,长生哥,你烧退了呀。

长生也不搭理,只是说,焕彩,焕彩娘,你们俩都在啊?高湛呢?

高湛被老爷叫进城打点铺子里的事情了,怎么?你找他啊?戴月一喜,竟然落泪了。

没事,我只是问问。铺子这几天该关张了,焕致这两天就该回来过年了吧。长生突然羞赧地笑了一下,说,臭小子,几天不见还怪想他的,嘿嘿。

爹想焕致,过两天您就能看见他了。焕彩见爹神清气爽,也止不住高兴。

焕彩,焕彩娘,长生忽然压低声音,有点神神秘秘地冲二人招招手说,来,你们俩过来,我跟你们俩说一个秘密,我就要到焕景那里去了。我刚才看见他了,穿着军装,别提有多帅有多精神了。根本不是二少爷说的那个样子,什么衣不蔽体破衣烂衫的。他说,爹,是您吗?我说,臭小子,几年不见,连你老子你都不认识了呀?焕景说,我怎么会不认识爹呢?只是有点不敢相信而已。我跟他开玩笑说,臭小子,好生看看,我可是你爹?如假包换,嘿嘿嘿。然后焕景说,爹,我好想您啊,我想家想娘想二叔,想家里所有人……我说,好儿子,爹也想你。这不,爹这回来陪你来了,再也不离开了……长生说完,眼睛里满是柔情,他深情地望着远方,脸上带着微笑,那是焕彩再熟悉不过的慈祥而又温暖的笑容。

戴月说,焕彩,快!快去喊你二叔。

焕彩答应着去了。不一会儿,楚老爷和楚太太两个人都慌里慌张地过来了。楚老爷一把拉住长生的手急急地说,长生哥,长生哥,你怎么了?

长生依旧笑着,他望了望楚老爷和楚太太,无比深情地说,伯轩,静雅,焕景喊我了,我要去陪他了。焕景,我的儿,他太孤单了呀!我要去陪他了……说着长生就像被一只无形的大刀猛丁一刀劈下一般,噗的一声直直地仰面倒下了。

1927年3月底,国民革命军北伐势如破竹,突然占领了上海、南京之后,以蒋介石为首的国民党新右派就于1927年4月12日,在上海发动了针对国民党左派和共产党的武装政变,大肆屠杀共产党员、国民党左派和革命群众。优秀共产党员汪寿华、陈延年、赵世炎等光荣牺牲;与上海大屠杀遥相呼应的,优秀共产党员萧楚女、熊雄、李启汉在广州被害,而革命先驱李大钊先生则在北京就义。此后不久,也就是1927年4月18日,蒋介石在南京成立了国民政府,与武汉汪精卫政权分庭抗礼。

国共两党正式分道扬镳。

同时受影响的就是黄埔五期学员。黄埔五期的入伍生升为学生队之后，分步兵、炮兵、工兵、政治、经理五科。焕景分在了炮兵科，而天远则分在了步兵科。四一二之后，1927年初，政治、炮兵、工兵三科共一千七百人，先后从广州和南昌迁到当时国民政府所在地武汉，于1927年5月和7月先后毕业，由恽代英主持毕业典礼。而留在黄埔岛的步兵、经理两科约一千四百人，却由广州开赴至南京，于那一年的8月15日毕业，何应钦主持了他们的毕业典礼。自那之后，焕景和天远这两个当初抱着同样救国理想的兄弟，从此分道扬镳，甚至连面都没有再见过。

焕景追随恽代英参加了八一南昌起义，起义失败之后又跟随起义军经历了两次长途行军。

在到达井冈山之前，起义军经历了八个多月的艰苦卓绝的战斗，焕景一直都是意志坚定的革命战士。不过此时的焕景已经不叫楚焕景，而叫向明了。在决意跟随恽代英参加八一南昌起义的时候，楚焕景就正式将自己更名为向明，表明自己决意奔向光明的决心。在艰苦的长途跋涉与对敌斗争中，焕景不仅锻炼了自己的革命意志，而且逐步提升了自己的军事素养与指挥才能。至蒋介石对江西苏区发动第四次"围剿"之时，焕景已经是红一方面军红5军团第11军一名骁勇善战、有勇有谋的师长了。

国民党军在对中央苏区的三次"围剿"均告失败之后，仍想一举消灭红军。从1932年冬开始，国民党赣粤闽边区"剿匪"总司令部就陆续调集了近40万兵力，组织对中央苏区的第四次"围剿"。1933年1月底，蒋介石亲赴南昌，亲自兼任赣粤闽边区"剿匪"军总司令，指挥这次"围剿"。他决定采取"分进合击"的方针，企图将红一方面军主力歼灭于黎川、建宁一带。

当时，中共临时中央与中共苏区中央局提出，在国民党军"围剿"部署尚未就绪，实行进攻，击溃国民党。红一方面军首先围攻南丰和南城，1932年2月9日，战斗打响，红3军团、红5军团都发动了对南丰外围阵地的进攻，可都未能突破防御。在国民党军优势兵力进逼的形势下，红一方面军总司令、总政治委员周恩来遂决定改强攻南丰为佯攻，主力则转移至南丰、里塔圩以西地区，准备打援。可又鉴于国民党军在南丰的兵力密集,打援无胜利把握,在南丰地区与之决战更为不利,于是决定撤围南丰,诱敌深入进苏区深处。并以 11 军伪装主力,由新丰和里塔圩之间东渡抚河,吸引敌军,以掩护方面军主力秘密转移至广昌以西隐蔽待机。红 11 军东渡抚河的战斗,由于面对的是国民党军主力,所以异常激烈。为了让部队能尽快渡河完成诱敌任务,向明亲临一线,指挥渡河。在战斗中,向明不幸被捕。

由于对江西苏区多次"围剿"均告失败,所以许多蒋介石嫡系干将,都有一个挥之不去的念头,就是一定要亲自见一见这些装备又差、几乎没有后勤的红军,凭什么本事令一个又一个国民党骁将如此焦头烂额。所以对于向明的被捕,国民党军真是一片欢呼雀跃,一个个都争着想看一看这个威名远扬的红军师长,究竟是怎样的一个三头六臂神通广大之人。天远也不例外。

轮到天远与向明师长见面的时候,已经不知道是第几拨了,他们名为感化争取,实为一睹风采——

你是红军的高级将领,一定知道红军的主力在什么地方。

不知道。

蒋委员长对你们实行宽大及感化教育,只要你们觉悟,一样得到重用。

我认为只有革命,坚决打倒帝国主义、封建主义及军阀,中国才有出路。

共产主义不适合中国国情,你们硬要在中国实行,这样必然会失败的。

没有压迫的社会,才是最好的社会。我愿为共产主义牺牲生命。

你家在哪里?家里还有什么人?告诉我们,我们可以保护你的眷属。

我没家,没有家人,不需要保护。

几乎每一轮都是这样千篇一律的问和答。每一轮也都没有得到什么有用的情报,更没有什么感化结果。

这显然是一间临时审讯室,没有任何可怖的审讯工具,应该是一个公务员办公的地方,简单的陈设,透着虚假的温和。因为要感化嘛,自然不能太过凌厉。向明自己都不知道这已经是第几次被带来了。每一次来,他的心头总会萦绕着同一个问题,这里是否也曾关押过其他共产党人?这四壁、这屋顶、这门窗是否都曾将他们的音容笑貌、一言一行记录在心?他们是否在那些冷冰冰的物体后面,看着他,对他说,不要怕,任何时候都不要怕,因为我们不孤单,共产党人是杀不完的!我们的前面倒下了千千万,可我们的身后有更多的后来者踏着我们的血迹前行。就让我们的血为我们的后人清道吧!向明的嘴角漾开一道无上自豪而又愉悦的微笑。今天这间屋子里却有了一点不同:对面那堵白色墙壁上,多了一幅中山先生的画像,还有"天下为公"的横幅,先生亲自手书。一丝不易觉察的微笑掠过这位红军师长的嘴角,他知道这又是他们劝降感化的另一招,因为他们一定是知晓了这个红军师长出身于黄埔五期。而黄埔军校是中山先生一手创办的,希望每一个黄埔学生看到中山先生画像时,内心都自省一番,是否与中山先生的要求相吻合。不过说真的,无论什么时候,何种境况之下,向明只要看到先生的挂像以及"天下为公"这四个字,都忍不住内心激动、澎湃。试想想,倘若不是为着国家的最终统一,中华民族的未来,他又为何要毅然辞去大总统之职?又是东征、又是北伐,征战一生……这样一个革命先驱,值得人人敬仰、称颂。可他的两个追随者呢?蒋介石也好,汪精卫也罢,哪一个做到了那四个字"天下为公"?天远过去的时候,向明正面对中山先生的画像,以及"天下为公"的横幅,愀然肃立。

　　那是一个春寒料峭的日子,凌厉的倒春寒已经滋扰多日,南昌还多雨,天气又潮湿又阴冷,令人苦不堪言。天阴着,透过阴霾的窗户,天远看见了一个昂首而立的年轻人,并不高大的身躯,短短的寸发一根根直立在头上。虽然背朝着窗外,却不知为什么竟于不知不觉间散发出一股无形的英气与浩然正气,而天远竟然没来由地,突然对这个并不高大的背影油然产生一种敬意,同时又朦朦胧胧地感觉这背影、这头发似乎很熟悉,仿佛在哪里见过。天远正在独自疑虑思量的时候,那位向师长恰巧回过头来——

　　焕景?

　　二哥!

　　真的"踏破铁鞋无觅处,得来全不费工夫"吗?

　　天远一时间恍如梦中,他一个箭步冲进屋内,不禁上上下下、仔仔细细,好好打量了一番这位让国民党军闻风丧胆的向师长,他的弟弟楚焕景。令他万万没有想到的是,一个堂堂的共产党师长、高级将领,上身只穿着三件补了许多补丁的单衣,下身穿两条破烂不堪的裤子,脚上穿着两只草鞋,还一只一个颜色,背着一个很旧的干粮袋,而那只破旧的干粮袋里也只装着一个破旧洋瓷碗。除此之外,别无他物,与一个普普通通的战士没什么两样,天哪,这是真的吗？天远这一惊真是非同小可,他简直不敢相信自己的眼睛,如果不是这个人活生生地站在自己面前,他绝不相信这会是真的。

泪水一瞬间溢出天远的眼睛,自从那个冬天,两个人瞒着家里偷跑去广州报考黄埔军校,已经八年了。那时候两个热血青年怀抱着相同的救国志向,奔向远方。可如今两个人却如此不同:一身戎装、英姿飒爽的楚天远与料峭春寒中,衣衫褴褛、脚穿两只颜色各异的草鞋,干粮袋内只有一只破洋瓷碗的红军师长楚焕景,真是天壤之别。

焕景,真的是你吗？

当然是我啊,不然,还有谁也叫你二哥？焕景粲然一笑(他怎么还能笑得这样轻松灿烂？天远想)。

焕景,这些年我到处找你,上天入地地找你,可哪里都找不到你。原来你改换了名姓。长生伯为了找你,去年还冒死去了江西,差一点丢掉老命……

这些我都知道,二哥。我爹,他老人家还好吧？二叔呢？二叔也还好吧？家里人都好吗？

你还惦记你家里人啊？你不是说你没有家人,不需要什么保护的吗？

哈哈哈,二哥(他怎么还可以笑得如此畅快？难道他不晓得自己身陷囹圄吗？),我不说自己没有家人,难道我还能跟这些强盗说我的家人在哪里哪里吗？二哥,你说,倘若他们知道了我的家人,那些屠夫会怎么对待他们？你说啊二哥？

焕景,你怎么这样说话？谁是屠夫啊？

还能有谁？当然是你们的蒋总司令以及他的那些忠实走狗啊！二哥,他们若是知道你我之间的关系,他们会怎样对你？

那还能怎样？不过各为其主罢了。三国时候,诸葛三兄弟,诸葛亮、诸葛瑾、诸葛诞,各司一国,不就各为其主,互用计谋,刀兵相向吗？尤其那诸葛瑾与诸葛亮是亲兄弟。刘备并未因为诸葛瑾在吴,而不信任诸葛亮；而孙权也不曾由于诸葛亮在蜀而对诸葛瑾有过怀疑,不仅称其为"神交",而且还因为他与诸葛亮的关系,就荆州一事派诸葛瑾多次出使蜀国。古人尚且能做到如此不计嫌疑,我等今人反倒做不到吗？

我看未必,二哥！那个屠夫向来心胸狭窄,天下谁人不知？如何可以与古人相比？焕景语气里明显的嘲讽之意令天远非常不舒服,正欲理论,谁知焕景话锋一转,说,好了,不说那个屠夫了,说你我。二哥,你今天也是来游说我的吧？

是又如何？难道我不该来劝导你弃暗投明吗？倘若我早知道你沦落到如此潦倒的田地,早该来劝导你了,只可惜这些年我遍寻你不着。

哈哈哈,焕景忽然爆发出一阵仰天长笑,二哥,你说话好叫人发笑啊！弃暗投明？沦落潦倒？请问二哥,什么是暗,什么是明？什么叫沦落？如何就是潦倒？可还未等天远开口作答,焕景却又自行说上了,二哥,想当初你我二人瞒着家里,偷跑到广东报考黄埔军校,我们那时候心里想的是什么？是有一天衣锦还乡光耀门庭吗？好像不是吧,二哥？我们心里想的只是如何为这个积贫积弱的国家用尽一己之力而已！二哥,那时候我们在黄埔,是何等荣威啊,焕景面带笑容,闪耀着春天般明丽的光泽,沉浸于对美好往事的追忆之中。二哥,还记得《国民革命军北伐宣言》吗？焕景边说边大声背诵起来:"本党从来主张用和平方法,建设统一之政府,盖一则中华民国之政府,应由中华人民自起而建设;一则以凋敝之民生,不堪再经内乱之祸……"焕景刚刚背到此,天远的声音就迫不及待地加入进来了。于是在那个临时审讯室里响起了两个慷慨激昂的男人声音,大声背诵着《国民革命军北伐宣言》。

"故总理北上之时,即谆谆以开国民会议,解决时局,号召全国。孰知段贼于国民会议,阳诺而阴拒;而帝国主义者复煽动军阀,益肆凶焰。……本党至此,忍无可忍,乃不能不出师之一途矣。"

二人诵完,突然间都沉默了下来。或许那一瞬间,在他们的脑子里闪现的都是当年跟随叶将军的国民革命军第四军叶挺独立团北伐时,经历的那一场场惊心动魄却又畅快淋漓的战役吧！安仁之战,打开北进之通道;泗汾之战,不战而下醴陵;奔袭粤汉铁路,直指武汉;汀四桥之战,咸宁攻克;贺胜桥之战,进追武胜关；之后会攻武汉，叶挺独立团终于赢得"铁军"称号……一路走来，腥风血雨，却也一路凯歌高奏，何等尽兴又是何等荣耀，不能不叫人热血偾张！

那时候，天远与焕景，虽然一个在炮兵科一个在步兵科，北伐的时候，却编在了同一个连队。兄弟二人，同进退，共荣辱；兄弟同心，无所畏惧；冲锋陷阵，生死相依。可如今……

焕景，你生就一双善于奔跑的脚，一个灵活的大脑，还有不怕死敢打敢冲的冲劲，你生来就该属于战场。战场上的你是多么令人骄傲啊，哪一次你不是冲在最前面？就连叶挺将军都夸你呢。

可不是，南昌起义的时候，叶将军还一口喊出了我的名字，楚焕景。不过，我告诉他，从今往后，我不叫楚焕景了，我叫向明！他笑着说，为什么要叫这样一个名字啊？我说，从此我要坚定不移地跟着共产党奔向光明。他赞许地点头说，这个名字叫得好！我们就是要用我们手里的武器，彻底打破中国的黑暗，迎接光明的未来。

焕景，你生就一个带兵打仗的料，可却走错了路。焕景，现在改邪归正还来得及……你看你现在这副样子，不消说你爹娘看到你难过，就是我爹我娘看到你这样一副潦倒不堪的模样也要心疼不已，他们肯定都会要你离开那支残败的部队的。焕景，醒醒吧，不要再为共产党卖命了，你那么出生入死，到头来怎么样呢？还不是比大街上的乞丐还要不如？不瞒你说，我今天来，就是因为校长知道你我同属于黄埔五期，特意叫我过来劝你回心转意的。校长说你不过是受了共产党的蛊惑而已，只要你愿意回头，一切既往不咎。焕景，你这么有能力，校长一样会重用你的，你放心。

二哥，焕景脸上的幸福与向往一点点退去，变得异常严肃。说真的，在黄埔上学的时候，我对什么国民党、共产党，根本不感兴趣；什么三民主义也好，共产主义也罢，我也不甚了了。我以为无论什么党派，也不论什么主义，只要是为着天下苍生，为着中华民族的大计，为了这个受尽屈辱的国家早日找回属于自己的尊严，哪个执政都一样，信仰什么也无所谓。可是四一二那场血腥的屠杀，使我真正看清了某些人的真面目，使我清醒，更使我成熟。我知道哪些人是真革命，哪些人是打着革命的幌子，实在为自己谋求私利。

焕景,你真是被共产党给蛊惑了。校长那么做,还不是你们共产党太不自量力,妄自尊大,处处掣肘北伐,制造事端,制造分裂。

楚天远！焕景突然一声喊,声音不大,却透着无法言说的威严与凌厉,是天远不熟悉的,甚至非常非常陌生的。眼前的这个焕景已经不是曾经那个跟在自己屁股后头二哥长二哥短,唯自己马首是瞻的楚焕景了。他实实在在就是一个冥顽不灵的红军师长。他的名字叫向明。

二哥,或许焕景也意识到自己的语气过于严肃了一点,于是放缓了声调,二哥,到底是我受到了共产党的蛊惑,还是你故意视而不见、充耳不闻？北伐与四一二都是我们亲身经历,亲眼见证的,哪里就是蛊惑呢？你说共产党处处掣肘北伐,这是事实吗？叶挺将军的第四军独立团的"铁军"称号可是在北伐过程中获得的。你我都是叶挺独立团的人,难道叶挺将军的那些英勇战绩都是假的吗？叶将军是你们国民党人吧？倘若他也以为共产党人是搞分裂,假革命,他为什么会成为南昌起义的领导人？再说,共产党人,为北伐,为革命,哪一个不是出生入死？我们的政治部主任周恩来先生,为了配合北伐,在上海接连领导了三次工人大罢工,为北伐部队迅速突进上海、南京扫清障碍,哪里就给北伐掣肘了？哪里就是假革命了？请问这是分裂,是掣肘吗？倒是你们的蒋总司令刚一在上海、南京站稳脚跟,就开始清除异己,大肆屠杀共产党人,接着又另立政府,公然与武汉国民政府分庭抗礼。二哥,你知道这是什么行为吗？清除异己,屠杀共产党人,那是蒋介石为了一党之私;而与汪精卫争权夺利,则是为了他个人的一己之私！如此自私自利,不顾民族大义之人,如何对得起中山先生？又如何可以天天面对中山先生的"天下为公"四个字,泰然自若,不汗颜,不惭愧呢？请问二哥,这样的人值得你追随吗？追随这样的人,是你当初报考黄埔的初衷吗？

天远没有回答,而是把目光望向了窗外,窗外依旧一片阴霾。

焕景见天远避而不答自己的问题,顿了顿接着说——

好,二哥,我们就来摆一摆这个搞分裂的事情。共产党自1921年创党,至大屠杀的1927年,短短六年时间,能有多大能量？不过一个蹒跚学步的孩童而已;而你们国民党呢？自1894年11月24日,兴中会创办之日起,到1905年的中国同盟会,再到1914年的中华革命党,直至1919年10月10日的中国国民党,逐步改组,逐步壮大。1911年10月10日更是发动了武昌起义,推翻了腐朽的清王朝,建立了中华民国。使得中国政治制度,由维持两千多年的封建帝制,走向了民主共和,这是一项多么了不起的事业啊!相对于尚在幼年,蹒跚学步的共产党而言,国民党实在是又高大又强壮。请问二哥,一个无知稚嫩的幼童,如何敢挑战一个年富力强的青壮年?他拿什么与对方抗衡?不是自己找死,也是自找苦吃啊!共产党人的所作所为,都不过是为了争取能与国民党一起前行,然后共同努力,将盘踞在中华大地之上为非作歹、为所欲为的帝国主义列强都赶出去,找回中华民族丢失了半个多世纪的尊严与骄傲,让每一个中国人都能挺起胸膛做人!

二哥?中国有句古话叫,兄弟同心,其利断金。如果国共两党果真如中山先生希望的那样真诚携手,那么,何攻不能克?何坚不能摧?北伐节节胜利,不就是一个最明显不过的例子吗?如此,中华民族复兴的希望还会远吗?可是有人偏偏要置民族大义于不顾,不再把天下看作是大家的天下,而要变成他一个人的天下,甚而还妄想再回到那个旧时代吧?这样的人才是真正居心叵测,假革命,搞破坏,真分裂。他就是《国民革命军北伐宣言》里提到的那个段贼,不折不扣地阳诺而阴拒。表面上信仰中山先生的三民主义,奉行"联俄、联共、扶助农工"的三大政策,可中山先生刚一辞世,尸骨未寒,他就举起了屠刀大肆屠杀!他不是一个屠夫又是什么?如果再来一次北伐或是东征,他蒋介石就是被讨伐对象!不过,话又说回来,共产党人也要感谢他的血腥与残暴,如果不是他的野蛮行径,共产党人说不定到现在为止,还跟在他们后面亦步亦趋,无法独立于世。无数仁人志士的鲜血使得共产党人清醒地意识到,要想独立、成长、壮大,只有靠自己!只有我们有了自己的武装力量才可以保护自己,所以共产党人在南昌打响了独立领导武装起义的第一枪。正如叶挺将军所说这也是打破黑暗的第一枪。也是因为他的血腥残暴,才使得许多如我一样对政党、对主义不甚了了的热血青年,彻底认清了谁是真革命,谁是假革命,而坚定不移地加入共产党的队伍之中,成为一名坚强不屈的共产主义战士。蒋介石一再叫嚣要一举"剿灭"共产党,他做梦!告诉他,共产党人是剿不灭的!因为每一个共产党人都是一粒火种,无论到哪里,哪里就会星火燎原,熊熊燃烧!

二哥,该醒醒的人,是你啊!如果你到现在还没有认清你们那个蒋总司令的真面目,要么你是贪恋这一身戎装和这戎装代表着的虚荣与华贵,要么你已经彻底违背了自己的良知与梦想,或者干干脆脆就是一个懦夫,不敢直面现实,更不敢直面生死!《全民革命军北伐宣言》中早就提出"以凋敝之民生,不堪再经内乱之祸",可你们的蒋总司令呢?却不管不顾地一次又一次发起内乱。如今国难当头,日本人已经公然占领了东三省,作为中华民国领袖,山河破碎,人民流离失所,沦落为亡国之奴,他难道不感到羞耻?或许你们又要将责任推给张学良和他的东北军,可难道那只是东北人自己的事吗?东三省难道不是我中华民国的版图吗?而事实则是,少帅张学良正是奉了蒋委员长的密令,叫他绝不可以与日本人冲突,才造成了今天东三省沦亡的局面!这样的领袖,二哥,你怎么还能如此心甘情愿、心悦诚服地追随?难道你不感到羞愧吗?放着日本人在自己家里胡作非为不管不顾,却一门心思对付自己的同胞兄弟,这就是你们领袖的所作所为!你们一定心里疑惑为什么我们这样一支没有装备,没有补给,没有粮食吃,冬天连棉衣都没的穿,打仗的时候,由于手都冻裂了,根本连枪栓都拉不开;因为饥饿,想扔手榴弹,也扔不了多远的一支队伍,可为什么还要一个个那么顽强地不屈服,不妥协,更不投降?就是因为他们有坚定的信念,那就是共产主义信念!相信只有劳苦大众的解放,才是真正革命的目的!真的,二哥,倘若蒋校长今天站在我面前,我一定会给他鞠躬,感谢他为我指明了正确的革命方向,成为一名坚定的共产主义战士!为全中国的劳苦大众而战,为建立一个没有压迫、没有剥削的新国家而战,我死而无憾,虽死犹荣!

时隔多日,直至焕景牺牲后很久,焕景这些振聋发聩的话语依旧在天远耳边回响,久久不去。

面对这样一个油盐不进,冥顽不灵的共产党人,其结果自然只有一个字,那就是:杀!

天远亲自执行了对焕景的处决,他希望也许死亡能够唤醒焕景,在最后一刻放弃坚持,弃旧从新。从此他们兄弟又可以一如往日,情缘再续,携手前行。把一个囫囵完整的焕景带到爹和长生伯面前,天远觉得是自己的责任。可天远想错了,焕景在面对死亡的时候是那么从容,那么轻松,仿佛他步入的不是可怕的刑场,而是热闹的街市,美丽的公园。他让天远真真切切地看到感受到,一个共产主义战士面对死亡时候的那份优雅,那份从容。

焕景说,二哥,谢谢你亲自为我执刑,这样我就会死得更轻松些。不过我还得麻烦二哥一件事。

什么事?

帮我带一封信回去给我爹娘。

我不带!你心里还有你爹娘吗?你们共产党人不都是六亲不认的铁石心肠吗?你若是还惦记你的爹娘,你就自己回去面见他们,不要叫我为你搞什么鸿雁传书!

二哥,你错了,我们共产党人根本不是什么铁石心肠,我们之所以硬下心肠不顾自己的爹娘,是为了普天之下千千万万的子女能够不离开他们的爹娘,可以和他们的爹娘安安稳稳地享受天伦之乐。二哥,我知道你的用意,你是想用爹娘来劝我放弃坚守。我想我爹还有二叔,他们都一定是理解我的!不然,二叔就不可能叫我爹冒着生命危险去苏区送情报。再说了,二哥,你有没有想到过,我是有爹娘的人,被你们无情屠杀的每一个共产党人,哪一个不是有爹娘的人呢?我与他们何异?二哥,不要再枉费心机了,行刑吧!如果我的死能唤回你的清醒与良知,那我就死得太值了!二哥,你真的该醒醒,不要再跟着那个屠夫杀人了!如果你依旧执迷不悟,即使你不被天下人耻笑、唾骂,二叔也不会原谅你的!不要告诉家里人我的事,麻烦转告说我一切都好!

楚焕景,你不要再在那里妖言惑众了,你去死好了!天远忽然有些气急败坏地咆哮起来。

早春的江南依旧被寒冷裹挟着,破衣烂衫,赤脚草鞋的焕景就在那个异常寒冷的阴霾的清晨走向了刑场,面带微笑,从容自如。那是南昌城外的一片荒地,细看之下,大地之上已经有毛茸茸的一片绿色,在寒风之中探头探脑了。"一切冬天的句号都是春暖花开",说得多好啊!春天的脚步已经踏上了这片荒芜之地,要不了多久,就可以看见它轻快欢乐的步伐在大地上阔步前行,所到之处,处处欣欣向荣鸟语花香。那一天已经不遥远了。

焕景毫无惧色地面对着行刑者,来吧,开枪吧!我要看着哥哥的子弹是如何射进弟弟的身体的!焕景的声音在空旷寂寥的原野传得很远很远。可天远却背转过身去,他不敢看那射入兄弟身体的子弹。他不忍心。

天远亲自护送焕景的尸骨回橡树湾,这是他这个哥哥唯一能为弟弟做的事。他叫人清洗了焕景的尸体,还特意找了一套崭新的红军军服给他换上,他知道那是焕景愿意的,然后雇了一只船,只带了两名随行人员,没有穿军服,只一身便装。他想焕景或许一点也不想看到自己身上的那套国民党制服吧!他不想让焕景最后心里还膈应。载着焕景尸骨的小船经赣江入鄱阳湖,再经湖口入长江,然后顺流而下直向橡树湾。焕景,我们回家!二哥带你最后再看一眼这大好河山……

绕过学校后面那座山,在山的那一边,一片茂密的橡树林中,一座孤零零的坟茔面朝东方,正对着喷薄而出的一轮红日,而远方便是那浩浩荡荡的一江水,长年不息,四季奔流。那座孤零零的坟茔就是焕景的墓,孤独而又骄傲。

楚老爷站在焕景的墓碑之前,和长生哥一起来葬焕景的情景恍在昨日,历历在目。

那天送葬的人只有长生、伯轩、静雅三个白发人。天远要去,楚老爷不让,说他不配!叫人意想不到、诧异不已的是,漫山遍野的橡树却几乎在那一天同时开花,一簇簇或绿或白的花穗在枝叶间披垂,宛如一朵朵硕大的白花簪在树梢,为英雄默哀,向英雄致敬,更是迎接英雄回家!

楚老爷清楚地记得,长生哥坐在儿子的墓前,摩挲着焕景写的那封家书,老泪纵横,泣不成声。八年啦!伯轩,静雅,八年,杳无音信八年,却只有这一封信。却是见了信再也见不到人……焕景他一个人孤零零地在这里,太孤单了,以后我是一定要来陪他的!伯轩,静雅,你们记好了,等那一天到了的时候,你们可一定要送我来这里,我要好好陪陪我的儿子。

不想竟这么快,才不过两年多时间,长生哥就真的来了!楚老爷悲不可抑,悲痛地喊了一句,焕景,好孩子,你爹过来陪你来了……一语未歇,一口鲜血又从他口中急速喷出,噗的一声全都喷溅到了焕景的墓碑之上。一滴滴的鲜血宛如一颗颗鲜红的泪珠,顺着"爱子楚焕景之墓"几个隶书大字缓缓滑落,仿佛一只爱抚的手细细抚摸。

就在大家错愕之时,忽然就听见一声长号,声音之凄厉,令人毛骨悚然。惊得众人都回头看,原来是戴月,正连滚带爬地扑向焕景的墓碑。等楚太太也气喘吁吁地跑过来的时候,戴月已经抱着焕景冰冷的墓碑号啕大哭了。焕景,我的儿啊!你原来在这里,你原来一直就在娘身边,可娘却不知道,娘还天天盼着你回家。日也盼,夜也盼,盼着你有一天回来。你回来了,却偷偷地躲在这里睡大觉,你这个不孝的儿子啊!娘一颗心想你都想碎了,你却一个人偷偷地躲到这里不见娘。焕景啊焕景,你这个不孝的儿子啊!啊啊啊……戴月直哭得地动山摇,在场之人无不落泪。

楚老爷先是用责怪的眼神盯了楚太太一眼,继而对焕致说,还不赶紧把你娘拉走?

焕致赶紧过去想把他娘拉开,可戴月死死地抱着墓碑,任焕致怎样使劲,就是拉不走她。高湛只好过去帮忙,两个人一边一个,才好不容易将戴月拉到一旁,叫楚太太和焕彩一起守着。

楚老爷说,安葬吧!于是大家伙这才一起忙着给长生下葬。

葬毕长生,大家都偷偷地嘘了一口气,心里都有一种如释重负的感觉。感觉好像一块天眼看着就要掉下来,终于靠着大家伙齐心协力给撑住了,于是就收拾收拾东西准备下山。可就在大家都专心致志往山下走的时候,突然戴月大叫了一声,焕景,我的儿!你爹来陪你,让娘也来陪你吧!娘有好多话想和你说……话音未落,只见戴月扭身飞奔几步,砰的一声,一头撞在了焕景的墓碑上。喷溅的鲜血染红了"慈父泣立"四个字,戴月也遽然倒在了墓碑旁边。

一切都太突然了!

本来焕景的事情家里人除了长生、楚老爷、楚太太知道之外,谁都没有告诉。可天朗因为在南京读书,与天远在一处的时候比较多,天远无意中透露给了天朗,之后天朗又愤愤地说给了高湛,知道的人才多起来。现在长生突然去了,临死的时候一再说要去陪儿子焕景,而他两年前在焕景的墓前也是这样说的,想必这是他的大心愿,不可能不帮他实现,所以焕彩与焕致是再瞒不住了。至于戴月,楚老爷的意思是暂时还是不要说,等以后焕彩孩子出世了,戴月的心里开展一些的时候,再慢慢告诉不迟。于是长生下葬那天,楚老爷吩咐戴月就不要上山了,叫静雅在家里陪着,好生歇歇。

家里人都去送葬了,屋子里一下子空下来,人的心也顿时跟着空了。楚太太要陪戴月,被戴月阻止了,平静地说,太太,你放心,我不会想不开的!你说得对,家里男人不在了,女人就得站起来,撑起这个家,我都知道。太太,放心,我撑得住的,你也累了,回房歇歇吧!楚太太见戴月说得坚定,也不好再说什么,两个人便立在天井里分了手,各自回房。

戴月回来之后,看着空空荡荡的房间,止不住万分悲凉,便想把长生的遗物整理整理。长生惯常放衣物的箱子,是一只年深月久的老物件,又深又宽,放得还高,找起东西来,特别吃力,戴月只好把箱子挪到地上。箱子里不过都是一些平常不穿、又舍不得扔掉的旧衣服,戴月把那些散发着岁月气息的旧衣服抱在怀里,少不得又是一阵伤心,那些尘封多年的往事也被泪水冲刷得一一显露。

戴月家里兄弟姐妹多,她又是家里的长女,所以小小年纪就帮爹娘扛起了生活的重担。她四岁的时候,大弟弟出世,以后接二连三,四个弟妹相继问世。她不仅带大了所有的弟弟妹妹,还要操持家里的全部家务活,烧饭,洗衣服,下湖挑水,上山打柴。还只有水桶高的她就开始用两只小水桶挑水了,等到稍微长高一点就开始用大桶了。戴月清楚地记得,那年冬天,刚刚十岁的她第一次用大桶挑水。冬天水位浅,她好不容易才将水桶打满,等她吃力地将水桶往上拎的时候,由于年纪小,力气弱,脚下又滑,结果,连人带桶一起掉进了冰冷刺骨的湖水里。

那时候,楚家大屋还没有这么铺排,家里也还没有请挑水工,自然而然,这挑水的重任只能落在长生身上。此时的长生,虽然才只有十七岁,可已经长得长手长脚,是一个壮小伙了。两个挑水的人自是经常在湖边碰见,一个挑着大木桶,一个担着小水桶。而那个冬天的早晨,就在戴月连人带桶一起栽进湖里的时候,恰巧长生也到了湖边,他想都没想,丢下水桶,纵身跳入湖水里……

自那之后,长生每天早早地候在戴月经过的路上,帮戴月挑水。挑满戴月家的,再挑自己家的。这一挑就挑了六年。

戴月长到十六岁,就已经有媒人前来说媒。爹娘问戴月的意见,戴月说家里弟妹多,还是等弟弟妹妹都长大些能顶事了再说。爹娘自然高兴,说戴月真懂事!

一天早上,戴月去湖边挑水的时候,对长生说,长生哥,从今往后,不用你再帮我挑水了……

为什么?长生不解。

因为我已经长大,是个大人了!说着,担起水桶就走,弄得长生好一通尴尬。戴月走了几步,却又背对着长生站住了。长生还以为她吃力,正打算过去帮她,戴月却说话了,仍旧背对着他,长生哥,你娶了我吧!

长生一愣说,啊?

长生哥,难道你不愿意娶我?

……

长生哥,你不喜欢我?

不是……

长生哥既然喜欢我,为什么不愿意娶我?

不是我不愿意娶!我什么都没有,拿什么娶你?

我什么都不要!我只要长生哥就行了。戴月的眼睛里汪着泪。

可是少爷还那么小……

少爷小不小,关长生哥什么事?

我是一定要等到少爷先娶了亲的!我是立了誓的。

那我等你!只要长生哥一天不娶,我就一天不嫁!

不想这一等又是六年。戴月最小的妹妹都已经可以去湖边洗衣服了,橡树湾所有跟戴月差不多年纪的小姑娘都远远近近地嫁了,只有戴月还依旧在家里不分黑夜地帮着爹娘操持家务。就连楚老太太都替戴月抱屈,说戴月姑娘太苦了!还说戴月爹娘太不近人情,硬生生把自己一个亲闺女熬成了老姑娘!只有长生心里知道戴月迟迟不嫁的原因。他表面上看上去永远都一副平平静静的样子,其实没有人知道他内心的煎熬。他也曾对戴月说过,叫她选个好人家,嫁了。何必非要把自己等成老姑娘，叫爹娘操心。可戴月说，她也是起了誓的，长生哥一天不娶，她就一天不嫁！少爷总有一天要娶亲的，那长生哥就总有一天会和戴月成亲，着什么急呢？

终于戴月二十二岁那一年，顶替远行的长生哥，跨进了楚家大屋。二十多年里，一如她的名字，披星戴月为这个家操劳，从无怨言。少爷、长生刚走那一年，长生未能如约回家完婚，她爹娘也曾有些不满，要戴月回家。可是戴月却不予理会，说，长生哥今年不回来，明年难道也不回来？难不成一辈子不回来？即使他一辈子不回来，我也一辈子为他守寡！有长生哥，世界就圆满。如今长生哥走了，戴月的世界从此再没有了圆满。她想到此忍不住又是一阵伤心，眼泪吧嗒吧嗒直往下掉。

戴月没想到那些衣服下面竟然有一只包袱，扎得整整齐齐，蜡染的蓝底白花的包袱皮新崭崭的。这显然是长生哥放的，而且还放得这样用心。这是个什么包袱？里面都藏了些什么宝贝？怎么从来都没见过？更没有听他提起过呢？戴月好奇地将那只包袱拎起来，哟，还怪沉的，似乎放了不少老东西。戴月心里越发奇怪，把包袱拎到床上。打开一看，原来是书。竟是书！整整齐齐地两本两本并排码着，总共六层，十二本。怪不得这么重，戴月翻看了看，见每一本扉页的右下角都工工整整地写着"楚焕景"三个字，原来是焕景读过的书。戴月心里止不住地一阵酸痛。儿子焕景离开家都快十年了，杳无音信，生死不知。她不禁把儿子的书捧在手里，小心地摩挲着，对儿子说，焕景，你爹没了，你知道不知道啊？你到底去了哪里嘛！独自伤心了一会儿之后，戴月把书放到一边，不想又露出了一摞衣服，却不是长生的。戴月认出来，是焕景的衣服，大些时候的，小时候的，甚至有一件还是焕景月子里穿过的，都叫长生小心翼翼地收着，整整齐齐地叠好，放在这里，戴月的眼泪又止不住落下来。长生看上去是一个多么寡言的人啊，心思却这样细密，比他这个做娘的还要心细。她用双手捧起一件焕景小时候穿的小棉袄，仿佛真像捧着刚出生的焕景似的。那么小，焕景小时候那么小的吗？一件棉袄也仅够放进自己的一只手而已。她忍不住抓起棉袄的两只小袖子，将棉袄举起来，就好像把焕景抱着举起来一样。莫非长生哥平常也是这样一个人偷偷地想儿子的吗？戴月正这样揣想着，伤心着，忽然，啪！从棉袄里掉下来一样东西，直直地砸到地上。戴月一惊，低头一看，却是一封信。她把信拾起来，信封上写着：父亲大人启。戴月的心一惊，是谁？难道是焕景？可既然是焕景的信，长生哥为什么不给自己看，而要这样紧密地收着？难道他不知道自己想儿子想得心都碎了？戴月的心里忽然莫名其妙地紧张起来，一颗心也咚咚跳得山响，她急不可待地打开信封——

父亲大人：

儿每拟作书，未握管时，不觉心酸手软，许多伤心话都从心头涌出。似此，不但不能解除你老人家的苦恼，反要逼出你老人家几点老泪，因此未果。

兹因鸿便，特上数言，千祈你老人家摆脱烦恼，安享天年。切不要以不肖儿常萦于怀，致伤尊体。

儿虽漂流异地，寄食他乡，然此中乐趣甚多，人生的真意义未尝不在是。因此，儿子家庭的事，似不关心，而于"生命"二字尤看得透而又透。只要有益于社会，什么都可以牺牲的。这是儿的志诀！亦父亲大人所深望处！儿在此时不克与至戚亲友通信，祈你老人家说儿都好吧。

问母亲大人安！亦问二叔、二婶二位大人安！

此上钧安　儿拜上言

三月二十

这到底怎么一回事？这样一封普普通通的家书，长生哥为什么要藏着不给我看？焕景既然说得这样好，他为什么要说焕景一个人太孤单了，他要去陪他？他怎知道儿子太孤单了？焕景为什么会孤单？他怎么了？一时间戴月一颗母亲的心慌乱不已，她拿着信疯了似的跑了出去。她要找静雅问个明白，她一定知道什么。不，她一定什么都知道！

戴月头上的撞伤并不是太严重，敷了些白药，吃了几服曾老先生开的药，静养几天，也就不碍事了。倒是楚老爷的咯血从此果真落下了病根。

两个月之后,焕彩顺利产下一名男婴,母子平安。一个新生命的诞生,总算为这个风波迭起的家带来一丝喜悦和欢乐。高湛为儿子取名楚兴。高楚兴,嗯,好名字!楚老爷赞道。看着这个粉嘟嘟的新生命,楚老爷的心里充满了遗憾,若是长生哥还活着该有多高兴啊!

　　戴月呢?仿佛那一撞,将心里的所有烦恼都撞没了似的,变得安静而又平和,虽没有了往日的风风火火,但凡事依旧指挥若定,有条不紊。焕彩儿子就是她亲自为女儿接生的,一毫差错没出,小东西就顺顺利利降世了,然后又亲自为焕彩伺候月子,事无巨细,全都一个人包圆,谁都不许插手。然而自打焕彩满月之后,戴月就变了,不再像之前那样,整天发条上得足足的,铆足了劲忙碌,而似乎像一只泄气的皮球一般,整个人都懈怠了下来;又似乎显现出大功告成之后的功德圆满,再无须劳力劳神了。

　　楚夫人总觉得哪里不对劲,问她,她也只是微笑着摇头,什么也不说。楚夫人心中甚是惴惴,禁不住一个人偷偷念佛,阿弥陀佛!菩萨保佑,楚家大屋再不能出事了!

　　然而越是怕什么,还偏偏来什么。

　　焕景忌日那一天,天阴沉得跟要掉下来似的,压得人气都喘不过来的样子。焕彩一大清早就起来了,高湛在城里忙铺子,也不敢惊动母亲戴月。只悄悄把楚兴交给方嫂看着,自己偷偷准备了鞭炮纸钱什么的,去给焕景上坟。

　　可她刚一到墓地,霍然看到在长生和焕景的墓碑之间,坐着一个人,竟然是她娘戴月!只见她靠在长生的墓碑上,面对着焕景的墓碑。焕景的墓碑前,一只香炉,插着三根已然燃尽的香;香炉外面摆了三只碗,分别盛着鱼、肉和鸡;再外面,摆着一碗饭,一只盛满酒的酒杯,一双竹筷;不远处,一堆烧尽的纸灰,已然被露水打湿,变得墨一般黑。

　　娘,您怎么这么早就过来了呀?也不叫上我一起。不知为什么,焕彩的心里突然间慌得跟什么似的,她强撑着一脸笑意,走到她妈跟前,说,娘啊,地上这么湿,又这么凉,您怎么就在地上坐着呢?着凉生病了怎么办?来,快起来!可是她娘戴月只是坐着一动不动,闭着眼睛,睡着了一般,脸上挂着淡淡的却极为甜蜜的笑容。娘,您这是怎么了?是睡着了吗?娘,您怎么能在这么湿冷的地方睡觉呢？快点起来，我们回家，好不好？焕彩的声音里都带了哭音了。见她娘始终不应声，她就伸手去拉。可她娘突然间变得那么沉，根本拉不动。她想把她娘摇醒，可刚一推，戴月就像一只没靠稳的面袋一般，顺着墓碑倒了下去。娘！焕彩吓得惊叫起来，声音里都是惊惧。

闻讯赶来的楚老爷，看到倒在地上的戴月，顿时心中一阵冰凉，同时喉咙里却热热地涌上一股他再熟悉不过的血腥味……

而楚太太看见倒地的戴月与咯血的楚老爷，心中更是爬满了绝望，楚家大屋崩塌的日子已经不远了！这么多年来，长生和戴月，就像大屋的外墙和内墙，如今，这外墙和内墙都坍塌了，大屋还能支撑多久？而伯轩这根大屋的顶梁之柱呢？他又能支撑多久？

祸兮？ 福兮？

祸兮，福之伏。再阴霾的天空也有晴朗的时候。

天舒回来了。

焕景被杀。天心被劫。长生、戴月相继离去。楚老爷终于一病不起。灾难接二连三地降临，就像事先商量好了的一样，你追我赶、毫不示弱、一茬接一茬地来了。楚家大屋始终被一片乌云笼罩着，久久不去。每一个生活在大屋里的人，甚而整个橡树湾，都沉闷和窒息，人人胸中都好似堵了一个巨大的石块，被压得吐不过气来。

这个时候天舒回来了。

在橡树花漫山漫坡开得荡气回肠的五月，一个多彩的黄昏，夕阳把西天涂抹得绚烂无比，橡树湾人家的炊烟在屋顶上空袅起一道一道蓝色烟雾的时候，在一片呼唤伢子回家吃饭的叫喊声中，一叶扁舟从那碧波之上，一漾一漾地从容而来。艄公在船尾划着双桨，船头之上立着一个人，身上的长衫被湖面的风吹得衣角飞扬。

近了，更近了，终于看清了：凌然立于船头的那个人竟是天舒！是天舒大少爷！

天舒大少爷回来了！橡树湾顿时沸腾起来，一时间人们奔走相告，消息迅速长了翅膀飞进了楚家大屋，仿佛一缕新鲜欲滴的阳光，一支箭一般射入被雾霾笼罩的高墙大院之内。在橡树湾，就连三岁的娃娃都知道，楚家大屋太需要一点喜气来驱赶厄运了。龙头舞不起来，橡树湾这条大龙还怎么腾飞？

果然是楚家大少爷天舒回来了！仍然不是一个人，而是又带回来一个女的。天哪！该不会又是一个日本女人吧？橡树湾人无不把好奇的目光投向那个女子。瞧她穿的那样，一身宽衣大袖的装束，没脚面的裙子，该是前清时候的衣服吧！如今这年月，不说县城，即使在乡间，也很少见有哪个年轻妇人还穿这样守旧的衣服。这种装扮应该十有八九是中国女人，而且还是一个守旧的传统的中国女人吧？

全橡树湾人对大少爷天舒带回来的这个女人品头论足，对楚老爷会如何处置猜来猜去，三天之后，一挂冲天响的鞭炮在楚家大屋门前炸响了，而且响了足足有十几分钟。一地残红仿佛屋后凋零的枫树叶，细细碎碎地诉说着喜悦，也将人们的各种小疑虑炸得细细碎碎。那一个五月的阳光如鸽哨一般，在橡树湾每一个角落啸响的清晨，橡树湾人的眼里出现了一座全新的楚家大屋：大红灯笼挂满了楚家大屋各个门头；大红喜字贴满了每一扇屋门；结着大花的大红绸带挂满了整个大屋；客厅、天井、卧房、楼梯、走道，哪里都是一片红。走进大屋，你仿佛走进了一个红色海洋，连洒进天井的阳光都是红通通的。喜气在大屋每一个角落飘荡。

楚老爷、楚太太要隆重地迎娶他们这第一个儿媳。

三天前，天舒带着那个浑身散发出熟透了的麦子香味的高个女子，接受了全橡树湾人目光的检阅，迈着他那惯有的从容洒脱的步伐回到了家门口。那女子呢，亦步亦趋地小步跟着，微蹙着两条弯眉，看上去别提多贤淑、多乖顺了。

楚家老屋门前，楚太太出来了，高调地站在门口亲自迎接。身后站着天朗、紫藤、紫苏、方嫂，还有抱着楚兴的焕彩。每个人脸上都喜滋滋的，洋溢着压抑不住的喜悦。老莫站在门后头，脸上的笑容如绽放的菊花一般。哈，爹果然不在！爹要是在，那明天早上太阳肯定打西边出来。天舒不禁在心里暗暗发笑。长生伯不在，是情理之中，城里的铺子有他忙的。可戴月大妈怎么能不在呢？难道已经在后面吩咐厨房准备酒菜了吗？天心在城里读书，肯定在不了。可天朗怎么在呢？他不是还在读书吗？难道已经毕业了？还有，焕彩怎么抱了个娃娃？天舒心里头像过筛子似的将家里的每一个人细细筛了一遍，觉得自己离开这个家实在太久了,该回来了!

来,见过娘。天舒说着反手将那个一直低着头,缩在自己身后的女子牵出来,那女子就顺从地站到了大家面前。虽然她依旧低垂着头,大家还是将那女子的模样看得清清楚楚:乌黑的头发规规矩矩地在脑后绾一个大大的发髻,用一只简简单单的银簪簪住;五官清秀,虽说脸庞瘦削一点,不是那种盈盘大脸饱满福相,但是很耐看;皮肤虽说不白,有些泛黄,但那种温暖的小麦颜色,给人一种非常亲切的感觉;至于身材嘛,虽说藏在一身宽大的衣服里,看不出什么好或不好,但高高挑挑的,养眼。

楚太太心里很吃了一惊,她实在摸不清自己这个儿子,到底是怎样的一个脾气禀性。一年前带回来那样一个漂亮得炫目的女子,这一个又仿佛是从天上掉下来似的,似乎楚老太太结婚时穿的就是这种样式的衣服。若论这身高,还真不比楚老太太差多少,只是瘦了些。不过,也还算顺眼。与上回那个相比,楚太太感觉似乎更喜欢眼前这一个。

见过娘!那女子非常听话地轻声咕哝了几个字,声音小得恐怕只有她自己才能听得见,然后微微屈了屈膝盖,算是行了礼。

嗯?怎么一上来就叫上娘了?楚太太心里不禁犯起了嘀咕,再一打量,感觉哪里有点不对劲。嗯?这姑娘的身子怎么看上去有些笨笨的?还有,她怎么盘了一个髻?便说,方嫂,带这位,呃,带她……

娘,我们可是拜过堂的了。天舒一把牵过那女子的手,好似怕谁把她抢走了一般。

哦?你们拜过堂了?我和你爹怎么都不知道?楚家列祖列宗知道不知道啊?楚太太的声音忽然凌厉起来,虽然不大,却透着不可抗拒的威严。

是她爹主持我们拜的堂。天舒还在争辩。

是吗?她爹主持你们拜的堂?既然你眼里只有她爹,那你们还回橡树湾做什么?还站在我楚家大屋门口做什么?大屋里上上下下所有人都不曾见过太太还有这样威严的时候,气氛顿时凝重起来,大家脸上的喜色一瞬间也都凝固了。楚天舒,你给我听好了:既然你们回到了橡树湾,就要按橡树湾的规矩办,这事除非你爹同意了,你们才能拜堂成亲见祖宗。否则,就这么稀里糊涂地踏进我楚家大门,你休想!听着,我楚家大屋不是什么菜园地、放牛场,什么猫啊狗的,都能随随便便带回家!方嫂,带她去后面,收拾一间客房。楚太太说着,不容分说,扭身回屋了。

方嫂说,姑娘,跟我走吧。那女子的头此时垂得更低了,眼泪吧嗒吧嗒地往下掉,顺从地跟在方嫂后面走了。大家也就一个一个散了,都有些意兴阑珊。

吃过夜饭之后,方嫂便服侍那位女子洗漱。可那女子就是不愿脱去身上那套宽大的衣服,也坚持不让方嫂服侍,非要方嫂离开。方嫂没法子,只好出去了,候在门外。听见那女子窸窸窣窣地在房间里脱衣服,哗啦哗啦地洗脸洗脚,估摸着时间差不多了,方嫂就推开屋门进去准备给她倒洗脚水。可那女子还没有洗好,正坐在桌前的椅子上。外衣脱去了,只穿了一套月白色的家常内衣,脚放在洗脚盆里,呆呆地低垂着脑袋,似乎在看脚盆里自己的脚。方嫂猛不丁推门进去,那女子吃了一惊,抬起头来。昏黄的灯光下,方嫂看到了那张小麦色瘦削的脸上满是泪痕,煞是可怜。方嫂的心忽然一下子软到了底里,泪花一闪。透过点点的泪花,她看到了那女子的身子,不觉更是一惊。只见她的肚子高高隆起,仿佛一座小山一般。两个人无声地对视了几秒钟,忽然方嫂扭身出了房门,旋即就听见咚咚咚急速下楼的脚步声。

不一会儿,楚太太和方嫂出现在了房间。那女子仿佛知道她们要来似的,正正襟危坐在椅子上静静地等她们。天舒的孩子?楚太太二话不说,劈面就问。

不然还会是谁的?那女子语气异常平静,平静得就仿佛在说着一个不相干的人。

怀胎多久了?

五个多月了。

你是哪里人?家里是做什么的?你们怎么认识的?面对楚太太连珠炮似的提问,那女子慢慢抬起头,目光悠悠地看了楚太太一眼,就又缓慢地挪开了。

我也不知道他们怎么认识的。那女子开腔了,声音空洞而悠远,分明就在眼前,却又缥缈又遥远。我是说我爹和他——楚天舒。或许是在赌场,也或许是在烟馆,或者在窑子里。因为我爹平常只在这几个地方出没。

究竟天舒和那女子的爹是在赌场，还是在烟馆或是在窑子里认识的，谁也不知道，反正他们认识了。就在一年前，这个下游芜湖码头上出名的豆腐西施吴凤姐，正蹲在江边清洗做豆腐用的纱布，突然一个帅气的公子哥儿走到了她身边，站住了。吴凤姐扭了一下头，她看到了一双精致漂亮的白色三接头皮鞋，一对白色裤管。吴凤姐没在意，继续在江水里漂洗那些已经泛黄的纱布。不晓得又是怎样一个浪荡公子哥儿，她已经见得多了，不理他就是了。一个年轻女子抛头露面做生意，什么样的人没有见识过？可那双漂亮的白色三接头皮鞋不知道为什么那么闲，竟站下不走了。目光一定在凤姐的背上来来回回游走打量，凤姐感觉自己的整个背都被灼烧得火烧火燎的，水绿色的府绸褂子都该给灼褪色了。凤姐不禁有些气恼，想霍地站起，朝着那白皮鞋劈头盖脸骂一顿。可想想，算了，一个姑娘家的，犯不着惹什么麻烦。多一事不如少一事，你只是不理他，权当他不存在，他觉得无聊自然会走掉。

可白皮鞋不仅不走，反而说话了，还彬彬有礼，请问你是吴凤姐小姐吗？

凤姐不觉停下了手里的动作，扭过头来，她看见了一片耀眼的白：白色三接头皮鞋上面的白色裤子，白色裤子上面的白色西服、白色背心，白色西服上面的白色礼帽，以及白色礼帽下那张笑容可掬、白净俊美的脸。好一个标致的后生啊！凤姐不禁在心里赞了一句。可转而又想，喊，再标致又怎么样？还不是一副空皮囊？哪一个浪荡公子没长着一副好皮囊？是啊，怎么了？凤姐一点好脸色也没给这个标致的白衣公子。

哦，那可不可以麻烦你停一下手里的活，听我说两句话？白衣公子依旧很有礼节。

凤姐更没好气了，又是一个没事找事闲搭讪的！哈，说的跟唱的一样，我为什么要停一下听你讲话？不消说两句，半句，不，就算一个字也不想听你说！对不起，你走开，我要干活。我们穷人虽说穷得只有工夫，可也不会瞎耽误。凤姐说着抡起棒槌对着那些纱布好一顿捶打，水滴四溅。

喝，好大的气性啊！你爹说你脾气大，要我小心，我还不相信。看来脾气真是蛮大的。不过，凤姐你脾气大，力气未必有我大。来，你歇着，我来帮你对付这些又脏又重的东西。

你认识我爹？凤姐停下手里的活，歪着头问。

是啊。

你们怎么认识的？

你甭管我们怎么认识的，反正认识你爹比认识你容易。

你认识我干什么？

干什么？吴凤姐，你这话说得好不晓事啊！白皮鞋突然激动起来，非常西化地双手一摊，说，我是你的仰慕者啊，吴凤姐！

天舒因为信子被楚老爷一通暴骂，楚老爷甚至动了手将他撵出了橡树湾，他感觉甚是无趣，当晚就带着那个日本姑娘信子坐船去了上海。他跟信子说，我们还是回日本吧！信子自然很高兴。可是信子不知道，天舒只买了一张去日本的船票。把信子送上船之后，他借口去船舷上抽支烟，叫信子一个人乖乖在船舱里等他。信子果真乖乖等着他。可是船都开了，他还没有回到船舱。信子以为他在外面跟人闲搭讪——他惯常喜欢和别人闲搭讪——就出来找，哪里有人？信子狐疑地朝岸上一看，却看见她喜欢的那个人，正风度翩翩地站在岸上，一脸坏笑地看着她，就好似知道她要出来似的，挥手同她道别。

送走信子之后，天舒一瞬间感觉甚是无聊，就在上海滩闲荡起来。大上海灯红酒绿纸醉金迷，一点不亚于东京，于是不知不觉沉湎其中。可是过了一段时间之后，他再次感觉到了无聊，于是又乘船离开了上海。他也没有任何目的，只是那种漂泊的感觉让他觉到自己依旧是活着的。似乎行色匆匆，似乎有许多事在漂泊的那一头等他，而他又是一个何其举足轻重的人。他跟着船一站一站地靠，一站一站地下来闲逛，想逛多久，就逛多久。他去了南京，这个国民政府首都，不过如此而已！秦淮河、夫子庙，画舫歌姬，桨声灯影，歌舞升平，一切享乐都不过一个套路，一样无聊。尽管他知道天远在南京当着差，天朗也在南京念书，可他都没有去。他不想看到他们那副与父亲一般义正词严的脸！想想他就觉得气恼，也越发浪荡起来。在南京浪荡一段时间之后，他又腻了，就又坐上船随船漂泊。他打小就听说荷叶洲异常繁华，有"小上海"之称，自己一直都没有机会去，不如去领略一番，看看那个弹丸之地到底是怎么一个"小上海"法。

可是船到芜湖的时候,他却又随人流在芜湖下了船。

那是一个暴雨初歇的傍晚,空气湿润得似乎随手一捏都能捏出水分来,异常闷热。天舒下得船来,看着满眼的破败与脏乱,更是感觉心中憋闷。自上海溯游而上,真是一地不如一地。要论繁华享乐,上海真是人间仙境。一到南京,便感觉一脚踏进了人间,而这芜湖,是比那人间还要人间了。天舒站在一堆芜杂之间,暑热被暴雨冲刷之后,腾起一股浓重的土腥味,熏得他几乎作呕。他有些后悔自己如此随意,在这么一个地方下了船,实在不是一个明智之举,就如同冒冒失失带信子回家不是明智之举一样。他蹙着眉头站着,看着身边人一个个匆匆忙忙地抢着上船,挤着下船,往来穿梭,多如过江之鲫,惶如丧家之犬,心里的懊丧真是到了极点。待那一拨忙乱终于消停了之后,天舒感觉自己的神志才终于慢慢回到自己身上。于是他招手叫了一辆黄包车,车夫问他去哪,他告诉车夫哪里最热闹就去哪里。

车夫是个老者,一听这话乐了,说,这位先生第一次来芜湖吧?芜湖热闹的地方可多着呢,我到底该拉你去哪里呢?

哦,这样啊,天舒也犯难了,说,那就随您乐意吧!爱拉到哪儿是哪儿。哎,老伯,芜湖有些什么好吃的呀?

哎呀,这芜湖码头好吃的也多着呢!著名的有那小笼汤包啊,个小、皮薄、汁水多,当年连乾隆爷都喜欢得不得了呢!

哦?是吗?那今晚我就先尝尝这个小笼汤包,看是否名不虚传。

好嘞!车夫答应着奔跑起来。

天舒坐在车上,悠闲而又无比享受地跷着二郎腿,欣赏着身边一闪而过的街景,心情竟没来由地快活起来。忽然一阵臭味随风飘了过来,熏得他的好心情猛地栽了一个大跟头。他再次懊恼起来,对车夫说,哎呀,老伯,这哪里来的一股臭味啊!这么浓,肠子都要熏翻了呀!

嘿嘿,车夫又乐了,说,这位先生真是对芜湖一无所知啊,这是芜湖著名的小吃油炸臭豆腐的香味啊!

哎呀,你这老伯,怕是老糊涂了吧,分明是臭,怎么说是香啊?

嘿嘿,香就是臭,臭就是香嘛!这叫闻起来臭,吃起来香啊!那才真是要把你的肠子香翻掉哦。

哦？还有这样神奇的东西？那就快带我去见识见识吧！

先生不要着急，我带你去吃全芜湖码头最好吃的油炸臭豆腐，闻起来最臭，吃起来却最香，包你吃了第一回还想吃第二回，吃了第二回还想吃第三回，再也停不下来！哪天不吃，你都难受。

哦？什么臭豆腐这么厉害？

吴凤姐的臭豆腐啊！芜湖码头上著名的豆腐西施，人长得标致，做的豆腐更好，她的臭豆腐可是全芜湖码头最好吃的。

哦？是吗，老伯？那我们就去吃豆腐西施的油炸臭豆腐吧！

好嘞！车夫撒开两条瘦腿，在湿漉漉的街道上飞一般奔跑起来。

黑乎乎的臭豆腐在油锅里炸的时候，那味道厚得跟豆瓣酱似的，熏得天舒几次都想跑掉。可又禁不住好奇，他就耐着性子，等那黑乎乎的东西在滚沸的油锅里炸得稀松焦脆，再抹上蒜泥辣椒酱，屏息凝气，捏着鼻子，怀着赴死的决心吃了第一口。果不出车夫所言，那黑乎乎臭烘烘的东西吃到嘴里竟然香美无比，妙不可言。哈哈，香臭香臭，香即是臭，臭即是香，还真是妙！

可这炸豆腐的人，是黄包车夫嘴里的那个豆腐西施吴凤姐吗？烟熏火燎的一个老女人，穿着松松垮垮的家常衣服，坐在街边上一只小矮凳，一只同样低矮的小油锅，支在一个用铁丝扭成的架子上，旁边的木桶里一层一层整整齐齐地码着黑乎乎的臭豆腐，黑得要命，更是臭得要命。这样的西施也太那个什么了吧？天舒忍不住好奇地问，请问您是豆腐西施吴凤姐吗？

那老女人龇牙一笑，脸上的皱纹顿时波涛汹涌起来，牙齿也一样黑乎乎的，说，这位先生讲话好叫人可笑！有我这副模样的西施吗？那还不把西施给气死啊？我就算讲自己是东施，东施也要不高兴呢！

那谁是豆腐西施？在哪里能见到？

耶，你这个人好有意思，问那么多做什么？莫再问了，耽误我做生意。

找了一处旅店安顿下来之后，接连几天，天舒做的唯一一件事就是品尝各个摊位的油炸臭豆腐。品来品去，确实是吴凤姐的臭豆腐味道最地道，最臭又最香。天舒无可救药地迷上了这黑乎乎的臭东西。他更感兴趣的是那个叫吴凤姐的豆腐西施。究竟是怎样的一个女子呢？真要自己亲眼见一见才知道啊！他多方打听，终于打听出吴凤姐住在中江塔附近的麻石巷，于是他毫不费力地找到了。

清晨太阳还没有露头，麻石铺就的巷道里就这里那里站满了人。有拎篮子的，有拿盆的，有拎木桶的，全都朝巷子深处张望，等着巷子那一头一个挑着豆腐挑子的年轻后生，慢悠悠地从巷子深处一路吆喝而来：卖豆腐、豆腐干啊！香干子、臭干子啊！只要这熟悉的声音一传过来，所有人立时兴奋起来，一哄而上，将那后生围住，三下五除二，喊里咔嚓，不消一刻，豆腐挑子就空了。几乎每天如是。可那豆腐西施到底在哪，他始终不得而知。他甚至尾随那年轻人，可最终还是不得见。那后生早把天舒心里的那点小九九看得一清二楚，天舒如何能够得逞？

那些日子，天舒每天吃完油炸臭豆腐之后，就会一边打着饱嗝，一边去找个茶馆泡上一壶上好的碧螺春，优哉游哉地消磨一个下午。由于老去那个叫"翠品轩"的茶楼，久而久之，便和那茶馆老板熟识了，天舒便将自己的那点小遗憾说给茶馆老板听。

茶馆老板说，哦呵呵，大凡来我们芜湖码头，吃过凤姐的油炸臭豆腐的，没有不想一睹芳容的。但是呢，要想见那豆腐西施，说难，比那登天还难。天舒赞同地颔首，微微蹙眉。可老板话头一转，要说容易呢？也非常容易。

哦？如何就非常容易了呢？天舒顿时眉头舒展，来了精神。

找她爹啊！

她爹？我连她爹是谁、长什么样都不知道，怎么找？

我告诉你啊！哪天我约他来我茶馆，你请他喝茶，然后再请他下下酒馆、泡泡赌场，再请他逛逛窑子，然后他就会对你推心置腹，告诉你如何能够见到他女儿凤姐。但是只能见一见而已哦！那个凤姐可是出了名的凤辣子，不好对付。再说，她身边可是有一尊护驾金刚哦！跟当年关公似的，整天衣不解带、刀不离身地看护着，且长得人高马大，又常年劳作，一身的力气，一般人可是奈何不了哦。所以，对于这个豆腐西施，芜湖码头的人都知道，想要一睹芳容还可以，如若想一亲芳泽，那可就没那么容易了，无异于自找死路喔，呵呵。

暑热退尽，黄叶飘零的时候，在中江塔的江边，天舒终于见到了正在捶洗纱布的豆腐西施吴凤姐。一身水绿色褂裤，一根长及腰的独辫子甩在身后，随着她捶洗衣服的动作，辫子宛如一条乌梢蛇一样在背后扭动，仿佛随时都有可能在危险来袭时潜入江中。肩背瘦削，腰身纤瘦，衣袖高高挽起，露出的半截胳膊皮肤并不怎么白皙细嫩，而是一种健康的小麦色，阳光下，散发出油亮亮的光泽，使人迫切地想要把那份油亮吸吮进自己的身体里。

那天我对他说，现在你总算如愿以偿找到我了，也见到了，可以了吧？你走吧！可是他非但没有走，还和我爹一起设了一个局。

什么局？

拜堂成亲的局！

说起来，凤姐家在芜湖也曾是数一数二的大户人家，祖上曾做过前清的翰林，等到凤姐爷爷那一辈家道就已经中落了。可是大户人家子弟的那些纨绔习性却一点也没有随家道中落而消减，至凤姐父亲吴有福的时候，反倒变本加厉了。进赌场、逛窑子、泡酒馆、钻烟馆，吃喝嫖赌抽，他没有一样不上手，也没有哪一样不精通。凤姐娘原是小户人家的女儿，家里祖传手艺就是做豆腐，所以从小耳濡目染学得一手做豆腐绝活儿。嫁到吴家之后，原以为嫁进豪门，从此可以穿金戴银，做个吃香喝辣的大少奶奶，哪里晓得吴家只剩下了一个空壳子，已然家道中落。可凤姐她爹吴有福还死要面子活受罪，硬是不要凤姐娘做豆腐卖，说是辱没了门风。可怜凤姐娘没法子，只得靠变卖家产过日子度饥荒。凤姐爹也什么活不干，家更不问，只一味出没于烟花柳巷。凤姐娘还不能多说，说多了他就动手。凤姐娘终日以泪洗面，感觉日子实在过不下去，终于在凤姐五岁的时候，悬梁自尽了。

凤姐娘的死，并没有将她爹吴有福唤醒，他将凤姐丢到外婆家，一个人反倒放开手脚寻欢作乐起来了。凤姐在外婆家长到十一岁的时候，外公外婆相继去世，她跟着舅舅舅妈一起过。舅妈不待见她，嫌弃她白吃白住，要撵她走。她舅舅说，叫凤姐回去跟那么一个浪荡子，不是把她往死路上推吗？再说，凤姐也没有白吃你的饭,不是帮着家里做豆腐了吗?可她舅妈死活不让。她舅舅本来忠厚老实,也没的法子,只得任由老婆将外甥女撵回到了她父亲身边。表哥江石峰年长凤姐四岁,打小视凤姐如亲妹妹,处处护着她,帮她,见母亲非要撵凤姐,而自己父亲又懦弱不中用,就一气之下,也不和家里人打招呼,一个人跑到了芜湖,陪伴凤姐。

其时吴有福已经穷困潦倒到了极点,祖上传下来的大宅子也被他卖掉了,他在中江塔江边的麻石巷用破油毡搭了一个窝棚住着,基本上跟个叫花子没什么两样。毕竟是自己的亲生父亲,看见他那副落魄相,凤姐还是忍不住坐在江边狠狠地哭了一场。正踌躇着不知道以后这日月如何过下去的时候,表哥石峰来了。两个人商议着,唯有做豆腐是自己拿手的,而且也只有这一条路可走了。

转眼八年过去了,凤姐不仅出落成了一个标致漂亮的大姑娘,而且将豆腐做成了芜湖码头味道最好的,尤其是臭豆腐,简直供不应求。表哥石峰也长成一个人高马大的大小伙,兄妹二人齐心协力,不仅将豆腐事业做得蒸蒸日上,而且两个人也处得情意深浓。郎有情,妾有意,一切都似乎水到渠成,单等瓜熟蒂落的那一天。他俩商议,等他们的新居建好,就跟父亲提成亲的事。凤姐知道,她父亲吴有福尽管已然落魄到了极点,却是眼睛长在头顶上,根本看不上表哥石峰。哼!管他同意不同意!凤姐心里打定主意,自己是一定要跟石峰哥成亲过一辈子的!除了石峰哥,皇帝老子她都不会嫁!她可不想步她母亲后尘,以为嫁了一个家大业大的公子,结果却落得一根麻绳结束自己的生命。她只想安安稳稳实实在在过完一生,石峰哥就是最好不过的人选!

原来的窝棚在凤姐回来的第三年就拆了,盖了三间简易小平房。材料都是表哥江石峰一点一点,蚂蚁搬家一般地从江边、山上搬回家的。他一个十五六岁的少年,不仅当起了凤姐的护驾金刚,而且帮着表妹把艰苦的日子一天一天过下去,麻石巷人哪一个不跷大拇指?如今他俩计划着要在这麻石巷的尽头盖一个宽敞的院子,虽比不上从前的家,但也不会比麻石巷哪一家差。坐北朝南三大间是正屋,东首那间让老爷子吴有福住,西首那间做他们俩的婚房,中间那间做客厅。东边盖三间,做豆腐作坊;西边再盖三间,一间做厨房,一间放些杂物家什,一间预备着或许将来忙不过来了,需要请一个帮手,就可以收拾收拾住里面。如今,所有的材料都已经准备就绪,单等着雨季过去,秋高气爽的季节,选个好日子,破土动工。

然而计划远远没有变化快。楚天舒从天而降了。

一天晚上,兄妹二人正在厨房里忙碌,吴有福哼着京戏过来了,是马连良先生的《甘露寺》。还别说,一点也不荒腔走板,而是字正腔圆,有板有眼。两个人都知道,不定又在哪里喝了小酒了,兴致喝得还特别高,所以竟然有兴趣来厨房。不然,他那样的贵族子弟,笃信的可是"君子远庖厨",这样下苦力的地方,是根本不屑于沾边的。

哟,正干着呢!他兴致勃勃地和两个孩子打招呼。兄妹二人正干得热火朝天,也没人搭理他,他也不理会。他自顾自转了一圈之后,说,石峰、凤姐,待会儿你们活干完了,到我屋里来一趟,我有话要跟你们说。

什么话不能现在说吗?还非要去你屋里。等我们干完活,就是下半夜了,你早都睡着了,还讲什么讲?女儿凤姐没好气地抢白道。

不会的,爹年纪大了,觉少。你们干多久,爹都等你们,啊!他说着,一个人又哼唱着京戏踱着方步回房了。

还"年纪大了,觉少"呢!凤姐瞅着她爹远去的背影,学舌道,长这么大,我什么时候也没见他觉少过。哪一天不睡到日上三竿?

表哥石峰向来好脾气,宽慰表妹说,不管怎么说,他都是长辈,叫我们过去,我们就过去呗,自己家老人,这个又没的选。

就你脾气好。凤姐嗔怪。

嘿嘿。石峰憨憨地一笑。

等兄妹二人将一切打点好之后,都已经差不多四更天了,父亲房间的灯还亮着。凤姐累得恨不能立马倒头就睡,一点不想去她爹的房间听他说什么。他能说什么?

表哥石峰说,还是去吧,反正已经迟了,不在乎这一时半会儿。

于是两个人就去了吴有福房间。老家伙果然还没有睡,靠床上歪着,显然在等他们。真是太阳从西边出来了,平时,早就鼻息如雷了。看来,今天还真是有不寻常的事要说。

你们来了哈！来来来,过来,都过来呀！他异常热情地招呼着,拍着床沿,示意两个人坐到他床边。

凤姐说,有什么话你就快点说吧！我们都累了,想早点休息。石峰哥明早还要早起卖豆腐呢。

哦哦哦,好好好,是的,累一天了,是该歇着了哈。唉,我们凤姐本该是个千金大小姐的,养在深闺,肩不挑手不提,丫鬟老妈子伺候着的金贵命。可现在,唉,不仅要每天抛头露面,还得干这么重的活……我知道,都是我的错,我太浑蛋了,害凤姐小小年纪就没了娘,凤姐恨我,这么些年从没有叫过我一声爹,我都能理解。我不怪她。我也没有资格怪她。吴有福出奇地表现出一番痛心疾首的样子,令凤姐和石峰都非常不适应,二人对视了一眼,不晓得他今晚那葫芦里究竟卖的什么药。

哎呀,到底什么事,你倒是快说啊！凤姐不耐烦了,催促道,你要是再不说,我们可就走了,没工夫听你扯闲篇！说罢,凤姐作势要走。

好好好,我说,我说正事。不扯闲篇了还不行啊？你这丫头,怎么脾气这么大呀！哎,对了,我想说什么来着？看你这丫头,把你爹都给气糊涂了。哦,对了,凤姐、石峰,我今晚叫你们来,是想说一说给你俩成亲的事。

给我俩成亲？你同意我俩成亲了呀？凤姐和石峰两个人又互相对望了一眼,都有些喜出望外,也有些将信将疑。

是啊,我同意了。石峰,也不是姑父嫌弃你,主要是我心有不甘。我们凤姐本来一个千金大小姐的命嘛,现在被该死的生活压着,不得不这样起早摸黑、吃苦耐劳,别看我成天晃晃悠悠,其实我心里着实难受,才不愿在家里待的。唉,我是不想看凤姐那劳碌的样子啊！你们做小辈的,哪里晓得一个父亲的心哦！吴有福竟然扮出一副痛心的样子,着实令凤姐奇怪,不觉又有点心疼,心里也跟着酸溜溜起来,红了眼圈。我知道,你们两个,一个郎有情,一个妾有意,我是觉得吧,以我们凤姐这样的出身,这样的人品、相貌,怎么也能嫁个不说穿金戴银的人家,至少也该不愁吃喝,不用整日为生计操劳,起早摸黑吧？倘若跟了石峰……是,石峰是一个有情有义的汉子,姑父我是真心佩服！为这个家,为凤姐任劳任怨,凤姐跟了你,你是肯定不会给她委屈受的。可是,她跟了你,注定一辈子做豆腐,一辈子辛苦了呀!什么时候她才能过上本该属于她的那些日子呢?恐怕这辈子都没有希望了吧。

那也不一定吧,姑父?我们的豆腐做得这么好,现在是家里地方太小了,条件不允许,等我们把豆腐作坊建起来,就会扩大规模。生意越来越好,收入不也就越来越多了吗?等到条件许可了,凤姐就不要亲自操劳了,我们请人干!然后再请两个丫头服侍凤姐,姑父的心愿不就达成了吗?

喊,就凭你打豆腐能让凤姐过上那种日子?吴有福一脸的不屑,可不知为什么,却又转而和风细雨起来,说,也是哈,石峰你这样一讲,也不是没有可能哈!好好,既然你们心里早就有打算,那就尽快把亲事给办了吧!你们俩也老大不小了,凤姐十九,石峰也都二十三了吧?该结了,免得"鱼吊臭着,猫叫瘦着",若是哪天一犯糊涂,做下什么不规矩的事情来了。

爹!凤姐嗔怒地叫了一声。

吴有福吓得一哆嗦,他眨巴着眼睛,有些发蒙地看着自己的女儿,半晌才回过神来,冲着侄儿石峰说,石峰,刚才凤姐她叫爹了,她、她、她是在叫我吗?

石峰偷偷一笑,说,姑父,您老糊涂了呀!凤姐她不是叫你,还能叫哪个做爹呀?

哦呵呵,我女儿终于叫我爹了!终于肯叫我爹了呀!吴有福突然有些悲喜交加,眼泪都要流出来一样,唉,我女儿肯叫我爹,我现在就算死了也可以闭眼睛了。倘若日后,凤姐能过上有丫鬟老妈子伺候的日子,我吴有福就是被人千刀万剐,也心甘情愿,无怨无悔。好了,就这么定了,都说十五的月亮十六圆,那就今年的八月十六,中秋节后一天,月亮最圆最亮的那个日子,你们俩拜堂成亲!石峰,你看要不要回去跟你爹你娘说一声啊?

不用了,姑父,我爹娘早就不当我是他们的孩子了。

呵呵,也是哈!那就我一个人做主了。等你们俩的事情落听了,也省得一些个鸡头鸭脚的东西整天不怀好意,现在名花有主了,看他们再一个个跟绿头苍蝇似的。你们歇着去吧!不早了,都回房睡觉吧,我也困死了。他说着一仰头倒在了床上,瞬间鼾声大作。刚走出房门没几步的凤姐和石峰给逗得相视一乐,这老东西,有时候也还怪可爱的。

既然你爹应允的是你和你表兄的婚事,为什么你又跟天舒搅到一起了呢?楚太太不解。

是啊,要不怎么说是他们俩设了一个局呢?

八月十六的亲事就这么定了。凤姐和石峰心里自然都甜蜜无比,干起活来也更带劲了,边干活边商议着该如何筹办自己的婚事。吴有福自打宣布完婚期之后,就与他们没有任何关系了,每天雷打不动出门溜达。至于究竟溜达些什么,凤姐和石峰从来不问,也从来不管。不过那晚之后,凤姐对她爹的态度明显好了许多,进门出门碰到了,也会主动招呼,喊一声"爹"。吴有福则似乎已经习惯了凤姐这样的招呼,对于女儿叫自己爹,也再没有了激动与高兴,鼻子里淡淡地哼一声,算是回答,然后自顾踱着方步出来进去。

八月十六转眼就到了,就在那三间简陋的平房里,两个年轻人拜堂成亲了。一整条麻石巷的邻居们都过去贺喜,都说这是一桩好婚事,早该这样了。凤姐一个女孩家,撑一个家不容易,若不是她表哥帮她,靠着那样一个吃喝嫖赌的老子,能有什么日子过?不要饭吃才怪呢!这下好了,两个有情人终成眷属了。邻居们是看着这两个人这些年灾灾难难,一步一步挨过来,实在不容易,所以都真心地祝福他们俩。

虽说是在自己老屋里结婚,但该有的程序一样都没少。那天凤姐一身大红喜服,黑发绾成了髻,邻居们帮忙绞了脸,擦了胭脂,点了红唇,看上去别提有多漂亮了。石峰呢,第一回见他大红马褂,黑长袍,红色瓜皮小帽,胸戴大红花的样子。真是人靠衣服马靠鞍,挑担子卖豆腐的江石峰,一米八的大个头,这么一捯饬,还真是仪表堂堂呢,与那凤姐实在般配得很。

酒席就没在屋外的空场地上,那天晚上的月亮可真是又圆又大。大家都说,以前从来没见过这么大、这么圆的月亮,石峰,你小子有福气,这是好兆头啊!

石峰依旧憨憨地笑,一个劲抱拳拱手说,都是托了大家的福,快请入席。

一晚上,石峰都处在一种高度兴奋的情绪之中,邻居们还在闹哄哄的,没有散席,他自己就已经喝得差不多了。凤姐叮嘱他酒席上一定要少饮酒,他一高兴,早给忘到爪哇国了。他又实诚,哪个敬酒他都喝,不一会儿,就有点醉意蒙眬了。

等邻居们终于散了之后,石峰也一头趴到桌上不能动弹了。这时候,吴有福端了个酒壶过来,对他说,石峰啊,从今天开始,我可就把凤姐交给你了。往后,凤姐过得是好还是歹,可都指靠着你了,你知道不知道啊?

石峰醉眼蒙眬地说,姑父,哦,不,得叫爹。从今天开始,得叫爹了!我江石峰已经整整八年没有叫过爹了,从今天开始,我江石峰又有爹了,哈哈哈。爹,您老刚才说什么?其实,您老什么也不要说,我江石峰对凤姐,那可是一腔热血十万分的忠诚啊!

是的是的,你说得一点不假。好,那我就什么都不说了,来,爹敬你一杯!吴有福说着,给石峰面前的酒杯倒满,来,干了,石峰!

石峰傻傻一乐,说,爹,您还敬我的酒啊?

当然,这杯酒姑父得敬,敬你这么多年为这个家操劳!来,干,石峰!

好,听爹的,干!石峰说着,一仰脖子,哗,一杯酒倒进了肚子。

来,再干一杯!吴有福又给石峰的酒杯加上酒。

不、不能再喝了,爹,再喝,凤姐该不高兴了。

跟爹喝酒,她敢不高兴?不要紧的,来,爹再敬你,干!

好,爹敬酒,就算死也要干!石峰说着,又是一仰脖,一杯酒倒进肚子里。

这样连干了三大杯之后,石峰真跟一摊烂泥差不多,一头栽倒在桌子上,怎么喊怎么拽也起不来了。

这时候,忽然吴有福提高嗓门说,石峰,快去睡吧!别新婚之夜,就叫凤姐等你!她还等着你给她掀盖头呢。

一语未歇,一个人影迅速闪进了屋门,接着,凤姐房间的灯就灭了。吴有福则迅速贴到女儿的窗户下,隐约听见凤姐嗔怪的声音,说,石峰哥,不要这么着急嘛……

吴有福这才慢条斯理地拍打着自己身上的尘土,迈着稳稳的八字步踱到桌边,对一摊烂泥不省人事的石峰说,废物一个!也不掂量掂量自己几斤几两,就想娶我吴有福的女儿？做你的大头梦去吧！说着,冲趴在桌上睡得死沉沉的石峰踢了一脚,说,好生睡吧！喝了我调的那三杯酒,就是头牛也能睡上几个时辰！保你舒舒服服一觉睡到明天下午,嘿嘿嘿。

果然,直到第二天下午太阳都快要落山了,新郎官江石峰才从睡梦中醒来。他睁眼一看,喜服还穿在身上呢！可自己怎么不睡在与凤姐精心布置的新房里,却睡在姑父的床上！这是怎么一回事？凤姐呢？

原来,天亮时分,吴有福与那个月光下闪进洞房的黑影一起,将还在睡梦之中的凤姐捆扎成一个"粽子",连嘴巴都塞上了毛巾。早就等候在麻石巷口的一辆黄包车,迅速地将昨晚那人与凤姐送到了江边的一条木船上。那木船显然也是早就安排好了的,待二人一上船,木船迅速起锚,朝上游疾驰而去。吴有福站在岸边对着远去的木船喊,凤姐,不要怪爹,爹都是为你好啊！爹只是想把欠你的千金大小姐的日子还给你！

原来天舒早就在荷叶洲赁了一处宅子,他们一到,院门就开了。一个五十上下年纪的女人开的门,接着就有两个年轻女孩子过来搀凤姐进屋。屋子里早按婚房样式,布置得一片喜气洋洋。凤姐呆了,她实在有些不明白这一切究竟是怎么一回事,眼前这个彬彬有礼、相貌堂堂的人好似在那里见过。哦,那天在江边……对,就是在江边见到的那个人。为什么？这究竟是怎么一回事？自己不是明明在家里和石峰哥拜的堂成的亲吗？怎么现在到了这里跟这个人在一起？石峰哥呢？他在哪？

石峰哥终于从我爹嘴里得知,他和我成的这个亲不过是一个局,目的就是使我乖乖就范。他们知道强按我这头牛,我这头犟牛是根本不可能配合他们喝水的,只有这样生米煮成熟饭,我才能……

世上竟有这样的爹！楚太太愤愤不平。

您怎么不说世上竟有您儿子那样的人呢？凤姐直视着楚太太说道。为了达到自己的目的,不择手段！仗着自己手里有几个臭钱,就可以为所欲为,任意摆布别人的生活！如果不是他们日夜看守得紧,如果不是肚子里的这个小东西,我怎么可能乖乖跟着他到来你家门口,还要受你的侮辱？不要以为自己是高门大户,人就要上赶着来!告诉你,我吴凤姐不稀罕!高门大屋我吴凤姐又不是没住过!守不住,到头来还不是一场空?只可怜我那石峰哥……凤姐的眼泪瞬间决堤,滚滚而下。

是啊,你那表哥怎么样了?

还能怎么样?可怜我那石峰哥得知真相之后,跑到江边,对着江水哭了大半夜,左思右想,实在觉得没有意思。尽管我爹说今后家里的一切都是他的,可是没有了我吴凤姐,就算金山银山又有什么意思?于是他当晚就投了江……吴凤姐再也抑制不住,号啕大哭起来,哭得连气都喘不过来,楚太太和方嫂都觉得心里悲悲的。就在她们俩一时间劝也不是,不劝也不是,甚是尴尬的时候,凤姐却忽地止住了哭声,用手在自己隆起的肚子上轻轻抚摸着,脸上还挂着泪珠,却露出了笑容,小东西,又踢我了,不想娘太伤心了,是不是啊?说着泪水又滚下。楚太太不禁走到凤姐身边,抚了抚她的肩,天哪,这丫头实在太瘦了,肩胛骨都戳人。楚太太一时间心中万分伤感,难道是报应吗?我们楚家挟持了人家女儿,活该楚家女儿要被别人抢?老天爷,世间的事情真是就这样一报还一报的吗?

吴小姐,那你表哥投江之后,怎么样了?可被人救起了?方嫂按捺不住好奇,怯怯地问。

哼!凤姐脸上顿时显现一种嘲弄的表情,哪里有那么好的事情?救起,哪里有人救起?可怜我的石峰哥就那样死了,尸首被冲到了下游的四合山,才被打鱼的人发现。有人认得是挑担子卖豆腐的年轻人,就通知了我爹。我那个混账爹或许是仅有的一点良心发现,就将石峰哥在四合山埋了,叫我这心里如何过得去?啊?你们说啊!吴凤姐不禁又激动起来。楚太太想把这个瘦弱的身体搂进自己怀里,给她一点母亲的安慰,却迟迟没有动,楚太太实在觉得自己根本没有资格向她表达同情!

方嫂见太太有些尴尬,忍不住插话,凤姐,我说一句话,你听了不要不高兴。你有那样一个爹,你这辈子都别想和你的那个表哥成亲!即便不是我们大少爷,你爹也会伙着别的张三、李四、王二麻子把你弄去跟他们成亲。我跟你说,你得亏碰上我们大少爷了,你也不打听打听,我们老爷太太那可是方圆百里都数得着的仁义之人。

方嫂！楚太太厉声打断,天也不早了,凤姐一路颠簸劳顿,也累了,好好服侍她歇着吧！楚太太说着看了那女子和她隆起的腹部一眼,想说什么,又吞下了,转身下楼去了。

孽障！你给我跪下！老屋的客厅里灯火通明,天朗也在。楚老爷和楚太太端坐在桌前,表情肃穆。天舒一声不吭,乖乖扑通一声跪倒。

从回来到现在天舒都只缩在自己的屋里不敢出去,也不敢问凤姐的事。父亲的震怒以及这一跪都是他意料之中的。天朗已经把家里这一年多发生的事通通和他说了,天舒知道厄运降临楚家大屋了,他甚至能看到那狰狞的面目。一丝惆怅掠过天舒的心。刚才看见父亲,天舒简直不敢相信自己的眼睛,那坐在客厅椅子上的是自己的父亲吗？头发全白了！父亲的白发在闪烁的灯光下,显得那么刺眼,刺痛了天舒的心。长这么大,他第一次真正经历了自己良心的拷问：自己是这个家的长子,这些年都做了些什么？为这个家尽过一点一滴责任吗？不仅没有,反倒不停地给家里制造麻烦。去年是信子,今年又……早知如此,就不该带凤姐回橡树湾。可是不回来,又怎么办呢？口袋里银钱告罄。吴有福那个老家伙简直就是一口不见底的深井,天知道得填多少进去才是个头！荷叶洲赁下的宅子,三个下人的开支,五个人的吃喝用度,就像一波一波的浪涛,源源不断地淘洗着自己只出不进的口袋,直至空空如也。若是再不回来,他们或许只能流落荷叶洲街头,在那个四面环水、巴掌大的孤岛上潦倒窘迫,然后托人求告家里把自己接回去。与其那样,还不如自己觍着脸回来,至少在凤姐面前面子是保住了。现如今比自己小六岁的天朗都已经在为家里分忧,主动辍学回家撑起小学校。他第一次感到了惭愧。他心里打定了主意,无论爹怎么惩罚自己,他都认！

你知道你都干了些什么吗？你不仅是抢,是偷,更是下三烂！我楚振轩一生顶天立地,怎么有你这样一个混账的儿子！楚老爷一时气急,急速地喘起来,楚太太赶忙过去替他抹背揉胸。好一会儿,楚老爷终于缓过来,轻轻把妻子的手推开,示意她回去坐好。

你娘说得对,就是报应！你知不知道？你妹妹天心被土匪抢,就是你作孽的报应！是现世报,知道不知道？如果天心不被土匪劫,你长生伯怎么会死？长生伯不死,戴月大妈也不会那样冻死在荒郊野外。楚天舒,你就是罪魁祸首,是这个家的罪人！你知道不知道？楚老爷再一次急速地喘起来,这回是天朗紧一步跨过去替父亲揉抹着胸背。楚老爷虚弱地把头靠在儿子的怀里,那情景真让人不忍觑视。这就是昔日里那个雷厉风行、叱咤风云的楚振轩楚老爷吗？竟被病魔折磨得如此骨瘦如柴、形销骨立了,若不是脸上的那一股威严、身上的那一股正气还在,那个虚弱的白头发老翁还是橡树湾人心目中的支柱楚老爷吗？

依着我的本心,我定要将你这个孽障撵出楚家大屋,撵出橡树湾,从此再不许踏足半步！可是你娘说,那姑娘肚子里已经有了你的骨血……楚老爷顿了顿,似乎在平息自己内心的波澜。你楚天舒浑,我楚振轩不能也跟着浑！我不能让我们楚家子孙流落在外。方嫂,去把那姑娘请来,我有几句话要和她说。

不一会儿,方嫂搀着那姑娘过来了,她依旧穿着来时穿的那件宽衣大袖的旧式衣服。楚老爷还是第一次见,心说这姑娘好高的个头啊！都差不多可以跟母亲一比了。这个念头一闪,心里不禁油然而生一种欢喜。

见过老爷、太太。那姑娘带着几分怯生生,低着头过来给楚老爷、楚太太屈膝见礼。她眼睛一瞥,看见天舒当堂跪着,不禁心里一惊,一时间有些不知所措。但旋即她就镇定下来,打定主意,就这样不卑不亢！你楚家子孙造的孽,你们楚家就得承担。想不承认？想叫我一声不吭地灰溜溜离开？门儿都没有。这叫一手招进来,两手推不开！可是,他们怎么叫那个家伙跪在地上啊？哼哼,平常不是走哪都趾高气扬、神气活现吗？也有你楚天舒低眉顺首的时候啊！凤姐心中不由得升腾起一股报复后的快感,脸上不知不觉掠过一丝得意。

姑娘不必多礼！方嫂,服侍吴小姐就座。楚老爷温和地说。不知为什么,凤姐的心里忽然爬满了酸涩,酸得如何拼命克制都克制不住,眼泪一瞬间扑簌簌掉下来。这才是父亲的声音,不是吗？

姑娘不必难过,我知道天舒让你受委屈了,是老朽我家教不严,教出了这样一个逆子,所以我才叫他一定要跪着等你来,是要他向你赔罪,楚老爷继续温文尔雅而又不失亲切地对她说。不想,凤姐不但没有止住悲声,反倒越哭越汹涌,几乎又要喘不过气来的样子。哭得方嫂心里火直冒:我们老爷是什么人?还病着,这么和风细雨地跟你说话。我们大少爷又是什么人?这么当堂给你跪着!噢,说你胖,你倒喘上了,还真委屈得跟什么似的!哼,你要不是摊上你那样的爹,能有这一出吗?

姑娘,如果你觉得天舒给你赔罪还不够分量,那老朽这厢给你赔不是!说着,楚老爷站了起来,冲着凤姐抱拳鞠躬。

这一作揖,把个凤姐吓得不轻,从椅子上溜下来,扑通一声也跪倒在地,哭着说,老爷,千万别!您这不是折煞凤姐吗?我不是委屈,我就是心里难受。我长这么大,还从来没有一个长辈这么温和地和我说过话……说着又捂住脸呜呜地哭起来。

楚太太见了心里不禁一阵酸楚,可怜的孩子。她不由得起身过去,将凤姐牵起来,温柔地说,起来吧,孩子!你身子重,闪了可怎么办?不要觉得受不起,这是楚家欠你的,你受之无愧呀,孩子!好了,不要哭了,母亲老是伤心,对腹中胎儿不好。除非你不想要他了,否则,你该不会想自己的宝宝一生下来就缺胳膊少腿吧?一句话把凤姐说得哭声戛然而止,顺从地从地上起来,坐到椅子上。凤姐偷眼看了看蔫头耷脑地跪着的天舒,原先的那一点幸灾乐祸,不知什么时候已经荡然无存,反倒有点心疼了。

是啊,姑娘,你不要有什么过意不去,太太说得对,这就是我们楚家欠你的。唉,我们楚家欠你的岂是一个不是就能赔得了的啊!楚老爷不禁满面羞惭。姑娘,这么晚叫你过来,就是想听听你的意见。如果你从心里不想和天舒在一起过,可以离开。你就安安心心把这里当自己娘家,好好把孩子生下来,如果你不想带走,孩子就留下;如果你舍不得孩子,孩子生下来以后,你也可以带走,反正怎么样都可以。而且无论你在哪里,我们都会帮你把孩子抚养成人,任何时候,我们楚家都不会让自己的子孙流落在外受苦遭罪。但是,话又说回来,你若是愿意和天舒在一起过,那我们楚家就正式迎娶你做楚家大少奶奶!但是,有一点,你一定要明白,既然你同意留下来做楚家儿媳妇,就一定要安安心心,守楚家规矩,安分守己做楚家媳妇,切不可有什么其他不好的念头。倘使你嘴里答应着,心里却别扭着,那这样的儿媳妇,楚家是断断不会要的!姑娘,你可听明白了?

凤姐再一次跪倒在地上,说,老爷、太太,我吴凤姐虽然家世贫寒,但是出身并不低贱。只是父亲不成才,败了家业。母亲恨父亲,是恨铁不成钢,还死不悔改,才伤心之下,寻了短见,不然我如何会沦落到要卖豆腐度日?可是我吴凤姐也不是什么没有规矩的女子,既然和这个人做了事实上的夫妻,又和他一起踏进了楚家的大门,从今往后,我生是楚家人,死是楚家鬼,再不会有什么三心二意。倘使有什么三心二意,天打五雷轰!

好了好了,愿意跟天舒一块过,是再好不过了,往后安安心心过日子就是了,何必起那么大的毒誓?你不心疼你自己,我还心疼我孙子呢!起来吧!楚太太再次上前搀凤姐起身。

凤姐忽然有些不好意思的样子,低着头说,太太叫他先起来,我再答应起来,一句话说得一屋子的人都乐了。女子的心就是软,嘴上一副恨得牙痒痒的样子,心里其实还是心疼的。

楚老爷于是厉声对天舒说,孽障,起来吧!听清楚了,我这可是看凤姐的面子。不然,不仅罚你在家里跪,明天还要罚跪祠堂!叫你以后还作孽!

谢谢爹娘宽恕!天舒蔫蔫地说。

楚老爷说,你得谢谢凤姐,是她替你求的情。天舒扭捏着不愿意。楚老爷说,怎么了?还不好意思,磨不开面子啊?你作孽的时候怎么就一点面子都可以不顾呢?但凡你有一点点想到楚家大屋,想到你爹娘,你就不会做下那些下三烂的事情,快去,去谢过凤姐!

老爷,不用了!凤姐一时间真的有些不好意思起来,说,一只巴掌拍不响,若不是我爹帮他,他也没法子……

凤姐你不要再替他开解,他是个男人就得为自己的事情承担一切后果,要有一颗是非分明的心,该罚就得罚,该谢也一定得谢,不管对方是谁!楚天舒,你听好了,凤姐不仅原谅了你的罪孽,而且还心疼你,替你求情,这是多么难得的女子?你说你该不该对她说一声谢谢?不仅要对她说谢,而且要一辈子对她好,感激她一辈子才是!同时,希望你面对她的时候,能够时刻警醒自己。楚老爷严肃地说。

我知晓了。天舒有气无力地回答。谢过凤姐,虽说十分不情愿,却实在拗不过自己的父亲,天舒只好冲凤姐拱拱手,嗫嚅了一句。

楚老爷还想再说什么,楚太太发话了,说,好了,老爷,既然凤姐答应跟天舒好好过,那这个儿媳妇我们可就娶定了!嗯,家里也该热热闹闹办一回喜事了,不是吗,老爷?

嗯,办!好好办!办得越热闹越好!好好冲冲这家里的晦气。楚老爷高兴地宣布,天朗,明天叫高湛回家,好好商议一下婚礼的操办事宜。三天后,让他们俩真正拜堂成亲。

三天?楚太太惊呼,三天能来得及吗?

怎么来不及?人心齐,泰山移,家里这么多人齐心协力,我不信三天时间筹办不出一场婚礼。三天后,我楚振轩要热热闹闹地迎娶我楚家第一个儿媳妇!

三天后,一挂响彻天宇的鞭炮迎娶了楚家大屋第一个儿媳妇。

五个月之后,楚家大屋又震天响起了一挂鞭炮,楚家第一个孙儿呱呱坠地,楚老爷高兴地为其取名:宇澄。楚宇澄。

喜耶？ 忧耶？

  姐在田里摘黄瓜，
  郎在外头甩把沙，
  打掉黄瓜花哟——
  打掉公花犹自可哟，
  打掉母花丢掉一个瓜，
  回家要遭公婆骂哟——

  清脆嘹亮的女声如一朵白云一般山谷间飘荡,才刚刚在一处林梢停歇,一个浑厚高远的男声就急不可练地追赶而来——

  条条田埂摆草鞋，
  前埂摆到后埂来。
  前埂摆的是梁山伯，
  后埂摆的是祝英台。
  干妹妹,中间摆的是女乖乖。
  一茬(zai)日头一茬阴，
  晒得小郎汗淋淋。
  心想送顶草帽去，
  又怕别人嚼舌根。嚼舌根。

看在眼里疼在心——

在一片群山环抱的山冲里,一大片平整的田畴,像一把绿纸扇一般,在群山之间呛啷啷一声巨响,豁然打开。一条欢快奔流的溪水从对面山上直直垂挂下来,奔腾进山脚下的一条河流。而那条河流出山不远,却又不知为什么突然一分为二,各自顺着山形往两边背道而去,形成这把绿扇的扇边,温柔相拥,开合自如。此时已是暮春季节,山外秧苗早已栽插多日,山里却才刚刚开始。歌声便是从那畈田里传出来的,一唱一和,又紧张又热闹,既劳累又轻松。唱歌的那个男人直直地站在一具牛拉的耙上,一只手拽着牛缰绳,另一只手虚举着牛鞭,迎着风,高昂着头,引吭高歌,响彻行云。高亢婉转而又俏皮可爱的歌声,拽住了一个正在山道上行走的远行人。他不觉离开山道来到田边,立在地头,饶有兴味地盯着那个歌者。许是这个驻足的行路人打扰了这一份雅兴,本来那歌声正与白云嬉戏,与风儿追逐,忽然一个倒栽葱,从晴朗高远的天空一头栽下,戛然而止。而几乎所有人也都一瞬间停下自己手里的活,齐刷刷地看向那个行路人,就像给他行注目礼似的。看得他反倒不好意思起来,冲大家一拱手说,对不起对不起!打扰了打扰了!说着,疾步离开。看见行路之人一副惊慌失措的样子,大家全都忍俊不禁一起哈哈大笑起来,而歌声又紧接着再一次欢快地朝着白云清风追去。这是怎样的一个地方啊!民风何其淳朴、温厚,行路人不禁也跟着偷偷笑了起来。

仍旧是同一个梦。楚老爷自己都已经记不清究竟是第几回做这个梦了。那可真是一个好地方啊。楚老爷忽然无比思念起那个异常宁静的小村庄。真是安静呢。安静得仿佛没有人居住一样,所有的热闹,似乎都被村口两株异常粗壮枝叶婆娑的香樟树挡在了村子外面,在畈田中。而那两株香樟树则用它们的身姿与蓬勃,静静地向人们诉说着这个村庄的历史。楚老爷记得自己第一次见的时候,不自觉围着这两株香樟树转了又转,赞了又赞,还暗暗地在心里与橡树湾的枫树比较了一番,不知哪个更年长一些。多年不曾去过了。最后一次去的时候,莲心正好及笄,天心还在城里读书,他与浩然兄,从"干亲家"变成"湿亲家"……唉唉唉,楚老爷心中掠过一阵怅惘,世事蹉跎,不知道浩然兄和莲心怎么样了。

有时候人还真是禁不住念叨。那天十月小阳春的阳光温煦地洒在他身上,像儿时母亲的摇篮曲,轻柔而又深情,有晚开的桂花香从外面飘进来,若有若无的,惹得人极想循着那花香追踪而去。楚老爷心中少有地闲适,在天井的躺椅上躺着,静静地享受这午后的静谧时光,不想浩然兄竟然自己打马过来了。楚老爷半睡半醒之间,似乎听见老莫说,家里来客人了,老爷。

紧跟着一声喊,伯轩老弟!他有些茫然,以为自己又是在做梦,梦里浩然兄总这样亲切地喊他。他想睁开眼睛,又似乎有些舍不得的样子,依旧闭着。他怕自己眼睛一睁开,浩然兄就走了,看不见了。每一次都这样。他不想浩然兄转眼又不见。

伯轩老弟。又是一声喊,这一声更真切了,就像在自己的耳边一样。楚老爷不禁暗自笑了笑,想自己真该离大去之日不远了,青天大白日的,耳朵里竟然有幻觉。他不觉睁开眼睛,习惯性地朝门口看去。天哪!他看到了什么?那个笑眯眯地站在天井边上的人,怎么跟浩然兄一个模样?楚老爷一惊,怕又是幻觉,忙用手抹了抹自己的眼睛,再看,确实是浩然兄真真切切地站在自己的面前!

老天爷,真是浩然兄吗?楚老爷霍地一下站起来,看着笑嘻嘻憨态可掬的浩然兄,眼泪一下模糊了自己的眼睛。哎呀,浩然兄啊,真是你来了呀!你真的来了呀!他拉着浩然兄的手,竟有些语无伦次起来。

怎么?伯轩老弟,不认识你浩然兄了吗?呵呵呵。倒是你,伯轩老弟,几年不见,你怎么老成这个样子?还真叫人不敢认了呢!到底怎么了呀?白老爷说不出的惊讶。

唉,一言难尽啊,浩然兄!楚老爷不禁喟然长叹。浩然兄还是从前的老样子,总是那么憨憨地呵呵笑着,有些发福的身躯,青布夹袍,黑色团花绸马褂,同样花色瓜皮帽,憨态可掬。顿时,往事水一样漫漶……

那一次楚老爷饶有兴味地沿着村道走进村子里,一切是那么普通平常却又那么亲切心怡,不觉间就走到了村子尽头。忽然一声犬吠引起了他的注意,楚老爷这才发现就在不远处,一座很大的院落突然一座山峰似的横在他面前。高高的院墙上爬满了蔷薇,正粉粉地开得一片热闹,惹得蜜蜂们嘤嘤嗡嗡地闹着忙个不停。院门半开着,那声犬吠正是从那里发出的。一只毛色光滑油亮的大黄狗,正乜斜着一双湿漉漉的大眼睛看着他,似乎对他竟如此无视这样大的一座院落而心生怨气,忍不住低吼一声。

大黄,不要闹!随着一声呵斥,一个差不多半百年纪,头发有些花白的老者出现在院门口,看见正笑眯眯与大黄对视着的楚老爷,笑着点了一下头,说,不要紧,这狗,它不咬人的,它看见生人,叫着玩,呵呵。先生这是?

哦,我乃行路之人,路过这里,顺便看看。

哦,那,要不要进来喝口水啊?老者依旧呵呵笑着,热情地招呼。

好啊好啊!楚老爷忙不迭答应,正口干舌燥得紧。如此,多谢了!说着,楚老爷冲老者抱拳施礼,随他一同进屋。

老者一边招呼客人就座,一边吩咐百合上茶。不一会儿,那个叫百合的小姑娘端过来两盏盖碗茶。老者赶紧让茶,说,先生,快喝口热茶解解乏吧!又呵呵笑着说,先生有口福,这是前几天刚开园的新茶呢!

哦,是吗?楚老爷听闻,欣然掀开杯盖,顿时一股扑鼻的清香,不禁脱口而出,哇,真香!哈哈,这可得要感谢大黄!不是它喊我,我哪里能享到这口福?此时的大黄已然温顺地趴在楚老爷的脚前了,楚老爷不禁欢喜地用手摸了摸大黄的头。大黄呢?则享受地拿尾巴在地上扫了扫。一口热茶进嘴,楚老爷由衷地赞道,哎呀,这茶,还有这山泉水,可真是绝配啊,唇齿留香,真格的是唇齿留香啊,老哥哥!楚老爷赞不绝口。忽然他想起来什么似的,问,哎,老哥哥,您这地方叫个什么名啊?怎么个个都会唱歌?而且还唱那么好?不瞒您说,我刚才呀,就是被那好听的歌声给吸引到这里来的。

哦,是吗?老者不禁得意地又呵呵笑起来说,我们这个地方叫"六亩田"。祖上是秦朝大将白起的后代,世代居住在山西太原。唐朝"安史之乱"的时候为了躲避祸乱,白家老祖才从祖居地一路辗转迁居到此的。

哦?这么说老哥您姓白?真是太巧了!楚老爷不等对方话毕,忍不住插嘴。老哥,我夫人也姓白。原来大黄知道我们是亲戚,故意留我啊,哈哈哈。可为什么叫这么一个名字啊？

呵呵呵，是啊？那可真是太巧了！白老爷也跟着乐起来。至于"六亩田"这名字嘛，呵呵，还真有些缘由……说着端起盖碗喝了一口，慢条斯理地说开了。

相传这里原来有一个大户人家，家业很大，可惜子息不旺，没有儿子，只一个女儿，生得是花容月貌，貌比天仙，可那大户人家日日忧愁恼闷。如此如花似玉一个宝贝疙瘩，真是捧在手里怕摔着，含在嘴里怕化着，可自己不能永远这么捧着含着吧？自己总有一天会老会死，百年之后，谁来承继自己的这份家业，对自己的女儿也能这样一辈子捧着含着呢？他思来想去，觉得还是把女儿交给一个老实、忠厚，又勤谨、善良的人比较妥当。于是，他就贴了一个告示，晓谕天下：哪个年轻后生若是能在一天之内，替他栽完六亩田的秧苗，就将女儿许配给谁。告示贴出去之后，一时间人们奔走相告。那大户人家的家业何等殷实，自是没的说；而那小姐的美貌，更是没的说，没有哪一个后生不对她垂涎欲滴的。可是，一想到要在一天之内栽完六亩田的秧苗，又都望而却步了，所以告示贴出去多日，也不见有人来揭帖应战。第七天头上，终于来了一个后生。那大户一看，果然敦厚温良，心下颇为喜欢。那后生也不多说什么，揭了帖就走。第二天天还没亮，那后生就已经闷头在田里栽秧了。栽啊栽，到太阳快要下山的时候，果然六亩田栽得只剩最后几路秧苗了。那小姐也是一个善良之人，见后生一天到晚一刻不歇，心里不禁有些心疼，就亲自提了壶茶水送到田头。那后生眼见马上就要大功告成，心下正暗暗高兴，忽然就听见身后一个温婉的声音招呼他，大哥，歇一时，喝口水再栽吧，也已经差不多了……那声音又甜又糯一下子甜到了后生的心里，后生一激动猛地直起腰，就听咔吧一声，那后生的腰断了！不久就死了。那小姐也是个仁义之人，老是自责，如果她不去送茶，不去喊那一声，那后生怎么可能会那么激动，猛地直身把腰椎抻断呢？腰椎不断，又怎么可能会死呢？因此，那小姐也就一辈子没嫁。

哎呀，真是可惜了！楚老爷叹惋不止。

之后，人们就把这里叫"六亩田"，以此来纪念这件事。呵呵呵，老人憨憨地笑着说，所以啊，每年一到插秧的时候，人们自然而然就会想到那个久远的故事,用歌声来抒发人们心中对人生对命运的感悟。这位先生,你啊,若是喜欢,就住下来,都是亲戚了,还不知道先生您怎么称呼呢?

在下楚振轩,字伯轩,跑马行商之人,路过宝地。楚老爷说着冲白浩然一抱拳,嘿嘿一乐,说,老哥哥,光知道您姓白……

你看,说得高兴,我都忘记介绍自己了,呵呵呵。贱姓白,草字浩然,既是亲戚,日后叫我浩然兄就是了。我呢?就称呼你伯轩老弟,你看如何?老人说着也不管对方许可与否,便端起茶杯招呼,来,伯轩老弟,喝茶。

哈哈哈,好,浩然兄,喝茶!

一口热茶下肚,白老爷的话匣子就打开了,说,伯轩老弟,看你这样子,也是一个读书人,怎么竟做起生意来了?跑马行商之人哪个不是一肚子苦经?徽州府一直流传一句老话叫:"前世不修,生在徽州;十三四岁,往外一丢"。有的小小年纪就出门经商,有的新婚不久便出门,而出门之后多年不归的大有人在啊!有一对新婚夫妻,结婚不过刚刚三个月,丈夫便出了远门,妇人在家里做刺绣为生。每年她都用卖绣品的钱买一颗珍珠,以此来记录年月,名曰记岁珠。可她自己却称那珠子为:泪珠。等到有一天那丈夫终于回来了,可那妇人已故去多年。看看箱子里集下的"泪珠"已然有二十多颗了……唉,你说苦不苦?伯轩老弟,你岳父如何就舍得将自己的女儿嫁给一个跑马行商之人呢?不是我说你啊,伯轩老弟,有时候男人在外面经商,风餐露宿的,是很苦,可再怎么苦,也不及一个妇道人家守在家里的苦大啊!

不瞒老弟你说,我们祖上开始的时候也是靠经商维持生计。七世祖刚刚新婚不久便和父亲一起出门跑生活,家里只有新婚媳妇与婆婆二人靠织卖相依为命。北宋宣和年间方腊起事,四处劫掠,乡邻们都携家带口四散逃窜。婆婆便对媳妇说,我和你两个要想一起活下去太难了。我年纪大了,走不动,你快点走吧!媳妇却坚持婆婆跟自己一起走,否则自己也不走。二人各持己见,僵持不下。婆婆无奈,只得说,那你等着,我回房收拾收拾,说着就回自己房间里去了。可是媳妇在外面左等右等就是不见婆婆出来,又着急又奇怪,就跑进房去看,谁知婆婆已悬梁自尽了。媳妇恸哭之后,亲自把婆婆收殓埋葬了之后,自己也找根绳子上吊自杀了。待那远行的父子回来,庭院里的荒草已长人高。七世祖于是规定,凡此后子孙,任何人不得经商,只耕读传家。伯轩老弟呀,银子是赚不完的,可人是有年数的,会死的。等到有一天家里的人若是不在了,你就算赚座金山银山回去,又有什么意思呢?你说是不是这个理啊,伯轩老弟?

哈哈哈,浩然兄,您这妹妹还没正式认,就心疼上了呀!

呵呵呵,也是哈……

两个人正说得热闹,突然从外面跑进来一个梳着两个鬏鬏的小女孩。粉色绸缎衣裤,粉色绣花小布鞋,鬏鬏上的粉色蝴蝶结,随着小姑娘的跑跳,也跟着上下跳跃,好像随时振翅飞走一般。也许是奔跑的缘故,白皙的小脸上透着红晕,小女孩看见生人也不害怕,嚷着,爹,我渴了,快让我喝一口!说着不管三七二十一,端起她爹的茶杯就咕咚喝起来。喝完之后,小手一抹,把个樱红的小嘴唇揉抹得更红更嫩了。

这小姑娘便是莲心,年方五岁。楚老爷一见,顿时欢喜得不得了,当下提议说,浩然兄,我们来个亲上加亲,好不好?楚老爷兴致勃勃,也不等白老爷回答,急着往下说,我有个女儿名唤天心,与莲心同庚,也是五岁,不如让莲心、天心,她们两个小姐妹结一个金兰之好如何?这样我们不就是亲家了吗?岂不是亲上加亲,一等一的大好事啊?

呵呵呵,还真是哈!好,那就依了伯轩老弟的意见,让她们俩小姐妹结一个金兰之好。反正她们俩也没个姐妹,这下正好有了!

于是各自报出女儿的生辰时日,天心五月出生,为姐;莲心十月出生,为妹。

自那以后隔个年把两年的样子,楚老爷就会进山一趟,拜望拜望浩然兄,也主要是看看莲心。莲心一天天长大,一年年变化,出落得越来越好看。楚老爷最后一次去,莲心正好十五岁,女孩儿及笄之年。三月三行及笄礼,给她上头的时候,她还哭了。兴许是她娘给她讲了一些做女孩儿应该有的规矩,想想从此之后,她再也不能在野地里到处乱飞,那束起的长发以及绾住头发的发簪就是一种永远的束缚了,心里感觉失落吧!然而女孩儿家真是女大十八变,绾了头发的莲心,实在是一朵含苞待放的莲。白莲,圣洁,纯净,说不出的美好。楚老爷见了则更是说不出地喜欢。

白老爷说,伯轩老弟,你家天心也该是今年及笄吧?

楚老爷哈哈一乐说,我们家那个小淘气啊,她才不会讲究这些呢,她呀,跟她三个哥哥一样,也在城里读书。头发呀,铰了,喏,这么长。楚老爷说着拿手比画至耳根的地方。新潮着呢。她娘送她一支翡翠步摇,算是送她的及笄之礼,祝贺她成人。她还嘲笑她娘,说她娘送得太不合时宜,这样的东西,她哪里用得上?她娘就打趣她说,这个也讲不好!要是哪一天你嫁得不好,家里穷得揭不开锅了,还可以拿这个出去典当几个银角子,买点米糊口不是?

呵呵呵,看看我这妹子说话多有意思。你这样人家的女儿,还会嫁不好?真是会说笑,呵呵呵。

哎,你还别说,浩然兄,我那女儿天心听她妈这么一说,还真宝贝起那支步摇了,说是既然娘为她谋划得那么远,这支步摇可得好好珍藏,以备不时之需,哈哈哈。她们母女俩啊,说起俏皮话来,是一个不输一个!

楚老爷去了,白夫人总要亲自下厨炒几个可口小菜,然后兄弟二人一起推杯换盏一番。那天,两个人照例吃得酒酣耳热,楚老爷忽然把酒杯放下,叹了一口气,说,唉,女孩儿行过及笄之礼之后,媒人便要来上门了。浩然兄,你舍得把这么好一个女儿送到人家家里去啊?

唉,向来乐乐呵呵的浩然兄也跟着叹了一口气说,不舍得又有什么法子?男大当婚,女大当嫁,自古都是这么个理啊!

莲心,多好一个女儿啊!就算浩然兄舍得,我都舍不得呢!哎,浩然兄,不如,干脆您把莲心放到我家里,与我们家天朗配个对,把我们俩这虚头巴脑的干亲家,做成"湿亲家",您看怎么样?

呵呵呵,伯轩老弟,把莲心搁你们家,好倒是好,只是太远了一点,来来去去不方便,我怕贱内不答应。这个姑娘可实实在在是她的心头肉呢!

哎,浩然兄,这有什么难啊?天朗有他自己的屋子,你们要是愿意,可以搬过去一起住啊!我岳父不就在我们家住了很多年?

说得也是哈,以你老弟的为人,我信!好,就这么定了,我们俩再结个儿女亲家,把这个虚头巴脑的"干亲家"坐实了,呵呵呵。来,亲家,干!

哈哈哈,干。楚老爷还不放心,又紧追了一句,说,浩然兄可要季布一诺,千万不能让这朵圣洁的白莲花给别人折走了,那我可是要怨兄长一辈子的哦。

啊呀,伯轩老弟,你这么说话就太不把我白浩然当兄弟了嘛。我既然已经答应了你伯轩老弟,又怎么可能再轻许他人呢?你只管把心放肚子里,只要我白浩然还在这个世上活着,莲心生是你楚家人,死是你楚家鬼,绝不会变。

楚老爷一听,禁不住哈哈大笑起来,他情不自禁端起酒杯,浩然兄,亲家,这杯酒实心实意敬你。

白老爷还是第一回见天朗,嚯!好一个白马银枪少年郎啊!心下自然是欢喜得不得了。天朗呢?虽然没有见过白氏父女,但这个岳父大人他是知道的。对于这桩由二位父亲做主定下的婚姻,天朗说实话心里没有什么感觉,他甚至没把它当一回事,以为不过是一个玩笑罢了。这些年在外面读书,高中、大学,自由恋爱的男男女女,他不知道见过多少,虽说自己还没有什么意中人,但真要他跟一个从未谋面的女子谈婚论嫁,他还是觉得有些不能接受。这两年家事太多,天朗更是实实在在把这件事放下了。然而,今天这个传说中的岳父大人却突然出现了,倒把天朗弄得手足无措,不知该如何应付,他竟然微红了脸,有些拘谨地叫了一声,伯父好!

白老爷忙不迭应道,好好好!然后只一个劲呵呵笑。

怎么样?浩然兄,我们家天朗与你家莲心可般配?

般配,般配,着实般配得很啦!伯轩老弟,他们俩实在是太般配了呀!我喜欢,我喜欢啊!呵呵呵。白老爷只顾一个劲傻乐着,显然这个女婿真是太中他的意了。

哈哈哈,楚老爷也爽声大笑起来。这样的笑声,这样散发着干爽的阳光芬芳,没有任何水分的笑声,大屋里的人多久没有听到过了?由不得人不心生欢喜。楚老爷因此精神大振,拄着根橡木拐杖,由楚太太和天朗陪着,带白老爷把橡树湾转了一个遍。白老爷不无感慨地说,伯轩老弟,橡树湾好一条巨龙腾飞的风水宝地,怪不得老弟你的生意做得那么好,都是得了天时地利人和啊!莲心嫁到楚家,是我们白家高攀了呀!

哎呀,浩然兄,如何就是我们白家高攀他们楚家呢?我看倒是他们楚家高攀了我们白家才是啊,楚太太一语双关,把白老爷与楚老爷全都说笑起来,就连天朗也忍不住跟着笑了。

浩然兄这个稀客来了,楚老爷的高兴劲一点不亚于天舒那场轰轰烈烈的婚礼,甚至比那个高兴劲还要大。他亲自吩咐厨房摆酒设宴,又吩咐天舒、凤姐抱了孙儿宇澄,晚上一起过老屋这边来,陪客人吃饭。天舒自打结婚之后,就在自己屋里单过了。天舒本来还想为家里做点事,尽一点楚家长子的责任,可楚老爷并不怎么信任他,叫他只管当好楚家大少爷,照顾好凤姐母子便是了。天舒本性闲散,乐得这样自由自在,清风明月。"江上一叶舟,出没风波里",把一个楚家大少爷当得好一派逍遥快活。

楚老爷与白老爷两人心中喜悦,晚上一顿饭自然吃得宾主尽欢,热闹非凡。谁也没注意天朗的脸一直阴着,倒是凤姐将这一切都看在眼里。

饭毕回到自己屋,凤姐对天舒说,天朗怎么好像不太高兴似的?

怎么可能高兴呢?天朗,他一个在外面读书多年的新青年,怎么可能会接受一桩旧式婚姻?天朗要是愿意跟这个什么白莲心成亲才怪呢!反正换作我,打死也不会同意的。

然而楚家大少爷的预言没有得到证实,结果恰恰相反。

天朗的婚事顺理成章地定下来了,就在那年的腊月十八。而且全橡树湾人都知道天朗的婚事才真正是楚家大屋最正式、最隆重的婚礼,就连老天爷都给力。

腊月十八这天,天气晴朗,太阳喜洋洋地照耀着,阳光猛烈得棉衣都有些穿不住,就连老人们都说没见过这么暖和的冬日。湖面上风平浪静,波光粼粼。天远还特意从南京给天朗租了一只画舫。画舫昨天就到了,今天一大早就花枝招展,喜气洋洋,一路招摇地行至莲子河入口,等着接新嫁娘的大红花轿上船。

几乎整个橡树湾都投入到这场婚礼的筹备工作中,楚家大屋再一次被打扮得红通通一片,真的是铺天盖地一片红啊!天远这一次回来参加天朗的婚礼,楚老爷非但没有不高兴,还对天远弄来的那只画舫非常满意。虽然表面上口里说着,不要这么招摇的话,可是内心里,大家都知道他是喜欢的。就是要招摇!叫藕山上的那班畜生看看,我楚家大屋再大的风浪也挺得住!

天朗这个新郎官呢?换上大红喜服,配上大红花,骑在高头大马上,真是又喜气又帅气。

天远说,天朗,你就该来个新式装束,穿西服打领结才是。瞧你这样,还是一个在外面读过大学的新派人物吗?也给爹娘来点新鲜玩意儿嘛!

天舒也跟着打趣说,哈哈,想不到天朗还真是个乖宝宝啊……

两个哥哥本是跟弟弟开玩笑,不想天朗却认真了。他看着两个哥哥,神情少有地严肃,说,你们俩,一个做逍遥王,一个将在外,还好意思在这里笑话我。你们该知道,我这个婚就是为爹结的,你们心里都只有自己,可爹不一样!娘说得对,爹一生慷慨正义,虽说是个普普通通的白丁商人,可他心中始终装着国家民族。爹耗尽心血办学校,就是因为爹心里装着民族大义,想着要倾尽自己毕生之力薪火相传,唤醒民众爱国救国意识。这样的爹难道不值得敬重敬佩?不值得我们为他做一点牺牲吗?虽然这桩婚事不是我所愿,但我不觉得这是什么见不得人的丑事!再说,这个世界上有几个人是能按自己的意志行事的?别的不说,就说焕景哥,难道他愿意年纪轻轻就丢掉性命?难道他不想堂前尽孝享受天伦吗?可他选择了责任与民族大义而慷慨赴死,我敬重焕景哥!况且一代一代,生命之延续,除了肉体血脉之外,我以为还有理想与信念。爹如今身体这么差,再不能叫爹操心了,我得把爹手里的大旗接过来,把他的精神传承下去!

一番话说得天舒、天远汗颜,也不得不承认他们眼里的这个乖宝宝,不仅长大成人,更是成才了!

迎接新嫁娘白莲心的画舫刚一在祠堂前面靠岸,岸上的鞭炮就炸开了,一直炸到四人抬的大红花轿落在楚家大屋前面才停了响。我俊朗飘逸的三舅楚天朗从高头大马上下来,亲自为新嫁娘掀开轿帘。然后全橡树湾人都看见一个盖着大红盖头、身着大红缎子棉旗袍、大红缎子绣花鞋,袅袅婷婷的女子,亭亭玉立地站到橡树湾的地面上来了,哇!多好的一个女子啊!这样苗条匀称的身段,怕是橡树湾再找不到第二个了吧?几乎所有人都兴奋无比,就像一锅滚开的水一般立时沸腾起来,齐声叫嚷,掀盖头,掀盖头!按道理这红盖头是要在入了洞房之后才能掀的,天朗知道大家起哄的意思。其实他自己比所有人都更要着急,更迫切想看一看这个楚老爷亲自为他选的媳妇到底如何。就在他踌躇的时候，老天爷就像知道他的心意似的，突然一阵风吹来，将新嫁娘头上的那块大红盖头，在众目睽睽之下吹落到了地上。一时间，所有的叫喊声、欢呼声、嬉闹声，都通通消失了，天地之间一片宁静。几乎所有的目光都聚集在这个身穿大红喜服的女子脸上，而几乎所有人都叹为观止，不得不承认，那是他们有生以来见过的最精致、最端庄、最文雅的面容了。这样的一张脸就该生在那样一个身段上，或者说那样一个身段就该配上这样一副面容，才足以堪称精妙无双！天朗自己也呆了，傻愣愣地看着即将成为自己妻子的女子，一时间竟不知身在何处。

哈哈哈，看，三少爷傻了！

哈哈哈……

所有的欢声笑语再一次响起，人群又沸腾了。媒婆走过来将红盖头拾起来，重新给新娘子盖上，并催促天朗说，别发愣了，我的三少爷，以后有的是时间好好看。快点，老爷和太太还等着你们给他们磕头呢！

这位新娘子的美貌，橡树湾人是见识了，这位新娘子的嫁妆更是让橡树湾人长了见识。不多不少整整十八道箱奁嫁妆，全都披红挂彩，热热闹闹地排了足有一里路。挑的挑，抬的抬，拥进了楚家大屋。摆了整整一天井。白家虽然在"六亩田"也算得是个大户，可为这个女儿的婚事也实在太铺排了一些！啧啧啧，橡树湾人的嘴皮都咂破了，眼珠子掉了一地。

全橡树湾唯一一个心中没有羡慕，只有嫉妒和恨的人就是吴凤姐。相比之下，两年前自己和天舒的那场婚礼简直不值一提。自己既没有这个弟媳妇的容貌，更没有她那么不菲的嫁妆。虽说自己出生官宦人家，可那都是远得不能再远的时候了。她的爹不过是个吃喝嫖赌抽样样齐全，十足的浪荡子而已，这样的身世又有几个人能看得起？还被楚天舒这个杀千刀的那样人不人、鬼不鬼地带到这里来，楚家若不是看在肚子里楚家骨肉的分上，怎么可能会接纳自己？虽说现在这楚家大少奶奶当着，可风光早就过去，或者根本就谈不上什么风光。夫贵妻荣，凭着天舒在橡树湾楚家大屋的地位，以后谁还拿自己这个名义上的大少奶奶当一回事呢？还不是要跟在别人屁股后头看人家脚后跟啊？如此思来想去，吴凤姐心里真是五味杂陈，不是个滋味。

看着合家上下一片欢声雷动,她鼻子里哼了一声,从方嫂手里抱过宇澄,说,哼!不看新人上轿,只看老来风光。嫁得再风光有什么用?得看死后是不是风光!宇澄,你说是不是啊?

小宇澄才不过一岁多一点,却聪明伶俐,口齿清晰,什么话都会说。楚家大屋里上上下下,没有一个不喜欢这个人见人爱的小"人精"。楚老爷更是喜欢得不得了,一天不见,就跟掉了魂一样。小宇澄其实根本不懂他娘话里的意思,却异常认真地捧着他娘的脸,坚定地点了点头说,是的,娘!

凤姐没想到小小的儿子会这么郑重其事地回答自己,大喜过望,狠狠地在儿子脸上亲了一口,说,真是娘的好儿子!娘百年之后,你可要给娘风风光光地下葬!那才是真正的风光,知道不知道?

知道,娘!小宇澄又脆生生地爽快答应了。凤姐心中真是无比熨帖,无论怎么说,这儿子是实实在在、货真价实的。既然不能夫贵妻荣,那么母凭贵总可以吧?她吴凤姐有这么个儿子给她撑腰,在这个家就没有人敢不把她放在眼里!她不禁用手抚了抚自己再一次高高突起的腹部,心里想,如果这一胎依旧是个儿子,那她在这家里的地位就稳固了!就算全世界都给你做陪嫁有什么用?有本事你也今年结婚,明年就生个儿子出来看看,哼!

然而天朗实实在在是大喜过望,他真是没有想到爹会为他物色到这样一个绝色佳人。不仅人长得漂亮,端庄文静,更是有教养!对谁都和颜悦色,礼貌周全。对爹娘更是尊敬有加,细心服侍,简直完美。然而一段时间之后,天朗却感觉出他与莲心之间的不对劲。至于哪里不对劲,具体的也说不上来,他就是觉得有点憋得慌。

每天他把学校里的事情料理完之后,兴高采烈地回家,心里揣着一个非常迫切与甜蜜的愿想,想尽快见到自己娇美可人的妻子。可是等他进了家门,见到她之后,他全身心的热切与渴盼顿时冷却了下来,仿佛一块烧得通红滚烫的烙铁,忽然一盆冷水兜头浇过来,哧啦一声一阵轻烟,所有的沸热都还原成了冰冷。是她不好吗?哪里不好?怎会不好?那么温良端庄,那么谦让有礼。可就是太有礼了!天朗感觉她简直礼貌到一举一动都小心翼翼,谨小慎微,到了让人无法靠近的地步。或者说就算靠近了,也立即有一种冒犯了她的感觉!天朗说不出内心的失意。楚家大屋里上上下下，就没有一个人不说三少奶奶待人热心和善的，为什么单单对自己这样呢？有时候天朗感觉尽管自己和她同在一个屋檐下，一张床上，近在咫尺，没有半点距离，可为什么却总感觉与她隔着万水千山那般遥远呢？这种感觉却还无处可说也无法诉说，就算跟娘，天朗也感觉无法启口。说破了嘴皮，人家也不会相信，三少奶奶那样一个满面春风的人，怎么可能会让一个人感到冰冷呢？更何况这个人是她自己的丈夫。

可事实就是这样啊！

无论她是坐在天井里看书，还是和百合一块做女红，只要一看见天朗回来，便立即恭恭敬敬地站起来，吩咐百合泡茶，有时甚至自己亲自去泡。那一副惊慌失措的样子，就仿佛做了什么见不得人的事情，突然被抓了一个现行一样。如果天朗说，哪用得着你亲自动手啊？叫百合来做好了。她一听，便立即哦一声，住了手，然后就又垂着头，毕恭毕敬地站在那里，再一次手足无措起来。天朗多少有些无可奈何，说，你这样干什么？我又不是你的长辈先生，你怎么老是见到我，就像老鼠见着猫一样呢？这是你自己的家，我是你的丈夫啊！她再一次哦一声，头却垂得更低了，真真叫天朗哭笑不得。有时哪怕天朗只稍微表现出一点想对她亲昵的动作，抚抚她的肩背或是头发，她都会仿佛受了某种惊吓似的，本能地躲开，转而又毕恭毕敬地垂首而立。反倒弄得天朗看见她也手足无措起来，不知道该怎样对她才好。

三少奶奶会吹箫！这是楚家大屋，甚或许多橡树湾人都知道的一件事。那箫声开始时总有点小心翼翼的样子，待吹到深情处，箫声便大胆放飞了。穿过天井直飞越高空之上，将那悠然行走的云彩也拽住了，驻足聆听，听到动情处，甚至会悄悄洒下几点泪滴。大屋里只有天朗没有听到过，因为她总是在他出去之后，才会坐在天井里吹。她有一根色泽深沉、油亮光滑的九节紫竹洞箫，天朗从来没有看见过，甚至不知道她还有这样一件东西。她似乎总是很宝贝它，又很怕天朗看见它似的，不知把它藏在她诸多妆奁中的哪一处。直到有一天，天朗中途从学校回来，隔远他就听见了那幽咽凄美的箫声，那声音拽着他走到自家门口，果然是他的妻在如泣如诉地吹奏。《凤凰台上忆吹箫》，他知道这个曲子。箫的沉郁、幽咽、凄美，将一个思念的人那份无奈与渴盼，表达得甚是叫人断肠蚀骨。他轻轻地进到屋子里,静静地站在照壁的壁影里,凝神而听。吹箫的莲心,他的妻,是那么优雅而又忧伤。她侧身坐在天井里,初春的阳光温柔地从井口洒下来,把她那白皙的脸颊与手臂照得通透,仿佛透明一般。一只白色玉镯松松地戴在她细细的手腕上,仿佛也被那箫声感染而一副幽怨的样子。乌黑的长发绾成一个大大的发髻堆在脑后,天朗都担心她细长白皙的颈脖是否承受得了那份重量。忽然,天朗看见一行泪顺着那张精致秀美的面颊缓缓地流淌下来,"生怕离怀别苦,多少事,欲说还休"吗?这时百合突然从屋子里出来,看见天朗正静静地站在壁影里,叫了一声,三少爷!只这一声叫,那箫声立即如受了惊吓一般,慌慌张张地逃走了。而那吹箫人也一样仿佛受了惊吓一般倏地站起身,转脸看见天朗,一脸的惊惶,迅即将箫藏在身后。天朗心中忽然掠过一丝不易觉察的惊悸,莫非她心里藏着什么天大的心事?

之后他也曾非常含蓄地问过百合,小姐是因为不开心才吹那么悲凉的箫,还是因为箫声悲凉她才不开心?百合说他们家小姐在家里就这样。小姐最喜欢吹箫了,一吹箫就忍不住流眼泪。小姐出门前我们老爷、太太再三嘱咐小姐,出嫁之后,千万不要随便就呜呜咽咽地吹,吹得人心里都发毛,人家会不高兴的,所以那天被三少爷看见,小姐才那么惊慌。百合还说他们家小姐长这么大,还是第一回离开自己的爹娘,她想她爹娘了,吹吹箫,流几滴眼泪,不要紧的吧?三少爷不会责怪吧?说得天朗一脸的羞惭,连声说但吹无妨!并说,告诉你家小姐,想什么时候吹,就什么时候吹,这么好听的箫声,别人拿钱请还请不到呢,白听还有什么好责怪?百合一副如释重负的样子,一脸欢欣地一再说谢谢三少爷。

每年的四月初一,按"六亩田"当地的风俗,凡是新嫁女的家里,都要用南烛叶,也就是乌饭叶做青精饭分赠。做这种青精饭可是费事得很,要"九蒸九晒"。先将糯米蒸熟、晒干,再浸乌饭叶汁,复蒸复晒九次,这样做成的米粒非常坚硬,不仅可以保存时间久,便于携带,而且吃起来方便,用开水一冲一泡就可以吃了,还饱肚子经饿。那年的四月初一,白老爷亲自送青精饭到橡树湾来了。

莲心看见她爹,那个一通哭啊!仿佛全世界所有的委屈都叫她一个人受了似的。哭得楚老爷、楚太太都不知所措,不知道该怎么和白老爷解释了。白老爷一句话也没说,只是听任女儿莲心哭个不停。好一会儿之后,才呵呵笑着说,莲心,差不多了吧? 再哭,你公公、婆婆该要不高兴了! 想你娘了,回头叫你娘过来看你,陪你住几天嘛! 乖,莫要再哭了啊! 莲心这才抽抽搭搭地止住了哭声。白老爷呵呵笑着说,伯轩老弟、静雅妹子,你们不要在意啊! 我知道,她不是因为受了委屈才哭的,你们怎么可能给她委屈受呢? 呵呵呵。她就是想家,想家了。哪有出嫁的女儿不想家,不想自己爹娘的呢? 白老爷说着,自己竟然也鼻子发酸,眼圈发红,赶紧低头喝茶遮掩了过去。

楚老爷说,哎呀,浩然兄,我早就说过,你们要是想自己女儿,可以和嫂子一起搬过来住的嘛! 家里又不是住不下? 人多一些还热闹一点不是? 我们老哥俩还可以经常叙叙话,再陪老哥喝点小酒,多好啊! 省得你们这样两边伤心,叫莲心哭得惨兮兮的,我心里都跟着难受!

其实,楚太太自打看见白老爷送青精饭过来心里就已经难受了,女儿出嫁就该这样,该有的礼数都要有,可自己的女儿呢? 天心呢? 她到底怎么样了? 还能回来吗? 我们楚家又不是出不起嫁妆,做不得青精饭,可嫁妆出给谁? 饭又往哪里送? 所以,莲心哭得山崩地裂的时候,楚太太也跟着狠狠伤心了一回,只是各怀心事罢了。

可就在白老爷打算回去和夫人商议,准备到橡树湾来住一段时间的时候,天朗却突然走了,全家人都莫名其妙。问莲心,莲心只是垂着头不说话,问得紧了,才说天朗有点事情要办,去南京了,过一段时间就回来。

可是天朗自此以后再也没有回来,端午没回。中秋没回。过年仍旧没回。

我三舅楚天朗就这么莫名其妙地没了踪迹,成了大屋里一个无法破解的谜。久而久之,三舅妈也跟着成为那个不解之谜的一部分。尽管三舅妈自三舅离开之后,在楚家大屋更是谦恭到无以复加的地步,可无论她如何夹起尾巴做人,依旧免不了要遭人揣测、侧目,甚而有了议论,说她是一个不祥之人,一个怪物!

可她是怪物吗? 不! 她是天底下最好、最善良的女人,是我跟子墨在楚家大屋的娘!

葬毕我母亲,外婆叫高湛姨爹冲天放了一挂鞭炮,叫老莫爷爷打开中门,迎接我和弟弟子墨进楚家大屋。那架势,可真够正式,够隆重!

楚家大屋的门槛真高啊!五岁的我根本跨不过去,更别说三岁的弟弟子墨了。在一片震耳欲聋的鞭炮声中,我大舅楚天舒像拎两只小鸡仔似的,一手一个将我和弟弟子墨拎了进去。从此,我怀里紧搂着那双我母亲的绣花鞋,和弟弟一起代替母亲走进了楚家大屋,开始了以后的全部人生。

在我和弟弟被我大舅楚天舒一手一个拎进大屋的时候,我的耳朵里听到的第一个声音就是我三舅妈白莲心的——

呀,大哥,你小心一点,可别把他俩的小嫩胳膊拎坏了呀!

顺着声音,我看到了一张和我母亲一般美丽精致的脸,以及那脸上深深的担忧,也宛如母亲一般。在父亲将子墨高高抛上天空时,在父亲将我抱上他的高头大马时,我母亲脸上也是这样写满了惊恐与担忧。

紧接着另一个带着讥诮与嘲弄的声音撞进了我的耳朵——

哧,没生过,没养过,就是不一样哈,喜欢瞎担心!我四个孩子:宇澄、宇清、雨虹、雨燕,哪一个不是他爹这样拎着长大的?哪一个缺了胳膊少了腿了?

循着声音,我看到了一张小麦色棱角分明的脸,以及那张脸上的嘲弄与鄙夷。我不由得在心里打了一个哆嗦,更紧地搂了搂抱在怀里的母亲的绣花鞋。

家里人,除了天远舅舅跟焕致舅舅,个个都在:大舅楚天舒、大舅妈吴凤姐以及他们的四个孩子:宇澄、宇清、雨虹、雨燕;焕彩姨、高湛姨爹以及他们的三个孩子:楚兴、奉兴、楚女;二舅妈笑梅和她的孩子竿笛;三舅妈以及家里的下人一个不落,黑压压一片,挤满了老屋的客厅,一声不吭地听外婆训话。

外婆端坐在客厅的椅子上,神情严肃,不怒而威。今天家里人都在,这两个小人:墨兰与子墨,他们俩是天心的孩子!天心离开家八年,如今她已经不在了,永远也不可能再踏入这个家半步了……外婆说到这里,声音哽咽了一下。她顿了顿,接着往下说,天心虽然永远回不来了,可是她的两个孩子回来了!从今往后,这两个孩子:墨兰和子墨,他们姐弟俩就是天心!哪个要是敢对他们俩有哪怕一丁点的怠慢与鄙夷,休怪我对他不客气!你们都听清楚了没有?下面一片答应声。外婆用威严的目光把所有人挨个扫视了一遍,然后停在我大舅楚天舒和大舅妈吴凤姐的脸上,天舒、凤姐,你们俩是这个家里的长子、长媳,理当事事都要做表率,日后他们小姐弟俩,你们要多多费心才是。

我大舅说,娘,您就放心吧!天心的孩子还不是跟我、天远、天……呃,的孩子一样啊!哪里还会分什么彼此?娘自不必多虑。

外婆微微颔首,说,好!之后又用目光扫视了一遍那帮孩子说,你们几个,以后也要处处关怀墨兰和子墨。他们俩刚刚回大屋,许多地方都不熟悉,楚兴,宇澄,你们俩是大哥哥,要处处照顾他们,不允许其他人欺负他们,听到了没有啊?

听到了,奶奶!两个孩子用清脆的童声异口同声地回答。

外婆笑了笑,说,嗯,真是好孩子!然后对站在人群里的方嫂说,方嫂,墨兰和子墨,还是交给你。你跟天心一直情同母女,天心的孩子交给你,天心肯定也最放心!方嫂爽快地答应了。好,那就这样吧!大家都散了,这些天,也都累了,各自都回吧!笑梅,你带着竽笛也回城吧,家里有莲心,你们放心。外婆说着,目光含笑地看了看刚才那个疼惜我和子墨的女子。

莲心!多好听的名字啊!是那个跟母亲一般美丽的女子的名讳吗?所有人都走了,只有那个叫作莲心的女子没有离开,而是用无比爱怜的目光看着我和子墨。那目光一直追着我和弟弟子墨拐过照壁,跨过天井,穿过中厅,爬上二楼逼仄的木楼梯,进到我母亲天心的房间。在那里,我母亲生活了十五年,之后戛然而止,从这个家销声匿迹。我能穿越那长长的八年空白岁月,代替母亲在这个大屋里生活下去吗?接续她的快乐与烦恼,也接续她的责任与义务吗?

不想,我和弟弟子墨正式在大屋里生活的第一个晚上就出了岔子——

先是我无论吃饭还是走路,都抱着我娘的绣花鞋不肯撒手,甚至连洗澡都坚持要抱在怀里。任方嫂怎么哄,怎么解释,我就是不答应,硬是死死抱着不放,低着头一声不吭。方嫂没有法子,只好去找外婆,可外婆实在太累,晚饭没吃就早早睡下了。无奈,方嫂只得向三舅妈求救。自从外公去世之后,三舅妈就搬回了老屋,住进西边卧室,真正成了外婆的女儿,嘘寒问暖,请安问好,须臾不敢分离。

那个名唤莲心的女子走进我母亲房间的时候,不知为什么,一看到她清瘦的身影与温暖的面容,我的心里立时爬满了委屈与酸涩,眼泪大滴大滴地滚落下来。弟弟子墨看见我哭,也顿时哭起来。那个黄昏,在我母亲的魂灵依旧在大屋上空游荡的苍茫暮色里,我和弟弟子墨,对着另一个酷似母亲一般、也瘦成一张剪纸的女人,丝毫没有顾忌地表达着我们内心的惊惧与委屈,思念与忧伤。那个酷似母亲的女人伸出双臂将我和弟弟搂进她的怀里,顿时闻到一股我们无比熟悉的、兰花的幽香,香味弥漫了我和弟弟小小的心灵,那分明是母亲的味道啊!那一瞬间,我和弟弟都以为母亲回来了,于是越发哭得汹涌。

我们仨就这样搂着哭了好一阵之后,那个名唤莲心的女子说,兰(兰,她居然叫我兰!母亲就是这么叫我的啊!),我们把妈妈的鞋子放下,就一小会儿,等洗完澡就还给你,好不好?声音如此轻柔,也和母亲毫无二致。天底下真会有如此神奇的事情吗?真会有如此相像的两个人,还是老天爷可怜我和弟弟子墨小小年纪没了母亲,好心地又还给我们一个?我终于点了点头,将紧搂在怀里的那双绣花鞋无比信任地交给了她。

方嫂和那个名唤莲心的美丽女子通力合作,终于将我和弟弟都洗好哄到了床上。灯灭了,亮堂了一天的大屋一下子被黑暗浸泡得严严实实,顿时感觉整个屋子又大又空。我突然有一种孤身一人置身于无边大海的感觉,内心里充满了惶恐与无依无靠的孤单。

我的问题是解决了,紧接着弟弟的问题又来了。我弟弟子墨,在离开我们山上那个家的前一刻,还幸福地在张妈怀里吃奶,晚上是一定要含着张妈的奶头才能睡觉的。这几天,我们两个一直在外面灵棚里给母亲守灵,也许因为累,也许因为惊恐,弟弟忘记了那一茬。而今一切又回归正常,我们终于可以舒舒服服地躺到床上睡觉,而身边的方嫂又让他仿佛回到了张妈的怀抱,所以曾经那么享受的感觉重新又回到他的意识里。

那天晚上,我也搞不清是睡了很久,还是只刚刚睡着,突然被弟弟的哭声惊醒。然后就听见方嫂带着浓浓睡意的惊恐的声音,说,怎么了?怎么了?怎么睡得好好的,竟哭了呢?是不是哪里不舒服?啊?可是弟弟只顾一个劲哭着,一副撕心裂肺的样子。我翻身坐起来,看着弟弟哭得那么伤心,自己忍不住眼泪也跟着哗哗往下掉。

方嫂惊恐不已,说,墨兰,你不要哭啊!弟弟他睡得好好的,怎么突然哭得这么凶?是不是白天送你妈上山的时候,摊上什么东西,受了惊吓啊?

我说,子墨一定是想吃奶了。在家里,子墨一直都是含着张妈的奶头睡觉的。

方嫂顿时一副如释重负的样子说,哦,是这样啊!这就好了,只要不是受了什么惊吓就好。说着她搂过弟弟,撩起自己的衣襟,抓起奶头,一把塞进弟弟的嘴里。弟弟几乎是迫不及待地一口就含住了方嫂的奶头,急切地吮吸起来。尽管他迷迷糊糊地闭着眼睛,还哭得晕晕乎乎,可是依然敏感地感觉到方嫂那干瘪的奶头,与张妈那奶水充盈、饱绽的奶头有多么不一样,于是他迅速而又烦躁地将方嫂的奶头吐了出来。然而他体内的瘾君子却又骚扰得他浑身不舒服,于是忍不住又把小嘴拱过去,将方嫂的奶头再次含在嘴里。可还是找不到感觉,气得他将含在嘴里的那只枯燥无味的奶头狠命地咬了一口。其时的弟弟已然满口白牙,可以想见弟弟那一咬,方嫂简直痛到了心底。她本能地一巴掌打在弟弟的头上,骂道,真是个小土匪!谁知这一下反倒把弟弟打乖了,他哼哼唧唧地咬住了方嫂干瘪的奶头,渐渐地竟含含混混地睡着了。

弟弟子墨睡着了,我却全没了睡意。方嫂那无心的一句骂,让我伤心不已。以前在山上的时候,对于父亲是干什么的,究竟是怎样的一种人,我并没有太多的意识。我只知道我的父亲是那么高大,那么帅气。虽说对我没有对弟弟子墨喜爱程度那么深,但他依旧是爱我的。虽说并不与我们朝夕相处,但一点不影响他做一个慈爱的父亲啊!可是在山下的这几天里,我的耳朵里灌满了"土匪"这个词!杀人越货,十恶不赦,无恶不作,等等。一切最不堪的词,统统都可以当作"土匪"的代名词。而且我也似乎隐隐约约感觉出,为什么我的母亲对父亲那么冷漠,甚至痛恨的原因了,就是因为我的父亲是一个人人恨不能得而诛之的"土匪"。而且最重要的一点是,倘使不是因为我父亲,我母亲就不会死!橡树湾男男女女、老老少少,没有一个人不恨之入骨的!这些天,因为父亲是个土匪,而我是父亲的女儿,也就是一个土匪的女儿,我不得不承受那么多暧昧不明的目光,同情与嫌恶,好奇与惋惜。第一次,我为我有这样一个父亲而羞愧难当!可我父亲是土匪,这跟子墨有什么关系?他还那么小,只有三岁,难道他能选择自己的出身吗?当然不能!我们都不能。可为什么方嫂要那么说子墨呢?"真是一个小土匪"!他是吗?难道父亲是土匪,儿子也该是个土匪吗?我因此将方嫂恨在了心里。

我也不知道究竟折腾了多长时间,似乎迷迷糊糊地睡着了,又似乎迷迷糊糊压根没有睡。正似醒非醒、似睡非睡的时候,我忽然清晰地听到了一串非常压抑的哭泣声。我一惊,醒了。醒过来的我就发现自己怀里紧抱着的那双绣花鞋不见了,于是又一惊。这一惊可是非同小可,真正清醒了。真正清醒过来的我惊惶地坐起来,这时我就看见窗台前,外婆正就着那一豆灯光,用颤抖的双手一点一点地抚摸着我娘的绣花鞋,老泪纵横。天心,我的女儿啊!外婆轻声呼唤着,一个字一口血。一瞬间我的眼前蓦地出现无数个黑暗的夜晚,母亲一个人站在院子里,对着头顶的那一方天空,默默啜泣的情形。那时候我还太小,我不知道我的母亲何以总是这样一个人对着夜空哭泣。描红是知道的,每当这个时候,描红一张脸就会憋得通红。那样的时刻,我的母亲是否也这样一个字一口血地呼唤着自己的娘亲?两个血脉相连的女人,思念的方式竟也如此相似!时间只不过一面镜子而已,映现的其实是同一个人!我哭了,小小的我非常懂事地、偷偷地一个人哭得浑身痉挛。方嫂在一旁恨恨地,用一些我从未听说过的恶毒的词语咒骂着我的父亲。土匪,一个耻辱的字眼。

也不知道她们究竟伤心了多久,听见方嫂说,太太,不早了,这些天您也伤心够了!再伤心又有什么用呢?小姐她还是回不来。

外婆兀自黯然神伤了一会儿,拿手绢擦了擦眼睛,走到床边,将绣花鞋小心翼翼地重新放入我怀中,又摸了摸我的头和脸,声音抖抖地说,我可怜的孩子!方嫂,墨兰是个心重的孩子,往后你可要多小心一点。方嫂轻轻地答应了一声。之后,外婆又摸了摸子墨的脸,轻轻地叹了一口气走了。我听见木楼梯发出沉闷压抑的响声,震得我心发麻。

连我自己现在回想起来都要奇怪,当年为什么那么小的一个小人儿,会有那么深的惆怅。那个夜晚我小小的心,被一种类似思乡的情绪水母般包裹着,而且越包越紧。仿佛整个人整个心都被缚住,连呼吸都很困难,似乎只有泪水才是唯一能解救我的方法。我偷偷地哭得小脸青紫。后来读到"日暮乡关何处是"这样的诗句时,顿时有一种切肤之痛在心底流淌。我想诗人的那种惆怅与无奈,一定不会有人比我体会得更透彻,更深刻了吧!

方嫂许是太累了,不一会儿就睡着了,还打起了鼾。我却越来越清醒,外婆抚摸我的轻柔感觉还在我的脸上游移,搅得我睡意全无。我轻手轻脚地爬起来,就着窗外的月光,抱着我母亲的绣花鞋,轻轻地走下楼梯,跑到了外面。

天上的月亮好大好圆啊!月亮把它那清冷的光辉从天井里洒下来,照得屋子里宛如白昼一般。我抱着母亲的绣花鞋,痴痴地朝天上望着。妈妈,月亮圆了,您知道吗?您在那边也能看得见吗?还有星星,那么多的星星,比我们在山上看到的星星还要多。记得娘曾说,过了七月初七,天上就不会这么热闹了,因为满天的星星都回它们的娘家去了。是的,星星都会回它们的娘家去,可我们的娘什么时候能回她的娘家呢?什么时候都回不了了!永远也回不了了!

这时,我好似听到了脚步声。顿时恐惧仿佛一条巨蟒一般,紧紧地缚住了我全部的身心,令我浑身僵硬,一动也不能动地立在天井里,不知如何是好。越来越真切了,就是脚步声。轻轻地,像只猫一般地敏捷无声,可我还是听出来了。而且过来了,朝着天井过来了。谁?难道是贼吗?我的头皮不禁一阵阵发麻,想回到楼上,可是两只脚却像被焊住了一般,动弹不得。这时那轻捷的脚步声越来越清晰了,近到似乎就已经在自己的身后,再不走就来不及了。我猛地鼓起全部的勇气,用力将自己拔起来,朝楼梯跑去。还只来得及跑到楼梯口,那个脚步声就出现在了天井里。是那个名叫莲心的女子!一袭白色衣裙的她,明媚的月光下,九天仙女一般楚楚动人!

只见她一手拎着条春凳,一手端了只香炉,在月光下静静地站了一会儿,环顾四周,似乎打量摆放在哪里合适的样子,最后终于决定放在天井的池子里最好。一缕轻烟袅袅升起来了,莲心双手合十,对着那缕烟拜了三拜,然后说,天心(天心?她是在叫我母亲的名字吗?),姐姐,我是莲心,你知道我吗?有听爹说起过我吗?我们本是姐妹,在我们只有五岁的时候,我们就是姐妹了,可我们却从未谋面。天心姐姐,你在那上面,能看得见我吗?莲心仰头看着天空,沐浴着满月的光辉,那一刻的她是多么妩媚动人啊!天心,我可怜的姐姐,你知道吗?我们是一对苦命的姐妹呀!我知道你苦,可我比你更苦。你走了,你还有墨兰和子墨两个欢蹦乱跳的生命,可我呢?我什么也没有啊!天心,我虽然是你的嫂子(嗯?嫂子?),可更是替代你进这个家的呀!我知道爹娘都一直拿我当你,可我没法如他们的意……我媳妇没有做好,女儿更是没有做好,我对不起娘,更对不起死去的爹!她哭了,月光下的她,又是多么楚楚可怜啊!天心,难道真的是天意吗?你走了,你的一双儿女却来了,这是老天在用这种方式延续我们的姐妹情谊吗?天心,你若真的泉下有知,你就放心地把兰和墨交给我吧,让我来做他们的娘,让我来完成你没有完成的责任与义务,好不好?

娘!连我自己都还没弄清楚是怎么一回事,一声喊就脱口而出了。那个名唤莲心的女子正兀自伤心着,听见叫声,惊惧地四下张望,可空荡荡的天井里,除了遍布每一个角落的月光之外,就只有她自己。我又叫了一声,娘!

这下她听得更真切了,说,谁?是墨兰吗?兰,是你吗?你在哪里?我知道是你,兰,你在哪里?快点出来!来,我们一起和你娘说话。今天是十五,天上的神灵都会出来,你娘一定也在!快来啊,兰!

我躲躲闪闪,从楼梯口的阴影里一点一点蹭出来,兰!那个名唤莲心的女子看见我,立即飞奔过来,一把将我搂进怀里,于是我又闻到了她身上散发出的宛如幽兰一般的馨香。那是我熟悉得不能再熟悉的母亲的味道啊!我的意识在这醉人的馨香里再一次错位,以为抱着我的不是别人,正是我的母亲。娘!我又本能地叫了一声。那是我唯一能够表达的意识。

在以后的岁月里,我的三舅妈确实像我们的亲娘一样疼爱我们,呵护我们,替我们受过,为我们护短。而我们也在她那温柔细致的关爱之中,渐渐淡却了丧母之痛。尤其弟弟子墨,年纪小,下人们又成天变着法地带他在野外疯玩,母亲几乎已经彻底从他的世界里走出去了。而我呢?也只是在夜深人静的时候,母亲才会姗姗地来到我的思念中。

生活终于风平浪静了,日子就那么不知不觉地流逝,三舅妈和我,或许彼此之间从此有了依靠,更感觉每一个恬淡的日子都是那么值得回味。若不是出了那样一个小插曲,或许我们的日子会一直这样平静、恬淡下去。可是……

真是不明白,生活之中为什么总要有那么多的可是呢?

在大屋里,除了外婆、三舅妈关心我们、呵护我们之外,另外一个人就数焕彩姨的大儿子楚兴了。那个时候,七岁的楚兴和六岁的宇澄都已经进了含德小学读书了,平素在家里的时间并不多,可是只要一有空闲,楚兴必定过来带我和子墨出去玩。大多都是在后花园里,看看花,逮逮蛐蛐儿,在花园的角角落落捉捉迷藏什么的。那天恰巧宇澄和他四岁的弟弟宇清也到花园里玩,看见我们在,立马扭头就走。楚兴喊,宇澄,宇清,我们一起玩躲猫可好?

谁知道宇澄一副小大人的样子,不屑地乜了我们一眼说,哼,我才不跟土匪的女儿玩呢!

楚兴说,宇澄,你怎么这样说话?墨兰可是你妹妹!

哼!我妹妹?我妹妹是雨虹跟雨燕,她一个土匪的女儿凭什么给我当妹妹?他说着拽着宇清的胳膊一溜烟跑回自己屋去了。

我愣愣地站在那里,不知道要不要伤心,"土匪"这个耻辱的词,就像一道紧箍咒一般,紧紧地箍住了我全部的快乐与热情。无论是谁,稍微一念,我立马如一只泄气的皮球,所有的欢乐都会化成一缕轻烟遁逃无踪。

楚兴说,墨兰,你不要听宇澄瞎说。

我一句话不说,默默地从楚兴手里牵过子墨,垂头丧气地回大屋。可是那屋里又有谁是真正的亲人,而不拿自己当土匪的女儿看呢?就连方嫂不都说三岁的子墨"真是一个小土匪"吗?我忽然有些不敢回去了,或许所有人的心里都这么认为,虽然他们都不说。我和子墨在这幢大屋里,就是多余的。那我还要不要回去?可是不回去,我们又能去哪里呢?子墨还这么小。忽然我无比地思念那个在山上的家。即使我的父亲是个土匪,也无论他有多坏,可他终究不会鄙视自己的儿女,我们终究是他心里的喜爱。

之后,我再也没有跟楚兴去花园里玩过,我大多待在三舅妈的房间,看她做针线,跟她学写字,听她唱山歌。有时候无聊极了,我也会跑到大门口,老莫爷爷会端一只小方凳让我坐。我就坐在那只小方凳上,看波光万里的大湖,看一群一群的鸭子在湖面上嬉戏,一会儿头颈一伸一缩地在波浪上游弋,一会儿又尾巴翘上天把头插进水里找吃的;看打鱼人撑着小船,一蹲一起地抡开膀子将一张大网撒出去,网花将太阳一格一格地网进湖水里;看张着白帆的一条条大船在水面上悠闲地过往;也看湖边的行人,有的匆忙有的悠闲,都有自己心中想要去的地方;就连门槛下排着长队的蚂蚁,都那么忙中有序,有条不紊地过着自己的生活……这个世界只有我是没有任何目的地的,还有子墨,我们俩。

老莫爷爷说,孩子,闷了,怎么不找你那些哥哥妹妹们玩啊?

我低着头一声不吭,转而默默地起身回到大屋里。我听见老莫爷爷的叹息像水一般滑过我稚嫩的心,那心跟着一阵战栗,跟着红了眼圈。

不管岁月如何的差强人意,它都那么一如既往地,一日一日往前走着,将许许多多东西都抛在身后,慢条斯理却又不容置疑。尽管在我心里什么样的日子都是一样,可是毕竟还有着不同。例如风越来越冷了,屋后的枫树叶子一天比一天红了;我们穿的衣服从单的到夹的,再到棉的;还有一点,也是最重要的一点,就是我再也不是几个月前的那个墨兰了。我感觉我突然间长大了许多,对这个世界充满了忧虑,还有思索,甚至学会了揣摩。揣摩每个人说话的语气与脸色,然后再在心里做着判断……我忽然间变成了一个怪物一般,一个五岁的孩子却已经是五十岁人的模样,满脸皱纹,唉声叹气,老气横秋,甚至那颗稚嫩的心也倏忽长满了皱纹。

三舅妈跟外婆说,娘,墨兰怎么越来越不快活了呀?

外婆说,唉,墨兰这孩子心重啊!莲心,不如叫墨兰跟楚兴他们一起上学去吧。学校里孩子多,在一块嬉嬉闹闹的,她也许就不会有那么多心事了,你说呢?

外婆一句话,我真就背着小书包,和楚兴一起踏进了含德小学的大门。我小小的心里充满了一股无法言说的激动与骄傲,感觉新的生活就在那太阳升起的地方等着我,带给我全新的模样。而学校也真的为我打开了另外一个全新的世界,在那个世界里,我忘记了一切,忧伤的母亲,土匪的父亲,寄人篱下的窘境等等等等,都被我通通抛却忘记。只有那"子曰诗云"的别样世界等着我,去游弋,去徜徉。每当我在家里给外婆和三舅妈背诵当天所学,看见她们眼睛里流露出来的骄傲与欣喜的时候,我都有一种甜蜜的想哭的冲动。这或许正是我母亲所希望看到的生活吧!那么,妈妈,您就在天堂放心吧!墨兰很好,真的很好!

可这世间的事有多少是能够预料的呢?

吃完腊八粥之后,年味就开始在橡树湾的每一个角落悄悄弥漫,然后聚拢。各种煎炒烹炸,各种鸡零狗碎,一切都为着年而做着准备。就连人们脸上的欢笑,还有一些要说的话似乎都攒着,等着年来了,一起痛痛快快释放。这些都是我所完全不知道的。曾经在我心目中的年,不过就是贴的红对联、红窗花,挂的红灯笼,身上的新衣服,桌子上丰盛的年夜饭,以及年饭桌上父亲沉甸甸的大红包。这山上山下真是两个世界啊!等一声凄厉的猪嚎,鲜血淋漓地划过橡树湾的天空,甚至感觉天空都被划出一条大口子,疼得皱起了眉头,阴沉了脸时,橡树湾人把年推向了一个高潮。

然而我们姐弟俩却被这一声猪嚎吓得大哭不已。这样凄厉的叫声,一直待在山上的我和弟弟子墨自然闻所未闻。对于我们哪怕受了一丁点的小委屈,都要如临大敌一般的三舅妈,却笑了,说,傻孩子,这是过年杀年猪啊!怎么?没见过杀猪呀?去,兰,带弟弟去看杀猪。我扭扭捏捏,不肯出门。三舅妈说,那叫楚兴哥哥带你们去看,可好?

楚兴愉快地领着我们去杀猪场看杀猪了。临出门的时候,三舅妈还嘱咐,楚兴,让他们俩好生泡泡啊!楚兴愉快地答应了。泡?泡什么?我不解,可也不想问。现在的我什么都搁在心里,不想说,更别说问了。

一家杀猪不知要引来多少人引颈观看。当那只依旧冒着滚滚热气的杀猪桶就被弃置一边,成了孩子们感兴趣的地方。不知为什么,所有的孩子都嗷嗷叫着冲向那只杀猪桶,纷纷将自己的小手伸进去,在那满是猪毛与猪皮屑的腥臭无比的杀猪水里浸泡。原来橡树湾有个习俗,说是用这样的杀猪水浸泡小孩的手脚,再奇寒的冷天里,也不会生冻疮。

杀猪桶边挤满了孩子,楚兴上前用两只手使劲朝两边一扒拉,扒出一道缝隙叫我们俩进去,说,墨兰,快,把手放进去!那一刻的我皱皱巴巴的心好似忽地被抻开了,有了好奇与兴奋,顾不得直冲脑际的热浪与腥臭,迫不及待地将自己的手伸进那一桶污秽不堪的水里。一股温热电流一般迅速漫过我的全身,哇,好暖和啊!由于桶身太高,三岁的子墨不过刚及桶边,楚兴将子墨抱起来,身体尽力前倾,子墨的小手方能够着水。

子墨刚把自己的小手伸进杀猪水里,就听见一个熟悉的声音甩过来,高楚兴,你是不是故意的啊?没看见老子正在脱鞋子吗?你这么挤,老子怎么脱鞋啊?

楚兴也不理会,继续帮子墨将手浸在杀猪水里,说,你这么大了,连只鞋也脱不好,能怪谁?要不要我回去喊你娘过来帮你脱啊?

噢噢,宇澄要他娘脱鞋哦!噢噢……

在场的孩子一齐起哄,哄得宇澄一张脸涨得通红,他二话不说冲过来,使劲推了楚兴一把。楚兴正抱着子墨身体前倾,冷不丁遭这么一推,一个趔趄,手里的子墨顺势一个倒栽葱,头朝下栽进了杀猪水里。子墨连哭都还没来得及哭,一口杀猪水就呛进了他的嘴里。所有人都惊呆了,噢噢的叫声停止了,伸进桶里的小手也都一个个凝住不动。第一个反应过来的还是楚兴,他想都没想,两手撑住桶沿,翻进了杀猪桶,将湿淋淋的子墨抱起来,子墨的哭声顿时响亮地从喉咙里冲决而出。

太突然了!这急剧变化的一幕令在场的所有人都惊呆了。我更是恍如梦中一般,发愣呆傻,脑子里什么都没有,只一片嗡嗡之声。楚兴喊,墨兰,快!接住子墨!我这才回过神来,伸手接过子墨。楚兴随即跳了出来,背起子墨,撒开腿,飞一般往回跑。

一直到现在我都有些不相信:何以一个七岁的孩子,可以背着一个三岁的孩子奔跑如飞呢?可是那个寒冷的日子里,在橡树湾的地面上,七岁的楚兴真的背着三岁的子墨奔跑如飞。

子墨受了惊吓,高烧不已,而呛进他嘴里的那几口污秽不堪的杀猪水,也令子墨又吐又泻。在子墨上吐下泻高烧不止的那几天里,我一直缩在母亲房间的一个角落里不敢出来。我感觉这个房间的每一寸地方,都有一双母亲责备的眼睛在逼视着我:你为什么没把子墨带好?为什么没把子墨带好?为什么……这个责备的声音在我耳边不绝如缕,令我无处藏身。尽管外婆、三舅妈,甚至就连方嫂都说不是我的错,可我就是死死地缩着,不愿出来。因为母亲还没有原谅我。

子墨高烧第三天的晚上,也不知是什么时辰,我正缩在角落里饿得昏昏欲睡。忽然方嫂不由分说一把将我拖了出来,然后抱起我朝外面走,任我怎么挣,就是不松手。她一气将我抱到了楼下,对我说,你看看! 你自己看看! 你们姐弟俩这副样子,三少奶奶有多着急,你自己看看!

只见昏暗的天井里,一个人正跪在地上,一边叩头不已,一边嘴里念念有词。虽然声音很小,可在那样一个万籁俱寂深冬的夜晚,静得连雪花飘落的声音都能听得见,三舅妈的祷告还是那么清晰地传进了我的耳朵:老天爷、各方神圣,大慈大悲的观世音菩萨,求求你们保佑保佑墨兰、子墨这两个可怜的孩子吧! 两个没娘的孩子,他们要在这个世上活人该有多难啊! 求求你们保佑保佑他们,只要这两个孩子顺顺利利、无病无灾、平安无事地长大成人,我宁愿拿我的性命相换! 老天爷、各方神圣,大慈大悲的观世音菩萨,我对你们发誓,请你们相信我,我是真心求你们,绝没有半句假话! 三舅妈说着拜了三拜,接着又对着漆黑无边的天空说,天心,好姐姐! 你在天上看见的,子墨的事真不是兰的错,她是个好姐姐,都是我的错! 我不该叫楚兴带他们去看杀猪。我说过要替你把他们带好、带大,可我没有看好他们,是我的错啊。天心,好姐姐,你要是生气,想责罚就责罚我吧! 千万不要怪罪到墨兰身上啊! 她还那么小,她承受不起的啊……三舅妈压抑的哭声,如同一根根尖刺一般,刺痛了我的心。我的眼泪瞬间滑出眼眶。娘! 娘! 我不迭声叫着,扑进三舅妈的怀抱。

不知是不是上天真的听到了三舅妈的祷告,还是大夫的药起了作用,第二天子墨的烧退了。天才刚蒙蒙亮,他就对守着他的方嫂说,我饿了!

子墨终于有惊无险地逃过一劫,大屋里的人都不觉暗暗松了一口气。第二天,外婆差人把我大舅楚天舒、大舅妈吴凤姐,以及宇澄和宇清一起叫到老屋这边来了。

天舒、凤姐,你们家宇澄闯这么大祸,我看你们怎么跟没事人一样啊? 外婆看着他们那一副若无其事的样,心里一再摁着的火气还是冒了出来。当初墨兰跟子墨刚进这个家门的时候,我就明确跟你们说,要善待他们姐弟俩! 你们就是这么善待他们的吗? 子墨的小命差一点给送掉! 你们知不知道? 天舒,你不要以为你现在有日本人撑腰,就耀武扬威,可在这橡树湾,还是我说了算! 你们相不相信,若这孩子真出了什么事情,我把你们通通赶出橡树湾?

娘,这小孩子家淘气,又不是我们故意叫他这么做的……

是啊,娘,难道您为了外孙,就忍心把自己的亲孙子给赶走?墨兰、子墨是您的骨肉,莫非宇澄、宇清是我从外面带过来的吗?您问问您儿子,我吴凤姐跟他时可是正经八百的黄花大闺女?可不像有的人,看上去一副大家闺秀的样子,暗地里不定什么事都做得出来。

天舒、凤姐,你们俩怎么这么说话啊?外婆奇怪了,虽然这些年凤姐的所作所为早就令她倍感失望,但她还是没有想到凤姐能这样不知轻重地说话。你们这样怎么能教育好孩子呢?

是啊!大哥、大嫂,三舅妈接过话头说,你们是该管管宇澄,他也太淘气了!

瞧他们俩那样子,他们能教养出什么样的孩子出来?上梁不正下梁歪!外婆气愤地说。

哎,娘,您这么说话我可就不爱听了。这男孩子淘气,天经地义的事情,怎么说是我们的错呢?要说下梁歪了是因为上梁不正,那天舒这根歪梁究竟是因为哪根梁不正啊?

你、你、你……外婆气得说不出话来。

大嫂,你怎么能这么跟娘说话啊?看把娘气得!三舅妈一边给外婆抹背,一边说。

哈,白莲心,我怎么说话,用得着你教我?大舅妈吴凤姐一脸鄙夷与嘲弄,你只管教好你自己就行了。

我,我怎么了?三舅妈给她抢白得满脸通红。

你怎么了?你说你怎么了?别以为你自己做的那些事就没有人知道了一样!古话说得好,要想人不知,除非己莫为。你做的那些事,以为真的可以瞒天过海了吗?

我……我做什么了?

你做什么了?你说你做什么了?这么多年过去了,今天当着娘的面,你说清楚,天朗到底为什么突然招呼都不打一声就走了?

他突然走了,我怎么能知道?三舅妈嗫嚅着,脸涨得更红了。

你不知道？你是不敢说吧！天朗明明就是你给气走的！那年那个下雪的傍晚，屋后枫树下面的小石桥上，是谁和一个男人搂搂抱抱？告诉我，是谁？怎么？不敢说了吧？你以为没有人看见？可惜，不仅我看见了，天朗也看见了，所以天朗才恼羞成怒，一气之下跑了的。你倒好，还好意思在这大屋里没事人似的待着，在娘面前充着好人。你不要以为爹和娘不知道你做了些什么！告诉你，爹就是被你给气死的！娘是可怜你，才没把你撵出家门。你就是这个家的罪人，还好意思在这里指手画脚！我告诉你，我们家宇澄好也罢，歹也罢，好歹都是我自己亲生的！你若是想过当娘的瘾，就自己去生！少在这里拿别人的孩子当玩具，还搞出一副人五人六的样！

连大舅都听不下去了，朝大舅妈使劲吼了一句，你他妈给我闭上你的臭嘴！

你、你……三舅妈脸上的红晕不知什么时候全都褪去，变得纸一样白。她突然捂着脸跑回了房间，嘭地关上了房门。

滚！你们都给我滚出去！外婆霍地一下站起来，手指着他们厉声喝道。

下雪了吗？啊，真的是雪耶！

先只是一小片晶莹的雪花从天井里飘落下来，接着是两片、三片，然后数也数不清，无数的小精灵轻快地降落了。啊，下雪了！又下雪了！雪几乎每年都要下，可无论哪一次，这些轻盈的小精灵都叫人心生欢喜。一片一片地从浅灰色的天空中不紧不慢地降落，那么从容那么优雅，仿佛这个世间什么都不在自己眼里，也没有什么可以改变自己的生命轨迹。为什么人就不能如这雪花一般活得那么从容，那么自在，那么洒脱呢？不管不问，自生自灭？

嗯？箫？是箫声吗？那么飘忽而又那么清晰，就像这空气中若有若无的花香，可又确确实实存在，不是虚无。啊，真的是箫声！的的确确。而且是她再熟悉不过的箫声。那么熟悉。就在附近。在身边。哪里？漫天的大雪，箫声在哪？到底在哪？啊！找到了，就在屋后，小桥边。她撩起裙袂，朝着声音的源头飞跑过去。人在飞，眼泪也在飞。

世界好干净啊！整个一个白茫茫干净的大地上，除了奔跑的她而外，什么也没有。没有炊烟。没有人声。没有鸡鸣。就连一向警醒的狗，都不知躲到哪里去了。可是枫树下的小石桥上,却赫然立了一个人。布衣长衫,还是从前的。寸发眼镜,灰色围巾,一切也都还和从前毫无二致。一根洞箫在唇边如泣如诉地诉说,诉说相思。诉说爱情。诉说生离死别的伤痛。诉说爱也不能恨也不能的无奈。听众只有一个,而一个也就是全部。

先生!一声喊,虽然声音很轻,他还是听见了,手一抖,抖落了箫声。泪眼望着泪眼,断肠对着断肠。

先生,你为什么把我的心扔了呢?让它在雪里冻着,在雨里淋着,在风里吹着。你为什么不把它藏好?不把它藏在你温暖的怀抱里?疼爱它、温暖它、呵护它呢?让它风吹不着,雨淋不着,雪冻不着啊,先生!它要死了,要一点一点地疼死了,你知道吗,先生?我把它给你了,你为什么不要啊?先生?她的眼泪恰似江河奔流。我现在已是个没心的躯壳了,你叫我怎样去生怎样去活?又怎样生怎样活得好啊,先生……

莲心,我把我的心也扔了,也一样在雪里冻,雨里淋,风里吹。

不,没有!先生,你的心没有!它在我这里!她双手按在自己的胸前,在这里,先生,它在这里!那是你的心,那可是你的心啊,先生!

对不起,莲心。

为什么要对不起呢?你为什么要对不起我呢?你为什么要走?又为什么不带我一起走?为什么啊?把我一个人傻傻地扔在这个世界上,教我如何面对漫长的岁月?先生,你为什么要走?走了又为什么还要回来?

我是回来带你走的!莲心,我们走,好不好?他说,我们一起走,无论天涯,无论海角,永远在一起再不分开,好不好?他热切地望着她,目光抚摸着她的每一根发丝,每一寸肌肤,充满了期待。

眼泪,拥抱,热吻,这本应属于他们自己的生命音符,为什么却装点了别人的乐章?

不!她摇了摇头,摇落了他目光中的热切与期盼,也摇落了她自己内心的彷徨。晚了,先生,有些事一旦错过便再也无法弥补。如今的我已然不属于我了,她是另外一个人的。我把一个没有心的躯壳给了他,本身已然不公平,还要我如何再伤他一次啊,你来了,我把你的心还给你,从今往后,我要找回我的心。

即使已经破碎,可总比没有好。我要告诉那个人,这就是我的心,受伤的心。我把它给你,等你用爱来修补。相信它会重新好的,而且会跳动得更加有力。你走吧,先生,从今往后,我们就真正地天各一方了。说完,她温柔地用手抚了抚他的面颊。这张叫她梦魂牵萦的脸,曾经那样刚毅柔情而又热情奔放,如今却布满了生命的沧桑与岁月的痕迹。她的心痛了,究竟是谁的错?泪水再一次模糊了她的双眼。

尽管心内有着无尽的留恋与不舍,可她依然坚定地离开了,再没有回头,只留给他一片白茫茫的大地。

那又是谁?无边干净的雪世界里,那么哀怨地看着她和他。是谁?天朗吗?是天朗!可是天朗他怎么走了?头也不回地走了。一行脚印如一串休止符……

不,天朗,你不要走,你听我说!天朗,天朗……

哪里有天朗?上天就是这么爱捉弄人的吗?

把自己关进房间的三舅妈,整整两天没出门了。不吃也不喝,只静静地躺在床上,双目紧闭,脸白如纸。任何人都不允许进去,除了她的贴身丫鬟百合。深锁在房间里的三舅妈无声无息,跟死了一样。外婆喊她,她不应;就连她的墨兰喊她,她都不应了。她要跟这个世界断绝所有关系。

我重新变得闷闷不乐起来,就连我最喜欢的"子曰诗云",都不能再让我高兴起来。楚兴说,墨兰,我们一起做作业吧,我懒得动;宇澄讨好地说,墨兰,我们去花园捉迷藏吧,我更是懒得动。那些日子里,我晚上只得和子墨一起与方嫂挤一张床;白天就呆呆地坐在客厅里,和外婆一起就着火盆烤火,祖孙俩都寂然无话。有时候,我把头搭在外婆的大腿上,竟不知不觉靠着睡着了。

三天之后,三舅妈开始发烧,脸颊绯红,浑身滚烫,跟烧红的烙铁一样,外婆吩咐焕彩姨赶紧叫大夫。大夫来了,可三舅妈拒绝医生给她拿脉诊治。外婆强行将她的手臂拉出来,医生才终于诊了脉,开了方子。可药买回来了,百合尽心尽力地熬好了,三舅妈却一口也不愿意喝。她什么都不想要了,只想和这个世界诀别。

三舅妈说,娘,莲心对不起娘了!莲心也想好好陪娘,可是现在莲心没有脸面再陪娘了,对不起,娘,您原谅莲心吧!我没想要天朗离开,我更不想爹死……两行泪顺着三舅妈通红的脸颊流下来,似乎都能听得见水流经烙铁时发出的吱吱响声。

莲心,你不要听你大嫂瞎嚼舌头根子!她那张嘴,没影子的事情都能说得活灵活现的。你爹明明是叫日本人给气死的,哪里能赖到你呢?好孩子,听话,好不好?乖乖把药吃了,娘可一天也离不开你啊!

对不起了,娘。莲心实在没脸在橡树湾活下去了呀……三舅妈直哭得肝肠寸断,我也想好好孝顺娘,代天心,代天朗,好好尽孝的呀,娘,娘,您代天朗休了我吧,娘!

你这是说的什么话啊,莲心!你这样,不是拿刀挖娘的心吗?外婆也哭了,你可是娘嫡亲的女儿啊!楚家大屋就是你的家,你叫娘把你休到哪里去呢?唉,莲心啊,你若是有个什么三长两短,叫我怎么跟浩然兄交代啊!

我的苍白如纸的三舅妈就那么不管不顾地躺在床上。新年的鞭炮把橡树湾都炸翻了,外面到处都是热闹的人群,恭喜的声音;家里也都是你来我往地拜年祝福,没个消停。独有我在所有的欢乐之外。外婆也是强作欢颜,应付客人。我内心每天都怀着同样的热望,望着那扇紧闭的门扉,希望有一天能突然打开,袅袅婷婷地走出温婉美丽、光彩照人的三舅妈,笑意盈盈地对我说,兰,过年了,外面这么热闹,怎么没有出去玩啊?可是一天一天地过去了,三舅妈的门始终没有打开过。她不要她的墨兰了。

转眼元宵节过去了,年终于在人们疲累的身影背后蹑手蹑脚地走了。春天的气息开始在橡树湾的上空随风飘荡,能看见绿色在树梢若隐若现,也能看见湖水波纹细密、柔情万端起来,而阳光也会在正午时分发力,令人昏昏欲睡。一切都在苏醒,在生长,只有我的娘莲心依旧昏昏沉沉地只睡不醒。

那个阴郁的午后,外婆睡中觉去了,整个大屋顿时沉寂下来,静悄悄的,没有一点声音,只有我一个人醒着。醒着的我不知为什么,却突然非常明晰地感觉到,死亡正于那静默之中一步一步地逼近三舅妈。我心里害怕极了,再也顾不得那么多,轻轻地推开了房门。看见我熟悉的那张架子床,白色的印花帐幔低低垂落,我的三舅妈躺在那里无声无息。我的心里莫名其妙好一阵惊慌,一步一步小心翼翼地挪到床前,掀开帐幔,只见我的三舅妈两颊绯红,娇喘吁吁,真是美丽极了!原来一个病人也可以有如此美丽的时刻。

娘,我叫了一声,很轻很轻,轻得似乎只有我的嘴唇在动,并没有发出声音,就连我自己似乎都没有听见。可是我的三舅妈却听见了,她睁开了她美丽的丹凤眼,冲我笑了一下。尽管笑容那么急促,那么短暂,可我却仿佛看到了曙光一样。三舅妈笑了,说明她已经从那深渊里走出来了。

娘!我又叫了一声,无比怜惜又无比喜悦地握住三舅妈消瘦的手。那只手还是那么烫!这曾是一双多么灵巧的手啊!它能剪出活灵活现的各种小动物,能做各式各样的绣花鞋和衣服;还能灵巧地捏住箫管,吹奏出好听得叫人想哭的曲子来。尽管只是听下人们说,我从来都没有听到过,我甚至没有见过那管奇妙无比的箫究竟长什么样!可大屋里的每个人都知道。他们都说自从我三舅楚天朗突然离开家之后,那只箫就再也没有呜呜咽咽地叙说过哪怕任何一个音符!可如今这只手是那么瘦弱无力,甚至拿不动一根绣花针了呢,我的眼泪大滴大滴地掉下来。娘!我忍不住把脸贴在这双手上,饱含深情地又叫了一声。三舅妈吃力地抬起手在我的脸上蹭了蹭,算是抚摸我了。

兰,好女儿,帮我把手腕上的这只镯子取下来。我听从三舅妈的话,把那只白玉镯子从她的手腕上取下。它一直都那么温婉地斜倚在三舅妈白皙透明的腕子上,它们是那么般配,似乎生来只为彼此存在。可现在,它却暗淡了,如同它的主人一样,没有了生气。三舅妈说,兰,这只镯子是我出嫁的时候,我娘送给我的;也是我娘出嫁的时候,她娘送给她的。现在我把它送给你吧!难得你叫了我这么些天的娘。兰,你知道吗?你来了,我才真正感觉到这幢大屋是我的家。尽管我已在这里住了好多年,可我始终没有找到家的感觉,心里有一块位置永远空着,怎么都填不满。兰,你来了,我的心才一点一点地满了,充实了,我真正感觉活得像个人了,可是我活不久了。兰,娘活不动了……三舅妈无力地吸了吸鼻子,闭上了眼睛。她太累了。过了一会儿,她又把眼睛睁开,把我那只拿镯子的手轻轻地握了一握,说,这只镯子,兰,三舅妈原是想等我们兰出嫁的那一天再给你的,可是我福薄,等不到那一天了。兰,你留着,是个念想,也不枉我们母女一场。

我害怕极了,哭着说,娘,我不要!我要你到那一天再给我……呜呜呜……

三舅妈极其虚弱地摇了摇头说,兰,娘等不到那一天了!听话,拿着,想娘的时候,就拿出来看一眼,三舅妈说着再次闭上了眼睛。水!她忽然无力地吐出一个字,水!她又说了一遍。

啊,水!三舅妈一定是想喝水了!我放下三舅妈的手,咚咚咚地跑到厨房。厨房里有好几口硕大的水缸,水生每天最主要的工作就是将这些水缸挑满。那些水缸可真高真大啊!几乎跟我的个头差不多,我根本够不着里面的水。没办法,我只好站到小凳子上,才勉强高过缸沿。双开的木头水缸盖子上,搁了一只葫芦水瓢,我吃力地将一扇水缸盖挪开,将瓢伸进去,满满地舀了一大瓢水,再小小心心地爬下来,往屋里走。由于水瓢里的水太满,我走得异常慢,简直是一小步一小步地挪,生怕水晃出来。终于挪到了,我说,娘,快,水来了!

我的本已奄奄一息的三舅妈却忽然不知哪来的那么大力气,竟然自己撑着半抬起身子,迫不及待地把头伸进水瓢里,咕咚咕咚喝了个够,然后颓然倒下。不知过了多久,三舅妈的眼睛忽然睁开了,目光是那么柔媚而又潋滟,仿佛刚才喝进肚子里的水,一瞬间全涌进了她的眼睛里。兰,我看见你妈了!就在刚才,她叫我去陪她。兰,我去陪你妈了,你要乖啊,兰!

三舅妈水波荡漾的眼睛又一次合上,娘!娘!娘!可无论我怎么叫,从此再没睁开。

三舅妈死了!我的美丽而又忧伤的三舅妈,在喝了我递给她的那一大瓢凉水之后,死了。多年以后我才知道,烧了那么久,那么热的一个人,怎么能喝那么凉的水呢?那么是我杀死了我娘?

做了我七个月娘的三舅妈白莲心,又这样匆匆去了。不到一年的工夫,我的两个娘都没了!莫非我和弟弟子墨命中注定就该是两个没娘的孩子吗?

这世间的事情是否凡事皆有定数,无人可知,但似乎确实祸福相依。福兮,祸之伏!

楚老爷的叹息

　　近段时间以来,楚家大屋一连串接踵而至的喜事,令楚老爷的精神大振,这一点全橡树湾人都看出来了。先是天朗和莲心近乎完美至极的婚事,接着焕彩生下了他们的第二个儿子,高湛为其取名奉兴。之后紧跟着凤姐也生了一个大胖小子,楚老爷心情无比愉悦地为这第二个孙子取名:宇清。他不禁想起当年自己和长生哥比着赛着生孩子的情形,感觉楚家大屋的兴旺日子又要到来了。这些难得的喜事就像一剂剂兴奋剂,注进了楚老爷衰弱的身体,激活了楚老爷全身上下每一个细胞,令它们也跟着兴奋活跃起来,活力重新在楚老爷的身上激荡。

　　当橡树花在山岭上一簇一簇地开放,远望去宛如一朵一朵白色浪花,在绿色海洋上起起伏伏的时候,全橡树湾的人都能看见楚老爷拄着根拐,和楚太太一起,就像一个巡城的将军,在橡树湾的角角落落察看。他们沿着环绕橡树湾的三条河流慢慢走着,和每一个碰见的族人打招呼。他们在风雨桥上歇息,仿佛一个远行人回到了家乡,将湿漉漉的、郁结于心的思乡情结挂在这熟悉的桥栏杆上,一点一点地风干;在祠堂门前的空地上和村里的老人攀谈,谈天气,谈收成,谈时局,谈清朝,谈民国,天文地理,历史政治,无所不包、无所不至。橡树湾人觉得这么多年也没见楚老爷这样闲适、平和地和村里人说过这么多话,于是都倍感亲切与温暖。他们还在枫树下的小石桥上驻足远望,抚摸着盘根错节、虬曲粗糙的枫树干,饱含深情的目光仿佛穿越时光、穿越历史,看到那楚家先祖在此刀耕火种的情形。四百多年的传承啊,楚老爷不禁感慨万端,每一个楚家子孙都有保护它的责任和义务,不然何以对得起列祖列宗?站在枫树下,楚老爷再用目光将连绵的远山,茂密的山林,清澈欢唱的溪水,一望无际的大湖,点点滴滴都仔仔细细地抚摸了一遍,仿佛这生活了五十多年的山水还没有看够似的,那样饶有兴味,甚至兴趣盎然。

最后他们去了小学校,望着白老先生亲笔题写的"含德小学"四个苍劲古朴的大字,不禁又是一番感叹。十几年前,学校开学时的盛况还历历在目,那个时候的楚老爷是多么年轻,多么的意气风发啊!一身长衫站在讲台上慷慨陈词,就连县长都对他赞不绝口。如今十多年过去,有多少贫家子弟,身无分文却和那些有钱人家的孩子一样,念了书,受了教育,从此有了他们从未想到过的、全新的生活,而他们的家庭也因此有了生活的信心与新的希望。多少人都记得这橡树湾的"含德小学",小学校的创办人,还有方圆百里第一个女先生、女校长楚夫人!这些孩子就像一根根线一般,将菱湖周围的所有村村洼洼都联系到了一起。

不知不觉他们就老了,退到了后面,将舞台交给了下一代。天朗、高湛、焕彩、焕致,他们迅速成长,并从上一辈人身上接过重担,不仅挑起来了,而且挑得非常好。如今的天朗将学校管理得井然有序,令他们心中十分宽慰;戴月嫂子去了之后,这个家基本上就交给了焕彩。读过书的焕彩比她娘更有主见,凡事更注重方式、方法,连静雅都不得不佩服焕彩的能力;城里铺子的生意交给了高湛和焕致,他们俩不仅迅速进入了角色,将各项生意都做得风生水起,而且比长生哥在的时候不知道扩大了多少倍;天舒虽说总是一副公子哥儿的浪荡样子不大成器,可连头带尾不过三年时间,宇澄、宇清,两个大胖小子就落地了。要是老太爷在,还不知道要怎么乐呢,若是发狠再为两个重孙一人建一幢屋起来,那楚家大屋可就名副其实地大了哦,哈哈哈。一想起这些,楚老爷心里不由得跟开了花一样畅快。

最叫楚老爷心中欢喜的就是焕致了。焕致这几年变化真是惊人。自打他爹娘还有大哥焕景去了之后,焕致似乎一下子成熟起来,变得果断大胆,而又老到沉着。不仅高湛,就连楚老爷都不得不佩服焕致的处事应变能力。

两件事让楚老爷不得不对焕致刮目相看,第一件是关于江边的那五千亩水田。

"朗坤米行"本就是仰赖于这五千多亩土地的粮食收入,再适当从外面进一些,足可以保证米行的正常运转,自然利润也是三个铺子里最好的一个。可是由于这些年蒋介石年年打内战,青壮年几乎都被抓了壮丁,家里也就一些妇女孩子和老弱病残,根本没有什么人种地,田地抛荒的现象很多,严重影响了铺子的利润。楚老爷、高湛都感觉有些棘手难办。还是焕致有脑子,面对这样一个无奈的局面,焕致建议楚老爷将这五千多亩田地,每年进行再组合、再分配。就是将这些佃农手里的田地,每年年底的时候登记一次,如果劳力实在有限种不过来,土地有抛荒现象的,除留下他们力所能及耕种的那一部分外,其他的拿出来,重新分配。如果那些老佃户当中还有余力多种的,优先考虑分给他们一些,剩下的,就给那些因为天灾人祸而流离失所、无家可归的逃难之人来耕种。第一年免收他们的租子,一来以保证他们能度过饥馑,二来借以稳定人心。等第二年他们感觉有利可图,愿意在此长期耕种,再行征收他们的租子。这样不仅土地抛荒的概率大大下降,而且还可以为那些饥民、灾民提供一些力所能及的帮助,一举两得,岂不是好?好好好!楚老爷一听,连说了三个"好"字,高度赞赏了焕致的经营头脑。

第二件就更有创意了,那就是"流动商船"的创办。这条商船后来被天朗誉为橡树湾的"流动革命基地"。

为了米行的业务,焕致每年至少两次出去进米,平常还要深入田间地头,查看田地收成。坐船回城的时候,经常看见那些辛苦的农人,将一些剩余的粮食挑到城里去卖,以换取一些油盐酱醋茶布匹等一些必要的生活用品。可这些辛辛苦苦的农人将米挑进米行的时候,那些商家还对他们横挑鼻子竖挑眼,挑剔他们,压他们的价。看到他们那一副愁苦的样子,焕致心里非常难受。于是他就萌发出一个念头,与其让那些农人辛辛苦苦地把粮食挑进城,为什么我不能去他们的家里直接将粮食收上来呢?这样一来,他们可以免去辛劳,我们还可以得到一个比较优惠的价格。于是他就把这个想法和姐夫高湛说了,高湛立马赞成。

高湛说,主意倒是个好主意,不过,就怕跟他们讲价格的时候,他们会不答应。

应该不会吧,焕致说,虽说表面上看上去粮食价格是低了一点,但是他们既免去了挑粮食的辛苦,还有行船的费用,绝对比自己上城里卖划得来!这岂不是一个双赢的好事情?

高湛说,好,那你就先下去摸摸情况,如果人家愿意,就这么办。回头我跟二叔请示。

说干就干,就在高湛向楚老爷汇报这一想法的时候,焕致已经在各个田间地头摸底了。楚老爷非常高兴,又连赞了三个好,说焕致真是一个经商的天才。

话说那些愁苦的乡下人,看惯了城里铺子拿腔拿调与装腔作势的老板,现在竟然有这么体面的一个人愿意走到他们干活的地头,走进他们破烂不堪的家里,跟他们谈收成、谈价格,他们心里有着说不出的荣耀与感激。而且这个体面的年轻人,一点不嫌弃他们的脏和乱,和他们一起吃着最简单的饭食、喝着没有茶叶的白开水,一点架子也没有。祖祖辈辈在土地上劳作,都不曾遇到过这样的好事情,哪里有不答应的道理呢?所以焕致的想法很快变成了现实。不过他们又说,楚老板,要是你也能将我们日常需要的那些个油盐酱醋、针头线脑,姑娘小媳妇们喜爱的胭脂水粉、土布花布什么的,一并捎些过来,省得我们自己进城去买就更好了,嘿嘿嘿。谁知这不过是那些淳朴的农人心中的一个愿想而已,焕致却把它变成了现实。从那以后,一条船载着人们离不开的各种日常用品,将菱湖岸边所有的村村洼洼,穿成了一条笔直的商业街道。人们可以在那条船上买到他们想要的任何东西,即使这回没有,那下一趟则肯定有。一时间这个年轻体面的楚老板的名声远远超过了老楚老板,直逼楚老爷。

楚家大屋如此后继有人,着实令楚老爷精神大振。而精神大振的楚老爷决定带夫人静雅四处走一遭。静雅,我们是该去城里看看那些小辈是如何大展拳脚的了。然后就可以放心地将楚家交给他们,我们呢?只需要安心养老就行了,你说是不是啊?哈哈哈。

在一条名叫步闲的街道上,一溜排六大间铺面几乎占了半条街,"泰舒药材铺""隆远绸缎庄""朗坤米行",威威赫赫一字排开。楚老爷兴奋把用手一指,骄傲地对夫人说,瞧,都是我们家的铺子!

如今的"泰舒药材铺""隆远绸缎庄""朗坤米行",比初建时整整扩大了一倍。原来三个铺子三间铺面,铺面还是租的,眼下已经扩展到六间,而且所有铺面全被买下。铺面扩大了,人员肯定也要相应增加,就又各请了两个伙计。两个人一间铺面,一个打杂跑腿,一个卖货记账。

顺子看见老爷太太过来,自是欢喜得很,老远就跑过去接。顺子自打离开大屋之后,一时无事,便进城找了焕致。正好焕致一个人又要进货又要卖货,实在忙不过来,就叫顺子做了自己的帮手。顺子干活本就不惜力气,人又活络,与焕致配合得非常愉快。楚太太看到顺子也很欢喜,亲切地问顺子在铺子里做得开不开心,顺子连说托老爷太太的福,一切都好得不能再好。楚太太听了也格外欢喜,兴致勃勃地跟楚老爷一起,在高湛和焕致的陪同下,对自家铺子巡视一遍,发现一切都是那么井然有序,楚老爷和楚太太都非常满意。

这时店铺里那几个新来的伙计,全都一个个上前,对着楚老爷楚太太躬身施礼,齐声说,楚老爷好!白校长好!

嗯?楚老爷和楚太太面面相觑,白校长?他们如何知道楚太太做过校长?

高湛偷偷一乐说,二叔、二婶,你们没想到吧?这新招来的几个可全都是含德小学毕业的学生,看,派上用场了吧?

真的吗?你们全都在"含德"读过书?

是啊。感谢楚老爷恩典、白校长栽培!那几个孩子一片声地说。

楚老爷大感意外,这或许是他生命中最为有意义的总结了!当初的坚持,多年的付出都是值得的。楚太太也很激动,她走上前去,指着其中的一个说道,你,是卢大伟?

是,校长!那孩子一挺胸脯说,我正是卢大伟。感谢白校长关爱,大伟才可能有今天!

楚夫人对楚老爷说,这孩子当时家里特别困难,每天吃饭总是最后一个去食堂,等大家都吃完了,他才去捡一点剩饭剩菜吃。我就问他,为什么不和大家一起吃饭?他说他娘嘱咐他,说我们没有钱能在楚老爷学校里读书,就已经感激不尽了,可不能再没有自知之明,跟别人争先争后的。吃饭,更不能讲究,能混个饱肚子,不耽误念书就行了。是不是这样啊,卢大伟?

是是是！白校长好记性！我娘就是这么教导我的。可白校长对我说,大伟,你看学校里这么多学生,百分之七十以上都是和你一样的状况,大家不都正常学习和生活,你为什么要那么自律？不要紧的,放松一点,跟大家一块上课、一块吃饭吧！你是来念书的,怎么能背着包袱呢？把包袱都放下,你才能学得更好啊！那以后,我才跟大家一起去食堂吃饭了。感谢白校长！那孩子又朝楚太太鞠了一躬。

这时另一个抢着大声说,报告白校长,我是吴亦,您还记得吗？我名字还是您给我改的呢！

楚太太仔细端详了一回,说,哦？你是吴亦？变化真大,都长成大小伙了！嗯,仔细看,还能看出一点小时候的样子。

呵呵,这白校长几年校长可真还没有白当啊！故事还不少嘛！楚老爷打趣道,说说这改名字的事吧！

哈哈,这孩子刚入学的时候,叫吴二。我心想怎么给起这么一个名字啊？就问了问他,他说他本来就没什么名字,在家排行老二,家里人都喊他二子。这要开学了,他随口就报了"吴二"这个名字。我就说,这名字好倒是好,独一无二嘛！可就是有点太不入耳了,所以我给他改成了吴亦,怎么样？"亦"也是"二"的意思,但是不是比"二"要好听、文雅多了呀？

嗯,还真是！吴亦,这名字改得好！白校长还真是有学问哈！楚老爷继续拿夫人打趣,说得所有人都一起笑起来。之后剩下的那几个也都一一见过楚老爷、白校长。难得的是,身为三百学生的一校之长,楚太太竟对他们全有印象,只要稍一思索,还基本叫得出他们的名字,令每个人都很激动。

二叔、二婶,你们还不知道吧？我找他们几个来,他们坚决只干活不要工钱。

哦？为什么？楚老爷不解。

高湛说,他们都说是楚家培养了他们,现在又给了他们就业机会,他们怎么可能还要工钱呢？以前他们小,帮不上忙,现在终于可以帮点忙了,一定得给他们一个报答的机会。

楚老爷说,这是说的什么话？就凭你们现在这样,随便到哪个铺子都能找到活干！怎么能说是我们给了你们就业的机会了呢？你们几个，既然来了，活要干，工钱也一定要给我楚振轩当初创办"含德"的时候，可从来都没有想过要什么报答啊。

楚老爷、白校长，我们都商量好了，三年之内绝不要一分钱工钱。三年之后再说工钱的事。如果你们坚决要给，我们就走人，你们另请高明。几个人异口同声地说。

高湛冲楚老爷两手一摊，做出一副无奈的样子。楚老爷看了看排在面前的这几个年轻后生，一股说不出的自豪感从心底升起。不是因为他们要报自己的恩，而是因为他们懂得报恩。看来，他们没有辱没"含德"的名声，对得起"含德"这两个字。他点了点头，说，你们有情，我们也要有义。你们不要工钱，但是我们不能不给。这样，高湛，如果他们真的坚决不要工钱，你就将他们的工钱按股份纳入各自铺面，让他们都成为各个铺面的股东，以后每年给他们分红，你们说这个主意怎么样？

高湛大喜过望，说，哎呀，二叔，您这个主意实在是太好了呀！卢大伟、吴亦，你们几个还不快点谢过楚老爷？高湛那语气就像当年在操场上过操时点他们的名一样。

几个年轻人也没想到竟然会是这样一个结果，一起鞠躬道谢，说，谢楚老爷！

其文笑着说，哈哈，你们几个小兔崽子，刚来没几天，混得比我们还要好啊！我们在店里干多少年了，也没混到个股东当当，你们可真是好运气！

楚老爷说，其文其武其礼其义，还有顺子，这些年你们在铺子里尽心尽力，我心里都有数，我今天来这里也是要提这件事的。以后按你们工作的年份入股，只要你们愿意，你们还可以再拿你们的工钱一起入股。具体的回头我和高湛再商议。也就是说，从今天起，你们也是你们各自铺面的股东了。你们以后出的每一分力都是给自己出的；流的每一滴汗，也都是为自己流的，知道不知道？

知道！请楚老爷放心！

接下来，楚老爷和楚太太又在高湛和焕致的陪同下参观了库房、办公的地方以及员工宿舍,两个人一面看,一面不住地连声称赞,不错不错。很好很好,楚老爷说,嗯,想不到你们做得这么好。我得要向长生哥汇报汇报。不过,高湛、焕致,楚老爷很认真地看着他们两人说,好是好,不过我对你们俩可有个意见。

高湛和焕致两个人面面相觑,然后异口同声地说,有什么做得不周到的地方,请二叔、二婶尽管提,我们一定改进。

哈哈,高湛,焕致你们一天到晚嘴里说着要二叔、二婶来城里铺面转转,那我们来转转之后,你们就打算把我们送走了事吗?也不想留我们住两天?可我们要是想留下来住两天,请问两位老板,我和你二婶住哪里呢?难不成叫我们住大街上?

哎呀,二叔,您是说这个啊,吓我们一大跳。高湛、焕致都松了一口气,相视一笑,焕致说,二叔,我们原是要给您和二婶预备一个大房间的。焕致边说边朝楚老爷和楚太太调皮地一笑,可是二哥不让啊!

二哥?哪个二哥?你是说天远?楚老爷惊讶不已。

是啊!二叔,就是天远二哥啊!焕致接着说,二哥说若是铺子里有你们俩的房间,依二叔的脾气一定会住铺子里,那他怎么能请二老去他府上入住呢?

天远要我们去他家?楚老爷更惊异了。在他的意识里,从来就没有想过要去天远家。

是啊。二哥说他回县城都好几年了,二叔跟二婶还一次都没有到他家里去过呢。

他又没有成家,有什么好去头?

焕致说,二叔、二婶,这些年,二哥也不容易。其实,说真的,有些事情真不赖二哥,他也是身不由己。所以我觉得你们应该放下对二哥的成见,不管怎么说,我们都是一家人。

伯轩,那,要不,我们就去天远那里看一眼?楚太太笑意盈盈,又满含期待地看着自己的丈夫。

那就去呗,难不成老子还怕他不成?楚老爷将手里的拐杖使劲戳了一下地面,立起身说。

哈,二叔这就对了嘛。天底下哪有老子怕儿子的道理啊。焕致顿时欢喜起来,走,二叔、二婶,请二老移驾吧。楚司令可早就恭候多时了。焕致一边欠身恭请楚老爷、楚太太移步出门,一边笑呵呵地说。

楚老爷和楚太太相互对望了一眼说,高湛,焕致,原来你们合起伙来给我们设局啊。

高湛说,哪里话,二叔、二婶,我们是想沾您二老的光,好好宰楚司令一顿。

哈哈哈,四个人都笑起来。

哑巴巷是一条非常僻静古拙的巷道,一处僻静独立的院落,外观看上去与所有当地建筑无异,也是白墙黑瓦马头墙,可是内里却没有天井,但四壁装有门窗。正房是一个二层小楼,两边厢房则是平房,一个小小的四合院样式。整个院子小巧精致,没有什么花花草草,只有修剪得异常整齐有致的树木,地面也打扫得看不见半粒尘埃,窗明几净,倒也赏心悦目。这便是上校旅长司令长官楚天远的官邸。

焕致说,二哥,你这院子弄得这么整洁,就跟要办喜事似的。

啊?天远,你要办喜事了吗?楚太太一听顿时喜上眉梢。哪家的姑娘?

楚老爷却不乐意了,虎着脸说,怎么?要办喜事了,我们这当爹娘的竟然不知道?难不成今天是叫我们过来参观你楚司令的新房吗?

天远见爹动怒,规规矩矩地在楚老爷面前垂首而立,说,爹,您老不要生气,哪有的事,不要听焕致瞎起哄。再说,这些年您眼里头没有儿子,有什么事,儿子也不敢跟您开口。

有什么不敢说的,男大当婚女大当嫁,事业不立,未必家还不成吗?再说,你爹我是那么守旧之人吗?

是啊,天远,这儿女的婚事,理当由我们父母操心的,快点说出来,如果彼此中意,也早点给你们操办了才是啊。楚太太赶紧打圆场。

爹、娘,是有这么一个姑娘,是我的副官马忠义的表妹,人也是他介绍给我认识的。

其实天远说的这个姑娘根本就不是什么副官介绍认识的,完全是天意。

那还是一年前的一个傍晚,天远准备去铺子里找高湛、焕致喝酒。那天,他刚走进"隆远绸缎庄",就看见两个年轻女子站在柜台前买衣料,其礼笑眯眯地跟她们说着什么,看见天远进来,立马高声和天远打着招呼。那两个女子正拿着衣料比来比去,便都一齐停下手里的动作,回过头来看天远。于是天远看到一双水波荡漾的眼睛,真格的是"一双瞳仁剪秋水"啊!短发齐耳,刘海齐眉,面庞白净,嘴唇红润,简简单单的黑白格子旗袍,白色扣襻皮鞋,整个人说不出的清爽透亮,宛如深蓝的夜空中悬挂的一轮明月。这样干净清纯,仿佛不沾人间烟火的女子,他还真没有见过。不是漂亮,而是干净。就像深山里的一泓深潭,潭水幽深,却又似乎清澈见底。天远一时有些呆怔,感觉到心中某个硬结的地方悄然化开了一般。

其实这两年没有人能知道天远内心的挣扎与茫然。国共合作全面破裂,政局动荡。焕景说,二哥,你该醒醒了!可要怎么醒呢?国民党、共产党都彼此要对方弃暗投明,可究竟哪个是明哪个又是暗呢?他真的糊涂了。国民党是明吗?可他们对内莫名其妙地大肆杀戮,对外却又一味卑躬屈膝,哪里谈得上什么明?

他真的想能和一个人说说这些内心深处的疑惑与迷茫。可是跟谁说呢?身边的人吗?苟县长?马副官?天远现在对谁都无法信任,更何况是他们。与他们,天远只有虚与委蛇的各种应酬与外交辞令。爹吗?哈!楚老爷与他这个儿子隔膜之深,众所周知。天舒结婚的时候,天远想回去参加大哥的婚礼,楚老爷都坚决不让,甚至决绝地要将天远派人送回去的贺礼给退回。还是楚太太劝阻了他,说,好歹天远也是在人前说人的人,不能太让儿子没有面子!楚老爷才罢了手。后来天朗结婚的时候,楚太太多方劝解做工作,楚老爷总算没发火,算是默许天远回去参加婚礼。高湛与焕致呢?他与他们,彼此之间都有那么一点小愧疚与小嫌恶,能够坐到一张桌子上喝酒已经不容易,哪里还能说些什么?他渴望一种能够心灵与心灵相通的对话,可那个人是谁?又在哪里呢?眼前的这个姑娘,真的有如一轮明月一般,瞬间照亮了他幽暗的心空。他迫切而又明晰地感觉到,她,便是那个可以听他一吐衷肠之人。

两位姑娘走后,天远假装随意地向其礼打听她们,不想其礼还真知道一点。

告诉天远说那个穿格子旗袍的姑娘,听人说是个教书的先生,肚子里可有学问呢!听说她爹还是个校长,别的就不知道了。单凭着其礼这一句话,从那之后的好长一段时间,天远每天把必须要办的公务办完之后,就是出没于大街小巷,希望能逢着那个月光般明净透亮的姑娘。他几乎把全城两所中学、三所小学都跑遍了,都没有看到他想要见的那个女孩。就在天远感觉甚是失望沮丧,几乎要放弃的时候,她,终于出现了。

那天,百无聊赖的他,正踱到他母校青州中学堂门前。这所于光绪三十一年(1905年)建立的学堂,在整个青州县城可都赫赫有名。几十年过去了,学校还一如既往地古朴、庄重。那个时候,他们楚家四兄弟:天远、天朗、焕景、焕致,在校园里可是威风八面得很啦。其时正是学校下午放学时间,看着一个个年轻的身影在从校园里拥出,天远不觉有一种时光倒流的感觉。忽然,他的眼前蓦地一亮,一轮明月陡地升起。就在学校大门边,他终于看见了那个这些天苦苦寻觅的身影。皇天不负苦心人啊!怎么?她竟然是青州中学的先生!真是"踏破铁鞋无觅处,得来全不费工夫"吗?天远突然感觉自己的一颗心跳得怦怦的。

天远立马叫来副官马忠义,想请他去帮忙了解一下。他知道马副官的姑父就是青州中学校长,大名鼎鼎的朱彝博(字劲夫)朱校长。谁知道马副官一副不以为然的样子说,哦,你说的是笑梅吧?

怎么?你认识?

岂止认识啊,司令!那是我嫡亲的表妹,我姑姑家的女儿,也就是朱校长家的千金啊!只可惜我姑姑命短,刚生下笑梅不久就撒手归西了。是我姑父又当爹又当妈把笑梅拉扯大的,而且为了笑梅,姑父未曾再娶。二十多年,父女俩相依为命。

啊?是这样啊!世上竟有这等巧的事?天远不觉大喜过望,说,可是忠义,这么多年,我怎么没听你说起过啊?而且我刚到青州的时候,就曾去拜访过朱校长,也没见到令妹嘛!

司令,不是我说你!当初你来的时候,我就说要把自己的表妹介绍给你认识,你一副大丈夫何患无妻的样子。现在呢?山不转水转,还是转到一旮旯里了吧。

哎呀,当初我哪里知道你说的那个小九妹就是英台自己呢?

哈哈哈,两个人都笑起来。

在马副官的安排下,天远第二天晚上就"略备了些薄礼",由马副官作陪,再次登门拜访朱校长,而且这回终于见到了日思夜想、苦苦寻觅的朱笑梅。他心中的那轮月亮。朱校长看着一身将校制服的天远,五尺高的个子,真是威风凛凛又相貌堂堂,笑着对女儿笑梅说,当年背着家里,跑出去报考黄埔军校的楚天远和楚焕景,青州中学里,谁人不知谁人不晓。如今看来,果然人中龙凤啊。

天远说,校长,学生实感惭愧。想当年豪气干云,以为可以报效国门,谁知今日竟如此颓唐。惭愧之至!军人就当战死疆场,马革裹尸,可是我却缩在这里,与一个混吃等死的白首老翁无异啊,天远不禁喟然长叹。

还未等朱校长答话,笑梅却说了,这样一个乱世,无为即是有为。就算死,也要死得其所。

不想,朱校长却截断了笑梅的话题,说,是啊,天远,笑梅说得在理。当今世道,黑白不分,是非不明,纵使你有万丈雄心,也终不知该用往何处,唉。朱校长仰天长叹。想我泱泱中华,自鸦片入侵,屡遭国难,直至积重难返。原以为推翻了帝制,赶跑了皇帝,真就能天下太平,人人得以扬眉吐气。谁知民国成立也有二十余年,哪里有什么国泰民安之象?朱某以为管他国民党还是共产党,能让百姓安居乐业的就是好党啊!

朱校长也这么看?

我朱彝博本是一介寒儒,素来不问政治,信奉的是古人之训:"两耳不闻窗外事,一心只读圣贤书"。可是你以为两耳不闻窗外事,窗外事就不来找你了吗?如今日本人气焰正炽,我看他们根本不可能只满足于一个小小的满洲国,而是欲以满洲为跳板,觊觎我整个华夏!天远,军人当以保卫国家领土完整为第一要务啊,至于那些形而上的主义之争,在老夫看来,于国于民,完全没有意义嘛。

天远听了,深以为然,于是啪一个立正站起来,举手敬礼,铿锵有力地说,多谢校长教诲,天远定当铭记于心。

笑梅一见扑哧笑了,说,你这是做什么?父亲又不是你的长官,何必如此?

天远被她说得有些手足无措。朱校长笑呵呵地说,是啊是啊,你我师生之间,没必要那么拘谨嘛,天远,谢谢你今天来看我,你如今为一方司令长官,万事缠身,还能记得老朽,是老朽的荣幸。家事国事,都不能一蹴而就,相信一切终会有了结。时候不早了,天远,今天就到这里吧?你与忠义又是同侪,就不要什么客套了,以后有时间常来。

之后,天远还真是一点不拘谨,隔三岔五地就过去,两个人倒也相谈甚欢。有时朱校长会留他在那里吃便饭,笑梅下厨炒几个小菜,天远陪朱校长喝几杯小酒。笑梅就像她的名字似的,始终面带微笑,行为举止大方得体。席间,笑梅话也不多,但往往一句两句能切中肯綮,说到点子上,也说到人心里。一来二去,彼此间就再熟悉不过了,于是自然而然就说到男女终身大事上来。得知天远未婚,笑梅也尚未谈嫁,都觉再好不过。彼此之间,早已心知肚明,只一层窗户纸未被捅破而已。

什么?你说的是朱校长?不想楚老爷一听朱彝博这个名字,顿时来了兴趣,现出兴奋的神色。

是啊,爹,您也知道朱校长啊?

朱校长鼎鼎大名,就连你外公都敬佩,我想不知道也不行啊,对了,天远,听你的意思,那姑娘,你是中意了?

我中意有什么用,得您和娘中意才行啊,爹和娘什么时候去掌一眼?天远恳切中透着调皮。

楚太太毕竟是做娘的,内心自然要柔软很多,听天远有了自己的意中人,心中竟然有些悲喜交加的感觉。她语重心长地对天远说,天远,这些年,你一个人在外面四海为家,我跟你爹想给你操心也操不上。你看,你也老大不小了,是该想想自己的事情了。你说的那姑娘,你要是中意,我跟你爹不拦你。伯轩,是不是这个意思?

唔,楚老爷一边喝着茶,一边不置可否地唔了一声,算是回答。

高湛接口说,哎呀,二叔、二婶,择日不如撞日,这回既然你们都来了,我看不如叫天远请马副官出面,把那姑娘一家都叫到一起。我在"一品轩"定个包间,大家聚一下。如果二叔、二婶觉得那姑娘还满意,人家想必对我们楚司令也没得可挑,那这事干脆就这么定下来了。如果二叔、二婶要是看不顺眼,那也没什么,权当交个朋友,以后该咋的咋的,二叔、二婶,你们说呢?

伯轩,我觉得高湛这主意不错,你说呢?

好,既然白校长都说好,那就这么办,校长对校长,倒也算得上门当户对嘛。

哈哈哈,楚老爷的话把大家逗得都笑起来了。

水到了自然渠成!当晚"一品轩"的包间里,楚太太终于见到了那个笑梅姑娘。果然落落大方,举止得体,亲和温婉。既不同于天心的傲娇清高,又不同于莲心的拘泥矜持,透着一股书卷气。楚太太真是说不出的喜欢,恨不能一时三刻就把事情定下来。楚老爷与朱校长不仅没有任何违逆之感,而且大有相见恨晚之憾;而笑梅对于楚太太曾经出任小学校长,也是颇感敬佩。谈笑间,天远和笑梅的事情就在一片祥和热烈的气氛中定了下来。接着就商量着如何请媒人,定日子,里里外外,面面俱到。

等他们热热闹闹地从"一品轩"出来的时候,老天爷也似被感动了一般,竟然在这样的季节里飘起了雪花,街道、房屋都肃穆地迎接这来自天庭的礼物。

清明都过了,竟然还下雪!楚太太不知为什么忽然间神色有点忧郁。

楚老爷却豪情大发,天降瑞雪,普天同庆嘛!朱校长,您说是不是?

天作之合,好兆头,好兆头啊!朱校长也忍不住连声说好。

本来楚老爷和楚太太打算第二天就回橡树湾的,可是因为这场春雪,小辈们都挽留他们多住几日。再加之,第二天,朱校长打发人送来请柬,请楚老爷和楚太太以及诸位公子,晚上去寒舍小坐,小酌两杯。天降瑞雪,岂能无酒?笑梅下厨,佐之以情,岂不是好?朱校长盛情,岂有拂逆之理?

几天后,雪后天晴,楚老爷和楚太太带着如同这晴好天气一般的好心情,决定打道回府,启程回橡树湾了。天远雇了船送老爷、太太回去。

船快到莲子河入口的时候,楚老爷突然对夫人说,静雅,我们去一趟荷叶洲,好不好?

去荷叶洲?楚太太觉得非常意外,说,伯轩,你真是越老越像个小孩子了,怎么想起一出是一出啊。

嗨,老小老小嘛,可不越老越小。你就说去不去吧,长这么大,荷叶洲还只是听说过,没去过吧,走,带你去见识见识"小上海"的繁华,怎么样?另外,我也想去拜望一下曾老先生,这也有几年没见了,不知道老先生身体怎么样。

好,那就听你的。我们去荷叶洲。楚太太欣喜地说。

当两顶青布小轿在头道大街轻快前行的时候,荷叶洲的热闹已经随着阳光的热烈而高涨起来了。荷叶洲果然比县城要繁华多了,人来人往,熙熙攘攘,叫楚太太目不暇接,各种店家小贩的叫卖声也是不绝于耳。楚太太长这么大还是第一次见识这样的拥挤与热闹,心中充满了好奇与喜悦,恨不能立时下去四面走一遭。楚老爷却只说不急,先去拜望曾老先生,晚上就在荷叶洲住下,有的是时间慢慢逛。于是两顶小轿直奔泂字巷的"曾氏医馆"。

可是等他们进到医馆之后,坐馆的却不是曾老先生,而是曾老先生的儿子曾小先生。问起曾老先生,曾小先生遏制不住地气愤与郁闷。原来,曾老先生五年前被上游藕山的土匪头子胁迫去了山上,给他抢回去的什么大户人家的小姐治病去了。倘若不去,就要杀得曾氏灭门。父亲只得去了,以为那位大户小姐的病治好了,就能回来,最多不过月余时间。谁知却一去不复返,生不见人死不见尸,杳无音信。也曾派人多方探听,有说父亲还好好地活着,不过在替土匪们治病而已;有说根本没能治好那小姐的病,土匪一气之下就把父亲给砍了,等等。至于到底怎样,谁也说不清。

楚老爷一听,如五雷轰顶一般,尴尬无比,嗫嚅道,想不到她竟还连累了别人。

可不是咋的,那位曾小先生听见楚老爷的低语,顿时火起,什么大户人家的千金大小姐嘛,我看也是个不守规矩的贱货。

你怎么能这么说啊,难道你认识她、了解她吗?楚太太见有人诋毁女儿,不高兴了。

这位太太您有所不知啊,您道是所有大户人家的千金小姐,都在家里头大门不出二门不迈吗?才不是呢,被抢的那位,不仅在外面抛头露面,而且在大庭广众之下,唱什么"小妹妹洗菜薹"那样的淫词艳曲,被土匪听到,才起了心思抢她去做压寨夫人的。不然,大户人家的千金,深宅大院里待着,土匪如何能知?张三不抢,李四不抢,单单抢她?还不是无风不起浪吗?这倒好,自己被掳了,坏了名声,还搭上我们家老爷子给她陪葬,也不知我们曾家跟她前世结什么仇了。

那位曾小先生还吧嗒吧嗒说个不停,可是楚老爷的耳朵里只剩下了一片嗡嗡声,一个字也听不清爽,眼前也似乎有无数个小星星在上下左右飞舞,脸色苍白。楚太太一见,急了,说,伯轩,你怎么了?

静雅,我们回家!楚老爷说着艰难地站起身,往门外走去。楚太太赶紧上前搀他,发觉楚老爷浑身都在颤抖,楚太太顿感大事不好。

他们回到橡树湾的时候,太阳都已经偏西,往常应该是准备晚饭的时间了,今天怎么这么安静?一时间楚家大屋少有的冷清与寂寥令楚太太心中一阵悲凉。春天来了,可乍热起来的阳光似乎暖和不了楚家大屋冰冷的内质。他们俩刚走到客厅,就听到中厅天井里有一来一往说话的声音。

真是的,天朗怎么悄没声跑了呢?连声招呼也不跟大家打一个!二叔、二婶前脚刚走,他后脚就跑了。回头二叔、二婶回来,怎么交代啊?是焕彩的声音。

(怎么?天朗走了?去了哪里?楚老爷和楚太太狐疑地对望了一眼。)

哈,焕彩,你当真不知道这天朗为什么会不声不响跑走?是凤姐的声音。

不知道啊!大屋里谁也不知道啊!就连莲心自己也不知道天朗为什么走……

哼,她也不知道!她嘴上不知道,心里可清楚得很……

大嫂,你这话是什么意思?

什么意思?你去问问她不就清楚了?凤姐继续阴阳怪气,看着一副贞洁烈女的样,其实,鬼才知道呢,哼,天朗不走,你叫他还有脸在橡树湾待下去啊……

吴凤姐!楚太太突然出现在中厅,厉声一喝,把二人都吓了一大跳。

二婶,您回来了呀!二叔呢?焕彩赶忙站起身打招呼。

楚太太只是不理,继续厉声对儿媳妇凤姐说,吴凤姐,你可是家里的长媳,是大嫂,凡事都要率先垂范,给弟弟妹妹们做榜样才是,怎么能在背后说三道四呢?

娘,我可没有说三道四,我说的可都是真的……

什么蒸的煮的,我都不想听。楚太太继续厉声低喝,凤姐,还不快回你屋去?以后若是再叫我听到你那些捕风捉影的谣言,可别怪我这个做婆婆的对儿媳妇不客气。

哼,走就走,有什么了不起!吴凤姐抱起孩子,扭身就走。对我狠,哼,有你们好过的日子在后头!

楚太太在后面教训儿媳妇,楚老爷却什么也没说,更没出面,只是静静地坐在客厅的椅子上,看着天井上那一方天空发呆。

莲心,当着爹的面,你老实说,天朗为什么走?

爹,娘,天朗走得急,只说去南京办点事,别的什么也没说。

那他可说什么时间回来?

没有。他只说事情办好就回来。

那他这么黑不提白不提地跑了,家里事怎么办?学校怎么办?

他说,爹自会安排!

可是天朗自此以后再也没有回来,端午没回,中秋没回,过年仍旧没回。

天远、笑梅的喜事选在丁丑年(1937年)的五月端阳,婚礼先是在橡树湾隆重地举办,紧跟着又在城里摆了酒席。天远和笑梅,郎才女貌的一对新人,脸上的幸福与满足,足以让人忘记这个尘世间的所有忧伤。就连大名鼎鼎的朱校长都显得异常兴高采烈,激动得眼睛里含了泪花。然而与朱校长的激动兴奋相反,楚老爷的心却始终沉重着,那些虚浮在脸上的笑容与客套,仿佛随便一阵轻风都可以将之刮跑。向来坚强硬挺的楚老爷自打上一回从城里回去之后,就像突然被人抽了筋骨似的,整个人变得软绵绵的,没了精神,每天只闷闷地吃了睡,睡了吃,百事不问,还常常不由自主地大声叹息,甚至在天远的婚礼上,把身边的热闹吓一大跳。

楚家大屋再度陷入恐慌之中,就连高湛都有些着急,唯独楚太太却出奇地冷静。她知道,自己的丈夫,他是太累了,真正地身心俱疲。有高峰就有低谷,没有谁能永远精力旺盛,等缓过了这段时间,楚夫人相信曾经那个指挥若定、百折不挠的楚老爷,一定会重新站立在橡树湾的地面上的。

然而这一回,楚夫人预料错了,上天还没有来得及给楚老爷再次站起来的机会,日本人就来了,把那个机会抢走了。

当楚家大屋还沉浸在天远大婚的喜悦之中时,真正的灾难降临了。

那一年的农历五月二十九(公历7月7日),日军在北京制造了卢沟桥事件,由此拉开了全面侵华战争的序幕。1937年7月29日,北京沦陷了;紧接着,7月30日,天津陷落。8月13日,日本海军突然进攻上海闸北,上海守军浴血奋战三个月,11月12日上海最终沦陷;此后,日军进入长江内河河道,沿着长江一路西进,12月13日,攻陷南京,日本侵略军开始了为期三个月的有组织的大屠杀……

本来在那个通讯不发达的年代,橡树湾又是消息闭塞的乡间,这样的军国大事一般要很久才能传到大家的耳朵里。天远最先知道卢沟桥事变,他本能地热血沸腾起来,深切地预感到中日之间真正的战争终于爆发了!他不敢声张,偷偷告诉高湛。高湛一听,顿时血脉偾张,恨不能立时飞身到战场上去与日本人拼杀。可是瞬间他又冷静了下来,两个人都意识到这样的消息于楚老爷意味着什么,甚至连焕致都不能叫知道。他小孩子心里搁不住事,万一——不小心说漏嘴给楚老爷知道,就糟了。

焕致本来只一心生意,根本不问世事,若不是他驾着他的"流动商船"四处游动,看见成群结队逃难的人流,他还真不知道日本人已经打到家门口了。他惊骇了,惊骇万状的焕致再也无心生意,连城都来不及回,径直将他的"流动商船"开回了橡树湾。

说也奇怪,那一天楚老爷突然兴致大好起来。一清早,橡树湾人就看见楚老爷拄着橡木拐杖,破例没有楚夫人陪同,一个人笑意盈盈地踏着地上的薄霜,在菱湖边边走边看,兴味盎然。看着楚老爷精神头好起来,橡树湾人也跟着振奋,感觉他们昔日的楚老爷又出现在大家面前。大家霎时心中有了底气,背后有了靠山,腰杆都挺得直一些了。楚夫人见了,也不觉长舒了一口闷气,心情舒缓好多。

可正当楚老爷在祠堂边,兴致勃勃地与德满爷,还有几位长辈一边晒太阳,一边吸着黄烟袋,古往今来地聊天聊地的时候,就看见焕致的"流动商船"飞一般驶过来,泊在了祠堂前面。偏偏那天他眼尖,焕致刚从船舱走出来,楚老爷就看见了,笑着说,耶?那不是我们家焕致吗?怎么今天把商船开到家门口了呀?莫不是他连家里的生意都要做吧?正笑着,忽地,他心中莫名其妙一抖,将脸上的笑容抖落一地,难道出什么事了?他霍地一下站起来,朝着焕致高声喊,焕致,你怎么回来了?

焕致正准备下船,忽然听见楚老爷喊,他就像一个在外面受了好大委屈的孩子,突然看见了亲人一般,惊慌失措地喊道,二叔,不得了了!日本人打过来了!日本人打过来了呀,二叔……

什么?楚老爷大惊失色,手中的长烟袋咚的一声掉到了地上,翡翠烟嘴顿时碎裂。

待焕致将所见所闻一一告知,楚老爷及德满爷,还有诸位楚家长辈皆大惊失色,楚老爷则一屁股跌坐到冰冷的泥地上,焕致,快,把你二哥还有你姐夫给我叫回来,快!楚老爷后面一个"快"字刚出口,随着那个"快"字,一口鲜血就像一道飞瀑一般从楚老爷口中急速喷出,紧接着,楚老爷口中的鲜血就如突然开闸的江水一般,奔泻不息了!

待天远、高湛、焕致一齐赶回楚家大屋的时候,楚老爷已然气息奄奄了。天舒垂首站在床前,楚夫人则坐在床边死死握着楚老爷的一只手,仿佛只要自己的手一松,楚老爷就会撒手而去了一般。楚老爷无力而又无奈地看了看站在面前的四个山一般的后辈,拿眼睛从他们脸上一一扫过。你们都是楚家子孙,你们也都知道楚家与日本人有着怎样的仇恨!如今日本人就要打到家门了,是楚家子孙,你们当知道该如何做……楚老爷说着又呕出一口血,楚夫人想替他擦一擦,他却不让,自己用手一抹,然后用那只满是鲜血的手,指着天舒天远高湛焕致,吃力地一字一顿地说,你们都听好了:一定不要让日本人踏上橡树湾的土地!你们发誓……

还未等四个人的誓言出口,楚老爷就昏死过去了。醒过来之后,他似乎忘记了要四个人盟誓一事,只无限深情地对楚夫人说话。静雅,师妹,对不起,看来我是不能陪你走到最后了。楚夫人强抑悲痛,可泪水依旧源源不断地流出来。楚老爷凄然一笑,说,静雅,我走了之后,你可不能跟戴月嫂子那样糊涂,更不能跟娘那样追着爹去。之后,他又拿手指点着四个后辈说,你们,往后凡事都要听你们的娘的,谁都不许有半点忤逆之心,你们都听到了吗?看着四个人一片声回应,楚老爷似乎终于放下心来的样子,长叹了一声,夫人啦,楚家大屋更大的灾难还在后头啊!对不住了,今后要你一个人来承担这些风雨了……还有一件事,楚老爷脸上忽然现出非常痛苦的表情,似乎不知该如何表达的样子。半响,他才终于下了很大的决心似的,一字一顿地说,记住,静雅,天心,只当从没有生养过,到死都不要让她踏入楚家大屋半步!

伯轩,不要说了!楚太太真是心碎了无痕,痛苦不堪。她把自己的脸深深地埋进楚老爷的掌心,不要再说了,伯轩!

楚老爷用他最后一点力气,无限温柔地摸了摸妻子的脸,一声长叹。

> 原来姹紫嫣红开遍
> 似这般都付与断井颓垣
> 良辰美景奈何天
> 赏心乐事谁家院

楚老爷的叹息如风雷一般,传进了楚家大屋每个人的耳朵,甚至全橡树湾都听到了那一声苍凉而又凄楚、不甘而又无奈的叹息。这一声叹息还直直地传到了天上,划破了宁静的夜空。那天晚上突降大雪,厚厚的积雪压断了屋后枫树一根粗大的枝桠。

天地同悲。世界一片洁白。

第 三 部

仇人相见
兄弟同心
众志成城
繁华落尽

仇人相见

原来姹紫嫣红开遍
似这般都付与断井颓垣
良辰美景奈何天
赏心乐事谁家院

　　舞台上的杜丽娘粉面桃花，长袖轻舒，莲步纤移。燕啭莺啼，哀怨婉转。怨春惜春，流连盘桓。一颦一笑，一举一动，一声一咽，无不缠绵悱恻，如梦似幻。美轮美奂，令人心旌摇荡。好美啊！天朗，这才是真正的美！谁在说话？爹？哎呀，真的是爹！爹，您好吗？

　　爹还没有来得及回答，忽然一曲箫声幽幽怨怨、缠缠绵绵而来，仿佛天籁一般，从天空之外，从山谷之间，从幽冥之中，迤逦而来。舞台上的杜丽娘不再长袖善舞，粉面桃花，而是面带忧戚，身穿旗袍，淡青色底子上含蓄地开着一朵一朵洁净高雅的白莲花。身后三棵高大的枫树，枫叶一团火一般燃烧。树下一座娇小的单孔小石桥，那旗袍美人正侧身斜倚在栏杆之上，微微低首，一支箫抵在她的唇边，一串串哀怨的音符正从那支乌黑油亮的箫管之中飞出。凄凄惨惨。呜呜咽咽。哀哀戚戚。《凤凰台上忆吹箫》。"休休，这回去也，千万遍《阳关》，也则难留。"莲心？是的，就是莲心！如此伤心到底为谁？莲心、莲心……

　　倏忽莲心又不见了，箫声也无影无踪，取而代之的是四面八方的枪炮声。血雨腥风。子弹横飞。血流成河。到处都是敌人。到处都是！一拨一拨地上来,左冲右突,就是冲不出去。一定要冲出去,哪怕只剩一个人也要冲出去!一个人就是一粒火种,一粒革命的火种,也是一粒燎原的火种!谁说的?傅司令。对,就是傅司令。可是傅司令呢?傅司令也不见了。方队长说,向政委,你先撤,我掩护,只要过了江就好了。

不!你们先撤,我来掩护!

不,向政委,我们的任务就是护送你们过江。趁敌人的这一轮炮火还没有密集起来,赶快走!快!

可是,炮弹来了。一发炮弹尖啸着划过头顶,落在他们身旁。说时迟那时快,方队长一个鱼跃将自己扑倒。炮弹炸了,火光冲天……

啊啊,司令,他终于醒了!一个声音惊喜地在他耳边说,这下好了,醒过来就没事了!天朗少爷,天朗少爷……

天朗!真是一个久违的名字了,恍若隔世一般遥远。他已经习惯了现在的名字——向辉!是的,当年焕景哥取名向明,奔向光明。他于是叫了向辉,奔向辉煌。这就叫前仆后继。向辉,向政委。可是天朗?竟然有人叫他天朗。这究竟是什么地方?怎么会有人叫他这个名字?他努力地想睁开眼睛,可无论怎样努力,两只眼睛就是睁不开,只能模模糊糊地看见似乎有一个白发银髯的老者,正慈眉善目地看着他。天朗,就是他在叫。他是谁?怎么会知道这个名字?这些年,他早将这个名字淡忘了,仿佛自己从来就是叫向辉,要一路奔向辉煌的向辉。

天朗少爷,你可真是厉害啊!这么重的伤,拖了这么久,竟然还能活过来,真是不简单!

是说我吗?我受伤了?是的,好像是受伤了。炸弹炸响了,方队长扑到了我身上。是的,是他扑在我身上。炮弹巨大的爆炸力将自己震昏了,好一会儿才醒过来。可方队长再也没有醒过来。年仅二十七岁的方队长,再也醒不过来了。他将自己的身体从方队长的身下抽出来,却站不起来了,一块炸裂的弹片慌不择路地钻进了他的右小腿,他撕下一块衬衫将伤处死死地捆住。这样的小伤实在不足惧,过江!这是他目前所有意识中的全部。周围静极了,没有枪声、炮声,也没有人声,似乎世界一瞬间进入睡眠状态。他艰难地站立起来,环顾四周,一片焦土之上,他是唯一的幸存者。那些几分钟之前还都是一个个鲜活的生命,现在却只能永远地长眠于此。无论如何得赶紧离开,可是该往哪里走呢?他真的很茫然。

我怎么竟到了这里呢?这到底是什么地方?

曾老先生,他怎么样?一个压低的声音传过来。

曾老先生?哪个曾老先生?这个称呼怎么这么熟悉?他很努力地想,可是他真的太虚弱了,脑子根本不听他指挥。曾老先生,曾老先生,他在心里念叨着、回想着、念着、念着、想着、想着,就又不知不觉睡过去了。

这一天他忽然被一阵阵密集的枪声给惊醒过来。或许正是这枪声给他的身体注入了活力,他霍地一下睁开了眼睛。怎么回事?为什么有这么多的枪声?感觉好像漫山遍野都是!难道敌人又攻上来了?他警觉地侧耳仔细倾听,才分辨出这声响不是什么枪声,而只是鞭炮声。于是他终于放下心来,又弛然而卧。今天是什么日子?为什么要放鞭炮?难道是过年了?他胡乱想了一会儿,又迷迷糊糊睡着了。

再次醒来时已是夜晚时分,他感觉自己从未这样神清气爽过,不由得把手伸出被子。呀,他终于可以指挥得了自己的胳膊了。他不禁笑了笑。耶,他竟然可以笑了,他已经有多久没有笑过了?上一回笑是什么时候?在什么地方?应该还在山里的时候吧!那时候他们虽然苦,可真的有笑过……

屋子里突然间亮堂起来,有人进屋了。咚咚咚,是皮靴敲击地面的声音,很有些肆无忌惮;嚓嚓嚓,则是布鞋底的声音,温和而又平静。

曾老先生,他到底醒了没有啊?这都多少天了呀!一个显然被强行压制的声音。

呵呵呵,司令,如果不出意外的话,这一两天他就该彻底清醒了。该醒了,这应该是那个曾老先生的声音,温和宽厚。司令就委屈一下,你那高门大嗓的,我怕把他惊着了。

曾老先生好!他突然的一个招呼显然把两个人都惊着了,他们一齐睁大了眼睛看他。见他神志清醒的样子,看出这回真的醒过来了。

哎呀！天朗少爷,你果然醒了呀！哈哈。天朗少爷,可还认得老朽？

您是荷叶洲的曾老先生？为我爷爷和家父、长生伯都瞧过病的曾老先生？

是啊是啊,天朗少爷果然还记得啊！曾老先生微笑着捋着胡须。唉,只可惜,你父亲比我小,反倒先走了一步。

怎么？曾老先生,家父去世了吗？许是因为吃惊,也许是多日的精心调养,精力终于又重新回到了他身上,竟猛地坐了起来,同时却咧了咧嘴,显然是抻到了伤口。

哎呀,天朗少爷,你刚刚恢复一点元气,不能这么大动静！来,慢慢靠着。天朗少爷,你父亲已经故去好多年了呀！难道天朗少爷离家这么久了吗？曾老先生禁不住一脸狐疑。

他颓然地靠在枕头上,再次闭上了眼睛,双眉紧皱,鼻梁处拧出一道深深的皱纹。忽然他好似想起什么似的,猛地一下睁开眼睛,盯着曾老先生问,曾老先生,我刚才好像听到鞭炮声了,今天是什么日子？是过年了吗？

过年？唉,天朗少爷,年早就过了！过几天就是清明节了呀。

怎么？都到清明节了吗？他一副吃惊不小的样子。

是的,天朗少爷,你知道你这一觉睡了多长时间吗？十天,整整十天！十天前,老张头把你背回来……好了,不说了。天朗少爷,我知道你心里肯定有无数个问题想要问,其实我们也有。但我们彼此都把问题放一放,等你的身体完全康复了,我们再好好坐下来聊一聊,好不好？曾老先生回头又对老张头说,老张头,天朗少爷这些天还是需要静养,你就按照我开的方子给天朗少爷服药和准备膳食。另外,天朗少爷如果身体允许,也可以适当下地走动走动,免得长时间不活动,腿部肌肉坏死。

好的,曾老先生,您放心吧。

老张头还想说点什么,被一个个洪亮的声音切断了,说,那就这样吧！天朗少爷你安心休养,我们走了。说着自顾自咚咚咚地走了,皮靴再次跺得地面山响。紧跟着曾老先生和天朗打了声招呼,又嘱咐老张头几句也走了。

屋子里顿时安静了下来。向辉感觉异常疲惫,他困倦地闭上了眼睛。老张头小心翼翼地说,少爷,您是不是累了呀？

向辉睁开眼睛,竭力冲老张头挤出一个笑容,轻轻地摇了摇头。

老张头说,少爷,有熬好的山药瘦肉粥,我们吃一点好不好?

一股暖流宛如一股电流一般急速流遍向辉的全身,多好的一个老人啊!尽管素昧平生,可那神情,那语气,那话里话外透着的真诚与关切,分明是一个父亲对儿子才有的温情啊!啊,父亲!爹,天朗不孝……向辉忽然间双眼含泪。他轻轻地点了点头,然后迅速把头扭向床里面,不想让老张头看见。

老张头答应着欢天喜地地走了。不一会儿一阵粥香飘过来,顿时唤醒了向辉的味蕾与肠胃,他的肚子不觉咕地叫了一声。是啊!多久都没有吃到过这么香的食物了。端着那碗熬得喷香黏稠的山药瘦肉粥,向辉的眼睛湿了,那些吃糠咽菜的岁月啊!我们坚持过来了,挺过来了,以为可以看到胜利的曙光,奔向辉煌的时代。九千人啊,几乎全军覆没!不是死在日本人的枪弹之下,而是死于同根同源的兄弟之手。为什么?这究竟是为什么啊?他一直不明白,为什么说好要携手共同抗日,挽救国家民族危亡,怎么一转眼说翻脸就翻脸了呢?

少爷,吃吧!吃了才有精神,才有劲打鬼子啊!

向辉吃惊地抬起头看着眼前这个瘦小矍铄、满面慈爱的老人,内心真是百感交集,老张头竟然知道打鬼子,竟然说他打鬼子!知道他是打鬼子的人,才要救他,照顾他!他强忍着内心的悲痛,冲老张头笑了一下,盛了一勺粥送进嘴里。哇,真香啊!老张头看见他终于能够自己吃东西了,高兴地咧嘴笑了,那神情像极了一个巴不得自己小孩多吃一口的慈父。

第二天一大早,向辉在一阵浓烈馥郁的花香中醒来,他不觉打开自己的五脏六腑,贪婪地呼吸着。好香啊!是兰香。这里一定有人养兰花!向辉不禁想起妹妹天心。这么多年过去了,天心,她好吗?

早饭仍旧是粥,皮蛋瘦肉粥。向辉喝了满满一大碗,感觉浑身都是劲,不觉对老张头说,老伯,这里有人养兰花吗?好想出去看看啊!我有个妹妹,特别喜爱兰花。老伯,您能扶我出去吗?

啊呀,少爷,你身体才刚刚好一点,曾老先生说你要好生静养,怎么能出去呢?一听向辉说要出去,老张头忽然显现出一种惊慌失措的表情。

向辉一见，忍不住笑了，说，老伯，不要紧的，看您紧张得。您先扶我起来走走看，如果可以，我们就出去，好吗？我好想晒晒太阳。

不行的少爷，即使可以，也不能出这个屋子！曾老先生说了，你什么时候出去得听他的安排。

见老人家如此坚定，向辉只得妥协，说，好好好，我只在屋子里转转可以吧？

嗯，这才对嘛，老人的神情顿时轻松了下来，赶紧过去帮向辉。

向辉的双脚刚一着地，感觉像是踩在棉花上一样，绵软无力，才起身就一个趔趄重新跌坐到床上。老张头又紧张起来，说，少爷，可不能硬撑，把伤口抻裂了就麻烦了。我看还是躺着好。

向辉笑笑说，不碍事的，老伯。不能再躺了，再躺我恐怕连路都要忘记走了。说着依靠老张头再一次站了起来，这一次果然好多了，他感觉自己的脚终于踩到了地面上。一步，两步，三步，虽然右腿还使不上劲，但终于可以迈步了。走了小半圈之后，向辉就坚持自己一个人走。老张头没办法，只得放了手，却仍然像是对待一个刚刚学步的娃娃一样，张着两只手臂，护在他身边。向辉心里真有说不出的温暖，这样的护佑似乎还只在孩童时候享受过。终于走到窗边，朝外一看，看到对面小木屋里满满当当挤挤挨挨都是兰花，哇，这么多兰花，怪不得这么香了。要是妹妹天心看到了，该有多喜欢多高兴啊！老伯，这些兰花都是您侍弄的吗？没有人回答，向辉回头一看，老张头不知道什么时候已经悄悄地离开了。

外面的阳光真是好啊！他好想全身心地去沐浴那阳光，享受那花香。可是，没有老张头的帮忙，自己一个人能走到院子里去吗？他有些胆怯，可终究抗拒不了内心的渴望，于是就扶着墙壁一步一步地朝门口挪着。他正专心走着，忽然一抬头，发现墙角的穿衣镜里出现了一个头发、胡子缠在一起，活像个怪物似的家伙，正睁着大眼睛看着他，把他吓了一大跳。这是谁啊？他不觉回过头，想看看到底是谁突然悄无声息地出现在了房间里。可是待他回头四顾，发现房间里除了自己之外，根本没有别人。再看看镜子里，那个怪物还在瞪着自己，目光里也满是疑虑。这到底是谁？他不觉拿手去摸了摸自己的脸，镜子里的那个怪物也在拿手摸自己的脸。嗯？他心里的疑虑更深了，他是在学自己？这时向辉突然摸到了自己脸上那一堆乱草似的毛发！嗯？他不觉很吃了一惊，自己脸上怎么长了这么一堆乱草？他不觉看了看自己的手，然后把两只手放到头上，那个镜子里的怪物竟然也把手放到头上。天哪，莫非那个怪物竟是自己？自己竟变成这般模样，连自己都认不出自己了吗？

这一发现令向辉无比沮丧，他颓丧地靠在墙上，内心滚过一股巨大的悲哀。这时突然一阵轻风从敞开的窗户里洋洋洒洒地吹进来，携带着一股阳光的干爽气息与兰花的幽香，令他的心又不知不觉欢愉起来。他不觉望向窗外，看见高大的玉兰摆动着满树圆润的大叶片，似乎在同他打招呼；甚至那永远絮语不休的湘妃竹，那四季青绿的桂花树，都在微笑颔首，招呼他出去与它们亲近。他再也按捺不住内心对阳光的渴望，多少个日子了，他都只能昼伏夜行，他太想念阳光的味道了。他要出去。

他终于挪到了门口，发现还有一间屋，显然是间书房。那书橱，那一层层摞着的线装书，那墙上的字画，还有那宽大的红木书桌，桌上的笔墨纸砚，都可以看出这屋主人是个读书人。可究竟是什么人呢？这么好心，把自己的住所让出来给我？难道是又一个"种墨园"的主人？这究竟是什么地方，竟然也有这样开明的士绅？向辉的好奇心更重了，更加急迫地想要到外面去看一看。他目测了一下书桌与门之间的距离，估算自己挪到门口需要的时间，自己的体力能不能完成，然后鼓起勇气，拖着自己的右腿，一步一步坚定地朝着阳光挪去。啊，温暖的阳光，我马上就可以享受到你温柔的爱抚了。

没想到外面还有一间屋，这间屋的大门外才是院子。从摆设看，这间应该是个客厅，摆满了家具，向辉的目光一一掠过屋子里摆放的桌椅以及桌子后面的条几，然后顺着条几往上看，他的目光顿住了。他不觉怔了怔，那个地方一般人家都会挂一张中堂大画，两边再配上什么"世事洞明皆学问，人情练达即文章"这样的对联。这上面挂的是一张放大的照片，镶嵌在玻璃框子里面。照片足够大，大到简直跟真人一般大小。照片上是一个年轻的妇人和两个小孩。坐在妇人腿上的是个小男孩，似乎不太愿意照相，正瘪着嘴一副要哭出来的样子；倚在妇人身边的则是一个小女孩，穿着裙子，歪着个小脑袋，睁大了眼睛看着前面，大眼睛里都是好奇；妇人端庄秀雅，却一脸的忧戚。

耶？他发现那照片上的忧伤女子怎么有些眼熟啊？是谁呢？向辉的心里忽然没来由地咯噔了一下，不由自主地挪到近前，更仔细打量那张照片。照片上这个面带忧戚、梳着发髻的清瘦女子真的很面熟，像谁呢？天哪！怎么那么像自己的妹妹天心啊！真的,正是天心没错啊！虽然面容清瘦,虽然梳着发髻,虽然满面忧戚,虽然姿容中散发出的已是一股少妇的韵味,再不是记忆中那个齐耳短发、活泼可爱、不谙世事的妹妹天心的样子,可那眉眼、那五官分明是天心无疑啊！天哪！天心,是你吗？你怎么在这面墙上？难道三哥这些天一直住着的是你的房间？倘若真是你,你又在哪里？为什么这些天一次都没有看见你？莫非那个什么司令就是藕山上的土匪头子张久胜？他不觉木呆,一屁股坐到身边的椅子上。是巧合,还是幻觉？抑或是一个玩笑？他实在搞不明白。老张头呢？他应该知道的,可怎么这么长时间都没见他？

等到曾老先生和老张头气喘吁吁地跑过来的时候,劈面就看见坐在客厅椅子上发愣的向辉,两个人顿时都有些不知所措。向辉抬起头,定定地看着曾老先生,然后又疑惑地看着老张头,仿佛不认识他们俩似的。

天朗少爷……

曾老先生,您告诉我,这张照片上的女子是谁？她是谁？怪不得老伯不肯叫我出去,说是得听曾老先生的安排……向辉自顾自一个人说着,仿佛在喃喃自语。原来是不想让我看见什么,是不是？告诉我,曾老先生,这张照片上的女子是谁？那是她的孩子吗？她又在哪里？为什么这么些天,我一次也没有看到过她？

是的,天朗少爷,不是老张头不肯叫你出去,也不是因为你的身体不允许……曾老先生顿了顿,接着说,是因为我们不想在你身体还没有完全复原的时候知道一些事情。可是,现在,既然你已经看到了这张照片,想必已经知道些什么了,只是还不能肯定,是不是？曾老先生坐到桌子对面的那张椅子上,也抬头看着那张照片说,是的。天朗少爷,这张照片上的女子不是别人,正是你的妹妹天心小姐。那两个孩子是她的一双小儿女。这间屋子,这个院子就是她在山上的家,外面那些兰花也曾经是你妹妹天心小姐和老张头一起侍弄的。而这里,不是别处,正是藕山。是你们全家心中无比痛恨,无比耻辱又无可奈何的地方。司令不是别人,正是藕山上的土匪头子张久胜,也是你的妹夫。即使你们全家都不愿意承认,可事实上他就是你妹妹天心的男人。曾老先生也不管不顾地来了一个竹筒倒豆子。

可是,那天心人呢?曾老先生,我怎么到现在还没有看见她?难道她不愿意见我?还是不好意思见我?

唉,曾老先生长叹一声,说,天朗少爷,你妹妹天心永远都不能来见你了呀!

为什么?

因为她……她已经不在了呀。

什么?向辉的心猛地一沉,激动地站了起来,不想猛一下抻着了伤口,疼得一咧嘴,说,曾老先生,没了是什么意思?

唉,天朗少爷,我知道你一下子肯定接受不了,可是天心小姐就是没了呀,就在去年,她生日那天,投菱湖自杀了呀!

天哪!向辉一时间真是呆了,自己清醒过来的这两天得到的都是失去亲人的消息。爹没了,连天心也没了!曾老先生,您告诉我,我妹妹天心,她为什么会死?

于是曾老先生就将天心如何常年忧伤,如何求他而自己又是如何帮她逃离的事,一一对向辉说了。末了,他说,天朗少爷,我真的只知道她一心回家,哪里知道她一心求死啊。倘若知道她如此用心,我又如何能帮她呢?这些年在山上,我就是怕她起什么不好的念头,所以从来没有对她说起过楚老爷和长生,至于他们殁了的事更是只字不曾提过。天朗少爷呀,我原是为了救天心小姐的命才来到这藕山之上的,哪里知道最终是我将她送上了不归路呢?曾老先生于是就将当初天心如何气息奄奄,自己如何在那一年的小年之夜被张久胜强逼上山,从此再未下山之事细说了一遍。

唉,曾老先生,哪里能怪到您的头上啊。我们楚家感激您还来不及呢。向辉完全理解曾老先生此时此刻的心情,面对天心小姐的亲人,有一种帮了倒忙的愧悔与痛惜。都是那个可恶的张久胜。向辉的眼睛里喷射出的怒火令曾老先生与老张头面面相觑。

曾老先生长叹了一声说,天朗少爷,你的愤怒自在情理之中。可是俗话说人死不能复生，即使将司令碎尸万段了，天心小姐也回不来了呀！唉，天朗少爷，说句良心话，司令对小姐可真是没的说啊。凡事都顺着她，从不违拗。可是小姐心气太高，就是容不了他，也是无奈。小姐身亡之后，司令真的很悲痛！多日之后，他忽然想起描红说小姐他们母子仨曾在照相馆照了一张相，就去了荷叶洲，找到了那家照相馆，拿到了这张照片。那天司令拿到这张照片，一个顶天立地的汉子立时号啕大哭，把照相馆照相的老头眼泪都哭出来了。司令将这张照片翻印了多少，你是不知道啊，天朗少爷！以前这个房子里哪里都摆放着这张照片，只是你来了之后怕你看见才一起撤走了的，唯独剩这张最大的一直挂在这里。

唉，天朗少爷，这人与人之间就是个缘分。小姐跟司令缘分不够，但司令和你们家的缘分不尽，也是天意啊！事情就是这么凑巧，那天老张头去山上挖药材（他没事经常替我挖药材），偏偏就看到昏迷在山洞里的你了！老张头看到你身上的枪伤，知道你不是一般人，就偷偷地把你背回来，然后赶紧跑去找我。我一看见几乎跟个野人一样的你，真是吓得不轻，根本认不出你是谁。我是在给你诊治的过程中，才一点一点还原了你的本来面目的。本来我和老张头打算将你的伤治好之后，就让你悄悄离开。可是我一想你毕竟是天心小姐的哥哥啊，不能就这么马虎了事。外面风声这么紧，倘若你刚一出去，又被想要抓你的人抓走，可怎么是好？我也对不起死去的天心小姐啊！于是我和老张头商量一番之后，决定还是将事情告诉司令。司令一听立马就过来了，看到依旧昏迷的你，问你是不是真是天心的哥哥。我说，这还能有假？我拿性命担保。司令见我胸脯拍得咚咚响，就说，曾老先生，既然是天心的哥哥，也就是我的哥哥，怎么能让他住在老张头的屋子里呢？要是天心在天上看见了，岂不是更恨我了吗？就这样，你搬到你妹妹的房间里来了。

这个地方，自从天心小姐带着孩子离开之后，除了老张头之外，司令严禁任何人出入。其实，他心里难道不知道你是何许人也？现如今被日本人抓，又被国民党抓，还被汪精卫的护国军抓的，除了新四军还能是什么人？可他还是收留了你，除了你是天心小姐的哥哥之外，我想应该还有他那并未泯灭的中国人的良心吧！天朗少爷，我知道，在你们全家心里，司令是你们的仇人，可他毕竟是墨兰和子墨,哦,墨兰和子墨是天心小姐一双小儿女的名字,他毕竟是他们的父亲啊!墨兰和子墨已经没有了母亲,不能再让他们没有了父亲吧?虽然你们都认为有这样一个父亲比没有好不到哪里去,可两个孩子心里未必这么想啊!天朗少爷,你有所不知,天心小姐临走时给司令留了一封信,意思是叫他要知道自己真正的敌人是哪一个,不要再滥杀无辜,为非作歹,给自己的儿女脸上抹黑。这封信给司令的影响非常大,他时常拿着信对我说,曾老先生,你跟我说说她这话究竟是什么意思?我说,司令,你是个聪明人,心中自是明镜一般,只是时候未到而已,时候一到,司令自当清楚天心小姐要求你做些什么又该如何做了。司令哈哈大笑,拿手指指我说,曾老先生,我终于知道为什么姜是老的辣了,自那之后,司令只是每日训练手下,抢掠之事几乎再没干过。

哈,曾老先生说书呢吧?他一个土匪不抢不掠,那他靠什么养活那些弟兄?难道都喝西北风吗?向辉甚是不以为然。

这个天朗少爷就有所不知了。如今中华大地战乱频仍,早就国已不国了,什么吏治什么税收,都是一句空话。说了你都不相信,天朗少爷,这些年,周边老百姓交公粮名义上是交到政府,实际上全都交到了山上。他们现在兵强马壮,根本不需要干那些杀人越货的事了,在家里坐享其成就好,哪里还要担心养不活手下弟兄呢?其实,我有时觉得也挺好,与其那些粮食叫日本人抢去,还不如给山上这些人呢!好歹他们还都是中国人。

那他们难道就不恨日本鬼子吗?

应该是恨的,我看他跟肖金水肖大队长讲起来的时候,也是一副咬牙切齿的样子。只是这样的乱世,他们当初当土匪就是为了保命,如今没有人来找他们就阿弥陀佛了,哪里还有自己主动找死的呢?天朗少爷,话我都跟你讲明了,至于你想怎么对待你的这个妹夫,那是你的事情了。我想天朗少爷血雨腥风这些年,应该懂得凡事以大局为重的道理吧。天心小姐尚且知道唤醒张久胜的良知,未必天朗少爷会不知。不管怎么说,他们都是中国人,不是日本人!中国人跟中国人,什么话不好说,天朗少爷,你说是不是?

曾老先生的话令向辉不由得肃然起敬。想不到一个常年在深山里的白发老者竟然懂得大局,不能说不是高人!他说张久胜这些年息隐了不少土匪之心,是因为天心的缘故,其实与老人潜移默化的影响一定是分不开的。倘若真如曾老先生所言,张久胜确实良心未泯,那么一切都再好不过了。他不觉抬头看了看照片上的妹妹天心,天心啊天心,你想哥哥怎么做?

曾老先生见向辉盯着照片发愣,知道一道坎依旧横在他的心里,也不由得心情沉重。天朗少爷,如今这年月,中国人的性命算什么?连只蚂蚁都不如啊!有谁保证活过了今天,就一定能活过明天?亡国之奴还有什么尊严可谈!天朗少爷,你的伤恢复得非常不错,我敢保证,不出半个月,你就可以行走自如了。见他依旧一副心事重重的样子,也不理会,说,天朗少爷,你身体刚有点起色,不能太累。我走了,你多保重。

躺在妹妹天心的床上,向辉睁眼闭眼,房间里哪里哪里都是妹妹天心的身影,可哪一个都是记忆中天真烂漫的天心,而那个面容忧戚的天心无论如何也走不进他的意识之中。小时候因为爹娘宠,整个橡树湾都知道,天心小姐打个喷嚏,楚家大屋都要紧张得鸡飞狗跳不得安宁。谁能知道,这样一个集万千宠爱于一身的娇小姐,命运却如此悲惨呢?

少爷,有什么疙瘩可千万不能闷在心里,你这身体才刚刚好一点……老张头看见向辉闷闷不乐,关切地说。

向辉心里一暖,说,老伯,来,坐过来,我们说会话。跟我说说我妹妹天心,好不好?

唉,天心小姐可真是一个好小姐啊!老张头的话就像水龙头一样,向辉只轻轻一拧,水就源源不断地流出来了,而且似乎早就等着这一拧似的,然后好顺势滔滔不绝。唉,可惜,好人不在世啊。于是老人就将天心小姐如何不开心,如何寡言少语深居简出,如何死了一回又一回,张久胜如何撵走了任先生,又如何强抓了曾老先生,天心小姐如何出逃,描红如何仗义相帮,又如何被张久胜赐死,等等,林林总总,事无巨细,直说了好几个时辰。随着老张头的叙说,那个满面忧戚、瘦成一张剪纸、梳着发髻的妹妹天心,才终于一步一步地走进了向辉的意识之中。不是说"天作孽,犹可恕,自作孽,才不可活"的吗?为什么天心还是没有活?

那天晚上,向辉躺在床上辗转反侧了好久,才迷迷糊糊地睡去。可刚睡了没一会儿,就看见天心满面泪痕地进到房间里,来到他的床前,幽怨地说,三哥,你怎么才来啊?向辉满面羞惭,一个劲道歉说,对不起,天心!真的对不起,哥哥无能……可不等他说完,天心就重重地叹息着转身飘然而去了。天心,天心,你不要走,听三哥说啊……急得向辉一个劲大声喊,可眨眼工夫天心就无影无踪了。只听见自己一个人徒劳地喊,天心,天心……可哪里还有天心的影子?

夜,依旧那么安宁,星光明净。根本没有天心。天心永远地留在了那张照片上,一只手搂着儿子子墨,一只手搭在女儿墨兰的肩上,哀怨地立在墙头,哀伤地看着不知深远的空蒙之地。那是她的至爱,是她最后一次给予他们的爱抚。她把那一刻,不,那一生的疼爱都定格在了那个方框里。她要叫他们都记住,永远记住!

果如曾老先生所言,向辉的身体恢复得非常快,虽说依旧清瘦但气色好了很多。有一天,他突然问老张头可不可以带他去看看描红姑娘。

老张头说,啊?少爷要去看描红姑娘啊,那可远着呢!

怕司令不高兴,老张头只得把描红姑娘远远地葬到了一个山坳里。老张头生来勤谨,在山上这些年,先是为天心挖兰花,后为曾老先生挖草药,这方圆百里的藕山几乎都跑遍了。哪里有峰,哪里有岭,哪里有山洞,哪一块地方长什么树、产什么药材他都了如指掌。向辉就是他在一个躲雨的山洞里发现的。或许真是老天爷的旨意,也或许是天心小姐在天之灵的指引,那天老张头出门的时候,本来艳阳高照的,走了约莫一个时辰,忽然西天边卷过来一阵乌云,紧接着大雨就突然砸了下来。按道理只有六月天才会有这样的急雨,现在刚刚过了春分,怎么可能呢?可那天,大雨真就那么突如其来地倾盆而下了。情急之下,老张头忽然想起附近有个山洞。结果就在那个洞里,发现了昏迷的向辉。按一按脉搏还在跳,于是,老张头根本没有多想,背起向辉就走。

向辉笑着说,老伯,我可以的!这点小伤,不算什么。

少爷,不是我不愿意带你去。老张头嗫嚅道,外面到处都是司令的人,给别人看见了不好吧?少爷有这份心就行了,描红姑娘她在天上,一定能够晓得的。

向辉觉得老张头说得在理,就说,那好吧。老伯,等我们把日本鬼子赶出中国,等革命胜利了,我就来接您和描红姑娘一道下山去,继续跟我妹妹天心做伴,可好?

老张头一听,激动地说,那当然好了呀,少爷!啊啊,描红姑娘,想不到你我两个孤苦无依的人,竟然还有这样的福报!我代描红姑娘谢谢少爷了。老张头欢欣地说。

老伯,您看我这伤也好得差不多了,您能告诉我下山的路怎么走吗?

啊?少爷,您这是要走了吗?老张头脸上立时流露出依依不舍的表情。

是啊!日本人这么猖獗,我老是窝在土匪窝子里,算怎么一回事呢?向辉眉头紧锁,我恨不能一时三刻就下山找到自己的队伍!

可是山上到处都是哨卡,没有司令的指令,你一个陌生人怎么可能出得去?不行不行!老张头头摇得跟拨浪鼓似的。不过,曾老先生若是愿意送你下山,也能行。他的小马车,在山上,没有人敢挡驾。

就在向辉打算请求曾老先生帮他下山的时候,曾老先生却带来了一个叫老张头目瞪口呆、魂飞魄散的消息——任先生上山来了!

说实在话,天心的死对张久胜的打击真是无可估量。这个山大王从此变得万事无可无不可,凡事交给肖金水打理,他只是一味地喝喝酒睡睡觉,真正做起了甩手掌柜。他不是不知道天心临走时给他留下的那唯一一封信是什么意思,明摆着要他去跟日本人打嘛!可是他一个小土匪能跟日本人抗衡吗?偌大的一个中华民国,几百万大军,装备精良,一边刚刚风闻北平沦陷,一边上海就丢了,紧接着南京又丢了。那帮倭鬼大开杀戒大肆屠城,多少人死于倭鬼的屠刀之下!而国民党,愣是给撵到天高地远的重庆去了。中国人的脸都给丢尽了!就连自己,一个土匪都觉得自己脸上无光。这样的没落世道,还争的什么强,好个什么胜啊?再强再胜,于国,不还是一个亡国奴?于家呢?自己的女人不还是弃自己而去?她可是宁愿去死啊!一想起这个,张久胜就心如刀绞。

难道真是报应吗?在那之前,杀人如麻的张久胜从没有想过什么报应不报应的问题,他觉得那都是死后的事情,活着哪里管得了那么多。然而天心的死让他改变了想法,他觉得那是老天对他的惩罚。而且老天爷对他的惩罚似乎还没有到头,这不,天心的哥哥偏偏鬼使神差地被老张头给救到了山上。

一开始,曾老先生告诉他,老张头救回来的那个人是天心的哥哥,他心里还一阵高兴,以为老天爷给了他一个赎罪的机会。等天朗清醒之后,他却心虚了!他怕看见天朗,怕天朗那一双会捕捉人灵魂的眼睛。倘若天朗知道了一切,会有什么反应?杀气腾腾?兴师问罪?

然而向辉明明已经什么都知道了,却一直深藏不露,倒叫张久胜心里越发没了底。平常有个什么鸡毛蒜皮,他都会和肖金水嘀咕,然后一起商量,肖金水还时常能捣鼓出一个不错的主意。可天心哥哥这件事岂是能随便提起的?搞不好就惹祸上身了。他想来想去,觉得这事还真得仰仗曾老先生不可。

说实话,无论什么时候,张久胜看见这个年逾古稀,却鹤发童颜、温和儒雅的老先生,他的心里都会不由自主地生出一股敬意。当年自己蛮横地将老先生"请"到山上之后,老先生就成了他的镇山之宝!也是为了笼络老先生,更是心存一份感激,他才亲自下山冒死从日本鬼子的炮火之中救出他全家。那一次,可真是惊心动魄!正是那冒死一救,老先生才真正死心塌地地在山上待下来了。对于天心母子从荷叶洲出逃这件事,其实张久胜心里一直都怀疑与老先生有关,可是正如肖金水所说,人都死了还追究那么多有个什么意思?难不成还要为一个女人再撵走一个医术高明的医生?又何必呢?

曾老先生,您来了!张久胜听见卫兵通报,赶紧亲自到门口迎接,冲着曾老先生一抱拳,有劳老先生,不好意思。今天请老先生来,是想了解一下我那三舅哥的伤情。

哦,天朗少爷的伤已然大好!只是元气尚没有恢复,还需些时日调养。不过快了,只不过几天时间而已。怎么?司令有什么打算?叫他走还是要他留?

哈哈哈,老先生真是火眼金睛,一眼就能看出别人的心思。我今天请老先生来,还真是为着他的去留之事请教老先生的。倘若夫人健在,他们兄妹得以相见,说不定夫人看在我收留救治她哥哥的分上,与我关系缓和也未见得。可如今夫人去了,当然我也知道,夫人之去,定与高人相助离不开的,至于高人是何等人士,其实大家心中都有明账一本,彼此不道破天机罢了。张久胜边说边拿眼睛偷瞄着曾老先生,看他有何反应。不想老先生好似没有听懂他的弦外之音似的,泰然自若。他只好话锋一转,自己给自己台阶下了,说,反正夫人已然香消玉殒,也就不去论道了。然而正是夫人离去了,我与这三舅哥之间隔阂自然更深了。请老先生来,就是希望老先生能从中斡旋,倘若能化干戈为玉帛自是再好不过了,您说呢?

曾老先生自然知道张久胜话里话外透着的意思,明显这是软中带硬地给他施加压力,要他将功折罪啊!曾老先生心中微微一乐,心说,呵呵,既然你招数亮出来了,那么就等着接招吧。不为别的,最起码我也要对得起死去的天心小姐,不能让她的愿望落空。于是老先生捋着白须说,呵呵,好一个化干戈为玉帛,司令愿意放低身价自是再好不过,但不知司令的诚意如何啊?

哎呀,曾老先生,我既然口出此言,自然是诚意满满啊。

那就好。只要司令有足够的诚意,老朽定当不遗余力,勠力促成此事。倘使二人心结得解,日后司令也好与墨兰小姐、子墨公子见面啊,司令说是不是这个道理?

哎呀呀,老先生,张久胜再次冲曾老先生一抱拳说,老先生真是明眼人,一语就能道破机关。您说这人生在世,若是自己的妻儿都不愿与自己相处,活着还有什么意思?再说我与楚家之间的恩怨已经快十年了,总窝在心里也不是个事,不如大家当面锣,对面鼓,一切摆到桌面上敞开了说,您说是不是这个道理?

司令所言极是,既然您真心和好,老朽定当竭力!曾老先生一捋白须慨然应允。

二人正商谈得一片水乳交融,忽然肖金水急急忙忙跑过来,好似有什么紧急的事情要说一样,见曾老先生在,迟疑了一下。张久胜内心正晴空万里,看见肖金水扭扭捏捏的样子,就哈哈大笑着说,哎呀,曾老先生又不是什么外人,你有什么话就快说嘛。

是这样的,司令,肖金水舔了一下嘴唇,望了曾老先生一眼,有些不自然地说,任先生回来了。

任先生?什么人先生鬼先生?怎么来的?来干什么?

肖金水又不自然地看了曾老先生一眼,见曾老先生正端起茶杯慢条斯理地喝茶,似乎全不把他们的谈话听进耳朵,放进心里一样的,就放松下心情,几乎贴着张久胜的耳朵说,你说哪个任先生?任之初,任先生啊!

啊？是真的？不想张久胜竟也一下子紧张起来，腾地站起来说，他、他不是……张久胜说着也极其不自然地看了一眼曾老先生，嗫嚅着说，他不是那个什么了吗？怎么又回来了？真的假的？

你看我这副样子，哪里会有假啊？

张久胜若有所思地重新坐到椅子上，然后讪笑着对曾老先生打着哈哈，说，曾老先生，您今天先回去，那个事我们改日再议，我和肖大队长有别的事需要处理。

好，那你们忙，我就不打搅了，告辞。说着曾老先生朝二位拱拱手就出去了。

曾老先生刚一出大门，还没有出院子，张久胜就急不可待地问，他来干什么？什么时候的事？

就在刚才，熟门熟路地从山下上来。哨兵把他拦下了，他大大咧咧地说自己是司令的老朋友，今天是特地来见司令的，有话要和司令说。哨兵把他押到了值班队长那里，恰好今天是吴小寿值班。那小子一见是他，立马吓得三魂掉了个两魂半，也不敢声张，赶紧跑到我那里报告。我一听，也不相信。当年明明是我亲自和吴小寿一起，带人将他沉入湖里的，而且吴小寿还在他身上绑了好大一块石头，怎么可能会活？竟然狗胆包了天，还敢跑到这里来？就急忙过去，隔着窗户一看，果真是那个任之初，千真万确！

去他娘的，老子和他有什么话说？张久胜听了肖金水一番话，多少有些气急败坏。妈的，来就来呗，老子还怕他们不成？就问肖金水，他带了多少人？

没有，就他一个人。司令见不见？

一个人？哈，还真他妈有点胆子啊，还想千里走单骑，敢独闯我藕山啊，见！为什么不见。漫说他是任先生，就他妈真是"鬼"先生，老子也要会会他，看他到底有什么鬼话要跟老子讲。张久胜说着就挎刀佩枪，披挂起来。带他去我办公室，张龙、张虎，牵马。

张久胜骑着"闪电"，风驰电掣地朝着自己日常办公的地方去了。他越来越喜欢这匹"闪电"了。他永远都记得那一次带墨兰骑"闪电"时，女儿那兴奋与激动的样子，也永远记得自己在女儿面前夸下的海口。他看墨兰这么喜欢马,原是打算等她长大了,就送她一匹,跟"闪电"一模一样的。可如今一切不仅都变成了不可能,而且他也再不是一个叱咤风云的山大王,而成了一个夸夸其谈的"牛皮大王"。

就在张久胜风驰电掣地赶往自己的办公室,准备会见任之初的时候,曾老先生正安步当车,迈着不紧不慢的稳健步伐朝自己的医馆走去。这两年山上比较太平,几乎没什么事情可做,不过处理一些日常小病小痛而已。大部分时间他都在研究中草药,与他儿子一起,用老张头采来的各种药材,熬制了许多治疗跌打损伤的药膏。他知道这样的乱世,这些药才是日后最最需要的。忽然他猛地想到刚才肖金水鬼鬼祟祟、神神秘秘地提到的一个名字:任之初。这么些年,他听到过这个名字,也知道这人的一些情况。曾老先生感觉里面一定有什么蹊跷。一则,既然那个任之初医术那么好,张久胜为什么要让他消失呢?二则,如果这个任之初是正常消失,那人家再度回来,就是客人,应该以礼相待才是,为什么张久胜和肖金水会那么紧张呢?这里面一定有问题。对,去问问老张头,他在山上待得时间长,而且一直和天心小姐在一起,知道的东西肯定比别人多。

曾老先生刚一坐定,就迫不及待地说起了来龙去脉,提起了任之初。老张头正在泡茶,听见这个消息,竟然惊得茶杯从手里掉下来,摔了个粉碎,什么?任先生?任先生他回来了?老张头说着看了一眼向辉,似乎若有所思,又似乎自言自语地说,既然走了,为什么还要回来呢?司令会不会对他……?

这究竟怎么一回事?为什么司令跟肖金水,还有老张头你,提到这个人都那么紧张?他究竟是怎么消失的?老张头,看你那神情,明摆着知道。来,快坐下来,痛痛快快说。

我自然是再清楚不过了……老张头说着又看了向辉一眼,欲言又止。

曾老先生更奇怪了,说,你这个老张头,有什么话你就说嘛。干吗老是看天朗少爷?他与那个任之初有一文钱关系吗?

任先生是与少爷没关系,可是和天心小姐有关系啊。

什么?老张头此言一出,顿时把两个人都惊呆了。

于是老张头就将张久胜如何逼婚,天心小姐如何不从,第一次如何头撞桌角,第二次又如何割自己的手腕,两次都亏了任先生,才把小姐救了回来,在任先生为小姐诊治的过程中,两个人又是如何琴瑟和鸣,一个作画,一个赋诗题款。

老张头说,有任先生陪的那些日子,是小姐在山上最为开心的一段时间了,小姐有了笑模样,吃得也多了,脸上也有了红晕,就连小姐自己也似乎忘记了是被人抢上山幽闭在山里的。你们不知道,描红姑娘有多高兴!一看见任先生过来,就喜欢得不得了。其实我知道这样肯定要出事,可看见天心小姐那副样子,又不忍心点破,只能祈求司令不要知道这件事才好。可是你们想想,这山上哪一点风吹草动,司令会不知道呢?唉,都是那只箫惹的祸……老张头拍打着自己的膝盖,一副痛心疾首的样子。

箫?向辉不知为什么心里莫名其妙一惊。

是啊!任先生会吹箫,而且给小姐吹了。往常任先生每天都必然要过来一趟,哪怕再忙再晚,都会过来。可自打吹箫给小姐听之后,任先生就再也没来过了。任先生突然消失了之后,可就苦了天心小姐了。她成天不吃不喝也不笑,甚至连觉也不肯好好睡了,只那样呆呆地坐在门首。唉,那副样子,看着真叫人心疼。老人说着,眼睛里不觉溢出了泪花。

一时间三个人都陷入了沉思。向辉根本想不到,妹妹天心在那样残酷的环境下,竟然还会遭遇这样一段离奇的情感。其实,也完全可以想象得出。那个任之初读过书知礼节,对天心又照顾有加,且与她情趣相投。身陷囹圄的天心,自然像黑暗之中看到了一线光明一般,惊喜不已、倍加珍惜了。那个任之初呢?对天心一定是又同情又仰慕,久而久之,两个人产生感情,也是情理之中。真要感谢那个任之初,感谢他在那些暗无天日的岁月里,让妹妹天心感受到了一片人间温情,对于天心来说,该是何等弥足珍贵啊。完全可以想见,一个在无边的黑暗之中苦苦挣扎的人,对于那一线光明的欣喜,可一旦这线光明又倏地消失不见了,内心又该是何等悲凉。或许后来他同意与张久胜成婚,与心如死灰也有关系。可怜的妹妹,竟是这般命苦。向辉不觉抬头看了看高挂在墙上的妹妹天心,怪不得她脸上的悲戚那样深浓。那些无边的黑暗岁月,一个不谙世故却又情窦初开的小女孩,内心经历了多么大的摧折与磨难啊!唉,向辉不觉又长长地叹息了一声。倘若天心还在,她希望我怎么对待这个张久胜呢?

向辉忽然想起部队里有一个医生也姓任,可大家平常都叫他"尚先生"。那时候他并不觉得怎样奇怪,因为在部队里,许多人都改用了化名。他想这个既是任先生又是"尚先生"的人,肯定也是这个原因。他的医术非常好,中、西医兼通。整个军部医院,除了院长之外就数这个"尚先生"了。那一次部队打繁昌,向辉受了伤,一颗子弹射入了他的右胸又从左后背斜穿了出去,被紧急送到了云岭军部医院,就是这个"尚先生"给自己动的手术。非常阳光、非常和善的一个年轻人,戴一副眼镜,寸发,腰杆挺得笔直,医生、护士、伤病员都非常喜欢他。

"人之初,性本善",任先生,"尚先生",难道是戏称?是"善先生",而不是什么"尚先生"?真是一念如电,他禁不住问老张头,老伯,您说的那个任先生,他长什么样啊?

哎呀,少爷,要说任先生,长得可真是体面呢。他戴着副眼镜,梳了一个大背头,腰板挺得直直的,一看就是个读过书有教养的人,跟哪个讲话都彬彬有礼、轻言慢语的。

老张头的叙说让向辉心里更是一惊,好像还真那么回事呢。天哪!难道真是他?莫非天底下竟真有这样的巧合?那么他来这里做什么?于是,他对两位老人说,既然这个任先生曾经对天心有恩,我想会会他,跟他说声谢谢。二位老人家,你们以为如何?

啊?为什么?天朗少爷……老张头忽然现出一副惊恐万状的表情看着向辉。

向辉安抚地看了老张头一眼,笑着说,没事的。张老伯,您不用那么紧张,刚才听您的一番介绍,好像和我认识的一个军医有些相像。

怎么?任先生他也是新四军?两位老人相互对望了一眼,眼睛里都现出惊诧的神情。

目前还不能确定,所以我想赶紧去看一下一探究竟。

那你打算怎么办?曾老先生问。

向辉说,曾老先生,他张久胜不是说要和我握手言和吗?我干脆直接过去找他。告诉他,可以。但是我有个条件,就是那个任先生必须到场。

天朗少爷,这样会不会太冒险啊?曾老先生不无担心地说道。老张头更是不住地点头表示赞同。曾老先生略略思忖了一会儿,说,天朗少爷,我们就这样大摇大摆地在外面走,是不是太招摇了一点?不怕一万,就怕万一,我看还是坐我的马车过去比较妥当。老张头,麻烦你去把我的马车叫过来。张久胜为了方便曾老先生出诊就医,特意给他定制了一辆非常轻便小巧的马车,独一无二。它简直就成了曾老先生在山上的身份象征,山上无人不知无人不晓,到哪里都畅通无阻。

老张头答应着去了,不大一会儿,嘚嘚嘚,就传来了清脆的马蹄声,一匹异常矫健、俊朗的黑色骏马,拉着一辆轻便马车过来了。向辉一见,不禁想起了叶挺将军。叶挺将军曾经也骑过一匹这样的黑骏马。骑在马上的叶挺将军好威风啊!

黑马轻快地在山道上奔驰,直奔张久胜住处而去。向辉从车窗向外面望去,只见到处林木森森,虽说是石子路,可非常平坦也很宽阔,马车跑起来非常舒服。很跑了一会儿之后,蓦地,向辉的眼前出现了一幢红色的、富丽堂皇而又别具特色的小楼,门口笔直地立着两个哨兵,一边一个,正规得不得了。

然而张久胜不在这富丽堂皇的房子里,而是去了办公的地方,于是黑马车又驮着他们轻快地朝着办公地点进发。不知道这个山大王的办公室又该是怎样一番热闹呢。向辉不禁心里暗自揣摩。可到近前一看,发现竟是普通得不能再普通的建筑了。一溜矮墩墩的小平房,石头垒砌的墙壁,盖着黑色的小瓦,掩映在环绕的绿树丛中。前面空地上一棵枝繁叶茂的桂树,枝丫肆意地伸展着,树下拴着一匹枣红色油光水滑的高头大马。向辉不觉在心里粗略地估算了一下,从天心的住处到张久胜的寝宫,少说也有个七八里地吧?而从张久胜的寝宫到他的办公地点就更远了,至少得有十里地。倘若这个张久胜真如曾老先生所说,与外界没有什么勾结,那这里还真是一个好地方呢,向辉的心里不禁一动。

下了车,向辉二话不说,脚步腾腾地朝着屋门口走过去。虽说腿伤还在隐隐作痛,但他坚持着,他不想叫张久胜看出自己的虚弱。透过窗户,向辉看见一个身穿灰色长袍,剪着短短的寸发,鼻梁上架着眼镜的人,正坐在客座上,侧着头和张久胜说话。脸上的表情不卑不亢,笑容可掬。张久胜呢?端坐在自己宽大的办公桌后面,一脸的傲慢与不屑。看见突然出现的向辉与曾老先生,他不觉腾地一下站了起来,眼睛直直地看着门外,惹得那位任先生也扭过头朝门外看。向辉一下子就认出来了,果然是"尚先生"无疑!他激动地叫了一声:"尚先生!"

那个人一愣,许是被这突如其来的一声"尚先生"给搞蒙了,一时间没有弄明白到底是怎么一回事,呆呆地立在那里。直到向辉站到他面前了,他才如梦方醒一般,一把握住向辉的手,激动地说,向政委,怎么是你啊!然后两个人几乎是异口同声地问对方——

你怎么来了?

你怎么在这里?

然后两个人就紧紧地拥抱在了一起,而同时,两个大男人的眼里都沁出了泪花。真是太不容易了!那么残酷的厮杀,四面都是敌人,枪炮声不绝于耳、震耳欲聋,将士们成批成批地在身边倒下去……可他们仍旧活了过来,多么不容易啊!傅司令说,一个人就是一粒火种,一粒可以燎原的火种!那他们现在是两个人,就是两粒火种了,火势岂不是要更大更猛一些?

张久胜被彻底弄蒙了,他不知道这究竟是怎么一回事,见曾老先生一副激动却又似乎了然于胸的淡定,就拿眼睛问——这两人怎么回事?

曾老先生目光含笑地回答——待会儿告诉你。

这两个意外重逢的生死兄弟终于离开了对方的怀抱。向辉冲张久胜一抱拳说,司令,我和"尚先生"好久不见,想把他带回住处,好好聊一聊别后之情,事后你们再谈,可不可以?

啊?可以可以,当然可以!既然三哥这么说了,我还有什么好说?你们聊,你们聊。等你们聊好了,回头我再给你们摆酒洗尘。张久胜给向辉的一通客气弄得甚是意外,不过他迅即调整好了自己的心态,从容以对。

如此,多谢了!向辉再一次对着张久胜一抱拳,然后拉着任先生的手说,走,我们回去好好聊!

一路无话,等小马车把他们拉到目的地时,任先生抬眼一望,发现车子竟停在了自己无比熟悉、无数次梦牵魂萦的院落前,他的眼睛再次湿润了。他不解地看着向辉,这不是天心小姐的院子吗?你怎么住在这里?

老张头许是听到了马蹄声,早早地就迎到了门口,见果真是任先生,眼睛顿时一热,激动地说,真的是任先生啊!

谁知任先生一看见老张头,欣喜地喊了一声,张老伯!然后纳头便拜,张老伯,之初感谢您的救命之恩!说着磕头不已。

吓得老张头赶紧把任先生搀起来,说,任先生,这可使不得啊!快点起来,你这不是折煞老朽吗?

曾老先生和向辉都给这两个人弄蒙了,面面相觑,不约而同地疑惑道,你们这是……?

老张头警觉地看了看四周说,任先生,快请进,曾老先生、少爷,都进去说话。

老张头刚一把院门关上,任先生就急不可待地对他们俩说,你们知道吗?当年我被张久胜沉了湖,身上还绑上了大石头,如若不是被张老伯及时救起,我早就成了菱湖中鱼虾口里的美食了,哪里还有什么活着的任之初站在这里哦!

哦?还有这等事?老张头,快点说说到底怎么一回事?

老张头看了看向辉,少爷,那就说说,看到向辉鼓励的微笑,说,好,既然任先生全尾全须地回来了,而且还跟少爷相熟,那么说说也无妨了。

那天,任先生的箫声一出,老张头就感觉大事不好,于是便不管不顾地冲进去劈手夺下任先生的箫,说,任先生,小姐年轻不晓事,莫非先生也不晓事的吗?任先生顿时大惊失色,收起箫,慌慌张张地走了。第二天便不见任先生来,老张头更觉不妙,于是便多留了一个心眼,有意无意总往看守面前凑,果然听到了他们闲聊中说起司令要将任先生沉湖的事。老张头着实一惊,心想,不管怎么着,任先生也罪不至死啊!可他知道张久胜心狠手辣说到做到。当天晚上老张头就去了湖边栈桥,可直等到天快亮,湖边都静悄悄的,什么也没发生。不禁心中疑惑,难道是空穴来风,那两个猪瞎说的不成?然而任先生依旧不见踪影,心里又有些肯定。宁可信其有,不可信其无,老张头决定晚上再去湖边,结果还是什么都没等到。直到第三天晚上,月上三竿的时候,终于有了动静。肖金水跟吴小寿带着一帮人到了栈桥,就听见肖金水说了一句,任先生,对不起了,你一路走好吧!说完就听见砰的一声巨响,月光下,老张头看见水花溅得天高。这帮歹毒的家伙,老张头不禁在心里恨恨地骂了一句。等他们刚一走,老张头就赶紧一个猛子扎到了湖底……

谢天谢地!老张头说,那天湖里并没有什么风浪,所以任先生并没有被冲走,我只不过换了两口气就摸到了装任先生的麻袋。拖上来,打开一看,好家伙!他们不仅捆住了他的手脚,塞住了他的嘴巴,还在他身上绑了好大一块石头,怪不得死沉死沉的呢!老张头说着一副心有余悸的样子摇了摇头。

曾老先生说,了不起啊,老张头,想不到你还藏着这么一个惊天的大秘密呢!这么些年,你可是连一点风都没透啊。

嘿嘿,老张头不好意思地笑了,说,看曾老先生说的,哪个敢哦。

这时曾老先生似乎想起来什么似的,冲任先生一拱手说,任先生、天朗少爷,你们先聊着,我去去便来,告辞。

立在高大的玉兰树下,任之初细细地打量了一番眼前的这个院落。看见一切的一切都还是原来的样子,禁不住深情地说,张老伯,我自己都不知道究竟有多少回梦到这个院子,梦见……张老伯,怎么不见天心小姐?

见老张头不答话,只是往屋子里走,任先生心里有些不解,不禁把目光看向身边的向辉,见他似乎很是一副熟门熟路的样子,又是一个不解。

刚一走进客厅,任先生劈面就看见那张高挂在墙上的照片,心里忍不住一阵战栗。那就是他这么多年来朝思暮想的女人!她是那么端庄优雅,又是那么幽怨哀伤。幽怨哀伤得叫人心痛!对不起,我走的时候,连声招呼都没有打,所以你生气了是吗?所以到现在还不愿意出来见我是吗?那是你的小儿女吗?多漂亮多可爱!天心小姐,对不起!他不禁喃喃地说出了声。

老张头忙着让座泡茶,向辉也招呼说,善先生,坐下说话。

向辉一副主人的神态,令任之初真正地大感不解了,说,张老伯,您称呼他少爷?你们很熟吗?他是哪家的少爷?

哎呀,任先生,少爷就是小姐的哥哥啊!

啊?什么?你是天心的哥哥?向政委,这是真的吗?怪不得刚才张久胜对你那样客气,还一口一个三哥的。我当时就奇怪,向政委到底什么魅力啊?竟然叫目空一切的张久胜如此低眉顺眼、唯唯诺诺?天啊!天底下竟然有这样的巧合!向政委,你既然是天心的哥哥,那么你认识莲心,白莲心吗?

认识啊!他是我妻子啊!

什么?任之初一听顿时大惊失色,一屁股坐到椅子上,半天回不过神来。老天爷,这究竟是怎样的缘分啊!这个世界也太小了吧?莲心嫁的那个人竟然是你!那么你就是橡树湾楚家大屋的三公子楚天朗了?

是啊!怎么?你认识莲心?向辉不禁也大惊失色。

任之初神色凝重地点了点头,说,岂止认识啊!

幸好任之初深谙水性。这还得要感谢张久胜。就在那栈桥之上,当年旱鸭子一只的任之初,被张久胜恶作剧似的一脚踹进了菱湖,从此变成了浪里白条,练就了一身好水性。正是得益于此,那晚,被老张头从湖底救起来的他,才能死里逃生。

逃出藕山的任之初,为了远离张久胜的魔爪,只能一径往山里走。走了半个多月,感觉应该距离藕山很远了,那一天他终于离开山林,走进了一座城池。只见四面高大的城墙,护城河又深又宽,城里面宽阔的石板路纵横交错,商旅穿梭络绎不绝,原来是徽州府。怪不得竟比安庆府还要气派得多呢!他不觉好奇地在街道上闲逛,身处这繁华与人间胜境之中,暂时忘记了饥寒交迫,也忘记了漂泊与落魄。此时正值夕阳西下之时,他于闲散之中,从城东逛到了城西,又从城里逛到了城外,忽然他被一阵深沉悠远的琴声吸引住了。这个人用一曲《平沙落雁》,抒发了恬淡惬意、徐舒幽畅的情趣。一时间任之初好似入定了一般,仿佛时间凝固,世间苦痛烦恼尽被驱逐,压抑的心情顿时释放,不知不觉一步一步朝着那琴声走去。终于在那清幽的练江江畔,太平桥头,山峦之下,太白楼上,一个人正安静地坐在那人迹罕至之地,对着一江流水、一轮夕阳安静地抚琴。怪不得琴声那么安静悠远。这显然是一个操琴高手,其散音松沉而旷远,让人想起古远之思;而其泛音则如天籁,有一种清冷入仙之感;按音又非常丰富,细微悠长,缥缈多变,真乃"天地万物之声在乎其中矣"。

操琴的是一个老者,面容清癯,皓首白须,一袭长衫,身上散发出一种超凡绝尘的气息,真仿佛天外来客。除了琴之外,身旁还有一管九节紫竹洞箫,比自己的那只白竹洞箫不知要高级多少。他情不自禁地把那支洞箫拿起来,放在了唇边。仿佛那箫根本不受人操控一般,箫声自己就从箫管里呜呜咽咽地飞了出来。开始有些跌跌撞撞、扭扭捏捏,不一会儿就与那琴声互相交缠,最后终于水乳交融地相互融合在了一起,合成了天地之音,太古之音!

一曲既罢,老人不禁好奇地打量起眼前这个落魄的年轻人。可是这个吹箫之人,却似乎已然进入了一个忘我的境地之中,自顾自吹起了另外一首《妆台秋思》。"汉恩自浅胡恩深,人生乐在相知心",天心,你知道吗?你我这一别,可还有相见之日?两行泪和着凄婉的箫声流了下来。老者一见,不禁感慨万端,若不是遭遇了大不幸,这样的一个年轻人何以会如此潦倒不堪呢?唉,这个世道。

任之初终于从自己的心绪中走出来,看见老者正凝视着自己,有些不好意思地将洞箫还给老人。恭恭敬敬行礼,说,不好意思,晚生鲁莽,打扰老先生的清趣了,告辞。说罢转身欲走。

不想老者却做了一个制止的手势,说,想不到先生年纪轻轻,竟能将一支箫吹得如此出神入化,难得难得,自古宝剑赠英雄,如今这洞箫就赠知音吧。老者说着把箫重又递给了任之初。

任之初闻听,惶恐地连连摆手说,老先生,无功不受禄,晚生与老先生素昧平生,怎好凭空受此馈赠?愧不敢当,愧不敢当啊!

哎,看先生相貌不俗,想必也不是一般等闲之人,怎么竟如此拘泥?老朽已然古稀之年,漫长岁月,从未遇到一个能用这箫与我这琴相和得如此谐和之人,也是平生所憾。不想在这古城之外,练江之畔,太白楼上,却与先生偶遇,如此琴箫和鸣,宛然天成,实是难得。你我之间虽算不上高山流水,却也是知音难遇,老朽也算得平生再无遗憾,这箫也终于找到它的主人了。任之初还想再推辞,老先生接着说,先生相貌堂堂,谈吐不凡,却如此潦倒,想来必有大缘故。漂泊之途多孤苦,就让这箫陪伴先生左右,以慰时日吧!说着顾自起身携琴飘然而去。任之初诚惶诚恐地捧着那支箫,半天反应不过来,直到老者的身影已经出了太白楼,他才似乎幡然醒悟,对着老者的背影深深地躬身施礼。

于是任之初就带着这支箫继续日后的漂泊。那一日,他到了一处非常幽僻的庄子。在一片群山环抱的山冲里,一大片平整的田畴,像一把哗啦一声猛然在青山绿水之间打开的绿纸扇,将那扇面的无尽风雅遽然呈现在外人面前。一条欢快奔流的溪水从对面山上直直垂挂下来,奔腾进山脚下的一条河流。那条河流出山不远,却又不知为什么突然一分为二,各自顺着山形往两边背道而去,成了那把绿纸扇的两条扇边。沿河两岸,白墙黑瓦马头墙的一座座房屋,整齐划一,干净漂亮。

其时正是夕阳西下的时候,或许四海为家的他心中涌起了一股"日暮乡关何处是",正是"断肠人在天涯"的伤感与惆怅。便倚坐在村口一株异常粗壮、枝叶婆娑的香樟树下,将背在身上的那管箫抽出来,搁在唇边,对着夕阳,呜呜咽咽地吹起来,依旧是《妆台秋思》。许是心绪不好,那箫声便也显得格外凄婉悲凉。不想这幽咽的箫声飘飘荡荡、千丝万缕,仿佛一张张开的网,迅速地裹缠住了一个远行人的脚步。他已外出多日,今日正从徽州府回来,刚进村子,还没来得及进家门抖落一身的风尘。

如此凄婉的箫声,纵是铁石一般心肠的人也要落泪啊!远行人不觉循着那箫声,一点一点地追寻到了村口,见到了倚在村树之上的年轻人。只见他虽然面容消瘦,衣衫褴褛,一副落魄之相,可眉宇间依然掩盖不了那种与生俱来的高贵儒雅,加之一种男人的沧桑与忧郁,更为他平添了几分魅力,确是与众不同!顿时心中便有了几分欢喜与欣赏。

一曲终了,远行人踱至年轻人面前,一拱手说,先生何方人士?能将一支箫吹得如此出神入化,白某实在佩服!如若不弃,可否随老夫一同去寒舍小坐,以解疲劳?

任之初见立在面前的老者一副慈眉善目憨态可掬的样子,赶紧抱拳拱手,说,老先生谬赞,在下落魄之人,游走于此,不想惊动老先生,实是惶恐!岂敢再造府上叨扰?在下这就告辞。说着拱拱手转身欲走。

老者说,哎,先生差矣!先生才华,老朽好生仰慕,上天恩典,得有机会一见丰姿,感激不尽,岂有叨扰之理?我看先生一身疲倦,不如随老夫去往寒舍小坐一时,再走不迟。

任之初见老先生执意,再说自己确实无处可去,也就不再拘泥,便随了老先生去了。到家之后,老先生赶紧吩咐夫人摆酒做饭,款待客人。

三杯两盏淡酒下肚,二人已对彼此之间约略有些了解。任之初自然隐去了藕山那段历史,不过随意编了一个凄恻的故事,印证自己的落魄而已。老先生也都一一信以为真,于是都有了相见恨晚之感。老人不无感慨地说,真是请先生不如遇先生!我呢,一直有个愿望,就是想在我们"六亩田"建一个学堂,让孩子们都能读上书。可又担心学堂建好了,若遇不上一个好先生,岂不也是一种缺憾?所以迟迟未能实施。先生能吹得如此一口好箫,又举止不俗,想必定是个有教养之人。白某有意请先生代为筹建学堂并请先生执教,不知先生意下如何?

任之初躬身施礼道,感谢老先生仁厚,想我乃一落魄书生,何德何能感动上苍,让我幸遇贵人?白老爷厚爱,只怕学生才疏学浅,有负厚望。

哎呀,先生不必过谦。我白浩然经历了六十多年人生风雨,未必一个人还看不准?倘若先生不是身逢不幸,何以能屈尊来如此偏僻之地教书呢?

任先生抱拳拱手,感激不尽!白老爷仁爱仗义,晚生岂敢不从?

几个月后,在村庄的最上面,临水依山,"六亩田"有史以来第一座学堂建成了。任之初成了学堂的主人,将满腹医经暂且放下,权且当一个村子里十余个孩子的教书先生吧!而学堂也便成了他的家,那只乌黑发亮的紫竹洞箫是他全部的财产。他平常除了教书便是读书,偶或也会在黄昏时分,一个人对着流水吹箫,吹得最多的还是那首《妆台秋思》。箫声呜咽幽怨,令人断肠。白老爷常常在他的箫声里喟然长叹,感叹命运乖蹇。白老爷也由此对他更加关爱,宛如己出。

在这个家里除了白老爷而外,对任之初也格外关注的一个人就是十七岁的小女儿莲心了。

十七岁的少女莲心仿佛一夜之间突然听懂了先生的箫声,也似乎在一夜之间突然读懂了先生的忧伤。她真的不知道是在哪样一个月夜抑或黄昏,忽然在先生那凄婉无比的箫声里黯然神伤,而后潸然泪下。也就从那个时刻开始,十七岁的少女莲心忽然有了心事,也忽然一切小女儿的欢笑与天真烂漫都从她的言行举止中消失了去,而有了叹息,有了花非花雾非雾一般的愁伤。

她如此渴望有一个能与先生独处的机会与时刻,可是及笄之后,父母对她管束甚是严格。每日深居简出,她除了能聆听先生的箫声而外,几乎没有见他的可能。任之初很少来白老爷家,他每日都尽忠职守地待在学校,教书、读书、吹箫,是他全部的生活。莲心姑娘想见他也只能在梦中,可越是想见越是梦中一片空白。多么叫人惆怅啊,终于有一天,她对父亲说,她想跟先生学吹箫,问父亲行不行。

莲心以为肯定要有一番口舌纠缠,不想传统守旧的白老爷,却几乎不假思索地立即就答应了。好啊,我儿若是也能吹得先生那一口好箫,自是再好不过!她笑了,笑得那般灿烂。

白夫人说,老爷,女儿大了,怎么可以随随便便就跟一个男人这样相处?传出去怕是不好。她可是许了人家的人了。

白老爷一副不以为然的神情说,呵呵,夫人大可不必如此多虑。那任先生一见就是个君子,不会做什么有失礼仪之事的,何况就在自己的眼皮子底下,能做出什么出格的事呢?

学箫的那些日子,少女莲心有太多的机会也有太多的理由,可以随时随地找先生请教,与先生切磋。学习过程中,与先生不得不有的肌肤接触,如先生为她校正手指的位置,嘴唇的位置,每一个哪怕细微的动作,都能令她心跳加速,脸红耳热。而任之初呢?似乎完全不解风情,一副不苟言笑的样子。至于少女莲心的脸红耳热,他以为只不过一个少女的羞怯而已,所以平素除了指点教授而外,没有半点多余的废话与动作,令少女莲心兴奋之余,多少有些失落。

然而他越是如此地不解风情,她则越是对他念念不忘。要知道一个沧桑男人眼里的忧伤,对于一个不谙世故的女孩子来说,就是一柄穿心的利剑,能碎一颗心百次千次。一份相思,一片痴情。她常常远远地望着那个落寞的背影,偷偷地心痛流泪。那黑发,那眼镜,那清秀的面庞,挺直的腰背,消瘦的身影,哪里哪里都浸染着愁伤。她想给他她全部的柔情蜜意,也给他深厚的温柔关切,可是却不知该如何是好。除了那一份相思牵挂,真实地属于她而外,一切似乎都离她那样遥远。远得仿佛天上的星星,尽管他与她近在咫尺。咫尺天涯。是啊,有时,咫尺就是天涯!她感觉自己这一生似乎都无法跨越。

其实,要说任之初真的一点风情不解,那真是冤枉。一个少女热切而又闪躲的目光,他一个成熟男人又如何读她不懂?可是在他眼里,他看见的总是另外一双眼睛、一张面庞。她好吗?每每想到这里,他顿时就有一种万箭穿心、痛彻心扉的感觉。

然而发酵的情感犹如汹涌的潮浪,一旦澎湃定然就有冲破阻挠、冲决堤岸的欲望,越是遏制越是渴望。少女莲心内心的情感越积越浓,浓到最后已经化解不开了。无数次暗夜的哭泣与思念之后,那堆情感之火终于在一个飘着初雪的夜晚燃烧了,差一点将两个人都烧成了灰烬。

一年多之后,聪明伶俐的少女莲心已能将一支箫吹得像模像样了。那天晚上,先生在听学生完整地吹了一曲《凤凰台上忆吹箫》之后,笑了,说,莲心,你现在已经吹得很好,无须再要什么先生了,真的!而且我这个先生也已经黔驴技穷,教不出什么所以然了。从今往后,你不用来上课了,只需自己揣摩练习便可。

少女莲心一时间呆住了,没想到一切结束得这样快,这样猝然,令她始料不及。她迟疑着不肯离开,直到任先生再次相催。她才嗫嚅着说,先生,莲心可不可以有一个请求?

任先生笑笑说,莲心有什么请求,但说无妨。只要在先生能力范围之内,一定应允。

莲心说,那莲心可不可以跟先生互换一件东西,权当礼物?

哦?是什么?任某除了一管箫之外,一无所有。

先生,莲心便是想与先生互换洞箫,以作纪念。她说着羞涩地低下了头。

任先生一愣,他没有想到,莲心会提出这样一个请求。他迟疑地看了看这只本是别人相赠的洞箫,有些不知所措。但也只是稍微迟疑了一小会儿之后,还是慨然应允了。

不想莲心捧着先生的那支箫,竟然瞬间泪如雨下,那一副梨花带雨楚楚可怜的娇弱模样,实在叫人心生怜惜。任先生愣住了,一脸惊惶,不知眼前这个楚楚动人的女孩如此伤心到底所为何事。看她哭得那么悲切,那么无助,心中真是心疼不已,却又不知所措。一时间他的眼前出现了幻觉,他又看见了那个幽怨、伤感、身陷囹圄的女孩,她是多么需要他!顿时他的心乱了,软了,也潮湿了。他情不自禁地走到她身边,怯怯地伸出手抚了抚她圆润的肩膀,想给她一点安慰。天心,天心!他禁不住口中喃喃低语,整个人仿佛一片飘零的落叶一般在寒风中颤抖。就在他浑身觳觫不已的时候,少女莲心却猛地扑进了他的怀里,于是两个人紧紧地拥在了一起,紧接着两片焦灼的嘴唇也紧紧胶在了一起。

天上不知何时飘起了雪花,初雪。那一个个晶莹剔透的小精灵,带着远在天国的美丽降临到了人间,装点这大地,这世界。任之初在那纷纷扬扬的雪花之中忽然清醒过来,从迷醉中惊醒:原来身边的这个女孩不是天心,而是莲心!天心还深陷囹圄之中,说不定正翘首期盼他的出现,可他……或许这辈子都再也不能出现在她的面前,更不可能出现在她的世界里。他内心的痛楚再一次雪崩一般崩塌了,他不禁呆呆地愣怔在纷纷扬扬的雪地里。

先生走了!就在那个飘雪夜晚的第二天。什么也没说,什么也没带,除了莲心的那管箫。少女莲心傻了,她呆呆地把先生的那管箫抱在怀里,两只眼睛直直地望着空荡荡的学堂,目光空空洞洞,仿佛灵魂出了窍。好半天,她似乎才明白过来是怎么一回事,疯了似的跑出学堂。往村口跑。往村外跑。真的发了疯一般,拦也拦不住。最后筋疲力尽的她仆倒在村道上,倚着村口那株古老的香樟树失声号啕。

你为什么要走?向辉问。

我不能不走,我不能总拿莲心当天心……

你明明知道自己与天心不可能,为什么不留下来,把莲心对你的那份情承担起来?

我也曾这样想过。可是每当我的脑子里这个念头闪现出来之后,天心就那么一脸哀怨地看着我,看得我心都疼。我好像听见她说,任先生,我家里人已经不要我了,难道你也不要我了吗?叫我还怎么活?天心真是太可怜了,已经死过几次了,或许我是她唯一愿意活下去的理由!莲心呢?一个情窦初开的小女孩,纯洁得宛如那冰山之上的雪莲花一样,她将那一片真情托付与我,可是我一个落魄潦倒之人,能拿什么承担?况且我又该把天心怎么办?那个晚上我辗转反侧,几乎彻夜未眠,左思右想之后,我觉得唯有离开,别无选择。

可你以为你一走了之,就真的能一了百了吗?你以为感情是一个物件吗?你不要了,随手扔了,它就真的不存在了吗?怎么可能。那是你心里的东西,与你的灵魂,你的血液都混在了一起。就算你死了,或许那份情都不会死。向辉不由得想起莲心,他的妻,美丽的大眼睛里都是哀伤、哀怨、哀求,似乎在哀求他放过她,原来竟是为了眼前这个人!向辉连他自己都没有想到,往事会令他如此激愤。

是啊!向政委你所言极是啊!任之初略带羞惭地望了向辉一眼,又把目光投向了远方。那一瞬间两个人似乎同时看见了那个为情所伤的十七岁女孩,如何痛不欲生。我真的以为我一走就可以万事放下。可是无论我的脚步走向哪里,莲心那楚楚动人的面容都时时刻刻浮现在我的脑海里,令我寝食难安。我感觉自己实在是太不应该了。我对自己说,任之初啊任之初,如果一个女孩的纯情你都担当不起,你还有何脸面在这个世间立足?

任之初心神不定地漂泊了一段时日之后,又回到了"六亩田"。可是他再也见不到莲心了,莲心已然嫁作他人之妇。那时候,他才知道,莲心早就与人有了婚约。

任之初离开之后,十七岁的少女莲心就真的傻了,痴了,每日只抱着那管箫,忘记了吃饭睡觉,也忘记了父母亲人。惯常都笑呵呵的白老爷终于笑不出来,痛心疾首却又无可奈何。他先是大骂任之初这只白眼狼,想我白某待你不薄吧,你竟然做出这等下作之事!师父,师父,一日为师终身为父,如何能做出此等有悖人伦之事?亏我还一直视你为读书之人,有道君子,真是瞎了我的眼了!继而一想,又觉得他定是知道对不起自己,才这样悄然而别的吧!白老爷思来想去,觉得任之初确是一个不错的后生,倘若不是已将小女许配与伯轩之子,嗨,就由了他们去吧。可是毕竟已与楚老爷有约在先啊!如此背信弃义之事,又如何是我等信义之人能做得出来的呢?唉。伯轩业已多年没来了,不知一切可好。还是早早替他们完了婚,免得夜长梦多。

就这样白老爷亲自登门去了橡树湾,提起了两个孩子的婚约。其实,白老爷心中还存了一份小私心,就是倘使楚家愿意取消这个婚约,则是再好不过。不想那个时候楚家已遭大变,楚老爷已然卧病多时。那个时刻,那种情境之下,白老爷内心真是羞愧不已,感觉自己真是家教不严,愧对亲家。于是再也不抱任何他想,只希望两个年轻人一场热热闹闹的婚礼能为这个家注入一点生机,楚老爷的病能因此有些起色,也能让自己的良心稍稍减轻一点罪责。那一年的腊月十八,楚天朗、白莲心两个年轻人的婚礼终于轰轰烈烈地举行了。场面之大,橡树湾历史上从未有过。

待白老爷看见更加形销骨立,风尘仆仆归来的任之初,唯有唏嘘不已。他不得不感叹确是造化弄人,可又能奈谁何?唉,或许当初本就不该把他领进家门啊,白老爷喟然长叹。

当我听说莲心已经匆匆地嫁了,而且嫁的竟然是橡树湾,楚家大屋的三公子就是莲心早就定下的夫婿时,我真的呆了。世界如此之大,为何一瞬间如此狭小逼仄起来?令人身不能转,目不能视呢?尽管我知道橡树湾就在张久胜的眼皮子底下,可我还是决定去一趟橡树湾,去见识一下那个楚家大屋。即使是替天心回一趟她的家也好啊!天心,那是我心中一块永远无法抚慰的疼痛。于是我去了,皇天不负有心人,那个春雪飘飞的黄昏,我终于见到了思念已久的她。

怎么?那个春雪的日子,与莲心在小石桥相会的人是你?向辉不禁大惊失色,他的眼前蓦地浮现了那个飘雪的黄昏,枫树下面小石桥上,两个相对而立的男女,她抚在他脸上的那只白皙透明的手,饱含着多少柔情与蜜意,是向辉永远都无法感知的。因为那只手,不,哪怕她的一根发梢也从未有温度地触碰过他。

是啊。怎么你看见了吗?轮到任之初大惊失色了。

你既然已经离开了,为什么还要回来?而且你明知莲心已嫁,你们之间已经完全没有可能,为什么还要去找她?打扰她的生活?向辉满心痛楚,不知道是说给任之初听,还是自言自语。

是的,我本不该去的。可是拗不过自己的心,我还是去了。一则我想看一看莲心究竟过得好不好,二则我真的是想替天心回一趟她朝思暮想的家,也算是对她尽最后一份心。我去了,也见到她了,可是,你知道她对我说些什么了吗?

什么?

飘雪了。明明已经是春天了,却还飘起了雪花,莫非是一种祭奠?那个初雪的夜晚,是属于他和她的,可这回飘雪又为谁?她在哪?他情不自禁地把手里的箫放到唇边,《凤凰台上忆吹箫》,呜呜咽咽的箫声带着他心灵的愁伤,他全部的情感磨难,一咏三叹地飞了出来。

定是上天可怜他了,那个亭亭玉立于雪中的女人是谁?

对不起,莲心。还能说些什么呢?任之初多想把这个娇弱的女人紧紧地搂在自己的怀里,给她温暖给她疼爱,可此时的他什么也做不了,也什么都说不出,说不出自己的相思,也说不出自己的悔恨与无奈。无论他逃往哪里,心却始终是一只放飞的风筝,无论飞多远,线的一端永远牵在一个人的手中,那也是他生命的端点啊!越是离得远,离得久,那根线也便越是拽得紧,拽得疼。实是疼得无可奈何了,他除了顺着那根要命的线往回跑,别无他法。他回来了,以为可以纠正一个错误,一个生命的错误。可是,他忘了,人生中有许多错误,一旦犯下,便永无修改的可能。我们走,好不好?他说,我们一起走,无论天涯,无论海角,永远在一起再不分开,好不好?他热切地望着她,目光抚摸着她的每一根发丝,每一寸肌肤,充满了期待。

不!她摇了摇头,摇落了他目光中的热切与期盼,也摇落了自己内心的彷徨。晚了,先生,有些事一旦错过便再也无法弥补。如今的我已然不属于我了,她是另外一个人的。我把一个没有心的躯壳给了他,本身已然不公平,还要我如何再伤他一次啊!你来了,我把你的心还给你,从今往后,我要找回我的心。即使已经破碎,可总比没有好。我要告诉他,这就是我的心,受伤的心,我把它给你,等你用爱来修补。相信它会重新好的,而且会跳动得更加有力。你走吧,从今往后,我们就真正地天各一方了……

怎么？那天她对你说她要把你的心还给你？

是啊！她还说要找回自己的心,再交给你,让你用爱去修补……向政委,你修复那颗心了吗？善待那颗心了吗？莲心,她好吗？

我不知道……向辉颓然地摇了摇头。

为什么？

雪地里小石桥上的那一幕,宛如一根尖刺深深地扎进了天朗的心,他顿时一切都明白了！为什么总是冷如冰窖,为什么总是那么惊恐万状,宛如一只受惊的小鹿……天朗说不出内心的感受,是激愤还是伤心抑或羞辱,他真的说不出。这个代替妹妹天心走进家门的女子,真正是楚家一个外出很久又返回的女儿,而不是楚家大红花轿抬进门的儿媳妇。爹、娘,就让她代替天心,也代替我在你们膝下行孝吧！儿子走了。

悄然离去的天朗径直去了"六亩田",这还是天朗第一次踏进白家门。从天朗突然独自出现的第一秒起,白老爷就知道该来的永远躲不掉。

天朗,莲心怎么没有和你一起回来？白老爷客客气气又甚是小心翼翼地问。

爹,莲心她既然不想嫁我,为什么还要为难于她？天朗单刀直入,一针见血。

这个,天朗,虽然白老爷心中有数,可还是没有料到天朗会如此开门见山,毫不委婉。他不由得轻咳了一声,天朗,爹以自己的满头白发担保,莲心,她与人并无苟且,依旧一身清白……

谢谢爹把莲心嫁给我,可天朗福薄,怕是要对不住爹了！天朗对着白老爷深深地鞠了一躬。爹,我不会主动把莲心休回家的,这一点请您老尽管放心。可要是哪一天若是莲心在橡树湾待腻了,想要回"六亩田",还麻烦您老接她回来。拜托了,天朗告辞！说完天朗再次对白老爷一躬到地,起身离去。

白老爷在后面追问,天朗,你这是何意啊？

可天朗头也不回,只抛下一句,您女儿知道。

怎么？这么说，那天你也走了？任之初异常疑惑地看着向辉。

是的！向辉微微点了点头，神情甚是凝重。其实我早就想走了。在南京读书的那几年，我也多多少少接触到一些诸如《共产党宣言》这样的革命理论，心中也曾澎湃过革命的热情与热望。最主要的是焕景哥的牺牲，让我内心的热望终于燃烧成了熊熊的火焰，做楚家第二个焕景是我心中挥之不去的渴盼！只是那些年家里变故太多，不忍为之。莲心，让我感觉橡树湾实在待不下去，所以离开"六亩田"之后，我就毅然决然地参加了革命……

那这些年你回去过吗？莲心她怎么样？白老爷接她回去了吗？

不，你问的这些我通通都不知道。向辉无奈地摇了摇头，脸上满是愁伤。这些年我不仅一次也没有回去过，就连姓名都改了。橡树湾怎么样了，楚家大屋怎么样了，大屋里的人又怎么样了，我一概不知。就连我爹没了，我都不知道。向辉无奈地摇了摇头。革命形势如此严峻，自从参加革命的第一天起，我就已将个人生死置之度外了，哪里还有什么心思想这些啊！

任之初点了点头，神色同样凝重，是啊！哪一个共产党人不是将个人生死置之度外？我就是被陈毅军长给自己疗伤的故事感动，才参加了革命。

"第五次反围剿"失败之后，中央红军不得不实行战略转移。可陈毅军长在出发前的一次战斗中，身负重伤，做了手术，因此不能随队参加长征。周副主席告诉他，中央决定让他留下来与项英政委一道打游击。由于仓促之间，手术做得不是很彻底，再加上打游击的时候条件非常艰苦，根本得不到应有的治疗与休养。后来他的伤口复发了，身边根本无医又无药，只好打来一盆山泉水，自己挤伤口的脓血，还叫警卫员帮忙。警卫员挤一下，他的全身就像触电似的颤抖不已，大汗淋漓，警卫员看着眼泪都流下来了，实在不忍心再用劲挤。陈军长就叫警卫员拿带子将自己的伤腿绑在树干上，自己背靠另一棵树，硬是把开刀没有取干净的一块碎骨从伤口里挤了出来。

当年从橡树湾离开之后，任之初除了再一次漂泊之外，别无选择。一次在山里瞎转悠的时候，他发现一个受伤的游击队员，因为伤势严重，掉了队，躲在一个废弃的看秋的小木屋里。任之初为他处理了伤口，可刚为他包扎好，他就要挣扎着急匆匆地离开,说是要追赶队伍。任之初说,你伤势这么重,怎么走得了?那个人笑笑说,这点小伤算什么,跟我们陈毅将军比起来差远了。于是他就讲了那个故事。任之初听后非常惊异,问道,难道你们这些人真的都不怕死吗?那个人说,错了,先生,既然是人,没有不怕死的。可是如果我们共产党人的死能换来一个崭新的世界,一个没有外国人肆意欺凌、横行霸道,每一个中国人能过上属于自己的、和平安宁生活的新世界,那么我们死又何惜?

说真的,任之初说,我真是大为震惊,这样的言论我还是第一次听说。在藕山这么多年,见到的都是为利益驱使不择手段的蝇营狗苟之辈,与眼前的这个游击队战士,真是天壤之别。于是我激动地说,让我和你一起走吧!路上还可以照顾你的伤,好吗?那太好了呀!那个伤病员说,我们的革命队伍里太需要先生这样有本事的人了!我就这样参加了革命……小林同志,哦,就是那个伤员,我们成了生死兄弟,我们都憧憬着等把日本人打跑了,一定要在同一个地方安家落户,娶妻生子。可是,这个愿望再也不可能实现了。

难道他?

是的!他牺牲了。跟数千新四军壮士一样,牺牲在茂林石井坑阵地。

一时间,两个人都沉默了,可眼前分明都看见了那连天的炮火,遍地的尸体,摧折的树木,鲜血染红的土地。

我能活下来,纯属是一个意外。任之初依旧神色凝重,叶挺将军不得不做出分散突围的决定之后,我们这些医疗人员率先突围,可是哪里突围得了呢?国民党的炮火太密集了,那些禽兽是铁了心要将我们斩尽杀绝啊!突围途中我一脚踏空,掉进了一个老百姓烧炭的山洞,当场晕了过去。醒来后,我以为自己定要命丧于此了,不想却因祸得福,躲过国民党兵一次次地毯式的搜捕,活了下来。我被云岭老百姓找到的时候,自己也不清楚究竟在炭洞里躲了多少天。

后来你找到队伍了?

是啊!任之初愉快地说,这可都亏了曾希圣政委英明果断啊!

原来,皖南事变爆发之后,曾政委预判到形势的严峻,立即展开救援。一面做好诸如医疗、住宿等各种安置准备工作,一面征集多艘民船,在新四军准备过江的芜湖、大通一带,命令船只悄悄地埋伏在长江以南沿岸的芦苇荡中,昼伏夜出。一旦发现有打散逃亡的新四军,立即将他们救护过江。曾政委就是通过这种方法,救助了七百多名幸存的新四军将士,保存了革命实力,成为新七师的主要力量。任之初说他费尽千辛万苦才到达江边,但是由于日军与国民党对长江的双重封锁,要想过江真是比登天还难。他想了种种方法,都没有成功。无奈,只得想再次凭借自己的好水性,冒死游过江去。一天晚上,趁天黑,他偷偷地潜入一处芦苇荡里,可他刚一潜入,就有一只小船轻捷无声地靠了过来,同志……

向政委,你知道吗？一声同志,胜过千言万语啊……任之初激动地说。

是啊是啊,任先生你真是太幸运了！你看我,到现在还在这土匪窝子里,每天都愁着怎么才能找到队伍……哦,对了,任先生,你知道叶挺将军和项英政委他们情况怎么样了吗？

怎么？你一点消息都不知道吗？任之初吃惊地看着向辉,仿佛不认识似的。

不知道啊！怎么了？

那你又怎么到了这个地方？

叶挺军长不得不做出分散突围的决定之后,他们就开始放弃阵地开始突围。为了尽可能地减少伤亡,傅秋涛司令员把部队彻底分散开来,化整为零,部队迅速分成若干个小股队伍从不同地点突围。向辉带着两百多人正好摸到了一个地势比较险要的地方,敌军火力相对薄弱一些,部队日夜兼程。从1月14日突围开始,直到一个月之后才九死一生到了自己的根据地,与前来接应的当地游击队伍接上了头。队长叫方思成,非常成熟也非常机敏的一个年轻人。哪里知道国民党部队竟然与日军相互配合,合力绞杀自己的同胞呢？2月15日拂晓,日军兵分两路在炮火掩护下,向根据地进犯,同志们浴血奋战,可最终还是被敌人给绞杀了。

向辉说,方队长为了救我,英勇地牺牲了。他多年轻啊！才二十七岁。我醒过来以后,发现所有人都牺牲了,我心里真是悲痛万分。九死一生逃到这里,结果还是未能幸免于难。同志们都牺牲了,我一个人苟活于世又有什么意义？当时我真想也一死了之。可是想起傅司令的话:一定要活着出去！哪怕只剩一个人也要活下去！一个人就是一粒火种,一粒可以燎原的火种！自己有什么权利让这最后的一粒火种熄灭呢？何况方队长用他的生命救了我，那我就不是为自己一个人活，而是为方队长，为跟着自己出生入死的那两百多兄弟活啊！活！一定要活下去！

当时向辉的心里只有一个目标，那就是要过江去找到自己的队伍。虽然向辉的右腿被弹片击中，根本无法行走，可他还是一个人奋力逃离，昼伏夜出。虽然一心想着要离开，可周围都是山林树木，情急之下，根本分不清东西南北。一天他躺在一处山林里，饿得眼冒金星，只好用乌饭叶充饥。嚼着嚼着，向辉想家了。想起了莲心，想起那年四月初一，岳父白老爷送青精饭来橡树湾，用乌饭叶九蒸九晒的青精饭啊！莲心看见她爹哭得那叫一个伤心……

唉，莲心。向辉忽然喉头一哽，说不下去了，不得不停下来，端起茶杯喝了一口。茶早已经凉了，老张头不知道在哪里，也不见过来添水。冰凉的茶水让向辉迅速镇定下来，继续往下说，于是，我决定往家的方向走，橡树湾就在江边，说不定从那里比较容易过江。一天夜里，我到一条溪水边清洗自己的伤口，看着月光下欢快奔流的溪水，突然茅塞顿开。水流千里归大海啊！而溪流不也是朝着江的方向奔流吗？那么只要顺着溪流走，不就能走到江边吗？就这样我沿着溪水艰难地走啊走啊，自己也不知道究竟走了多远，在这山林之中转悠了多少时日，直到有一天，我终因饥饿与伤口发炎而体力不支，昏倒在一处山洞里，被采药的张老伯给救到了这里……

听着向辉长长的叙说，两个人都陷入了沉默之中。枪林弹雨，血肉横飞，尸横遍野。他们的思绪里除了这些还能有什么？

是啊！无论国民党怎么"剿杀"我们，革命的火种是扑不灭的。向政委，你知道吗？中央军委于1月20日就发布了"重建新四军军部"的命令。2月，中央军委将在华中的八路军、新四军改编为七个师，而新四军第七师就由无为游击队、第三纵队挺进团以及散布在皖南和突围抵达无为的人员组成。从血泊中英勇突围出来的七百勇士，正是创建新四军第七师和皖江抗日根据地的骨干力量！现在的新七师师长是张鼎丞，不过目前还没有到任；政委曾希圣，参谋长李志高，政治部主任何伟。哦，还有，傅司令也突围到了无为，任新七师副师长！七百人中最主要的就是傅司令的队伍。

是吗？向辉听到这个消息更是激动得无以复加，他高兴地在屋子里一边转着圈子，一边嘴里念叨着，太好了，太好了！

光荣北伐，武昌城下，血染着我们的姓名；
孤军奋斗，罗霄山上，继承了先烈的殊勋；

激动不已的向辉忽然小声哼唱起了新四军军歌，接着任之初也跟着小声和起来。哼着哼着，两个人的声音越来越大，不再满足于小声哼哼，而是放大了声音唱起来。两个浑厚的男声，唱起这铿锵战歌，真有一种无所畏惧的英勇气概贯穿其中。勇敢，无畏，自豪，崇高，那是真正的铁血男儿！

千百次抗争，风雪饥寒；
千万里转战，穷山野营；
获得丰富的斗争经验；
锻炼艰苦的牺牲精神。
为了社会幸福，
为了民族生存，
一贯坚持我们的斗争，
八省健儿汇成一道抗日的铁流，
八省健儿汇成一道抗日的铁流，
东进，东进，我们是铁的新四军；
……

唱完之后，两个人又都沉默了。

难道八千多健儿就这样白白牺牲了吗？难道这血海深仇就不报了吗？向辉愤怒的声音宛如响雷一般再次打破了两个人的沉默。

怎么可能！任之初坚定地说道，每一滴眼泪，每一滴鲜血都被人民记录在案，子子孙孙都不会忘记的！可是，眼下不是讲仇恨的时候，因为现在日本人才是我们共同的敌人。毛主席号召我们要团结一切可以团结的力量,打击日本侵略者。

对了,任先生,你既然已经找到了组织,为什么又要跑到这个地方来?我困在这里,无时无刻不想着要离开,你却自己跑来了,这究竟是为什么?向辉疑惑。

我来是有任务的。

任务?什么任务?难道是来摸他们的底,然后把他们给灭了?

哈哈哈,任之初忽然爽朗地笑起来,说,我来是为了摸他们的底,但不是为了消灭他们,而是要团结他们!

团结他们?向辉更是不解。

是的。刚才我不是说毛主席号召我们要团结一切可以团结的力量,打击日本侵略者吗?七师领导了解到藕山这一股土匪不仅力量不容小觑,目前既没有和日本人勾结,也没有和汪伪有什么瓜葛,而且更重要的是,日本人占领之后,反倒很少有什么大的危害行为了。七师领导认为这股土匪说不定还良心未泯,如果能被我们争取过来,利用他们的力量与地盘,扩大我们在长江以南的根据地,不仅对损失惨重的新四军是一个很好的补充,而且更像一枚楔子,揳进日本人和汪伪的势力范围之内。七师领导说,如果这支土匪能变成铁扇公主肚子里的孙悟空,那岂不是能把铁扇公主搅一个天翻地覆吗?所以决定派人与他们沟通。我因为在山上待了那么多年,各方面都比较熟悉,就主动请缨来了藕山。顺便我也是存了私心的,想再看看天心,没想到天心竟然已不在人世。说着任之初再一次用饱含深情与悲痛的目光,凝视着巨幅照片上那张思念已久的脸,似乎在跟她道歉,抱歉自己的不辞而别而又姗姗来迟!任之初努力从痛苦中挣脱出来,尽量用平静的语气继续说,另外,我也想感谢一下张老伯的救命之恩。不想竟在这里碰见你了,真是太好了!向政委,你完全可以利用你与张久胜的特殊关系,我们一起联手……

不想向辉不等他说完,就连连摆手说,任先生,恐怕你这是一个不情之请了!你难道不知道我对张久胜是什么样的一种情感?张久胜害得我家破人亡,我怎么可能和一个仇人站在一起指点江山呢?我现在恨不能分分钟离开这里,你却要我留下来和你一起做他的工作,对不起,任先生,我真的做不到。

向政委,你的心情我能够理解。要说有仇,我任之初与他张久胜也是仇人啊!当然,我这一点仇恨与向政委自然不能比。但是,你不要忘了,我们现在不仅有家仇,更是有国恨啊!要说仇恨,我们共产党和国民党之间的仇恨可谓血海深仇了吧?可是党中央毛主席一再要求我们共产党人一定要将这仇恨放下,而以国家民族的利益为重,求同存异,顾全大局。要知道,无数共产党人出生入死,抛头颅、洒热血,难道仅仅为了个人私仇吗?当然不是!建立一个独立自主、不受任何外国列强欺负的国家,才是我们革命的真正目的啊,向政委,你说是不是?那样的血海深仇,我们都能放下,为什么个人的一点私仇还不能搁置一边呢?好,要是向政委觉得我是站着说话不腰疼,那么我们就暂且抛开国家民族的大利益不说,来说一说自己的一己私利,好不好?倘若我们能争取张久胜为抗日做出贡献,那么对天心不也是一个很好的交代吗?她在九泉之下也能有所欣慰不是?她嫁的这个人并不完全十恶不赦、无可救药,她的两个儿女也不必永远顶着一个土匪子女的骂名,在人前抬不起头。向政委,你说是不是这个理啊?

任先生说得太对了!还没等向辉回答,却有一个声音抢着从门外飘进来,是曾老先生。

二人忙不迭起身,向辉笑着招呼,曾老先生来了!快请坐!

哈哈哈,曾老先生一边落座一边打趣道,老张头,怎么样?我就说他们俩不会吧!都是从死人堆里爬出来的,生死都经历过了,还有什么样的误会不能消除呢?是不是?又回过头对他俩说,是老张头,他怕你们俩之间会有什么龃龉,所以忙不迭地叫我过来。

龃龉?向辉与任之初相互看了一眼,大为不解,我们之间能有什么龃龉?

呵呵呵,这你得问老张头。曾老先生笑呵呵地说。

老张头显然有些不好意思,嗫嚅着说,我看少爷好像对任先生说什么莲心的事挺不高兴的,所以就……

哈哈哈,向辉和任之初二人再次对望了一眼,同时笑起来。向辉说,张老伯,您以为我是张久胜啊!说罢大家一齐笑起来。

笑罢,向辉对任之初说,任先生,还没给你介绍呢!这位就是大名鼎鼎的荷叶洲名医曾老先生。同在杏林之中,你不会没听过曾老先生的大名吧?

啊啊啊,可是荷叶洲曾雨泽曾老先生啊?

呵呵呵,正是老朽。曾老先生捋着胸前飘洒的白胡须笑呵呵地答道。

哎呀呀,曾老先生,久仰大名。今日得见,三生有幸!任之初说着对着曾老先生一躬到地,恕晚生有眼不识泰山,失敬,失敬!

哎呀呀,任先生何必多礼?老朽不过浪得虚名而已,哪里值得先生如此恭敬?快快免礼。

一番寒暄过后,曾老先生便单刀直入,直奔主题,天朗少爷,刚才任先生的一番话说得甚是有理啊,天朗少爷,现在张久胜正主动与你修好,为什么不好好利用这个机会,与任先生联手将他争取过来呢?一来,于大局有利;二来,不也正好实现了天心小姐的愿望吗?三来,墨兰子墨也可以与他们的父亲父子团聚啊!如此,岂不是三全其美?天朗少爷,你说是不是?

向辉陷入了沉思,曾老先生与任先生相互对望了一眼,都没有说话,都用一种期待的目光看着向辉。要说向辉不懂这个道理,肯定是不可能的,特别是他今天坐车在外面走了一遭之后,心里确实非常有触动,可是毕竟……他能放下个人仇恨不与张久胜计较,对于他来说,就已经非常不容易了。却还非要他心平气和地和那个人坐到一张桌子上,他似乎还没有这个心理准备。他不觉抬起头看着墙上的那幅照片,照片上的天心哀怨而又凄婉,看了不能不叫人心酸。而两个可怜的孩子呢?根本不知道他们的娘是准备去赴死,才带着他们离开的,那一副童真与好奇更是叫人唏嘘痛惜。

好,半响,向辉将目光从相片上收回来,腾地一下站起来,冲着正用期待的目光看着他的三个人说,大丈夫为革命生死都可以抛开,这一点个人恩怨又算得了什么?倘若我爹知道我是为国家争取抗日力量,他老人家一定也会同意我这么做的。任先生,你是带着上级的指示精神过来的,那么现在你就是我的领导,我保证配合你做他的工作,只要他张久胜能站到抗日的队伍中来,就算搭上我这条命我也愿意!

哎,向政委,你一向都是做政治思想工作的,我不过一个拿手术刀的。对付身体上的毛病，你不如我，可是做思想上的工作我就远不如你了。所以，还是我配合你比较合适……

向辉还要再说什么，曾老先生说，二人不必为这点小事再争了，只要能把张久胜争取过来，谁听谁的还不都一样，是不是？

任之初说，还是曾老先生说话实在，在理。

向辉说，不过，曾老先生，这件事可少不了您老人家出手相助啊！

曾老先生如释重负，手捋白须，呵呵一笑说，那是自然，只要能让这藕山之上响起打击日本鬼子的枪声，老朽万死不辞！

好！向辉一拍桌子说，那就麻烦曾老先生相邀，我们也给他张久胜来一个鸿门宴。

兄弟同心

它是站在海岸,遥望海中已经看得见桅杆尖头了的一只航船,它是立于高山之巅远看东方已见光芒四射喷薄欲出的一轮朝日,它是躁动于母腹中快要成熟了的一个婴儿。

这是毛主席《星星之火,可以燎原》中的一段话,无论什么时候,都令向辉禁不住热泪盈眶。那天他再一次用激动的、饱含深情的语调朗诵这段话时,大家也都很激动,包括张久胜。老张头眼含热泪,喜忧参半地说,少爷,会有那么一天吗?

会的,肯定会的!等到那一天到来的时候,这个世间将再没有黑夜!

日本人血洗南京之后,溯江而上,长驱直入,一路势如破竹。攻打青州的时候,或许是被荷叶洲的炮声给吓住了,县长早早地就打开了城门,日本人几乎兵不血刃就轻而易举地占领了这座有着悠久历史的小城。向辉——不,白夜,他良民证上的名字——到现在都不敢相信,为什么二哥会如此没有血性!身为一个军人,怎么可以……?自己刚才进城的时候,被伪军和日本兵粗暴无礼地检查,他浑身的血管都快要炸裂了。我们的土地,我们的城池,出入不仅受限,还要接受外国人严格的、有辱人格尊严的检查,这世上到底还有没有公理?

唉,不过,用中国人的气节换来的是这个弹丸小城的完整,如今一切似乎都没有什么变化。依旧是往日的街道与店铺,可冷冷清清,再没有了昔日人来人往的热闹。一队一队的日本兵不时在街上巡逻,行人一见避之而唯恐不及。想当年县城虽小,可地处江畔,水路畅通,也是商贾云集,商船林立的码头呢!那时候他们楚家兄弟五人挨着个地来城里读书,青州中学堂的老师同学,有谁不知道楚家五兄弟的呀,可如今五兄弟只剩下了四个!几年不见,他们都好吗?走在昔日熟悉的街道上,向辉不禁感慨万千,不知不觉已经到了"隆远绸缎庄"的门前了。

其礼和一个陌生的年轻人,百无聊赖地坐在柜台后,正被7月的阳光炙烤得昏昏欲睡,突然一个人款款走进店里。上身白色丝质衬衫,下身白色雪纺长裤,头戴白色礼帽,手拿白纸扇,鼻梁上架了一副黑墨镜,一部桀骜不驯的大胡子飘洒于胸前。身形瘦削,文质彬彬。还未等其礼他们招呼,对方就已经傲慢地开腔了——

请问你们高老板在吗?来者劈脸就问。

啊?高老板?其礼见来者如此大大咧咧,张口就问高老板,好大的口气,顿时吓得一个激灵。心想,一定不是什么等闲之人,于是忙不迭示好,说,哦,在,高老板在!他在后面库房点货,请问先生,要不要我帮您叫他?

好,那就有劳。告诉你们高老板,就说有生意上的故人来访。向辉说着斜倚在柜台之上,啪的一声打开白纸扇,悠然地扇起了凉。

好,您请稍等。其礼甚是周到有礼。吴亦,你关照一下客人,我去后面叫高老板。

好的!那个叫吴亦的人爽快地答应了一声,回头笑着冲向辉点了一下头,说,先生,您请少坐片刻,我们高老板随后就到。

吴亦?向辉心里一动,他依稀记得当年低年级的同学之中就有一个叫吴亦的。原本叫吴二,娘替他改成了"吴亦"。正因为有这样的一个小插曲,所以他知道。莫非是他?向辉目光躲在镜后,放肆地上下打量了一下眼前这个年轻人,还真依稀能看出当年的影子,果真是他。向辉正暗自揣度着,就听见有脚步声从后面过来。从那沉稳有力的脚步声中,向辉一下子就听出是高湛。一股喜悦与激动立时从心底腾地一下上升到脑际,五年过去了,他好吗?向辉多想跑过去和这个生死兄弟紧紧拥抱啊。

请问先生从哪里来?直到高湛的声音从背后传过来的时候,向辉才慢条斯理地转过身来。向辉明显感觉高湛在看见自己的一刹那愣了一下,可旋即镇定下来,笑容可掬地看着向辉。高湛明显老了很多,鬓角都已隐约可见白发,可以想见这些年他的操劳,向辉的心里不觉隐隐有些心疼。

哈哈,高老板,您可真是贵人多忘事啊,向辉非常响亮地打着哈哈,这声音使得高湛更加疑虑起来。想当年,我们可是在杭州一起谈过买卖的呢。

哦,是吗?实在不好意思,恕在下眼拙,还请先生明示。高湛说着冲向辉抱拳。

向辉傲慢地从自己的衬衣口袋里掏出一张名片,两只手指夹着递过去。吴亦伸手欲接,他却手指一动,灵活地将名片收回,然后冲着高湛一努嘴,高湛忙不迭地接过来一看:杭州丝绸贸易协会会长　白夜。高湛紧急调运自己的记忆进行搜寻,对这张明信片上的陌生名字,与眼前这个似乎有些眼熟的面孔,还有那甚为耳熟的声音,加速配对,发现即使绞尽脑汁,依旧无法配对成功。但他不动声色,恭恭敬敬地将名片递还给对方,哎呀,是白老板,恕高某两眼昏花,未能识认,惭愧,惭愧,可既然白老板是故人,那么有什么需求,可否移驾去在下办公室一叙?

那自然是再好不过,对方唰啦一声再次响亮地打开白纸扇,迅即爽快地应承了,摇着白纸扇,昂首阔步跟在高湛身后。

刚一进门,向辉就迫不及待地叫了一声,高湛哥!随即摘掉眼镜。

天朗?真的是你吗,天朗?高湛眼睛里瞬间溢出了泪花。我怪道声音怎么这么耳熟,原来真的是你。

真的是我啊!高湛哥。天朗的眼睛也湿了,随即两个人紧紧地搂在了一起。

天朗,这些年你都去了哪里?音信皆无,你知道二婶有多想你吗?

高湛哥,娘她好吗?还有莲心,她也好吗?

唉,天朗,你走的这么些年,家里出了许多事……

就在高湛准备打开话匣叙说的时候,焕致急匆匆地出现在了门口。姐夫……他刚叫了一声,一看见天朗,顿时愣在那里,随即惊喜地叫了一声,三哥?是你吗,三哥?吴亦刚去叫我,我还以为……

啊,焕致?你来了,焕致?太好了!说着两个人也紧紧地抱在了一起。

天朗的归来着实令高湛和焕致悲喜交集,身逢乱世,人如漂萍,可一走多年,音信皆无的天朗,竟然还能够全尾全须地回来,不能说不是一个奇迹。焕致当即就表示一定要去叫二哥天远过来,兄弟一起去"一品轩"痛快地喝一杯。

天朗没言语,看了高湛一眼,高湛立马会意,说,这样,焕致,你先回店里,天朗既然回来了,肯定不会一时半会儿就走。现在时间还早,晚上再叫上天远一起聚一下,你看好不好?

焕致有些不乐,说,店里有什么好去的嘛!去不去,还不都一样?再说不是有顺子吗?每天看见那些个东洋鬼子在街上神气活现地走来走去,吆五喝六,我就气不顺。姐夫,都是你拦着,不然我早就跟我哥一样参加共产党,痛痛快快杀鬼子了。窝在这里,早晚都得憋死!焕致气哼哼地梗着脖子。

焕致!高湛厉声制止,跟你说过多少回了,叫你说话要小心,你就是不听,一天到晚信口胡咧,早晚惹出祸事。你不要以为有天远罩着真的就可以高枕无忧!

什么啊!少来了。我要他罩?懦夫!你们都是懦夫!焕致说着瞥了一眼天朗,气哼哼地扭身跑了。咚咚咚,沉重的脚步,跺得整个楼似乎都在晃。

看上去,焕致对二哥意见挺大啊!天朗听着焕致震天响的脚步声,话里有话地对高湛说。

高湛略略有些不好意思,也不是真有多大的怨气,都是兄弟一家人,能有多少怨恨呢?小孩子,有时候发发牢骚而已,你不要放在心上。哎,对了,你这副打扮,又改名又换姓的,究竟是怎么个一回事啊,白会长?

高湛明显在转移话题,天朗也不点破,就坡下驴,说,高湛哥,我的事等会儿再说,你先给我讲讲家里的事。莲心,她怎么样……

于是高湛就把这些年家里发生的一切,楚老爷如何被日本人气死;莲心如何被凤姐讥笑抑郁而终;天心又如何送回儿女却自沉菱湖,等等,前前后后原原本本细枝末节,全都告诉了天朗。末了问,天朗,你当初为什么一声不响突然走了?是不是真的看见什么了?

天朗不置可否,只一味陷入悲痛与沉思之中。好半晌,他才若有所思地说,当年终归年轻,若是搁到现在,我不会那么草率……

那这么说,大嫂说的是真的?见天朗依旧沉默不作声,高湛也就不再追问,说,那你这么多年在外面到底都做了些什么?需要这样隐姓埋名?难道,难道你成了我们家第二个焕景?

怎么?第二个焕景这么叫你紧张吗?天朗突然目光咄咄直逼高湛。

笑话!天朗,你这是说的什么话?想我高湛,当年可是跟日本鬼子真刀真枪地干过的……

别总提那一茬,好汉不提当年勇。当年是当年,现在是现在。以前,你一个人吃饱全家不饿,现在你有家有负担,即使不顾虑自己,未必你就不顾及焕彩姐跟你的孩子?

说实在话,天朗,当年若不是二叔搭救,我高湛还不知道在哪里漂泊,更不可能与焕彩成家。我感激这一切,正是因为这份感激,才把二叔的托付,二婶的倚重看得比天还大。而你们楚家三兄弟呢?有谁把楚家大屋里的事当事了?全都甩手不问。我若是再不问,二婶怎么办?楚家大屋怎么办?如果不是顾及这一切,你以为我高湛可以看着这些东洋鬼子在这里横行霸道,无动于衷吗?会有那么一天的。高湛牙齿咬得咯咯响。至于焕景,天朗,不瞒你说,虽然我从未与这个妻弟谋过面,可是在楚家大屋,我最敬佩的人除了二叔,就是焕景了!若是你真成了焕景第二,我敬佩还来不及,我要紧张什么?喊!再说,我是有我的打算的……

哈哈哈,天朗忽然爆发出一阵爽朗的笑声,打算?你能有什么打算?

高湛忽然一愣,顿时脸上的表情绷紧了,似乎身体里的每一个细胞都加了防火墙。楚天朗,你这么笑是什么意思?对了,你这些年在外面究竟做了些什么?你不可能是焕景第二的!天远说焕景那样一个共产党的高级将领,穿得跟一个乞丐差不多,你一个小开模样,怎么可能是焕景第二呢?对了,竟然进了杭州丝绸协会,还当上了会长,你究竟凭的什么?你一没有本钱,二没有经验,你除了你的良心,你一无所有!哈哈哈,可悲的二叔!硬汉一条,却生养了这样三个儿子……

高湛,我奉劝你最好注意你的言行!刚才我见你说焕致的时候,还以为你已经成熟了,哪里知道依旧毛糙!天朗将头上的礼帽摘下来放在手里把玩,一副玩世不恭的样子,继续调侃高湛。既然你都已经认定我出卖了自己的良心了,还这样出言不逊?难道就不怕我将良心出卖到底,告你的密吗?要知道,满大街的日本人和汪精卫的清乡团,对于共产党,他们哪一个不是恨不能得而诛之,你却满心敬佩?至于与共产党有牵扯的人呢?自然是要满门抄斩,恨不能株连九族的,哈哈哈,你正好是一个求之不得的肥饵啊!

你去啊!楚天朗,你麻溜地赶快去告密吧!我这里简陋,就不留你了,你赶快去告密,然后领赏,然后跟你那个保长大哥痛痛快快喝一杯,哦,顺便再叫上你那个只会当缩头乌龟的司令二哥。不过,我跟你提个醒,你最好不要当着二婶的面快活,免得把二婶气死!门开着,你走吧,恕不远送!高湛说着,自顾自慢条斯理地坐到桌子前的椅子上,端起茶杯慢条斯理地喝起来,一副泰山崩于前而色不变的架势。

哪知道天朗却更一副不急不慌的样子,架起了二郎腿,也慢条斯理地端起茶杯喝了一口,啊,好香的茶啊!唉,可怜的焕景哥,怕是到死也没能喝上一口这么香的茶吧。天朗忽然想起那些个血雨腥风的岁月,常常为了躲避敌人的围追堵截,牵着敌人在深山里转,根本不敢生火做水造饭,别说茶水了,就连一口热水也喝不上啊!倘若不是为了国家的利益,民族的解放,漫说他这个楚家三少爷,就算焕景,也可以过着衣食无忧、随心所欲的日子。也难怪那些国民党将领要百思不得其解,他们这样流血牺牲究竟是为了什么?难道就因为这个不明白,就要那样痛下杀手,斩尽杀绝吗?天朗的心里止不住一热。为了掩饰,他继续打着哈哈,走?我才不走呢!我这样没头没脑地回来,又没头没脑地走了,焕致那里不好交代,你说是不是啊,高湛哥?当年我爹可是要我们俩做一辈子的生死兄弟的,你就这样对待你的生死兄弟吗?屁股还没有坐热,就撵他走,不怕我爹从地底下爬起来质问你啊?哈哈哈。

白老板真是客气了,焕致需要什么交代呢?他可以是你的第二份大礼啊!生死兄弟?生死兄弟正好可以用来邀功请赏啊!哼,二叔从地底下爬起来!怕是二叔爬起来发怒的不是我,而是你们三兄弟吧!

哈哈哈,高湛一句白老板出口,向辉顿时感觉此时的高湛真的是给逼到了死角,于是他嬉皮笑脸地看着高湛说,是啊,所以说嘛,倘若我真的是焕景第二,你说不定转背就去报告日本人了……

报告日本人?老子与那些东洋鬼子不共戴天,势不两立,我告诉他们……哎,天朗,你这个鬼东西,神一句,鬼一句的,你到底是哪路菩萨?

那你到底希望我是哪路菩萨?

我希望你是焕景第二,可是我又不希望你是……

为什么?

如果你真是焕景第二,我高湛佩服!可是,你若真是焕景第二,就意味着你随时都有生命危险。我希望所有的焕景都活着……

高湛,那我要真是第二了,你还会撵我走吗?

高湛愣住了,他不禁细细地打量起眼前的这个天朗,虽然穿着打扮入时,却形容瘦削,比几年前的天朗不知道清瘦了多少。可言谈举止呢?看似放肆却又不失分寸,总感觉有某种底线在他手里握着一样的,游刃有余。昔日里那个养尊处优的楚家三少爷,虽说知书识礼,待人接物礼貌周到,可那都不过源于一份家养,而非自养!而眼前的这个天朗仿佛经过一系列的蒸馏过滤一般,将他身上的浮华与稚气都出脱干净,只剩下了干练精明与老辣。眼前的天朗是往日的天朗,又似乎根本不是,有一种脱胎换骨的感觉,可又说不出。这样的变化,恐怕非得太上老君的炼丹炉,不烧个九九八十一天,怕是炼不出的吧!天朗,你跟我说实话,你到底是干什么的?高湛站起身,一脸严肃地看着他,眼睛里的那份期盼令向辉感动。

我真的是焕景第二。

不想,高湛的眼睛顿时噙满了泪水。他走过去激动地握住天朗的手说,真是太好了,兄弟!真是太好了呀!这些年,我这颗心都憋坏了!带上我!打虎还得亲兄弟,我们兄弟一起上阵杀鬼子……

向辉这次是完成了对藕山土匪的全面整改后,才下山的。

那天由于曾老先生的斡旋,傍黑的时候,一桌酒席在天心的屋子里摆上了。向辉特意强调一定要张久胜一个人过来,家宴而已,不希望有外人参加。没想到张久胜竟然特别配合,连"闪电"都没有骑,而是安步当车,悠悠达达地步走了过来。

五个人:曾老先生、张久胜、向辉、任之初,还有老张头,围坐一桌。张久胜破例没有坐首席,而是礼让曾老先生坐了上首;按常规老张头是不能和他们一起平起平坐的,可那天晚上向辉和任之初都坚持,一定要老张头挨着曾老先生坐。老张头哪里肯,再三坚辞。最后还是张久胜发话了,说,老张头,三哥让你坐,你就坐呗!你毕竟是他的救命恩人嘛,坐也无妨。就别再拉拉扯扯的,急死人了!坐吧坐吧。然后又毕恭毕敬地指着曾老先生右边的椅子说:三哥,请!不知道为什么,向辉听他叫自己三哥,心里一千个一万个不舒服,仿佛无数条虫子在自己的身体里到处乱钻乱爬一样,难受极了。可是既然他抛出了橄榄枝,不管真心还是假意,先接着再说。于是他也不推辞,当仁不让地坐到了曾老先生的身边。然后,接下来任之初挨着老张头,反倒是张久胜坐到了下首。

曾老先生首先举杯发话,说,老朽上山也不少年了,难得有机会能与各位英雄同坐,老朽实感荣幸。

哈哈哈,张久胜忽然哈哈大笑,说,曾老先生谬赞,我张久胜哪里能称得上什么英雄啊,充其量不过一个枭雄而已。

曾老先生说,哎,司令此言差矣!枭雄也并非等闲之辈,只要将那才干用到该用的地方,枭雄不就成英雄了吗?

曾老先生此言一出,几乎所有人都一愣。向辉和任之初互相对望了一眼,彼此都读懂了目光里的惊诧与赞叹:想不到曾老先生这么快就切入了话题,真是智慧啊!老张头则紧张地看着张久胜,生怕曾老先生祸从口出。张久胜呢,稍微愣怔之后,立即恢复常态,哈哈大笑着说,那还要老先生为我指点迷津,让我张久胜早一天成为一个大英雄,哈哈哈。来,曾老先生,我先干为敬,您老随意。他说着也不管旁人,咕嘟一声,一仰脖,一杯酒下了肚。曾老先生呢?只克制地咪了一小口,张久胜也不介意,自顾自将自己空着的酒杯满上。

曾老先生接着说,承蒙各位英雄抬爱,让老朽与老张头坐到这个位置上。其实,我们两个老不死何德何能呢?不过比各位英雄多虚度了几十年光阴而已。可是既然我们俩坐到了这个位置上,那么就用那虚度的几十年光阴挡着,斗胆说几句想说的话,不知各位英雄是否介意?

三个人一片声地说,曾老先生不必客气,有什么话但讲无妨。

好,曾老先生一拍掌说,既然各位如此给老朽薄面,那老朽就天窗大开,直话直说了。大家今天既然能坐到一张桌子上,那么从今往后就是兄弟,是一家人了,往日的什么恩恩怨怨从此一笔勾销。古人说:祸兮福之所倚,福兮祸之所伏,祸福总是相伴而生的。没有往日的那些个恩怨,我们又如何能坐到一张桌子上来呢?所以,我建议,今天我们杯酒泯恩仇,大家共同举杯,把杯里的酒饮干,从此我们就是祸福同当的生死兄弟了。古人说:二人同心,其利断金。大家心往一处想,劲往一处使,那才真叫何攻不克,何坚不摧!说着和老张头一起站起来,端起酒杯说,来,我和老张头敬你们三位英雄,我们俩先干!话音未落,老张头就已经将杯中酒喝干了,紧跟着,曾老先生也将满满一杯酒一饮而尽。剩下的三个人稍微迟疑了一会儿,也跟着一起站了起来,任之初率先响应,说,好!一杯泯恩仇,我干!然后是张久胜,最后是向辉,都通通干了杯中酒。

曾老先生冲大家一抱拳,说,各位英雄请坐下,感谢给老朽薄面,老朽愧不敢当。既然你们都喝干了杯中酒,那就都表示愿意捐弃前嫌,握手言欢,老朽实在从心里面高兴。其实,今天在场最高兴的一个人不是我,也不是你们各位,而是天心小姐。在座的所有人,都一齐把目光看向了高高端坐在墙壁之上的天心,脸上的哀怨与忧伤那样深浓,似乎随时都会有眼泪从那双漂亮的大眼睛里滚落下来。倘若司令能够完成天心小姐临走时的心愿,那么天心小姐九泉之下定会无比欣慰,欣喜她死有所值,她的一双小儿女也可以从此昂首做人,司令也就可以堂堂正正地做孩子们的父亲,名副其实的父亲,司令说是不是?

这时张久胜忽然站起来,一手拎着酒壶,一手端着酒杯,走到天心的照片前,连干了三杯酒,然后抬头仰望。天心,我张久胜对不起你,这辈子都对不起你!可是,你今天当着你三哥的面,亲口告诉他,我张久胜对你好不好,是不是掏心掏肺,你说啊?你为什么不说?是因为无话可说,是不是?可你呢?你宁可去死,也不愿意和我在一起。为什么?还不是因为我是一个土匪吗?你的心愿?哈,你的心愿不就是要我用日本人的血,洗白自己的身份吗?这有什么难嘛!不都是杀人吗?既然杀中国人要被人骂成强盗,遭人唾弃,杀日本人就要被人称颂,是英雄,我张久胜何乐不为呢?你以为那些个小日本我不想杀吗?妈的,凭什么中国人的地盘,他们老资老味地来烧杀抢夺、为所欲为呢?可是一想到我张久胜再怎么对你好,你就是看不上我,我心里憋屈。我憋屈,你知道吗,天心?张久胜说着又干了一杯。这时任之初走上前去想把他拉到桌子前坐下,张久胜见是他,愤怒地甩掉他的手,说,任之初,你小子,你自己说说,我张久胜待你如何?当初是我救了你全家,你难道不该在我困难的时候帮我吗?结果呢?我那么信任你,你却背后捅我的刀子……

我没有!任之初分辩。

你没有!你小子敢说你没有?今天当着天心的面,还有她三哥的面,你说你和天心是不是已经对上眼了?如果不是我发现及时,果断出手,天心就成了你狗日的老婆了,是不是?

是的,当年我与天心小姐确实两情相悦。任之初脖子一梗,一副好汉做事好汉当的架势。可如果真是有另外一个结局,那么天心小姐今天就一定还活着,她就不会去死!

不死?哈哈,说得轻巧,任之初!要是真的有什么狗屁的另外一个结局,那天心死得就更早,你相不相信?好你个任之初,你明明知道天心她是我的心头肉,你知不知道?你竟然也要挖,你说你有没有良心?你说你是不是条喂不饱的白眼狼,啊?张久胜一张脸涨得通红,可我念你对藕山几百兄弟有恩,才没有活劈了你,将你沉湖。妈的,也是你小子命不该绝,竟然还活了下来!告诉我,你小子是不是被菱湖里面的鲤鱼精给救下招了亲啊?哈哈哈。一句话把大家都逗笑了,刚才剑拔弩张的局面顿时缓和了下来。

张久胜一通大笑之后,叫老张头将任之初的酒杯拿过来,又把自己的酒杯满上,然后将那只拎酒壶的手臂搭在任之初的肩膀上,说,之初,我知道,你也喜欢天心,是不是?那么好一个女人,有谁会不喜欢?来,之初,给我们喜欢的女人敬杯酒吧?张久胜说着高举起酒杯,对端坐在墙壁之上哀怨的天心说,天心,我知道你看不上我,你看得上之初,现在他来了,你该笑一笑了吧?天心,你笑一笑,好不好?我们在一起那么多年,你从来没有对我笑过。你对我笑一回,只一回,好不好?当着你哥的面,只要你对我笑一回,我张久胜拿自己的项上人头保证,往后一定跟着你哥赴汤蹈火,肝脑涂地,在所不辞!他说着一仰脖子,又干了杯中酒。这时忽然不知道从哪里吹过来一阵轻风,将烛火吹得身姿摇曳,轻轻舞动起来,而墙上的天心则随着那舞动的烛光,一缕笑意也像一阵轻风似的飘过她的脸。张久胜看得呆了,在场所有人都看呆了。她笑了,她终于笑了!张久胜喃喃地说着,一边说一边眼泪溢出眼眶。向辉、任之初的眼里也都含了泪花,老张头更是,就连曾老先生都忍不住心里发酸,红了眼圈。太不容易了,天心,他在心里感叹道。

曾老先生亲自将二人弄回座位上,大家重新坐好。曾老先生说,好,疖子总要出头,脓血挤出来,就好了。今天各自把心里的委屈都倒光了吧?倒了也就倒了,连天心小姐都笑了,那么以后心里就再没有什么疙疙瘩瘩的了,是不是?司令,你刚才可是当着天心小姐的面起誓,往后你要跟着天朗少爷,赴汤蹈火肝脑涂地在所不辞的,在座所有人都是明证。男子汉大丈夫说出去的话,泼出去的水,可是永远都收不回来了。你刚才若实实在在说的是真心话,就诚心诚意敬天朗少爷一杯,往后你们兄弟二人联手杀敌,早日把这个灾难重重的国家,从血与火的深渊里解救出来。

张久胜腾地站起身,端起酒杯,满面羞赧,对向辉说,三哥,我知道,在你们楚家人面前,我就是个罪人。如果三哥能够原谅我,就给我一个戴罪立功的机会,他说着将杯中酒倒进自己的喉咙。

向辉也端起酒杯说,不要多说了,既然天心都能原谅你,我还有什么不好原谅?空话讲一千道一万都没用,还得看今后的实际行动。说着,也将杯中酒倒进自己的喉咙。

好,太好了,真是完美!曾老先生忍不住鼓起了掌,老朽我今天实在太高兴了。是兄弟就该同心同德嘛!好,好哇!来,大家开怀畅饮吧,呵呵呵。

当晚除了曾老先生和老张头,三个年轻人都喝多了。张久胜连路都走不了,自然无法回到自己的寝室。向辉就把天心的房间让给了张久胜,自己和任之初分别睡在了墨兰和子墨的房间里。这还是张久胜自天心离开之后第一次在这边留宿,躺在昔日的这张床上,感觉一切恍然若梦。红绡帐中,美人已逝啊!唉,他不觉长叹了一声,转而迅速鼾声雷动。

就在张久胜与向辉、任之初握手言和、其乐融融之时,在这个山上,却有人寝食难安、夜不能寐。一个是肖金水,另一个就是吴小寿了。任之初的突然出现,无疑像一颗定时炸弹,埋在一个不知哪里的地方,随时随地都有可能砰的一声,炸一个天翻地覆。

他妈的!你个狗日的吴小寿,看见任之初,心里发慌了吧?当年他身上的石头可是你狗日的给绑上的。那么大一块石头啊!

哎呀,肖大队长,您这话说得就有点那个了。当年,不是您叫我绑的吗?要理论,他可还救过您的命呢!可您却为什么还对他那么恨之入骨呢?

哼,救命恩人!老子就是看不惯他那一副傲到了天上去的嘴脸,谁谁都放不到他眼睛里!肖金水说起来仍旧免不了要愤愤不平,吴小寿,你说,这个任之初这回上山来究竟想干什么?不会真是寻仇来的吧?

我看八成是!你看他那副样子,仍旧没把谁放在眼里啊!他只想和司令单独说话。喊!他以为他是谁啊?不过看他那派头,倒真是比以前更精神了。不像是落魄人的样子,倒像是发了大财呢!俗话说,大难不死必有后福,莫非他是得了什么势了?这年头,能活得这么一副财大气粗的样子,只有可能是傍上了日本人了。天哪!他要是真傍上日本人可就糟了……

倘若真是这样,那才真叫糟了!不知道他狗日的跟张久胜谈些什么了?倘若张久胜把一切责任都推到他们头上……一个张久胜已经可以叫自己死一百〇八次,再加上那日本人,怎么办?肖金水想得脑袋都大了。

提心吊胆了一天之后,肖金水觉得不能这么坐以待毙,必须先下手为强。指望他张久胜跟你讲什么兄弟义气吗?我呸!任之初当初不也功劳大大的,还不是说杀就杀?他张久胜杀心一起,谁能逃脱?就算猫有九条命,也难!干脆一不做,二不休,他任之初能拉日本人做靠山,未必老子就不能?

肖金水决心一下,立马紧急召见了吴小寿,如此这般筹划一番。末了,肖金水恨恨地说,老子出生入死几十年,大半个藕山都是老子打下来的,他张久胜给我什么好了?不过一个名义上的二当家而已,老子早当够了!想这么不声不响就把老子灭了,没那么容易!

那是那是!弟兄们谁不知道肖大队长您的功劳啊!平常对兄弟们又仗义,

不像司令把我们管得够呛。嘿嘿,如果这山上要是您当家了,那兄弟们好日子就有滋味多了!美酒美食美女,嘿嘿,还不是想怎么享受就怎么享受啊!哪像现在……

想过好日子?肖金水皮笑肉不笑地盯着吴小寿,突然脸色一变,厉声道,那就露一手给他们看看!听着,明天一大早,你就给老子悄没声地下山……

俗话说,没有不透风的墙,还真是不假!肖金水与吴小寿秘密商议,还没有出肖金水住处,就已经被人隔墙听到了!

事有凑巧,那天晚上正好是手枪队值班。手枪队队长张友顺是张久胜的本家兄弟,张久胜还在江南大队的时候,张友顺就去投奔了他,后来又一起到了藕山,也算得藕山的元老,他对张久胜那是一百〇八个忠诚。凡是轮他值班,必然要亲自巡视,方才放心。那天晚上,他刚带两个人出去没转多久,就看见吴小寿被请去了肖金水的住处。张久胜由于家庭变故,这一年多以来,意志消沉,整个藕山实际上已经交给肖金水当家了。肖金水呢?拉虎皮做大旗,甚是嚣张得很,对张久胜也只是阳奉阴违,张友顺早就气不顺,心里堵得慌。这个吴小寿更是个见风使舵、扇阴风点鬼火的主,整天唯肖金水马首是瞻,这两个家伙又要搞什么鬼名堂,至于要这样趁天黑鬼鬼祟祟吗?

于是张友顺就多了一个心眼,派一个手下悄悄地跟了过去……

听了手下人的汇报,张友顺顿感大事不好,这肖金水果然没憋什么好屁!不行,事不宜迟,得赶紧报告司令。结果竟然兜了一大圈,才把张久胜找到。

张久胜正鼾声雷动,可一阵急促的敲门声顿时令他睡意全消。他立即警觉地翻身起床,并顺手摸出枕头底下的手枪。枕戈待旦,这是他多年的习惯。老张头刚打开门,张友顺就风一般卷进来,张久胜知道一定是出了什么大事。这时向辉与任之初也一同从屋里出来了,张友顺正待要说话,看见突然出现的这两个人,其中一个正是任先生!果然是任先生!那另一个又是谁?张友顺心里嘀咕,把要说的话吞了下去。

张久胜转头看了看向辉和任之初,说,有什么话尽管说,不妨事的!

于是张友顺就将晚上所见所闻,一字不漏地转述了一遍,临了说,哥,怎么办?

还能怎么办?把那两个家伙抓起来,一枪崩了了事啊。妈的,竟然想翻天,走,有顺,马上跟我走!

慢!他们俩正待要走,却被向辉制止了。

张久胜和张友顺都奇怪地看着向辉。张久胜奇怪,是奇怪向辉为什么要阻止他。这样的大逆不道,犯上作乱,难道不该一枪崩了了事?张友顺奇怪,是奇怪什么样一个人,竟然可以阻止司令行事。

为什么?张久胜不解地问。

向辉说,虽然我对你们山上的情况不是很了解,可既然这两个人敢于这样行事,那他们就一定不是什么等闲之辈,而且也一定不是什么突发的念想!最好还是把事情了解清楚,再做决定不迟。倘使他们只是一时之念,大可就把他们两个解决了事;如若他们蓄谋已久呢?你这样岂不是打草惊蛇?那些躲在后面的人不依旧还是隐患?与其日后一个个猜疑,不如把他们全都牵出来,然后一网打尽,永绝后患岂不更好?

任先生也说,司令,向政委所言极是啊!干大事还是要谨慎周全些的好。

张久胜却大手一挥说,哈,肖金水,我怕他个鸟啊,谅他翻不出我的手掌心!我的人,哪个敢对我不忠?

张友顺说,哥,那个人,说着偷眼觑了一下向辉,那个人说得不是没有道理啊!自从嫂子去了之后,你已经不是原来的你了,肖金水也不是原来的肖金水了。他背着你都做了些什么,你真的知道吗?还是稳妥些的好。

那你说怎么办?张久胜冲着张友顺一吼,气哼哼地说,吓得张友顺不敢再吱声。

一、先叫人把肖金水悄悄地稳定起来;二、赶紧把吴小寿带过来当面问清楚,看他们到底有多少猫腻。待事情问明之后,再做处置不迟。向辉说得冷静而有条理,叫张久胜也不得不承认这确是个稳妥的办法。

于是,张友顺迅速带人去了肖金水住处,密切注视其动向,任何轻举妄动,都要第一时间向张久胜汇报。向辉和任之初则陪着张久胜一起到了他的寝宫:"红楼",命张龙、张虎秘密地将吴小寿带过来,只说司令有一项非常重要的任务,需要交与吴小寿队长亲自办理。吴小寿自是受宠若惊,当即跟着他俩就到了"红楼"。谁知刚一进大门,张久胜就一声怒喝叫张龙张虎将他绑了,吓得吴小寿当即跪倒在地,不住地讨饶。再看任之初也坐在堂上,他想,坏了!肖大队长果然料事如神,司令果真与任先生前嫌尽释,握手言欢了,看来这下脑袋搬家已是无疑了!果然,张久胜张口就问他想不想要活命,吴小寿自然磕头如捣蒜连连说当然想。张久胜就问他可知道自己犯了什么事,吴小寿连连摇头。

张久胜一声怒喝说,竟敢撒谎!张龙,赐他二十鞭子,看他还撒不撒谎!

哪知道根本要不了二十鞭子,只两鞭子下去,吴小寿就嗷嗷叫着,说,司令饶命!任先生饶命!给任先生身上绑石头,是肖大队长的指示……任之初与向辉一听,不由得相视一笑。

张久胜气得使劲一拍桌子说,哈,好你个狗日的吴小寿,还敢跟老子打马虎眼!张龙,给我使劲抽!问他今晚都做了些什么,看他还老实不!妈的,再不老实,老子马上就要他鞭下做鬼。鞭子扎扎实实地抽下去了,吴小寿却呆了,一时间竟然忘记了喊痛。天哪!这个世界到底有没有秘密?为什么刚刚才做下的事,怎么一泡尿的工夫,司令就知道了呢?对不起了!肖大队长,我们还是各自保命吧!

我说,司令,您请手下留情,我说!我都说!于是吴小寿就把肖金水平常如何如何在他们面前耀武扬威,说司令有今天全靠他肖金水卖命,说司令这一年以来,把自己弄成个情圣一般,忘记自己是个土匪山大王了。还说兄弟如手足,女人如衣裳,司令为了一件破衣裳,竟然根本不顾兄弟们的死活了。还说,还说,司令做婊子还想竖牌坊,明明是个土匪,却弄得还跟那些个当兵的差不多,这也不准,那也不准,早知道上山当土匪还这样遭罪,不如在家里饿死算了!天天困在山上,嘴里都淡出鸟来了,也不准下山去打点秋。吴小寿说着偷偷看了一眼任之初,说,任先生这回来,他以为是来找司令和他算账来的,说要是司令杀了任先生则罢,如若不杀,就杀了司令,拿司令的人头当投名状,带着兄弟们去投靠日本人。他叫我明天一早就下山,把山上的兵力防卫地形图呈交给日本人……

妈的!好你个肖金水,真是想翻天啊!张久胜顿时暴跳如雷,气得在屋子里走来走去,皮靴跺得地面一震一震的。

那现在有多少人愿意跟着他去呢？向辉也不理会张久胜的愤怒，冷静地问。

这个具体的我还不太清楚。但是确实有几个队长与肖大队长来往密切，而且肖大队长说只要司令一死，他就当仁不让是大当家的，谁敢不听就杀了谁。只是目前还比较顾忌手枪队的那帮老人，他们不是很服他，所以还不敢明目张胆……

吴小寿的话音未落，只见寒光一闪，张久胜的马刀一个漂亮的弧线划过，吴小寿的头皮被削下来一大块。在场所有人，包括吴小寿自己都还没明白是怎么一回事，直到鲜血顺着他的脸颊淌下来，他才知道自己的头皮给掀了，顿时魂不附体，再次磕头如捣蒜。张久胜吩咐把他带下去，伤口处理一下，再严加看管。

吴小寿被带下去之后，张久胜依旧难解心头怒火，咆哮着要将肖金水碎尸万段！

不要这么激动嘛！向辉依旧冷静地说，司令也不是一个没有经历风雨的人了，难道不知道越是遇到大事越是要冷静吗？愤怒往往会让人失去理智与判断的。看来这个肖金水在司令心目中，在整个藕山都举足轻重，是当仁不让的二号人物啊！倘若一呼百应，问题就大了。

是啊！司令，向政委言之有理，事情不是靠发怒就能解决得了的。得要有一个周全的打算才是。藕山可是司令多年的心血，千万不能毁于一旦，更不能落入日本人之手！

那你们说，接下来该怎么办？张久胜突然间一筹莫展。多少年以来，向来都是张久胜杀伐果决，肖金水运筹帷幄，也算得文武之道，一张一弛，所以才能够节节胜利，走到今天。现如今，那个文断了，只剩下一个武，如何能成事呢？张久胜心中不觉气馁万分。想不到我张久胜的人生失败至此啊！为什么总是自己最心爱、最最亲近的人背叛自己呢？

好，张司令，既然你问了我们，我们可就直言相告了！向辉似乎早就等张久胜这句话似的，张久胜的话音刚落，就迫不及待地说开了。恕我冒昧，请问我们，他指了指自己和任先生，我们可不可以对你山上目前的实力有一个初步的了解呢？只有对你的具体情况心中有个数，我们才能为你出谋划策……

有什么不能说的？都他娘的要成日本人碗里的菜了，还有什么好遮遮掩掩的？便宜谁，也他妈不能便宜了日本人！虽然晚上酒桌上，张久胜当着天心的面，表示今后要唯向辉马首是瞻，然而从心里他知道，那不过一个外交辞令而已，究竟今后会不会实施那可说不好。可偏偏这个当口，他妈的肖金水要反水，而且还要拿他张久胜的项上人头当投名状，投靠日本人！这让张久胜如何能忍下这般屈辱？杀了肖金水，那是必须的！可这藕山，没了肖金水，张久胜顿感自己独木难支。见向辉遇事如此冷静，有条理，思维缜密，显然远胜于肖金水，哈哈，莫非真是天意吗？天心，是天意还是你意啊？可无论是天意还是天心之意，他都只有顺从。于是张久胜就把目前山上的一切情况，向向辉和任之初做了一番翔实地汇报。

山上统共八百七十五人（人数还真不少，相当于一个团的兵力了！），五挺重机枪，分别把守山上五个出入最紧要的关口；长短枪一起近八百支（实力还真是不容小觑，比我们的装备可好太多了！）；其余的都是些大刀片子。他自称司令，将下面的八百多人，分成了三个大队，各有一名大队长；每个大队又分成三个小队，各有一名小队长。其中肖金水所在的大队人员最多，三百零五人；实力最雄厚，除五挺重机枪全归他调配之外，还有长枪两百五十支，短枪七十支。肖金水不似其他大队，将这三百零五人只单纯编成三个小队，而是编成了四个。其中的三个小队与别的小队人数一样，每个小队各九十人，持有长枪和大刀。唯独不一样的是将剩下的三十五人，编成了一支短枪队，张有顺任队长，人手两支短枪。而且全是当年跟随张久胜一起从江南大队过来的老人，个个都身手了得，使得双枪，左右开弓，无不百发百中，是最信得过的嫡系，也是山上最有威信的一个小队。而剩下的两个大队都是将人员和枪支统一分配，各二百八十五人，各有长枪二百二十支，短枪十五支。

向辉听完，不得不暗暗佩服这个粗暴的山大王，肚子里墨水不多，竟然能将这些散漫的土匪规置得如此井然有序，还真不能轻看了！怪不得当年二哥天远会成为他的手下败将。同时他心中释然：为什么肖金水会那样嚣张，原来是拥兵自重啊！可惜张久胜还蒙在鼓里。

怎么办？目前张久胜在明，肖金水他们在暗，如若处理不好，引起内讧，就糟了！如何才能做到不露痕迹、不动声色、化腐朽为神奇呢？向辉不禁陷入了沉思。最好不仅要张久胜心悦诚服地归顺，而且还能心甘情愿地接受新四军的组织领导，那这藕山之上才能真正飘扬起抗日的大旗！怎么办才好呢？忽然一念如电，哈哈，他肖金水不就是害怕张久胜与日本人联手吗？好，那我们就给他来个将计就计，逼他们自己跳出来！

天刚破晓，东边的天才刚露出一点鱼肚白，张久胜就叫张龙张虎迅速传令下去，命令所有的大小队长接到通知后，立马赶到司令的"红楼"，司令有要事与大家商议。那些人接到命令之后都觉得奇怪，有什么样的要事，司令不在办公室商议，而要去"红楼"呢？司令从来可都只在办公室谈公事的啊！莫非有什么非同小可之事？

肖金水当即明白一定与任之初有关，决定先不动声色，然后再见机行事。想他张久胜也不可能说杀就能杀得了他的！漫说三个大队现在实际上已经归自己指挥，十个小队长，除张友顺的手枪队之外，又哪个敢不听自己的话？这些个见利忘义的土匪，稍稍给点洪水，哪个不白浪滔天啊？就算他们都不听老子的，又怎么样？那五挺机枪可不是吃素的！全他妈给突突了，看谁还敢犯横？只要吴小寿能顺利地与日本人联系上……妈的，也不知道吴小寿个狗日的下山了没有？待大家齐聚到"红楼"之后，左等右等独独不见吴小寿的时候，肖金水心里如释重负，脸上不觉现出了得意的神色。你他妈张久胜不是要做情圣吗？那就成全你好了！哈哈。

不一会儿，张久胜一如往常背着手，大背头梳得油光水滑，皮靴踩得地面山响，从楼上下来了。大家看见他都齐刷刷地站起来，张久胜哈哈笑着跟大家打招呼，示意大家都坐下，自己则坐到惯常坐的红木靠椅上，拿眼睛清点了一遍，第一大队：大队长肖金水，小队长：秦立波、张友顺、卢武子；第二大队：大队长石武金，手下三个小队长；第三大队：大队长刘友亮，手下三个小队长。扫视完一遍之后，似乎很满意的样子点头说，嗯，好好好，一个不落，都来了哈！今天之所以把大家请到我住的地方来，主要是今天的事情比较有些特殊……他突然停顿了下来，直直地看着肖金水说，耶，肖大队长，你手下怎么少了一个啊？明明十三太保的嘛，怎么就十二个了呢？

肖金水被这突然一问,正有些不知所措,不知该如何回答的时候,张龙进来了,附在张久胜耳边耳语了几句,就见张久胜脸上立即显现出惊喜的神色,说,啊,他们来了吗?那赶紧请啊!说着立即起身朝外面迎过去,把一屋子的人都丢下面面相觑。

不一会儿就听见张久胜格外爽朗的笑声从外面传进来,哎呀哎呀,山本先生!久仰久仰,大驾光临,不胜荣幸不胜荣幸啊!快请!快请!

接着就是一阵杂沓的脚步声,接着一屋子的人都看见张久胜领着两个人走了进来,神态异常谦恭。肖金水一眼就认出一个是任之初,另外一个却不认识。嘴唇上一撮小胡子,鼻梁上架着金丝边眼镜,头发三七开,梳得油光水滑,西装领带,好有派头啊!显然就是刚才张久胜说的什么山本先生了。山本先生?莫非是日本人?真的是日本人?瞧那个目中无人的样!就连平常趾高气扬、吆五喝六的张久胜,都在他面前矮了好生一大截。看来,张久胜真的跟任之初已经勾搭上了,而且还真的有日本人!怎么办?

就在肖金水脑子里紧急思谋对策的时候,张久胜突然笑容满面地招呼他,肖大队长,你带着大家把事情安排一下,我上楼陪山本先生说说话。中午就在"红楼"就餐,我要介绍一个重要的朋友给大家认识……

这到底是唱的哪一出啊?一干人如坠五里雾中。

肖大队长,那个什么山本先生是日本人吗?秦立波突然霍地一下站起身来,大声说。

肖金水一声不吭,他环视了一下,发现张友顺不知道什么时候趁乱跑掉了。妈的,跑掉就跑掉吧!一天到晚,老滋老味的,他跑掉更好,免得碍事!可是秦立波你他妈起的什么哄啊?

屋子里突然间安静极了,静到可以听得见彼此的呼吸声,没有一个人接秦立波的话茬,大家都静静地看着肖金水。肖大队长,司令什么时候跟日本人搅上的?他怎么能跟日本人搅在一块呢?秦立波继续追根究底。

突然间犹如一道闪电破空而来,肖金水感觉自己的大脑被人点化了一般,顿时脑洞大开。哈哈,真是天赐良机啊!借着秦立波的东风,利用这股反日情绪,煽动大家一举把楼上那三个人拿下。管他张久胜还是任之初,一个字:杀!

至于那个日本人山本先生,就留待后用吧。哈哈,张久胜,不要怪兄弟手下无情! 今天不是你死就是我亡,对不住了,兄弟我先下手为强了,机会可都是你自己给的,怪不得别人。

主意已定,肖金水故意做出一副惊恐的样子,朝着秦立波做了一个嘘的动作,然后扭头看了看楼梯口,楼上并没有什么动静,只偶或能听到一星半点张久胜爽朗的笑声,从没关严的门缝里挤了出来。

秦立波。

到。

你去楼梯口。

干什么?

去啊! 肖金水一瞪眼,你个笨蛋! 你想叫那个狗汉奸,待会儿神不知鬼不觉地下楼吗?

哦! 秦立波一愣,又顿时恍然大悟一般,立即跑过去守在楼梯口,紧张地盯着楼上的动静。

卢茂子。

到。

你去把大门关上,守在门口,不要让任何人冲进来。

是! 卢茂子噔噔噔跑过去,大门一关,屋子里顿时一暗。大家的心也跟着一暗。

弟兄们,肖金水神色异常严峻地扫视着大家,压低了声音,更显出一种紧张与沉重。大家今天可都亲眼看见了,我们的司令,他要跟日本人干了! 兄弟们,秦立波说得对,日本人是什么啊? 是洪水,是猛兽。我们怎么能跟他们混在一起呢? 你们说是不是? 大家依旧只是面面相觑,不知该如何回答这个问题。

我们虽说是土匪,可土匪也不能当汉奸啊! 是不是,弟兄们? 我们迫不得已做了土匪,可我们总不能自告奋勇当汉奸吧? 当了汉奸,就是操自己的祖宗八代啊! 这样的事情我们怎么能做呢,你们说是不是,兄弟们?

大家仍旧不知道该如何作答,只有楼梯口的秦立波,一脸激愤地冲着大家扬了扬握紧的拳头,表示赞同。二大队大队长石武金说,那肖大队长,你说我们该怎么做吧?这一年多以来,司令也不大管事,都是肖大队长说了算,你说,我们要怎么做?

怎么做?兄弟们,我们要给司令来个兵谏。

兵谏,什么兵谏?

我们要趁司令还没有跟日本人形成什么气候,阻止他们。现在楼上只有他们三个人,我们却有十一个。我们一起上去,把他三个人控制起来,然后把日本人杀掉,逼迫司令放弃与日本人勾结。土匪也该有土匪的气节,是不是?

哎呀,肖大队长,干吗搞那么复杂嘛!三大队大队长刘友亮说,司令这两年来一点司令的样子都没有了,他身上还有一星半点绿林好汉的味道吗?老子早就不耐烦他了!不如干脆,肖大队长,我们来个一不做二不休,把他也干掉算了!你来做我们的司令,兄弟们也不要跟什么日本人混,还跟从前一样,该抢的枪,该杀的杀。绿林中人嘛,从古至今不都是这样?我他妈早就看不惯司令那一副鸟样子了。

石武金说,我看也是。他妈的,土匪就是土匪,搞什么四不像嘛。还什么兵谏。友亮说得没错,土匪就该这么直来直去,干脆利落,那些鸟名堂有什么搞头,杀了他!

哎呀,肖大队长,你还磨叽个鸟啊!见肖金水一副迟疑的样子,刘友亮腾地站起来,说,再磨叽黄花菜都凉了,还谏个屁啊!等着人家拿枪来崩我们吗?机会难得。走,上楼!他说着从腰间拔出手枪就上楼。

肖金水似乎还在迟疑,石武金说,走啊!开弓哪有回头的箭。

于是一行人,除了守在门口的卢茂子与守楼梯的秦立波,其他九个全都噔噔噔地冲上楼去了。可是明明刚才还听见张久胜爽朗的笑声,在小楼里张扬地四处飞,怎么此时此刻,楼上静悄悄的,一点声音也没有了呢?所有的房门都被他们打开了,就是一个人影也不见!妈的,莫不是见鬼了?

就在他们面面相觑的时候,突然楼下的院子里响起了张久胜洪亮的声音,肖金水,你个狗日的,你不是要杀老子吗?来啊,你个狗日的做梦都没有想到老子的"红楼"还有暗道吧?跟老子来阴的!好啊,老子就拿阴的来对付你。

还没等肖金水反应过来,楼下突然传来吴小寿带着哭腔的声音,肖大队长,对不起,司令什么都知道了……肖金水一听是吴小寿的声音,顿时全身冷汗淋漓。他迅即跑到窗户前面朝下看,只见张久胜、任先生还有那个日本人,被手枪队的一帮人簇拥着,正站在院子里朝楼上看。妈的,原来张久胜早有预谋啊,怎么办?他看了看正挤在他身后也朝楼下看的一干人,心里一阵打鼓。

这时,楼下张久胜的声音,又一个字一个字地砸了进来,石武金,刘友亮,秦立波,你们这些大傻瓜,没脑子的东西,你们被肖金水个狗日的利用了,知道不知道?想要投靠日本人的是他肖金水!他狗日的想杀了我,自己做山大王,然后就去投靠日本人。我张久胜再怎么浑蛋,也不可能跟日本人搞在一起。你们几个没脑子的东西,背主的东西,没有是非立场的东西,活该有这样的下场,你们就等着死吧!肖金水,你睁大了眼睛看看,也不要再作什么困兽之斗了!"红楼"的每一道出口都架了机枪,你们有谁敢露一露头,保准把你们都打成筛子!这几天,老子就把"红楼"让给你们,你们都在里面好好地给老子反省!

肖金水傻了,他真的没想到这个平常脾气暴躁的家伙,怎么这回行事如此缜密起来了呢?高人指点!对,一定是得了高人指点了。任先生?还是那个日本人山本?可一听到机枪手,他又忍不住高兴起来,张久胜啊张久胜,看看最后到底谁做那五挺机枪的枪下之鬼。

这时就听见吴小寿仍旧带着哭腔的声音喊,肖大队长,您就不要跟司令争了!您叫我献给日本人的地图给司令搜走了,连机枪手都给换了……

肖金水头绪还没有厘清,后脑勺就被狠狠地砸了一枪托,原来是刘友亮。你个狗日的肖金水!老子当你是个干大事的主,你他妈想当山大王,你狗日的跟老子直说啊,这么阴漆漆的拉老子垫背,老子一枪崩了你个狗日的!

挨了一枪托的肖金水顿时眼冒金星,抱着头蹲到了地上,嘴里咝咝地吸着凉气,不是,都是张久胜受人蛊惑,陷害我们啊!

陷害?他陷害?老子看是你想陷害他吧?好了,现在好了,连累我们都跟着你狗日的倒霉了!石武金也颓丧地一屁股坐到了地上。

秦立波听到外面张久胜与吴小寿的话以后,感觉似乎是自己错怪司令了,于是就想去门外与司令当面问一个清楚明白。谁知大门已经在外面落了锁,封死了!真是气不打一处来,他噔噔噔几步上楼,冲到肖金水面前,拿枪指着他的脑袋说,肖金水,原来想要跟日本人勾结的竟是你!你可真会贼喊捉贼啊!看我不一枪崩了你。

秦立波,不要胡来!石武金赶忙出面制止,说,肖金水是死是活,还是留给司令做决定吧!我们留着他,还可以为我们做个见证,证明我们只是一时糊涂,被他利用,并未与他早有勾结。你若是这么一枪了结了他,日后司令说我们早就有图谋之心,我们岂不是百口莫辩吗?但愿司令能看在我们被蒙蔽的分上,饶我们一命不死吧。

哼!秦立波气哼哼地收起了枪,说,蒙蔽?饶?你们等着人头落地吧!

大家不要激动,更不要害怕!肖金水抱着脑袋,多少有些讨好地看着大家说,这个山头不是他张久胜一个人说了算的,我们兄弟这么多年,摸爬滚打,他们不会置我们于不顾的,到时候,他们找张久胜要人,看他怎么收拾局面?

石武金与刘友亮相互看了看,觉得此话也不无道理。况且,如今身陷囹圄,也只有静观事态发展了!

然而他们没有想到的是,就在他们来"红楼"开会的当儿,张久胜已经对诸事做了周密的部署与安排:一、手枪队队长张友顺秘密地派九个牢靠的人去三个大队,暂时接管九个小队。张久胜告诉他们,不管用什么方法,务必把所有人都圈住在营房附近,不要给他们任何交头接耳的机会;二、手枪队剩余所有人迅速派至"红楼"附近埋伏好,严加看守;三、火速将五挺机枪调至"红楼",换掉机枪手,把守各个出口,配合手枪队,以防再生事端。

肖金水等人被成功关押在"红楼"之后,张久胜就搬到了天心的住处,与向辉和任之初紧急磋商下一步措施。

向辉说,照目前形势看,显然这几个人都不再适合担任大队长及小队长之职了。

谁说不是啊!我看就秦立波那小子还不错,其他的一个都留不得,通通都是他妈背信弃义的东西!张久胜依旧免不了愤愤,我准备全部从手枪队另外挑选……向辉和任之初相互对视了一眼,都没有作声。张久胜说,你们俩怎么都这样一副表情啊?现在除了手枪队的人,我还能相信谁?

向辉说,千军易得,一将难求。一个手枪队拢共才不过几十个人,未必他们个个都是将才?

先凑合着顶一下嘛,以后再慢慢踅摸呗!

慢慢踅摸?说得好听。你的这些人,说得不好听,都是些乌合之众,你突然之间把他们的旧主子一锅端了,叫他们一时间能服谁?就怕还没等你踅摸好人选,就炸锅了!

那你说该怎么办?张久胜顿时涨红了脸。

都说外来的和尚会念经,你如果相信我,就让任先生紧急回新四军七师,请他们安排几个人过来担任队长。一来,避免了新任队长任用之后与队员之间的摩擦,二来也有利于日后抗日工作的开展……

谁知向辉话音未落,张久胜却像被烫了似的从椅子上跳起来,高声嚷道,哈哈,向政委,这就开始把你们新四军的势力向我这里渗透了,是吧?向政委,三哥,你要是想我把这个位置让给你,可以啊,您请直说啊!何必这么拐弯抹角?告诉你们,不要拿我张久胜当傻子,以为你们心里的那点小九九我不清楚?我只是不想点破而已。为什么?一则念在天心的面子上;二则,我知道你们共产党新四军是诚心杀鬼子的,所以我想倘若你们确是为此事而来,不如就做个顺手人情,跟着你们一起杀鬼子吧!……

随后张久胜的话中匪气越来越浓。任之初及时阻止住张久胜,并向他宣读新四军的政策和纪律。张久胜慢慢地不再嚣张。

向辉的情绪明显平和了许多,他坐了下来,然后示意张久胜也坐下。张司令,您请坐吧,都说站客难留,这可是司令您的地盘,您准备要去哪里呢?真的就这样拱手交给我们新四军了吗?

哈哈哈,任之初一听顿时开怀大笑起来。

张久胜也忍不住笑了一笑,挠了挠头皮,说,坐就坐嘛,谁怕谁啊!

向辉非常真诚地对张久胜说,对不起!是我工作没做好,有些操之过急,没有跟司令把心交透,才会让司令对我们有猜忌,认为我们动机不纯。想当年新四军刚刚开辟新区时,就是由于民众对新四军不了解,所以并不支持我们。部队没有房子住,我们就住在野外,下雨没法待,就站在屋檐下;老百姓不卖粮食给我们吃,我们就吃野菜,或者干脆饿着。部队开辟根据地后,总是和老百姓打成一片，亲如一家。部队转移驻地前，战士们总是将房东家里的水缸挑得满满的，房前屋后打扫得干干净净。各级领导还经常检查，看有没有违反群众纪律的，有没有借东西没还，损坏东西没有赔偿的。请问张司令，你有听说过这样的土匪吗？你自己当土匪你自己心里清楚，你们都做了些什么？杀人放火无恶不作！而我们新四军呢？却时时刻刻把人民的利益放在第一位。我们出生入死并不是为了自己生活得怎么样，而是为了我们这个灾难深重的国家，以及处在水深火热之中挣扎的四万万五千万中国民众，请问，自古及今，哪朝哪代，你见过这样的匪？面对向辉的诘问，张久胜无言以对。张久胜的脸上露出一丝羞赧之色，他有些不好意思地看了看向辉，又看了看任之初，见二人都神色凝重，不觉心头一震。他垂首坐了良久，终于一拳头砸在桌子上说，好，我听你们的！派新四军的人过来接管。

向辉和任之初大概都没想到张久胜会如此痛快，显得有些激动。向辉说，谢谢司令信任！不过，请放心，新四军派过来的人，一定军事能力与政治觉悟都非常出色，保证不会拖你张司令的后腿！

之后三个人成立了一个领导小组，由向辉负总责。为了掩人耳目，不给自己树敌，领导小组决定成立"藕山抗日独立大队"，张久胜任大队长，任之初任副大队长，向辉任政治委员。既接受新四军的领导，又独立于任何一个政治团体之外，还能暂时躲开日本人和护国军的围剿，有利于以后的战斗与生存。一致通过之后，任先生立即启程回七师。

三天之后，任之初带着六个伪装成渔民模样的人上了山。

这几天，山上的队员们可吃够苦头了，手枪队的那几个家伙也真是狠，拿根鸡毛当令箭，愣是琢磨出了一个魔鬼训练法，把弟兄们一个个累得半死，连吃饭都想要睡觉。

手枪队的队员为什么突然来接管各个小队，大家都有点蒙。可还没等大家揣测出一个所以然来，他们的"好日子"就又来了。那三天，不仅延长了训练时间，还大大加大了训练强度，超负荷地训练，让队员们一个个叫苦不迭，但那几天的伙食特别好，每天有肉烧马铃薯，管大家吃够。于是大家吃饱了，喝足了，累够了,倒头就睡。管他娘的洪水滔天,天塌地陷,做个饱死鬼也不冤枉。

第四天一大早,集合的哨声再一次划破黎明的宁静,大家尽管都已经累到了骨头缝里,可依旧一个不落,齐刷刷地出现在操练场上。然而那天却没有什么训练内容,手枪队的几个家伙只叫大伙儿傻傻地站着。妈的,莫非这也是训练的一项?到底这些狗日的葫芦里卖的什么药?老队长呢?这些天都死哪里去了啊?就在大家内心颇费猜疑的时候,就看见手枪队的人押着几个五花大绑的人过来了。一个个被绑得像个粽子,垂头丧气,跟一只只瘟鸡似的,戳在队伍前面,哪还有半点昔日的威风啊!天哪!他们不是老队长吗?怎么回事?队伍里顿时一片哗然,惊叫声一片。这时,就听见一阵密集而又杂乱的马蹄声传来,第一个出现在众人面前的是大家都非常熟悉的司令张久胜,骑着他的枣红色"闪电",可后面几个,却谁也不认识。哦,有一个看上去好像是任先生的样子,他不是被司令那个了吗?怎么会又出现在山上?还跟司令一样高头大马地骑着?底下又是一阵小小的骚乱。

在那块让墨兰惊异不已的山谷洼地里,张久胜站在临时搭起的一个高台之上,望着眼前黑压压排成整齐方队的弟兄们,心中不禁感慨万千。几十年腥风血雨,经历了多少生死?如今却要变天了——

弟兄们,站在高台之上的张久胜说话了,我张久胜自打来到这藕山之上,已经二十多年了。人称我们为匪,可我一直自认为盗亦有道,一样得讲情义讲忠诚。这些年来,我和弟兄们一起出生入死,同甘苦,共患难,肝胆相照,弟兄们才心甘情愿跟着我张久胜,在这藕山之上纵横。所以,我一直自豪地认为,我的每一个兄弟,都一样会对我赤胆忠心。然而事实上呢?啊?怎么样?张久胜回手一指身后绑着的那十二个人,兄弟们,你们看,这几个人你们都认识吧?是的,你们怎么能不认识呢?他们是你们的头啊!弟兄们,之所以选他们做你们的领头羊,不仅因为他们的本领过硬,更主要的是因为他们都是我最信赖的人!别的不说,单说肖金水,肖大队长。不消说你们,就连这山上的每一棵树,每一根草,每一只小鸟都知道,我和这个肖大队长的关系,用"亲密无间"四个字来形容一点不为过!可是,恰恰是这个不是亲人胜似亲人的生死兄弟却背叛了我!兄弟们,你们知道吗?就是这个人,他要杀了我,然后拿我的人头作投名状投靠日本人。（啊？这是真的？下面顿时一片哗然，纷纷交头接耳。）兄弟们，你们听清楚了吗？他要杀我！好啊，你若是嫌二当家当腻了，当大当家得了，可以！如果我不让你，你杀我，可以！但是，他妈的他要去投靠日本人，你们说愿意吗？（不愿意！下面一阵山呼海啸一般的回答。）对，当然不能愿意，我就知道兄弟们一定不愿意！那么，兄弟们，对于这样背叛山头的人，要怎样处理？（杀掉他，杀掉他！下面又是一阵山呼海啸一般的回答。）好，兄弟们说得对，对于这样无耻至极的背叛之人，只有杀之方能后快，张龙、张虎，当着众位兄弟的面，把肖金水拉出来给我毙了，以儆效尤！

可肖金水却挣脱了张龙、张虎，冲着面前的队伍高声喊道，兄弟们，你们不要被张久胜给蒙蔽了呀，想要投靠日本人的是他张久胜！（啊？是不是真的啊？人群中再次掀起一股骚动。）不信你们看，那骑马的人里面就有一个是日本人……（啊？人群骚动得更厉害了，究竟是怎么一回事嘛！）

哈哈哈，不想，张久胜突然爆发出一阵爽朗的大笑，他抬起双手朝下面汹涌的人群压了压，示意大家安静。弟兄们，他肖金水说我跟日本人有勾结，而且此时此刻就站在这里。好！我现在就叫这个日本人出来跟大家打个招呼，反正以后也是要在这山上跟大家一起摸爬滚打的兄弟了。来，白先生，上来，跟弟兄们认识一下。

这时，从那八个陌生人之中走出来一个身形瘦削，眉清目秀，却异常神采奕奕的人。右腿显然有些不利落，轻微地一拐一拐，却丝毫不影响他的速度与敏捷。这是日本人？大家不免心中一阵嘀咕。日本人跟我们中国人哪里哪里都一样啊！这样一个形容俊秀、文质彬彬的日本人会来这山上当土匪？开玩笑吧，就在大家又一片狐疑的时候，只见这个日本人借助张久胜伸出的手臂，一米多高的高台，只一个纵身就轻轻地跃了上去。把大家又看得有些呆，这个文弱书生可有本事呢！

弟兄们，（怎么？他会讲中国话？而且讲得这么好！）我叫白夜，（怎么？他不是日本人？）曾经在南京国立中央大学读书的时候，一个偶然的机会，有幸结识了你们的司令，成了你们张司令的朋友。因为你们张司令有与日本人斗争的意愿，所以白某应他之邀，来到藕山，与兄弟们一起打鬼子。弟兄们，你们欢迎不欢迎啊?(下面一片鸦雀无声。)哈哈,看来大家对我白某还不大信任啊!那张司令,还是您来跟弟兄们说吧!

肖金水!张久胜指着向辉高声说道,肖金水,你他妈说的那个日本人可是他啊?你听清楚了没有,他是中国人,不是什么日本人!而我张久胜是要打日本人的,哪个龟孙子才会跟日本人勾结,祸害自己的兄弟姐妹!张久胜然后高声喊,吴小寿,把肖金水如何叫你投靠日本人的事情跟弟兄们说明白,让大家知道究竟谁才是真正的汉奸!

于是吴小寿战战兢兢再一次将事情缘由说了一遍,末了说,司令,我吴小寿就是猪油蒙了心,都是肖大队长的主意啊……话音未落,就听见张久胜用不容置疑的语气喊道,张龙、张虎,把他们拉到一边,统统赏他们一粒花生米!

张龙、张虎再一次抓住了肖金水。肖金水这才明白,一切不过是狗日的张久胜做的一个局!他一边挣扎,一边高声大骂,张久胜,你个蠢驴!你他妈的脑子里都叫茅草给塞住了?几十年的生死兄弟你不相信,偏偏要相信外人,你他妈后悔的日子在后面等着呢,我想做大当家,我看别人想要你的山头才是真的。张久胜,要说什么背信弃义,没有人比你张久胜更名副其实……后面的话还没有骂完,一声枪响,紧接着又一声枪响。一切烟消云散。

行刑的枪声消停之后,张久胜指了指其余几个人,说,兄弟们,他们几个虽然没有参与肖金水的谋反,可是多多少少都风闻过肖金水的言论与打算,却没有一个人主动出来跟我报告,哪怕一个字也没有说过啊!不过他们也没有与肖金水沆瀣一气,要投靠日本人,这种立场还是值得肯定的。我张久胜向来恩怨分明,赏罚也分明,你们放心,我不会杀他们的,但是他们也绝没有资格再当队长了,从今天起,我就撤了他们的大、小队长之职。然后他回身对那剩下的十个人说,你们服气最好,若是不服气,你们就走人,我张久胜绝不为难你们!兄弟们,你们说,这样可不可以?(可以!下面终于响起了张久胜期待的海啸效应。司令英明!又有声音高声传出来,紧跟着一片高呼,司令英明!)

哈哈哈,张久胜禁不住得意地大笑起来,英明谈不上!我们行走江湖之人,最讲究的是哪两个字呢?(下面又是一阵山呼海啸一般地回答:忠义!)对,兄弟们说得完全正确,就是"忠义"二字。什么叫忠义?忠义就是忠心和义气。

对上级忠心，对朋友义气，这是我们江湖人最基本的两点，可肖金水他们做到了吗？不仅对我不忠不义，还对国家不忠不义！日本人是什么东西？他们是鬼！是强盗！是禽兽！这些杀人不眨眼的倭鬼，这些年在我们的中国，做了多少伤天害理的事情？狗日的倭鬼，他们不仅抢我们的地盘，还抢我们嘴里的粮食，把我们的好日子都给抢走了，我们只能坐吃山空，哪里还有好日子过？弟兄们，日本人才真正是我们的仇人、敌人！我们怎么能当汉奸，投靠他们呢？你们说是不是？（是！又一阵海啸来袭。）可是我们既不投靠日本人，又要活下去，我们怎么办？（跟日本人抢！跟日本人抢！）对，我们只有从日本人手里将属于我们的地盘和粮食都抢回来，你们愿意不愿意？（愿意！）好，既然大家都愿意，那么我下面就请跟日本人交过手的，我的老朋友，白夜白先生给我们说说，该如何跟日本人干！大家欢迎！他说着带头鼓起掌来。

可是除了身后稀稀拉拉的掌声外，仍旧一片沉寂，大家都只拿眼睛盯着这个天外来客：白夜白先生。这个白先生呢，丝毫不理会大家的冷漠，管自哈哈大笑着，说，各位兄弟好！你们不相信我，不欢迎我，都是情理之中。弟兄们枪林弹雨几十年，突然冒出来这样一个人，也没见他耍过一招半式，如何就夸口说自己敢和日本人对着干？敢情不会是一个吹牛大王吧？向辉的一通自嘲，终于换来一片笑声，虽然稀稀拉拉，但好歹有了反应。兄弟们如果不是活不下去了，谁他妈愿意当土匪啊？死了连祖坟山都进不去，只能做一个孤魂野鬼。（下面再一次鸦雀无声，有些人不知不觉垂下了脑袋。）可是兄弟们，我们中国老百姓本来就生活在水深火热之中，活不下去了，日本人又来了！他们就是瞅准了我们贫弱，我们落后，所以才敢有恃无恐地打进我们的国门！东北丢了，华北丢了，上海丢了，就连南京都丢了！死了我们多少同胞，你们知道吗？光一个南京城就几十万人啊！兄弟们，我就是从死人堆里爬出来的，说着拍了拍自己的右腿，我的这条腿就是给日本人的子弹打坏了的！（哦！下面终于有人发出理解的声音。）兄弟们，他们可是和我们一起共饮一江水的兄弟姐妹啊！各位都是热血男儿，难道你们听到这样的消息不气愤，不难受吗？可是大家一定会说，气愤、难受又有什么用？我们又打不过人家，所以大家就怕了。可是兄弟们，怕，有用吗？我们说我们怕了，日本人就会自动回去吗？不能！相反，我们越是怕，他们越是争抢得厉害。他们是要占我们的领土,灭我们的种族,杀我们的兄弟,抢我们的粮食,辱我们的姐妹,从此之后,在这个世界上再没有中国这个国家存在了,兄弟们,你们说我们能答应吗?(不能!山呼海啸再次袭来。)对,我们当然不能!向辉情不自禁地握紧了拳头高声呼喊。我们不答应,那我们要怎么办?(跟他们斗!)对,我们只有跟他们血战到底,把他们赶出我们的国土,我们才能真正地在自己的国土上当家做主人,过属于我们自己的生活。到那一天,我们再不要在这深山老林之中,远离自己的父母亲人,过着家人蒙羞、祖先受辱的土匪生活,我们要做堂堂正正的人!到那时候,不仅我们的家人为我们骄傲,每一个中国人都会为我们骄傲,那些躺在九泉之下的祖先也一定会为我们骄傲!弟兄们,你们说是不是?(是!)

兄弟们,其实日本人也没那么可怕。他们不是扬言要三个月占领中国全境吗?可一个武汉他们就打了整整四个月,死伤二十五万多。怎么样?我们真跟他们打起来,他们也厉害不到哪里去嘛!可是俗话说,老虎还有打盹的时候,我们面对面打不过他,我们就趁他睡觉的时候打,打一下就跑,等他醒过来我们早就跑掉了。我们在自家地盘上,想怎么跑就怎么跑,他们人生地不熟,再有能耐又能把我们怎么样?大家说是不是啊?(下面爆发出一阵轰天大笑。)我们今天打一下,明天打一下,即使一下打不死他,但是我们天天这么骚扰他,总有一天,他烦也得烦死,你们说是不是?(下面又爆发出一阵大笑,就连张久胜都忍不住笑起来,心想,三哥还真是能说!)他心里烦,身上疼,你们说他能撑多久呢?一个小小的日本国,就那么几个人,就算他们把刚出生的娃娃都派上场,又能派多少?你们说他们有什么好怕?再说,我们中国人是胆小怕事的孬种吗?(不是!)当然不是!即使妇孺老弱都不是,我们这些热血男儿就更不是了,对不对?(对!对!对!)好!既然大家情绪这么高涨,那我们就出山跟日本人战斗到底!(战斗到底!战斗到底!)

看着激情高涨的人群,向辉说,不过,大家听好了,抗日,我们本着自愿的原则,绝不强求。如果有人觉得抗日危险,想一个人躲起来过安稳日子,没关系!只要你们觉得自己有安稳日子过,那你们就去过,我们不仅不会为难你,还会发给你路费走人。如果有一天你们想抗日打鬼子了,还可以再回来,我们依旧欢迎。但是有一点，就是，无论你们是在抗日战场上，还是躲起来过自己的小日子，谁都不能投靠日本人！倘若从这个山上走出去的任何一个人投靠了日本人，我们绝不姑息！也绝不手软！听见了没有？（听见了！）

那天的动员大会结束之后，向辉就迅速投入了对藕山土匪的整改工作，将原有的几个大队全部打散，重新编组，将现有人员整合成一个长枪队，一个短枪队，一个大刀队，一个手榴弹队与一个机枪队。从原来的队伍中严格挑选出五名军事过硬、爱国热情高涨的队员担任五个队的队长，而新四军七师过来的另外五个人则插入到各个队里担任副队长，同时兼任政治指导员一职，以过硬的政治素质保证队员们的政治觉悟不出现偏差。另外，向辉还专门挑出几个射击技术特别好的，由一个新四军战士带队，秦立波素来枪法好，就命他协助，进行特别的狙击训练，以备不时之需。队伍改组完成之后，每天根据自己各队的实际情况进行练习，打把、拼刺刀、练投掷，一个个热火朝天，干劲十足。各个队的政治指导员，和队员们一起，同吃同睡，水乳交融，整个队伍呈现出一派生机勃勃的气象。特别是大刀队指导员，还教会了大家唱《大刀进行曲》

铿锵有力、气势如虹的大刀歌，鼓舞了大刀队的士气，队员们一个个练得刻苦勤奋，单等着面对鬼子的那一天，用手里的大刀砍下那些该死的鬼子脑袋。一时间，《大刀进行曲》迅速在藕山的各个角落传唱，歌声如一支支兴奋剂，振奋着队员们的热情，每个人的精神面貌都有了很大的改观。

政治指导员们趁机用《论持久战》的观点，为他们分析抗战形势，向他们宣传中国必胜、日本必败的理念。让他们知道日本是一个小国家，人口、资源都有限，而且他们发动的是侵略战争，失道寡助；中国地大物博，无论人口还是资源都远远超出日本，而且我们是在捍卫我们自身的领土与主权完整，是正义的战争，必然得道多助。虽然我们暂时处于弱势，但是只要我们万众一心，把他们拖入人民战争的汪洋大海之中，他们的末日必然为时不远。

队员们都纷纷表示，以前躲在山里，把日本人想象得就跟洪水猛兽差不多，不要说出去跟他们面对面打了，就是想一想也会做噩梦的。听指导员这么一说，哎，还真是那么回事，怕啥，日本人再凶再狠，头砍掉也会死，绝不会再长出来一颗,你们说是不是?

就是!妈的,打他狗娘养的!把我们国家都糟践成什么样子了!

正是这样的呼声越来越多,三人领导小组决定,该找个机会打一场仗了!

仗是一定要打,但绝不能打无准备之仗,向辉说,第一场仗一定要打胜。这样才更能激励兄弟们的战斗热情,要让他们看到自己的力量与敌人的薄弱,大大减少大家的恐惧心理。因此,这开局一仗,非常关键,如果没有十分的把握,千万不能贸然出击。目前,我们还在敌人的注意力之外,倘若轻举妄动引起了对方的注意,我们的日子就会很难过。我们现在可不似从前那样的打家劫舍,那时候面对的都是手无寸铁的普通民众;现如今我们面对的是军事装备远胜于我们的日本军队,千万不能掉以轻心。所以他建议各队都要有自己的分散地点,不能一齐窝在那个山坳里,倘若给日本的飞机侦察到了,几发炮弹就全军覆没了。狡兔还有三窟,得充分利用地形的优势,充分调动队伍的机动能力。当我们出击的时候,能够迅速地化零为整;当我们修整的时候,又能迅速地化整为零。这就要求队伍必须要有严格的纪律约束,百分百做到一切行动听从指挥,我们才能够做到既打胜仗,又保全自己。

张久胜和任之初都非常赞同向辉的想法,于是三个人分头行动,向辉进城摸底;张久胜与任之初由熟悉藕山的老张头协助,为队伍寻找合适的分散地点。

啊?闹了半天,你跟一帮土匪搅到了一起啊!还跟我这充什么大尾巴狼,说什么焕景第二?高湛听向辉说半天,一句话做了总结,同时一腔热情化作冰水。

什么叫充大尾巴狼啊?我可是正经八百的新四军团政委!况且在这么短短的三个多月时间内,将一支土匪改造成抗日武装力量,就连七师领导都说我们了不起,你倒好,竟说我是什么大尾巴狼。

拉倒吧你,天朗,你醒醒。我根本不相信什么改造的力量,我只相信狗改不了吃屎,更何况这个土匪不是别人,他是咱们楚家的仇人。

可他还是我的救命恩人,更是墨兰和子墨的父亲。

你……

高湛正给天朗怼得无语,焕致忽然闪了进来,原来他压根就没有离开,而是一直躲在外面偷听。焕致说,三哥,姐夫说得对,狗改不了吃屎,土匪终究是土匪,你真的相信他们能改掉从前的恶习,跟你们同心一致打鬼子?

高湛哥,焕致,我理解你们的心理!改组藕山土匪,是我们按照新四军七师的要求做的。既然他们已经改造成了一支抗日的队伍,我们怎么还能够囿于个人恩怨,而置民族抗战的大局于不顾呢?高湛哥,你是个军人,你应该懂得,任何时候个人利益,都要服从于国家民族利益,不是吗?当今的中国已然到了生死存亡的关键时刻,我们革命的目的就是要将日本鬼子赶出中国。这单单靠你,靠我,或是单单靠哪一个团体,哪一支军队,都不能完成这项长期而又艰巨的任务,它必须要求全体中华儿女团结起来,齐心协力,一致对外,共同抗日,方能成就大业!每一滴水聚集在一起才能汇成大海,何况那样一支不容小觑的武装力量?是我们求之不得的呀,高湛哥,焕致,没有国哪里能有家?如果连国都没有了,我们还到哪里谈什么个人的恩恩怨怨呢?

我懂了,天朗,高湛霍地一下站起来,用力挥了一下拳头,斩钉截铁地说,只要他真心打鬼子,一切就都翻篇!你说,你这回来有什么目的,需要我们做什么?我和焕致保证都听你的,高湛快人快语。

太好了,高湛哥,我就知道你不会变,还是当年那个英勇的东北兵!天朗激动地一把握住高湛的手,我这次回来,就是来寻求你们的帮助,合力做二哥的思想工作,还有大哥。让他们都站到人民这一边来,和千千万万中华儿女一起融入抗日的滚滚洪流,然后我们兄弟同心,齐心协力,共同来烧一把大火,把横行于中国大地上的日本人通通烧死!

啊?这样啊!高湛显然有些大失所望,天远的工作不是那么容易做通的,天朗,他不是张久胜,没有短处在你手里把着,他现在好像只想苟安于世……

焕致也说,是哦,三哥,我保证我和姐夫都听你的!可是二哥……焕致撇撇嘴,摇了摇头。至于大哥,大哥就更指望不上了,他现在给日本人当联保主任,正与日本人打得火热,跟那个池田好得跟一个人似的,怎么可能会掉转枪口打他们呢?

哦?大哥现在是联保主任了?

日本人于1937年11月12日攻占上海,在南市放火连烧9日,军民死伤无数;紧接着12月13日攻下都城南京,进行了为期三个多月的烧杀淫掠,造成城内几乎没有中国人的局面;之后日本军队沿江而上,一路摧枯拉朽,如入无人之境,至次年的10月26日武汉沦陷……在这期间,1938年6月,日军攻占开封。为了阻止日军进攻步伐,蒋介石下令在花园口炸开黄河大堤,造成河南、安徽境内17个县成为一片汪洋;此后,日军还在苏北决开运河大堤,致使苏北数县成为一片泽国。偌大一个中华大地,被小小的日本祸害得千疮百孔满目疮痍……

楚老爷在日本人刚刚攻陷上海的时候,就气急吐血而逝。就算他掩耳盗铃般地闭目塞听那些远在天边的灾祸,可近在眼前的呢?他是能容忍得了日本人兵不血刃占领青州,还是能眼睁睁看着日本人耀武扬威地出现在橡树湾,抑或能够容忍得了自己的儿子心甘情愿为日本人卖命?啊啊啊!总之,躲得了初一,躲不过十五,楚老爷注定要气死在日本人的手里。

楚老爷临死的时候要天舒、天远、高湛、焕致跪在他面前盟誓,一定不要让日本人踏上橡树湾的土地,然而,有谁能阻挡得了日本人轧轧前行的滚滚车轮?日本人不仅来了,而且荷枪实弹地来了,宛如无可阻挡的大潮,却又潮浪般地退走了。橡树湾五千楚姓子孙侥幸逃过一场烧杀抢掠的厄运,这都要归功于大少爷楚天舒。

日本人是在一个深夜突然出现在橡树湾的。当时整个橡树湾都在一片熟睡之中,谁也不曾料到日本人会如此轻车熟路、驾轻就熟地就真的出现了。在这样一个万籁俱寂的乡村夜晚,当橡树湾人被大狼狗的嗥叫声从梦中惊醒的时候,还以为只是一个每天都做的噩梦。然而枪声响了,告诉人们这不是梦,而是惊心动魄的现实。

橡树湾数百年来的宁静被打碎了。

人们纷纷点亮油灯,打开屋门,就看见祠堂门前早已灯火通明,站满了荷枪实弹威风凛凛的日本兵。而那高高的戏台之上,一个挎刀的日本军官,正居高临下地注视着整个橡树湾的惊慌与恐惧。

当天舒的屋门被人用枪托砸开的时候,他还有些不相信。当年张久胜也只是拿箭射了一封信钉在老屋的大门上,今天怎么竟敢有人如此胆大,可以这样肆意砸自己家的大门?好歹自己还是这橡树湾的保长呢!下人打开门,见是日本人,顿时吓得魂飞魄散。可带队的日本翻译点了楚天舒的名字,说是池田小队长要见他。池田?天舒一听到这个姓时,心里猛然咯噔了一下。

当大少爷天舒穿戴整齐来到祠堂前的时候,场地上已经黑压压站满了人,橡树湾的老老少少差不多全都到了。他四下里看了一眼,没有看到娘,不知为什么天舒不觉偷偷地嘘了一口气。他走过战战兢兢的人群,来到戏台下面,抬眼看去,那个左手抚在刀柄上,右手按住腰间短枪,腰系武装带,脚上长马靴,正高高肃立的日本军官是谁啊?怎么这样面熟?天哪!他不是自己熟悉无比的往日同窗好友:池田信一,池田信子的亲哥哥吗?

当年楚家大少爷楚天舒在日本东京留学的时候,与池田信一在同一所学校。因为池田对中国文化的喜爱与好奇,加之楚家大少爷的豪放与慷慨,深得池田的青睐,两个人迅速成了好友。那些年,楚家大少爷几乎一大半的时间都是在池田家度过的,由此结识了池田的妹妹信子。信子的温柔贤淑,美貌温顺,大大吸引了楚家大少爷的注意,而楚家大少爷的翩翩风度与一掷千金的豪迈气概,也深深吸引了情窦初开的日本姑娘信子。久而久之,两个人之间萌生了爱情。温柔恭顺的信子甚至瞒了家里人,跟着楚家大少爷漂洋过海到了中国,又从上海一路舟车劳顿千里迢迢到了橡树湾……

那时候,九一八事变已经爆发了。东北被占之后,大批日本人移民到东北开荒种地,池田一家也在动员之列,可是他们坚持不愿意前往。在日本其实也还有很多厌战的民众,池田一家就是其中之一。他们反对战争,痛恨战争,同情中国,这或许也是楚家大少爷愿意逗留池田家的主要原因之一。

可是今天橡树湾的戏台之上站立的是谁呢?这个一身杀气的鬼子,分明是旧友池田信一啊!他们不是厌战的吗?怎么也跑到中国来了?或许谁都想在这块大肥肉上割下一块占为己有吧。哼,原来都是骗子。在他确认那是池田信一的那一瞬间,内心这么多年对于池田信子的那点愧疚与悔恨顿时烟消云散。他哈哈大笑着朝戏台之上的池田小队长张开自己的双臂,用流利的日语高声说道,欢迎,欢迎!热烈欢迎池田君来中国,来橡树湾!可是高高在上的池田小队长,对于楚家大少爷的热情并没有报以同样的热度,而是依旧保持原来的姿势肃立在戏台之上,用冷冷的目光居高临下地注视着这个多年不见的昔日好友。多年不见,他竟然依旧那么洒脱! 池田冰冷的目光迅速冻结了楚家大少爷的热情,就像一块烧得通红的铸铁突然放进冷水中,那吱吱冒烟的声响,将楚家大少爷弄得面红耳赤,伸出去的双臂不知道该如何处理,只能那样干干地伸着,如两根干枯的树枝,随时都有可能嘎嘣一下脆断。

这极具戏剧性的一幕让全橡树湾人惊呆了,天哪! 大少爷竟然认识日本人! 难道这些凶神恶煞一般的日本兵都是大少爷招来的? 橡树湾人的内心不禁燃起了愤怒的火苗,大少爷怎么能做家贼呢?

哈哈哈,就在怒火在橡树湾人的胸中升腾的时候,戏台之上的那个日本军官却突然爆发出一阵大笑。只见他大笑着从那戏台之上一级级地走下来,然后一步一步稳稳地走向楚家大少爷,人群自动地朝后闪躲出一条道路。天舒君,多年不见,别来无恙啊! 说着两个人礼节性地拥抱在了一起。天哪! 这个日本军官竟然会说中国话! 而且还说得这样流利,一点不亚于大少爷的日语啊! 而且他们当真认识! 天舒君,听舍妹回去说,天舒君的家好大好气派,怎么? 不想请老朋友到家里坐一坐吗?

当然,当然,池田君请! 楚家大少爷说着做了一个极优美的邀请姿势。可是那个日本军官再次把楚家大少爷的热情晾在那里,没有朝楚家大屋而去,而是转身朝戏台子走去。他咚咚咚几步登上戏台,用流利的中国话朝底下黑压压的人群喊道——

橡树湾的父老乡亲,不好意思,鄙人深夜造访,打扰各位,非常抱歉,还请各位原谅! 他说着朝台下微微鞠了一躬。不过大家不要怕,我们日本人来中国,没有别的目的,是为了带领大家共同富裕,实现大东亚共荣的,你们看,我和你们的保长楚天舒君是多年的好朋友,你们要像相信你们的保长那样地相信我,以后只要大家恭顺听话,我相信日中亲善的美好局面,一定会在橡树湾的地面上率先实现的,你们相信不相信啊? 底下一片鸦雀无声,只有楚家大少爷叫了一声好,还鼓了掌,只可惜孤掌难鸣。池田也不理会,继续说,中国有句古话叫日久见人心,相信时间终究会见证我说的每一句话的,今天就不打扰大家了,请大家继续回去睡觉吧,我呢?则要去你们的保长家里,与我的老朋友喝上一杯,叙一叙我们之间的久别之情。他说完再一次转身咚咚咚地下了戏台。

橡树湾人真的像看了一场戏似的,半天回不过神来。他们呆呆地看着那个日本军官走到大少爷跟前,两个人一前一后,在众多荷枪实弹的日本兵簇拥之下,朝楚家大屋走去,直到祠堂前的空场地重新没入了黑暗之中,大家似乎才醒转过来,长嘘出一口气。阿弥陀佛,菩萨保佑!橡树湾遇见了一个这么和善的日本人,一点也不凶神恶煞,根本不是洪水猛兽嘛,阿弥陀佛!橡树湾人心中不停地念着佛,侥幸的同时更感谢他们的大少爷。谁说大少爷就是个纨绔子弟,只知道无所事事?你们大家看看,会讲一口流利日语的大少爷化干戈为玉帛了,橡树湾避免了一场杀戮,阿弥陀佛,祖宗保佑!橡树湾人恨不能磕头如捣蒜。

大少爷天舒吩咐下人将门前所有的大红灯笼全都点亮,将老朋友迎进家门。由于事出仓促,只能张灯不能结彩了,哈哈。好在有贤淑的大少奶奶吴凤姐亲自下厨备得一桌丰盛酒菜,款待客人,倒也弥补了些许礼节上的缺失。在大少爷天舒与日本人频频推杯换盏的时候,大少奶奶亲自执壶与客人斟酒,规格之高,礼貌之周,前所未见。而日本军官池田信一也对楚家大少奶奶的美貌与厨艺大加赞赏,一再说天舒君真是好眼力,找到这样一个好太太。天舒听着池田的恭维心中却有说不出的别扭,他从凤姐手里拿过酒壶,示意她离开,让他和池田君两个人好好地喝酒说话。凤姐狐疑地看了看丈夫,以少有的温顺点了点头,离开了。

酒过三巡,菜过五味,楚家大少爷终于借着酒劲问起了信子。

池田君,信子,她好吗?这些年,过得怎么样?

哈哈哈,天舒君,难得你这样有心,还记得舍妹。感谢你厚爱,带舍妹来了一趟中国,切身感受到中国大地的美丽与辽阔,也见识了天舒君气派非凡的家,令舍妹自愧不如,回日本不久就含羞自尽了。哈哈哈,真是个没出息的女子,你说是不是啊?天舒君。

什么?楚家大少爷顿时如五雷轰顶一般目瞪口呆了,他压根没有想到信子会是这样一个结局。他的眼前不可遏制地想起那个总是"哈伊哈伊"个不停的美丽恭顺的日本姑娘。一腔痴情地跟着他漂洋过海来到中国,他原是答应陪她一起再回日本的,可上船的只有信子一个人。他就那样用一张船票把她送上回日本的轮船,轻易将她打发了,谁知道竟成了她的死亡之路。

要说楚家大少爷把信子姑娘像一条破抹布似的随手扔掉,之后再没想过,也不是事实。在他追求吴凤姐的那些时候,他确乎将那个日本姑娘甩到了脑后。但自从吴凤姐的凌厉与泼辣一点点地显现之后,他的脑中总会不自觉地浮现出信子,美丽而又温柔至极的日本姑娘,如果做了他的妻,会是怎么样一个结果呢?这些年,她好吗?他的心中也会因此而生出些许内疚,感觉辜负了一个好姑娘的一片情意。可是一想到日本人在中国犯下的滔天罪行,他又瞬间将闪过自己心底的那一丝内疚抛至九霄云外。哪里想到这个痴情的姑娘竟会自杀呢?楚家大少爷仿佛被人当头棒喝一般地顿时蔫了,他忽然想起刚才池田信一眼中那凛冽的寒气,原来那都是多年沉积的怒火啊!

哈哈哈,天舒君,真的要感谢你啊!如果不是舍妹的真实感受,我也不会这样心甘情愿地踏上中国的领土,更不会主动要求来青州城,来橡树湾。来,我敬你一杯!

一丝恐惧划过楚家大少爷从来都天不怕地不怕的心。他宁愿这个信子的哥哥对他暴跳如雷,对他大打出手,他都能够接受,也能够应付。可眼前的这个池田信一却一直如此笑容可掬,天知道那笑容背后到底都隐藏了些什么。

楚家大少爷将自己的酒杯斟满,站起来对池田信一说,池田君,信子的事,我很抱歉!我满饮此杯,算是道歉。说着一仰脖,咕咚一声将满满一杯酒一口喝干,然后又斟了第二杯,说,池田君,从今往后,有用得着我楚天舒的地方,请尽管直说,楚某定会赴汤蹈火,在所不辞!说着又干了,之后又倒了第三杯,说,这一杯,我敬信子……

池田信一一直不动声色,看着楚家大少爷连干三杯之后,然后哈哈大笑着站起来,说,天舒君,你我之间何必这样客气呢?我初来贵地,人生地不熟,日后需要天舒君帮忙的地方多着呢!中国、日本一衣带水,本就是友好邻邦,何必搞得乌烟瘴气、炮火连天呢?是不是?我们日本人来中国的目的,本就是为了实现"日中亲善"的嘛,以天舒君的才干,一个小小的橡树湾保长,也太屈才了吧!无论怎么说,天舒君也是接受过大日本帝国教育的,如此埋没人才,显然是对帝国的不尊重嘛,所以,天舒君,从今天开始,你就不仅仅是橡树湾一个地方小小的保长了,而是菱湖岸边十三个乡的联保主任了,负责为帝国维持好各乡的安宁秩序,确保人人都心悦诚服地为皇军效力,为实现大东亚共荣做贡献。怎么样?这个职位天舒君觉得如何?天舒君接受过帝国的教育,就理当为天皇效忠,为帝国的事业尽力,是不是?而且刚才天舒君也说了,你会为我赴汤蹈火,在所不辞的,那么,我就把这句话当作你对我的誓言,可不可以?天舒君,你们中国人向来讲究"君子一言,驷马难追",讲究一诺千金的!你已经对舍妹食过一次言了,总不会对我再食一次吧?

事情的发展似乎有点出乎天舒的预料,池田究竟何意?联保主任?是福还是祸?可无论是福是祸,天舒知道自己除了顺从,别无选择。这是他的福报,或者说报应。

自从民国政府推行保甲户口条例以来,橡树湾的保长,当仁不让由楚振轩楚老爷担任。楚老爷故去之后,又顺理成章地由天舒接任了。可是小小一个橡树湾,多少人口,多少土地,与土匪有没有什么勾连,有没有共党分子,无不了然于心,这一湾浅水,就算本事再大,又能搅出多大点动静?所以保长不保长的,天舒并不以为然。可现在不一样了,他楚天舒是菱湖十三乡的联保主任了,后面站着日本人!天舒不得不承认,不管池田送给他的是天堂还是地狱,他自己的腰杆第一次在橡树湾挺直了。

出任联保主任的楚家大少爷楚天舒,每天骑着高头大马,挎着盒子枪,身后跟着四个扛着长枪的联保队员,走乡串户。联保主任的事情可就多了去了,不仅要清查户口,查验枪支,清查各保是否有"为匪通匪纵匪"情事,实行连坐;还要办理保学,训练壮丁,测量土地,设立地方团练,实行巡查、警戒等事宜。除此之外,他还要为日本人做最主要的三件事:一、征粮催粮,不折不扣地完成日本人下达的征粮任务;二、训练一些精干的壮丁团练,为日军的军事活动做开路先锋;三、选挑一些年轻漂亮的女性为远征的日本士兵服务。对于前面两项,倒也没什么,咬咬牙,狠狠心,还是能办成的。只是这最后一项,天舒实在觉得无法接受和实施。可是池田小队长说,他们大日本皇军为了实现大东亚共荣这个伟大理想,远离家乡,远离父母亲人,多么辛劳,难道中国人,不应该为这些极具牺牲精神的日本兵士,做一点应有的贡献吗?还说他们大日本的好多姑娘,都主动踊跃地要求参加慰问团,来中国,为那些远征的兵士服务。为什么我们日本姑娘做得到,你们中国姑娘就做不到呢?要知道实现大东亚共荣,是为了带动你们这些愚昧落后的中国人共同富裕,共同繁荣,共同进步,跟上大日本帝国的文明步伐,一同站立上世界的大舞台。这是多么辉煌的事业,是不是?做那么一点牺牲难道不应该吗?不应该吗,天舒君?我还没要你赴汤蹈火呢,怎么就开始推辞了呢?天舒君对我妹妹食言,我的妹妹选择自己死;天舒君若是对我食言,那么我绝不会选择自己死,而是要你死!你们死!天舒君,不要敬酒不吃吃罚酒嘛!

至此楚家大少爷才彻底弄清楚池田的用意,就是要切切实实把他楚天舒变成一条牵在手里的大狼犬,兢兢业业,恪尽职守,是福不是祸,是祸躲不过。

日本人占领长江之后,江面就被封锁了。除了几条摆客的渡船之外,禁止任何中国船只在江面上行商或者捕鱼,但是楚家大少爷的船可以大摇大摆地出入菱湖与长江。因为那些船只不是送粮就是送人,所以只要天舒一进城,池田一定会请他喝酒、赏乐。天舒在菱湖风生水起,风光无限,橡树湾无人不侧目,唯独妻子凤姐内心酸甜苦辣咸五味杂陈。按道理夫贵妻荣水涨船高,凤姐理应开心自豪才是,可事实凤姐心中有着说不出的憋屈。

当年的豆腐西施吴凤姐,怀着怎样的一腔愤懑与无奈,跟着天舒来到了橡树湾,只有她自己知道。然而天长日久,楚家大少奶奶养尊处优的生活,倒也令她忘记了当初的愤恨,觉得这样的日子,确实比自己起早贪黑卖豆腐,挣小钱糊口要滋润得多。可是天舒在橡树湾根本不得志,楚家大屋根本没有谁待见他,就连橡树湾人也只是表面上的一份客气而已。虽说自己的肚子争气,一连给楚老爷添了两个孙子,可她知道,即使自己为楚家生下十个八个男丁,她也还是比不上不仅肚子毫无动静、脸上更无什么喜色的天朗媳妇莲心。

俗话说没有比较就没有伤害,自认为为楚家立下汗马功劳的大少奶奶吴凤姐,通过与自己弟妹莲心的比对,得出的那一份不公,令她往日对大少爷天舒的愤懑与怨恨,全都变本加厉地卷土重来了!她感觉这一切都是天舒的错,夫贵妻荣,哼。天舒在橡树湾如此落魄,难怪自己也跟着不受人待见。她不可遏制地想念起她的表哥江石峰……种种新仇旧恨,仿佛一波一波的潮浪,将大少奶奶吴凤姐吞没了,而那个豆腐西施吴凤姐则被推到了堤岸之上。曾经的泼辣与蛮悍,尖酸与刻薄都一点一点地、淋漓尽致地在他们的生活中出现。各种讥诮与怨恨,责难与刻毒,不仅令下人们整日战战兢兢如履薄冰,就连大少爷天舒也无处躲藏。

就在天舒感觉度日如年的时候,日本人来了!日本人让大少爷楚天舒享受到了一种从未有过的虚荣。尽管这虚荣背后是难以言说的苦楚,可是那一层风光的表面足以令他飘飘然了。吴凤姐自打那晚见天舒与日本军官推杯换盏的那一刻起,就已经预感到楚天舒的风光时刻到了!于是她立马见风使舵,对天舒温柔有加,处处都表现出少有的恭顺,甚而谦卑。然而天舒已经不稀罕,更看不见了!只要他联保队长中意,不都是哪家姑娘的恩宠?天舒感觉他头顶上的那一片天真正舒展开来了!

想不到,大哥现在这样厉害了呀!天朗没有愤怒,反倒有些激动,说,那就更得要争取了。焕致,高湛哥,相信大哥、二哥都并没有冥顽不化,爹不是要你们在他面前盟誓,千万不能让日本人踏上橡树湾的土地吗?我想这个在他们的心目中不可能没有触动!高湛哥,焕致,只要他们的胸腔里跳动的还是一颗楚氏子孙的心,我们就不能放弃,你们说是不是?多一个人就多一分力量,何况大哥、二哥他们都处在那样一个举足轻重的位置上,如果他们都能和我们站到一起……

那我们就可以里应外合。高湛急忙插话。

对!天朗目光如炬,简直可以把天空烧一个窟窿。

那个夏日黄昏如往日一般闷热,虽然太阳已经下去了,可余威尚存,大地经过一连多日的炙烤,宛如一只熟地瓜一般,从每一个缝隙里都往外冒着热气。每一个人都盼望着能有一场荡涤一切的暴风雨,让活在这个世界上的人能够畅快地呼吸一下。太憋闷了。

天远没有穿军服,只穿了一套白府绸夏装,握折扇的手背在身后,迈着不紧不慢的步子,在除了暑热的知了声之外,一片空寂的街道上走着。日本人管控的城市,谁敢随随便便闲逛呢?虽说驻守青州县城的池田还算温和,对中国文化也非常感兴趣,并没有丧心病狂地四处掳掠杀戮,而是尽量让商户们还能一如平常地开业行商。但谁都知道,他那温和的背后,依旧是凶残掠夺的本性。天远知道,一定有无数双眼睛透过窗户看着自己。那些目光有羡慕吗?他不知道,但他知道一定有愤怒与鄙视!他已经习惯了。自打日本人兵不血刃占领青州城,自打他依旧稳稳地坐在这样一个城防司令的位置上,他知道他已经成了全城人的敌人。他心里无比清楚,如果所有人愤怒的目光聚焦在他身上,一定能将他烧成一截焦炭。可是又有谁知道他内心的煎熬与焦灼呢?唉!天远不禁长长地叹了一口气。

日本人占领南京大肆屠城之后,就沿江逆流而上,一路烧杀、狂轰滥炸。天远血管里流动着的毕竟是军人的鲜血,他也曾血脉偾张过,并做好了誓与小城共存亡的决心。那时候,守城的除了他的城防部队之外,还有一部分出川抗战的川军。日本人逼近的那些日子,他也曾日夜与守城川军研究作战方案,如何与日军决一死战。即使最终逃不了被占领,但也绝不能叫他们轻易得逞。可是等到日本人真打过来的时候,他却心有余而力不足了。狗日的县长苟三笠,不仅派人将他的住宅团团围住,限制了他的行动,还早早地就打开了城门。守城的川军虽拼死作战,终因寡不敌众、孤掌难鸣而败走城外。听到巷子外面川军且战且退的喊杀声,天远哭了,流下了一个军人无可奈何的眼泪。无数个夜晚,他也曾壮怀激烈地想过,要和城外的川军来一个里应外合,将日本人赶出青州城。可是面对日本人的嚣张气势,再看一看自己的娇妻弱子,还有家里的那些个产业,一番权衡之后,他一颗激昂的心又渐渐趋于了平静。

从那之后,天远真正把自己当成了向外人,不再与世相争,浑浑噩噩地过着,虽然也曾受着无休止的良心磨折,可终于都熬过来了。谁知道汪精卫又来和自己过不去呢,他公然投靠日本人,在南京建立了南京国民政府,与蒋介石的重庆政府分庭抗礼。然而更为悲哀的是,青州城被划进了汪精卫政府的辖区,他们不再叫国民革命军而称为什么"和平护国军"。实际上就是日本人的鹰犬,协助日本守备交通线和据点,配合日军的军事行动,还组成什么"清乡团",专门四处搜捕共产党及其家属。这个无耻的汉奸,竟然大摇大摆地投靠日本人,当卖国贼,真是无耻至极!天远每每想到这些,都像万箭穿心一般难受。自己当初就是不愿与共产党公开对抗,才退而求其次,避开锋芒,躲到这方寸之地,远离是非,以求内心宁静。可结果呢?躲来躲去,命运还是把自己推到那尴尬至极的位置上,这到底是为什么?天远唯有对天长叹。

小城太小,即使再慢条斯理,即使你走一步退两步,"舒泰药材铺""隆远绸布庄"以及"朗坤米行"的店铺还是无比醒目地出现在自己的眼前了。无论什么时候,看见这么铺排的铺子,天远都要止不住为爹和长生伯骄傲。那样一个改朝换代、动荡不堪的年代,两个人竟然白手起家创下如此大一份家业,不能不让人敬佩不已。尤其是"含德小学",让多少穷苦人家的孩子享受到了读书的权利。可惜爹……倘若日本人没有打过来,爹也许还活着。一想起爹,天远的心里就不可遏制地想起楚老爷崩逝之前,那一副愤恨无比又无力回天的悲怆模样!天远的心止不住钝钝地一痛。他不自觉地摸了摸肩膀,被张久胜打中的地方,伤口虽然愈合了,可疼痛留在了骨头里。国恨家仇!爹正是被这国恨家仇给压死了呀!天远又止不住深深地叹了一口气。他抬起头看了看那几块外公亲笔书写的匾额,在夏日黄昏那黏稠的暮色之下,心中充满了无边的思念与伤感。他曾是外公最喜爱,也最器重的外孙,曾那样骄傲地向父亲宣告:日后楚家门庭光耀唯有天远!可是如今的他让他们蒙羞,好不叫人气恼!不过好在恰是因为有他楚天远的庇护,楚家生意才可以在这样的恶劣环境下,依旧能够安然生存,运转自如,这或许是天远心中唯一一点安慰吧!

焕致今天突然去了家里,这对于天远和夫人笑梅来说,实在是一件意外得不能再意外的事了。自打日本人来了之后,他们之间几乎没有了任何联系与走动。焕致说,铺子里的生意遇到一些棘手事,姐夫高湛希望二哥能出手,请二哥去铺子里一起商议商议。焕致的意外相邀,天远自然爽快地就答应了,他甚而有一点受宠若惊之感。

吴亦将天远引至后院,酒菜早已摆上桌,三个人正围桌而坐,看见他进来,都齐齐地站起来。高湛、焕致都和他打了招呼,另外一个,只笑眯眯地看着他,没有说话。看似很年轻,却又莫名其妙地蓄了一把大胡子,是谁?无法分辨,却又似乎眼熟。尤其那一双眼睛,清澈见底却又似乎能够穿透一切、洞察一切。

多么熟悉的一双眼睛啊！是谁的？天朗！是的,弟弟天朗就拥有这样一双明察秋毫却又干净透底的眼睛。再仔细一看,不是天朗又是哪一个？

天朗！他叫了一声。声音里有惊喜,也有酸楚。

二哥！天朗也叫了一声,却有一种恶作剧后的调皮与愉悦。

还是楚司令眼光好啊！高湛哈哈笑着说,一眼就看出是天朗,我跟焕致疑惑半天,差一点闹出别扭。来,天远,赶紧坐下,我们好好喝两杯,庆祝团圆。

天远不住地看着天朗,有一种无法言说的伤感和痛惜在他的心里四处冲撞,他不觉伸手抚了抚天朗瘦弱的肩背,说,悄无声息地离开,又悄无声息地出现,你神龙吗？神龙还见首不见尾,你倒好,首尾俱不相见,神神秘秘！好不容易出现了,怎么也不去家里？让你嫂子烧几个拿手菜嘛！她还没有见过你这个弟弟呢。还有你侄子侄女,都该见一见的嘛！唉,你看你！你看你现在这一副尊容,要是给娘看见了,不知道该有多伤心,多心疼！爹若是真泉下有知,见你这样,也要心疼得不行……

好了,天远,天朗回来了,以后有的是机会叙谈。今天我们兄弟几个难得相聚,闲话少说,为天朗归来,一起干一个吧！

干！

四只酒杯碰在一起,豪气干云。几杯酒下肚,云开日出。

一番推杯换盏之后,彼此喝到微醺,说话也就不那么矜持拘泥了。天远,我知道这些年你一直眼里头没有我……东北大老爷们高湛首先开炮。

可是还没等高湛把话说完,天远就一把抢过话头说,错！高湛,你错！大错特错！这话该我来说,是你们眼睛里头没有我！我知道,虽然我什么都不说,可是我心里跟明镜似的,你们瞧不起我,一个个都瞧不起我！因为我是一个软蛋,一个孬包,一个没有骨气的可怜虫……天远趴在桌子上,打了一个酒嗝儿。我知道,你们瞧不起我,我知道！因为我自己都瞧不起我自己……借着酒劲,天远一个人含含糊糊说了许多,无非就是日本人,无非就是焕景。末了他一个一个的,拿手指点着天朗,点着高湛,点着焕致说,国民党,共产党,都已经是兄弟了,为什么又要分手,刀枪相向？你们说啊！

这当然得问你们的蒋委员长了！向辉冷冷地说。他向来会玩这一招,一边牵手,一边趁你毫无防备时杀人。向辉双手猛一用力,将手里的竹筷一折而断。不过,二哥,现在他也已经不是你们的蒋委员长了,你现在已经有了新效忠的主子了:汪精卫。

去他娘的汪精卫!一个狗汉奸,老子恨不能食其肉寝其皮!效忠?楚天朗,你不要用这种语气和我说话!我楚天远是为五斗米折了腰,可是不能说我心里就一团漆黑。人人都以为我手里握着枪,却不与日本人抗争,是孬种,哪里知道我一个大黑锅背到现在!天远禁不住激愤,眼里喷火,随即目光又暗淡下来,说,事后想想,就算抗争,也不过以卵击石,还搭上全城人的性命。更何况,这城里还有爹和长生伯几十年辛苦打拼的一份心血,一旦开战,必然毁于一旦……

楚天远,你这是谬论,都是借口,为你的软弱找的借口。倘若一份安宁要拿耻辱与卑躬屈膝作交换,这份安宁又有什么意义?

楚天朗,你不要说大话!换做你,你会怎么做?

宁可站着死,绝不跪着生!高湛哥当年是怎么做的?即使违抗军令也要与日本人血战!这才是一个中国人的骨气。再看看你,你都做了些什么?

好了,天远,天朗,兄弟好不容易见面,有话好好说,怎么竟吵起来了呢?再说,在座的,也不是天远一个人不打鬼子,我和焕致不也在苟且偷生吗?打鬼子也不光就是军人的事,应该是每一个中国人都应该做的事,你说是不是?天朗,打鬼子不分时候吧?我们从现在开始,起来抗争,可不可以?天远,你说呢?高湛故意一副和事佬的样子息事宁人。

什么意思?天远多少有些茫然地看着高湛。

实话和你说了吧,天朗他是新四军!

什么?天朗,你是新四军?天远差一点跳起来。天哪!你好大的胆子,你不知道日本鬼子和汪精卫四处搜捕你们吗?你怎么竟然还敢进城里来?哎,对了,你们不是被校长"剿杀"了吗?哼,你们共产党真心抗日又怎么样?校长根本不把你们放在眼里,还不是杀你们没商量……

楚天远!向辉使劲一拍桌子站了起来,手指着天远说,楚天远,你知道你说的都是些什么混账狗屁话吗?蒋介石翻脸不认人,杀了那么多新四军将士,你不同情也罢,竟然还幸灾乐祸。你已经毫无人性了,你知不知道?可蒋介石再无耻再卑鄙,也号召国民"地无分南北,年无分老幼,皆有守土抗战之责";国民党不管有多少人仇恨共产党,可毕竟还有那么多国军将士为保卫国家流血牺牲,他们为保卫上海,保卫南京,保卫武汉,保卫长沙,浴血奋战,为国捐躯。你呢?楚天远,你一个堂堂黄埔军校毕业生,竟然安心躲在汪精卫的羽翼之下享受安宁,你说你还有什么脸面活在这片土地之上?不,即使你死了,也没有脸面躺到这土地之下!一个只知道对外侮卑躬屈膝,而把枪口对准自己同胞的人,有什么资格在中国人的土地上生死。

天朗!高湛也站了起来,将向辉按到椅子上坐下,说,今天叫天远过来,可不是要和他吵架的。再说,天远心里也仇恨日本人,只是他身不由己啊!

身不由己!借口。一个懦夫总是能为自己找到各种各样、自欺欺人的借口。如果真有仇恨,为什么不拿起枪跟日本人干啊?难不成他手里拿的是烧火棍吗?天朗冲着高湛高声嚷嚷,两个人一个红脸,一个白脸,唱得天衣无缝。

楚天朗,我告诉你,你不要拿话激我!你再怎么厉害,现在也是孤掌难鸣了!你们新四军都打散了,你一只手还能遮得了天?

哈,楚天远,你真是一只井底之蛙!我怎么是孤掌难鸣呢?我的身后有千千万万不甘屈服的劳苦大众!只要大家都齐心协力携起手来,就能筑起一道钢铁长城,把日本鬼子撵出中国。等到抗战胜利的那一天,楚天远,你就等着人民来审判你吧!

哈哈,高湛,焕致,你们可都听见了,这就是我的亲弟弟对我说的话!说我幸灾乐祸,不知道是谁幸灾乐祸!告诉你,楚天朗,你不会得意太久的。我楚天远再不济,也是一条顶天立地的汉子,哼,人民审判我?不知道谁会审判谁……

哈,光说大话不干大事有什么用?楚天远,你手里的枪放这么久,大概都要生锈了吧?你们不用,不如都给我算了,也好歹让它们发挥一点作用,让你看看我怎么带人打鬼子的!也算你为抗战做了一份贡献……

你算了吧,楚天朗!有本事,你找日本人要枪,要武器去。用小鬼子的枪弹来打小鬼子,那该有多爽气啊,是不是?告诉你,三天之后就有一批武器要运过来,五辆大汽车。有本事,你们去拿去抢啊!

哈,楚天远,你不要说大话了!你这个消息准确吗?你这个城防司令不过挂个名而已,日本人早就叫你靠边站了……天朗继续对天远穷追不舍。

哈哈,楚天朗,你知道个屁啊。靠边站?老子那是不愿意替小鬼子卖命,才故意装病的。天远一脸得意与不屑。妈的,狗日的小鬼子不晓得又要作什么怪,突然加强了对青州县城的防守,不仅由原来的一个小队,扩大到一个中队,而且武器装备也加强了许多。长江沿线,四十几座炮楼,每一座里面都增设一挺重机枪……

这么说,你刚才说的是真的啰?向辉忽然一脸严肃地说。

当然是真的!天远仍旧沉浸在自己的情绪里,没有觉察。有本事你们就去抢,要是真能抢到,我就服你。到时候,我楚天远就听你这个新四军的指挥……

二哥,此话当真?

天远叫向辉逼得一愣,可依旧嘴硬,当然,君无戏言!

三天之后,在远离县城四十公里的地方,在一边是蜈蚣岭,一边是团箕坝的狭窄地带,日本鬼子的五辆运输车遭人袭击。车上的武器弹药全给掳走,押车的二十个鬼子无一生还,五辆汽车也被一把火烧了个精光。

那天向辉回去之后,当下就带了几个人化装成打猎的,实地勘查。他们发现公路在蜈蚣岭和团箕坝那里正好有一个拐弯,两边都是山岭,遇着拐弯,就前后不能相望了。而且公路两边的山岭之上,一边树木荫翳,荆棘丛生;一边则芭茅丛生,又长又密,实在是一个绝好的伏击之地。向辉高兴坏了,之后和张久胜、任之初又一起去勘查了一次,他们一致同意就在此处打一场漂亮的伏击战。

向辉非常精于计算,他不仅精确地计算出汽车穿过蜈蚣岭、团箕坝所需时间,还计算出城里日军到达团箕坝的最迟时间,以及结束战斗的最适宜时间。战斗那天向辉亲自带领精挑细选出来的六十个精干人员以及秦立波等四个狙击手,将他们都安排在最适宜的位置,吩咐大家一定要听他的指挥。要求他们一定要在前三辆拐过弯,而后面两辆还没有拐过去的时候,再动手。四名狙击手必须在同一时间,同时打前面第一辆车和最后一辆车的轮胎和驾驶员,而且必须保证一击即中!等前后既不能相顾又不能调头逃脱的时候,再所有人一齐开枪射击,战斗无论胜负都必须在十分钟内结束。因为一旦城里守军得知消息赶来增援,最迟不会超过二十分钟,所以战斗结束得越快,留给自己的时间就越多,撤退得就会越从容。越迟暴露、越隐蔽,也便越安全。

一切都在向辉的计算之中。秦立波带队的那四个狙击手还真是给力,果然都一枪命中。前后两辆车趴窝之后,紧跟着中间三辆车也同时被一阵乱枪击中,瘫痪在那里,而更为密集的子弹也让那几个押车的日本兵迅速成了鬼。之后,大家纷纷从树后面、草丛里、荆棘丛中跳出来,仿佛一只只敏捷的豹子一般,跑到公路上,将车上的武器弹药全都背的背,扛的扛,抱的抱,几分钟时间一抢而空,然后又迅捷无比地消失在密林之中,无影无踪了。

从第一声枪响,到全部消失果然用了不到十分钟时间。

张久胜不得不对向辉佩服得五体投地,更是放心地将藕山弟兄交给向辉指挥。于是向辉按照一个团的建制,再次整合了队伍,同时又从新四军七师要了一批军事素质、政治素质、思想素养都非常过硬的战士过来,把他们编排到下面营、连、排,甚至班里,使得整个队伍基本上全都在新四军的把控之下了。这些新四军骨干分子,不仅在军事上帮助部队提高了战斗性,更在思想上提高了队员们的觉悟性,意识到现在的他们已经不是从前藕山上的土匪,而是为抗战做贡献的人民军队了,自然得纪律严明。再加上一场漂亮的胜仗,非常行之有效地激发了弟兄们的战斗激情,摒弃了他们对日本军队的惧怕心理,"藕山抗日独立大队"的整体面貌焕然一新。

守城的池田中队长——一个月之前,小队长池田刚刚提升为中队长——大为震惊,怒不可遏。他把所有守卫青州城的头头脑脑都叫过去训话,一反平日的温文尔雅,咆哮不已,叱问究竟是什么人劫了皇军的运输车。最让人不能忍受的是,那些新四军竟然一把火烧了个精光,等他们赶到的时候,日军只剩下了一堆焦炭。

一片鸦雀无声。

半晌,苟县长才战战兢兢地说,一定是新四军干的!不然,谁会有这样大的胆子,敢与皇军作对?

池田怒吼,你们不是一再保证在你们的地盘之上,绝不会再有共产党、新四军了吗？那这些新四军又是从哪里冒出来的？

吓得苟县长更是战战兢兢，说，中佐息怒！我也只是胡乱猜测。要不然就是流窜的川军所为，他们或许只是瞎猫碰到死耗子，恰好碰上了而已……

池田不理会他，而是突然放缓了语气问天远，楚司令，你以为呢？

天远一个立正回答，报告池田中佐，楚某近来身体一直不适，家中养病，很少关注外界。皇军运输车辆被袭一事，倘若不是中佐教训，我尚且不能知晓，又如何能知究竟是何人所为呢？中佐想必要不了多久定会查个水落石出……

池田看着这个永远无所作为，却又永远挑不出毛病的城防司令，内心的不满显然已经积聚到几乎一触即发的地步了，可他还是按下了。他知道要想长久地管理一个地方，光靠武力是远远不行的，只有恩威并重方能有成效。他更知道，天远这样的人不是苟县长之辈，只能用恩，用威只能适得其反，将他逼到墙角，他和他手下的那些兵士，若是跳起来反咬一口，岂不是前功尽弃？于是他强压住心中的怒火，对天远浅浅一笑，说，楚桑身体不适，还是以休养为主，早日康复，也好为大东亚共荣做贡献嘛！然后他又提高嗓门说，从今天开始，你们"护国军"一定要尽心尽力配合皇军，对每一个村庄进行大清洗，严防死守，一定要将共党分子和新四军扑灭殆尽，听明白了没有？

于是在"护国军"的配合之下，日军对周边两百多公里范围之内的所有乡村实行"清乡"。一边在各个乡村之间修筑炮楼、封锁沟、封锁墙、竹木篱笆，拉铁丝网、电网，以割裂村民们之间的相互联系，严密管控之下，新四军也好，川军也罢，量他们一个个插翅也难逃；一边又在民众之间广泛宣传"日中亲善""和平建国"，推行自首和策动的方法，以达到"清剿"一切抗日力量的目的；同时还对各乡村实行严格的物资统治和物资封锁，妄图以此切断抗日力量的发展与壮大。青州城乡一片鸡犬不宁，民不聊生。

天舒紧急进了城，向池田信一历陈自己这么多年对皇军的忠诚与尽力，竭力担保自己辖区内的平静，并发誓，日后若是有一星半点的意外发现，楚天舒任由池田中队长发落。池田笑容可掬地拍着天舒的肩膀说，天舒君，你的忠心，我还不相信吗？放心吧！菱湖十三乡，因为天舒的竭力斡旋，再次逃过一场劫难。由此菱湖人更加敬畏天舒了。但这敬畏之中，敬的成分少，而畏的成分则要大得多,以至他的马蹄声响到哪里,哪里便立即惊惶一片。人人都诚惶诚恐,小心翼翼,唯恐有不周之处惹恼了楚主任。此时的天舒风头正盛,日日饮酒作乐,好不逍遥。凤姐与家,早都被他甩到了爪哇国。凤姐心中的怨怒之气,一日盛似一日。

一个星期之后,天远又被请去铺子,天远知道肯定是天朗来了。他根本没想到天朗真的能将这件事情做成,而且做得那么漂亮!看来共产党还真的能培养出能人!别人他不知道,自己的弟弟他还能不了解吗?不过一个文弱书生,连军校的大门都没进去过,怎么竟然能知道用兵打仗呢?

果然是天朗!跟他一起的,还有一个陌生的年轻人,清秀文弱,留着跟天朗一般的寸发。天远也没在意,而是急不可待地对向辉竖起了大拇指,天朗,干得漂亮。

小意思。向辉不屑一顾地说。

好了,天朗,你就不要在你二哥面前跩了,二哥自愧不如,天远说着朝向辉一抱拳,日后全凭您吩咐。大家都被他逗笑了。

向辉说,不管怎么说,二哥,都得要感谢你,没有你准确无误的情报,我们就不可能打日本人一个措手不及。日本人可不是吃素的,一定会多加小心,日后恐怕就没有那么轻松了。不过,虽说只是一场小小的胜利,但也是一剂强心针,多少能鼓舞一点士气。

可不是嘛,我从来就没见到池田那么气急败坏过。池田自镇守青州以来,一直都风调雨顺,基本上没有遭到什么大的反击与损失,所以才会几年之间迅速由小队长提升为中队长。这回好了,有人出其不意地给了他一个大巴掌,虽然不太疼,但伤面子啊,真是大快人心!天朗,你不知道当池田暴跳如雷的时候,我心里多为你骄傲。哎,对了,天朗,你们新四军究竟在哪里啊?他们这样疯狂清乡,不会把你们又给清光了吧?天远甚是担心。

放心吧,二哥,天朗一副满不在乎的神情说,他们在明处,我们在暗处,哪里就能那么轻而易举被他们发现了呢。

那就好,天远一副释然的样子,放下心来说,你不知道我心里有多担心,本来我从来不和苟县长搅和在一起的,可这一次清乡,我却隔三岔五地参加了。就是怕万一要是真给他们搜出个什么子丑寅卯来,我也可以随机应变一下……

你放心吧,二哥。共产党是杀不尽,烧不灭,打不垮的!即使只剩下最后一个人,也会是一粒火种,随时燃烧整个世界。倒是二哥你要多加注意,池田与其他日本鬼子不一样,更阴险,更狡诈。他是妄想把青州沿江和沿公路一线,都变成日军稳固的大后方,好源源不断地为其侵华战争提供粮食、布匹、药材等物资必需品。我们现在就是要把他这个梦想给打碎,让他们不能那么随心所欲,在中国大地上为所欲为。所以,二哥,今天请你过来不是喝庆功酒的,而是想和你一起商量一下下一步的工作——

    高湛回橡树湾,重新接管含德小学,将小学校发展成一个抗日革命基地。在教员与学生中,尽可能多地发现那些有抗日意识,且愿意为抗日作努力的人,然后发动并鼓励他们投身抗日洪流。天朗说,高湛哥,你一定要利用好你的有利身份,将你的学生,从前的,现在的,都通通团结到你的周围,发动的人越多力量就会越大。天朗拿出《论持久战》和《星星之火,可以燎原》两本小册子递给高湛,说,你就用这上面的话向他们宣传抗日救国的大理念,首先在他们的心里树立起抗日必胜的信念,然后再通过他们传播到群众中间去,唤醒那些仍然处在蒙昧之中的民众,一同起来抗争。高湛,就让你来做菱湖的第一颗星火吧!天朗无比激动而又热切地握着高湛的手,高湛哥,任重而道远啊!高湛也异常激动,两双手紧紧地握在了一起。一时间,两个人都有恍若隔世之感,曾几何时,两双手就这样紧紧地握在一起了。

    焕致一见,急了,说,我也要回橡树湾……

    话音未落,天朗却拍了拍焕致的肩膀说,焕致,你不要急,你有更重要的任务!你依旧在城里掌管铺子,将楚家铺子发展成为抗日斗争的物资供应基地。焕致,天朗的语气突然间沉重起来,焕致啊,你知道吗?日本人与南京政府联手,对所有物资进行严格管控,我们新四军想要吃饱穿暖有多难啊,尤其是药品。当年我们陈毅军长在南方打游击的时候,腿伤复发,身边根本没有任何医药,只有一小瓶清凉油啊,他就是靠着这一点清凉油和顽强的革命意志,才最终战胜了伤痛。你想想,一个堂堂的新四军军长尚且如此,更遑论一般战士了!焕致,你知道,我们楚家铺子经营的是什么?粮食、药材还有布匹,这些平常老百姓必需的一些生活资料,也正是抗日队伍迫切需求的啊,如果你能顺畅地为抗日提供物资保障,那可是为抗战做了大贡献了,焕致,你说你这个岗位重要不重要?焕致点头。天朗转脸冲那个年轻人道,钟鸣,过来,接着继续对焕致说,他叫钟鸣,是我特意为你找的二掌柜,以后就让他来帮你,你们能做好吗?两个年轻人都郑重承诺,保证运输线畅通无阻。

真是士别三日当刮目相看!现在的天朗和从前的那个楚家三少爷可真是判若两人了。看着天朗一副指挥若定、游刃有余的样子,天远不得不从心里佩服,他感觉自己的一腔热血终于一点点地沸腾起来。天朗,大丈夫一言既出驷马难追,我说了要听你的,就一定听你,你告诉我,我该怎么做?

太好了,二哥。你能有这个态度,我们真是太高兴了。你知道吗?你这个城防司令的位置实在太难得了,但是,二哥,从今往后,你这个城防司令可不能再一味地装病,而要跟日本人打成一片。你越是跟他们关系处理得好,就越能麻痹敌人,也越容易为我们提供真实可靠的情报。不过,二哥,日本人不是傻子,一点小亏都会让他们大大提高警惕的。任何情报的泄露,中国人都是最大的嫌疑!所以,今后你的一举一动,一言一行都必须慎之又慎……

那我有什么消息怎么能让你们知道呢?天远急不可待。

不要着急,到时候自然会有人和你联系的。

天朗看着眼前热情高涨的二哥的脸,心里也有说不出的激动。国仇终于将他们兄弟的心紧紧地连在了一起,爹若是泉下有知,该有多么欣慰啊,要是大哥……于是他说,现在我们兄弟几个的手都握到了一起,就差大哥了!我不相信大哥真的会冥顽不灵!如果他能变成"白皮红心"的联保主任,那对我们的帮助就太大了,你们想想,他手里不仅有武装团练,还有更重要的一点:他的船可以自由出入江河啊!如果他能为新四军征集粮食,运送补给,而他训练的那些团练又能掉转枪口对准日本人,那岂不是再好不过了呀?你们说是不是?天朗见大家都没有回答,知道大家心里都在犯嘀咕,就沉吟了一会儿,说,要是有一个人能够帮我们接近大哥,探一探他的底细就好了,这样我们就能够有的放矢了……

话音未落,焕致脱口而出,顺子啊!

于是那个晚上,默默无闻的顺子被推上了历史的舞台。

众志成城

美丽的青州小城，背倚一条滚滚东逝的大江，东西两边各有一条自南向北流淌的河流，奔流不息，与江水汇合。东边细弱一些的那条是龙须河（向辉被围困在山里的时候，就是循着这条河往外走。），西边阔广一些的则是宝蛟河。据说宝蛟河曾是一条非常暴躁的河流，每逢雨季来临的时候，它总是要兴风作浪一回，就像一条任性妄为的蛟龙一般。当地人都称之为"起蛟"。河流起蛟的时候真是太可怕了，树木、房屋，瞬间被它吞没，然后泥沙俱下，通通带走。人们为了安抚这条任性的河流，更是为了讨好它，就给它取了一个"宝蛟"的名号，希望它能乖顺一点，不要任性作乱，祸害百姓。除却龙须与宝蛟两大河流，青州城外，还星罗棋布地密着大大小小数不清的湖泊与沟沟岔岔。最大的湖泊当数南边的那一个了，原来叫作南湖。后来一条穿湖而过的堤坝将整个南湖从中间切开，一分为二，人们便把东边的那个叫作东湖，西边的那个则叫作西湖。小巧的青州县城在众多水域包裹之下，仿佛一个卧在羊水中的胎儿一般，静谧安宁而又充满灵秀之气。穿过湖中堤坝，群山仿佛一群脱缰的野马，突然之间撒开四蹄，朝着东方和南方，呈一个扇形，奔腾而去。山连着山，树挨着树，缠缠绵绵，莽莽苍苍，不知所终，与天相接。你若是站在城墙之上，看着这绵延无际的群山，定会心生感叹，一个人纵然穷尽其一生，不知能否走出山的包围，见到那山后面的世界呢！

而在那莽莽苍苍的山林之中，除了愉快歌唱着的山间溪流之外，还有一条条纵横交错的古道。麻石，青石，青麻石，一块块都凿得平平整整，也铺得平平整整。这就是徽道,以徽州府为中心,向四面八方延伸。徽州府至浙江杭州,徽州府至江西饶州,徽州府至安庆府,徽州府至宁国府,徽州府至青州府,等等。这些徽道,有的由官府出资修建,有的由商人独资,有的则由官府和商人合资,还有的则是某些地方士绅出资修建一段。这些常年安卧在山林与群山之间的石板路,穿越时空,不仅为附近居民提供便利,更像一条条流动的血脉,将南方北方的物产、东方西方的货物,毫无障碍地流通运转起来,循环不息。当年橡树湾楚振轩楚老爷的身影就常常出现在这些古道之上,他走的是一条兴办教育的创业之路;若干年之后,他儿子楚天朗的身影也出现在这些古道之上,却是救亡之路。

纵横的江河,四通八达的徽道,使得小小的青州城得天独厚地拥有了十分便利的水陆交通,自然而然成了商旅们集中的地方。山里的茶叶(红茶、绿茶、白茶)、木材、竹子,还有各种山珍(木耳、石耳、香菇、笋干)等等,源源不绝地从水陆两路聚集到青州城,在这里装船出行。上至武汉宜昌,下至南京上海,好不繁忙。北门外的码头上,真个是商船云集,桅杆林立,好一派兴旺景象!可这一切热闹在日本人来了之后就销声匿迹了。所有船只,都被日本人强行管制征用,任何中国民间船只不得擅自在长江上航行,一旦被发现,即刻船毁人亡。只有享受特别权限的船只,张挂着日本的膏药旗,才可以在长江上自由航行,诸如楚家大少爷的船。焕致的"流动粮仓",也在一定程度上享有此特权。

商贾云集青州之时,不仅汇聚了各种物产,各种文化与习俗也在这里交汇融合。也许人们都不会相信,在那样的年代,一个小小的偏僻县城竟然还有夜生活!茶楼酒肆里的划拳声与戏楼里的喝彩声,常常要闹腾到半夜;戏园子里除了上演自己的地方戏之外,还上演南方的昆腔、北方的京戏。至于各个地方的草台班子,想到戏园子里唱一场是根本不可能的,只有自己找地方搭台,唱一两场走人。那时候,小小的青州县城,其繁华与热闹,不是一两个词或者一两句话能够形容的。而等一切热闹基本上烟消云散,街道都困倦得静寂下来之后,在那青石板铺就的巷道之上,曲里拐弯的胡同之内,就会传来一声声被无限拉长而又轻松慵懒的叫卖声:馄——饨,小青葱,胡椒粉,芫荽末,热腾腾的馄饨啊!一毛钱一碗。馄——饨……这个时候,茶楼酒肆里余兴未尽的人们,或是戏台之上唱念做打得有几分饥肠辘辘之感的年轻男女，也有夜饭没有吃得尽兴的姑娘小伙子们，从自己的窗口扔下一句：馄饨，来一碗！清脆的声音，宛如从屋檐下滴落的一滴水滴一般，清澈、清脆，啪的一声，恰好掉在馄饨挑子上。挑子便在那扇窗下驻足了，这时候就会有一只系着铃铛的小篮子，一路愉悦地歌唱着，从窗口轻盈地落下。篮子里是一只青花碗，或是一只搪瓷缸，碗或缸子底下压着买馄饨的一毛钱。几分钟之后，一碗热气腾腾又香气四溢的馄饨，就又会一路歌唱着爬进那扇窗……

　　这愉悦与温暖自从日本人来之后就销声匿迹了。宵禁的夜晚，天黑之后，连盏灯都不敢点，谁还敢在日本巡逻队来来往往的街道上叫卖呢？小篮子，青花碗，还有铃铛全都暗寂在不知哪里的角落。可是突然有一天，人们的耳朵里似乎又听到了那一声熟悉而又陌生，恍如隔世之音的叫卖声，馄——饨。依然是那样悠长，却没有了闲适与懒散，似乎浸透了苍凉。那声音在日落黄昏之后，宵禁之前，悠长悠长地响在县城的每一条巷道上。

　　自从那个声音响起来的第一天开始，天远就突然喜欢上了那一碗漂着芫荽末、小青葱与胡椒粉的一毛钱一碗的馄饨了，时不时地就会要上一碗。夫人笑梅也准备了这样一只一路播撒愉悦的小篮子。天远似乎非常热衷于看着小篮子欢快地沿着墙壁爬上爬下，所以总是自己亲自动手，从不让夫人或勤务兵代劳。而天远叫馄饨的那天，馄饨挑子必然会出现在楚家铺子后面的巷道上，叫一声，馄——饨！有料的馄饨。来一碗，小青葱、胡椒粉、芫荽末，一毛钱一碗啊……然后也必定会响起焕致的声音，馄饨，来一碗！

　　向辉带人成功劫了日本人五辆运输车之后，一个月时间内，他们又趁热打铁，接连干了三次。一次在陆上，在距离县城竟然不到二十公里的地方，几乎就在日本人的眼皮子底下，再次截击了他们的三辆运输车；另外两次在水上，劫了日本人的两条船。

　　可想而知池田信一恼怒的程度！

　　长江封航之后，日本人的巡逻艇一天无数个来回在江面上巡查，即使夜间也不停歇。晚间还有巨大的探照灯，从沿岸炮楼里射出来，明亮的灯柱将黑夜照得如同白昼,即使一只小鱼儿跃出水面,也能看得一清二楚。如此严密管控之下,还有谁敢在江面上自由来去呢?

可是那帮人,竟能青天大白日地将船劫走,然后销声匿迹,无影无踪。

在山上是一群"中国猴子"(池田一直这样称呼向辉他们),在水里竟然又变成了一条条自由自在的鱼!他们先是对巡逻艇每一趟巡视间隔时间做了了解,之后又选择一个两座炮楼之间相对不能兼顾之处。那帮人呢,不知道什么时候就躲在了水面之下,单等着巡逻艇开走之后,突然钻出来爬上船。神不知鬼不觉地将押送船只的日本兵杀死,再换上日本士兵的服装,爬进驾驶舱,杀掉船员,大摇大摆地将船开到一个不知哪里的地方。

至于对付顺子押的运粮船,就更简单了。他们爬上船,将一帮人全都五花大绑,嘴上塞上布条,眼睛也拿黑布蒙上,扔进船舱,直接将船开到藕山。粮食卸下之后,仍将那一帮人死死地绑着,却在每人背上贴了一张字条:再做汉奸,杀!并打上一个猩红的大叉。然后把船推进江里,随船自己漂荡。若不是插着膏药旗的船只搁浅在岸边,被巡逻艇发现,否则根本不可能知道有人劫了船。

池田不禁大惊失色,一身冷汗!莫非自己身边真有内奸?到底是谁?难道真是他?

盛怒之下,池田终于撕掉了脸上的那一层伪装,再也不一团和善的样子鼓吹什么"日中亲善""和平治国"了。而是严令,如若发现一丁点的蛛丝马迹,立即将整个村庄抢光、杀光、烧光。那一段暗无天日的日子里,日军在"护国军"的配合下,一整个村庄真的被杀光烧光抢光的事时有发生。池田在更进一步加大对所有乡村清查力度的同时,也更严格地清查自己的内部。丧心病狂而又老谋深算的池田,终于酝酿出了一个一石二鸟的好主意。

钟鸣又上山了,带回来一个消息,三天后,日本人又将有一批武器弹药运送到青州县城。这次更多,有整整七大汽车!

藕山自打接连的几次胜利之后,不仅改善了供给,提升了装备,而且更大限度地激发了队员们的战斗热情,一个个群情激昂,每天都摩拳擦掌盼着有新的任务。钟鸣的这个消息无异于一颗石子投进了湖水中,顿时从上至下,激起了层层波纹,就连张久胜也抑制不住兴奋跃跃欲试。可这一回向辉犹豫了。前几次轻易得手,按道理,池田不可能轻易再把这样的消息宣示于人了。一个人怎么可能会在同一个地方接连跌倒呢？怕不是池田的诡计吧？

张久胜则不以为然,说,怎么会是诡计呢？难道二哥你也要怀疑？

我怎么可能会怀疑二哥呢？只是一种直觉,感觉这一回可能不一样。池田或许在试探,既试探二哥,也试探对手……钟鸣,你回城之后,叫老黄尽快告知二哥,近段时间千万千万不要再有任何轻举妄动,老老实实做一个顺民!

可是向政委,楚司令不主动叫馄饨,老黄也不好将消息送进去啊!要不,让焕致亲自去司令府上跑一趟？

不要！二哥的住处肯定早就有日本特务在监视了,任何往来对象都会成为他们的目标,万一给他们盯上,以后就麻烦了。不着急,焕致和老黄会有办法将消息送到的。记住,彼此之间千万不要有过多的联系,懂了吗？

钟鸣点头答应。张久胜却说,三哥,你也忒多虑了吧！你没听二哥说日本人有大动作,要装备青州城吗？前几次都被我们劫了,池田能不着急吗？既然有非运送不可的物资弹药,公路又仅此一条,他还能从哪里走？

向辉依旧沉思,说,若是我,前几次对手都得手了,我就不会再从陆路走,而定会选择走水路。不过,既然我能这么想,别人肯定也能这么想,故意反其道而行之,麻痹对手也不是没有可能。只是日本人绝不是傻蛋,为什么屡屡失败却还要孤注一掷？没道理嘛！还是慎重一点的好,我看这一次就算了……

哎呀！我的三哥,向政委,我知道你向来做事缜密,但也不要太杯弓蛇影了吧？既然你害怕,我带弟兄们去好了！总不能眼睁睁看着小鬼子把枪支弹药运进青州城吧？

这不是什么害怕不害怕的问题！我是怕有诈。无谓的牺牲,没有意义……

什么叫无谓的牺牲？你怎么知道就一定有诈？我是大队长,决策权在我手里。我决定了,三天后,我亲自带兄弟们过去。也该轮着我施展一下了,就这么定了!

见张久胜态度如此坚决,向辉也不好再说什么,再说也只不过是自己的推测,各有百分之五十的可能性啊！就说,那好吧,既然大队长态度坚决,那么还是我带兄弟们过去,毕竟我有经验……

有经验怎么了？难不成我张久胜是在温室里长大的吗？向政委，不是我小看你，我在外面拼杀的时候，你还穿着开裆裤呢！他说罢哈哈大笑起来。

向辉无奈地看着他，眉头紧锁。

当晚向辉在任先生的支持下，说服张久胜，召开了一个中层以上指挥员的会议。会上，向辉把自己的疑虑说了，然后说，不过大队长的坚持也不是没有道理，我们不能眼睁睁地看着小鬼子运送武器弹药打我们！就算他日本人是算计我们又怎么样？难道我们还真怕了他不成？但是，这一次，我们一定要更为周密地计划一下。不管情报是真是假，我们都要做好打一场大硬仗的准备，所以，为了稳妥起见，我想还是陆上和水上，同时做两手部署……

这一回张久胜带人设伏的地点，选在距离藕山大本营六七十公里之外，鸡头岭与蜈蚣岭之间。鸡头岭和蜈蚣岭是两个相向的山头。据说曾经有一只蜈蚣精在凡间作乱，搅得老百姓不得安宁，当地土地爷只好上天向玉皇大帝奏报。结果玉皇大帝就派了一只公鸡下到凡间，那只蜈蚣一看见公鸡，顿时乖乖服从，再也不敢作乱了。为了保一方安宁，那只公鸡就一直守在蜈蚣对面，结果守成了一道山岭，而那只蜈蚣呢，也趴成了一座山岭。此时已是金秋十月，秋风将山林染得赤橙黄绿，一片斑斓，美不胜收，可惜却无人欣赏。

为了防止意外发生，张久胜这一回带去的不仅人马更精干，人数更多，共有两百多人，而且还特意配备了十支冲锋枪，以防不测。按照事先部署，张久胜将这两百人分前后两道防线：先是在道路两边各埋伏了五十人，设立第一道防线；而在距离第一道防线一百米左右处，再各埋伏五十人，设为第二道防线；秦立波他们四人仍然打狙击。这样就形成了一个进可攻、退可守的犄角之势。倘若敌人的七辆运输车真的如前几次一样，车上装的只是物资弹药，那么一切尽可在掌握之中；倘若情况有变，第二防线就必须迅速投入战斗，保护大家迅速撤离。会上向辉一再告诫大家，一定不能硬拼！一旦情况有变，一定要在最短时间内撤走！同时为了防止敌人发现藕山，一定朝远离大本营的地方撤！

那天天还没亮张久胜就带领人马到了指定地点，埋伏好之后静等敌人运输车队过来。约莫上午十点多钟，就在大家都等得有些不耐烦，担心情报可能有假的时候，有耳朵尖的队员听到远方有汽车马达声传来，于是大家重新兴奋起来。张久胜在第二防线,命令大家一定要耐住性子,一定要在确认车队完完全全进入伏击地点时再出手。

几分钟之后,却只驶过来一辆三人摩托,大家心里不免又是一阵沮丧。谁知约莫过去了五六分钟的样子,更大的汽车马达声震耳欲聋地传过来了,车队终于出现了!远远地,土黄色毡布覆盖的汽车开过来了,一、二、三、四、五、六、七,张久胜在望远镜里数得一清二楚,除了七辆汽车,根本不见一兵一卒!一丝得意的微笑不知不觉漾上张久胜的嘴角。怎么样?三哥,向政委,白政委,哪里有什么大兵压境嘛!纯粹是自己吓唬自己。等我搂一条大鱼回去,看你还叨咕什么,哈哈哈。张久胜真想一如往常那样放声大笑,可还是将那一串笑硬生生憋了回去。

车队稳稳地一辆接着一辆过来了。近了,更近了,直到最后一辆车也进了埋伏圈。秦立波他们的枪响了,依旧是四声,同时打中第一辆与最后一辆,车队顿时堵在了路中间。这时候两边埋伏的枪声一齐响起来,七辆车就像七条大黄鱼似的顿时趴窝了,几个押车的日本士兵也无一例外被当场打死,战斗很快结束了。一切的一切都跟复印机复印出来的一般,与前几次如出一辙,毫无二致。第一防线埋伏的兄弟早就按捺不住跳起来,一个个兴奋地高声喊叫着冲向那一辆辆瘫痪的汽车,车厢后面的毡布掀开,什么枪啊手雷啊子弹啊罐头啊,哈哈,可都是宝贝!第二防线的队员趴在树底下、草丛里,羡慕得要死,就连张久胜自己都忍不住心里痒痒。可是,向辉千叮咛万嘱咐了,第二防线一定要耐住性子,静观事态发展,以防不测。可哪里有什么不测呢?

然而不测来了!土黄色车毡布掀开,等待他们的根本不是什么惊喜,而是惊吓!一只只乌洞洞的机枪口对准了他们。枪声响了,急促而又愤怒。队员们兴奋的呐喊声还在喉咙里,就都一个个倒在了地上。仓促还击,也不过以卵击石。

趴在后面的队员还有点没有反应过来,前面的队员已经被打得差不多了。而这时,从七辆车上跳下来成批的日本兵,一色轻机枪,吼叫着朝撤退的队员们追撵过去。张久胜真有点气急败坏,嘴里的一个"打"字还未喊出口,手里的冲锋枪就急不可待地喷出了愤怒的火舌。日本兵显然没有料到后面竟然还有埋伏,但只是稍微一愣神,就立即分兵对抗。轻机枪、手雷、迫击炮,各种武器一起上,把他们埋伏的地方炸成一片火海,死伤过半。张久胜只得命令大家且战且退。

张久胜带人在鸡头岭、蜈蚣岭设伏,向辉则带着一帮人去了距离藕山下游五十里处,岸边一个叫作凤形山的地方埋伏守候。根本没有什么情报,只是一种推想,更是一种希望。他就是觉着有问题,或许只是日本人声东击西,把他们都诱到陆路之后,自己安然地从水路走。他多么希望他的这个猜测与推想是正确的啊!无论他们这次的水上出击对日本人究竟能不能造成伤亡,更不管伤亡到底有多大,日本人对二哥天远的怀疑度都要大大减轻。同时他更希望只是自己杞人忧天,张久胜他们伏击的真的是运输队,而不会遭遇其他!那么说明二哥依旧是安全的,没有成为池田的怀疑目标。

选择在凤形山伏击,还是老张头的主意。长江在经过凤形山的时候,恰好在那里有一个拐弯,伸出去的山体,使得水流在江中心的位置形成了一个巨大的旋涡。行驶的船只,无论上行还是下行,都要放慢速度,小心翼翼地绕过旋涡,靠岸行走。而且凤形山上林木幽深,山势陡峻。正因为那里水流湍急,日本人以为安全,没必要在那里设置炮楼,真是得天独厚。向辉听老张头这么一说,非常感兴趣,当即就叫老张头带他去实地察看了一番,果然是好位置。于是三天后,向辉与张久胜兵分两路,一路往南,陆路伏击;一路往东,水上伏击。

水上伏击比陆路伏击不知要困难多少倍。不仅江面上巡逻艇每间隔二十分钟巡视一次,而且沿江两岸每隔十里就有一个日本人的炮楼,稍有风吹草动,都会闻声而出,相互呼应。最重要的是日本人的运输船都是大吨位的铁船,机器发动,不仅坚硬,速度快,且还配有船上舰炮。中国民间的木帆船呢,靠的依旧是原始的人力与风帆,速度慢,木头也没有铁家伙坚固,比较容易得手。得亏张老伯想到了这样一个绝好位置,即使再坚固的船只,对于江里的巨大旋涡,也要小心翼翼,不敢小觑,不然同样掀翻你没商量。为了稳妥起见,向辉不仅只依靠凤形山的有利地形,还提前悄悄地在水底安置了拖网。向辉向来是一个精于计算的人,他知道巡逻艇速度快,吨位低,吃水浅,螺旋桨的位置自然就高;而运输船吨位大,吃水深,螺旋桨位置自然就低。所以拖网一定要放置恰当,才既能免于被巡逻艇挂到,又能缠住货船。

向辉这次带的人不多,只有二十个,可一个个都是在菱湖里泡大的"浪里白条",水性了得！二十个人,十个人在山上,两挺轻机枪对准江面,手榴弹一字排开摆在地上,单等着鬼子的船过来,让他们饱尝一顿；另外十个人悄悄下到水里,藏进岸边的芦苇丛中。此时的苇子已经枯黄,与他们那一身土黄色的衣服非常相配,正好成了很好的保护色。一旦螺旋桨被拖网网住不能动弹,他们便迅速将一颗颗手雷扔进大船,把那些龟孙子通通送到江里喂鱼。他们也是天不亮就到了埋伏地点,江面上除了巡逻艇之外,干干净净,一艘船都没有。直等到快晌午,向辉的望远镜里才终于出现了一个小黑点,他心里忍不住一阵高兴,可他依旧不动声色,依旧紧张地用望远镜观察,直到确定是一条船在缓缓上行时,他才肯定地说了两个字:有船！同时告诫大家做好战斗准备。

船渐行渐近了,可出现在他们视野之内的并不是什么日本鬼子的大运输船,而是一条中国人的木帆船。两边各三匹桨同时划动,因为是逆流,尽管船工们划得异常吃力,船还是走得非常慢。山上的队员们不禁都有些大失所望,眼睛都望瞎了,却只望来一只这样的船,民船！向辉也不禁有些失落。忽然他看出了端倪,这只普普通通的木船之上,为什么有那么多荷枪实弹的日本兵肃立在两边呢？船舷两边各有四个,船头船尾还各站了两个。而且这条看上去载货并不多的船,为什么吃水那么深？船舷几乎都要与水面齐平了。六个船工一齐动手,还要这样吃力,什么样的货物这样吃重？难不成他们用了一条民船装运武器弹药掩人耳目？向辉不禁为之一振。

快要接近旋涡了,船果然慢慢地靠岸边行驶。不仅划桨的船工更小心,也更用力,就连那几个持枪而立的日本士兵也都不再注视江岸,而是把目光紧盯在水面之上。舵工是一个五十来岁的老者,本来他一直坐在舵旁边,一只手随意地搭在舵把上。可就在船快驶近旋涡的时候,他站了起来,不仅用双手把住了舵把,而且眼睛也紧盯着水面。船越来越近了,桨柄与船帮摩擦发出的吱呀吱呀痛苦而又紧张的呻吟声,都清晰地传进队员们的耳朵里。向辉再次命令大家做好战斗准备,一旦船到山下,机枪、手榴弹一齐出动,来一个狂轰滥炸。可猛然间,他想起来这是一艘中国人的船只,不行！这个方法不行！这样不仅会伤及船工,而且还会损失这条船,怎么办?就让这条显然是运送日本货物的船只,从自己的眼皮子底下,轻而易举地过去吗?此时的船只已经进入了射程之内,而战士们的枪栓也早已次第打开,有的甚至将手榴弹的后盖都拧开了,单等一声令下,立即投入战斗。迫在眉睫。箭在弦上。怎么办?情急之下,向辉低声命令队员们,机枪、手榴弹都不要动,长枪、短枪都瞄准船舷上站立的日本兵射击,最好保证能一击即中。这样或许能给船工一个信号,告诉他们这是有人要伏击日本人,赶快逃!希望他们能听懂,赶紧跳江逃命。

　　船只紧靠岸边的时候,向辉率先一声枪响,立在船头的一个日本兵应声而倒,紧接着另外一个也倒下了。与此同时,船尾的两个日本兵也突然间倒下了,就倒在那个把舵老者的脚边。船上的日本兵都把紧盯着水面的目光收回,寻找枪响的位置,并一齐卧倒,做好战斗准备。而那些划桨的船工也停下了手里的动作,四面张望,突然一瞬间,就像事先约定好了一样,那六个船工几乎同时丢掉船桨,跃入了江中。船尾把舵的那个老者或许也准备跳船,只见他的手已经放弃了舵把,这时,那条突然间失去了方向与动力的船只,因为湍急的江流剧烈地晃动起来。向辉真希望他赶紧跳,可是那个老者忽然又稳稳地坐到了原来的位置上,并稳稳地把住了舵。这时候日本兵已经迅速投入了战斗,从船舱里伸出好几挺机枪,朝着山上一通猛烈扫射,火力之猛,完全盖过了山上的枪声。原来船舱里还有日本兵!在机枪的掩护之下,六个日本兵拿起船工丢掉的桨,用力划动起来。船又继续向前行驶了,如果再不用手榴弹轰炸,船就要跑掉,机会就白白溜走了。队员们都紧张地看着向辉,迫切地等待他下达投掷命令,而向辉却仍在迟疑。那几个趴在芦苇丛里的队员更是等得焦躁,不知道是该投入战斗,还是该潜入水中。

　　这时候意外发生了。只见那只在日本兵奋力划动之下正努力上行的船只,方向忽然发生了偏离,渐渐远离岸边,朝着江中心那个巨大的旋涡驶去。怎么回事?划桨人越是奋力,距离那个巨大的旋涡就越接近,船也便越发随之摇摆并剧烈抖动起来。这个时候,不仅日本兵内心充满了惶恐与疑虑,就连山上的向辉他们也满心奇怪,他们这究竟是想要逃离还是……?反倒是那个掌舵的老者,丝毫不见慌张,依旧稳稳地坐着,内心笃定,双手死死地把着舵,目光坚定地看着前方。那前方便是令所有船只都色变、都惊惧的巨大旋涡,此时此刻却是他前行的目标。船只已经驶进了旋涡中心,枪声忽然间都停了下来。所有人,包括日本兵,谁也不知道这只船究竟要去向哪里,舵工究竟是要带着他们驶到对岸远离危险,还是要将他们带入另外一种危险之中。当船只在旋涡里剧烈颤抖,几乎要碎裂,更是寸步难行的时候,那个把舵的老者却突然丢下了舵把,跃身跳入滚滚急流之中。那只可怜失去了方向的船只,突然间如一只无头苍蝇,在旋涡之中剧烈晃动、摇摆、团团乱转起来。有个日本兵跳出船舱,跑到船尾想把住那舵,可是那只认生的舵根本不听他的使唤,船依旧在旋涡之中摇晃着团团乱转。不一会儿工夫,在向辉他们的注视之下,那条吃水很深的船,便被急流卷进了旋涡,从江面上消失了。而那一江急流,依旧像没有发生任何事情一般地旋转着朝下游流去。

战斗就这样极富戏剧性地结束了,大家既兴奋又惊愕,同时又不禁替那个勇敢而又智慧的老舵工担心起来。跳入那样的急流旋涡之中,他还能活下来吗?但愿他能够安然生还!

大家看到了吧?这就是人民群众的力量!向辉看着那一江浩浩荡荡奔流不息的江水说,一旦被卷入人民群众的急流之中,任谁再强大,都只有灭亡的命运!

只可惜白瞎了那两张拖网了……队员中有人打趣。

不会!向辉说,网既然已经张开了,总会有猎物掉进去的。

就是!说不定还能网到一只更大的。

哈哈哈,一句话说得大家都笑起来,笑声宛如一群受惊的小鸟在山林间扑啦啦振翅高飞。此时已然过午,队员们顿感饥肠辘辘。

哈哈,肚子也开始唱空城计了嘛!走,我们打道回府……向辉心情愉悦地招呼大家。

不知道张大队他们那边怎么样。但愿也是一个大胜仗,那么我们今天岂不是双喜临门,陆上水上完胜了吗?

向辉心里突然咯噔了一下,一丝不祥的预感掠过心头,倘若这只船上装的真是弹药,那么那七辆汽车……他突然间脸色凝重起来,一句话也没有说,只是闷头在前面走。队员们见向辉神色突变,也都一个个噤了声,跟着急急地赶路。一时间只听见嚓嚓的脚步声,以及枝条抽打身体时发出的啪啪声。

等向辉他们赶回大本营的时候,张久胜他们还没有回。向辉心里的不安之感更加重了,莫非……向辉不敢再多想,赶紧带了一班人,马不停蹄地赶往张久胜的伏击地点接应。刚跑出二十几里地,忽然从远处传来了杂沓的脚步声,向辉赶忙招呼大家就地隐蔽,以观动静。他们刚在路边的树丛中隐蔽好,就看见过来一队人马,向政委,是大队长他们!有眼尖的队员率先看见了队友,高兴地从树丛中跳出来,于是大家也都一个个从隐蔽的地方钻出来,欢呼着朝对方跑过去。可刚跑上路,就都一个个停下了脚步。一队残兵败将,谁还能欢呼雀跃得起来呢?

看着躺在医院里的那些伤兵,从未有过的失败令张久胜颓丧不已。为了不暴露藕山大本营,他们且战且退,绕了好多路,才终于将日本鬼子甩掉,可还是损失过半。那可都是个顶个精心挑选出来的啊!尤其秦立波他们四个狙击队员,不仅枪法好,而且富有经验。如果不是他们断后,就连张久胜他们都不可能撤退得了,可最终还是被对方的狙击手找到……叫张久胜如何不又心疼又自责?

向辉安慰他道,大队长也不必如此!胜败乃兵家常事,既然打仗,就不可能没有伤亡。现在该清楚地知道,我们面对的是一群什么样的人了吧?试想想,一个弹丸小国,能够如一场疾风暴雨一般,迅速席卷整个南亚和东南亚,如果不是锐不可当,何以能有今天之局面?所以我们得慎之又慎,任何一点的粗心大意与骄傲轻敌,都会令我们陷入被动甚至危机之中。我们以往所取得的那几场小胜利,算得了什么?简直就是挠痒痒。况且我们还是躲在新四军这棵大树后面。倘若日本人知道每一次骚扰他们的是藕山的小土匪,他们还会让我们活得这么消停吗?所以大队长,还不是沮丧的时候,我们得筹谋一下下一步的打算了……

俗话说,祸不单行,不幸的事情总是接二连三。就在张久胜为行动失败心疼不已,懊丧不已的时候,却接到报告说,清点死难弟兄们的尸体时,发现少了一具,是第一防线上的牛二柱……

张久胜的脑子当时就炸了,他努力回忆,当时的情况太突然了,根本没有逃跑的可能啊!那么这个牛二柱究竟去了哪里呢?是受伤之后躲起来了,还是被日本人打扫战场的时候给抓了俘虏?向辉赶紧派人去伏击地点寻找,要求方圆十几里,一根草、一片树叶也不能放过,生要见人,死要见尸!

可是搜索的人出去寻找了三四个小时,天都黑透了,也没有找到这个牛二柱。生没看见人,死也没见到尸。去了哪里?怎么办?向辉的心里不禁掠过一阵惊悸,出了一身冷汗。倘若真是被日本人抓了活口,藕山岂不要在劫难逃了?

任之初和曾老先生忙于救助伤员,无暇顾及其他。向辉和张久胜紧急磋商,向辉的意见是,不怕一万就怕万一,紧急转移!将部队化整为零,倘若日本人来袭,也不至于坐以待毙。

张久胜却认为暂时还没有这个必要。毕竟目前情况还不明朗,就草木皆兵,一则劳力伤神,二则也有乱军心。这帮人都是些什么人,三哥,我可比你更清楚,不过一群唯利是图的土匪啊!一旦军心不稳,就有可能导致队伍涣散,到时候恐怕难以收拾呢!

向辉也觉得张久胜言之有理,怎么办才好呢?就在山上向辉与张久胜举棋不定的时候,天远突然出现在了焕致的房间,一身下人装扮。焕致和钟鸣一见,顿时感觉一定出了什么了不得的大事,不然,一向端着的二哥是不会轻易放下自己的身架的。

二哥?你怎么来了?三哥不是叫我们尽量不要轻易见面的吗?

少跟我提什么三哥四哥!不想天远突然火起,将头上的破毡帽扯下来,用力摔在了桌子上。

怎么了?二哥,出什么事了?难道是日本人对你……?

好个楚天朗!我只当他真是新四军,哪知道竟然和土匪张久胜搅在一起!焕致,天朗在藕山跟土匪搅在一起,你知不知道?见焕致低头不语,天远顿时恍然大悟。哈!原来你们,你和高湛,你们都知道是不是?为什么?为什么明明知道那个张久胜是我们家的仇人,大仇人,你们还要和他搅在一起沆瀣一气,还要拉上我?你们难道都忘了长生伯是怎么死的,我爹是怎么死的,天心又是怎么死的了吗?你们这是在助纣为虐,知不知道?天远怒火中烧,同时感觉肩膀上一阵阵钻心的痛。

二哥,我们都没有忘,怎么可能会忘呢?可目下真刀真枪,和日本人对着干的可是藕山的土匪啊……

哈,干?干个屁!日本人马上就要血洗藕山了。一帮土匪能成得了什么大事?那些个什么土匪,平常说不定都牛皮哄哄的,怎么一到日本人面前就尿了呢?妈的!狗日的尿包!压根就没受伤,竟然躲在死人堆里装死,以为可以躲过一劫,没想到日本人打扫战场,又给扒出来,当作活口带回来了。在医院里醒来后,还没把他怎么着呢,只不过一睁眼看见一群荷枪实弹的日本兵,威风凛凛地站在他周围,还有一条红舌头拖得尺把长的大狼狗,狗日的就吓哭了。不待日本人问他,就竹筒倒豆子一般,把土匪的那点子家底全都兜给了日本人。日本人原来一直以为袭击他们的是新四军,不想竟是一帮蟊贼,感觉受到了极大的侮辱,决定天一亮就叫那个浑蛋带队血洗藕山了。焕致,你说说,天朗干什么不好,为什么非要和土匪搅在一起啊?这下好了,就要大祸临头了,谁也救不了他了……

焕致急切地打断了天远的话,问,二哥,你刚才说的都是真的?日本人真的要血洗藕山?

不是真难道还会假?当时我就在场,而且明天我们也要一起随着日本人去"进剿"……

焕致哥,怎么办?得赶紧通知山上,让向政委他们尽快转移啊!钟鸣焦急万分。

通知?怎么通知?城门早就关闭了,就算你有翅膀也飞不出去。

楚司令,您快想想办法吧!难道您真的忍心看着"藕山抗日独立大队"毁于一旦吗?那可是向政委的心血啊!不管怎么说,好歹目前它也是一支抗日力量!楚司令,您这样无动于衷,才真是作助纣为虐呢!不想这个眉清目秀的钟鸣生起气来,竟也杀气腾腾。天远不觉内心一震。

钟鸣,不要和二哥这样说话!焕致厉声制止。

本来嘛!这个时候,他就该帮助我们出城,将消息送出去。好歹他也是……

钟鸣,这种时候,千万不能叫二哥出面帮忙,那岂不是不打自招吗？难道你忘记三哥交代的话了？任何时候,即使牺牲我们自己也要保全二哥！二哥太重要了,他就是"藕山抗日独立大队"的眼睛和耳朵啊！没有了他,我们就是聋子和瞎子,还怎么和日本人打？

可眼下怎么办呢？

不要着急,一定会有办法的……

你们能有什么办法？目前办法只有一个,梨花巷的巷底有一个窨井盖,下面的下水道直通护城河……不想天远话音未落,钟鸣就已经消失在了外面无边的夜幕中。

二哥,你这个时候来这里,太不安全了！池田本来就对你有疑心……

这个要你说？天远没好气,一把抄起破毡帽戴在头上,若不是情况紧急,我会这么不知轻重吗？不过,我有助手帮我……天远忽然有些得意地笑了一下。

谁？焕致奇怪,难不成三哥也给二哥派了一个"二掌柜"？

哈！这个世界当真缺了他楚天朗就要毁灭了吗？

原来天远说的那个助手就是他的夫人笑梅！笑梅穿上天远的制服,亲自把穿着一身下人衣服、佝偻着腰身、低眉顺首的天远送到门口,吩咐他夫人身子不爽,赶紧去街上抓药,不得有片刻耽误。由于是夜间,虽然巷口有路灯,但终究灯光昏暗,就算日本人盯着,也不敢太明目张胆……

哈哈哈,焕致禁不住笑起来,二哥,想不到二嫂这么厉害啊！简直就是年轻时候的二婶啊！

天远又得意地一笑,然后突然想起来什么似的,我得赶紧走了,不然时间太长,日本特务会起疑心的。不知道吴亦将我的药拣好没有？

这时就听见吴亦在外面说,二少爷,药早就拣好了,等着送您回去呢！

钟鸣浑身湿漉漉地赶到山上的时候,已经是后半夜了,所有伤病员的手术才刚刚做完。八十高龄的曾老先生,跟年轻人一样不知疲倦,一直工作到现在。向辉和张久胜自然更无心休息,正在医院和任先生、曾老先生商谈,部队是否转移以及如何转移……

钟鸣的出现无疑就是命令,事不宜迟！十分钟之内所有领导层都集中到了医院开会。会议明晰简短,核心思想只有两条:一是绝对保密。以连为单位迅速将人马转移到早就考察好的地点,休整、待命,但只说有紧急任务,不可说具体任务内容。二是行动一定要迅速。人衔枚,马裹蹄,悄无声息,要像个幽灵一般迅捷消失,确保一个时辰之内到达目的地。武器弹药带不走的就地掩埋处理,不要因为辎重太多而影响转移速度。轻伤人员随部队一同转移,部分医务人员和重伤病员以及医药器械,通通就地转移到"红楼"地下室,确保损失降到最低。

漫天大雾不知道什么时候滚涌上来,遮隐了所有的山川河流、树木房屋。日本人在牛二柱的带领下,好不容易摸到藕山大本营,等待他们的只有一片苍茫与寂静,唯一的动静就是向辉送给他们进山的见面礼物。临走时,向辉叫人在各个进山路口都布了雷,虽然并没有什么伤筋动骨的大伤害,但也足够叫他们心惊胆战一阵。池田亲自带队上了山,他们首先包围了天心的房子。牛二柱告诉他,"藕山抗日独立大队"的三巨头就住在那里。擒贼先擒王,自古之理。他要第一时间见到这些搅扰得自己头疼的"中国猴子"!然而整个房子除了一屋子的兰花与一个老者之外,再也不见一个人!

所有人都转移了,唯独老张头执意不走。他说他就是因为小姐的兰花才到这藕山上来的,小姐不在了,可他还在。他说他就算是死,也要守着小姐的那些兰花。任大家说破了嘴皮,他就是不愿意挪窝。曾老先生叫他和他们一起躲到"红楼"的地下室,他也执意不肯。向辉甚至命令两个队员,就算绑,也要将老张伯带上一起走。可老张头说,少爷,就让我和小姐的这些花儿生死在一起吧!离开了这些花,我就算活着又有什么意思呢?哪一株花没有附着小姐的灵魂啊!我不能让小姐的灵魂受欺辱。

一席话把向辉和张久胜都说得动容,无奈,只得随他留下。向辉千叮咛万嘱咐,叫老张头千万不要和日本人对着来,他们想怎么样都不要管,只要能保全自己的性命。老张头流着眼泪一个劲点头,说,司令,少爷,任先生,你们可都要好好活着,留着性命好收拾那帮狗日的畜生!临了,他又拉着向辉的手说,少爷,倘若我真有个什么好歹,就将我和描红葬在一起。不要忘了,少爷,等革命胜利了,你可得接我和描红去橡树湾,跟小姐在一起……

向辉再也不能自抑,他重重地握了握这个可敬的老者的那双粗糙不堪的大手,只说了四个字:保重。放心。然后就无比坚决而又无比坚定地放开老张头的手,头也不回地离去了。但愿此一去不要是永别!

池田在天心的屋子里转了一圈,不得不承认这个国家实在太难以估量了。一个小山里的土匪蟊贼,竟然还能造得出如此精巧的房子。布局,结构,雕刻,屋子里的家具,院子里的花草,无一不透着匠心和功夫。这究竟是一群什么样的人呢?不仅生活讲究,还有勇有谋。自以为神不知鬼不觉,却只是扑了一个空。除了一处处房舍之外,一个活物都没有。他们怎么就能一个不落地全都跑掉了呢?莫非又是事先得到了消息?

池田几乎是带着一种羡慕的神情,在书房那张宽大的红木靠椅上坐下,双手支撑着同样宽大的红木书桌,端详着那些摆放整齐的笔墨纸砚,脸上流露出一丝不易觉察的笑容。那笑里有羡慕,有嫉妒,更有愤怒。

他叫人把老张头带进书房,尽可能和善地对老人说,老头,你告诉我,他们的,你们的人都去了哪里?

老张头紧闭着双唇眼睛看着窗外一言不发。

池田又说,他们的,你们的人为什么要跑?为什么会跑?是不是有什么人给你们通了消息?

老人的眼睛本来一直看着窗外的,听见池田这句问,不觉转过头来,目光定定地看着这个人模狗样地坐在小姐椅子上的年轻日本军官,他看上去是多么温和又是多么友善啊!长得和我们中国人有什么不一样呢?可他是一个地地道道的强盗,杀人不眨眼的魔鬼!这些强盗魔鬼,飞机大炮一路轰炸,不仅炸开了国门,还炸到了家门口,此时此刻就坐在小姐的椅子上。那个他像神一样守护着的小姐啊!岂容他那肮脏的屁股坐在上面?老张头不由得一阵恶心。哼!他的鼻孔里不禁轻蔑地哼了一声。

不想池田并没有恼怒,继续和颜悦色地对老张头说,老头,你哼什么?是不是不想告诉我那个通风报信的人啊?

哈哈,老张头忽然爆出两声大笑,倒把池田脸上的和善吓跑了。你笑什么,老头?他多少有点恼羞成怒,厉声说。

我笑你们傻呀！你当我们傻，其实你们更傻。那个牛二柱，山上哪一个不晓得他就是一个后脑长了反骨的东西？他能不把山上的一草一木都卖给你们，也是怪了！还需要有人通什么风、报什么信吗？不要用脑子，就算用脚指头想想，也知道会有这么样一个结局的。告诉你们，他们，我们的人早就走了。知道你们要来！来就来呗，一根毛也捞不到，还反倒自己损失了不少吧？哈哈哈。老张头不禁开心地大笑起来。炸！炸死你们这些个生人样却不长人心的畜生！

天远还是第一次进山来，虽然这座山横在他心里多少年了，常常堵得他吃不好睡不香，却一直都没有机会进到山上来。说真的，对于日本人"剿灭"藕山，他的内心有一种说不出的感觉。张久胜他们确确实实跟日本人真打，他心里是佩服的。但是一想到张久胜对楚家作的孽，想到张久胜留在自己肩上的那个永远的耻辱，他又恨不能借日本人之手除掉这个心头大患。可是等到日本人，还有自己带领的"护国军"，真的天不亮就浩浩荡荡往藕山进发的时候，他的心里又充满了担忧。不知道钟鸣有没有及时把消息送到，他们有没有及时撤离，来不来得及及时撤离。毕竟距离天亮只有不超过五个小时的时间。在那么短的时间内，那么多的人马辎重，一时间能去往哪里呢？可是等看到一场浓雾静悄悄笼罩在天地之间时，他不觉长长地舒了一口气，真是天助正义啊！更叫天远佩服有加的是，在那么紧急的情况下，天朗他们竟然还能想到在各个路口布雷，可真是处变不惊！

当那座长方形的大院落猛不丁出现时，不知为什么，只一眼，天远就莫名感觉出，这个院子里的每一片屋瓦、每一块砖石都凝结着妹妹天心的气息，他的心里不禁涌上一股酸涩。等进到院子，看见偌大的一个花房以及花房里那满满一室的兰花时，他就更加深信不疑了。池田叫人把老张头带进正屋的时候，他也跟了过去。刚进客厅，劈面就看见那张高挂在墙上的天心母子的照片。天心的忧郁，墨兰和子墨两个孩子的天真与娇憨都叫天远内心酸痛，他默默对天心说着对不起。这时他就听见了池田的问话以及老张头突然爆发的两声笑，他禁不住一阵紧张，一个从没见过世面的老头，能经得住日本人吗？天远的手心不由得暗暗捏了一把汗。可是他压根没想到，看上去那么本分的一个老人，却有着如此强大的内心，还充满智慧！这个时候他手里的那把汗不是为天朗他们捏，而是为这个老人捏了。他太了解池田的为人与行事风格了。这个看上去时刻都保持着良好形象,温文尔雅的帅气男人,内心却无比狠毒。他能在一秒钟之内风云突变,谁都无法揣摩,他那一副谦谦君子模样的背后究竟暗藏了什么杀机。这是一个真正的敌人!天远心里一直这样评价。

池田慢条斯理地从那张阔大的书桌前站起身,背起双手,再慢条斯理一步一步地踱到老张头面前,脸上始终挂着池田式的温和笑容,看上去犹如十月小阳春温暖的阳光。他就那样微笑着,围着老张头慢慢转了一圈。等面对着老张头的时候,他突然伸手一把掐住老人的脖颈子,笑容倏忽消失,厉声喝问,快说,他们的,你们的人究竟去了哪里?老人猛然被人如此狠命一掐,掐得他一张皱纹密布的脸涨得通红,眼珠子快要突出来似的。在老人感觉几乎快要窒息的时候,池田却又突然松开了手,笑容重新回到他的脸上,依旧和颜悦色地对老人说,老头,你不可能不知道他们的去向,只要你说出来,我保证带你下山,让你过自由自在的生活,不要再在这山上给人当奴隶,好不好?

老人不知道是不是刚才给掐狠了,一时间还没有缓过神来。只见他闭着眼睛,就像一匹站着睡觉的马似的,一动不动,仿佛入定了一般。池田似乎一点不着急,以一种少有的耐心等着。好一会儿,老人才微微张开双眼,看见依旧和颜悦色地看着自己的这个佩刀日本军官,突然间微微一笑,说,实在对不起,我真的不知道他们去了哪里!可是,话又说回来,我就算知道了,为什么要告诉你呢?你不要以为每个中国人都跟牛二柱似的没有骨头。我年纪虽然大了,但骨头只会更加硬实。不信,你们就等着看我的骨头硬不硬!说着,老人重新闭上眼睛,似乎重新进入刚才那种物我两忘的境地。可是不知为什么,老人突然间眉头紧皱,脸涨得通红,比刚才被池田掐住了脖颈子还要红得厉害。池田不知道老人怎么了,多少有些惊惧地看着这个瘦小的老人,脸上的笑容也一点一点地消失,只剩下了狐疑。不一会儿,池田突然看见一缕鲜血从老人紧闭的嘴角流出来,还没等他反应过来是怎么一回事,老人突然张开嘴巴朝池田奋力啐了一口。池田猝不及防,被喷了一脸的血,同时打在他脸上的还有一个软乎乎的东西。他本能地朝旁边一跳,一边用手捂住自己的脸,一边朝地上看去,想看看那个血糊糊的东西究竟是什么。待他仔细一看,天哪!这个混账的老东西,竟是半截舌头！老人忽然张开血糊糊的嘴巴哈哈大笑起来，细小的血沫喷溅得到处都是。八嘎！池田终于恼羞成怒，唰地抽出佩刀高高举起朝老人劈下去。当刀光在老人头顶闪耀的一瞬间，他忽然看见了描红姑娘。就在这间屋子里，司令也是这样佩刀高高举起对着描红姑娘，可司令的刀最终没有落下，倒是自己终究做了日本人的刀下之鬼。描红姑娘，我来陪你了！

池田多少有些气急败坏，下令将山上所有建筑通通烧毁，要把这里夷为平地。天远跟在池田身后小心翼翼地说，池田中佐，我可不可以带走那张照片？池田狐疑地看了看他。天远拿手指了指墙上，我妹妹！

哦？这个就是你妹妹？那个被土匪抢上山的妹妹？池田一脸和善的笑容，看着墙壁上的天心母子，又看了看天远，说，嗯，不是很像你，倒更像你的哥哥天舒君。果然是个美人！好，带回去吧！楚司令，这是我们日本皇军在为你报仇，你的，明白不明白？

明白！感谢池田中佐。天远一个立正，给池田敬了一个军礼。池田摘下被鲜血玷污了的白手套朝天远挥了挥，扔在地上，然后大踏步离开了正屋，走到院子里，看了看那满满一花房的兰花，高声说，天远君，这是你妹妹的兰花吧？也带两盆回家吧！

当藕山上那冲天的火光映红了半边天的时候，所有人都看见了，"藕山抗日独立大队"的人，还有橡树湾人。

橡树湾人几乎老老少少都拥到了湖边看那漫天大火，尽管他们并不知道这大火到底是怎么一回事，但只要是藕山有了祸事，心中就多少有一种大仇得报的快感。人们欢呼着跳跃着，堵在橡树湾心中多年的一口恶气，今天终于一吐为快了。就连天舒都骑了高头大马立在人群后，身旁是同样骑着高头大马的顺子。远望着那冲天的火光，不知为什么，顺子的表情有点叫天舒感觉奇怪。怎么说呢？用哭笑不得这个词来形容，比较贴切。天舒用目光四处搜寻了一遍，没有发现自己的母亲，也没看见凤姐。楚家大屋里没有一个人出来，观看这惊天动地大快人心的一幕！凤姐没出来，天舒自然理解。这个女人心里的怨恨太多了！日本人，她恨，因为日本人给了天舒太多的优待，使得她自己的地位一落千丈；楚家大屋，她也恨，恨没有给予她一个楚家大少奶奶应有的尊敬。藕山土匪的存在,是楚家大屋无法洗刷的耻辱。那简直就是一粒被楚家人吞进喉咙的苍蝇,不想吞,却也吐不出,只有一个恶心!可现在日本人将那些土匪给连锅端了,替楚家雪了耻,令楚家大少奶奶感觉从未有过的沮丧,怎么可能还跟在后面看热闹呢?别看天舒整天吊儿郎当没个正行,可凤姐心里的那点子小心思他看得真正的!可是……娘呢?楚家大屋的大仇终于得报,难道母亲她老人家不高兴吗?

　　藕山抗日独立大队的队员们连夜紧急转移,以为有新任务,又要和日本人开打,所以一个个都兴奋得很,行动异常迅速。可是等到了指定地点之后,得到的命令并不是打仗,而是原地休整。休整就休整吧,反正折腾了一夜,也确实累了。可还没等他们休息踏实,就看见了大本营冲天的火光。那可是他们经营几十年的心血啊!竟如此轻而易举地毁于一炬?他们这才一个个反应过来,原来紧急转移只是逃跑,怎忍心将他们的老巢交与日本人,任其宰割。每个人都非常激动,叫嚣着要打回老巢,有的甚至冲动地将责任都归咎于领导他们的新四军身上。如果不是听了他们的鼓动和日本人对着干,会有这种结局吗?新四军就是成心利用日本人夺藕山的权,蓄意毁掉他们几十年苦心经营的成果。一时间,局面非常混乱,难以收拾。幸亏向辉早就料到,和张久胜一起飞马奔驰,去一个一个地点解释说明,才最终让大家缓和下来,最后不仅没有一个人离开,彼此之间反倒更团结,决心更坚定了。大家也都心知肚明,如今离开藕山,不仅日本人不会放过自己,就连中国人也都不会待见自己。与其做一只风箱里的老鼠,还不如跟日本鬼子干到底!也不枉到世上轰轰烈烈走一回。

　　不知道究竟通过怎样的渠道,日本人迅速就摸清"藕山抗日独立大队"的所有情况,并将向辉与张久胜的照片搞到了手。一方面画影图形,各处张贴,每人五千大洋悬赏捉拿;另一方面继续寻找情报泄露者。本来对于消息的泄露,池田一直怀疑与天远有关,可这次看来,应该不会。漫说天远与那些土匪真有仇,而且这回纯粹是他设计试探,绝口没提水上运输的事,他们怎么能知道呢?莫非另有泄露途径?

　　天舒拿到张久胜和向辉的画像时,心里充满了疑惑,一则明明见藕山上火光冲天,如何还叫这个罪大恶极的家伙给跑了呢?二则,这个叫白夜的大胡子,怎么看上去那么像自己的弟弟天朗啊！一想到这，他的心不禁咯噔了一下。再仔细一看，还真是越看越像弟弟天朗。尽管画像上的他蓄了那样一把大胡子，还戴了眼镜，可镜片后的那双眼睛分明是天朗的呀！他急急忙忙去了天远家。看见天远，二话不说，劈面就问，天远，你看画像上的这个土匪头子白夜，他像谁？

天远懒洋洋地瞄了一眼说，像谁？

你当真没看出来？天舒奇怪地追问。

我没看出来。你说像谁？天远一边端起盖杯喝茶，一边继续懒洋洋地回答。

天朗啊！天舒激动地站起来，把画像送到天远鼻子底下，你看，这眼睛，啊，这眼睛，如果不是天朗的眼睛，我把我的眼睛抠掉！

那你就把你的眼睛抠掉好了，天远忽然重重地将茶杯磕到桌子上，茶杯盖在杯子上跳了一下。

听见响动，天远夫人笑梅款款地过来，柔柔一笑说，天远，怎么跟大哥这样说话？没规矩。又对天舒说，大哥，天远脾气急，你不要跟他一般见识……

我能不急吗，啊？笑梅，你给评评理，有这么往自家兄弟身上抹黑的人吗？啊？非要说这个日本人通缉的大胡子是三弟天朗，笑梅，你看看，你看看，这是天朗吗？啊？我们家天朗多帅气，跟这个大胡子有一丁点像吗？橡树湾谁不知道三少爷天朗跟个女孩子差不多，哪里有胆子做什么土匪？要是给日本人知道，我们还有的活吗？池田正愁找不到我的碴儿，这下好了，有个"通匪"的弟弟，都等着去死吧！大哥，你跟池田有个人恩怨，做些什么我们谁也拦不了，就连娘都奈何不了你不是吗？那都是你的事，可你不能拿一家人的性命开玩笑吧？天远好一通夹枪带棒。

哎呀，天远，我又不是……我只是心里疑惑，过来问你一声嘛，看你至于激动成那样吗？我做什么了我？如果不是我，还有橡树湾吗？再说了，我只是心里犯嘀咕，找你问一声，怎么了？我又没有在池田面前嘀咕……

你最好去池田面前嘀咕，满门抄斩拉倒！天远低声怒喝。

你……天舒被天远抢白得不知道该说什么。

夫人笑梅赶紧打圆场,说,大哥,不是笑梅我不会说话,这可不怪天远发急,这是胡乱猜疑的事情吗?天远,你有话不能跟大哥好好说吗?大哥难不成是那么不讲道理的人吗?搞得大哥就跟分不清里外,不知道轻重似的,大哥,你说是不是啊?

就是嘛,我难道就那么分不清里外,不知道轻重吗?瞧你急得那个样,告诉你,在池田面前,你可不能这样动不动生气。俗话说伴君如伴虎,池田可比老虎狡猾十倍,凶狠一百倍不止。说完,他气哼哼地走了。笑梅跟在后面喊,大哥,吃了饭再走嘛!他也只当没听见,一阵风似的出了门。

看着天舒的身影消失在院门外,笑梅赶紧把院门关上,急匆匆地回到屋子里,看见天远正怔怔地坐在桌前,看着窗前摆放的两盆兰花发呆。花正在开,花朵隐在修长秀美的叶片背后,幽幽地散发着香气。自打这两盆兰花进了家门,天远一天不知道多少次凝望着它出神发呆。就连五岁的女儿竽笛都晓得,说这山上来的花儿把爹的魂给勾走了。笑梅知道天远这又是在想天心了,不,或者说不只是天心一个人,而是整个楚家。她不由得心里一阵酸楚,小声说,天远,要不要让娘知道?大哥都能一眼看出是天朗,娘能认不出自己的儿子?

可叫我怎么跟娘说呢?天远的眼睛忽然湿润了,娘这些年受了多少打击……

我知道,天远,可娘她不是一般女人啦,她知事理,明大义,天朗做的可是大事情,相信娘肯定会理解的。天远,我知道这些年你心里憋屈,自己抱负不能施展,亲人们也不能理解你,这可是个机会。娘会原谅你,也会为你骄傲的,回去看看娘吧!顺便把天心的照片带回去,让娘看看,也让墨兰和子墨两个孩子看看,记住他们娘的样子……

日本人不费一枪一弹侵占青州之后,天远就再没有回过家。一想到橡树湾,想到家,爹临死时候的那副悲愤模样就会无比沉重地击打着他的心。他知道素来对日本人恨之入骨的爹,即使在地底下也不可能原谅自己。娘虽说是个妇道人家,宅心仁厚,可在大是大非面前,娘一点也不含糊。天远也自觉在众人面前抬不起头,身为一个七尺男儿,堂堂中国军人,有何颜面见江东父老?逢年过节的时候,都只是笑梅带着两个孩子回橡树湾看看娘,走动走动。自己不回,娘也不问。天远知道娘一样心里怪罪自己。

等船进入菱湖之后,天远心里涌上一股无法说出的酸楚。他想对爹、对全橡树湾的父老乡亲,说一句对不起,可他自觉说不出口,更是没有资格,只能像只老鼠似的偷偷溜回家。船靠岸的时候,整个橡树湾差不多才刚刚睡醒。这一次,他真是轻车简从,青衣小帽,带着两个随从,悄悄地回来了。

门房老莫开门见是二少爷,激动得话都不会说了的样子,嘴唇抖动了半天,也没说出半个字来。天远笑说,老莫爷,是我,天远啊!您老不会不认识我了吧?

老莫拿手揉着眼睛说,二少爷,我还以为我早上眼睛没洗干净看错人了呢,二少爷,你回来真是太好了,快去见夫人吧!唉,夫人这些年过得苦啊……

天远心里酸酸的,却打趣道,哈,老莫爷也会讲笑话了,说着拿出笑梅给他准备的点心,老莫爷,这是笑梅给您老的。

老人无比感激地接过点心,激动地说,难为二少奶奶了,总是让她惦记。

这时忽然从照壁后面传来高湛的声音,老莫爷,您老一大清早,嘀咕啥呢?等一看见是天远,呆了一下,说,天远?怎么是你?

怎么?怎么不能是我?搞得我就好像不是这家人似的!天远故意和高湛逗趣。

老莫不知意,以为天远真的生气,赶紧打圆场,二少爷,姑爷他不是这个意思……

看见老莫着急的样子,高湛和天远都忍不住哈哈大笑起来,天远抚了抚老莫的胳膊说,我们开玩笑呢,老莫爷,看把您老急得。

开玩笑就好!开玩笑就好!呵呵……老莫也笑了,一滴口水从豁牙缝里漏出来,颤颤悠悠地挂在嘴边,惹得高湛和天远又哈哈大笑起来。

怎么,这么早出门是要去学校吗?天远对高湛说。

是的,去看看孩子们可都在读咱们自己的课本。日本人强迫学校开设日语课,要求用日语讲话交流。妈的,日本人这招可是叫咱们忘记老祖宗啊……

老莫,一大清早,跟谁在门口搞这样热闹啊?是娘的声音!天远猛然间像是被人点了穴一样地定住了。

高湛一见赶紧搭腔,高声说,二婶,是我!二婶您起来了呀!昨晚上您的油灯一定结了灯花了,知道今天有贵客临门,所以才起得这样早,是吗?

贵客?高湛你说什么呢?什么贵客?怎么不赶紧让客人进来啊?

娘,是我!天远说着绕过照壁,赫然出现在天井的万道霞光里。隔着那一片灿烂的光芒,母子二人之间多年的时光隔膜倏忽飞逝,只有那割不断的亲情,在这霞光里插上翅膀快乐地飞向天际。

天远?

娘!

两个人的声音都有些哽咽。几年不见,娘的头发全白了,眼角的皱纹也多了,密了。天知道,有多少煎熬,才能将那满头青丝,一根一根熬成这样一个纯粹的颜色啊!天远的心里盈满了愧疚,扑通一声跪倒在天井边的大青石上,几乎是喊着说,娘,儿子不孝,您老责罚儿子吧!

楚夫人慢慢一步一步地走到儿子身边,伸手将儿子牵起来说,傻儿子,普天之下只有怨恨父母的儿女,哪有记恨儿女的父母啊!起来吧,回家就好。

天远站起来,和高湛一起将母亲扶到客厅坐下。楚夫人说,高湛,你忙你的去吧!这些日子你早出晚归的,真是辛苦了!有一点,高湛,你可要记好,那就是你和你忙的事都一定要确保安全!

一句话说得高湛有些蒙。他忽然似乎明白过来似的,赶紧点头说,二婶,您放心吧,我结实着呢!他转脸对天远说,天远,你在家里好好陪二婶说说话,我去去就来。

楚夫人看着高湛挺拔的背影,忍不住感叹,多么难得的一个年轻人啊!天远,得亏你爹当年将他领回了家。楚夫人喃喃地说着,像是说给儿子听,又像是自言自语。天远的脸上火辣辣的,他当然能懂娘这话的弦外之音。天远,娘老了,不能为你们做什么,只能想想你们了,可想也想不到。你多年不回,天朗更是杳无音信……我怕他也跟天心一样……什么都没给我留下,哪怕一张小小的照片也好啊……楚夫人还是没能忍住悲伤,哽咽难语。

天远正又伤感又惭愧,听娘说到照片,忽然想起来,对了,照片!于是冲门口高声喊,勤务兵。接着走进来两个人,抬着一个包裹得严严实实、画框儿一样的东西。看两个人那一副小心翼翼的样子,就好似抬了一件无价之宝似的。天远说,娘,我把天心带回来给您看……

楚夫人正怀疑自己是不是刚才耳朵出了毛病,没听清天远说的是什么,就看见那只一人高的大相框一点一点被打开了,上面端坐着的正是楚家大小姐——楚天心!那一抹旷世的忧伤宛如一柄利剑一般,直刺进楚夫人的心里面,痛得她整个人觳觫不已。楚夫人流着泪,用颤抖的手指一点一点地摩挲着女儿的脸、鼻子、眼睛、眉毛、头发、双手、身体,每一寸都没有放过。她多想那是一个活生生的孩儿,她将以一个母亲的疼爱去温暖她的身体,她的心。可是做不到了,这辈子有这一张照片就已经是上天对她的格外恩宠了。究竟造了什么孽啊?总是旧痛未了,又添新痛。痛上加痛,又怎一个痛字了得?

天心,傻孩子啊,你都熬了八年了,为什么就不能再熬一熬呢?倘若熬到今天,或许心头的那份屈辱就会减轻许多,或许你就不会被耻辱和厌恶逼得活不下去了……楚夫人泪如雨下,一滴一滴,掉落在天心那愁云笼罩的脸上。造孽!楚夫人拿手绢擦着眼泪,抬眼看着屋顶的蓝天,似乎要从那抹纯净的蓝色里,看见自己女儿天使一般的笑脸。可是除了那一抹高远的蓝之外,连朵云彩也看不见。

天远一愣,不知道娘这话里的意思,他小心翼翼地叫了一声,娘!

楚夫人将目光收回看了看儿子,说,嗯?干什么?

您刚才说那话是什么意思?

天远,你们年轻人不要以为娘老了,就糊涂了。其实,你们错了。尽管你们什么都不愿跟我说,我心里也都清楚得很,日本人怎会无缘无故火烧藕山呢?一定是那山上的人惹恼了他们了。可那山上除了那帮人,还会有谁?

娘,这么说,您已经不记恨那个谁了吗?

天远,古人说,过而能改,善莫大焉。娘虽然老了,可是还分得清国恨和家仇哪个更大!在国恨面前,家仇算得了什么?更何况,日本人和我们楚氏家族有着世代的仇恨,这仇恨可远大于张久胜之于楚家啊!倘若他张久胜真的一心打鬼子,那就是天心的骄傲!更是墨兰和子墨两个孩子的骄傲!也是我们楚家的骄傲!

天远一时有些呆怔,高湛恰巧这时候回来,听到楚夫人那一番话,也不得不感到震惊。一个伤心的母亲,一个几乎足不出户的老人,竟然能洞晓一切世事,而且还能如此深明大义,不能不叫人深深折服,而那张巨幅照片更让他震惊不已,天心他并不认得,可墨兰和子墨他是认得的。他不禁狐疑,天远,这照片你是从哪里得来的?

山上。天远异常平静地说,日本人哪一次行动不是先叫中国人在前面当炮灰?血洗藕山,这样的大行动,我们当然得要参加。何况是藕山,我更得要去了……

啊?血洗藕山?那他们,天朗他们怎么样了?高湛焦急地问。

天朗?楚夫人还以为自己听错了,狐疑地看着两个人,你们俩在说什么?关天朗什么事?

高湛自知说漏了嘴,一时不知该如何回答,窘在那里,只好紧张地看着天远。天远却似乎早就有心理准备似的,从口袋里掏出一张折叠得整整齐齐的纸,慢慢地又带着几分庄重地一层层打开,最后一个蓄了一部大胡子、戴了一副眼镜的男子出现在大家眼前。

天远,这、这,你这是什么意思?高湛的目光仿佛被火烧烫了一般,迫不及待地从画像上移开,这是干什么?画他的图像是要做什么?

看来天舒并没有在橡树湾张贴天朗的画像,天远心里不觉一惊。做什么?悬赏捉拿啊!五千大洋,买他的项上人头。他故意说得轻描淡写。

日本人这么快就都知道了?

当然!你以为日本人都是吃素的。

你们俩到底在嘀咕什么?楚夫人拿过画像,看了一眼,然后不解地看着他们俩,这是个什么人?日本人为什么要悬赏捉拿他啊?他跟你们又有什么关系?

娘,您再仔细看一眼,就知道这个人跟我们有没有关系了!

楚夫人狐疑地重新将那个画像拿起来,认真地看了一下。这一看不打紧,她顿时双手剧烈地抖动起来,眼里再一次蒙上泪花。她抬起泪眼模糊的眼睛看着眼前的两个人,声音颤抖地说,天远,高湛,他、他、他是……

还用得着再问吗?答案早就明明白白地写在他们两个人的脸上了。

于是两个人轮番将关于天朗消失这些年的点点滴滴,全都告诉给了楚夫人。末了,天远说,娘,虽然这是一个坏消息,但同时也是一个好消息不是?撇开他一直做着多么叫人敬佩的事情不说,至少我们知道他还活着,而且是那么有意义地活着,这比什么都重要,是不是啊,娘?

你们说他这个胡子拉碴的样子,该是吃了多少苦啊!这回轮到楚夫人摩挲天朗的脸、鼻子、眼睛、眉毛,还有那蓬乱的大胡子了,一边流泪,一边心疼地自言自语,跟个野人也差不了多少……可是,旋即一抹微笑浮现在她的脸上,嗯,说得太对了,天远,你弟弟天朗做着一件多么了不起的事情啊!我就想,那个冥顽不化的土匪怎么突然就与日本人对着干起来了呢!原来都是天朗的功劳啊,听你们的意思,你们都有参加?就连焕致也加入进去了?真是太好了!告诉焕致,只要是于抗日打鬼子有利,铺子里的一切全由他做主支配,无须经过我同意。好啊!打仗就得亲兄弟齐心协力。你们都是楚家的好子孙,你们的爹在九泉之下一定会为你们骄傲的!

娘,您能这么说真是太好了,我还怕您会生天朗的气呢。天远如释重负。

我为什么要生他的气?楚夫人将目光从天朗的画像上移开,疑惑地看着天远,转而轻轻一笑说,我的儿子这么了不起,我骄傲还来不及,怎么会生气?生气的怕是你自己吧,天远?你还对张久胜当年给你的那一枪耿耿于怀吧?

娘,您不会这么快就偏起心来了吧?天远故意嗔怪道。楚夫人笑了,那是一种无比骄傲与自豪的笑,就连蹲在天井边沿的鸽子都能听得出来,于是也跟着咕咕乐起来。

娘,其实天朗他养这样一部大胡子也是一个保护,不容易被人认出来。可现在的问题是大哥起了疑心。本来这告示应该各处张贴的,橡树湾是大哥的地盘,更理当张贴,可他没贴,这是为什么?说明他心虚啊。他疑虑,同时他也害怕,从心里他当然不愿天朗被人认出来。然而他忘记了,他越是这样做,岂不是越有此地无银三百两之嫌吗?

是啊,二婶,天远说得不错啊!要是日本人追问起来,大哥该怎么回答才好呢?

嗯,算他还有良心!这个狼崽子!他现在和日本人打得火热,跟那个池田简直穿一条裤子,楚家先人的脸都给他丢尽了。楚夫人略一思忖,说,天远,干脆由你直接出面质问他,为什么不将皇军的捉拿告示在橡树湾张贴。问他是不是想叫日本人把目光盯住橡树湾,然后惹火烧身?本来光明正大没影的事,反叫他这样鬼鬼祟祟弄出事情来。你们看怎么样?

也只能这么办了。天远与高湛都点头表示赞同。

楚夫人说,天远,你态度尽管狠一点,看他怎么说。这个狼崽子,不仅自己浑,还把顺子也带坏了……

顺子?哪个顺子?天远看了一眼高湛,故意问楚夫人。是那个在铺子里帮焕致的顺子吗?

不是他还能是哪一个?这个顺子,你爹在的时候还挺喜欢他的,人又勤快又机灵。那一年家里裁人,本来是准备叫水生走的,可顺子说水生孤单单一个人,离开大屋难以存活,还是自己离开,水生留下。为此,你爹还大大地称赞了他。后来他去了城里,在焕致铺子里做得好好的,不晓得哪根筋搭错了,高湛回橡树湾之后,竟然背着焕致做起了手脚,私吞铺子里的财物。焕致一气之下准备把他交官,我想家丑还是不要外扬好,念他多年在楚家大屋帮忙,还救过天舒一命的分上,就饶过他这一回,叫他离开铺子就是了。不想这个混账的东西,回来之后竟然很快又跟天舒那个孽障搅到了一起。搞得也人五人六的,天天跟着天舒高头大马地骑着,家也不要。焕彩说,他老婆牡丹不晓得在她面前哭过多少回了,说顺子自从跟了大少爷之后,既看不到人,也看不到银子,搞得他们母子三人日子都快过不下去了,我只好叫焕彩不时地接济接济他们母子。天远,你说气人不气人?

二婶,顺子还真是救过大哥的命啊?高湛问。

这个倒是真的!天舒小时候皮得很,有一回夏天跑到菱湖里戏水,不小心腿抽筋,一下子沉了下去。恰巧顺子从地里做事回来看见了,鞋子都没有来得及脱,就一个猛子扎到水里,愣是将天舒救了起来。那一回真是亏得顺子,不然也就没天舒了。早晓得那个孽障如今这么一副德行,不如那次就叫他淹死还省心了……唉,你们哪里能懂一个母亲的心啊。楚夫人悲愤而又无奈地摇了摇头,盯着画像上的天朗,忽然说,天远,你看见天朗,叫他回家一趟好不好?娘都好多年没有看见他了,娘的一颗心想他都想碎了……

娘,您以为天朗就不想您,不想家吗?可是这个时候,天朗如何能回得了家呢?不是叫他自己往日本人的枪口上送吗?

他怎么就不能回来?回来的是我楚家大屋的三少爷楚天朗,又不是什么藕山的土匪头子,什么黑夜白夜!怕什么?楚夫人言之凿凿。自己的家,为什么不能回?告诉天朗,就说娘说的,让他大摇大摆地回家来!

天朗回来了!在离开家六年之后,终于回来了,而且真的是大摇大摆地回来了。

当天朗乘坐的小船真的就像一片树叶在湖面上漂过来的时候,橡树湾人正围在祠堂前看两个土匪头子张久胜与白夜的悬赏告示,就连德满爷都去了。德满爷已经很老了,老得似乎已经忘记了自己的年龄。他总说自己八十三了,可是即使橡树湾三岁的孩子都记得德满爷这个"八十三",已经讲了不知有多少年了。天舒自打做了菱湖联保主任之后,事情太多,一时间忙不过来,就请德满爷出山,暂时接替族长之位,主持族里的大小事宜。德满爷是橡树湾楚姓子孙中年龄最高,辈分最长,也是除了楚老爷之外,威望最高的一个人了,把族长的位置让给德满爷,天舒知道没有人会不服。因此,德满爷尽管都那么老了,可橡树湾但凡有什么大事小情,他还都得要过问。祠堂的墙壁上张贴了日本人悬赏捉拿的告示,毛蛋跟三癞子两个,人五人六地背着长枪在旁边维持秩序,这样的大事,橡树湾似乎这么多年都不曾经见过,德满爷怎么可能置之不理呢?德满爷一边无所事事地抽着长烟袋晒太阳,一边听大家七嘴八舌地小声议论——

这杀千刀的张久胜也有今天哈!终于有对付他的人了。

前些日子日本人不是一把大火把藕山烧了个精光吗?敢情还没把那狗日的烧死啊!

你们看看这个叫白夜的家伙,长这么一副模样,一看就是个凶神恶煞的主!

他们一定是惹了日本人了!不然,日本人怎么要捉拿他们啊?跟日本人作对能有什么好下场？你看，我们天舒少爷，就不跟日本人作对，日子过得多滋润。

这就叫好汉不吃眼前亏，识时务者为俊杰。天杀的张久胜早就该去见阎王了。我是没看见，要是看见了，先把他痛打一顿，再把他交给日本人，让日本人的大狼狗把他撕得稀烂，我们橡树湾心里的这口恶气总算是出了！德满爷您老说是不是啊？

可是德满爷像是耳朵聋了，什么也听不见的样子，只是闭着眼睛吞云吐雾。大家也不觉有什么无趣，对于族里的这个年纪最大的长者，后生们早就对他的置之不理习以为常，于是也都一笑了之了。

正议论着，就有眼尖的人看见大湖里漂过来的那只小船，于是大家一窝蜂地跑到岸边看稀奇。自从日本人封锁了水道以后，无论是江上还是湖上，都再也看不见从前的那种千帆竞发的壮观场面了，偶尔也只有只把小划子偷偷溜到湖边上，撒几网鱼解个馋而已。突然有一只小船在这水面上如此自由自在地漂着荡着，感觉已是隔世的情景了。是谁呢？橡树湾人的记忆里，除了不久前二少爷天远回来的时候，来过一只船，之后就再也没见过了。今天敢这样大胆在湖上泛舟的会是谁呢？

船终于越来越近了，近到可以看见艄公的脸，小小的船舱里坐着一个人，那个人就像看懂了大家的心思似的，船还没有近岸，就猫腰从船舱里钻出来。紧接着，一个身穿藏青色长呢大衣，手拿礼帽的人立在了船头，看见岸上围观的人，竟然挥动着礼帽跟大家打招呼。

是天朗少爷！

不知道是谁这么叫了一嗓子，顿时大家都认出来了，正是天朗！于是大家齐声高呼，天朗少爷！天朗少爷！

似乎天塌下来都听不见的德满爷，却真真地听见了这一声喊，他霍地睁开眼睛说，什么？天朗？真的是天朗回来了吗？

越来越近了，天朗等不及船靠到岸边，就一个箭步从船头跳下来，双手抱拳冲大家一迭声问好。看见德满爷，天朗过去叫了一声，德满爷好！说着就趴到地上，给德满爷磕了三个响头。德满爷笑了，说，好，好，好哇，天朗，好孩子，回来就好啊！然后冲毛蛋跟三癞子说，两个日白货的狗东西，将那墙上的东西都给我撕喽，别弄脏了祖宗的家！说着颤颤巍巍站起来就要过去撕那告示。

毛蛋和三癞子吓坏了，急忙拉住老人，说，德满爷，您老就不要为难我们两个小的了。这可都是日本人叫贴的，撕了，我们可吃罪不起啊！德满爷，您老就高抬贵手，饶了我们两个吧！我们给您磕头了。说着两人真齐刷刷趴到地上磕起头来。

你叫他狗日的日本人来找我，德满爷气哼哼地拿拐杖敲着他们的脑袋说，没骨头的东西！你们还是不是我们楚家的子孙了？什么东西都往老祖宗身上贴，快去给我撕了！

天朗一时愣在那里，不知道德满爷这是怎么了，发这么大的火，究竟要撕什么。就说，德满爷，您老不要生气，什么东西？我去帮您撕？

德满爷却一把拉住天朗，说，不劳你，又不是你贴的。我就要这两个不知是非、黑白不分的狗东西去撕！说着抢起拐杖又要打。

毛蛋和三癞子吓得一蹦出去多远，说，又不是我们俩要贴的，是天舒少爷叫贴的，您老怎么不打他啊？德满爷还不是一样怕天舒少爷跟他身后的日本人？

我呸！你这两个忤逆不道的东西，也不怕我罚你们跪祠堂？叫你们的娘老子来，我倒要问问他们，是怎么教你们的，这样跟长辈顶嘴？天舒怎么了？我怕他！别看他一天到晚高头大马骑着，威风凛凛的样子，惹毛了我，我照样拐棍不长眼睛。德满爷气得拿拐杖一下一下地捣着地面。

天朗赶紧安抚老人，扶着他慢慢往祠堂那边走，终于他看清了墙上贴着的那两张告示，一张是张久胜，一张是他自己。同样的告示他已经在县城看到多处，早就见怪不怪了，不想竟贴到了自己家门口。他不觉看了一眼德满爷，只见老人微闭着双目，却明显透着怒气。他的心不禁咯噔地跳了一下，莫非老人家看出什么来了不成？于是他故意打着哈哈说，哈哈，是悬赏捉拿告示啊！一个人头五千，嘀嘀，还不便宜嘛！妈的，日本人小气得很，跟他们做生意，一分钱都跟你算得精精的，捉一个土匪，一出手就是五千！没想到，一个土匪身价还这样高。一个五千，两个可就是一万呢！比做生意来钱容易多了，哈哈哈。然后他又冲那两个团练说，毛蛋、三癞子，去跟你们的联防主任报告，就说我回来了，让他晚上回来一起吃饭！见那两个人还愣在那里,他喝了一声说,还不快去！两人赶紧一溜烟跑了。天朗回身对德满爷说,德满爷,您老也真是的！如今是日本人的天下,大半个中国都叫日本人占了去,您老还在乎这祠堂的一方墙壁啊！日本人叫贴就让他们贴着好了,怕什么？土匪本来就跟我们橡树湾楚家有仇,我们拿他们没奈何,正好叫日本人帮我们把这仇报了,岂不是再好不过？

德满爷的眼睛忽地睁开了,昏黄浑浊的眼珠子定定地看着天朗,似乎不认识他似的,你真这么想？他疑惑地问。

是啊,难道大家不都这么想的吗？相信老祖宗的在天之灵也不会计较这点小胡闹,您说是不是啊,德满爷？好了,德满爷,您就不要再生气了,天不还好好地在头顶上吗？有什么大不了？何必为两个土匪跟日本人对着干呢？不值得的,您说是不是？我要回家去见我娘了,德满爷,再见！

不知为什么,德满爷浑浊昏花的眼睛里溢满了泪花,他拉住天朗的手说,多少年没有回来了？要是回来再不走就好了……

天朗心里也跟着一酸,他什么也没说,只是冲大家再抱一抱拳,就往自家方向大踏步走去。挺直坚定的背影,让人一望而油然想起故去的楚老爷。分明是楚老爷再世啊！橡树湾人感叹道,说以前怎么没发觉天朗少爷这么像他爹呢？

德满爷一副倍感欣慰的样子说,嗯,脊梁硬,是我楚家的后代！

看见神采奕奕、帅气十足、笑容灿烂的天朗跨进家门,楚夫人只是微笑着说了一句,回来了？没有任何的欣喜若狂,只有亲切淡定,仿佛天朗不是离开了六七年,而只是出去了六七个小时一样。她微笑着,无比慈爱地用手摸了摸天朗瘦削的脸,疼惜之情溢于言表,噙在眼里的泪珠却始终没有掉下来。

大屋里的人一一见过了,少不了一顿寒暄问候,然后是分发礼物：母亲的老山参；大哥的自动打火机；二哥的真正德国罗莱公司造,ROLLEIFLEX – 120 双镜头反光照相机；大嫂的杭州丝绸；二嫂的苏州绣品；焕彩的蜀锦；丫鬟们的胭脂水粉；老妈子们的针头线脑；孩子们的学习用具以及洋娃娃；还有门房老莫爷的上好烟丝；水生的洋烟。不一而足,人人有份,活像开了一个礼品店一般琳琅满目。大屋里上上下下,惊喜不断,无不感激三少爷的细心周到。好不容易待一切礼数都尽到之后,天朗推开了自己的屋门。

天井里空荡荡的,没有昔日的娉婷身影。

天朗的心里好一阵酸痛,即使依旧惊恐万状的小鹿一般面对自己,即使只对着一支洞箫诉说相思,即使只凝望这一方天空发呆出神……都好,都好！只要你的身影还在,就是这个家的全部。意义与存在。房间里的摆设一如从前,你睡过的床榻,你梳妆时坐过的春凳,你绣了一半的枕巾,你纤细手指抚摸过的梳子篦子……

原本也可以送你杭州丝绸,苏州绣品,蜀地织锦,还可以送你胭脂水粉,送你绣花丝线,送你水钻发卡,送你翡翠手镯,更送你万千柔情……只要你在,没有什么不可以送。可你执意离去！你是故意要这样惩罚一个不告而别的远行人吗？说不清多少悔恨,道不明多少伤痛。天朗只觉万箭穿心。

（那就是我的三舅楚天朗！我娘白莲心的楚天朗！住进大屋已经两年多了,我还是第一次看见。大家都说三少爷曾经如何如何标致,待人如何如何温和,是三少奶奶不懂得惜福,白白气走了这么好一个三少爷。三少奶奶就是一个没福气的人！我心里替我娘三舅妈抱了多大的委屈,没有人能够知道。三舅妈死了,三舅才回来。三舅知道三舅妈其实是喝了我递给她的那一大瓢冷水才死的吗？三舅若是知道了,会怎样对我？三舅只是挨个儿摸了摸家里其他孩子的头,唯独蹲下来,把我和子墨搂进他的怀里。三舅的怀抱多温暖啊！没有人知道我有多眷恋那个怀抱。为什么要不一样？为什么要有不一样？难道因为我是天心的女儿,或者说我是一个没娘的孩子,是吗？可是倘若三舅知道是我杀死了三舅妈,我还有可以不一样的资格与可能吗?）

今夜的团圆饭,所有人都坐到了一张桌子上。外婆、三舅,大舅、大舅妈,以及他们的五个孩子:宇澄、宇清、雨虹、雨燕以及尚抱在怀里的宇明；高湛姨父和焕彩姨,以及他们的三个孩子:楚兴、奉兴与楚女；加上我和子墨,一共十六个,挤挤挨挨、满满当当一大桌。外婆说得对,这几年楚家大屋劫难重重,就连过年也没有聚得这么齐整过。尽管我的内心多么希望这顿饭能无休止吃下去,可再怎么延宕,也不过一顿饭的工夫。外婆晚饭一般吃得少,今天算是破例,同大家坐到了一起,也只是略敬了一杯酒之后,就早早地离开了。可我依旧明了外婆的激动与开心,那内敛的,被小心抑制的欢乐,从外婆脸上的每一道皱纹里,头上的每一根白发里,一波一波地漾出来。那是一个母亲的幸福!外婆离开之后,大家才开始放肆地推杯换盏起来。这样的热闹,大屋里有多少年没有出现过了?每个人心里都酸甜苦辣咸五味杂陈,也就有一种逮着一回是一回,今朝有酒今朝醉的及时行乐之感,彼此都喝得尽兴。

终于一桌人酒足饭饱,闹闹哄哄地散去了,单剩下天舒、高湛、天朗。焕彩留下来帮厨房六嫂一起收拾了桌子,又重新做了几样可口的菜,都是以前天朗喜欢吃的。焕彩笑着招呼,你们三兄弟安安静静喝酒说话吧!

天朗对着这些久违多年的饭菜,一副吃得抬不起头来的样子。天舒话里有话地说,天朗,你这一副吃相,怎么就跟才从牢里放出来似的?这些年你到底都在外面做了什么啊?

高湛当然能听懂天舒话里的言外之意,正想为天朗开解。不想天朗却一点不在意,哈哈一笑说,大哥,难道你在外面的时候不想念家里的饭菜?吃遍长城内外大江南北,还是家里的饭菜最香啊!外面山珍海味都比不上家里的粗茶淡饭,高湛哥,你说是不是?

高湛立即接口,谁说不是啊!大哥,你知道吗?来南方这么多年,按道理南方精细的饭食,比我们东北菜不知道要好吃多少倍,可我就是想念我们东北的小鸡炖蘑菇,苞米茬子棒子面。大哥,你说这是不是就叫贱啊?

高湛哥,你这说的什么话?什么叫贱啊!这就是故土情结,所以说故土难离嘛!是个人他都这样。一个人如果连养育自己的家乡故土都不眷恋,都可以随意抛弃,那还配叫作人吗?

响鼓不用重锤,天舒当然知道天朗这夹枪带棒的一番话分明是说自己,想发作,可又不知该从何说起。心想,明明是一个被日本人四处追着通缉的要犯,随时都有可能叫楚家大屋,甚至整个橡树湾招致灭顶之灾,还好意思在那里哇里哇啦指桑骂槐!哼,小屁孩一个,脱开裆裤才几年啊?都敢对他楚天舒指手画脚了!我怎么了?我给橡树湾带来灾难了吗?天舒越想越生气,一张脸涨得通红,管自端起酒杯咣地喝干了。

高湛见状,知道刚才天朗的话戳了天舒的心了,赶紧打圆场,说,大哥,天朗,我们兄弟多年不见,来,一起走一个。说着端起酒杯一口干了。

天朗也搂住大哥的脖子说,大哥,小时候你老是不带我玩,老是嫌我小屁孩。现在我可是长大了,你可得要带着我啊!

于是兄弟三人哈哈大笑着推杯换盏起来,一副推心置腹的样子。

酒过三巡之后,高湛借着酒意问,天朗,你跟我和大哥说说,你这些年在外面到底都做了些啥?

天朗只是笑而不答,一副高深莫测的样子。

天舒也斜着一双醉意蒙眬的眼睛说,天朗,今天就我们兄弟三人,你老实告诉我,那日本人画影图形到处张贴捉拿的土匪头子白夜可是你?

天朗听了,哈哈一笑,坏坏地看着天舒说,大哥,你眼力可真好!老实交代,是不是被大嫂逼得太紧,口袋里布贴着布,一毛钱没有,想日本人那五千块大洋的赏钱啊?

高湛故意打了天朗一巴掌说,天朗!胡说什么啊?那藕山的土匪不是已经给日本人一锅端了吗?哪里又来的什么土匪头子啊?不要听日本人满嘴跑火车瞎说!天朗,说正经的,你这些年到底在外面都做了些啥?看你穿得这么光鲜,出手这么阔绰,口袋里一定银子不少吧?这年头,日本人当道,中国人小命都难保,你不仅活着,还活得这么风光!说说,到底有啥高招?

天朗依旧笑眯眯的,一言不发,一副高深莫测的表情。

嗨,天舒忽然一拍桌子说,天朗,有什么啊!不就是跟日本人在做生意吗?值得这么神神秘秘的吗?

天朗慌忙拿一根手指竖在嘴唇上,嘘!大哥,别叫娘听见!

怎么?天朗,你跟日本人做生意?高湛一听从椅子上跳起来,说,怪不得穿戴得这么光鲜,西装革履的,出手又阔绰又大方,一看就是发了大财的。原来是跟日本人做生意啊!二婶要是知道了……

天朗冲过去一把捂住高湛的嘴巴说,你能不能消停一会儿?大嘴巴吵吵吵,存心叫娘知道,把我撵出橡树湾,是不是?

啊?真是这样吗,天朗?天舒忽然哈哈一笑,转而压低了声音小声说,怪不得这么多年你连家也不回,是不是在外面又娶了媳妇成了家了?

天朗一把推开高湛,转而歪着头眯缝起眼睛打量着天舒,看得天舒心里直打鼓,一个劲低头看自己,问,你老是这样看什么看?我问你话呢!快回答。

哈哈,天朗忽然哈哈一乐,说,大哥,你还是我大哥吗?还是那个目空一切、飞扬跋扈为谁雄的楚家大少爷楚天舒吗?何时沦落为只晓得老婆孩子热炕头了?大丈夫四海为家,娶什么媳妇成什么家啊?家就是枷,枷锁的枷!这一点大哥难道不是最深有体会吗?是不是啊,大哥?

谁说不是啊!天舒似乎猛地叫人给说中了心思,自己倒了一杯酒喝进肚子,然后将酒杯重重地放到桌子上,说,老子再怎么不济也是堂堂留洋回来的学生,真是鬼迷了心窍,竟叫那么一个泼皮货吴凤姐给迷住了!老子的人生从此走入低谷。天舒气哼哼地又一个人独吞了一杯酒,再次将酒杯重重地磕在桌子上。

哈哈,大哥,天朗忽然诡秘地将嘴巴贴在天舒的耳朵上说,你那个方家洼的小妞怎么样?那可是方家洼最漂亮的姑娘啊!

啊?天朗,这个你都知道?天舒吃惊不小,脸色都变了,他惊惶地环顾了一下四周说,天朗,这种话可不能在家里瞎说,要是给娘知道,可不得了,不把我们撵出去才怪呢。

啊?大哥,你真有这事啊!高湛显然没有跟上节奏,一双眼睛瞪得铜铃那般大,说,大哥,你可真厉害!毛蛋他们背地里说我还不相信,原来是真的啊!哎,跟我们说说,你是怎么把那姑娘给搞到手的?不会又是伙着她老子,给人女婿灌醉了酒吧……

去你的!高湛。那都是哪个猴年马月的事了,现在还跟我唱旧调子?天舒许是被烧酒烧昏了头,又许是虚荣心膨胀给涨昏了头,于是再无禁忌、口无遮拦地眉飞色舞起来。说,我现在是谁?菱湖周边十三乡的联保主任!跺跺脚,菱湖都要起三尺浪的……

天朗一听,乘势把自己的椅子拉到天舒身边,趴到天舒身上说,大哥,我们都知道,你现在是日本人面前的红人,那你帮弟弟一把,好不好?

我能帮你什么?你现在不是跟日本人做生意吗?闯的都是大码头,还用得着我一个乡下土包子帮忙啊?

哎呀,大哥,我是跟日本人做生意,可我不如你,我不懂他狗日的日本话啊!不消说菱湖周边十三乡了,就连整个青州城,谁不知道大哥你那日本话说得简直跟日本人一样溜啊!哎呀,高湛哥,你是不知道,会一门外语多重要啊!跟他们做生意,他们高兴了,跟你说中国话;有秘密了,就叽里呱啦说日本话,老子一句也听不懂!然后还不是他们怎么说就怎么听?也不知道被那些狗日的东西坑去多少!天朗一副愤愤不平的样子。

听听,听听,高湛,听到天朗说什么了吧?日本人叫孩子们学日语,就让他们学好了,抵制什么啊?能听懂别人讲话,才不会被别人糊弄。我说你不信,这回天朗的教训你知道了吧?

是是是,高湛哥,听大哥的没错!学日语,一定要学日语!我现在可想学日语了,老子要是懂狗日的日本话了,至于被那帮鬼子耍得团团转吗?天朗把自己和天舒的酒杯各自斟满,将酒杯递到天舒面前说,好了,大哥,我们不说狗日的日本话了,言归正传,说我的事!大哥,这回,我可是准备跟日本人做个大的,你是我亲大哥,你可一定要帮我!他说着举杯一干而尽。

天舒见天朗这么巴结自己,顿时得意起来,稳稳地坐到椅子上,端着酒杯一副爱答不理的样子说,你一个人说这么热闹,我都不知道你究竟说的什么!叫我怎么帮你?天舒说着酒也不喝,而是重新搁到桌子上。

高湛过来也趴到天舒身边,把天舒的把酒杯重新端起来,递到他手里,责怪地说,天朗,瞧你说的啥话?大哥是那样人吗?大哥的义气,不消说咱菱湖人,就连日本人都钦佩,咋会不帮你这个亲兄弟呢?是不是,大哥?

就是嘛!天舒见天朗和高湛这样一边一个巴结自己,心里真是受用得不行。只见他漫不经心地,接过高湛递在自己手里的酒杯说,有什么事就痛痛快快说嘛!亲兄弟的,至于那么山路十八弯似的绕吗?还真以为我跟娘说的那样,白眼狼一个啊?

谢谢大哥!天朗赶紧打躬作揖,那我可说了啊,大哥?天朗说着,从口袋里掏出一沓纸,在桌子上摊开,摆在天舒面前。大哥你看,这上面,鬼画符似的,都讲了些什么啊?大哥快帮我看看,我真是被他们糊弄怕了。

天舒拿过那一沓纸认真地看了看说,天朗,这是图纸啊!你看,这是藕山。哦,应该是日本人在藕山发现煤矿了,准备开采。你看,有图像有文字说明。煤矿的位置应该在鸡头岭一带。怪不得,池田发布命令要征集民工,准备修路。我还以为修什么路呢!看来就是修运煤的路了。你看,这里就是公路,哦,不是公路,是铁路。嗯,有两条,平行的两条,都是从山里直通江边的。一条进一条出,空车这条进,等煤从山里挖出来之后,再通过这条运到江边,装船运走。嗯,应该就是这么回事,你们看看,这图纸,他们绘制得好清楚明白啊!比我们这些土生土长的地方人知道得还细……

　　天舒正专心致志地研究那些文字以及图像的时候,高湛和天朗迅速地对了一下眼神,天朗,他们是这么对你说的吗?天舒放下那些图纸文件,对天朗说。

　　天朗一拍桌子说,是啊!他们就是这个意思,说是在藕山挖着煤了,希望我投资,然后带我分红利。我想,我在藕山生活都三十年了,从来没听说过藕山有煤啊!一定是糊弄我,套我的钱。他妈的日本人,粘上毛就是猴啊!搞不过他们。想不到这回是真的呀!

　　哎呀,天朗,我看这事儿悬!你有钱,干吗不在家里投资啊?把二叔留下来的家业做大做强不是更好,跟日本人较什么劲啊?再说要是叫二婶知道,你也跟日本人搅一块……高湛故意一副心神不宁的样子说。

　　哎呀,高湛哥,叫我怎么说你!你现在怎么变成这样一副畏首畏尾的样子了?你这什么眼光啊?唉,简直太没有眼光了!我爹、长生伯他们都做的什么生意?永远不变的药材山货粮食丝绸,仨瓜俩枣的,有什么搞头?我现在做的,那才叫生意!大哥,你说是不是?哎呀,算了,不说了,跟你说了也不懂。现在这个家里,唯一懂我的就只有大哥了,来,大哥,我们喝酒!谢谢大哥,等赚钱了,一定带大哥分红利。

　　天舒也显出一副高兴的样子说,哈哈,天朗,这下好了,你跟日本人做生意,也是和日本人混了,看娘以后还看不上我!

　　不想天朗却一梗脖子说,哎,话可不能这么说,大哥!虽说都和日本人搅和,我可是把日本人的银子划拉进中国人的腰包,你那可净是把中国人的什么人财物都划拉给了日本人!这是两个概念好不好?哎,对了,大哥,你那么死心塌地为池田鞍前马后地效力,真的心甘情愿吗?

心甘情愿?屁!天舒一磕酒杯,吓得杯子里的酒跳起多高。没人愿意给人当奴才!何况我是谁?我是橡树湾楚家大屋的堂堂大少爷,怎么可能甘心给日本人吆来喝去?

那你还干得那么欢实?高湛冲冲地接口道。

哪知道天舒一下就怒了,手指着高湛说,你知道个屁啊!你知道什么叫卧薪尝胆,忍辱负重吗?他说完自知有失,端起酒杯吞了一口酒,满脸忧戚地说,没有人知道我心里的苦楚。当初要不是跟信子……

天朗的眼前立即浮现出那个漂亮得有些叫人不敢偷觑的日本女孩,如果没有这该死的战争与仇恨,他们一定会生活得非常幸福吧。天舒忽然没了心情,他将酒杯一撂,说,你们俩继续喝吧!我走了。他说罢起身就走。

天朗说,那你今晚不回家啊?

天舒只是摆了摆手,连头都没有回,忽然他又猛地回过头盯着天朗说,那个大胡子土匪头子白夜真的不是你?见天朗愣在那里,他就又自顾自挥了挥手走了。

天舒刚一走,天朗就对高湛说,看来顺子说的都是真的。如果大哥真的跟日本人只是阳奉阴违、虚与委蛇,那么争取他就有可能,只是需要一个时机。

高湛点头赞同,转而好像想起什么来似的,盯着天朗小声问,到底怎么回事?

原来昨天"藕山抗日独立大队"的人在山里巡视,发现了几个日本人正在鸡头岭那一带测量,取样。独立大队的人摸不清情况,不敢贸然行动,就把落在最后面的那一个活捉了回来。谁知道带回来的那个日本人,嘴里叽里呱啦地讲的都是日语,谁也听不懂,从他身上背的包里面翻出了这些图纸。天朗说,我当然知道是图纸,但上面都是日文,不是能看得明白。我想起大哥懂日文,所以冒险回来请大哥帮忙。天朗说,我回来得突然,还没来得及跟你碰面。不过,高湛哥,你可真够机灵!都不用跟我彩排,就配合得这样默契!来,敬你一杯,高先生。

高湛说,你哟,还有心思开玩笑!你知道吗?看见你的那一瞬间,我脑子里嗡的一声一片空白。捉拿你的告示就贴在祠堂的墙壁上,你倒好,可真够大胆的,还真大摇大摆地回来了。

哈哈哈,天朗一拍高湛的肩膀说,你看你,还不如我娘淡定!娘就跟知道我要回来似的,一点意外惊喜都没有,平静得连我自己都有些不敢相信。

是啊,谁能比得了二婶啊!不过她之所以淡定,一定是以为天远叫你回来的,于是就把天远带了天心照片回来的事叙说了一遍。末了,高湛说,天朗,你说会有人认出你来吗?

会的!天朗十分肯定地说。

哦?你怎么知道?高湛顿时现出一副紧张至极的样子。

德满爷就看出来了!天朗非常镇定地说。

啊?高湛吓得捂住了自己的嘴。

可是,德满爷一样是个智慧的老人。于是天朗就把下午自己回到橡树湾遇到的那一幕跟高湛说了,高湛赞许地点了点头。天朗说,当务之急是要想好怎么处理煤矿的事,决不能让中国人的能源被日本人白白弄走,到最后可都是化作源源不断攻打我们的武器啊!

高湛若有所思地点了点头,然后问,那你准备怎么办?

这个须得从长计议!天朗神色凝重。

高湛认同地点头。他看着眼前这个瘦削的年轻人,心里隐隐有些发酸,想起楚老爷当年曾那样郑重地将他们的手握在一起,希望能做生死兄弟。可如今自己却对他的生死爱莫能助,眼睁睁看着他在死亡线上奔走,已然而立之年,他依旧孤身一人。高湛不由得轻叹了一声,说,天朗,晚上你是准备睡老屋,还是去你自己屋睡?

就睡老屋这边吧,陪陪娘。天朗重重地叹了一口气,高湛哥,大哥说他对不起那个日本姑娘信子,莲心,我也一样对不起啊!当初我要是不那么意气用事,一走了之,莲心也就不会抑郁而死……高湛理解地拍了拍天朗的肩膀,算是安慰。天朗接着说,不知道莲心的那支箫还在不在?我想把它带走……

不在了!莲心去的时候,二婶特意叮嘱一定要把那支箫跟她一块儿下葬……

天朗的眼睛里忽然间蓄满了泪。透过泪眼模糊的双眼,他似乎看见了一个婉约的女子,一袭白衣白裙,坐在天井清冷的月色里,一支长箫抵在唇边,凄婉哀怨的箫声丝丝缕缕地在天地间飘荡,宛在天际。《凤凰台上忆吹箫》。凤凰何在?

不得不承认,日本人的效率很高。究竟从什么时候开始他们勘探到了藕山有煤矿,谁也不知道。可是一经坐实,日本人就立即行动了。

果然要修两条铁路,从江边直伸进山里。修路基、铺铁轨,成千上万的民工被强行征集到了藕山。砍伐树木,开山凿石,挖土填方,夯筑路基。工程开始的时候已是隆冬,天寒地冻,这些可怜的中国劳工,在自己的土地上却过着非人的生活。每天工作都在十五六个小时以上,即使天空飘着雨雪,也不准停止劳作。住在四面透风的窝棚里,还只能吃个半饱。稍有怠慢,日本士兵的枪托子与大狼狗就会凶狠地找到你。有多少中国人在这样强大的劳作中死于非命,不得而知。只知道如此超负荷地劳作,结果是显著的,三个月不到的时间,两条各长达四十公里的铁路路基就完成了。于是各种大型器械轰隆轰隆地拉进山来了,安装试用之后就正式投入生产,静默了不知多少个纪年的藕山再无安宁之日了。钻头日夜不停地朝着山的深处钻下去,再钻下去,直至那被埋藏了不知多少万年的黑油油的"黑美人"被挖掘出来。

器械运进山里的时候,铺设铁轨的工作就同时紧锣密鼓地进行了。不到一个月的时间,两条路面,四条铁轨铺设完毕。从那之后,闭塞了不知多少年、多少代的藕山人,终于看见了突突冒着强大蒸汽的火车,知道了什么是铁路。日本人用无比残暴的手段,恣意毁掉大自然赋予藕山的树木山林,只为掠夺那些藕山的资源。

池田非常满意这些成果,唯一不满意的地方,就是那帮游荡在藕山深处的土匪始终没有抓到。悬赏的告示贴了一茬又一茬,赏金也由一个五千提升至一个八千,直至现在的一万现大洋,可依旧毫无结果。再就是那些深居在大山深处,原本跟一群软弱愚蠢的孤羊似的山民,不知从哪一天开始变得不再温驯可欺,而是有了某种抵抗。无声的抵抗。他们现在想要再去那些村庄"抢光、杀光、烧光",已经变得毫无意义。因为已无物可抢,无人可杀,至于烧,也不过几间破茅草房子而已。有一个词叫坚壁清野。池田感觉不仅越来越征集不到粮食抓不到劳工,而且进村的皇军和协军,还时不时会在村口小道上遭到各种各样的伏击。有空无一人的地雷伏击,也有零散的小股部队的枪战。这些零星的骚扰,虽然不动骨不伤筋,但是伤脑筋。

　　池田万分烦恼,而活跃在藕山深处的向辉和张久胜,则有着远胜于池田的烦恼与焦躁。看着一车一车乌黑油亮的煤炭,被源源不断地从地底挖出,被火车哐当哐当地拉到江边,再被大货轮从长江水道运到上海,转而出海运往日本。那哐当哐当作响的运煤火车不是行进在铁轨上,而是一下一下都碾在他们心上;至于那一声声长鸣的轮船汽笛,简直就是一种挑战,一种炫耀,更是一种屈辱。向辉的心从没有这样压抑与痛楚过。虽然这一年多来,他们也不断地对日本人有所袭扰,但都不足以给他们以致命打击。他们一度想从日本人手里夺过县城的控制权,切断日本人的长江运输线。但由于县城周围水域太多,易守难攻,几次都以失败告终。他们甚至联合了以前被日本人赶出去的川军一起攻城,也没有得手。他们也曾想过种种法,试图阻止铁路的修筑与煤矿的开挖,同样都没有成功。修路的时候,日本人日夜荷枪实弹巡逻看守,即使是替他们修路的劳工,都要经过严格审查,防止有可疑人员混入;煤矿开起来之后,日本人更是重兵把守。探照灯、大狼狗、重机枪、碉堡、岗楼,一样不少,任何人都无法靠近。无奈,他们只能眼睁睁地看着一车一车乌黑油亮的煤被运出藕山,而无计可施。

　　妈的,总有一天老子非把它给炸平不可!张久胜恨恨地发誓。

　　自从藕山大本营被炸平之后,他们就只能这样缩在山洞里,有时是简陋的、临时搭建的木头房子里办公,还随时都有搬迁的可能。这一年多时间以来,他们自己都不知道已经搬过多少次了。幸亏他们对藕山已经熟悉得就跟自己的身体一样清楚,哪里可以安营扎寨,哪里可以休养生息,哪里可以伏击敌人,他们都了如指掌。唯一没有迁移的是任之初的战地医院。那次,日本人血洗藕山,张久胜修建的牢固地下室,帮他们躲过了一场劫难。日本人离开之后,他们就又在废墟之上重新建起了一座新医院。只是再没有原来张久胜的"红楼"那般气派堂皇,而是就地取材,搭了十几间木头房子。令人痛心的是由于伤员过多,日夜熬制伤药,八十高龄的曾老先生累倒在制药房。再加上惨死于池田手下的老张头,也使得曾老先生心中郁积的悲愤无处宣泄,身心俱疲,终于驾鹤西去。但愿两个老人家在天堂一路走好!大火将老张头的尸体烧得只剩下了几块焦炭,向辉把它们包裹起来,如他所愿,把他葬在了描红的身边,向辉在二人的墓前郑重发誓:等胜利了,一定接你们下山,与你们忠诚热爱的小姐天心葬在一起!

总有一天老子非把它给炸平不可!张久胜的那句誓言,其实天朗心里已经酝酿多时了,只是一直没有找到恰当的时机。他仔细观察过,虽然铁路沿线每隔五公里就设有碉堡,日本兵每隔三十分钟就巡逻一次,不可谓不把守严密,但并不是无机可寻。如果我们能够在那三十分钟的间隙里将炸药埋到铁轨下……可是如何才能接近铁轨呢?这是向辉一直苦恼却无法解决的问题。日本人将铁路周围的树木砍伐殆尽,既是就地取材做枕木,同时也是为了开阔视野,使得妄图破坏的人无处藏身。因此白天根本下不了手,只能选择晚上。晚上,一则夜色掩护,二则日本兵的巡逻间隔时间也要长一些,大概一个小时一次。一个小时,能够完成炸药的埋放和人员隐蔽吗?可是就算真的能完成,炸药呢?日本人管控得这么严,哪里可以弄到那样大威力的炸药呢?

向辉决定再冒险一次,回一趟橡树湾,或许大哥天舒可以帮忙。不是告诉他自己投资日本人的煤矿了吗?就说这回想自己打一个矿洞,不和日本人搅在一块,但是又不能叫日本人知道。炸洞嘛,自然得需要火药。大哥跟日本人关系这么好,帮忙弄些炸药总可以的吧?

谁知张久胜却不赞同。态度之坚决强硬,是他们合作几年来,所未曾见。空城计只能用一次,你知道不知道?我的白政委!我不能叫你去冒险。现在斗争形势这么复杂,万一你有个三长两短,我怎么办?这么多独立队员怎么办?

不会有事的!面对张久胜的坚决、坚持,向辉心中不是没有疑虑,但是考虑到斗争的紧迫性,他只能置生死于度外了。莫非楚家三少爷不能回自己的家?再说不是还有高湛呢吗?

那要不这样,不知为什么张久胜的口气突然间软了下来,笑嘻嘻甚至有些讨好地看着向辉,说,三哥,要不,我跟你一起下山……

不行!向辉一听吓得跳了起来,说,你这想的哪一出啊?你去橡树湾?你能和我一样吗?我是楚家大屋的堂堂三少爷,你是谁?你是烧了楚家祠堂,害得楚家大屋家破人亡,罪大恶极的仇人!即使橡树湾人不把你报告给日本人,也会将你乱棒打死。

可你不是说,娘都已经原谅我,不怪我了吗?张久胜顿时萎靡了下来,脸也跟着红一阵白一阵。三哥,天心把两个孩子带走都已经五年了,我一次也没有见过他们。张久胜的鼻子猛地一酸,眼睛跟着红了。三哥,不瞒你说,我是真想他们啊!虎毒还不食子,我就算再怎么浑,可我也是一个父亲,我这里跳着的也是跟普天之下所有疼爱自己孩子一样的,一颗父亲的心啊!张久胜拿拳头咚咚地擂着自己的胸脯。三哥,你说现在我的这颗脑袋还是我自己的吗?不是!他妈的就是一只球,随时都有可能被人一脚踢飞。我张久胜什么时候怕过死?可是我怕哪一天真的死了,我连他们俩最后一面都没有见着……张久胜突然间哽咽不语,拳头握得紧紧的,仿佛随时准备将这个世界砸个稀巴烂。

向辉沉默了。上回回去,他终于看见了他们,墨兰跟子墨,多么漂亮乖巧的两个小人儿啊!天心怎么舍得?如今的他们已经比照片上的长大了许多。尤其是墨兰,眼睛里似乎都已经有了一丝不易觉察的大人一般的忧郁。向辉心里真是说不出的疼惜,那里面应该只有童真与无忧无虑的快乐啊!却早早地有了烦恼。对于他们来说,即使张久胜再十恶不赦,可也还是他们的父亲。母亲去了,父亲不仅终年不见踪影,还被人唾弃、诟病,叫小小的他们,稚嫩的心如何接受?张久胜说得一点不错,任谁也无权剥夺一个父亲对于子女的爱!咫尺天涯,是一件多么无奈而又惨烈的事啊!那么,去?可是,假如……怎么办?

他们谁也不能预料就在他们踌躇的时候,其实死神已经悄悄地在靠近他们了,只是他们根本不知道。

几天之后的一个月色朦胧的夜晚,一条小船像一片树叶似的轻轻落在了橡树湾的岸边,从船上迅速跳下两个人影。一高一矮。一壮一瘦。岸上早有一个人蹲候在树影里,看见他们上岸,迅速靠了过去。然后三个人一言不发,迅速朝山上的小学校走去。

（那天晚上吃过晚饭之后,焕彩姨破天荒第一次对我跟子墨说,兰,墨,我们去学校接高湛姨夫回家吃饭好不好?

高湛姨父晚上不回家吃饭太正常了,倘若他哪天晚上回家吃饭了,就连外婆都要惊奇,什么时候见焕彩姨去接过他啊?今天是怎么了?而且不都已经吃过饭了吗?还去接什么呢?还带上子墨一起?楚兴闹着也要去,被焕彩姨呵斥,要他在家老老实实地看着弟弟妹妹。自从三舅妈走了之后,焕彩姨就是我的母亲,高湛姨父就是我的父亲。虽然与他们不如与三舅妈那般亲密,但是我敬他们,也依恋他们,接高湛姨父我们当然乐意。焕彩姨领着我们径直去了高湛姨父的办公室,可他不在。

子墨说,姨,姨父不在,我们回家吗?

焕彩姨却和颜悦色地说,不着急,我们等等他吧!

不知为什么,我感觉高湛姨父不在办公室,焕彩姨根本就知道,我们要等的人也根本不是高湛姨父,那会是谁呢?这么神神秘秘?读小学的我已经会用成语了,呵呵。我偷偷地在心里笑了一下。

八岁的子墨按道理也应该懂事一些了才对,可似乎永远长不大似的,什么都不懂,缠着焕彩姨问这问那。唉,我不觉替子墨担忧地叹了一口气。焕彩姨虽然很有耐心地回答子墨,可我能感觉出她的心不在焉。看看,我又用了一个成语。我端端地坐在椅子上一动不动,像个小大人。家里人都这么说我,可我不知道什么是小大人,我只是觉得这不是在自己的家,可以为所欲为。天哪!我已经第三次用成语了,楚兴或许都该嫉妒我了吧!呵呵,我又偷偷地在心底赞许了自己一下。子墨小,不懂事,我是姐姐,不能也跟着不懂事!娘临走的时候把弟弟的手交到我手里,我不能叫娘不放心。

已经等了多久了呢?子墨都困了,问了好几遍什么时间回家,可焕彩姨一再说再等等,再等等。忽然间我似乎听到外面有脚步声,我的心不知为什么猛地剧烈跳动起来,虽然依旧不动声色地端坐着,可是我的每一根神经都调集到耳朵上,倾听着外面的动静。焕彩姨定是也听见了,也现出一副很紧张的样子紧盯着窗户。她为什么要那样紧张?有人说话?分明是有人在很小声地说话!

谁？为什么不进来要在外面说话？忽然说话声消失了，却听见重重的脚步声往山下而去了，难道走了？为什么？我的心却不知为什么忽然间松弛了下来，端坐紧绷的身体也随之松弛了下来。又过了好一会，门终于开了，进来了两个人，是高湛姨父，还有三舅！三舅还是那么瘦，总是那么瘦，跟母亲一般地瘦。我惊喜地叫了一声，扑进他的怀里。那温暖的父亲的怀抱，也是三舅妈馨香柔软的怀抱。子墨也叫了一声三舅，三舅张开双臂，将我和子墨这两个无父无母的孤儿，紧紧搂进他的怀里。

张久胜的一番真情告白，向辉如何能无动于衷呢？思虑再三，他还是决定帮助张久胜遂了这个心愿。于是他飞鸽传书给了焕致，让他回橡树湾与高湛商议，如何安排他们父子见面。向辉一再告诫千万不能声张！就是跟墨兰和子墨也不能明说。但是必须征得娘和焕彩的同意，并且跟她们保证，只是见一面就走，绝不耽搁。在楚夫人和焕彩的协助下，焕彩将墨兰和子墨带到了小学校，静候他们父亲的到来。

渐渐地近了，张久胜的心跳得如擂鼓一般咚咚作响，恨不能一步就跨到他们身边。然而他的脚步变得越来越沉重，越来越迟缓，每挪一步似乎都要用尽全身的力气。他不知道待会儿见到他朝思暮想的一双小儿女，他要跟他们说什么。他们如果跟他说起他们的娘，他要怎么回答？他曾经那么自信满满，跟女儿墨兰说要保护他们母女，可是他保护好了吗？他们的母亲死了，自己也这么多年不见踪影，他怎么面对他们？

越来越近了，透过窗户，子墨那童稚无邪的声音，宛如月光下夜行的小鸟一般，快乐地扑向他。他终于看到他们了！可他一动不能动地立在门首，浑身觳觫不已。无数个夜晚，他都对着照片，想象他们两个人的模样，长得有多高？是胖还是瘦？可即使他再怎么想象，也无法知道他的儿女已经长得这样大了。瞧墨兰安静地坐在椅子上的样子，那静默的神情，简直就是天心再世啊！张久胜的心忽地像被什么重重地击打了一下，一时疼得不能呼吸。再看儿子子墨，活脱脱一张天心的脸，就好像上天专门为了不让人们忘记他的娘，而故意造出这样一张脸似的！小的时候倒不怎么觉得，现在大了，反倒越长越像。张久胜的心又被重重击打了一下,这一次更厉害,眼泪都疼出来了。小东西,竟然长这样大了!在张久胜的印象里,仍旧是那个被自己高高抛起又接住的,胖乎乎的儿子子墨,如今,自己还能抛得动他吗?张久胜沉浸在自己的思绪里,仿佛忘记了世界的存在,更忘记了自己此行的目的。

进去吧!向辉推了推他,低声催促道,快一点啊!不能耽搁太久!

向辉的提醒让张久胜彻底清醒了过来,日思夜想的儿女就在眼前,推开这扇薄薄的门扉,他就可以把他们娇小柔嫩的身躯搂进自己的怀里,那是怎样的一种感觉啊!应该是幸福得飞上天的感觉吧?可是没有了他们的娘,飞上天的幸福也会一头栽倒在地,跌得头破血出。他踌躇了,没有推门进去,而是一个急转身,坚定地朝山下去了。

这又是唱的哪一出啊?向辉和高湛都愣了。张久胜都快要大步流星到山脚了,向辉才想起来什么,跟着撵了下去,一把拉住张久胜的胳膊说,你这是做什么?

三哥,我能看他们一眼,知道他们过得都挺好,我就心满意足了。娘辛苦了!张久胜的声音哽了一下。他回头朝那一豆灯光又留恋地看了一下,说,现在还不是我见他们的时候!再说,我也不想这么偷偷摸摸地见他们,我要等把鬼子都打跑,天下太平了,再堂堂正正地去见他们。我要他们以他们的父亲为荣!

这个世界永远都没有秘密!

就在向辉和张久胜悄悄上到岸边,以为神不知鬼不觉的时候,却不承想有一个人将这一切都看在了眼里。那个人就是毛蛋。

那天又轮到毛蛋跟三癞子在橡树湾值班。毛蛋算是第一批被天舒征去当联防队员的,开始觉得好奇,后来觉得还挺威风,所以干得挺欢实。可是由于大少爷为日本人做的那些事,他感觉大家越来越不待见他了。德满爷看见他就想拿棍子敲他的头,老婆橘子也对他没什么好声气,就连为他守寡多年的娘,都不再跟以前那么宝贝他似的,常常还会对他爱答不理。他心里真是有说不出的气恼,心说你们这些人也真是。又不是我要当什么联防队员,还不是因为大少爷天舒啊?你们就算有意见,也应该冲大少爷啊,与我什么相干?后来毛蛋也想,不他妈受这窝囊气,老子不干了,还不行吗,可是看看顺子在城里做得好好的,都跑回来跟在大少爷后面混了,自己凭什么不干?

一想到顺子,毛蛋心里又觉得窝囊难受。顺子回来才几天啊?仗着小的时候救过大少爷的命,大少爷敬他,你看他平常那一副趾高气扬的样!哼!毛蛋心里窝着火,自从顺子回来之后,大少爷走哪都只带顺子,他毛蛋呢?只能靠边站了!哼,想想都来气。其实,顺子除了小时候救过大少爷之外,哪一点比他毛蛋强?是他比我会收粮,还是比我会寻人(花姑娘!嘿嘿)?要我说,顺子就是个扫把星,别看他叫个顺子,可自打他来了之后,大少爷的事情没有一样做得顺的。不仅一个人(花姑娘)都捉不到,而且整船整船的粮食都能弄丢!还丢了不止一次。说是叫藕山的土匪劫走了,大少爷竟然不仅相信,还一个屁没有。活该挨池田训!顺子越想越心里气不平。哼,等我逮着一个大机会,叫顺子还敢不拿正眼看我?就连大少爷也要高看我毛蛋一眼!

吃过夜饭,毛蛋就和三癞子一起在村子里四处转了一圈。他们只不过意思意思而已,橡树湾的地界,大少爷的地盘,能有什么可疑的人和事?两个人悠悠达达地一边说着话,一边走,等巡视完之后,一轮上弦月已经精巧玲珑地悬浮在空中了。二人回到祠堂门前,就此分开,各自回家。此时正是江南的暮春时节,踏着一地轻淡柔美的月光,毛蛋仿佛觉得自己正漂荡在波光潋滟的湖面一般轻巧。夜风凉丝丝地吹在脸上,说不出的惬意。毛蛋虽说只在小学校里读过几年书,可一种爱美的本能使得他感到了生活的美好。那美好让人忘记了日本人的存在,以为是一个太平年月,祥和平静。

毛蛋晃晃荡荡地走着,刚晃悠到祠堂旁边的小弄子里,就看见一条小船轻捷无声地靠到了岸边。毛蛋心里顿时一惊,嗯,这么晚了,怎么会有船?而且日本人封锁得这么严密,怎么可能还会有船呢?毛蛋心里正疑惑,忽然就看见从树影里走出一个人来,像是早就等在那里似的。他定睛一看,竟是高湛!毛蛋觉得有些稀奇。对于高湛,橡树湾人一直对他有些琢磨不透,有几分敬畏,更多的却是隔膜。也就大屋里的人当他是个宝,橡树湾人都这么认为。一会儿在小学里当校长,一会儿又去了城里的铺子,一会儿又回到橡树湾继续当校长。游刃有余,搞得比大少爷天舒还像是大屋里的正宗少爷似的。这不,这几年回来当校长之后瞧他忙得！也不知施了什么魔法，他以前的那些学生，川流不息地来学校找他。常常在那间校长办公室里聊到半夜，谁也不知道他们都聊些什么。还屁都不能放一个，哪怕只是随嘴说一句，大少爷也要恼，说，人家先生、学生讲讲话不可以啊？我当年在日本留学，老师、学生日夜都搅在一块，你们这些没见过世面的东西，一点事就毛咋的！毛蛋偶尔跟在天舒大少爷后面，到菱湖周边巡视，无论走到哪里，总能看见高湛的那些学生，走村串户的，都是些裁缝啊木匠啊货郎啊什么。也是怪事，这些人不管到哪里，都跟哪里的住户打得火热，熟悉得就跟自家人一样。有时候不免奇怪，忍不住嘀咕个一句两句的，可舌头才刚碰他们一下，大少爷立马就会呵斥，说，人家碍你们什么事没有？要你们多嘴！大家都说大少爷护短，毕竟小学是他们家开的嘛！但有时候，简直都有点护过头了，毛蛋觉得。

　　就说那一回，跟着铃木副官到陈家洼收粮。自从顺子丢了粮食之后，日本人就再也信不过大少爷，一到收粮季节，总是亲自带人挨家挨户收，再亲自押送回去。可是，也不知道从哪一天开始，就算日本人出马，粮食也是越来越难收到了。刚到村口就看见高湛的一个学生，把村口一间废弃的草棚子拾掇出来，在那里搭了门板做衣服呢！看见他们过来了，点头哈腰地笑着跟大少爷打招呼。大少爷一副爱答不理的样子，乜了他一眼，就骑着马走了。那天出师不利，一天跑到晚，一粒粮都没有收到。到哪一家，哪一家都苦巴巴地说着各种缺粮的理由。缺粮？鬼才相信！夏粮刚刚才收上来，怎么可能没有呢？可看他们那一副要粮没有，要命一条的架势，也实在拿他们没法子。大少爷就对铃木说，这么硬碰硬也不是办法，不如今天就这样，我们回去商量一个妥当的方法，明天再来。于是当晚一行人就宿在了陈家洼村公所。

　　毛蛋半夜起来小解，刚进茅厕，就听到外面一阵杂乱的脚步声，又沉又急，人数好似还不少。毛蛋不禁多了一个心眼，悄悄地蹲到墙根下看。果然看见一帮人，背的背，驮的驮，都急急地往村口去。毛蛋奇怪，这么晚，他们这是要干什么？竟然忘记解手，远远地尾随着，想看个究竟。跟着跟着，那帮人竟然在村口草棚子前站下了。带头的那个人在门上敲了三下，紧跟着门开了，裁缝出来了，大家于是一拥而入。裁缝最后一个进去，关门之前还警觉地朝四周望了望。毛蛋心里的奇怪大得跟菱湖的波浪一般,也不声张,蹑手蹑脚地过去,将耳朵贴在门板上,仔细听里面的动静。

裁缝问,确定没有人跟着?

大家答,确定没有。见他们一个个都睡死了,我们才出来的。

千万小心!今天就只能搬这么多,明天晚上看情形再说,剩下的都藏好了没?

村民们都一片声地答应,都藏好了!

那就好!赶紧回吧,都悄悄地……

毛蛋听明白了,哈哈,这些刁民!好个狗裁缝!这回,总算逮了一个现行,看大少爷可还护得住!毛蛋一溜烟回去报告给了大少爷。

大少爷睡眼惺忪,一副不以为然的样子说,有这等事?

毛蛋说,千真万确!我亲耳听到的。不信,大少爷过去搜一下,就知道我到底说的是真是假了。

那么着急干什么?这大晚上的,他还能跑了不成?明天早上。明天早上过去搜搜看,若是真叫我搜到,看我不打断他的狗腿。敢扰乱皇军收粮,不想活了他!

毛蛋说,那要不要告诉铃木副官知道?

大少爷狠狠地瞪了他一眼,说,你去啊!我看你毛蛋能耐大了嘛,能说日本话了嘛!你要是能说得叫铃木明白,你就去说!还不滚回去睡,明早好起来去拿赃?

可是第二天早上他们一行人过去的时候,裁缝早就门板卸下,敞门开户地坐在门口干活了。看见大少爷他们过去,他仍旧一副点头哈腰的笑模样,打着招呼。大少爷猫腰进到棚子里,徒见四壁,干干净净,什么也没有。漫说粮食,就是根草也没看到。

毛蛋蒙了,昨晚自己明明看见一群人背着粮食进来的嘛!怎会什么都没有呢?莫非是见着鬼了?

大少爷当场就给他一顿下不来台,说,下回要是再这么捕风捉影,小心我拿鞭子抽你!我们"含德"出来的学生,怎会做与日本皇军对抗的事情呢?不是坏我"含德"的名声吗?转而又对那个裁缝说,你,李云山,以后做人做事小心一点,不要给人抓到什么把柄。你这是在我的地盘上,若是别处,你说你的小命还在自己手里头吗?

到现在,毛蛋都还没闹明白那晚到底是怎么一回事!自己的的确确看见听见的事情,怎么第二天就成了子虚乌有呢?自那之后,毛蛋在大少爷面前一点不被待见了,唉。毛蛋一想起就要气短,真他妈背!今晚这个高湛,这么神神秘秘鬼鬼祟祟的是要等谁?莫非又是哪个学生?可是见学生用得着这样偷偷摸摸吗?毛蛋不禁又多了一个心眼,就躲到暗处想看一个究竟。

这时候小船已经靠到岸边了,从那低矮的小窝棚里钻出一个人来,高湛伸过手想拉他,可那个身形甚是高大的家伙,根本不用人帮,只轻轻一跃就跳到了岸上。虽然月光清淡,可毛蛋还是没太看不清究竟是谁。紧跟着又跳上来一个人,毛蛋仔细一看,耶?那不是三少爷天朗吗?怪不得高湛会在那里等他。

自打三少爷上回回来过一趟之后,大家都知道三少爷在和日本人做生意。瞧,那打扮,那气派!啧啧。橡树湾人茅塞顿开,更是心领神会。可是德满爷似乎并不生三少爷气的样子,这又叫毛蛋心里不舒服。哼!还不是看我毛蛋一个守寡的娘无权无势吗?等我有一天逮着机会露一手给你们看看,叫你个老糊涂的德满爷敢再拿棍子敲我,哼!毛蛋心里正盘算着,就看见三个人相跟着往学校方向去。高湛在前,那个人中间,三少爷打尾,边走边还拿眼睛朝四周瞄。毛蛋心里疑惑,三少爷这么警惕做什么?那个被高湛和三少爷一前一后护在中间的人到底是谁?毛蛋越发觉得奇怪,也便越发把自己藏到暗处,想看个明了。终于近了,终于可以把来人看清楚了。可这一看清,着实把毛蛋给吓坏了!我的个天!那是谁啊?是谁啊?分明是墙上贴着的土匪头子张久胜啊!日本人悬赏一万块现大洋捉拿他。一万块现大洋啊!我的个娘!毛蛋的心忽然间剧烈地跳动起来。天爷爷地奶奶,一万块现大洋,他毛蛋家几世几代也没有见过那么多钱,那得是多大一笔财富啊!毛蛋的眼前忽然看见一块块大洋,正叮叮当当地在月光下快乐地舞蹈,银圆那特有的清脆声响,犹如天籁,在毛蛋的耳边吟唱不绝,令毛蛋心慌意乱。

德满爷无数次拿手里的拐杖,颤颤巍巍地指着告示告诫大家,楚家的子孙谁也不准干这种偷偷摸摸的阴损之事,向日本人告发中国人,这不是橡树湾楚家后代能做出来的事!哈哈,德满爷,您说得多少轻巧?橡树湾楚家与日本人世代有仇又怎么样?可和叮当作响的银圆没有仇啊!您说是不是啊,德满爷?再说,张久胜是什么人?那可是橡树湾近在眼前的仇人啊!不靠日本人,橡树湾谁能拿得了他?就连二少爷不都是他手下败将吗?毛蛋的一颗心都快要跳到嗓子眼了,如果不是自己使劲咽一口吐沫,差一点就飞出了喉咙。可是他转而又一想,不对啊!三少爷天朗怎么能和土匪头子张久胜搅到一起呢?还有高湛也夹在里面。这也太不合情理了吧!他们不是仇人吗?深仇大恨啊!怎么就能走到一起呢?对了,大少爷天舒知道他们搅在一起吗?一定不知情。大少爷不知道发过多少次狠,说要是张久胜给他碰到,一定不会交到日本人手里而自己先杀了再说。那么今晚的事要告诉大少爷吗?不能!告诉他,一万块大洋就没了呀!不行,还是直接告诉日本人。先将赏金拿到手再说。再说这么紧急的一件事,倘使时间耽搁了,叫他跑了可怎么是好?谁叫他夜夜不回橡树湾,只窝在方家洼的温柔乡里呢?哼!德满爷,等着瞧吧!等日本人抓住了张久胜,我毛蛋就是橡树湾一等一的大功臣了,看你个老糊涂还敢不敢再拿拐杖敲我?事不宜迟,毛蛋慌忙跑到湖边,解开自家小船,一篙点开,小船随即像一支箭一般射了出去。

  池田这几天得到一个新的情报,知道那个捉拿许久的土匪二头目根本不叫什么白夜,而姓向,叫向辉,是原新四军的一个团政治委员。池田不禁恍然大悟,怪不得仗打得那么好,深知战略战术,皇军怎能不一次又一次吃亏?

  池田的面前还摆了一张向辉任新四军团政委时候的照片。那时的向辉没有胡须,也没戴眼镜,看上去是那么年轻又帅气,与脸上长满乱蓬蓬胡须的藕山土匪白夜,根本不可能是同一个人。他把向辉的照片和白夜的照片摆在一起,依旧不敢相信。他甚至找来了专门画人物肖像的技术人员,按照片将向辉画下来,然后再给这个画好的向辉配上大胡须与眼镜,真是一模一样!这才终于相信他们确是同一个人。

  毛蛋深夜进城,要求面见池田太君,说是有重要情报汇报。对于这样的一个小虾米,池田并没有想见他的心思,他的心思全都在这个向辉与白夜身上。

可是听说这个毛蛋,哦,大名叫楚孝才的家伙是橡树湾的一个团练,而且很紧急似乎确有重要情报。池田想,为什么橡树湾的团练有情况不直接跟楚天舒说,而要深夜进城来向自己报告?莫非其中有什么猫腻?池田感觉天舒近段时间跟他二弟一样,越来越用不顺手了。

毛蛋被带到池田办公室,池田根本不拿眼睛看他,只依旧盯着桌子上的照片。毛蛋畏畏缩缩战战兢兢地说,报告中佐,我看见大土匪张久胜了!

池田一听,立时将头抬起来,目光如钉子一样紧紧地钉在毛蛋的脸上,钉得毛蛋一颗心就跟只绿毛龟似的,到处毛绰绰的。你说的是真的?

当然是真的!毛蛋忽然精神起来,于是就将晚上看见的情况如实向池田汇报了,末了说,中佐太君,您说大少爷他知不知道自己的弟弟和土匪张久胜……

池田一挥手制止了毛蛋的喋喋不休,忽然他似乎想起来什么似的,拿出向辉,注意:是向辉而不是白夜的照片给毛蛋看,问,这个人你认识吗?

毛蛋一看,顿时两眼瞪成了铜铃,天朗少爷?

池田一听,腾地一下站起身,厉声喝问,你说他是谁?

毛蛋不知道为什么池田会突然间暴怒,吓得眼泪都要下来了,哆哆嗦嗦地说,我说那、那是天、天朗少爷啊!

你确定?此时的池田手举着相片已经离开座椅走到毛蛋面前了,紧盯着他的眼睛追问。

照片上的这个人,就是天朗少爷嘛!面对池田地步步紧逼,毛蛋索性死猪不怕开水烫,说话反倒利索了。

几乎一秒钟的犹豫也没有,池田就下令直扑橡树湾。

暮春的乡村夜晚,凉爽舒适,整个橡树湾都沉浸在一片熟睡之中,就连警醒的狗都沉入了梦乡。一百多个日本兵悄无声息地到达橡树湾,一队人马由毛蛋带队直扑含德小学,另一队人马将楚家大屋围了一个水泄不通。对于这种没有窗户只靠天井采光的建筑,池田真是深恶痛绝,感觉任何一座房子都像一座堡垒似的坚不可摧,无孔可入。

深夜老莫被激剧猛烈的拍门声惊醒,他哆哆嗦嗦地爬起来,嘟嘟囔囔地小声嘀咕,谁这么不晓事,三更半夜的,这么大动静敲门?可是待他从门缝里往外一看,如狼似虎的日本兵,火把烧红了半边天,老莫顿时吓得灵魂出窍。他急急忙忙转身就朝照壁后面跑,边跑边喊,夫人,三少爷,不好了,日本人来了!日本人来了啊!

不想三少爷天朗已然穿戴整齐,如一棵挺拔的橡树一般立在客厅里了。他笑着安抚老莫说,老莫爷不要害怕,没事的。您老回去歇着,日本人我来对付好了。

老莫的眼泪下来了,他一边抹着眼泪,一边嘟嘟囔囔地说,三少爷,为什么日本人会好好地找上门来啊?谁招惹了他们啊?大少爷不是把日本人哄得好好的吗?这究竟是怎么了?他说着转身慢腾腾地回自己门房小屋。

这时候楚夫人也已经穿戴齐整地出来了,她是那么从容淡定,似乎早就料到会有这么一天似的。她走到儿子身边,脸上挂着天远永远也忘不掉的慈祥笑容,伸手摸了摸儿子清瘦的脸,说,天朗,不怕!有娘在,天塌下来,都不要怕!仿佛站在自己面前的不是一个已过而立之年、曾经指挥千军万马的团政委,而是一个还未成年的孩子。

天朗紧紧地握着母亲的手,笑着说,我不怕的,娘!在娘身边,天塌下来,我都不怕!娘,他们是来找我的,让儿子去会会他们!

不!我们就不出去,看他们能怎么样!就算死,娘也定要陪着你!

天朗笑笑说,娘,放心!他们不会要我死的,他们一定是要一个活着的我。活着的我对他们才有用处啊!

好!那就让他们进来抓你吧!高湛,去把准备好的火药拿来。

不一会儿,高湛就拿过来一大包火药。楚夫人叫高湛将它们绑在桌腿上,自己就坐在桌边,只要他池田胆敢进来,她白静雅就胆敢叫他陪他们娘儿俩一起上西天!

橡树湾的宁静再次被打破了,所有人再次被撵到了祠堂前面的空地上,就连德满爷都没有放过。火把,荷枪实弹的日本兵,体形高大、虎视眈眈的大狼狗,吓得天上的那轮上弦月都躲进了云层。

德满爷手拄拐杖颤颤巍巍地走到池田面前,说,敢问太君先生,我橡树湾人究竟犯了何等大法,触怒了皇军,要如此兴师动众深夜造访啊?

池田蔑视地瞄了一眼眼前这个耄耋老者,嘴角浮起一缕轻蔑的微笑说,老头,你不知道吗?那我问你,你们祠堂的墙壁上贴的那个大胡子土匪,他是谁?

太君不是已经知道他是土匪了吗?干吗还来问我?

哈哈哈,想不到这老头这么老了,竟然还挺机智。

毛蛋挤过来插话道,他是我们橡树湾的族长。

哦,池田意味深长地哦了一声,说,族长先生,你知道那个大胡子土匪,就是你们橡树湾楚家大屋的三少爷楚天朗吗?

啊?所有橡树湾人一听顿时大惊失色,毛蛋更是魂飞魄散,天朗少爷怎么会和大胡子土匪联系在一块呢?哦,怪不得……怪不得天朗少爷会和张久胜一起出现在橡树湾了!哦,天哪!这么说,池田拿出天朗少爷的照片就是要我来确认的!完了,自己出卖了天朗少爷了!毛蛋忽然一屁股坐到地上,哇的一声放声大哭起来。

德满爷鄙夷地看了一眼活像个癞皮狗似的毛蛋,喝道,滚一边去!别妨碍我和太君说话。毛蛋连滚带爬地想要回到人群中去,却被池田用军刀制止了。毛蛋顿时吓得一动不敢动,瘫在地上真如一条狗一般,呜呜咽咽。丢人现眼的东西,没骨头!德满爷气得一拐棍捣在毛蛋身上,然后目视着池田说,太君说这个墙上贴的大胡子土匪,就是我们三少爷天朗,您可有什么证据?我们橡树湾几千号人每天都看见这张告示,从来就没有人说过他就是三少爷天朗,莫非我们都是瞎子不成?

老头,我不跟你东扯西扯!告诉你,你们的三少爷他不仅是藕山的土匪,他还是新四军的团政治委员,所以你们橡树湾不仅"通匪",而且还"通共"。想必你们都知道这"通匪""通共"的后果吧?

德满爷顿时什么都明白了,世上哪里有什么秘密能够长久呢?池田太君,就当您说的那个大胡子土匪就是我们三少爷天朗,可我们并不知道啊!而且他人在哪里,我们也不知道,您这样大兵压境,是不是找错地方了呀?

哈哈,老头,我怎么可能找错呢?我有百分之百的把握,确信你们的三少爷天朗,还有那个大土匪张久胜,他们此时此刻就在橡树湾!所有橡树湾人再次惊呆了,狗日的张久胜吃了熊心豹子胆了?竟敢来橡树湾?他来橡树湾做什么？三少爷真和他在一起？大家不禁疑惑地面面相觑。池田见人们都露出不相信的神情，就用军刀捅了捅毛蛋，说，来，楚孝才，把你今晚看见的都跟你们橡树湾人说说。来啊！

毛蛋顿时魂魄俱飞，他根本没想到池田会当众把自己卖掉。倘若只单单一个张久胜还好说，可是竟搭上了三少爷天朗，从今往后，橡树湾还有自己的容身之地吗？毛蛋不禁一头趴在地上号啕大哭。

德满爷举起拐杖用尽全力狠命朝毛蛋打去，我就知道一定是你这个没骨头的东西干的！真是楚门不幸，羞煞先人了！我橡树湾楚家世世代代与日本人不共戴天，怎么竟然出了你这么个给日本人通风报信的败类？真是羞煞……德满爷一句话还没有说完，突然直挺挺地倒在了地上。德满爷的四个孙子阳春、半夏、秋石、麦冬，高声叫喊着爷爷、爷爷，冲了过去。阳春扑倒在地上把德满爷抱在怀里，可是德满爷已然气绝身亡了。人群一阵骚动，大家一齐拥过去，有叫德满爷的，有叫爷爷的，有叫太爷爷的，哭的哭，喊的喊，一片混乱。

一声清脆的枪声把一切混乱都镇住了，日本兵拿枪威逼着大家统统站好。可大家簇拥着德满爷不愿意离开，阳春更是死死抱着爷爷的尸体不挪窝。又是一声枪响，大家都还没有反应过来，阳春已经倒在了血泊中，两只手还紧紧地搂着德满爷。死亡终使大家放弃了坚持，乖乖回到原地站好。只有瘫成一摊烂泥的毛蛋还坐在原地，面对德满爷与阳春横陈的尸体，魂飞魄散。

这时候，大少爷天舒终于飞马赶到了，看见地上的尸体，很吃了一惊。池田一看见他，似乎很高兴的样子跟天舒打着招呼，哈哈，天舒君，你来得正是时候！真是不简单，天舒君，你知道吗？你弟弟楚天朗可不是一般人物，他不仅是藕山的大土匪，而且还是新四军的团政委，赫赫有名，战功卓著。想必你早就已经知道了，可就是不和皇军说，想瞒天过海是不是？可是你知道吗，天舒君？你的家里，哦，不，应该是你母亲家，藏着我们找了很久的两个人，一个是你弟弟楚天朗，一个是你的妹夫张久胜。

天舒虽然已经从报告他的三癞子嘴里约略知道了一点情况，但具体的并不太清楚。他原以为池田突然深夜来到橡树湾，单纯是冲着天朗来的，他以为池田看破了天朗的伪装，没承想连张久胜也搅到了一起。倘若真是如池田所说天朗与张久胜双双在家里被捉,那等待橡树湾的将会是灭顶之灾。四百多年前楚姓家族的遭遇将会再一次重现,而他委屈了这么久,到底没有求来一个"全"字。天舒的心忽然被什么东西钝钝地击打了一下,一瞬间忘记了跳动。他迅速调整自己的情绪,池田君,请原谅,我真不知道这一切究竟是怎么一回事!您真的能确定我母亲家里藏了藕山上的两个大土匪?其中一个竟是我三弟天朗?天哪,我怎么觉得像做梦啊!天舒干干地笑了一下。

做梦?天舒君,是你把我们一直蒙在鼓里吧?你,还有你的二弟天远,一直都知道这个藕山土匪白夜其实就是你们的弟弟楚天朗,可你们就是不说!好,不说是吧?就让你们见识见识什么叫梦醒时分。你去把门叫开,叫他们最好识相一点,主动投降,免得他人遭殃……说着一声枪响,毛蛋死在了血泊之中。两万元的赏金顿时化为乌有。毛蛋的娘一见儿子被杀,哭喊着毛蛋的名字冲出人群,扑到毛蛋尸体上放声大哭,转而疯了似的朝池田扑过去,可还没有走出两步,池田的枪又响了,毛蛋的娘紧跟着倒下。毛蛋老婆橘子哭着喊着要往婆婆和丈夫身边冲,被大家死死拦住。池田始终面带微笑,他看了看天舒说,知道什么叫"人为刀俎我为鱼肉"了吗?倘若楚天朗与张久胜活着从那间屋子里走出来,我免橡树湾所有人一死!否则,就不要怪我不客气!池田的脸色陡然一变,顷刻间声色俱厉起来,宛如晴朗的天空突然间要疾风暴雨。

天舒舔了舔发干的嘴唇说,池田君,您看事情还没有弄清楚,就这样大开杀戒不好吧?第一,藕山土匪白夜究竟是不是我三弟,我和我二弟天远真的不知道,池田君也没有给我们看确凿证据;第二,我楚家大屋素来与藕山土匪张久胜有不共戴天之仇,这件事世人皆知,想必池田君您也知道,我三弟天朗怎么可能会与张久胜搅在一起呢?纵使他俩搅在了一起,我娘也绝不会答应的!池田君,倘若我娘屋里搜不出张久胜怎么办?

哈哈哈,想不到天舒君果真辩才。你的两个疑问都好办,你弟弟楚天朗是不是大土匪白夜,跟我回宪兵司令部解释一下不就清楚了?至于张久胜,倘若从你家里搜不出,那么还是那句话,我饶所有橡树湾人一死。但是,天舒君,我刚才已经给过你机会了,只要他们自己主动投降走出来,我绝不跟橡树湾计较;倘若他们非要负隅顽抗,天舒君,别怪我不给各位活命的机会。

天舒回头望了望自己身后橡树湾的男女老幼,又用舌头舔了舔干裂的嘴唇,感觉自己就像被架在火上两面烘烤的一块肉,哪面都是疼。这些年,他做狗做奴才,就是希望避免这种场面,可这一时刻还是到来了。怎么办?爹当年为了橡树湾人放弃了天心,今天的自己不得不又一次放弃自己的兄弟。天舒的心突然间又被钝钝地打了一下,那一瞬间他忽然明白爹为什么会口喷鲜血。天舒抬脚朝娘门前走去,不管怎么说,他都要去把情况了解清楚。倘若他们真在娘屋里,怎么办?早知道纸是包不住火的!可天远还跟我打马虎眼。跟我打马虎眼算什么,日本人的马虎眼能打得过去吗?张久胜这个祸害!天舒下定了决心,倘若张久胜真在娘的屋里,他一定二话不说将他一枪,不,不能用枪,得用刀,对,用刀。一刀就叫他狗日的毙命!叫他连哼都来不及哼一声。

天舒一边在心里发着天大的恨,一边朝家走去。尽管脚步有千斤重,可还是一步一步挨到了娘的屋门前。他举手拍了拍门环,喊道,老莫爷,是我,天舒啊!你把门开一下,我有话要进去和我娘说。

不一会儿,屋里传来老莫苍老的、带有哭腔的声音,说,大少爷,对不起,夫人说,她跟你说不着,有什么要说的,叫那个池田亲自来跟她说。

天舒无奈,只得又回去跟池田如实相告。池田纵声堆笑,哈哈,好大的架子啊!竟然还要我亲自去请。他打量着高耸在眼前的这幢气派的楚家大屋,当年妹妹信子站到大屋前,就给震慑住了,紧接着又给气势汹汹的楚老爷给震慑了,然后落荒而逃,最后葬送了自己的性命。哼,我池田信一可不是池田信子,没有什么可以震慑住我的!敬酒不吃吃罚酒,两个区区土匪蟊贼,还要我亲自去请?也太把自己当回事了吧?池田笑容一收,立马声色俱厉,炮兵,给我开炮!不是不愿意出来吗?好,我就用炮弹给你轰出来!

先从最左边那一间开始!

随着一声尖啸的声响,一发炮弹在空中划出一条完美圆润的曲线,准确无误地落在了天朗屋里,从天井一头栽进去,随即一声巨大的爆炸声,浓烟伴着火苗腾地一下迫不及待地从天井里冲出来。还不快去救火?人群中不知谁喊了一句,于是大家都朝起火点拥过去,却被日本兵死死地拦住了。倘若任火势蔓延,要不了多久,整个楚家大屋将会葬身于一片火海之中。怎么办?忽然随着二楼轰的一声坍塌，腾起一阵巨大的烟雾，火势却迅即熄灭了，只有漫天的烟雾朝着天空扩散弥漫。这极富戏剧性的一幕把所有人都看呆了，莫非得了神助？又没有下雨，火势怎么会自己熄灭呢？就连池田都不觉好奇，跑过去想看一个究竟。原来，楚老太爷当初建房的时候，就考虑到防火，在二楼楼板的底层事先铺设了一层细沙。这样倘若失了火，蔓延到二楼，楼板一旦塌陷，沙子就会自动洒落，覆盖在火苗上，将火熄灭。好个绝顶聪明的设计啊！

面对这一中国民间智慧，池田忽然有一种被人当众打了一巴掌的感觉。他收起笑容，气急败坏地瞪着同样目瞪口呆的天舒，冷冷地笑了一声，笑得天舒浑身汗毛倒竖。天舒君，看来你母亲这扇门还真不好打开啊！他说着转身对着人群，当当当，连发三枪，三个人连哼一声都来不及就倒在了地上。

池田中佐，您这是何意啊！天舒急得就差捶胸顿足了，他一把拉住池田的胳膊说，有话好好说嘛！为什么要滥杀无辜呢？

滥杀无辜？这可是你们逼我的！再给你一次机会，如果十分钟之后，这扇门里还走不出我要的那两个人，你将会看到另外一批倒在地上的尸体。可能就不会只是三个，而是三十个，甚至三百个，都有可能！

天舒的眼泪都要下来了，他拼命忍了忍，舔了舔干裂的嘴唇，看了看自家同样紧闭着的门扉。他知道，吴凤姐和孩子们一定没有出来，因为那将会是池田另一个可以要挟自己的筹码。天朗，对不起了！天舒在心里悲惨地叫了一声，再次走到老屋门前，举手准备拍门，可门却在那一瞬间开了。天舒看见自己的白发亲娘和自己的同胞弟弟，手挽着手一同出现在门口。天舒叫了一声"娘"，楚夫人没有理会他，只是脸上依旧挂着慈爱的笑容，轻轻地把手从天朗的搀扶中挣脱，然后替儿子理了理并没有凌乱的头发，押了押儿子挺直的衣角，最后抚了抚儿子的脸，声音无比轻柔地说，去吧！娘等你回来！

天朗微笑着最后拥抱了一下自己的白发亲娘，跟天舒打了声招呼，就神态自若地朝等候多时的日本兵走去。走了没几步，他又回过头来，冲正倚门而望的母亲挥一挥手，露出他洁白耀眼的牙齿，粲然一笑，高声喊道，娘，我去去就回，您等着我！楚夫人也笑了一下，却充满了凄凉。她知道，这一定是儿子最后的笑容！

（多年后,读鲁迅先生《为了忘却的纪念》,先生说他不知该用什么样的方式纪念柔石,就选了一幅珂勒惠支夫人的木刻,名曰《牺牲》,那是一个母亲悲哀地献出她的儿子。每每读到这里,我总要双眼噙泪,顿时想到我的外婆。一个白发母亲亲手将自己的儿子送给一帮如狼似虎的日本强盗,心中是怎样地悲哀!又是怎样的一种牺牲?!鲁迅先生说:"我知道这失明母亲的眷眷的心,柔石的拳拳的心。"我也知道。那一刻,我想我三舅的心也一定充满了拳拳之情,可外婆的内心呢?岂止只有眷眷?更有一种痛,直入心扉,痛彻入骨。

　　那一天,日本人将整个橡树湾翻了一个底朝天,几乎没有放过每一片屋瓦、每一堵墙壁,就是为了寻找我的父亲。我忽然明白,晚饭后焕彩姨带我们等的那个人,其实就是我的父亲,可是他最终没有出现。出现的是我的三舅,给了我片刻父亲般温暖的三舅,现在被如狼似虎的日本人带走了。我的父亲却当了逃兵!我的外婆始终端坐在老屋客厅的椅子上一动不动,似乎整个世界已经与她再没有了瓜葛。她的心已经在她把我的三舅送出去的一霎停止了跳动。

　　日本人终于走了,带着我三舅——楚家大屋三少爷楚天朗,新四军团政委向辉,"藕山抗日独立大队"政治委员白夜,也算得是得胜还朝。日本人走了,可并没有把安宁与平静还给橡树湾。）

　　　　请你暂时牺牲一下天堂上的幸福
　　　　留在这残酷的人间

　　不知自己被关在哪里的向辉喃喃自语。他知道自己已经回不去了。屋后的枫树、枫树下的小石桥、漫山遍野的橡树、横跨河面的风雨桥……橡树湾的山山水水,他都不得不和它们说再见了。不知为什么,越是知道即将永别,他却越是不可遏止地要想起过去,想起从前。富足快乐的少年时光;凄风冷雨且又血雨腥风的战争年月;短暂迷茫的婚姻;刚直睿智的爹;雅静贤达却又不失凛然正气的娘;还有美丽而又寂寞,叫人心疼的莲心……一切的一切,都要说再见了。其实,已不可能再见,而只能是永别。在这漆黑而又阴冷潮湿的牢房里,向辉一遍又一遍地用这些温暖、温情的记忆打发那些艰难的时光;同时他也一遍又一遍地喃喃自语,说给被囚的自己,也说给被重重灾难蹂躏的这个古老的国家。那是我们的祖国母亲啊!她有着无比辉煌灿烂的古老文明,又有无数美丽的河流山川、湖泊高原,还有一代又一代坚强优秀的儿女。可是此时这位伟大的母亲,美丽的母亲,却在呻吟,在流血,在战栗。请暂时忍耐吧,母亲。同时,他也说给那些在另一个无形囚室之中煎熬的兄弟。此时的他们或许正想尽一切办法要冲破这有形牢笼,解救他出去。

不要啊!我的兄弟。向辉向着无边的黑暗默默祈祷,希望这样的事情不要发生。因为无数个黑暗角落,无数只黑洞洞的枪口,正等着一个个血肉之躯,撞上他们永远饥饿的口腹,然后饱餐一顿。明天还很遥远,尔等还须努力!

在被囚禁的日子里,向辉始终面带微笑、一言不发。无论是池田的威逼利诱还是严刑拷打,他始终以这样的表情沉默不语。好几次审问向辉的时候,池田都叫天远陪同,要他亲眼看着自己的兄弟如何被折磨得死去活来。天远表面上虽然无动于衷,可心底在滴血。然而无论遭遇怎样的酷刑,天朗永远都面带微笑,似乎疼痛与死亡对于他来说,不是一种折磨,而是一种享受。天远仿佛看到了行刑前的焕景,也是这样大义凛然面带微笑。是的,焕景第二,天朗,他做到了!

在那些被折磨的日子里,每每看着气急败坏的池田,天朗不禁在心里疑问,在这场征服与反抗征服的战争中,究竟谁才是真正的胜利者?似乎谁也不是。因为无论哪一方,征服者或是被征服者,不过都是奴隶,是被战争驱使的可怜虫!我们究竟为什么而战?不仅仅只为仇恨,更应该为尊严!为我们脚下的土地能够有尊严地呼吸,每一个生命能够有尊严地生和死。任何生命,无论是一个人,还是一匹马,抑或一棵树,都有权利选择有尊严地活着,而不是被践踏,被驱使,然后死亡。在死亡面前,没有什么征服与被征服,只有被掠夺,被毁灭。那就是战争的胜利!日本人也好,德国人也罢,终将被战争的车轮碾成齑粉。既然死亡谁都不能逃脱,自己又有什么理由不笑着面对呢?

向辉被捕,给张久胜的打击是巨大的,他后悔下山一趟,连累了三哥。他知道,橡树湾人再浑,也绝不可能向日本人告发楚家大屋的三少爷楚天朗!他们要告发的只可能是与橡树湾有着深仇大恨的土匪头子张久胜,结果拔出萝卜带起泥,日本人顺势查出了天朗。他真巴不得日本人抓到的是他自己,而不是三哥! 懊恼、痛惜轮番啮咬着他的心,以致他焦躁不宁,寝食难安,不眠不休地与任之初商议如何解救向辉。

向辉被捕,任之初的痛心与着急一点不亚于张久胜,可对于是否去营救,任之初却显得迟疑。他知道这也许正是日本人的用心所在,用向辉做诱饵,引诱独立队员,然后张网以待,再一网打尽。另外,想要营救,势必得知道向辉关押的准确地点,而能够知道这个具体地点的人,目前除了天远再无二人。可是一旦天远透露了关押地点,无疑也就暴露了自己,池田正苦于找不出这个疑似内鬼,正好给了他们机会一箭双雕。然而向辉不在,无人能够熄灭张久胜的怒火。怎么办?

关键时候,钟鸣来了,带来了楚夫人的"口谕":任何人都不得为了营救天朗而轻举妄动!

任之初大受震动,当年楚老爷为了橡树湾全族人的安全,舍弃了女儿天心;如今为了保存抗日力量,楚夫人又将舍弃自己的儿子天朗。这是怎样的一种大义凛然啊! 张久胜感觉自己唯有以死相报。

向辉被捕期间,楚姓人的漠然,"藕山抗日独立大队"的风平浪静,都令池田大惑不解。他故意带楚天远去审讯室,也是要激起他的愤怒。可是这个冷血的家伙竟然丝毫不为所动,无动于衷,真是气死人了! 问他作何感想,他也只是冷冷地说,好好的楚家三少爷不做,却与日本人为敌,这是咎由自取! 明明知道张久胜是家里的仇人,还和他搅在一块,更是死有余辜! 长生伯,我爹,还有我妹,就算在地底下也不会原谅他! 回答无懈可击。池田多少有些气恼,却又无计可施。

布谷鸟不分昼夜的一声声催着割麦插禾,终于麦子收完了,天也就热了。当我们如此轻描淡写地叙说着时间的流逝与季节转换的时候,有人却深陷地狱深处度时如年。即使向辉意志再坚定,可毕竟也是血肉之躯,对于日本人层出不穷的折磨,死亡简直成了一种享受与奢侈。然而死神却也是一个助纣为虐的家伙,竟然整日在他的周围赤着脚舞蹈,就是不发一回善心一把攫了他离去。

这一天是夏至日。菱湖周边的人都在这一天清晨起来按照古例,将菊叶烧成灰撒在农作物上,防止病虫害。袅袅炊烟还在橡树湾上空飘荡的时候,一条小火轮突突咆哮着打破了菱湖的平静,谁都知道那是日本人的洋船。日本人又来了,这一回究竟是为粮食,还是为土匪、共产党、新四军呢?

小火轮刚一靠岸,祠堂门前的大铁钟就再一次被敲响了,不一会儿橡树湾人无论是闲在家里的老弱病残,还是劳作在田间地头的青壮年劳力,都悉数被钟声催到了戏台前面集合。戏台周围早已站满了荷枪实弹的日本兵,戏台之上,甚至有两挺机枪正睁着乌洞洞的大眼睛,虎视眈眈地瞪着台下。

不一会儿天舒带着几个随从回到了橡树湾,满头白发的楚夫人拄着拐也过来了,这可是池田特别要求的。一个多月不见,楚夫人的头发白得更纯粹了,拄着根拐直直地立着,愤怒地与那两只乌洞洞的机枪口对视。岸上所有人全部到位之后,才看见池田从岸边的小火轮里走出来。大热的天依旧穿着整齐的军服,挎着军刀,蹬着马靴,脚步坚定地朝戏台走去。经过楚夫人身边的时候,还不忘面带微笑,礼貌地向夫人弯腰致敬。没有人知道这回池田的葫芦里又要卖什么药。

登上戏台之后,池田笑容满面地和大家打招呼,橡树湾的父老乡亲们,想必大家都知道,今天是中国传统二十四节气中的夏至,中国古代的皇帝通常会在这一天祭地,以感谢大地赐予人间收获。我今天也要效仿一下你们的皇帝举行一项祭祀仪式,只是我不是来祭天祭地,而是为了给我们大日本天皇祈福,祈求大日本武运长久,天皇陛下万寿无疆。来,抬牺牲!

随着池田一声令下,只见两个日本兵从小火轮里抬出一样东西。两只手捆在一起,两只脚也捆在一起,一根竹杠从被捆着的手和脚之间穿过。惯常橡树湾人杀年猪的时候,大都这样抬着猪们一路嚎叫去屠宰场。橡树湾人惊呆了,因为他们看见日本人这回抬的不是猪,而是一个人!而且这个不是猪的人也并没有出声,而是无声无息,跟死了一样!

(我害怕极了,紧紧地倚靠在外婆的身边,一只手死死地揪住外婆的一只衣角。我偷偷地抬眼看了一眼外婆,发现外婆脸色煞白,脸上、额上密布着汗珠,外婆也害怕吗?)

等抬得近了,大家这才看清,这个人的手和脚并不像捆猪那样,只简单地用绳子捆住,而是用铁丝对穿固定:两只手掌被一根铁丝穿过,固定在一起;两只脚则被一根铁丝穿过脚后跟,固定在一起。头朝后仰着,看不清脸,只看得见那只毫无生气的头随着行走左右晃动。老天爷呀!这是真的吗?橡树湾人破天荒第一次见这样抬一个人,都惊恐不已,尖叫声不绝如缕,有胆小的吓得捂住了眼睛。天朗少爷!人群中不知道谁惊惧地叫了一声。大家这才终于敢放开胆子仔细去瞧、去看,也终于看清这个手脚被铁丝对穿绞在一起、用杠子抬起的人不是别人,正是楚家大屋的三少爷楚天朗。

楚夫人脸上的汗水小溪一样往下淌,当日本士兵抬着天朗从她身旁经过时,她颤抖着伸出手想拉住自己的儿子,可她才刚叫了一声,天朗,我的儿!就一头栽倒在了地上。人群顿时骚动起来,人们哭着喊着潮水一般聚拢到了一起,将那两个抬天朗的日本兵围在了当间,无法走动。可是枪声响了,是机枪的声音,外围的几个人应声倒下了。人们又不得不散开,让出一条道容日本兵抬着他们的三少爷天朗走向高高的戏台。池田故意在橡树湾的地面上用这种方式处决天朗,多么处心积虑啊!

高湛将楚夫人抱起来,天舒的脸白成了一张纸,叫焕彩带着孩子们和高湛一起将娘送回家。池田!他在心里恶狠狠地叫了一声。他听得见自己肺叶炸裂的声音,随即一缕鲜血顺着嘴角流了出来,他用衣袖迅速擦掉,脸上浮起一缕怪异的微笑。他就带着那抹笑与池田对视,也带着那抹笑看着自己的亲弟弟像一头即将开膛的猪似的,倒吊在戏台之上,两只被穿的手互握着,低过头顶,好似作揖一般。十几个日本兵对着天朗开枪,天朗的身体瞬间被打成了筛子。

(我没有回去。我不想回去。我像一根木头桩似的,双脚牢牢地钉住地面,双眼则牢牢地钉在那个被抬的人身上。任焕彩姨怎么拽我,我就是不走。楚兴也没走,他紧紧地抓住我的手,我也紧抓住他的。那真是我的三舅吗?是那个消瘦但不失俊朗、亲切又温和的三舅吗?与我的三舅妈真是天生一对的那个三舅吗?那个曾给我片刻父亲般温暖的三舅吗?我的眼泪将眼眶撑得生疼,可我就是不让它流出来。那一瞬间,我忽然无比痛恨我的父亲。他说要保护母亲,可母亲死了;三舅和他在一起,可我可怜的三舅都已经死了,还被日本人打成了筛子,可他人呢?他在哪里?张久胜,我恨你!)

　　高高立在戏台之上的池田,满面笑容地看着眼前的一切,正准备再次训诫大家。可还未等他开口,忽然天空中风云突变,乌云密布,狂风大作,暴雨夹杂着一粒粒犹如鸡蛋大小的冰雹,从高空中直直地砸下来。菱湖水面掀起高达好几米的大浪,浪花狠命地拍打着湖岸,似乎要将这大地撕裂一般地狂怒。日本人的小火轮被风浪吹打得左右摇晃,一会儿抛向高高的浪尖,一会儿又被用力掷入浪底,冰雹更是将其砸得乒乒乓乓擂鼓一般,响声震天。无论风浪还是暴雨冰雹,都透着一股要把它打碎撕裂的狠劲!日本兵一个个被暴雨冰雹撵得作鸟兽散,连枪支都来不及收拾,纷纷抱着头寻找可以躲避的藏身之处,来不及逃跑的大多趴在地上,两手死死地抱住自己的头。池田也在副官铃木的保护之下仓皇奔入祠堂檐下,却在跨入廊下的最后一刻,被一粒巨大的冰雹砸中脸颊,瞬间一片青紫。橡树湾人呢?无论男女老幼,没有一个人离开,大家争先恐后纷纷奔上戏台(我和楚兴一起手拉着手也随着人流拼命地朝戏台跑过去,雨点、冰雹乒乒乓乓地落在我们的头上、身上,可我们全然不顾,只一个劲奔向那个倒吊在戏台之上,受尽屈辱与折磨的我的三舅。三舅,我在心里一遍遍泣血呼喊,可那个温暖如春风一般的人再也不会回答了,哦,母亲。),将三舅的尸体围在当间,都争着用他们的血肉之躯作伞作墙,去尽力保护他们的三少爷天朗。一时间,悲号之声惊天动地。看着这惊人的一幕,池田脸上的笑容终于不见了,第一次见他狼狈地被日本士兵簇拥着离开了橡树湾。被冰雹砸得凹凸不平的小火轮,也再没有了往日突突叫的威风,而是绕着风浪小心翼翼地溜走了。

　　一个多月之后,人们刚刚吃过晚饭,有的饭碗还没有来得及放下,祠堂前的大铁钟又被敲响了。大家的心不禁又是一阵惊慌。这只原是为了方便大家集中的钟声,如今简直成了预告死亡的丧钟。哪一次响起的时候,没有杀戮和死亡?

人们无不怀着忐忑的心情,惴惴不安地来到祠堂前。祠堂旁边的戏台上,早有人点起了火把,将周围照得一片火亮。天舒和他的联保队员们都在,可戏台上空荡荡的,主角还未出场。

橡树湾的男女老少到齐之后,就看见满头白发的楚夫人拄着拐杖,在焕彩的搀扶下,一步一步走过来了。三少爷天朗出事以来,这还是橡树湾人第一次在公开场合看见楚夫人,橡树湾人心中不免一阵唏嘘。楚夫人迈着稳健的步伐一步步走来,穿过人群,在众多目光的注视之下,一步一步登上戏台。原来,楚夫人才是今晚的主角!人们不禁长嘘了一口气。

楚夫人登上戏台之后,用拐杖重重地在台上敲了几下,然后威严地扫视了一下台下站着的橡树湾楚氏子孙,清了清嗓子,朗声说道——

今晚站在这里的都是我楚姓子孙,楚氏的每一个人都知道,我们楚家先祖是如何来到这菱湖岸边建家立业,繁衍生息的。是日本人!是日本人把我们赶到这里来的。四百多年来,我们楚家世世代代在这片土地上勤勤恳恳,辛苦持家,才有了今天的规模与繁盛。我们楚家人遵循古训,与人为善,勤俭持家,与世无争。可是日本人又来了!把我们楚家从海边撵到这个山旮旯里还不满足,还要撵过来抢我们的粮,杀我们的人,灭我们的种族。日本人是怎样对待天朗的,你们每一位可都看得清清楚楚,明明白白……楚夫人的声音哽咽了一下,她顿了顿,继续说,古人说忍无可忍,无须再忍!大家说,现在是不是已经到了忍无可忍的地步了?(是!下面一片疾风暴雨。)既然大家都认为已经忍无可忍,那么就不要再忍了!我们楚氏家族本与日本人有着血海深仇,如今这仇恨已与天齐,叫我们如何还能忍?(不能忍!不能忍!下面又是一阵疾风暴雨。)可是我们当中却有一些败类,他们忘记了楚家人的世代仇恨,而与日本人打成一片,给日本人做狗,当奴才。帮日本人抢我们的粮食,糟蹋我们的姊妹,这样的人还配做楚家子孙吗?(所有人都知道楚夫人话中所指,没有一个人回答,一片鸦雀无声。)楚天舒,在哪里?你这个孽障!站出来。

所有人的目光都一瞬间,齐刷刷地投射到了天舒身上。天舒正和他的一帮联保队员一起,站在人群后面,不知白发苍苍的娘亲今天把自己叫回来,把大家集中起来,到底所为何事。可是娘一番义愤填膺之后,却把目标指向了自己!

难道娘是专门审判自己的？天舒的脸顿时一片血红。他有些无可奈何地看了看周围，一道道目光就像一根根利箭一般，万箭齐发，他已经感觉到了自己身体上伤痕累累的痛，却又无处遁逃。无奈，他只能厚起脸皮当铠甲，穿过箭雨，走到戏台下，忍受母亲居高临下的目光。

楚天舒，你枉为楚家子孙，更枉为楚家大屋长子长孙，楚氏族长接位人！你为日本人做的那些伤天害理的事，真叫为娘羞于见人！更羞见楚氏先人！今天为娘就要代表你爹的在天之灵来替楚家清理门户。从今天开始，你，楚天舒再不许你姓楚！你姓猫姓狗都可以，就是不允许再姓楚！而且从今晚开始，你和你的家人永远不得再在橡树湾的地面上出现！给你一个时辰的时间，带着你的老婆孩子滚出橡树湾，永远不许踏上橡树湾半步！

娘！天舒无奈而又气愤地冲台上高叫了一声，脸色一片煞白。

不要叫我娘！从这一刻开始，你没有爹娘，没有姓氏，你已然是一条流浪的狗！滚吧！快点滚出橡树湾，从我的面前消失！楚夫人说着背转身，再也不看台下。台下一片死一般寂静。

白静雅！忽然吴凤姐冲到台前，对着戏台上楚夫人的背影大叫了一声，白静雅，你不要欺人太甚！你儿子作孽，凭什么要我跟着受罪？凭什么他风光的时候，没有我，现在倒霉了，却要拉我一起垫背？没门！我不会走的。打死我也不会走！是他楚天舒作孽，又不是我吴凤姐！凭什么我得走？我……她还想再说什么，可天舒却忽然给了她一个响亮的耳光，将下面的话堵在了喉咙里。

白静雅这个名字也是你叫的吗？天舒朝凤姐吼道。

她都不认你这个儿了，叫一声她的名字怎么了？一缕鲜血顺着凤姐的嘴角流了下来，可见得刚才那一巴掌扇得有多狠。

她不认我这个儿，可我永远都认她这个娘，滚！看着吴凤姐捂着发烫的脸离开人群之后，天舒对着台上的娘，扑通跪倒。娘，儿子不孝，儿子给您丢脸了。给祖宗丢脸了。从今往后，您老自己保重好身体，儿子走了。他说着重重地磕了三个响头，起身离开了。

所有人都静默着，没有任何声音，也没有任何举动，只一起齐刷刷地看着天舒夫妻离开。过了一会儿，天舒背着一个大包袱，领着五个孩子，挨个登上湖边的小船,解开缆绳,背岸而立,等凤姐上船。这时却从人群中挤出一个人来,朝着湖边的小船快步跑过去,是顺子！顺子老婆牡丹跟在后面哭着喊他,他就像没听见似的,连头都没回,坚定地离开,也跟着跳上了小船。从头至尾他的头都没有回过一次。好大一会儿,凤姐终于出来了。可是她刚一出门,身后突然火光冲天。橡树湾人包括天舒在内,谁都没有想到这个女人会一把火烧了自己的屋子。可见这个女人内心积聚的仇恨有多深！

台上的楚夫人看着天舒屋里燃起的熊熊大火说,烧吧！烧吧！自己烧掉也甚于被日本人用炮弹炸掉。与天朗屋一样,天舒屋里的大火也同样被楚老太爷事先预设好的黄沙给扑灭了,可屋还是塌了。本来天舒屋与天朗屋都与老屋相连,这样一左一右两边都坍塌了,只剩下老屋孤零零地立在废墟中间,与天远屋凄然相望,显得格外触目惊心。至于天舒带着家小驾着小船,究竟要去往何处,已经无人关心了。人们无不在心里感叹：一座宫殿一般的大屋,坍塌竟如此容易！

就在人们唏嘘一片的时候,不知道什么时候,戏台上却多了几只大木头箱子。高湛和他的几个学生正站在箱子旁边,一齐看着楚夫人。

楚夫人再次清了清嗓子说,我白静雅教子无方,教出天舒这样一个孽障。我白静雅对不住大家,对不住楚家列祖列宗。说着,只见她把手朝焕彩一伸,焕彩立即递给她一把剪刀。楚夫人披散开自己的白发,握在手中,说,我白静雅今削发以为惩戒。说着,咔嚓一剪子,一头长发齐肩剪下。楚夫人高举起自己的白发,朗声说,我白静雅今天以此白发盟誓：誓死与日本人抗争到底！绝不给他们一粒粮,也绝不让一滴血白流！楚家的子孙们,你们听好了,从今往后,有再与倭鬼勾连之人,当如此发！格杀勿论！说完叫高湛和他的几个学生,将摆在面前的几个大木头箱子打开。(啊？枪！人群一阵惊呼。)楚夫人高高举起高湛递过来的一杆长枪说,对,就是枪！我白静雅将这些年楚家大屋的所有积蓄悉数拿出,由高湛高校长谋划,购得这五百支长枪。今天我把这些枪都发到大家手里,从现在开始,拿到枪的你们就不再只是一个普通的楚氏子孙,而是一名战士,为家园而战,为子孙而战的战士了！日本人再胆敢踏上橡树湾土地半步,你们就一定要用你们手里的枪让他们有来无回！你们做得到吗？(做得到！

一阵疾风暴雨令大地颤抖,月亮失色。)高湛高校长,想必你们对他都熟悉,他多年前就曾经是抗击日军的英雄,今后你们就都归他领导,你们没有意见吧?(没有意见!人群又一次高呼。)跟你们实话实说了,高湛高校长不仅要领导你们,他还要领导菱湖十三乡所有抗日志士。从今往后,菱湖十三乡要牢牢地团结在一起,筑起一道牢不可破的钢铁长城,把日本人阻挡在我们的家园之外,坚决不让日本人来随便抢我们的粮食,杀我们的兄弟,祸害我们的姐妹,你们做得到吗?(做得到!又是一阵地动山摇。)另外,橡树湾的联保队员们,你们听好了!你们也是楚家子孙,却为日本人鞍前马后为虎作伥,罪不容诛!你们的头领已经被我驱逐了,我念你们只是受他蛊惑,就给你们一个机会。如果从今天开始你们能够真心悔过洗心革面,与大家携手抗日,就饶你们一条生路,留下来与大家一起并肩作战;倘若死心不改,那就别怪大家不客气!

那几个联保队员见楚夫人对自己的儿子都毫不留情,自然没了底气,一起跪倒在地,痛心疾首悔不当初,立誓定与橡树湾共存亡,绝不再给祖宗丢脸。

此处不留爷,自有留爷处。天舒在众目睽睽之下,被楚夫人撵出橡树湾,由顺子驾着小船,连夜拖家带口进城,出现在了池田的面前。他气愤难当而又声泪俱下地陈述了一切,末了说,池田君,我可是为了大日本皇军才落到今天这个地步的。看在我这些年为您鞍前马后的分上,您可不能不管我!

随着日军战线的拉长,战场的扩大,战事的无限制持久,日军对物资需求量也无疑越来越大。因为有天舒这样一个好使而又有力的助手,菱湖周边万亩良田,就成了大日本皇军非常稳固的粮仓。然而池田做梦也没有想到,由于对天朗惨无人道的行刑,激起了橡树湾楚姓族人的极大愤慨,楚夫人将自己的儿子都逐出了橡树湾。池田心里有些后悔,不该在这样的关键时候那么暴躁,以致差一点把自己推行多年的绥靖政策毁于一旦,功亏一篑。越是最后关头,越是要沉得住气,方能真正"武运长久"。现在唯一的补救方法便是将天舒牢牢抓在自己手里。

怎么会啊,天舒君!池田果然异常热情,笑容满面地说,我们大日本帝国就需要天舒君这样真心为皇军效力的忠诚之士嘛!楚家不要你,我们欢迎你!池田随即叫人替天舒在一个僻静的巷子里寻了一处院子,把一家人安顿了进去,第二天又为天舒一家安排了一场压惊宴。那一天天舒喝得酩酊大醉。可是酒醉心明,醉了的天舒将这些年在橡树湾所受的全部委屈通通发泄出来。池田由此清清楚楚地知晓了天舒对楚家的怨恨,对张久胜的怨恨。

听到动情处,池田抚着天舒的肩背说,天舒君,有大日本皇军给你撑腰,你还怕什么? 小小的橡树湾算什么,天舒君,你不是还有菱湖十三乡吗? 方家洼的方小姐貌美如花温柔可人,从此天舒君再也不必偷偷摸摸了嘛! 以前你还老忌讳着你们楚家不许纳妾的家训,现在既然你已然不是楚家子孙了,那样的家训岂不就束缚不了你了吗? 上天为你关上了一扇门,必然会为你打开一扇窗的,天舒君,你说是不是啊? 明天你就回方家洼,夏粮收割就要开始了,皇军的粮食可不能耽误啊!

可天舒一个劲地朝池田摆手,嘴里只顾嘟哝着一句日语:依达马依(不要),依达马依(不要)。然后说,池田君,你好歹也让我休整几天再说吧? 池田知道此时需要忍耐,要想皇军的粮仓稳定,他必须先把天舒稳住。毕竟如今大日本天皇的武运颇有些心有余而力不足了。

天舒休整了几天之后,果然带着顺子以及一个班的"护国军",威风凛凛地杀回了菱湖,重新君临他的世界。可天舒发现,一切都已经不再是以前的样子了,就连他自以为亲自训练、绝对会对他忠心耿耿的那些联防队员,都把枪口对准了他。真他妈墙倒众人推啊!

那天他的船刚刚准备在方家洼靠岸,发现岸边不知道什么时候多了一道围墙,一道半人多高用石头和麻袋包垒起来的防护墙。不仅船根本无法靠岸,而且还没等他们一行人明白过来是怎么一回事的时候,枪声就响了,一个"护国军"应声而倒。情况太出乎意料了,这一枪不仅打掉了天舒的骄傲,也瞬间擦亮了天舒的眼睛。他从船舱里钻出来,首先扑入眼帘的是一杆红底白字的大旗,"菱湖抗日义勇军"几个大字,无比醒目地刺激着天舒的心。而在那防护墙后则站了一队荷枪实弹的年轻后生,一支支乌洞洞的枪口正对着他们。为首的那一个,手里拿了把短枪,腰里还别了一把,刚才那一枪显然就是他打的。哈哈,李云天,那个裁缝! 以前看见天舒哪一回不点头哈腰恭敬有加? 如今怎么了?竟然翻脸敢拿枪口对准自己了吗?而李云天身边的那些人,好几个竟然还是自己从前的手下。妈的,难道真的翻天了?我楚天舒不就离开橡树湾了吗?可我的身后还有日本人啊!难道你们就不怕了吗?

天舒正在狐疑,就听见高高的堤岸上传来了李云天的声音,楚主任,我李云天今天念您曾经是橡树湾的大少爷,也念及您身边的那些人都是中国人,才网开一面,不与你们多计较,只杀一儆百,给个警示而已。楚主任,如今的菱湖十三乡再也不是您为所欲为的地盘了,更不可能是日本人的天下了。菱湖是我们自己的菱湖,当然得由我们自己做主。您和您身边的人如果还记得自己是中国人,请你们赶紧回头,掉转枪口跟我们站在一起。楚主任,您母亲楚夫人说了,只要您能够清醒为人,回头是岸,她一定会既往不咎,您还依旧是楚家的大少爷。可您如果依旧执迷不悟,那么对不起,楚夫人说了,打死您就是打死一只流浪的狗,毫不足惜。楚主任,您听明白了没有?

好你个李云天,一个破裁缝。轮到你来为老子规划未来?你以为我们手里拿的是烧火棍吗?妈的,射他狗日的……

可他身旁的一个"护国军"枪栓还未拉开,岸上的枪就率先响了,紧跟着那个人也倒下了。

楚主任,奉劝您不要敬酒不吃吃罚酒。如果你非要执迷不悟给日本人做狗,那么我李云天今天就放你一条生路,回去告诉你的日本主子池田,告诉他从他把你弟弟楚天朗在橡树湾行刑那一天开始,菱湖十三乡就再也不给日本人当奴才了,我们要做自己的主人!

做自己的主人!做自己的主人!

天舒这才注意到,不知道什么时候,长龙似的防护墙后面站满了人,此时全都跟着振臂高呼,声浪之大震得菱湖都跟着掀起了大浪,把天舒的船掀得左右摇晃起来。顺子说,大少爷,好汉不吃眼前亏,我看我们还是回去,跟池田中佐商议之后再说吧!

天舒看看情势,确实已非自己之力所能改变,只得灰溜溜地离开了,临走丢下一句狠话:叫你们皮作痒,看日本人怎么收拾你们。

离开方家洼之后,天舒没有立即离开,而是沿着菱湖绕了一圈,发现果如李云天所说,菱湖周边所有村庄,临岸全都用石头与麻包码起了半人多高的防护墙,也全都有人把守。凡是出入村庄的栈桥路口之处,则更是把守重地,也都高高地飘扬着一杆"菱湖抗日义勇军"红底白字的大旗。那鲜血一般的猩红,刺得天舒的眼睛发疼。而深深刺痛天舒心的还不是旗帜,而是旗帜下面站立的人。那些家伙仿佛就跟事先商量好了一样,更像是知道天舒要绕湖一周似的,早早地就等在那里向他示威,而每一个为首的都是含德小学的学生。这些走村串户挑货郎担、做木匠的家伙,如今一个个都丢下曾经手里养家糊口的家伙什,拿起了枪。就连半夏、秋石、麦冬都人模狗样起来,天舒甚至认出有两个似乎还是爹请的教员,竟然也夹在里面。绕了一圈之后,天舒不得不大惊失色,感叹菱湖如今确实再不是自己的天下了。

池田自然不相信真会有这样的瞬息万变之事,就派了一百多皇军和"护国军",再次由铃木出马,开着小火轮,直扑方家洼。果不其然,他们遭到了岸上李云天领导的义勇军无比顽强的抵抗。日本人不仅没有筹到一粒粮,甚至连岸都没有登上去,就几乎全军覆没。池田恼怒了,再派了一支由一百多日本兵、两百多"护国军"组成的三百多人的队伍,更是配备了迫击炮,决心要在方家洼撕开一道口子。这一次池田意在不仅要拿到粮食,替皇军雪耻,更要拿到那些愚蠢的中国人的人头,从此恢复帝国粮仓的稳定,于是一场更为惨烈的激战在方家洼打响。

然而这一仗却让池田看到了人民战争的威力,也终于意识到什么叫作人民群众的汪洋大海。

炮弹的威力自是无可阻挡,一番狂轰滥炸之后,不仅方家洼的防护墙撕开了一个个缺口,而且岸上除了冲天的烟火之外,竟然没有了一处人声,一片静悄悄。显然都给炸上了西天!日本人的小火轮上爆发出了一阵阵快意的欢呼,然后三百多日伪军大声呼喊着冲上岸去。等他们毫不费力地冲上岸之后,出现在他们视野里的真的只有一处处残垣断壁,没有一个人,甚至没有一具尸体。正在他们疑惑的时候,突然喊杀声震耳欲聋,从四面八方朝他们聚拢而来。成千上万的人,举着锄头铁锹、钉耙洋叉,一边呼喊,一边奋力地朝他们冲过来,仿佛从天而降,又仿佛一下子从地底下冒出来似的。他们一瞬间,三百多日伪军就被强大的、愤怒的、呐喊着的人群给包围住了。这些从前只一味唯唯诺诺、东躲西藏的中国人,如今都已然如梦方醒一般,男女老少齐上阵,一个个拿着他们曾经用来耕作的农具与长刀短刀,在李云天的带领下,奋勇地与侵略者展开了异常激烈的肉搏。尽管村民们死伤不计其数,可是日伪军也丢下了一百多具尸体,再一次颗粒未得,仓皇逃离了。"菱湖抗日义勇军"的大旗依然高高飘扬在方家洼的上空。

原来方家洼的首仗告捷,义勇军的总首领高湛并没有被胜利冲昏头脑,而是异常清醒地意识到,日本人不可能承认失败,肯定会有更大的动作在后面,而且肯定会用上炮火。于是有作战经验又喜欢研习军事的高湛,就想出了一个绝好的对付日本人炮火的方法。他吩咐人们在防护墙后面五十米处,深挖了一条一米多深的防护沟,沟里用竹木搭盖,铺上茅草,再在茅草上面铺上泥土,人都躲在沟里。炮火一熄,日伪军一上岸,大家就一齐从地底下冲出来,与他们近距离肉搏。这样不仅能打日伪军一个措手不及,还能使日本人的精良武器派不上用场。在高湛正确的战略指导下,李云天率领义勇军和方家洼的男女老少,又一次将日本人赶出了他们的家园。

当高湛领导菱湖十三乡打响了保卫家园的菱湖保卫战之时,"藕山抗日独立大队"也相机而动予以呼应。

那个冬天,张久胜和他的藕山独立队员,利用一场突然降临的大雪作掩护,终于用他们自制的土炸药,炸毁了日本人运煤的铁路,端掉了碉堡。接着又一鼓作气,趁着天降大雪,日本人的行动速度不能那么迅速,捣毁了煤矿,杀死了看守人员,把一个藕山搅得天翻地覆。

日本人在山上、水里相继遭受重创,可以想见池田的愤怒。盛怒之下的池田决定要狠狠教训一下这些愚蠢的中国猴子。于是他命令天远亲自率领四百"护国军"打先锋,这四百人可都是天远精挑细选、经过池田亲自检阅并批准的精锐之士啊!两百多日本兵随后,由池田最为信赖的副官铃木一郎带队,浩浩荡荡往藕山进发。

他们用炮火开道,对藕山好一通狂轰滥炸,然后沿着废弃的铁路往纵深推进。池田命令,即使赤地千里,也要将这些该死的中国猴子消灭在藕山之上。

然而就在那一片焦土之上,在漫天的炮火与硝烟之中,这些狡猾的中国猴子,却从那茫茫雪原之下,又出人意料地冒出来,毫无畏惧地与他们展开了激烈的对抗。双方交战不久,天远带去的"护国军"却突然掉转枪口,反戈一击,对准日本人射出了愤怒的子弹。日本人腹背受敌,苦于应付,伤亡惨重,铃木侥幸逃脱。天远终于出了一口埋在心里多年的恶气。

池田对于天朗的残酷折磨,真是把天远逼到了一个死角。还在天朗被捕期间,就是否营救天朗的问题,天远已然摈弃前嫌,通过焕致和钟鸣与张久胜取得了多次联系,反复研究营救方案。虽然最终娘为了保全革命力量,放弃了天朗,但天远与张久胜已经牢牢地走到了一起。娘在橡树湾号召楚氏子孙拿起枪"人自为战,家自为保"的时候,天远告诉张久胜一定要把藕山闹得沸反盈天,以吸引池田前往"剿杀",到时自己再与他里应外合,活捉池田给天朗报仇。

谁知狡猾的池田却没有亲往,只叫铃木去做替死鬼。天远心中十分懊恼,然而却已然箭在弦上,不得不发。

天远心里的恶气是出了,可是他的家人却遭了殃。

恼羞成怒的池田,先是派飞机疯狂地对橡树湾进行轮番轰炸,楚家大屋、祠堂、学校以及戏台都成为重点轰炸对象。那三棵古枫,多年来一直被橡树湾人奉为神明,可在禽兽面前,一样难逃厄运。其中一棵被炮弹拦腰击断,另外两棵虽然没被击倒,但树身也中了多发子弹。橡树湾人后来发现,从每一个弹孔和每一处断裂的地方,老树都流出了血一般鲜红的汁液,而那鲜红竟比枫叶的颜色还要深浓……橡树湾真正成了一片焦土!幸亏高湛有经验,也幸亏山就在身后,当飞机的引擎声远远传来的时候,高湛就紧急带领众人避进了山里。

紧接着,丧心病狂的池田命人将天远的妻子儿女绑到宪兵队。

本来,在出发之前,天远就同妻子笑梅商量,让她带着竽笛、竽笙回橡树湾,以防日本人事后加害于他们母子。可是笑梅不答应,她认为,池田本来对天远一直抱有戒心,自己如果再莫名其妙一走,无疑会加重池田对天远的怀疑。到时候,天远的计划再精细,都没有了实现的机会。天远觉得笑梅的话非常在理,就同意了他们留下来的决定。可一旦决定留下,就意味着即将面对死亡,天远心中实是不忍,却又无可奈何。

怎么办？无论如何也要保证二嫂和两个孩子的安全，不能让二哥有后顾之忧！这是焕致、钟鸣还有吴亦，三个人的共同看法。怎么才能在日本人的眼皮子底下，把他们母子安全送走而又不引起日本人的注意呢？俗话说三个臭皮匠抵一个诸葛亮，经过多少天的苦思冥想与反复磋商，焕致、钟鸣、吴亦，终于想出了一个自认为无懈可击的营救方案。

天远与张久胜决定联合行动的那一天，天远前脚刚出门，后脚笑梅就带着两个孩子也准备出门。笑梅淡绿色棉旗袍，外罩淡绿色连帽斗篷，竿笛和竿笙也都穿戴整齐，一副要出远门的样子。可他们母子三人刚出现在大门口，立时就有两个便衣上来制止，说池田中佐吩咐了，共党与藕山土匪相互勾结，异常猖獗，危险多多。为了确保司令夫人与孩子的安全，还是请司令夫人和孩子们待在家里比较好。

笑梅和颜悦色地说，感谢中佐关怀，只是今天是父亲忌日，想带孩子们去上个坟。

那两个便衣说，楚夫人，您还是省省吧！这年头，活人都顾不上了，还顾什么死人啊？还是老实在家待着吧！

不想笑梅把脸一沉，说，你这两个人好不晓事！自古以来，亡人都为大！未必你父母百年之后，你们就都不管他们了吗？你们若是怕担事，就让我去跟池田中佐说。

那两个人被笑梅的训斥弄得左右不是。毕竟是司令夫人，也是得罪不起的。只得任由他们去了，然后二人再不远不近地尾随。娇女弱子，谅他们也逃不了自己的手掌心。

笑梅母子三人一乘小轿，到了一家卖香烛纸马的店铺前停下，下轿之后，笑梅一手一个牵着两个孩子进了店铺。不一会工夫，笑梅又牵着他们一起出来了。两个孩子不知为什么哭闹得异常厉害，隔老远都能听到两个孩子死命地哭着喊着要回家，撕心裂肺的，怎么哄都不听。司令夫人似乎被他们闹得很无奈，定定地站在那儿看了他们一会儿，就又牵着他们重新上了轿。叫远远跟着的那两个人意外的是，轿子竟朝着来路往回走了。怎么，这是要回家吗？哈哈，回家，太好了。两个人顿时喜上眉梢。

轿子到了门首,三个人下来,司令夫人依旧一手一个牵着他们进了家门。

　　若不是仆人装扮的笑梅与竽笛、竽笙在出城门的时候,被值班的士兵认出,他们母子三人还真就这样瞒天过海地出了城。只要一登上焕致事先安排好的船,他们就安然无恙了,可事有凑巧,那天当班的一个士兵恰巧在天远门口值过班,认出了笑梅跟他的一双儿女。虽然那天笑梅自己和两个孩子都穿上了焕致事先预备好的破衣烂衫,搞得蓬头垢面,脏脏兮兮的,可那个家伙还是一眼认出了竽笛和竽笙。

　　城门口抓住了司令夫人和两个孩子,化装成这样,显然是要逃跑。但是,怎么可能呢? 在天远门前望哨的两个便衣,打死人命也不相信这会是真的! 他们俩分明看见笑梅母子三人出去后,又回了自己的家门,再也没见出来过嘛!

　　到底怎么一回事? 闯进去一看,原来,司令夫人不过一个清秀的男子,而那俩孩子也是两个不认识的小孩,且都是女孩。只不过一个扎了小辫,一个剃了短头而已。

　　他们是谁?

　　答案轻而易举就出来了,那个清秀的男子就是焕致店里的二掌柜钟鸣,那俩孩子竟是吴亦的一对双胞胎女儿。

　　计划失败了。还搭上了钟鸣与吴亦两个女儿的性命,同时搭上的还有楚家店铺。焕致没有在预定时间、预定地点接到笑梅母子,知道事已败露。事不宜迟,焕致当即决定关掉铺子,愿意跟他一起去藕山的去藕山,不愿去藕山的回橡树湾。等到池田知道事情原委,楚家铺子早已人去铺空。池田盛怒之下,准备一把火烧毁,可又想起中国一句古话:跑了和尚,跑不了庙。留着这座庙,说不定和尚还会回来! 到时候再一网打尽不迟。

　　天舒这些日子心里的沮丧真是到了极点,感觉从打出娘胎那天起,他楚天舒就没有这样走过背字,被娘从橡树湾撵出又怎么样? 不是还有日本人吗? 只要继续为日本人出力,还不照样辉煌如昨? 谁知该死的高湛却迅速地把自己的后路给堵死了,他丢掉的不仅仅只是橡树湾,而是整个菱湖十三乡。接连的失败,损兵折将却又颗粒无收,池田更是气急败坏,对天舒也越来越不客气,越来越不待见了。漫说凤姐对他见天冷嘲热讽,就连跟在他后面的顺子,都嗅到了他与池田之间一种紧张至极的空气。可是现在他这只鸟,除了日本人这棵大树,已然无枝可依。怎么办?

青州城中有谁不知,顺子就是大少爷天舒的影子?无论何时何地,只要看到顺子的地方,就一定能找到天舒。可不知道为了什么,那天天舒正泡在酒馆里饮酒作乐,平常一直都很温驯地跟在天舒屁股后面转的顺子,却与天舒发生了龃龉!天舒当场就发了火,将手里的一只酒杯掼在地上摔得粉碎,之后就听见天舒手指着酒馆大门冲顺子吼,你他妈给老子滚!狗眼看人低的东西,还轮不到你个狗日的来教训我!说着扬手就给了顺子结结实实一个大嘴巴。不想一向顺驯的顺子那天却格外忤逆,捂着自己的脸,也毫不示弱地冲天舒吼,楚天舒,你还嘚瑟个屁啊。原以为跟在你后面,真的能吃香的喝辣的,谁知道你个无能的家伙,不仅你娘不要你,现在连日本人都不要你了,你娘说得一点都不错,你现在就是一只无家可归的流浪狗了,还耀武扬威个屁啊,老子真是瞎了眼,死心塌地跟在你后面混,混个屁啊,老子不干了。天舒简直到了气急败坏的地步,更为大声地冲着顺子吼,你他妈看不上老子,你就滚,滚滚滚滚滚!不想,顺子脖子一梗道,滚就滚,哼!说着扭身真跑了。天舒手里的酒壶带着愤怒的啸声跟在顺子后面追,在快要撵上顺子的那一刻,终于哗啦一声粉身碎骨了。

出乎意料的是自从顺子负气离开天舒之后,池田却与天舒彼此反倒关系融洽了起来,又召天舒去他的住处一边饮酒,一边欣赏日本歌舞了。天舒脸上的笑容,也跟这冰天雪地里开放的蜡梅花一般,重新光华灿烂起来。池田笑意盈盈地望着他说,天舒君,你被楚夫人撵出橡树湾这么久,难道就不想回去看看吗?

天舒哈哈一笑说,池田君可真会说笑!我现在与橡树湾、与楚家已经毫无关系了,我还回的哪门子回啊。

哈哈哈,天舒正被池田夸张的笑声弄得有点不知所措,池田的笑声却突然收起,接着用一种抑制不住的得意眼神看着天舒,说,天舒君,你错了,你比任何人都该回橡树湾看一看,哈哈哈,然后池田又意味深长地打量着天舒,说,天舒君,既然你已经不允许姓楚了,你打算姓什么呢?看在你为大日本皇军效力的分上,不如我赐你一个姓吧。

啊？天舒的脸色突地一变,一时间没有反应过来,但很快就又恢复如常,说,哈哈,好啊！池田君,就劳烦你赐天舒一个姓吧。

我赐你姓"汉",如何？既然你已经不是楚姓子孙,那么就是楚姓的敌人了。自古楚汉相争,与楚相争者,不是"汉"吗？哈哈哈,池田再一次纵声狂笑。

天舒的脸色又一变,但只是稍稍迟疑了一小会儿,立马跟着笑了,连声说,哈哈,姓汉？好啊,这个姓好,这个姓太好了！谢池田君赐姓。他说着冲池田一抱拳。

池田轰炸了藕山和橡树湾以及菱湖周边十三乡,这么大动静,天舒当然知道,可他并不知道橡树湾会被炸得那么惨。当池田带着他以及笑梅母子一起坐着小火轮从长江进入菱湖的时候,眼前的惨状,着实叫天舒很吃了一惊。然而旋即他就爆发出一阵冲天大笑,对着橡树湾高喊,楚夫人,尊敬的楚夫人,您不是看不上我,把我赶出橡树湾吗？现在您的橡树湾已经不存在了,看您还能赶谁？哈哈哈。他然后又冲池田一抱拳说,感谢池田君为天舒雪耻。

池田很是得意地笑了,旋即命人将笑梅母子从舱内推出来,要她也看一看橡树湾的一片惨状。朱女士,这就是你丈夫背信弃义的下场！池田微笑着对笑梅说,但是,只要你愿意动员你丈夫楚天远回来伏法,我保你和你的孩子一家三口不死。

笑梅微微一笑,对池田说,中国人从来都是义薄云天,可是对于那些根本不懂信义的畜生,讲究诚信则是对信义的一种亵渎。至于中国女子,从小接受的教育就是要从一而终,三从四德,怎可能背叛自己的夫君？天远正做着他一直想做的事,我骄傲还来不及,怎可能背离？池田中佐,我知你手握我母子生死,何必再多废话？请便就是了。

池田乜了一眼身边的天舒说,天舒君,换作你,你该怎么处置她们？

天舒鄙夷地一扭头,说,池田君,既然她叫你请便,那池田君请便便是了,再说,楚家人的生死与我有什么相干？他说罢掉头钻进了船舱。

池田命小火轮开足了马力,绕着藕山来回转圈,用喇叭朝山上喊话,楚天远,你为了救你的夫人和儿女玩了一把金蝉脱壳的把戏,结果怎么样？还不是被我识破？白白断送掉别人性命不说，你夫人和你的儿女不还都落到我的手里？你若真是个男人就该站出来，用你的命换回你夫人和孩子。像只老鼠似的藏进山里，让自己的女人替你受过，你算什么男子汉大丈夫？

天远夫人笑梅忽然哈哈一笑，说，池田中佐此话讲得太有意思了，你说楚天远自己躲起来让一个女人受过，不是男子汉所为，那么请问中佐先生，你若是一个真正的男子汉大丈夫，就该你们男人之间去争个你死我活，何苦要拿我一个弱女子与两个孩童做文章？莫非这就是你们日本男子汉的作风？中佐先生，我劝你不必再做什么无用功了：一、我绝不会背叛我的夫婿，劝他放弃自己的行为；二、我夫婿也绝不会因为自己的妻子儿女而放弃自己的初衷；三、藕山绵延无边，你如此所为真是瞎子点灯了，哈哈。中佐先生，要杀要剐，随便来吧！

池田第一次在一个女人面前恼羞成怒，一怒之下，命令把天远妻子笑梅和她的两个孩子都沉入菱湖。不想，还未等日本宪兵凶神恶煞地过来，笑梅却一脸从容地说，不劳你们大驾！我们自己来。她说着大声对缩进船舱里的天舒说，大哥，如果有机会，请告诉娘和天远，笑梅没有给楚家丢脸。她说着一手一个抱起自己的孩子，母子三人一同跳进了冰冷的湖水之中。笑梅的举动不仅叫天舒大惊失色，更是叫池田措手不及。他下令把他们母子沉湖，原本只是想吓唬吓唬笑梅，想叫她答应劝天远投降，谁知这个刚烈的女人竟真的投湖了，还带着自己的两个孩子一起，池田好不懊恼。鱼还没有上钩，饵就不见了，岂不是白费了一番功夫吗？

此时，战争对日本越来越不利。轴心国之一的意大利，早于1943年9月就宣布投降，并对德宣战；随着盟军在诺曼底成功登陆，欧洲第二战场开辟，德国陷入了两线作战的铁钳之中；而中国远征军也在印度休整之后，再度出山，与日军作战。战线的拉长，战争形势的日渐胶着，使得小小的岛国日本越来越感到力不从心了。就连远在青州县城的池田，接二连三地失败，中国人民逐渐觉醒，都让他不知不觉嗅到了一丝若有若无的死亡气息，他时时对着那面"武运长久"的旗帜久久发呆，一种江河日下的恐慌令池田内心充满了焦躁与担忧。

然而败势已定，任谁也无法阻挡。几个月之后，在整个欧洲大陆横冲直撞，所向披靡的德国战车翻了，于5月8日宣布无条件投降。国际大舞台上单剩下了日本一家独舞,其实也不过强弩之末,还能坚持多久?果不其然,战争的天平越来越向着正义之师倾斜,两个多月之后,中美英三国终于于7月26日发布了敦促日本无条件投降的《波茨坦公告》。虽然天皇拒绝接受,但是整体来看,败局已定。怎么办?

就在池田一片焦头烂额,还想作困兽犹斗的时候,天舒带来了一个振奋人心的绝好消息。原来天舒与顺子不过是演了一出苦肉计!而顺子貌似愤怒地离开天舒,实则就是为了去藕山,打进独立大队,为天舒获取情报以取悦池田。

顺子利用自己在楚家大屋多年的辛勤付出,再加上一番痛心疾首、痛哭流涕的忏悔,赢得了天远,主要是焕致的原谅,留在了山上。留在山上的顺子,凭着自己的机敏与精干,很快就取得了张久胜、天远等领导成员的信任。卧薪尝胆半年多的顺子,终于获得了一个非常重要的情报,那就是:藕山张久胜、任之初领导的"藕山抗日独立大队"、天远领导的"护国军"以及高湛领导的"菱湖抗日义勇军"正三方联手,秘密商定趁着国际形势一片大好,准备攻打县城了。时间定在一个星期之后的晚上,也就是8月8日立秋这一天。他们的计划是:先让高湛的"菱湖抗日义勇军"从水上直逼县城,以吸引日本人的注意力,待战斗打响之后,藕山"抗日独立大队"与天远的"护国军"一起从陆路攻进。水陆夹击,争取一举拿下县城,活捉池田,给天朗和天远妻儿报仇。

顺子连夜下山将消息报告给了天舒,而天舒也立即马不停蹄将这一重大情报报告给了池田,同时进言说,其实高湛的什么狗屁"菱湖抗日义勇军"根本不足为虑,不过一群乌合之众而已,几支破枪和一些个锄头镰刀,根本没什么战斗力。主要的就是藕山上那些土匪还有一些实力,再加上楚天远的加盟,力量更大一些。但是,也不足为虑,楚天远与那张久胜原是生死对头,他们俩怎么可能尿到一个壶里?池田君,以我之见,不如趁他们计划还没有成熟,以皇军以一当十的战斗力,先打他们一个措手不及,一举拿下藕山。那高湛的什么"菱湖抗日义勇军"岂不就独木难支、不攻自破了吗?回头再一鼓作气收拾他,还是个鸟问题啊?

池田一听,觉得甚是有理。他哈哈大笑着拍了拍天舒的肩膀说,天舒君,倘若这一仗能胜,这青州县令的位置就是你的了。你看怎么样?

天舒顿时大喜过望,连连对着池田鞠躬作揖,一迭声说,感谢池田君栽培,我翰(音同汉)天舒自当拼死为皇军效力。

　　于是池田集结了一个中队的全部装备,还有一支七百人的精锐部队,几乎是自己在青州的全部家当,意欲一举歼灭"藕山抗日独立大队"与天远的"护国军"。原本计划提前一天,也就是8月7日这一天进山"剿杀",打一个措手不及,粉碎他们的夺城计划。可事有凑巧,美国在8月6日这一天向广岛投掷了一颗原子弹。消息很快就传到了池田的耳朵里,而池田的老家就在广岛。似乎很难找到一个合适的词,来表达池田此时内心的愤怒与失意,唯有用行动来发泄。于是,他决定提前一天,也就是8月6日晚上,进山"剿杀",以此一解胸中愤恨。

　　池田的队伍在顺子的带领下悄悄地向藕山进发了。天舒自告奋勇随池田一同前往,他说亲眼看着张久胜死,是他的平生意愿。

　　顺子果然熟门熟路,领着大队人马选择了一条极为隐秘的线路上山。一路上果真是神鬼不知,连一个小小的哨兵都没有碰到。日本人的队伍则更是纪律严明,这么大一队人马,一会儿上坡,一会儿下坡,穿行在无止无尽的山林之中,竟然连一点声息都听不到,只有鞋底摩擦地面发出的轻微嚓嚓声。走了约莫一个多时辰,忽然打头的顺子蓦地刹住了脚步,轻声对天舒说,大少爷,到了。天舒朝池田点了点头,只见池田向身后做了一个手势,大队人马立即停下,紧接着又是一个手势,所有人便都就势卧倒,隐蔽了起来。天舒看见池田的人马如此训练有素,不得不从心里佩服。顺子领着天舒和池田悄悄地往山冈上只走了几步,忽然他们的眼前就跟塌陷下去了一样,一大片平整的洼地突地呈现在他们前面,吓了他们一大跳。顺子指着洼地上一排排低矮的木头房子对天舒说,大少爷,那就是张久胜士兵的营房。此时正是午夜时分,天上并不见月亮,只繁星点点。四野除了风在山林间穿梭,夏虫在草丛里呢喃之外,真是悄无声息。池田忍不住一阵喜悦,说了一句:由嘎得给(意:太好了)!旋即派了几名侦察兵悄悄摸到木屋边一探究竟,其余人仍旧在山林里隐蔽不动。

　　从侦察回来的情况可以推断,这里确是士兵的营地。每一排房间里的铺位上都睡着人,而且睡得十分深沉,似乎此起彼伏的鼾声都能听见。那么这里确是藕山抗日分子的大本营了。

天舒急不可待地问顺子,狗日的张久胜在哪间屋?老子要亲手要了狗日的命!

可顺子却说,大少爷,张久胜不在这里,这只是他们士兵的营房。不仅张久胜、任之初他们不住这里,就连二少爷也不住这里……

那他们在哪里?池田似乎有点气急败坏,擒贼先擒王,你应该先带我们去楚天远、张久胜的老窝。

顺子有点委屈,嗫嚅着说,都在一个山上,哪个先哪个后,有什么要紧?

天舒说,那你快说张久胜他们在哪里。

他们都住在医院那边,二少爷也在那边。离这里有十几里地……

天舒对池田说,池田君,既然几个匪首不住这里,我看我们不妨兵分两路。这里留一部分人,剩下的跟我们去捉拿张久胜他们。两边同时下手,叫他们首尾不能两顾,正好一网打尽,池田君意下如何?

池田点了点头,说,天舒君的建议正合我意。于是他便让副官铃木一郎带领三百人包围营房,其余的人跟随自己去医院。为了不打草惊蛇,这边暂时不要急于动手,等池田的信号弹为号,要快!池田命令,把这边全部包了饺子之后,迅速赶往医院那边增援。池田用手一挥,三百条黑影立时如敏捷的豹子一般,悄然迅捷地朝营地聚拢过去,隐蔽到了各个房前屋后。

同时另一队人马则在顺子的带领之下,静悄悄地朝着医院的方向快速而去。一个时辰工夫,又是一溜排几十间小木屋出现在大家的视野里。这么晚了,最东头的一个房间里竟然还亮着灯。

池田停住脚步,命令部队就地隐蔽,然后拿出望远镜朝那只亮灯的窗户望去。只见一个人正站在洞开的窗户前抽烟,仔细一看,竟然正是楚天远!他依旧穿着那套土黄色军服。池田止不住内心一阵狂喜,命令狙击手迅速找到有利位置狙杀那个人。同时命令一小部分人悄悄靠过去合围木屋,剩下的大部人马则在顺子的带领下去包围距离不远的天远"护国军"营房。约定五分钟之后,枪声一响,即发送信号弹,三处一起动手。安排妥当,天舒带池田找了一个非常隐秘,却又能将一切尽收眼底的好地方隐蔽起来,坐等战斗结束。天舒恨恨地对着黑暗说,狗日的畜生,你的末日到了,老子一定要亲手把你的脑袋拧下来。池田非常理解地拍了拍天舒的肩膀。

寂静的山林。宁静的夜晚。太静了,静得天舒似乎都能听见自己的心跳。那恐怕是世界上最为漫长的五分钟了。天舒感觉自己的头发,都在那漫长的五分钟里,仿佛笋子拔节一般,一根根疯长。池田一直盯着窗口的那粒红光,看着它一明一灭,忽然一声刺耳的枪声,终于将这一切宁静打碎。而随着枪声,红光不见了,天远仰面倒下。楚天远,你也有今天!池田恨恨地说。

枪声就是命令,接着一枚信号弹划破了漆黑的夜空,紧跟着,包围在医院、天远护国军,以及张久胜营房外面的日本兵,同时以迅雷不及掩耳之势,冲进驻地。然而出乎意料的是,就在这些房门被打开的同时,爆炸声冲天而起,几乎每一扇门后面都响起了爆炸声。第一批准备夺门而入的日本士兵无一例外,全部炸死。可新那多(有埋伏)!可新那多(有埋伏)!日本士兵的呼叫声刚刚传到池田的耳朵里,就听见震耳欲聋的喊杀声,从四面八方潮水般涌过来。而在这一片喊杀声中,池田清清楚楚地听见一个熟悉的声音:兄弟们冲啊!一定要活捉池田!顿时活捉池田的声音响彻了云霄。天哪!那不是楚天远的声音吗?可我明明见他从窗口倒下了的呀!原来真是埋伏?

怎么回事?他刚想转过身质问天舒,不想一杆冰冷的枪管已经顶住了他的后背。一切已无须多言。天舒君,你这是做什么?池田迅速调整了情绪,镇定下来。我们兄弟二人需要如此兵戎相见吗?

这时候,顺子扛着一杆枪过来了,大声对天舒说,大少爷,还跟他废什么话啊?一枪崩了这个狗畜生!

哈哈哈,天舒一阵仰天大笑,说,顺子,你着的什么急啊?谅他再厉害,也翻不出我的手掌心。他转而又对池田说,兄弟?池田信一,谁和你们这些杀人不眨眼的魔鬼做兄弟?我的兄弟一个被你当作牺牲,身体打成了筛子;另一个兄弟的媳妇还有侄子侄女被你逼得跳了湖,你们这些恶魔欠下中国人多少血债,还跟我说什么兄弟?池田,我刚才就已经说了,你狗日的末日到了!我今天不把你的头拧下来,去祭奠天朗的坟,我楚天舒誓不为……天舒的话还没有讲完,池田忽然拔出了腰里的手枪,扭身就给了天舒一枪。天舒都还没有反应过来,那粒子弹便急不可待地钻入了胸膛。速度之快,真叫人眼花缭乱。

太突然了,顺子大喊了一声大少爷,端起手里的枪,可还没等拉开枪栓,池田的手里的枪又响了,顺子一个趔趄差一点倒下,他迅速用手里的枪支撑住自己,望着池田咬牙切齿地说,池田,你这个狗畜生!

这回轮到池田哈哈大笑了,背叛我的人都得去死!楚顺子,你来得正好,给你的大少爷陪葬去吧……

然而就在这一刻,倒地的天舒扣动了扳机,一粒子弹也射进了池田的身体。他挣扎着爬起来,用枪指着池田说,池田信一,你这个魔鬼,想不到吧?想不到那个给你做狗的楚天舒,会送给你这样一份大礼吧?他说着又冲池田打了一枪,而盛怒的池田也同样给了天舒一枪。二人就这样朝着对方互射,直至打光枪膛里的最后一粒子弹。

事情还得从橡树湾行刑的那一天开始说起。

那天楚夫人执意将天朗被打成筛子一般的尸体抬回老屋,停在自己的房间。她把两个儿子以及高湛、焕致都一起叫进去,然后吩咐焕彩烧水,水生送水,之后就把房门关起来。她要亲自给儿子擦洗满身的血污,却不许他们动手,只叫他们四个人在一旁观看。

天朗身上有无数个血窟窿啊!楚夫人一点都不理会跪在天朗身边的那四个大男人,以及他们的悲伤与眼泪,而是一脸平静,甚至没有一滴眼泪。她只是极其耐心地一遍又一遍,一遍又一遍地擦拭着儿子身上的血污与伤口,直擦到天亮,方才将天朗的身体擦洗干净,然后一层一层地给他裹上白布,直至没有鲜血渗出,才给他穿上衣服。竟然还是天朗结婚那天穿的大红喜服。

回到家,回到母亲的怀抱,穿着母亲亲手为他穿上的结婚礼服,天朗看上去是那么平静,消瘦的面颊上没有一丁点忧伤与痛苦,就像睡着了一样。只有天远知道弟弟天朗曾经受过多少折磨,可这个瘦削的、却真的有着钢铁一般意志的弟弟天朗,也一如焕景一般,面对死亡与各种非人的折磨,脸上始终闪耀着一个革命者视死如归的光芒。或许正是这样的精神鼓舞着,天朗和焕景在死亡面前,才能那么从容,那么平静吧!

你们几个都看见了,躺在你们面前的可是你们的兄弟!楚夫人终于疲惫地倒在了圈椅里,稍事休息之后,一直沉默不语的老人发话了。他,你们的兄弟究竟受了多大的罪,你们是亲眼看见的。请问,你们的心可曾有过痛?楚夫人的眼泪无声地滚落,宛如疾风骤雨一般。我知道,天朗做的是杀头的事,有这一天是迟早的。天舒,天远,焕致,你们可都是楚氏子孙!还有高湛,当年你可是在你二叔面前立过誓的,要与天朗做一辈子的好兄弟。如今天朗躺在这里,难道你们就没有什么想要说的、想要做的吗?就在这个屋子里,曾经有人要你们立誓,你们大概都已经忘记了吧?

四个人不约而同地重新跪倒在楚夫人面前,齐齐地说,娘(二婶),我们没有忘!请放心,我们知道怎么做了!

楚夫人一拍椅子背,霍地一下站起来,大声说,好!你们若真是楚家子孙,你们就干点大的给我看看!

天舒说,娘,您不要以为我为日本人办事,真的是良心叫狗吃了,那只是我的缓兵之计。天远,高湛,你们也不要以为我当真不知道,那个大胡子白夜就是天朗;更不要以为我当真不知道,顺子是来我身边摸我底的,而他押送的粮食又究竟送给了谁……

怎么?天远,高湛,天舒说的是真的?顺子不是被焕致撵回来的?这回轮到楚夫人吃惊了。

没等天远高湛二人开口,天舒继续说,高湛,你当真以为我不知道你那些往日的学生川流不息出入小学校是干什么?告诉你,我不仅知道,而且还知道他们走村串户卖货郎做裁缝做木匠,其实到底都做了些什么。天远,高湛,如果没有我的暗中配合,请问他们能做得那么逍遥,那么从容得手吗?别的不说,就说那个李云天,那天晚上若不是我后半夜悄悄起来给他通风报信,他能逃得了第二天的搜查?

啊?原来那天晚上李云天门缝里的纸条是你塞的呀。高湛、天远恍然大悟。

你们说呢?除了我还会有谁?毛蛋估计到死都不能知道,为什么明明真真切切的事情,一觉醒来竟然烟消云散了。还有,高湛,你以为不让孩子们学日语就是抗日了吗？真是愚蠢。凡做大事必要讲究策略，更要把握时机。你们不要以为天朗那一次回来，找我看日本人煤矿的图纸是什么意思。告诉你们，日本人征集劳工的时候，我曾想让你们的人冒充进去。可是日本人对每一个劳工的身份，盘查得非常严格，你们对我又不信任，我怕反倒弄巧成拙，就放弃了。可是自打日本人的铁路一修好，我就开始准备火药了……

啊？高湛惊得一下跳起来，说，大哥你说的是真的？

当然是真的！当着天朗和娘的面，我岂敢有半句假话？

高湛猛地抱住自己的脑袋失声痛哭，二婶，天朗那天跟张久胜下山，就是为了找大哥搞火药炸日本人的煤矿啊……

天舒猛地从地上爬起来说，高湛，你若是事先透露一点天朗要回来的消息，至于他们回来被毛蛋看见，我却什么都不知道吗？我若是早点知道，不仅你们要的火药拿到了，天朗也不会被抓，一句话说得大家都哭了。天舒擦了擦眼泪继续说，都是你们不拿我当兄弟，拿我当鬼，当日本人的狗，作践我，鄙视我……可是你们知道吗？日本人之所以能够以小小的岛国，席卷整个中国，东亚，东南亚，可不是闹着玩的，那是要凭实力的！凭我们自己那一点点武装与抵抗，能成得了什么事？无异于螳臂当车，能阻挡得了日本人前进的步伐吗？所以，我们只有卧薪尝胆以待时机。

接着天舒就将日本如何偷袭珍珠港，迫使美国参战；盟军如何在欧洲开辟了第二战场，与苏联夹击，对德国形成铁钳之势，德国战败已然指日可待。而日本呢？多年的征战已经完全消耗了一个小小岛国的国力，日本人彻底失败已经为时不远了……楚夫人、天远、高湛都被天舒的侃侃而谈，有理有据的分析弄得目瞪口呆。他们谁也没想到，昔日里那个玩世不恭、吊儿郎当、不靠谱的大少爷天舒，竟如此目光远大、头脑清晰、思维缜密。

现在，天舒说，是时候了！你们知道池田为什么要用如此残忍的手段来对待天朗吗？就是因为他已经知道日本人的武运到头了，所以才那么狗急跳墙，丧心病狂的……

那大哥，接下来我们要怎么做？天远和高湛都急不可待地一起望着天舒。

天舒说，那得要看娘什么意思了……

我？楚夫人奇怪。

是的，娘，您舍得楚家的家业吗？

楚夫人大义凛然地说，只要是为抗日计，莫说楚家家业，就算要我的命，我都愿意，哪里还有什么舍得舍不得的！

天舒一拍手说，好！有娘这句话，我心里就有底了……

这时候天已大亮，楚夫人说，今天就到这里吧。天朗知道你们兄弟已经握手言欢，同仇敌忾，他也就放心了，还是让他早点入土为安吧。等安葬了天朗，再从长计议。忽然一阵虚弱袭来，楚夫人困倦地闭上了眼睛，轻声说，你们都走吧！让我和天朗单独待一会儿……

这一年初夏的橡树湾，本应在春天开花的漫山橡树，却在天朗安葬的那一天再一次花满枝头。整个山岭就像落了一层白雪似的，叫人惊异而又痛惜。楚夫人猛然想起焕景下葬时的景象，也是这样漫山遍野的橡树花满枝头。楚老爷说它们是在欢迎英雄回家！谁说草木无情？如今它们又再一次以自己的方式，默默地为橡树湾的英雄集体举哀，致敬！

几乎全橡树湾人都参加了天朗的葬礼，自发参加。无论男女，也无论老幼、辈分高低，一律穿上了孝服。橡树湾顿时成了一片白世界。望着新近增添的一座座新坟，悲愤与仇恨仿佛狂风暴雨一般，席卷了每一个橡树湾人的心。葬毕天朗，毛蛋的媳妇橘子带着未成年的儿子女儿，突地跪倒在楚夫人面前。楚夫人一惊，说，橘子，你这是做什么？

橘子满面羞惭，泪如雨下，说，夫人，对不起，都是毛蛋那个不晓事的畜生，招来日本人，害死了天朗少爷，还有德满爷，害死了大家……就算他死了，也没脸进祖坟山啊！我在这里代他给您赔不是了，呜呜呜……

楚夫人把橘子搀起来说，橘子，你错了，日本人不是谁招来的，而是他们自己打上门来的！哪里怨得到你啊？毛蛋才只有三岁，他娘就守了寡，苦撑苦熬，好不容易将毛蛋拉扯大，多么不容易！毛蛋他心有贪念，也已经付出了生命的代价，还有什么好论？要说仇恨，都应该记在日本人头上……

一语未了，德满爷的三个孙子半夏、秋石、麦冬，也齐齐跪倒在楚夫人面前；之后所有橡树湾人都跪倒了，楚夫人大惊，说，你们，你们这是何意啊？

半夏冲楚夫人一抱拳说,夫人,天朗的血不能白流,我爷爷的血也不能白流,所有橡树湾人的血都不白流啊!夫人,领着我们跟他狗日的倭鬼干吧!为我爷爷、德满爷,为天朗,为每一个死在倭鬼手里的橡树湾人,也为千千万万惨死于倭鬼枪炮之中的中国人报仇吧!一语未了,就听见无数个声音一起喊起来,报仇!报仇!报仇!声音之大,响彻云霄,更是激起了菱湖愤怒的滔天巨浪。

楚夫人看着眼前这白茫茫的一片身影,心情说不出的悲愤与激动,她声音颤抖地说,日本人与我们楚家可谓是血海深仇,此仇不报,日后有何脸面去见列祖列宗?你们的心意我都知道了,连菱湖的水都知道,暴风雨就要来了!

于是就在那个夜晚,楚夫人与天舒、天远、高湛、焕致一起,五个人制订了购买枪支以及那样一个壮士断腕的计划。楚夫人当着全橡树湾人的面,将大儿子天舒逐了出去,把他彻底推进了日本人的怀抱。

天朗被日本人杀害的消息像风一样传遍了江南大地,而楚夫人当着橡树湾五千子孙断发盟誓,誓与日本人血战到底的消息更是传得家喻户晓、妇孺皆知。几天之后,下游荷叶洲,曾帮助天心回家的曾老先生徒弟吴先生带着四十个人,五十条枪,一天晚上,划了两条船于深夜来到了橡树湾,要求一起打鬼子;接着"六亩田"的白老先生突然来到了橡树湾,叫楚夫人悲喜交加。自莲心抑郁而终之后,两家很少再有往来,彼此心中都各藏了无法言说的歉疚。同为白发人送黑发人,叫二位老人如何不唏嘘、悲痛不已?不想第二天,橡树湾就来了二十多个卖大扫把和黄表纸的山里人。这些人看到站在楚家老屋门前的白老先生,都把挑子挑了进去。那些挑担子的山里人把担子歇下来之后,就跟变戏法似的,从大扫把里、黄表纸里,摸出一个个零碎的铁物件,然后再次大变戏法,变成了一条条猎枪。原来这些都是白老先生精挑细选出来最优秀的猎户,如今一起来橡树湾打鬼子,为天朗报仇!

一下子多了这么多人和枪,高湛和他的学生一个个都高兴坏了。他们利用天舒故意休整的那一段宝贵时间,发动菱湖十三乡所有人共同努力,紧急在菱湖周边筑起了一道半人高的防护墙,并将人员枪支按事先安排好的分散到各个乡村,守住条条要道。李云天在方家洼,先声夺人地拿天舒两名"护国军"的血祭了旗,打响了菱湖周边人们抗击侵略者的第一枪。与此同时,天远和马副官一起秘密策反自己的手下,选定了四百个抗日情绪高且本事大的士兵,准备选定时机起事。于是在钟鸣和焕致的帮助下,天远和张久胜这对老仇人终于站到了一起,实现了天朗的愿望,共同抗日。倘若天远反戈那一次就活捉了池田,青州地面上的日本人早就给赶跑了。谁知,不仅池田没去,就连铃木也逃脱了。无奈,天舒只得又与顺子合演了一场双簧。

一张大网在顺子下山的时候就已经张开,单等着猎物出现。池田的一切行动都在天舒、天远、张久胜、高湛、任之初的掌控之中,包括进山的线路,包括那个站在窗口的天远的身影。为了打消池田的疑虑,那天一开始出现在池田视野里的,确是天远无疑,而之后被狙击手击中倒地的,却是穿着天远军服的偶人,天远自己则从地下通道出去了。为了分散敌人的兵力,故意设置了两处营房。洼地那一片交给高湛的"抗日义勇军",而医院这一片则由天远与张久胜联手。两边的日军同时陷入了天远、张久胜、高湛设置好的包围圈。

战斗打响之后,医院这边,虽然一开始天远、张久胜的联军埋伏在战壕里,打了日本人一个措手不及,取得了先机,但是日军迅速就调整好了状态,散入附近山林,而且他们武器先进,训练有素,加之作战勇敢,真正以一当十。日军超强的战斗力与军事素质,给张久胜与天远的联军造成了巨大的伤亡。混战中,一枚吱吱冒烟的手雷飞到了天远身边,眼看就要爆炸。说时迟那时快,张久胜纵身一扑,把天远扑倒在自己身下,手雷随即炸了。机枪手被炸飞,天远也被震晕了过去。醒来之后,天远发现张久胜躺在地上,身上无数个血窟窿,都在往外冒血,两个女护士正手忙脚乱地在那些血窟窿上忙碌着。可他还活着,看见醒过来的天远说,二哥,我打你的那一枪,现在还给你了。我俩这下扯平了,以后再不许跟我提打你一枪的事。还有,二哥,我要是死了,墨兰和子墨可就交给你了。

担架!这两个字,天远几乎是吼出来的。然后他狠狠地对张久胜说,你狗日的最好给我好好活着,你自己的儿女,你最好自己去养活!天远说着端起一挺机枪,跳出战壕,一边开枪一边高喊,打!给我狠狠地打!士兵们见主帅都跃出战壕,大受鼓舞,也一个个呐喊着从战壕里跳出来,朝着敌阵冲去。然而就在大家拼杀得难解难分的时候,英勇无畏的楚天远被一颗急速飞来的子弹击中……

两个主帅一死一伤,眼看日军马上就要反败为胜了,正在危急当口,高湛、焕致赶到了。焕致与吴亦逃到藕山之后,加入了"菱湖抗日义勇军",与高湛并肩作战。与医院那边地形复杂、山林茂密不同,洼地这边地势平坦,营房周围也没有什么可以隐蔽的地方。天远知道,池田非常谨慎,他不会那么轻易相信别人的,只有他亲眼所见,方能打消疑虑。所以战士们先是躺在床上鼾声雷动,等骗过了池田的侦察兵之后,便迅速躲进床底下早已挖好的地道里,事先布好的炸弹炸得日本兵发蒙,他们则趁机从地道里冲出来,不给日本兵喘息的机会,要与他们近距离肉搏。

天舒说得一点也不夸张,高湛的义勇军,哪里有什么战斗力可言?他们都是些普通的种地农民,谨小慎微地过着自己苦巴巴的日子,只不过凭一腔热血与敌人拼死搏斗。面对训练有素战斗力超强的日军,若不是近距离肉搏,就算高湛的人再多,恐怕也不是日军的对手。所以,最后尽管高湛的两千义勇军将三百日军全部消灭了,可他们自己也只剩下了五百多人。吴亦也在混战中牺牲了。这边战事一结束,高湛和焕致丝毫不敢耽搁,立即带领众人马不停蹄地赶到医院这边增援。高湛、焕致的突然出现,无异于天兵天将,抗日兵士们顿时士气大振,与高湛部队通力合作,前后夹击。高湛不愧为一个老东北军,智勇双全,指挥若定,终于率领众人取得了最后的胜利。

三支队伍:张久胜的"藕山抗日独立大队"、楚天远的"护国军"以及高湛的"菱湖抗日义勇军",统共三千多人,与七百日军对抗,尽管数量上占有绝对优势,但依旧伤亡过半,剩下不足千人。任之初的战地医院里躺满了伤病员,他和那二十个女护士日夜不停歇地为伤病员做手术,累得几乎要虚脱,然而令人振奋的是:日军全军覆没。

池田这一次算是集结了青州的全部兵力,所以青州城几乎是一座空城。于是高湛率领剩下的九百余人,一鼓作气攻入县城,拿下了青州城。1945 年 8 月 8 日,立秋那天,终于把"菱湖抗日义勇军"与"藕山抗日独立大队"的红旗插上了青州城头。

繁华落尽

总也忘不了故乡的老屋
老屋的天井

四周屋檐衔着一方天
是青青的天蓝蓝的天
白云飘过鸟翅拂过的天
年年月月,有风吹过来
有雨落进来,有雪飘进来
有阳光,一片一片地照进来

那是世世代代守着的
一口井,渴望的井
比天小比岁月深,常常
有炊烟从井底飘出去
有梦有鼾,也有叹息
一朵一朵地
沿着目光的梯子爬出去

哦,故乡老屋的天井

>   无论时光怎样黯淡
>   它都那样固执地
>   亮在我的记忆中,就像
>   守在我梦中屋檐下的那双
>   苍老而浑浊的眼睛
>   一动不动
>   久久凝视着天空

这首题为《天井》的诗,不知何人所作,却像楔子一样揳进了我的心里。我觉得那就是写给我的。每当我想起大屋的时候,这首诗就会跳跃在我的脑海里;而每当我想起外婆的时候,这首诗也同样会出现在我脑海里。

大屋里唯一能够让我感觉母亲的地方便是那一方方天井。透过天井的天空,我似乎总能与我的母亲进行某种神性交流,甚至隔空对话。还有我的三舅妈,我似乎也总能在那片纯净高远的蓝色里看见她清丽的身影。在我心目中,她们,人世间最最美丽的她们,就该住在那里,用她们清澈而又温暖的目光俯视我们生活、成长。

被日本人一通狂轰滥炸,大屋没了,天井没了,更要命的是连母亲的照片也没了,一切都没了。我与母亲之间的哪怕一点点联系都找不到了。如果你曾去过橡树湾,总会看见一个小女孩站在那一片废墟之上,仰望天空。可是令人伤心的是,没有了天井,离开了四周屋檐衔着的那一片天,我什么也看不见,什么也听不到。无论我如何努力,我的耳朵里只有那不绝的嗡嗡声,眼睛里也只有刺目的光亮,我只有颓丧地离开。自打我们住进花园后面的那排小平房之后,我便一次也没有看见过我的母亲跟我的三舅妈,尽管我是那么想念她们。

日本人投降之后,高湛就带着焕彩姨,带着楚兴、奉兴和楚女,一家五口离开了橡树湾。焕彩姨不愿意去东北,她实在不忍心离开。天舒壮烈之后,凤姐就消失了。焕致曾去他们住过的巷子里找他们,却已然人去楼空,谁也不知道她带着孩子去了哪里。天远也壮烈牺牲了,媳妇笑梅和她的两个孩子自沉菱湖,先天远而去。天朗本就没有生养,莲心也殁了。天心更是英年早逝,香消玉殒。如今就连楚家大屋都已经荡然无存,楚家彻底地败落了。如果自己再一走,家里只剩下外婆,还有墨兰跟子墨两个尚未成年的孩子,老的老,小的小,可怎么活?如此情境之下,焕彩姨如何挪得开脚?楚兴也不愿意去。他舍不得离开我。我自然也舍不得他。在楚家大屋,我对楚兴的依恋超过了任何人。任何时候,他都站在我的背后,给我支撑与依靠。他走了,我的后面就空了。

可是外婆说,你们都去吧!焕彩,俗话说,嫁鸡随鸡,嫁狗随狗,你既已为高湛之妻,哪能连丈夫的家在哪都不知道呢?以前是因为日本人在东北横行,高湛才不得不流落他乡十几年。俗话说,故土难离。如今,日本人跑了,高湛思念故乡也是情理之中。焕彩,你就跟着高湛放心地去吧,家里不是还有方嫂吗?焕致也还在城里不是?不缺吃不缺穿,吃穿不愁,就不愁没有日子过,是不是?放心地去吧。

大屋被炸之后,高湛只得将花园后面的那一排平房收拾收拾,隔一隔,一家人住了进去。当年老太爷建这个小书馆,肯定没有想到有一天竟然成了一家人的容身之处。一则因为房子实在紧张;二则因为外婆为了抗日将家财散尽,实在供养不起那么多下人,都打发回家了。方嫂因为无家可归,死活都不愿离开,说是只要有一口吃的就行,至于工钱,有没有都不要紧。外婆见她实是诚心,就把她留了下来。

哦,差点忘记了一个人——老莫爷。外婆说忘记谁都不能忘记老莫爷,不好意思,我却一转背就差点忘记了。日本人开飞机轰炸橡树湾的时候,高湛指挥大家往山里躲避,怎么劝老莫爷,他就是抵死不走,说当年老太爷交代他的,就算死也要死在大门口。所以他哪里都不去,死也要死在他自己的门房小屋里,结果就那么给炸死了。后来高湛扒开老屋的废墟,发现老莫爷竟然端坐在自己的桌前。什么叫临危不惧?外婆说,楚家人忘了谁都不能忘记老莫爷。

焕彩姨一家走了,原本拥挤却也热闹的"家"顿时空寂了下来。尤其是我,没有了楚兴,感觉生活顿时灰暗一片。外婆也似乎一夜间老了许多,并不仅仅是头发如何之白,皱纹如何之多,而是因为精气神。我感觉老了的外婆浑身有数不清的窟窿,每一个窟窿里都在往外冒着精气神。外婆因此日渐干瘪下去。

那之后的日子里，方嫂负担起这个四口之家的全部饮食起居，相比从前倒忙碌了起来。外婆除了三餐饭食，以及吃食之后偶尔在残败的花园小径上走几步之外，最经常做的一件事就是躺在那只藤制躺椅上，微闭起双目休息。方嫂会根据气温与季节的变化，在躺椅上铺上厚薄不同的被褥，以防外婆着凉伤身。

花园虽然有所残破，但比起大屋，大体还算完好。老太爷当年亲手栽的什么紫薇啊，翠柏啊，桂树啊，也都还在，也依旧兀自枯荣，兀自开花结实。后经方嫂悉心打理与经营，倒也显现出一息生机。于是那里就成了子墨的天地，他在那里寻找着自己的乐趣。按理我与子墨都该在学校里读书的，可是橡树湾现在已无学可上了。我真的无比思念那些"子曰诗云"的日子，那些有楚兴相伴的日子。可是他们都走了，就连母亲的照片也没了，我再也无处寄放我的思念与情感。我的生活现在也是废墟一片。焕致舅舅曾劝外婆搬进城里，那里的学校已经开始正常上学了。可不知为什么，外婆就是不想去。或许正是外婆说的故土难离吧。

日本人轰炸完走了之后，橡树湾人也都陆陆续续从后面山上回来了，战战兢兢地在自己原来的屋基上，暂且用那些个残砖断瓦搭起一个个容身之地，将就对付一阵，好歹渐渐有了一些人气。只有曾经辉煌气派的楚家大屋，却依旧一片残败，触目惊心地裸露着自己的每一道筋络、每一寸肌肤。我日日在那具残损的躯体上逡巡，竭力在心里还原它昔日的辉煌与铺排。哪一处是老屋，哪一处是三舅屋，哪一处是大舅屋，哪一处是二舅屋，哪里是天井，哪里是厨房，哪里是客厅，哪里是走廊，哪里是照壁……尤其那天井，老屋的天井。我一点一点地清理，总算将老屋的三方天井清理了出来，甚至非常卖力地将天井里铺设的每一块青石板都擦拭得干干净净，散发出青幽幽的光泽，比老屋健在时还要透亮。我站在那一小片平展干净的土地上仰望苍穹，希望我的母亲还有我的三舅妈能在此与我神会。可是一切都是徒劳。而我就是不甘心！我愿意等待！我相信，我的母亲，我的娘，她们在天有灵，一定能够感知，也一定能够踏云而来与我相见，我的等待没有结果。直到有一天我等来了另外一个人——我的父亲。

那是楚兴他们离开橡树湾的那年冬天。那一天，天空在几日阴雨之后突然飘起了雪花。我惊喜不已，根本不管方嫂在后面如何呼唤我，只一个劲飞奔。

穿过花园小径,穿过那一片残垣断壁,站到一方天井的青石板之上,我再次抬头望天。我想,这样的时刻,我的母亲,我的娘,那么美妙的两个女子,一定会化作洁白的精灵从那天国之上翩翩降临,来看她们的女儿,来亲吻她的思念,听她的诉说。万籁俱寂,人声鸟声、风声林声、鸡鸣犬吠都仿佛一瞬间销声匿迹,就连菱湖的涛声也消隐了去,只有张开怀抱的我,在迎接这来自天国的使者。一时间似乎连时间也停止了它从不紊乱的脚步,只有那轻柔的沙沙沙沙声。听,多么轻盈,多么细密!真好似天国的女儿们来到这人世间初尝禁果,有一丝甜蜜、一丝好奇,也有一丝犹疑,还有一丝彷徨与羞涩。母亲的脚步不就这样轻盈,这样细碎?沙沙沙沙,我一直以为像细雨,原来竟是雪花。啊,妈妈,您终于来了!

就在我全神贯注,全身心与母亲神交的时候,忽然听到一个熟悉而又陌生的声音,有一丝犹疑也有一丝欢喜,怯怯地叫了一声,墨兰?我一惊,难道是母亲?听到我无数的呼喊,终于来与我相见了吗?可那分明是一个男声。沧桑而又嘶哑。

我睁开眼睛,站在我面前的是一个高大的男人,黑瘦的面容透着刚毅;身上一件臃肿的黑棉袍,脚上一双同样臃肿的黑棉鞋,背上背了一个包袱。谁?似曾相识,又如此陌生!他怎会知道我的名字?

墨兰,你不认识我了吗?我是爸爸啊……他微微地勾了勾腰身,伸手想抚摸我的头。我则惊惶地把头一偏,躲过那只粗大的手掌。爸爸?虽然分别了六年,虽然六年前的我还只是一个五岁的孩童,可是父亲,我依旧记得,我拔腿就往回跑,那个自称我爸爸的人竟也大踏步跟着我。我边跑边回头看了一眼,发现那个人右腿有些不灵便,有些跛。不知道为什么,我的心忽然没来由地疼了一下,眼睛里顿时泛起了泪花。

外婆身上盖着厚厚的棉被,脚搁在暖炉上,正躺在躺椅上闭着眼睛假寐。我惊惶地叫了一声,婆!

外婆微微睁开眼睛,说,怎么了,兰?

我拿手往身后一指,说,外婆,他说他是爸爸。

外婆显然也吃了一惊,她微微抬起身子朝外面看去,只见一个高大的身影立在外面漫天飞舞的雪世界里。程门立雪。不知为什么,我心里忽然想到这个成语。方嫂这个时候也过来了，把外婆扶起来。外婆正要说什么，就看见那个高大的身影扑通一声跪倒在雪地里，似乎希望这纷飞的大雪将自己掩埋。娘，沧桑而又沙哑的声音，在那漫天大雪之中，不知为什么竟然透着一股无法说出的苍凉，令人心里酸酸的，想哭。

你来了？不想外婆竟如此平静，起来吧！然后对身边的方嫂说，方嫂，把高湛他们的那间屋收拾收拾，让他住下。方嫂答应着去了。可那个人依旧趴伏在地上，没有起来，身上背着的包裹沉沉地歪到了肩膀上。外婆对我说，兰，去把你爹扶起来吧！我犹疑地望着外婆，没有动弹。去吧，那可是你爹。你忍心叫你爹在大雪地里跪着挨冻吗？

我依旧犹疑地看着外婆，又多少有些心疼地看看那个趴在雪地里的人，脚步迟疑地朝外面挪去，边挪还边回头看着外婆。终于近了，到了那个人的身边了，我伸手在他的衣服上拽了一下说，起来吧！婆叫你起来，你就起来吧！那个人抬起了身子，却乘势一把把我搂进他的怀里，搂得那样紧，我挣不脱。隔了太久了，我已经忘记父亲怀抱的味道，我只记得三舅温暖的怀抱。想起三舅，我忽然拼尽力气推开了他的手，逃一般地跑回外婆身边，躲在了她的身后。

外婆笑道，兰，你都已经是大姑娘了，怎么还这么胆小不晓事？

虽然我只有十一岁，可我已经出落得亭亭玉立了，长着父亲的容貌，却有着与母亲别无二致的神韵与步态，方嫂总是说我活脱脱就是小姐再世。是啊！我都已经长成大姑娘了，他在哪里呢？他没有保护母亲，没有保护墨兰跟子墨，更没有保护三舅，我恨他！九岁的子墨怯生生地看着雪地里的这个男人，眼睛里充满了好奇与疑虑。子墨太小了，刀锋一般的往事，并没有给他的记忆镂下多少痛苦的刻痕，对于这个突然闯入我们生活的父亲，他一样毫无感觉。在他全部的成长记忆里，只有年老的外婆是我们的唯一依靠。子墨和我一边一个，紧紧地依在外婆的身边，而对这个叫作爸爸的男人比一个陌生人还要陌生。

外婆说，起来吧！

父亲却依旧跪着，低垂着脑袋说，娘，有件事需征得娘的同意，思圣（哦，对了，张思圣曾是我爷爷给他取的名字，可是年轻气盛的少年为自己取了那么一个勇往直前的名字或许世事更迭，曾经的年少鲁莽也已经荡然无存，觉得还是思圣比较好吧)才敢起身。

哦？什么事？听起来似乎还挺严重的,你说吧,说完了赶紧起来。

父亲将身上背着的包裹取下捧在手里说,娘,这包裹里是两个人的骨殖。这时我明显感觉到外婆愣了一下。她们都是生前服侍天心的。(怎么？服侍我母亲？他们是谁？)一个是描红(啊？描红？我们分开的那一天,我清清楚楚地记得她变成了母亲,母亲变成了她。怎么,她竟已经在那个小包裹里了吗？),是天心生前的贴身丫头；另一个是老张头(是门房老张头吗？记得母亲那天还给他买了上好的烟丝,怎么,也已经不在了吗？),生前是专门给天心养兰花的花匠。他们可都是难得的好忠仆。三哥天朗生前曾在他们的墓前发下愿誓,等把鬼子打跑了,就一定带他们下山,把他们和天心葬在一起。如今三哥不在了,我代他完成心愿。而且天心生前就对他们很好,天心一定也乐意跟他们在一起,这样天心在那边也就不会太寂寞了……我明显感觉出父亲哭了。尽管他竭力压制,可伤心还是从他的发梢和肩背间悄然流露。外婆没哭,可是我能感觉到外婆的伤心。白发人送黑发人,自古都是椎心裂肺之事啊,外婆送了多少次？

藕山一战,我的父亲身上被炸了无数个血窟窿,任先生在他身上打满了"补丁"。任先生打趣说,张久胜,你现在的身体,简直就是一件标准的和尚百衲衣。可他没有死,奇迹般地挺了过来,除了右腿有点残疾之外,并无大碍。高湛领导的"菱湖抗日义勇军",原不过是菱湖周边十三乡的民众,既然日本人都跑了,他们还是回去继续种自己的地,过曾经的日月了,自己随后也回了东北。任之初则带着他的战地医院与新四军会合了,继续新的战斗。父亲呢？他说,那些有信仰有主义的人,还为了信仰为了主义继续战斗,可他不想再战了！他原本就无欲无求,于是决定回橡树湾,代哥哥们,也代天心堂前尽孝。对这个家,他深感罪孽深重！他对外婆说,娘,要是知道二哥后来会牺牲,我宁愿让二哥去挨那一炸,至少他还能活。

外婆深深地叹息了一声,摆了摆手说,千言万语都不要再说了,哪个死哪个活,现在在我心里都一样！能回来就好。

父亲就这样在橡树湾住了下来。外婆没有问他今后的打算,他也没说,大家就这样相安无事地一起生活了。似乎从前的恩怨都被时光洗刷尽净,只剩了平和与宽容。父亲的出现,给这个因男性的缺失而困顿的家,注入了一股阳刚之气,那一排平房也似乎因有了父亲而顿时精神了许多。外婆也跟着精神了,不再只是恹恹地窝在躺椅上,静看日落日出,而是有了笑声,话也多了起来,也会和方嫂说笑了,也跟我和子墨讲一些书里书外的故事了。似乎祥和与宁静直到这时才重又降临到我们身上。

谁也不知道父亲竟然要重修大屋,重振楚家雄风,这是谁也没有想到的事,他却悄悄地做了。

春节过完之后,父亲就开始忙碌了起来,每天清早出去,天黑才回家。外婆从来不问他为什么忙,忙些什么,他也就不说。外婆不问,方嫂当然也就不会问。我跟子墨对于这个突然回归的父亲还有一种本能的排斥,所以更不会去问。他能折腾个什么出来呢?或许外婆还有方嫂心里都这样认为。

这样出出进进一个多月以后,春汛还没有涨起来,莲子河里面的水还很浅,可是父亲就已经让纤夫将满船满船的木石拉进菱湖,卸在了橡树湾的岸上。当第一船木石卸下来的时候,全橡树湾人都跑过来看热闹。那一瞬间,人们似乎又看见了无比热衷于为孙子们建房子的楚老太爷以及倾力建学校的楚老爷。这个昔日的楚家仇人土匪头子究竟要干什么?橡树湾人不解。我父亲更是从来不说。直到一群匠人——木匠、砖瓦匠还有石匠——各自背着自己吃饭的家伙,陆陆续续抵达橡树湾,跟我父亲对着楚家大屋那片残垣断壁指指画画的时候,人们才突然意识到,这么多堆积如山的木石砖瓦,莫非张久胜是要重建楚家大屋?

确实不错,我父亲在日本鬼子投降之后回到橡树湾,最想做的一件事就是重建楚家大屋,重现往日大屋的风采。他觉得这是他欠这个家的,他要还回去。

对于父亲的举动,橡树湾人真是奔走相告,惊喜异常,就连方嫂都激动得热泪盈眶。唯有外婆始终不为所动,无动于衷,似乎理所当然,又似乎无可无不可。

就在父亲在橡树湾大兴土木的那个春天,我和弟弟子墨还是被焕致舅舅接进了城去读书。方嫂随我们一同进城,照顾我们的饮食起居。

方嫂说，我走了，夫人怎么办？

外婆说，还是叫紫藤和紫苏再回来吧，她们俩我也已经习惯了。

其实对于我们进城里读书，外婆一直是持反对意见的。具体原因她也没说，只是一再说橡树湾还是得有自己的学校。焕致舅舅说，二婶，橡树湾当然得有自己的学校，可是等橡树湾把自己的学校建好了，墨兰跟子墨大概也荒废得差不多了，不是吗？青州城的日本鬼子被赶跑之后，焕致舅舅就回到了县城，重新经营楚家铺子。大舅、二舅、三舅，还有焕景舅舅的缺失，使得整个楚家的重担都落到了焕致舅舅一个人身上。而焕致舅舅经过这些年的历练与打磨，确实变得异常沉稳持重。楚家铺子这些年究竟为藕山、为新四军输送了多少粮食、药品、布匹与弹药，只有他自己清楚，却依旧能在抗日的战火里触险生存，不能说不是一种能力。外婆对他非常满意、信任，也很是倚重。

外婆觉得焕致舅舅言之有理，终究还是答应了。那天焕致舅舅接我们进城的时候，外婆看着载我们的船渐行渐远，无限忧虑地叹了一口气说，唉，当年，她娘也是这样进城读书的……外婆的心酸顿时令父亲满面羞惭、无地自容。自那之后，每个周末父亲都会亲自驾船去城里接我们回橡树湾，隔天再亲自送我们回学校，风雨无阻。

生活就这样有条不紊地进行着。父亲忙他的圆梦计划。我和弟弟读书。外婆躺在摇椅上，看日落日出，看花开花谢，似乎从未有过也闲适。外面的世界一片沸反盈天，而橡树湾却有着这难得的安宁。世外桃源似乎就该是这个样子吧。

倘若不是高湛姨父突然来临，或许我们的生活就一直这样按部就班、有条不紊下去了。

一个早春的、细雨蒙蒙的夜晚，高湛姨父突然降临到了橡树湾。我父亲的伟大圆梦计划也正好于那个春天正式落幕。四栋三进三层的大房子，再一次响亮地在橡树湾顶天立地地竖了起来。建筑样式，建筑建构，建筑风格，都与当年的那个楚家大屋毫无二致，就仿佛那栋大屋从来就没有从地面上消失过，只不过屋主人重新粉刷整修了一下而已。整整三年零两个月，大屋宣告完工。

我想那个晚上父亲心里一定是百感交集的。在那个春雨绵绵的夜晚，他太需要有人陪他喝一杯,以抒发一下内心的激动、落寞与惆怅了。大屋建好了,外婆却一点喜悦的样子都没有。那是他多大的宏愿啊!娘怎么能视而不见、不以为然呢?大屋完工了,可娘一点没有想要搬过去住的意思,依旧在这后花园里的小平房里窝着。她终究看不上我,无论自己怎么做,她都看不上,不是吗?唉,父亲叹了一口气,对着那个映在墙壁上的孤影干了一杯。

今后该何去何从呢?总不能也和娘一样躺在摇椅里怅望日出日落、花开花谢吧?可他除了舞刀弄枪,什么都不会啊!莫非重操旧业东山再起打家劫舍?怎么可能?江那边解放军——哦,现在已经没有什么新四军、八路军之说了,而是叫解放军了———路摧枯拉朽从东北挥师南下,已然打到了长江边了。长江以北大半个中国都已经解放,老蒋只有这江南半壁江山了,而且还将不保。瞧那些个国民党兵,虽然一个个嘴里说着要保护这个保护那个的狠话,也似乎做着各种依靠长江天堑背水一战的准备,挖战壕、封江面、禁止船只出入等等,可在他看来那些通通不堪一击的。因为他看出无论是他们的长官,还是他们的士兵,无一不透着一股败军之气。士气,军队最最紧要的就是士气!唉,要是三哥天朗不被日本人杀害,他一定是这轰轰烈烈的解放大军里的一员。任之初那小子不知道这些年怎么样了,可还活着?可是跟着解放军南征北战?那家伙的医术还真是了得。自己身上的这些个"补丁",或许也只有他才能打得了吧!高湛呢?他怎么样?老家打得轰轰烈烈的,他坐得住吗?是帮共产党还是帮国民党?他选对了没有?

那个夜晚父亲是孤独的。外婆向来晚饭吃得少,睡得早。紫苏与紫藤服侍外婆休息了之后,父亲也叫她们歇下了,自己一个人独对着屋内摇曳的灯光与屋外细密的雨丝,闷闷地喝着小酒,内心涌起从未有过的男人的惆怅。或许要有,也该是天心逃离藕山又投湖自杀那时候吧。唉,那时候,他还是意气风发的,而今却只有看怅惘。明天该做什么呢?呵呵,或许,今后只有一条路,那就是跟焕致一起打点生意了。

父亲压根没有想到,那样一个夜晚,一个孤独而又惆怅的夜晚,高湛姨父会突然出现在他的灯影里。那一瞬间,父亲一定以为是自己感动了上天,才会送来故人与他饮酒聊天,以至于见惯了刀光剑影、血肉横飞的硬汉张久胜,竟然湿了眼睛。他迅即用手一抹,喜出望外地叫了一声,高湛。

高湛姨父却似乎没有父亲那般激动与兴奋,只是平静地握住父亲激动的大手,说,焕致说你重新建起了楚家大屋,我还不相信。想不到,你还真做到了,了不起,真不愧为藕山之王!

哎呀,高湛,你这是讲的什么话?什么藕山之王?你这是骂我还是夸我啊?我可正想着你呢,你可不带这么不讲义气的啊。

高湛姨父哈哈一乐说,我千里迢迢赶来陪你喝酒解闷,还不够义气啊?

父亲也乐了,赶紧去给高湛姨父找了一个酒杯,两个人就着桌上的残羹剩菜吱吱地喝了起来。

父亲感慨地说,高湛,也不知道任之初那家伙现在怎么样了,要是他也能一起来,那我们三个人……

任先生也去了东北啊!这一次也一起随部队南下了。他那个医术,战场上哪里能少得了他啊。

你这话什么意思?莫非你……是解放军?

高湛姨父点了点头,说,是的。打四平的时候,我就参加了解放军。

真的吗?父亲异常兴奋,说,我就知道你肯定闲不住!你怎么没叫上之初一起来呢?

本来他是要和我一道来的,可是,你知道,现在国民党封锁得很严,两个人过江比一个人风险要大。高湛说他下午过江时就险象环生。当时正碰上国民党检查渡船,可他根本没有通行证,倘若被国民党查出来,准保逃不掉。当时他正不知该如何应对,只见船老大突然对他吼道,不着四六的东西,船就要开了,也不知道拿篙子把船撑开。船老大说着,扔给高湛一根竹篙,喝道,还不快去干活!高湛先是一愣,随即明白过来,嘴里答应着,赶紧拾起竹篙撑船。那些士兵见高湛动作熟练,就信以为真,也就没有再去盘问。高湛说,如果不是船老大有智慧,自己根本过不了江,说不定现在已经是国民党的阶下囚了……

高湛话音未落,父亲忽然意识到什么似的,盯着高湛的眼睛说,你这家伙,这个时候,这么大黑的天,突然来我这儿,到底有什么事?

哈哈,张久胜,你还是这么直来直去哈!好,既然你这直截了当,我也就不拐弯抹角了。张久胜,我是特意来请你帮忙的。

帮什么忙?

借你。

借我?父亲一愣,借我做什么?

帮我们渡江!东北全境新中国成立之后,我就留在了东北,淮海战役、平津战役我都没有参加。这回要打江南了,我是主动请缨要求随大军南下的,并要求加入了渡江突击队。江南毕竟是我的第二故乡嘛。我希望她早一天解放,早一天看见解放区晴朗的天,自由的天!可是国民党封锁了江面,不准任何船只通行出入,而长江南岸国民党又深沟壁垒,戒备森严。我们非常需要有经验,又对南岸地形情况熟悉的人帮我们渡江……

父亲一抬手,制止了高湛姨父的话,说,不要再说了,我已经决定退出江湖,这些事你们自己解决就行了。既然你们已经下定了决心一定要打过长江去,想必已经拟好了作战计划。我现在只想在家里给娘尽点孝道。这是我欠这个家的,我必须要还。

张久胜,你只需要帮我们选一个最适宜过江的位置就行了。你身在江南,又久在军中,国民党在南岸的江防部署,哪里坚固哪里薄弱,你一看便知。在敌人兵力部署薄弱的地方渡江,当然是我们的首选。

兵力部署,自然越是地形复杂险要的地方,兵力越单薄啊……此话一出,父亲突然意识到了什么,赶紧收住话头。

高湛姨父哈哈一乐说,张久胜,我就知道,橡树湾这一潭死水如何能安放你那颗躁动的心啊!你只要帮我们把解放的红旗插到长江南岸,你还回来尽你的孝就是了,没有人会为难你、我保证。

这……父亲显然犹豫了,什么时候走?

马上就出发!你知道,这样的细雨绵绵的夜晚,是最好的行动时机。

不行!我总得跟娘说一声。

高湛!随着声音,外婆突然拄着拐杖推门而入了。怎么,到了自己老家,就把这个家给忘了?还是嫌我老了,不中用了,回来连招呼都不打一个了?

娘?

二婶？

父亲和高湛姨父二人不约而同地站起来,异口同声地叫了一声,随后又异口同声地说,您怎么起来了？

外婆在桌前坐下,笑意盈盈地打趣道,家里来了客人,我怎么好躲起来不见啊？

高湛姨父慌忙说,听说您老睡下了,就没敢去打扰。您老不要怪罪,高湛给您磕头了,说着作势就要跪倒。

外婆赶忙制止说,好了好了,不要多礼了！思圣那一声叫,我就知道你来了。只是想你们兄弟久别重逢,一定有话要叙,我一个老婆子就不过来掺和了。又想你刚来,不可能就走,明天再见也不迟。可你还偏偏就要走,我不起来已经不行了。高湛,我来问你,你说解放区的天是晴朗的天,到底怎么一个晴朗法啊？

高湛顿时激动起来,眉飞色舞地说开了,说在解放区人人平等,官兵平等,官民平等。更主要的是解放区进行了土改,制定了《中国土地法大纲》。规定没收地主土地,废除封建剥削的土地制度,实行耕者有其田的土地制度。按农村人口平均分配土地。二婶,您不知道,那些自古以来都为别人耕种土地的农民,第一次在自己的土地上干活,再没有人来收他们的租子,从他们嘴里抢粮食了,劲头别提有多高了呢。谁不说共产党好啊？人人都自觉地为新中国的建设做着自己的贡献呢！

外婆沉思地微微点了点头说,自古都是"仓廪实而知礼节",百姓们能吃饱肚子干劲自然就高嘛！"耕者有其田",几乎是哪一场革命都要提倡的,太平天国提过,中山先生也提过,可最终都没有实现,却被多年来被国民党称作"共匪"的共产党做到了。切切实实让老百姓尝到了甜头,怪不得,他们能势如破竹,将国民党的二百万大军打得稀里哗啦。自古都是"得民心者得天下",所以这天下必然是共产党的天下。高湛、思圣,你们俩的谈话我都听见了。去吧,思圣,该去！希望今后真的可以有太平盛世到来,永远只有和平与安宁。思圣,你的孝心我已经看到了。可一个大男人不该这样早早地就把自己锁在一个小圈子里自生自灭,那是浪费,你知道吗？去吧！跟高湛一起去吧！就算你没有什么崇高的理想与愿望,可高湛总是与你一起出生入死的兄弟吧？兄弟有困难,你怎么能袖手旁观置之不理呢？是不是？这应该不是你的风格吧？

高湛姨父乐坏了，说，二婶您真是一个讲大义的女人，佩服！说着又作势跪倒要给外婆磕头。

父亲和高湛姨父当晚就出发了。雨依旧密密地飘着，像一把烟。菱湖管制倒并不怎么严，两个人，一前一后两支桨，桨声欸乃，船迅速就出了湖，进入莲子河。可是莲子河就不一样了，岸边也有国民党兵日夜巡逻把守。为了不引起守卫士兵的注意，他们只能停了桨。怎么办？

此时正是早春二月，春汛还没有到，莲子河的河水很浅。莲子河一边就临着藕山，河岸高陡，跟一堵墙似的壁立着。父亲突然想到一个绝好的办法，然后如此这般地跟高湛姨父一说，高湛姨父立时高兴起来，连说了三个"妙"。于是两个人小心翼翼地用桨将船撑近陡崖，收起船桨，搁进船舱。随后两个人站在船上，用手扒住陡峭光滑的岸壁，一齐用力，双手用劲撑，硬是一点一点地将船挪移出了莲子河，然后迅速上桨，趁着夜色，两人齐心协力，飞快地将船划离，真像一支箭一般射向了对岸。

父亲窝在橡树湾根本不知道，解放军渡江大军早就驻扎到了北岸，正做着各种渡江准备：解放军官兵观察地形、道路、江防阵地，选择登陆地点，向当地群众了解南岸情况、江防部署，支前担架队员正在练习过独木桥，用芦苇扎成一个个三角形，当作救生圈，等等，一片热火朝天。父亲的到来无疑让渡江突击队员们精神为之一振。父亲不仅向他们说明了南岸的一些基本情况，而且表示自己曾在藕山活动多年，对藕山了如指掌，当然知道那里就是最好的登陆地点。藕山临江那一边，山高崖陡，不好登岸，正是国民党江防部署相对薄弱的地方。父亲说明了情况之后，并表示愿意跟他们一道争做"渡江第一船"，把红旗插到江南。突击队员们听了都欢呼起来，并暗暗地松了一口气。

外婆做梦也不会想到，父亲此一去竟再不能回。外婆要是知道高湛姨父那晚带走的是父亲活生生的大活人，而一个月之后送回来的却是父亲冰冷僵硬的尸体，她还会那么大义凛然地叫父亲去吗？不知道面对父亲的尸体，外婆心里可有过这样的悔恨，就像面对大舅、二舅的尸体一样？

那个依旧细雨绵绵的早晨，父亲带领渡江突击队员，在江南早春季节少有的东北风的相助下,一船人毫发无伤地在他最熟悉的藕山一处陡崖下靠岸了,然后沿着一条只有鸟兽知道的小路成功登陆,成为"渡江第一船"。而岸上竟然无声无息毫无知觉,如入无人之地一般简单轻松。当他兴奋地将红旗插进脚下的土地时,突然不知从哪里飞来一粒子弹将他击中。他一只手正自豪地扶在旗杆上,仰望着红旗在晨风中招展,瞬间他就那样顺着旗杆滑了下去,头垂在前胸,一只手还紧握着旗杆,跪倒在脚下的大地上,一副虔诚祈祷的姿势。这一次,尽管任先生使出浑身解数,也最终没能救回父亲。那粒子弹不偏不倚地射中了他的心脏。

父亲死了。荣誉、谩骂、批评、赞赏,他通通无所谓了,他的灵魂终究获得了救赎,这才是最重要的。

看着父亲躺在大屋门前冰冷潮湿的地面上,我不可遏制地想起了我的母亲,母亲也曾经这样躺在大屋门前。母亲带着对父亲的仇恨离去,父亲又带着对母亲的愧疚与爱怜而来,然而他们都没能真正进入大屋,只能做大屋外面游荡的鬼魂。

外婆说,兰,叫爹啊!把你爹的魂魄喊回来啊!

我却依旧叫不出口。虽然我的心里犹如万箭穿心,泪水犹如暴雨倾盆,可一声"爹"却始终无法出口。倒是子墨撕心裂肺地呼喊着。子墨一直都那么亲热地叫爹,可我一直与他有着隔膜。母亲的死、三舅的死,我都怪在他头上,我恨他。我因此叫不出口。而最终让我叫出口的,是那一张被父亲贴身藏在胸前口袋里的小小照片,就是母亲带我和子墨在荷叶洲照相馆里照的那一张,已然浸透了父亲的鲜血。然而分明是,却又似乎不是。因为那张照片上原本只有我们仨,而父亲口袋里的这一张却是我们一家四口。父亲不知道什么时候把自己镶进了照片里。就在母亲身边,我的身后,一身戎装的父亲是那么神采奕奕英姿飒爽!我的眼泪夺眶而出,忍不住冲着照片叫了一声"爹"。可是爹已经听不见了。他永远也听不见他的墨兰叫他爹了!

我和子墨进城里读书之后,父亲每个星期都风雨无阻地接送我们,从不耽搁,也从不延误。即使有时候他有事去了别的地方,也一定会在我们出发的那天赶回来。就连方嫂都对外婆说,想不到他还真是一个好父亲。外婆沉默无语,或许她是在后悔当初的决定。若是平静地接受这个土匪女婿,一切会是一个什么样的结局呢?女儿天心还会死吗?外婆叹了一口气。唉,各有各命,命该如此,能奈谁何?

父亲终于有资格和我的母亲葬在一起了。不知为什么,我的心在父亲墓碑竖起的那一刹那,竟有了一种说不出的轻松与莫名的愉悦。我跪在父亲母亲合在一起的墓碑前,说,爸爸、妈妈,从今天起,你们是真正的夫妻了!

外婆拄着拐杖,第一次出现在新大屋前面。站在这宛如一座宫殿一般气派恢宏的大屋前,望着它如此昂首挺立、新崭崭地高矗在自己的眼前,外婆有一种恍然隔世、如在梦中的感觉。对于我父亲曾经的热情,外婆一直都不以为然。她以为那不过是一个工匠对一件艺术品的模仿,即使再像,也不过是一件赝品,只有形似,而绝没有神韵。再说,屋要人住。没有了人,空有屋,哪里有人气?没有人气,又哪里有生气?可她知道,那是父亲对这个家的忏悔。就连上天也不会阻止一个赎罪人的所作所为,他要闹腾,就随他闹腾吧。历时三年多,整个大屋再造工程结束,而那个再造之人却都没来得及享受这一成果就匆匆而去了,仿佛上天让他侥幸从日本人的枪弹之下逃生,就是为了来楚家赎自己的罪孽似的。如今,罪孽赎完了,他也就放心地去了。两行泪顺着外婆的眼角艰难地流了下来。她有多少年没有流过眼泪了?她原本以为自己的泪水早已流干。

透过模糊的泪眼,她仿佛看见那个被大红花轿抬进门的十八岁少女,那时候还没有大屋。她、爹、娘和三个妹妹,还有戴月嫂子,一起住在老屋。伯轩新婚不久便欲外出,爹娘自是反对。还是自己从中斡旋,为伯轩解释,二老方才准许,却非得要长生哥相随,才好放心。可是伯轩又不愿意,怕他们俩同时离家,自己又新婚,三个妹妹尚小,家中日月如何为继?确是难题。戴月嫂子就是在那种情况之下,进了楚家大门,也算是临危受命。若不是戴月嫂子与长生哥早就惺惺相惜,如何愿意一个女儿家不明不白走进夫家之门?那时候楚家是何等荣耀、何等辉煌啊!伯轩和长生哥在外面生意兴隆,日进斗金;自己和戴月嫂子比赛似的生孩子;爹兴致勃勃不知疲倦地为孙子们大兴土木;祠堂旁边的戏台之上大戏不断……

可厄运究竟是什么时候悄然降临这个家的呢?

现在她终于明白了，一切的厄运都是来源于一个国家的落后。如果国富民强，人家就不敢来侵略！那么楚家那么多的死亡，普天之下那么多的死亡，又怎么可能发生？

夕阳把它那特有的橘红色余晖投射到外婆的满头白发上，使得年老的外婆整个人呈现出一种无法形容的祥和与慈爱。她拄着拐杖，迎着夕阳，朝着波光潋滟的菱湖张望。我知道她在等什么。焕致舅舅叫我捎信给外婆，他在芜湖找到了大舅妈和她的五个孩子。

大舅妈吴凤姐自大舅死后，内心也将曾经对天舒、对橡树湾以及对外婆的诸多怨恨渐渐淡却，而有了悔恨与愧疚。想那个时候的自己就像一只刺猬，逢人就扎，叫人多少厌恶。其实只有她自己知道内心是多么脆弱与不堪一击。不堪的身世，差强人意的婚姻，都叫她心内底气不足。莲心的死几乎可以说是她一手造成的。开始的时候她也曾有过惊惧与后悔，可立时她就把这歉疚与惊惧悉数抛开了。同样为人，她吴凤姐千难万险都经历过来了，倘若那么容易就死，自己都不晓得已经死过多少回了，好不容易来这个人世间一趟，干吗那么轻而易举就死啊？不过几句话而已，怎么了？就算你莲心真与人有什么苟且，又如何？犯得着死吗？想死？去死好了。那么便宜就能死，也注定就是个短命的主儿。这个世上，脸面值多少钱？我吴凤姐若是顾着脸面，还会出现在这橡树湾的地面上吗？再者说了，你们楚家欠了我石峰哥一条人命，正好莲心去还，不是公平得不能再公平了吗？这样一想，心里顿时敞亮多了。然而她万万没有料到，楚夫人会真将他们一家撵出橡树湾。恼羞成怒、气急败坏之下，她一把火烧了自己的屋，以示决绝。白静雅，你个老妖婆，去死吧！今生今世，我吴凤姐绝不会再踏入橡树湾半步！望着身后的熊熊大火，凤姐在心里暗暗发誓。可她根本不知道，这竟然是楚夫人的壮士断腕之举，更没有想到，多年来一直都那么不着四六的天舒，竟然死得那么壮烈。天舒的杀身成仁、壮烈就义，使得凤姐这么多年来构筑的心灵堡垒瞬间坍塌。她第一次感觉自己是实实在在的浑蛋。娘壮士断腕，自己则是自断后路。无奈，吴凤姐只得带着五个孩子重新回到了芜湖麻石巷，在宇澄、宇清的帮助下，重操旧业，又卖起了豆腐，芜湖街面上又重新飘起了人们熟悉又快要忘却的臭豆腐香。那是豆腐西施的臭豆腐，自然格外臭,也格外香。

没承想,焕致竟然找来了,焕致来接他们了!凤姐在看到焕致的那一刹那,内心真是五味杂陈,一时间,泪水滂沱。看着坐在小凳子上烟熏火燎地炸着臭豆腐的凤姐,焕致心中也不是个滋味。几年不见,这个昔日的豆腐西施、橡树湾楚家大少奶奶,所有的荣光与辉煌都被生活一层层掳去,脸上、身上到处都是艰难岁月的痕迹。就连昔日那个小魔头宇澄也已经不再调皮,而是变得懂事乖巧,帮着母亲一起出摊卖豆腐。有时候不得不感叹,生活真是一个了不起的魔术师。焕致舅舅说,大嫂,我们回橡树湾吧。二婶老了,有谁有权利剥夺一个老人应该享有的天伦之乐呢?何况那是一个多么了不起的老人啊。

那天晚上,外婆听高湛姨父对她说了共产党的土改政策之后,预感到共产党肯定会执掌天下,那么过去的一切旧制度也肯定会有一个翻天覆地的变革。深明大义且高瞻远瞩的外婆紧急召回焕致舅舅,命他将家里所有的土地都处理掉,不仅无偿地给那些佃农耕种,而且连同地契也都一并交给他们,告诉他们,他们手里的土地都是他们自己的了,放心耕种。外婆说她的儿子们为国献身了,她得为她的孙子们谋一个平静的未来。后来划成分的时候,楚家没有被划成恶霸地主,这与外婆处理掉那些土地不无关系。这自然是后话,却是外婆的先见。

焕致舅舅说,大嫂,当年为了打鬼子,她一个女流能够大气地散尽家财购买枪支,交与族人与日本人对抗,这种行为,即使一个男人也做不到,可二婶她做到了!这样一个有远虑、有谋略的老人,难道不值得尊敬吗?大嫂,我知道,你心里自有你自己的委屈,可那些委屈与大哥、二哥、三哥还有张久胜他们为国捐躯相比,又算得了什么?二婶老了,你想一想,一个母亲经历了那么多儿女的死亡,依旧坚强地、清醒地活着,这样的老人难道不值得我们尊敬、孝顺吗?你真的忍心让这位可敬的老人经历了那么多的死别之后,还要忍受与亲人的生离吗?可怜墨兰和子墨,现在真成了两个孤儿了,你不觉得有责任与义务,代替那些死难之人撑起楚家大屋吗?

一席话说得大舅妈吴凤姐更愧疚了,她泪流满面,痛心疾首地说自己真是浑,这么一个可敬的老人,自己竟然那么轻慢地直呼其名,恶毒地诅咒她,真是罪不可赦，罪该万死！焕致舅舅说，大嫂，过去的让它过去吧，我们做好以后就可以。于是大舅妈吴凤姐答应带着五个孩子跟焕致舅舅一起回橡树湾，堂前尽孝，侍奉婆婆，让老人颐养天年，尽心尽责，抚育孩子健康成长。

子墨倚靠在外婆身边，外婆一只手轻轻搭在他稚嫩的肩膀上，我则把手抚在外婆拄拐的那只手上，祖孙三人就那样静静地眺望着远方，看着阔大的湖面上一只黑点渐渐地由远而近。我们都认得，那是焕致舅舅的"流动商船"。船上装载的是外婆老年的幸福与慰藉，是身后这栋父亲留下的大屋里将要延续的快乐与希望。